荀卿子記餘

龍　宇　純*

關鍵詞：荀子　荀卿子　孫卿子

余嘗爲《荀子》箚記三篇，曰〈荀子集解補正〉，曰〈讀荀卿子札記〉，曰〈讀荀卿子三記〉，一九八七年集結於《荀子論集》①中。自後復有所得，並修正前作之誤，凡百七十條，縷陳以奉覽者之甄擇焉。

勸　學

蟹六跪而螯

楊注云：「跪，足也。《韓子》以刖足爲刖跪。許叔重《說文》云『蟹，六足二螯也』。」

盧文弨曰：「案《說文》，蟹有二螯八足。《大戴禮》亦同，此正文及注六字疑皆八字之訛。」

今之注家並改六爲八，梁啟雄曰：「跪本是人兩足支地，在這裏作名詞用，轉變爲蟹足。」

* 東海大學中國文學系講座教授。

① 龍宇純：《荀子論集》（臺北：臺灣學生書局，1987年），頁127–325。

宇純案：八與六形不近，而其畫簡於六，又不得以漫漶說之，謂八譌爲六，其理難明。六足蟹非無有，常見則八足，此取蟹之多足爲喻，不當獨取於六足，然則六爲誤字無可疑。今以爲六原當作四。《說文》壁中古文四作，與六字篆書之近似。壁中書爲六國文字，時地皆與荀子契合。此本作，人多見，少見，因誤四爲六矣。其在本書，本篇及〈議兵〉之六馬，〈修身〉之六驥，六並四誤之例。云四跪者，跪是足半數之稱，兩足刖其一者謂之刖跪，故蟹八足謂之四跪矣。跪之義不爲足，不如楊氏、梁氏之所言。知足半數謂之跪者，步之半謂之趌，（趌或作頍，《說文》：「趌，半步也。讀與跬同。」段注云：「〈司馬法〉曰：『一舉足曰跬，跬三尺；兩舉足曰步，步六尺。』」）百畝之田，其半謂之畦，（《孟子・滕文公上》：「卿以下必有圭田，圭田五十畝。」又：「方里而井，井九百畝，其中爲公田，八家皆私百畝。」畦即圭字加田之轉注。圭田、畦田今讀古攜、戶圭，是誤從圭璧、菜畦之讀，說圭田爲潔田，亦失其本義。）本同一語也。趌、畦以圭爲聲，跪從危聲，圭聲危聲並佳部牙音字。楊引《韓子》刖跪說跪字義爲足，注《韓子》者又引楊注爲據。刖跪見〈內儲說下〉，又見〈外儲左下〉，作刖危。〈內儲說下〉云：「齊中大夫有夷射者，御飲於王，醉甚而出，倚於郎門。門者刖跪請曰：『足下無意賜之餘瀝乎？』夷射曰：『叱，去，刑餘之人何事乃敢乞飲長者！』刖跪走退。」云刖跪走退，古人言走同趨，兩足刖者不能趨，然則刖跪謂人一足刖，非兩足皆刖，是跪爲足半數之稱，義不同於足至明。而《廣韻》紙韻去委切：「䠑，刖一足。」䠑與跪同音，䠑即刖跪之轉注專字。以此言之，此文原作四跪，四跪義同八足，信其言之不誣也。盧引《說文》，以明楊注所引之誤則可，雖《大戴》與《說文》相合，亦不能見本文原作八跪，跪之義不同於足，無以強合也。楊引《說文》，蓋存說蟹足數之異，原當同今本作八足，今作六足，則淺人據正文改之。

故不問而告謂之傲

楊注云：「傲，喧噪也，言與戲傲無異。或曰讀爲嗷，口嗷嗷然也。嗷與敖通。」

俞樾曰：「《論語・季氏篇》『言未及之而言謂之躁』，《釋文》曰『魯讀躁爲傲』。《荀子》此文蓋本魯《論》。下文曰：『故未可與言而言謂之傲，可與言而不言謂之隱，不觀氣色而言謂之瞽。』皆與《論語》同，惟變躁爲傲，可證也。傲即躁之假字。不問而告，未可與言而言，皆失之躁，非失之傲也。魯《論》之說，今不可得而詳，以意度之，殆亦假傲爲躁。躁字義長，傲字義短，魯之經師豈不知此，而改躁爲傲乎？」

《集解》、《柬釋》、《集釋》並以俞說爲是。

宇純案：傲與躁聲不相及，傲不得爲躁之假借也。魯之《論語》傲作躁者，躁疑本作噪，噪與傲義相通，遂成異文。傲囂音近通作，故傲與噪義同。《詩・十月之交》「讒口囂囂」，《韓》作謷謷，《漢書・劉向傳》作嗸嗸；古璽莫囂、連囂即莫敖、連敖，並囂敖通用之證。〈彊國〉「百姓讙敖」，楊注「讙，喧譁也；敖，喧噪也」，敖正亦囂字之借。不問而告謂之傲，未可與言而言謂之傲，傲謂聒噪，非謂急躁也，仍以楊注爲是。

不道禮憲以詩書爲之

楊注云：「道，言說也。憲，標表也。」

王念孫曰：「道，由也。言作事不由禮法而以《詩》、《書》爲之，則不以得之也。」

宇純案：荀書以法對禮言者多見，俱不云禮憲，他書亦無是稱。上文云：「將原先王，本仁義，則禮正其經緯蹊徑也。」是此文禮字所從出。下文云：

「故隆禮，雖未明，法士也；不隆禮，雖察辯，散儒也。」又承此文禮字言之，皆不云法與憲，是此文禮下不當平列憲字之證。憲當爲案，字之誤也，本讀禮下逗，「案以《詩》、《書》爲之」別爲句，案爲發語辭。今案作憲者，安古或作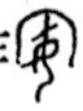，此蓋原作，壞其下爲，因傳會爲憲字，而失其句讀矣。

天見其明，地見其光

俞樾曰：「按兩見字並當作責。蓋責字漫漶，止存其下半之見，因誤爲見耳。」

宇純案：兪說可通，故廣爲各家所用。謂兩責字同時漫漶爲見，不得謂非巧合。責本從朿聲，或古人書朿爲責，後人不識，因改爲見字耳。

脩　　身

至忠爲賊

宇純案：上文云：「諂諛者親，諫爭者疏，修正爲笑（案：笑字疑誤）。」諂諛、諫爭、修正並二字平列，至忠亦平列爲義。《詩・關雎・傳》云：「王雎摯而有別。」《箋》云：「摯之言至也。」今人言摯，古人言至，摯至二字並同脂利切。至又與眞互爲平去聲，《莊子・天下》云：「不離于眞謂之至人。」眞與至、摯一語之轉。

則後彭祖

宇純案：後彭祖，猶云下彭祖，謂使彭祖次己之後也。以後爲動詞，故與配堯禹句相儷。《外傳》不解後字，增身字爲「身後彭祖」，其義大乖。余前作〈三記〉，讀後爲后，失之迂。

則節之以動止

宇純案：動止二字義反，與前後文調和、易良、道順、廣大、師友、禍災、禮樂並以義同義近平列不同，疑原作容止，以音近而誤。古韻容、動二字同東部，聲則一喻一定，兩音相似。

抗之以高志

宇純案：高志二字結構，與上下文調和、師友等相異，疑志是走旁某字脫落聲旁，讀者因走字傅會爲志耳。

愚款端愨

宇純案：《外傳》卷二愚款作愿婉，爲疊韻詞。愚與愿形似，疑爲愿字之誤，愿款亦疊韻。楊注款爲誠款，與愿字義亦相近。

不　　苟

蕩蕩乎其有以殊於世也

宇純案：《外傳》二云：「蕩蕩乎其義不可失也，磏乎其廉而不劌也，溫乎其仁厚之寬大也，超乎其有以殊於世也。」以蕩蕩乎狀義字，以超乎狀殊於世，視此文於義爲長，當是《荀子》原文如此，今誤奪。

人之所惡者，吾亦惡之

楊注云：「賢人欲惡之不必異於衆人也。」

盧文弨曰：「正文首，疑當有『人之所欲者，吾亦欲之』，人字注『賢人欲惡之』下，疑脱一字。」

王念孫曰：「案盧以注云『賢人欲惡不必異於衆人』，故疑正文當有『人之所欲者』云云也。不知注言欲惡不異者，加一欲字以通其義，非正文所有也。下文皆言惡，不言欲，是其證。」

字純案：下文云：「夫富貴者，則類傲之；夫貧賤者，則求柔之，是非仁人之情也。」正自富貴、貧賤人所共欲、共惡兩面言之，以見姦人之情，不與衆同。王謂「下文皆言惡，不言欲」，失之。當從盧說補九字。富與貴，是人之所欲；貧與賤，是人之所惡，自孔子嘗言之，以故荀子有如斯之言。據下文「是非仁人之情」，盧疑注文「之」下所奪，疑即情字。

榮　　辱

憂忘其身

楊注云：「遭憂患刑戮，而不能保其身，是憂忘其身也。或曰，當爲下忘其身，誤爲夏，又轉爲憂耳。」

王念孫曰：「案後說爲長。」

字純案：《老子》「終日號而不嘎」，《莊子・庚桑楚》「兒子終日嗥而不嗄」，《釋文》云「本又作嘎」，嘎並爲嗄字之誤。是此文誤夏爲憂之比。

知慮材性

字純案：上文云「材性知能，君子小人一也」，下文云「孰察小人之知能」，又云「是非知能材性然也」，此文知慮當是知能之誤。荀子以人天生皆有可以知之質，皆有可以能之具，故以知能材性四者連文。

孰察小人之知能

字純案：據上下文，能下疑奪材性二字。參前條。

以夫桀、跖之道

王先謙曰：「〈鄉射禮〉鄭注：以猶與也。」

《柬釋》、《集釋》等並從王說。

宇純案：上文云：「今以夫先王之道，仁義之統，以相羣居，以相持養，以相藩飾，以相安固邪？」此文以夫桀、跖之道，與以夫先王之道平行，承今字設正反兩面之問，上文以字不訓與，此文以字亦不得訓與。道下原當有脫文，王說誤。

靡之儇之

楊注云：「靡，順從也。儇，疾也，火緣切。靡之儇之，猶言緩之急之。」

王引之曰：「靡之儇之，即《賈子》所云服習積貫也。《方言》曰：『還，積也。』還與儇聲近而義同。」

《集釋》用楊注。

宇純案：王說是。還積之訓，見《方言》十三。戴氏《疏證》云：「此義別無可考。《荀子・非相篇》注引《方言》『儇，疾也』，《文選・南都賦》注引《方言》曰『儇、佻，疾也』，〈吳都賦〉注引《方言》『儇、佻，疾也』，佻之爲疾，見前卷十二內，而無儇疾之訓。儇疾、還積或字形音聲疑似而訛。」今謂《方言》還訓積，還與貫、慣、遺通，還積即貫積。其不作貫者，蓋楊雄所記方言，其音與貫略異，而同於還，故以還字書之。《說文》：「擐，貫也。」《左傳・成公二年》「擐甲執兵」，擐同擐，是貫聲、睘聲音近通用之例。戴氏疑《方言》還積爲儇疾形音相近之誤，竊不謂然。

約者有筐篋之藏

楊注云：「約，儉嗇也。」

俞樾曰：「既云儉嗇，則不敢有輿馬，固無足怪，不必用然而字作轉矣，楊注非也。《淮南子・主術篇》『所守甚約』，高注曰『約，要也』，《漢書・禮樂志》『治本約』，師古曰『約讀曰要』，是約與要一聲之轉，古亦通用。約者猶云要者。蓋物之藏於筐篋者，必是貴重之物，視上文所云『餘刀布，有囷窌』，爲尤要矣，故特以要者言之。」

宇純案：俞云約要一聲之轉，此本無可疑。所舉《淮南》、《漢書》例，則其義謂簡要，非所取貴重之意。且如所言，筐篋所藏必是貴重之物，其上不待更言要者矣，是俞說明誤。此仍當從楊注，其言本無可議也。

非不欲也，幾不長慮顧後，而恐無以繼之故也

王念孫曰：「非不欲也二句，文意緊相承接，中不當有幾不二字，蓋涉下文『幾不甚善』而衍。下文幾字有音，而此無音，則爲衍文明矣。」《詁譯》用王說。

宇純案：王據下文「幾不甚善矣哉」楊云「幾亦讀爲豈」，遂疑此文不當有幾不二字，其說非也。上文「幾直夫芻豢稻粱之縣糟糠爾哉」，楊云「幾讀爲豈，下同」，下同二字，正對此文幾字而言；又因此下更有「幾不甚善」之句，乃於後者注音，以回應上注，使首尾相貫；如此文無幾字，則上云「下同」，下又云「幾亦讀爲豈」，不爲辭費乎？然則下注之音，無以證此幾不二字之衍，明矣。此仍當爲疑問句，也字讀邪，與上「是何也」同。

非　　相

故事不揣長

《柬釋》云：「事，台州本作士，二字通用。」

宇純案：楊注云：「揳與絜同，約也。謂約計其大小也。輕重，體之輕重也。言不論形狀長短、大小、肥瘠，唯在志意修飭耳。」觀此注，楊不云事讀爲士，而直言體之輕重，及形狀長短大小肥瘠，是其所見原是士字至明。此後世誤士爲事，非本用通作也。

聽人以言

宇純案：前爲〈三記〉，疑聽當爲德，實由不明上文觀字不誤，誤信王念孫改觀爲勸。後讀楊樹達〈讀荀子小箋〉，云：「黼黻文章，可以觀之物也；金石珠玉，可以持贈之物也；鍾鼓琴瑟，可以聽之物也。」由知聽字本無可疑。

非十二子

兼利天下

宇純案：〈富國〉云：「非特以爲淫泰也，固以爲王（王先謙云王爲一之誤）天下，治萬變，材萬物，養萬民，兼制天下者，爲莫若仁人之善也。」與此文大抵相同，其利字作制。同篇又云：「若夫兼而覆之，兼而愛之，兼而制之，則是聖君賢相之事也。」以兼愛與兼制同言，兼愛義近兼利。〈王霸〉亦云：「夫貴爲天子，富有天下，名爲聖王，兼制人，人莫得而制也。」云兼而制之，兼制人，義並與兼制天下無異。而此下接云「通達之屬，莫不從服」，以見〈富國〉言兼制天下，於義爲勝，當據改。王先謙乃據此改彼，今之注家多從之，不知其誤也。

察辯而操僻，淫大而用之

俞樾曰：「楊讀察辯而操僻淫爲句，誤也。當以察辯而操僻五字爲句。〈大略篇〉亦云『察辯而操僻』，是其證。大讀爲汏，淫汏連文，〈仲尼篇〉曰『若是其險汙淫汏也』，是其證。之者，乏之壞字。淫汏而用乏，與察辯而操僻相對成文。」

俞説爲《柬釋》以下各家所用。

宇純案：俞讀上五字爲句，是也；以之爲乏字譌誤，則不得然。知者，淫汏與用乏相爲因果，與上文「知而無法，勇而無憚，察辯而操僻」，及下文「好姦而與衆」諸言，而字前後二行皆一可取一不可取，並無因果關係不同。今以爲之或是文之誤，淫汏而用文，謂奢汏之惡，藉口修文之名以行也。

古之所謂士仕（王念孫改仕士，下同）者，厚敦者也，合羣者也；樂富貴者也，樂分施者也，遠罪過者也，務事理者也，羞獨富者也。今之所謂士仕者，汙漫者也，賊亂者也；恣睢者也，貪利者也，觸抵者也，無禮義而唯權勢之嗜者也。古之所謂處士者，德盛者也，能靜者也，修正者也，知命者也，著定（定原誤是，從劉台拱依韻改）者也。今之所謂處士者，無能而云能者也，無知而云知者也；利心無足而佯無欲者也，行僞險穢而彊言謹愨者也，以不俗爲俗離縱（原誤縰，據楊注及王念孫説改正）而跂訾者也

宇純案：此節爲韻文，江有誥《先秦韻讀》未收，余爲〈先秦散文中的韻文〉②亦未列，皆由字句譌誤，未能諟正有以致之。今說之如下：敦、羣韻，文部；施、過韻，歌部；理、富韻，之部；謾、亂韻，元部；睢、利、抵、嗜韻，微及脂部；盛、靜、正、命、定韻，耕部；能、能及知、知自為韻；足、欲、愨韻，侯部入聲。其中第三句「樂富貴者也」，貴字與敦、羣二字具微文對轉關係，但依文意不得連讀為節，蓋其上或下有奪句，故失韻也。末句依韻當倒「以不俗為俗」五字於「離縱而跂訾」之下，以俗與足、欲、愨韻，俗亦侯部入聲字；離縱而跂訾五字，則縱、訾自為韻，佳部。

仲　　尼

彼非本政教也

王引之曰：「五伯亦有政教，不得言五伯非本政教，本當為平，字之誤也。〈致士篇〉曰『刑政平，而百姓歸之』，《孟子・離婁篇》曰『君子平其政』，昭公二十年《左傳》曰『是以政平而不干』，〈周南・芣苡序・箋〉曰『天下和，政教平』，五伯猶未能平其政教，故曰『非平政教也』。平政教三字，本篇一見，〈王制篇〉兩見，〈王霸篇〉兩見，其誤為本政教者四，唯〈王制篇〉之一未誤，今據以訂正。」《柬釋》、《集釋》並用王說。

宇純案：本政教，是自所賴以致治之本源言；平政教，則是由勘驗推行政教之結果為說，兩者根本相異。今據下文：「非致隆高也，非綦文理也。」言其不以禮義、文理為尚，則此原作「非本政教」，不作「非平政教」甚明；下文又云「鄉方略」，明言其所操持之術，與本政教之取徑相反，亦本字不誤之證。而〈議兵〉云：「齊桓、晉文、楚莊、吳闔閭、越句踐，是皆和齊之兵

② 刊見香港中文大學《崇基學報》第2卷第2期（1963年5月）及第3卷第1期（1964年11月），頁137–168及55–87。

也，可謂入其域矣，然而未有本統。」謂五伯不以政教禮義爲本統，正與本文相發明。〈王霸〉之一，文字與此全同；其另一，由上下文「權謀日行」、「由權謀」推之，其作「本政教」，亦自不誤。唯〈王制〉云：「本政教，正法則，兼聽而時稽之，〔……〕冢宰之事也。」言冢宰所當爲者，厥爲平其政教，正其法則，本字確爲平字之誤。今作本者，蓋淺人從多而改之。

以事君則必通，以爲仁則必聖，立隆而勿貳也

楊注云：「仁謂仁人，聖亦通也。以事君則必通達，以爲仁則必有聖知之名，在於所立敦厚而專一也，此謂可行天下之術也。」

俞樾曰：「仁當作人，言以事君則必通達，以爲人則必聖知，楊注失之。」

王先謙曰：「以事君二句上屬爲義，言行天下之術如此也。立隆句下屬爲義，隆猶中也，立中道而無貳心，然後從而行之，是乃行術也。楊注似未晰仁人古通，俞說是。」

《詁譯》、《新注》從王，《集釋》同俞，《柬釋》句逗從王，於「爲仁」二字，則引《論語》「克己復禮爲仁，爲仁由己」爲說。

宇純案：王以事君二句上屬，立隆句下屬，此最能得荀子之意。此下云：「以事君則必通，以爲仁則必聖，夫是之謂天下之行術。」是此文聖下終句之明證。立隆句下屬，也字不當有；自貳下衍也字，諸家遂致失其讀矣。仁讀本字，不作人字解。隆爲名詞，義謂準極，即禮之代稱。《集釋》引〈禮論〉「立隆以爲極」爲說，是有得處。〈儒效〉云：「以富利爲隆，是俗人者也。」前句亦謂以富利爲隆準，即以富利爲求得之目標。所謂天下之行術，亦指禮而言。梁引《論語》說爲仁，所見極是。〈勸學〉云：「將原先王，本仁義，則禮正其經緯蹊徑也。」正本「克己復禮，天下歸仁」爲說，由知兪讀仁爲人，其說不然。

儒效

必蚤正以待之也

俞樾曰：「必字衍文也，下文『孝悌以化之也』，與此句相對，下無必字，則此亦當無必字矣。蚤字無義，疑脩字之誤。脩字闕壞，止存右旁之肴，故誤爲蚤耳。」

宇純案：必字俞以爲衍文，是也。古或書蚤字爲蚤，此涉其上半而爲必字。然蚤字無義可言，雖脩字壞誤爲肴，宜不得誤認作蚤。況脩己以待人，無干於粥牛馬者之不豫賈乎？疑此本作夙正以待之，夙與肅通，正與政同，夙正即肅政。蓋夙字恆義爲早，淺人誤據夙字恆義讀之，遂爲蚤正以待之矣。必字誤衍，在夙誤蚤之後。

凡事行有益於理者去之，無益於理者廢之。〔……〕凡知說有益於理者爲之，無益於理者舍之

宇純案：四理字原當爲治，事行、知說所關者治道，非道理也，當是避唐高宗諱而改之。

知之聖人也

楊注云：「知之謂通於學也，於事皆通，則與聖人無以異。」

宇純案：下文云：「見之不若知之，知之不若行之，學至乎行之而止矣。行之，明也，明之爲聖人。」此文知之亦當作明之。蓋常語明之與知之同義，因誤明之爲知之耳。楊氏曲說。

行法至堅

劉台拱曰：「《韓詩外傳》引此作行法而志堅，不當作至。」

王先謙曰：「《荀》書至、志通借。〈正論篇〉『其至意至闇也』，楊注『至當爲志』，是其證。」

宇純案：至、志古音異，不得通假。後世脂、之二韻方音多混，故志誤書作至字。〈正論〉「至意」楊云至當爲志，是其讀志不與至同，據音改字之例，非言假借也。王仁昫《刊謬補缺切韻》去聲韻目至下云：「夏侯與志同。」是至、志方言或混之證。

脩百王之法

宇純案：脩字於此義不可通，當是循字之誤。此謂篤厚君子遵循百王之法，如辨白黑之易，無有不當者也。

聖人也者，道之管也。天下之道，管是矣

楊注云：「管，樞要。是，是儒學。」

前一義，《柬釋》、《集釋》、《新注》用之；後一義，亦爲《集釋》所採。

宇純案：以樞要說管字，適於「道之管」，於「管是矣」之句則不適。今謂管猶言統貫；是指正道而言，即其字正直本義之引申爲用，管是謂統貫於正道。如楊注，以是謂儒學，則下文十數是字皆無可說。參下條。

《詩》言是其志也

楊注云：「是儒之志。」

《集釋》云：「《詩經》所講的是聖人的意志。」

《詁譯》同《集釋》，《柬釋》亦六字爲句。《新注》讀是下逗，亦云「《詩》是表達聖人的志向的。」

宇純案：楊讀六字爲句，以是爲係詞，其爲儒之，故「是其志」爲「是儒之志」。然戰國時是字不爲係詞，且如楊注之意，云「《詩》言其志也」即可，不當有是字。此當讀是下逗，是即前文管是、一是、歸是之是。全句猶云：「《詩》言正道，屬情志者也。」以下各句並視此。《新注》雖讀與鄙見同，其意則與他家不異。

窮則獨立貴名

宇純案：獨字無義，當是誤衍。窮則立貴名，與「通則一天下」文相儷。

隨其長子，事其便辟，舉其上客

俞樾曰：「長子猶鉅子也。《莊子・天下篇》《釋文》引向秀曰：『墨家號其道理成者爲鉅子，若儒家之碩儒。長與鉅義同。』」

宇純案：其字無所指，疑此上有奪文。俞說於其字似差若可通，然此言俗儒之言行與墨子無異，非謂果從墨者學也。況墨者雖有鉅子之稱，其徒衆必不得有便僻、上客之號，是其爲曲說明矣。

王　　制

才行反時者死無赦

宇純案：才當爲士，篆書二字但有中畫長短之別，故士誤爲才。（才士二字古聲同，韻亦但有介音之異，在字即由才字加注士聲而成。今不謂才爲士之音借者，以無其例也。）士行即事行，古事士通用。上文云：「五疾，上收而養之，材而事之，官施而衣食之。」士行正承事及官施（王先謙曰：「官，任也，施，用也。」）三字。〈仲尼〉云：「其事行也，若是其險汙淫汏也。」〈儒效〉云：「凡事行有益於理者立之。」又曰：「事行失中，謂之姦事。」並事行二字連用例。

小節雖是也

宇純案：此句不當有，淺人見上文大節下並云小節，因增此一句，不知下文「其餘」即指小節言，其云「大節非也，吾無觀其餘矣」，與云「大節非也，小節雖是不足觀」無以異，依理當刪。

明振毫末

楊注云：「振，舉也，言細微必見。」

各家用之。

宇純案：明振毫末，實義不可通；振當作派，字之誤也。派從𠂢聲，𠂢聲之字多分析義。《說文》：「𠂢，水之衺流別也」，「派，別水也」，「衇，血理之分衺行體中也」，「紙，散䋾也」；《漢書‧藝文志》「苟鉤析亂而已」，顏注云「鉤，破也」；《集韻》麥韻匹麥切：「脈，分也」，或作劈，與鉤同音，實為一字，並其例。《廣雅‧釋詁一》：「派，裂也。」明派毫末，猶云明析毫末也。《墨子‧非攻中》：「剝振神之位。」王念孫曰：「振當為派之誤。《說文》：『剝，裂也。』《廣雅》：『派，裂也。』是剝派皆裂，故曰剝派神位。」振即為派之誤。蓋二字形近，而人罕見派，因誤派為振矣。

法不貳後王

宇純案：貳為貣誤，貣與忒同，已見〈三記〉。下文云：「聲則凡非雅聲者舉廢，色則凡非舊文者舉息，械用則凡非舊器者舉毀，夫是之謂復古。」云聲色械用凡不合舊文者舉棄，是此云法不變後王，非云法不貳後王之證。前文遺漏未列，因更舉之。

理道之遠近而致貢

楊注云：「理，條貫也。貢，任土所貢也，謂若百里賦納總，二百里納銍之類也。」

王念孫曰：「〈小雅・信南山・傳〉曰：『理，分地里也。』謂貢以遠近分也。上句『相地而衰政』，衰與分義相近。楊說未確。」

《柬釋》、《詁譯》等並用王說。

宇純案：〈信南山〉詩「我疆我理」《傳》云：「疆，畫經界也；理，分田理也。」《正義》云：「分田理者，分別地宜之理，若《孝經》云高田宜黍稷，下田宜稻麥，是也。」此本無與於道之遠近，王氏誤記田理爲地里，遂說以爲「謂貢以遠近分也」，可謂毫釐千里之差。仍當從楊注依〈禹貢〉爲說。但楊以條理說理字，亦未得其義。理原當作里，以音同而致誤。里道之遠近而致貢，里爲動詞，謂計道路遠近之里數致貢，若楊舉百里納總，二百里納銍之類是也。

東海則有紫紶魚鹽焉

楊注云：「紫，紫貝也。紶，未詳。字書亦無紶字，當爲蛣。郭璞〈江賦〉曰：『石蛣應節而揚葩。』注云：『石蛣，龜形，春則生花。』蓋亦蚌蛤之屬。今案《本草》謂之石決明，陶云『俗傳是紫貝，定小異，附石生，大者如手，明耀五色，內亦含珠。』古以龜貝爲貨，故曰衣食之。」

王引之曰：「下文云『中國得而衣食之』，則紫紶爲可衣之物，魚鹽爲可食之物，較然甚明。紫與茈通。《管子・輕重丁篇》：『昔萊人善染練，茈之於萊純緇，綸綬於萊亦純緇也，其周中十金。』是東海有紫之證。紶當爲綌，右旁谷字與去相似。葛精曰絺，麤曰綌。〈禹貢〉：『青州，厥貢鹽絺，海物惟錯。』有絺則有綌矣。《管子・輕重丁篇》：『東方之萌，帶山負海，魚獵之萌也；治葛縷而爲食。』言以葛爲絺綌也，是東海有綌之證。紫與綌皆可以爲衣，故曰中國得而衣之。楊注大誤。」

于省吾曰：「紫借爲絺。」今之注《荀》者並用之。

宇純案：楊說紫貝石蚨俱不能衣，王氏以爲大誤，是也。王說紶字無可疑，茈則但以染練，非可衣之物；且茈綌不連用，與魚鹽之並列不相同，以紫爲茈，亦不然而已。于以紫借爲絺，則不僅二字韻不同部，聲尤遠隔，于固不知音者。紫當爲黹之誤，借黹爲絺，故曰：「東海則有黹綌魚鹽焉，然而中國得而衣食之。」更申其意如下。

黹本作，象織文形，是以黼黻之字從之。金文黹或作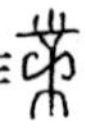，見曾伯簠，與紫形近，故此黹誤爲紫字；黹、絺二字古韻同脂部，聲則一端一透，音近故與絺通。《說文》絺從希聲，而無希字。段氏疑希爲古文黹，從巾，以爻象繡形，清儒多爲此說。《周禮・司服》「祭社稷五祀則希冕」，鄭注云：「玄謂《書》曰：『予欲觀古人之象，日、月、星辰、山、龍、華蟲作繢，宗彝、藻、火、粉米、黼、黻希繡，此古天子冕服十二章。』希讀爲絺，或作黹，字之誤也。」鄭既讀希爲絺，又以作黹爲誤字，是其說字不與清儒同。然希黹形不相近，其異文必由音近所致。《詩・采菽》「又何予之，玄袞及黼」，鄭《箋》云：「黼，黼黻，謂絺衣也。」《釋文》云：「絺衣，知里反，本又作黹，同，豬知反。」絺黹之異文，與〈司服〉希或作黹同。又《周禮・酒正》「希冕」，《儀禮・覲禮》「孤絺」，《禮記・曾子問》「絺冕」，《釋文》或云「希本又作絺」，或云「絺又作希」，而所音張里反、丁里反、知里反，音並同張履反，由中古之、脂二韻方音相混之故（參前〈儒效〉「行法至堅」

條），與㡀之音不異。是此紫爲㡀誤，借㡀爲絺之說也。

殺生時

楊注云：「殺生，斬伐。」

宇純案：殺生時，則草木殖，與上文「養長時，則六畜育」不相對，疑生字誤　楊據下文「斬伐養長不失其時」爲說，彼亦斬伐、養長相對成文。

誠以其國爲王者之所亦王

宇純案：者字不當有，下文云「以其國爲危殆滅亡之所，亦危殆滅亡」，是其證。

如是者則安存

宇純案：則字衍。下文云「如是者危殆」，「如是者滅亡」，並無則字。

富　　國

必有貪利糾譑之名

宇純案：此與「且有空虛窮乏之實」相對爲文，則利字誤，當作戾，二字音近。〈榮辱〉云「猛貪而戾」，《國策・秦策》「虎者戾蟲」，注云「戾，貪也」，戾與貪義近，故相連用之。

度人力而授事

宇純案：人字無義，此誤衍。度力而授事，與「量地而立國，計利而畜民」，文同一例。

重財物而制之

《集釋》云：「制，趙海金謂爲利字之譌。利，養也。」

宇純案：此語又見〈王霸篇〉，亦是制字。制猶用也，不誤。

兼制天下者

王先謙曰：「〈非十二子篇〉作兼利天下，以文義推之，兼利是也。利制形近而譌。」

《集釋》、《新注》、《詁譯》並從王說。

宇純案：制字不誤，〈非十二子〉利當從此篇改制字，詳〈非十二子篇〉。

爲莫若仁人之善也

宇純案：善字無義，此蓋本作「爲莫仁人若也」，若誤爲善，乃於莫下增若字，又於善上增之字。

上功勞苦

楊注云：「謂君臣並耕而食，饔飧而治。」

《柬釋》、《集釋》、《新注》並讀上字同尚。

宇純案：上字下不當有功字，此涉下「齊功勞」而衍。上勞苦者，上謂在位，與下句百姓爲對文，謂在位者勞苦也。楊注云「謂君臣並耕而食，饔飧而治」，是以君臣釋上字，爲所見本無功字之證。

垂事養民

宇純案：民當作譽，此涉下諸民字而誤。下文「拊循之，唲嘔之，冬日則爲之饘粥，夏日則與之瓜麮」，是皆養譽之行，非所以養民之政，故其下接云「以偷取少頃之譽焉」；而後文又云「故垂事養譽不可」，正承此文，是民爲譽誤之證。

可以少頃得姦民之譽

宇純案：民上不當有姦字，此涉下姦治而衍。

徙壞墮落

楊注云：「雖苟求功利，旋即毀壞墮落，必反無成功也。」

盧文弨曰：「徙壞，元刻作徙壞。」

王先謙曰：「元刻是，徙壞墮落相配爲文，作徙者，徙之譌耳。」

《柬釋》云：「據注，徙當作毀。」

《集釋》云：「徙壞，毀壞。」

宇純案：王云徙壞與墮落相配爲文，而不言徙字何義。《柬釋》、《集釋》並依楊注爲說，楊但云「旋即毀壞墮落」，既未明云徙義爲毀，而徙、毀二字形音不相涉。注文毀與徙不必相干。《說文》：「徙，迻也。」迻通行作移，楊注中旋即二字，蓋由「移時」之意以出，毀字加以足句而已。今謂徙讀爲斯，《廣雅・釋言》：「斯，敗也。」與《說文》訓散之㾓，及訓水索之澌語同一源。徙、斯二字，古韻同佳部，聲同心母，故此書徙爲斯，徙壞義同敗壞。然則楊誤解徙字，梁、李不明徙所以義爲毀之理，而王亦不達徙壞連言之故。筓纚字或從徙聲作縰，《禮記・問喪》之「雞斯」即笄縰，是徙聲、斯聲通用之證矣。

以遂功而忘民亦不可

楊注云：「以，用。」

宇純案：以字不當有，遂功而忘民亦不可，對垂事養譽不可而言，楊說無義。

則刑繁而邪不勝

宇純案：邪字不當有，蓋淺人誤增之。不敎而誅，則刑繁而不勝，謂不敎民但知誅責，則民之犯罪者多，而不勝其刑也。勝字取平讀。

其候徼支繚

楊注云：「支繚，支分繚繞，言委曲巡警也。」

宇純案：支疑交字之誤，交繚疊韻，義同糾繚；交繚、糾繚一語之轉。

遠方致願

楊注云：「致，極也，極願來附也。」

王念孫曰：「《外傳》作遠者願至，亦於義爲長。」

兩說《集釋》並用之。

宇純案：近者競親，遠者致願，文同一例。方當依《外傳》作者，致願謂致其仰慕之誠，楊注、王說並誤。

王　　霸

櫟然扶持心（案：其之誤，見〈三記〉）國，且若是其固也

楊注云：「櫟讀爲落，石貌也。其所持心持國，不行不義，不殺無罪，落然如石之固也。」

宇純案：味楊注，既以櫟爲石貌，又云落然如石之固，正文是字原當爲石，因石是雙聲又涉「若是」之恆語而誤耳。

之所與爲之者，之人則舉義士也

楊注云：「所與爲政之人，則皆用義士。」

宇純案：之人二字涉注文而衍，楊以「之人」代前句者字，非正文原有之人二字也，相較於下二之字句可知。參下條。

之所以爲布陳於國家刑法者

宇純案：以字不當有，參上下二句可知；下文云「則舉義法也」，刑法二字疑亦衍文，原文但有「之所爲布陳於國家者」九字。

不隱乎天下

楊注云：「不隱乎天下，謂極昭明天下，莫之能隱匿之。」

宇純案：不隱乎天下，不疑原作聲，聲隱乎天下，與名垂乎後世二語相儷。下文云：「如是則夫名聲之部發於天地之間也，豈不如日月雷霆然矣哉。」名聲二字，正承此文聲字名字。聲隱乎天下，謂聲盛於天下，隱讀同殷。後人不得隱字之義，因改聲字爲不耳。隱、殷二字古同聲同韻，故書殷或作隱。《易・豫卦・象》曰「殷薦之上帝」，《釋文》云：「殷，馬云盛也，京作隱。」〈西京賦〉云「鄉邑殷賑」，〈蜀都賦〉云「邑居隱賑」，隱賑同殷賑。〈上林賦〉「沈沈隱隱」，李注「隱隱，盛貌」。並隱殷通用之例。

著之以政事

宇純案：以字不當有，上文云「著之語言」，無以字，是其證。

及以燕趙起而攻之

宇純案：以字無義，此涉上諸「足以」字而衍。

由好聲色而恬無耳目也

楊注云：「恬，安也。安然無耳目，雖好聲色，將何用哉。」

俞樾曰：「恬當作括，字之誤也。《爾雅・釋言》：『覥，括也。』《釋文》引李巡、孫炎注並云人面括然也，是括然爲人面之貌。故《詩・何人斯》篇『有覥面目』，毛《傳》曰『覥，括也』，鄭《箋》曰『括然有面目』，是其義也。括無耳目，猶言括然無耳目。學者多見恬，少見括，因誤括爲恬。」

宇純案：括然狀人之有面目，不能以狀無面目；此文耳目二字承聲字色字言之，與言面目者復不相同。兪氏依稀以耳目爲面目，又不別有面目與無耳目之差，遂成此大誤，自仍以楊說爲然。

莫不宿道鄉方而務

楊注云：「宿道，止於道也。」

宇純案：宿道不辭，楊說以止於道，此強爲之解也。宿當作循，蓋循壞爲盾，誤作佰，又易爲宿耳。《說文》云夙壁中古文作佰與佰，實即甲骨文以來所見宿字之作佰若佰者；壁中書借佰爲夙，許君誤以爲即夙之古文。

事業窮無所移之也

楊注云：「事業，耕稼也。耕稼窮於此，無所移於人。」

宇純案：楊於窮下增於此二字爲說，非原意也。下文云：「大有天下，小有一國，必自爲之然後可，則勞苦耗顇莫甚焉。」此當是窮下奪苦字，故不可解矣。

以是縣天下

楊注云：「以是一人之寡，縣天下之重。」

《柬釋》從王先謙說縣天下爲縣衡天下。《集釋》兼用楊、王，云「言以天子之尊，縣衡天下」。《新注》釋以是爲因此。

宇純案：是，稱代詞，承上文「使人爲之」而用之，使人爲之與自爲之相對，故下云「何故必自爲之」。縣仍當從楊訓繫，王先謙〈王制〉、〈強國〉之說並誤。

擇其善者而明用之

宇純案：明字無義，蓋即涉用字而衍。

羿蠭門者，善服射者也

楊注云：「羿蠭門善射・故射者服之。」

郝懿行曰：「服者，屈服也。服之本義事也、用也，屈服是其引申之義。」

《柬釋》、《詁譯》用郝，《集釋》用楊。

宇純案：自楊注以來，讀射者爲服之受詞，失之也。此本以服射二字連讀，爲動賓結構。服，事也，即郝所謂本義者，此謂行事，猶曰操作、駕御。善服射者，善服御者，即善於操作射道、御道者；善服人者，即善於駕御人者。善服人者句，必以服人連讀，而必不得以人者連讀，則楊注以來之誤明矣。

則身有何勞而爲

楊注云：「而爲皆語助也。」

字純案：楊注誤，爲同下文「舍是而孰足爲」之爲，有讀同又，身又何勞而爲，猶〈君道〉之言「果何道而便」。或曰爲是焉字之誤，而字出後增。

知者易爲之興力

字純案：易字無義，六國文字爲與易形近，疑即涉爲字而衍。

生民則致寬，使民則綦理辯

《柬釋》、《新注》、《詁譯》並以辯字下屬，讀辯政令制度爲句，謂辯借爲辨。《集釋》疑辯字衍。

字純案：下文：「政令制度，所以接下之人百姓，有不理者如豪末，則雖孤獨鰥寡，必不加焉。」數語又見於前，彼政令上無字，是不得讀辯字下屬之證。《集釋》以爲衍文，則前後無辯字及形近字可涉；且下文云：「生民則致貧隘，使民則綦勞苦。」與此相對，致下綦下並疊二字，明此辯字非衍，當是寬字上若下有奪文。唯使民則綦理辯，義不可通，疑理是輕之壞誤，辯讀與便同，使民則綦輕便，即上文「時其事，輕其任」（二語又見〈富國〉、〈義兵〉）之意；時其事，是予民方便也。

君　　道

並遇變態而不窮

《集解》云：「謝本從盧校態作應。」

王念孫曰：「元刻以下文有應變故，故改變態爲變應，而不知其謬也。並遇變態而不窮者，並猶普也，徧也，言徧遇萬事之變態，而應之不窮也。」

字純案：王不從變應之本，是也；其不說態字之義，或亦一間未達歟！態與忒古相爲去入，此以態爲忒。《說文》：「忒，更也。」是態亦變也，故與變字相平列。《釋名・釋天》云：「慝，態也，有姦態也。」慝與忒同，次災、害、異、眚及妖、蠥諸條之間，義謂災變。其以態爲慝字聲訓，不必可信，然二字音近，可以爲證矣。

謹修飾而不危

宇純案：據上下文「寡怨寬裕而無阿」、「齊給便捷而不惑」，知此謹上或下奪一字。

彼或蓄積而得之者不世絕

宇純案：《外傳・四》無此句，「彼其人者」直接「則莫若求人」之下，文意貫串。疑此原在下文「大用之，則天下爲一」句上，錯簡於此。

彼其人者，生乎今之世，而志乎古之道，以天下之王公莫好之也，然而于是獨好之；以天下之民莫欲之也，然而于是獨爲之；好之者貧，爲之者窮，然而于是獨猶將爲之也，不爲少頃輟焉，曉然獨明於先王之所以得之，所以失之，知國之安臧危否，若別白黑：是其人者也

王念孫曰：「三于是皆義不可通，當依《外傳》作是子，是子二字對上文王公與民而言。下文曰：『非于是子莫足以舉之，故舉是子而用之。』是其證。今本作于是者，是子譌爲是于，後人因改爲于是耳。莫欲之，亦當依《外傳》作莫爲之。莫好之與獨好之相應，莫爲之亦與獨爲之相應。今本作欲之，則既與爲之不相應，又與好之相複矣。于是獨猶將爲之，當作是子猶將爲之，猶上不當有獨字，蓋涉上文兩獨字而衍，《外傳》無。」

今各家注悉用王說。

宇純案：王從《外傳》改欲作爲，是也；其刪猶上獨字，或然或亦不然；至改于是爲是子，雖有《外傳》之據，疑不得爾也。誠如王氏所言，于是於文既義不可通，便不合改是于爲于是之理；況謂三是子並誤爲是于，通書不更見子于二字互譌之例，得謂其巧若此也？反覆斯文，以「彼其人者」爲主語，直貫而下，至「是其人者也」作結，爲一全句。「然而于是」猶云「然而於此」，通以今語，即「然而在此情形下」。古文雖簡，蓋亦不能無緩語，故然而與于是並用矣。《莊子・逍遙遊》兩言「而後乃今」，即此類也。

善顯設人者也

宇純案：余曩作〈三記〉，因《外傳》顯設作設顯，以二字義同平列，而有取於俞樾設之訓大。今謂顯當同〈致士〉「顯幽」之顯，爲動詞，顯幽義同《書・堯典》之「揚側陋」；設當同〈臣道〉「正義之臣設」之設，二字義近，故平列之。

今人主有六患

俞樾曰：「下文『使賢者爲之，則與不肖者規之；使知者慮之，則與愚者論之；使脩士行之，則與汙邪之人疑之。』止可云三患，不可云六患，六疑大字之誤。學者誤以下文一句爲一患，故臆改爲六，不知合二句方成一患。若止是使賢者爲之，知者慮之，脩士行之，非患也。」

宇純案：此不云人主之大患，而云人主有大患，終不合文例，故雖大與六形近，寧改六爲三。其致誤之由，蓋如俞說。

語曰：好女之色，惡者之孽也；公正之士，衆人之痤也。循乎道之人，汙邪之賊也

盧文弨曰：「元刻循作脩。」

王念孫曰：「循道之人，與好女之色、公正之士對文，則循下不當有乎字，《羣書治要》無。」

俞樾曰：「循乃脩字之誤，元刻是也。脩道與汙邪相反。上文云：『使脩士行之，則與汙邪之人疑之。』亦以脩與汙邪對，是其證。」

《柬釋》、《集釋》並用俞說。

宇純案：王說、俞說並誤。王氏之誤，由不知循乎道之人句，本不與好女之色及公正之士爲對文。前四句爲諺語，後二句則是荀子之言，故汙邪一詞前後文皆見，明爲一體，而特於循與道之間加乎字，小變其文以爲別。好女之色四句，以色士、孽痤交互爲韻，前者之部，後者一祭一歌，正是諺語通常有韻之例；循乎二句則不韻，是其本不爲對文之明徵也。今之注《荀》者，並以後二句及前四句同置於引號之內，其誤與王同。俞氏之誤，則在不悟循乎道之人，本與汙邪之賊相反，初不待改循爲脩；而前文脩士之外，有賢者，有知者，是其不得爲此循爲脩誤之證，豈不較然甚明乎？

其知惠足使規物

盧文弨曰：「惠，宋本作慧，古通用。」

宇純案：惠、慧古韻不同部，宋本惠字作慧，乃後世方音混同之誤，非假借之說。（〈正論〉「智惠甚明」，盧亦云宋本作慧。余爲〈補正〉，誤云爲通用，今正之於此。）唯下文兩云知慮，惠或是慮字之誤。

人主之基杖也

俞樾曰：「基杖二字義不可通，基當爲綦，《儀禮・士喪禮》『組綦繫于踵』，鄭注曰：『綦，屨係也，所以拘止屨也。』綦也，杖也，皆人所以行者，故以爲喻。」

《集釋》、《新注》並讀基爲几，前者並引《禮記·曲禮》「謀於長者，必操几杖以從之」爲證。

宇純案：綦、杖二物不相及，故古無連用之者，兪說誤。基與几古韻不同部，亦非假借爲用。此因後世方音之與脂混，几誤而爲基。參〈儒效〉「行法至堅」條。

安值將卑埶出勞

《集釋》云：「出勞，于省吾讀爲屈勞，謂竭其勞力也。」

宇純案：出勞不成辭，于亦強爲之說，出疑本作任，壞爲士，因傅會爲出耳。古士出二字形近，偏旁出或作士。

臣　　道

上忠乎君

宇純案：上下皆對句，下句云「下愛百姓而不倦」，疑此君下奪如「而不渝」者三字。

正義之臣設

宇純案：由下文云信云施云處觀之，設字仍當如楊訓置，爲動詞。〈三記〉以爲宜訓大，不然。

橋然剛折端志

宇純案：志與端義不一類，疑是正之誤。六國文字書正爲[illegible]，與志形近，故誤爲正矣。豬飼彥博以爲志當作慤，下文云：「無傾側之心，是案曰是，非案曰非。」慤字義顯不合。

而能化易時關內之

宇純案：諸家不釋而字，蓋並以語詞視之。今謂而當讀爲需。《說文》：「需，盨也。遇雨不進止盨之也。從雨，而聲。」需以而爲聲，而、需音近，故此以而爲需。需能化易時關內之者，謂待其能化易之時，以至道之說關內（關內義近，內音義同納，楊注有說）之。下文云：「因其懼也而改其過，因其憂也而辨其故」，與此並謂事暴君者，宜因時利導，不可強說。唯《說文》需從而聲之說，自段氏以下，人多疑之。今以璽、娍、儒、讓之字以爾、戎、需、襄爲聲例其聲，復以音聲之字兼見於之與侯部例其韻，而與須或本是一語。其聲爲sn–複母，而之一字音兼如之、相兪二切之讀，許君云需從而聲，似無可疑者。

傷疾墮功滅苦

楊注云：「未詳，或恐錯誤耳。」

郝懿行曰：「疾者，速也。苦者，勞也。言事人之道，苟無德以將之，則雖有敏疾之美，自傷敗之；雖有功業，自墮壞之；雖有勤苦，自滅沒之。所以然者，才不勝德，功不補過，有而不能自保其有也。傷疾墮功，義具上文，敬忠皆得謂之勞苦，故以滅苦包之。」

王念孫曰：「苦當爲善，字之誤也。疾與功已見上文，善即上文之忠敬也。傷疾、墮功、滅苦，皆承上文言之。」

豬飼彥博曰：「徂徠曰：苦當作敬；白鹿曰：脫亡忠二字。」

宇純案：郝、王說苦字非是。《荀子補遺》所引二說，除忠上不必爲亡字，餘皆可信。今爲補充苦爲敬誤之意如次。金文盂鼎「雍德」即敬雍德，班簋「苟德」即敬德，駒父旅盨「苟畏王命」即敬畏王命，是敬字本不從攴，其作苟者，與苦字形近，後人不識此字，因誤爲苦耳。疾、功、苟、忠四字，

並承上文。

以是諫非而怒之

字純案：非字原當爲君，以是諫君而怒之，與「以德復君而化之」、「以德調君而補之」文同一例。此因是字而誤君爲非。

通忠之順

楊注云：「忠有所雍塞，故通之，然而終歸於順也。」

字純案：楊注雍塞二字爲正文所無，此增字爲說也。今由下「權險之平」句推之，險與平義相反，忠原當作逆。通逆之順，謂事君不能事事迎合其意以行，有時必須悖逆矯拂之以達順境，故與權險之平爲對文。下文云：「爭然後善，戾然後功，〔……〕夫是之謂通忠（案：亦逆之誤）之順，信陵君似之矣。」楊注云：「信陵君諫魏王請救趙，不從，遂矯君命破秦，而魏以安，故似之。」正是通逆之順之說。至逆字所以譌作忠，疑六國古文逆或从止作⿱屰止，與忠形近，又涉下「致忠而公」，遂誤⿱屰止爲忠字。《說文》壁中古文近字从止作岓，是此逆字作⿱屰止之比。

禍亂之從聲

楊注云：「君雖禍亂，應聲而從之。」

字純案：如楊注，此謂君雖爲禍亂，爲臣下者不卹是非曲直，一意應聲而和從之，從上不當有之字，此涉上二句而衍。上文之字義爲往。

不論曲直

字純案：此文三「夫是之謂」句上，分別以功、公韻，東部；仁、貞、民韻，眞部（案：貞字兼跨眞、耕二部）；情、經、生韻，耕部；不得此句不入韻也。前爲〈先秦散文中的韻文〉，以爲直原作正，今謂當是徑之誤，曲徑猶曲直。不同〈王霸〉、〈性惡〉云不論曲直者，取徑叶韻也，徑與情、經、生同耕部。後人忽其爲韻字，據曲直爲恆言，依〈王霸〉、〈性惡〉「不論曲直」之文改如今本耳。

致　士

然後士其刑賞而還與之

字純案：余前爲〈三記〉，讀此文士爲在，察也，其說自可通。今以爲士當是才之誤，才讀爲裁，斷也。參〈王制〉「才行反時者死無赦」條。

夸誕逐魂

字純案：〈三記〉謂魂疑原爲人字，與天、年、神韻。今以爲原當作賢，賢亦眞部字，而與魂雙聲，涉神字而誤爲魂耳。此四語，或如郝懿行說，本不屬此篇；因末句云「夸誕逐賢」，與下文「人主之患，不在乎不言用賢，而在乎不誠必用賢。夫言用賢者口也，卻賢者行也」，文意相關，而移置於此。及賢字誤魂，遂與上下文皆不相蒙矣。

議　兵

兵之所貴者埶利也

楊注云：「乘埶爭利也。」

《集釋》用之。

字純案：下文云「所行者詐變也」，與此相儷，詐變二字爲名詞；又云「君之所貴，權謀埶利也」，以埶利、權謀平列，權謀二字亦名詞，則埶利當謂形埶便利，或形埶地利，不如楊注之所言矣。

路亶者也

楊注云：「路，暴露也；亶讀爲袒，露袒謂上下不相覆蓋。《新序》作落單。」

郝懿行曰：「露亶，《新序》作落單，蓋離落單薄之意，楊注非。」

王念孫曰：「路單猶羸憊也。或言路亶，或言路單，或言落單，其義一而已。楊說皆失之。」

《柬釋》、《集釋》、《新注》、《詁譯》並用王說。

字純案：羸憊、離落單薄之兵，直取之耳，何待詐爲！王說、郝說並非也。下文云：「仁人上下，百將一心，三軍同心〔……〕若手臂之扞頭目，而覆腹胸也。詐而襲之，與先驚而後擊之，一也。」則楊此云「謂上下不相覆蓋」，正據彼文言仁人之兵所以不可詐，以申路亶之兵可詐之理，是最能與荀意相契合，不可廢也。《新序》薄單音同洛亶，故其義不異。

延則若莫邪之長刃，兌則若莫邪之利鋒

字純案：延下兌下當據《外傳》增居字，延居兌居，猶《詩・日月》之言日居月諸，以居爲語助。今本無者，淺人因下文「圜居而方止」，誤解彼居與止同義，言其不動時（案：見楊注），此文則言其動時，不當亦有居字而刪之耳。參下條。

圜居而方止，則若盤石然

楊注云：「圜居方止，謂不動時也。」

郝懿行曰：「《韓詩外傳》作『圜居則若丘山之不可移也，方居則若磐石之不可拔也』，語尤明晰。此方止即方居，變文以儷句耳。」

《柬釋》、《集釋》並用楊注及郝說。

字純案：居字不作止解。止字《外傳》無，而與丘字形近，古人書丘作北，當爲丘字之誤。此文或原同《外傳》；或此原作「圜居方居，則若丘山盤石然」，變上文延居、兌居二句爲一句，《外傳》文不同，則又據上文改之。

必其民也

字純案：《外傳》其上有欺字，謂欺其民以至，非民之本願也，與下文「彼反顧其上，則若灼黥，若仇讎」相呼應，於義爲長，當據補。

慮敵之者削

楊注云：「謀慮與之爲敵者，土地必見侵削。」

王先謙曰：「慮，大抵也。」

字純案：兩說慮字皆無義。此本作䲡之者削，無敵字。䲡讀與禦同，謂有禦之者則削除之，楊說削爲土地必見侵削，亦誤。《說文》無䲡字，《周禮》有𩞬人之官，𩞬與漁同，所从即此。金文䲡字恆見，或用同吳，或用同吾，與禦字雙聲疊韻，故此用與禦同。後文「蘇刃者死」，蘇从穌聲，穌亦从魚聲，故亦借用爲禦，此則於〈三記〉既言之矣。淺人不識䲡字，讀以爲慮，遂不得不於其下增敵字。

負服矢五十個，置戈其上

楊注云：「置戈於身之上，謂荷戈也。」

王念孫曰：「此本作服矢五十個，服矢即負矢，負與服古同聲而通用，故《漢書》作負。今本作負服矢者，校書者依《漢書》旁記負字，而寫者誤合之也。」

俞樾曰：「服字實不可無，服者箙之假字。《說文》『箙，弩矢箙也』，經傳通以服爲之。負服矢五十個者，盛矢五十個於服而負之也。若但云負矢，則矢無服不可負；若云負矢服，則疑五十個以服計矣，故曰負服矢五十個。古人之辭所以簡而明也。《漢書》奪服字。置戈其上，蓋負矢服於背，而荷戈於肩，戈之上半適在矢服之上，故曰置戈其上也。楊注不解服字之義，故於此句亦失其解，而曰置戈於身之上，不可通矣。」

王先謙曰：「俞說是。」

《柬釋》、《集釋》、《新注》、《詁譯》亦無不以俞說爲然。

宇純案：《詩・采薇》「象弭魚服」，《周禮・巾車》「小服皆疏」，服即《說文》箙字，楊氏不得無識也。負矢必盛於箙；無箙，五十之矢何以負哉！使此文本有服字，負服矢三字相連，楊氏必不得於服字無說，然則楊所見本無服字明矣。負矢荷戈者，揞矢服中，著服於背中心近肩處，矢之括羽露出肩外；戈斜倚於肩，其上半高於括羽，故大要言之曰：負矢五十個，置戈其上。文本淺白，不待有注。楊恐讀者泥於「其」字，以爲置戈矢上，而矢上不得置戈，故云置戈於身上以曉之。俞云：「負矢服於背，而荷戈於肩，戈之上半適在矢服之上，故曰置戈其上。」是直以「其上」爲服上。不悟「負服矢五十個」，是以矢五十個爲負之受詞，服則是矢五十個之修飾語，猶云「盛於服者」，是「其上」不得爲服之上至明；況服略當肩之下，肩上之戈，必不得與服相接乎？俞又云「但云負矢，則矢無服不可負」，亦不悟矢既無服不可以負，則云「負矢五十個」，必其矢在負中，取古人之文簡而明，以視「負服矢五十個」，得不謂明而且簡乎？

〔……〕秦之銳士，不可以當桓、文之節制；桓、文之節制，不可以敵湯、武之仁義〔……〕

楊注云：「以魏遇秦，猶以焦熬之物投石也。」

盧文弨曰：「有遇之二句，似專言天下無有能敵仁義者。注惟云以魏遇秦，殆以當時無湯、武，並無桓、文故也。然無妨據理爲說。或云，末二句當並從齊說下。」

王念孫曰：「或說是。」

王先謙曰：「下文明言『招近募選，隆埶詐、尚功利之兵，勝不勝無常，代翕代張』云云，則此有遇之者二句，專謂湯、武之仁義無敵，楊注非。」

宇純案：自秦之銳士，至湯、武之仁義，二十七字爲原文所無。楊氏不知此間有衍文，度其文意，「有遇之者」當承上文二「不可以遇」句言之，故遺遠取近云，「以魏遇秦，猶以焦熬之物投石」，以見文章之脈絡如此也。（案：楊所見本若無此二十七字，不待加注自明，以知二十七字其時已衍。）盧二說俱非。必知此二十七字爲衍文者，此文前後三遇字文意不相貫串，是其不當有之理一；而下文云：「齊桓、晉文、楚莊、吳闔閭、越句踐，是皆和齊之兵也。」此文則接云「兼是數國者，皆干賞蹈利之兵也」，其間不得有桓文之句，無疑爲其確證矣。蓋讀者書其所感於旁，後遂誤作正文耳。

若以焦熬投石焉

楊注云：「猶以焦熬之物投石也。」

俞樾曰：「以投石爲喻，不必言焦熬之物。上文云：『以桀詐堯，譬之若以卵投石，以指撓沸。』此文以焦熬投石，當云以指焦熬，以卵投石。焦讀爲撨，《廣雅》曰：『撨，拭也。』《說文》：『熬，乾煎也。』然則以指撨熬，其義猶以指撓沸也。」

《柬釋》、《新注》並用俞說。

宇純案：俞引《說文》熬訓乾煎，然則焦熬是乾煎之至焦之意。（案：

《說文》鬻下云熬也，鬻即今炒字，以見熬下云乾煎，其意無誤。）以此言「以焦熬投石」，分明焦熬用指焦熬之物而言，故楊於焦熬下加之物二字爲說。凡食物之煎焦者必脆，投石即碎，故以爲喻。若俞氏所言，以指拭乾煎之物，不必有損傷，豈得義與以指撓沸相同？俞氏爲成就其說，不惜增字易句，至於不辨「不必言焦熬之物」不同「不可言焦熬之物」，豈考文者，固宜若是也？

未有貴上安制綦節之理也

楊注云：「未有愛貴其上，爲之致死，安於制度，自不踰越，極於忠義，心不爲非之理者也。」

字純案：下文：「諸侯有能微妙之以節，則作而兼殆之耳。」楊注云：「節，仁義也。諸侯有能精盡仁義，則能起而兼危此數國。」玩此注，楊蓋以節字本不作仁義解，而度其意若是，故先說節字，然後申其文意。節字亦不作忠義解，此則不先言「節，忠義也」，而直以忠義述其文，前後之差，不當若是。疑此節字原是忠或義字，涉下節字而誤耳。

然而未有本統也

楊注云：「本統，謂前行素脩，若湯、武也。」

《柬釋》、《集釋》用之。

字純案：本統當指政教禮義言，政教禮義，治國之本也。統之義與本不異。楊以本統謂前行素脩，非也。參〈仲尼〉「本政教」條。

所以不受命於主者三

字純案：所下不當有以字，此誤衍。

所以養生之者也

宇純案：也字不當有，句至「無異周人」止。

鞈如金石

楊注云：「鞈，堅貌。以鮫魚皮及犀兕爲甲，堅如金石之不可入。《史記》作堅如金石。」

王念孫曰：「楊本作鞈如金石，與《史記》不同。然鞈訓堅貌，諸書未有明文。《說文》：『鞈，防扞也。』尹注《管子・小匡篇》曰：『鞈革，重革，當心箸之，可以禦矢。』皆不訓爲堅貌。《史記》而外，《韓詩外傳》亦作堅如金石。《文選・三月三日曲水詩・序》注引《荀子》正作堅。《太平御覽》同。鈔本《北堂書鈔》作牢如金石，此是避隋文帝諱，故改堅爲牢，然則虞所見本正作堅，與楊本異也。」

俞樾曰：「《史記・禮書》作堅如金石，故楊注訓鞈爲堅貌，即引《史記》爲證。然鞈之訓堅貌，諸書皆無明文，殆非也。《說文》鞈有二。其一見革部爲正篆，其一見鼓部，爲鼛篆之古文。鼛，鼓聲也。此文鞈如金石，當以聲言，謂扣之而其聲鞈然如金石也。必以鼓聲相況者，鼓是革所爲，上云「鮫革犀兕以爲甲」，亦革所爲也，正見其屬辭之密。《史記》作堅，自與《荀子》異，不得並爲一談也。」

今之注家並據王說改堅。

宇純案：如王說，《荀》文本作堅，鞈之義既不爲堅貌，又與堅字形音不相似，則今本作鞈，便無可解，其不然必矣。俞說似可通，終爲迂曲，故未見取之者。然楊訓鞈爲堅貌所以不足信，徒爲其諸書無明文。今出土文物，文字不見於《說文》諸書者，比比皆是。即以先秦古籍而言，《說文》失收之字，偶亦有之。復有異字同形，其音義本不與諸書所載相侔。故凡見一字，稽之諸字書無有，或雖有而音義不同，則即其形以索解，但能合理而不鑿，未必便無可取。以鞈字言之，其左半從革，與硬字或作鞕，及堅字或作鞏（案：《廣雅・釋詁一》：「〔……〕固、攻〔……〕鞕、牢，鞏也。」鞕與硬同，鞏即堅字，故諸書引此或云堅也，或云鞏也。王念孫爲《疏證》，不達於此，以爲鞏下脫堅字，其說誤。）相同。右半從合，當以爲聲；合聲之字如閤、蛤、郃、給並讀見母，《說文》訓防扞之鞈亦讀見母，此字蓋亦讀見母，與堅雙聲，爲一語之轉。然則此或借防扞之鞈爲用，或與防扞之鞈爲同形異字，楊氏之說固未足置疑也。《史記》等書作堅，或以鞈字生僻難識，而以訓字易之，不足爲《荀子》本作堅字之證。《史記》以訓字代罕見，如如台之作奈何，烝烝乂之作烝烝治，固衆所周知者。

已朞三年

楊注云：「已，過也。過一朞之後，至於三年。」

王引之曰：「朞者，周也，謂已周三年也，楊注非。」

俞樾曰：「《荀》書多用綦字作窮極之義。此朞字蓋亦綦字之誤。已綦三年，猶云已極三年也。〈宥坐篇〉：『綦三年，而百姓往矣。』可證此文之譌。」

《集解》、《集釋》、《詁譯》並用俞說。

宇純案：已字無義，朞三年，即屆滿三年。今朞上有已者，蓋朞原書作㫷，誤爲己其二字，後遂改己爲已，又於其下增月爲朞耳。〈宥坐〉綦與朞同，而上無已字，是此朞上不當有已字之證。朞字不誤，俞說非。

彊　　國

刑范正

楊注云：「刑與形同。范，法也。刑范，鑄劍規模之器也。」

郝懿行曰：「刑與型同，范與笵同，皆鑄作器物之法也。楊注非。」

宇純案：刑即金文㓝字，本義爲型範。小篆誤爲從丼之㓝，許君以罰罪解之。《說文》別有刑字訓剄，後世混㓝刑爲一刑字，於是有加土之型，其詳見拙著《說文讀記》。楊注誤，郝據《說文》爲說，亦未盡是。

其禁暴也察，其誅不服也審

宇純案：〈三記〉據《外傳》作「其禁非也暴，其誅不服也繁審」，疑此文原作「其禁非也暴察，其誅不服也繁審」，今案此說誤。原文當作「其禁暴也察，其誅不服也蕃」，察謂急察，蕃與繁同。因後人誤察義爲辨，而改蕃爲審。《外傳》繁下審字，則校者據本書增之。

隆在脩政矣

楊注云：「有數百里之地，脩政則安固，不必更廣大也。」

王念孫曰：「政非政事之政，脩政即脩正也。言必自脩自正，然後國家可得而安也。《荀子》書多言脩正，作政者借字耳，非脩政事之謂也。楊說脩政二字未了。」

《集解》、《柬釋》、《集釋》、《新注》、《詁譯》用王說，至易政爲正字。

宇純案：王說誤，正文脩字實涉注文而衍。正文云「隆在政矣」，故楊於政上加脩字爲說，若其本有脩字，則楊云脩政則安固，是直猶無注矣。「隆在政矣」與上「隆在信矣」相儷，是原無脩字之證。又下文云：「損己之所不足，以重己之所有餘。」楊注云：「不足謂信與政，有餘謂衆與地也。」衆與地，分別據上「自四五萬而往者」，及此「自數百里而往者」而言；信與政，即上文之信及此文之政。然則此文脩字衍，政謂政事，非正之借，又明矣。

而爭己之所以危弱也

宇純案：以字義不當有，上文云「所安彊」，下文云「所不足」、「所有餘」，是其爲衍文之證。

案欲剡其脛而以蹈秦之腹

楊注云：「剡亦斬也。」

王念孫曰：「斬脛以蹈秦之腹，義不可通。〈玉藻〉『弁行剡剡起屨』，是剡剡爲起屨之貌。然則剡其脛以蹈秦之腹，亦謂起其脛以蹈秦之腹也。《漢書・賈誼傳》『剡手以衝仇人之匈』，義與此同。（原注：顏注：剡，利也，亦非。）」

《柬釋》、《集釋》、《新注》並用王說。

宇純案：單言剡，與重言剡剡，義不必同。〈玉藻〉以剡剡狀動詞之起，故爲起屨貌，義不爲起。此文剡爲動詞，《漢書・賈誼傳》同，俱與起屨貌義不相涉。剡本義爲銳利，以爲動詞，則是使之銳利；剡脛、剡手，即是剡其脛或手使銳利，故其下云以蹈秦人之腹，以衝仇人之胸。楊云剡亦斬也，斬謂削之使尖，非謂截之使斷；王氏誤解，故以爲義不可通。《漢書》顏注云剡利，亦是此意。王說誤。

不順者而後誅之

宇純案：而後二字無義，疑而上有奪文。

則雖爲之築明堂於塞外

楊注云：「明堂，天子布政之宮，於塞外三字衍也。或曰：塞外，境外也；明堂，壇也。或曰：築明堂於塞外，謂使他國爲秦築帝宮也。」

王念孫曰：「楊前說是也。」

《柬釋》、《集釋》、《新注》、《詁譯》並刪於塞外三字。

宇純案：塞外，當據秦地言之，謂秦四塞之外，此指關東六國而言。爲之築明堂於塞外，猶云使秦蒞中國而朝諸侯耳。上文云「兵不出於塞外」，塞外義同此。楊後一說意似如此，第一說不必然。

不可勝悔也

宇純案：上文說積微，以歲、時、月、日相對爲言，據以下文例，疑悔上原有歲或月字（參下條），此言亡國之禍敗，歲歲月月有之，或且不止一見，故雖歲或月一悔之，不可盡也。

霸者之善箸焉，可以時託也

楊注云：「霸者其善明著，以其所託不失時也。」

俞樾曰：「託乃記字之譌，言霸者之善所以明著者，以其可以時記也。」

宇純案：此文譌誤殊甚。箸或作著，與善字形近，此箸即善之誤衍。〈天論篇〉「道之所善」，善爲著字之誤，即其互誤之例（說見〈三記〉）。焉本作正，讀與政同。因其上衍箸字，後人不知正同政，而傅會爲焉。又可上奪不字，以字不當有，時上奪勝字，託字如俞說爲記之誤。霸者之善正，不可勝時記也，謂霸者之善政多，以時記之不可盡。文與「亡國之禍敗，不可勝悔也」，「王者之功名，不可勝日志也」一例；並以悔、記、志爲韻，三者皆之部去聲（《廣韻》悔字隊韻荒內切云改悔，與此義合；賄韻呼罪切云悔吝，別爲一義）。

內外上下節者

宇純案：此疑本作內外上下皆節，皆誤作者，因倒於節字下（或皆節誤倒，而易皆爲者）。

天　　論

水旱不能使之飢

劉台拱曰：「飢當作饑。」

宇純案：劉此蓋據《說文》飢、饑不同字而云然，其說是也。飢、饑二字，其始不惟異義，亦且異音。古韻一在脂，一在微，《廣韻》仍分收於脂、微二韻，方音及時變，二音乃混。《說文》飢與餓互訓；饑則別與饉爲類，饑與饉實爲一語。饑之轉而爲饉，猶庶幾之幾，古又稱僅也。

正　　論

上宣明則下治辨矣

楊注云：「宣，露；辨，別也。下知所從，則明別於事也。」

郝懿行曰：「辨與辦同，非辨別之辨。」

宇純案：治辨平列爲義，辨亦治也。〈議兵〉「城郭不辨」，注云治也；〈王霸〉「必將曲辨」，注云理也，並爲得之。此以明別說辨字，則於義有隔。〈禮論〉「君者，治辨之主也」，注云「治辨謂能治人使有辨別」，誤與此同。然辨之義爲治，本由別義而引申，故別亦有治義。《孟子・滕文公上》

「所以別野人」，即所以治野人，是其例矣。楊氏此注，可謂一間未達；郝議其失，疑亦未徹。

豈特玄之耳哉

宇純案：耳字疑衍，已見〈三記〉。唯〈三記〉以特謂徑直，則不然。特當爲待，因之下衍耳字，遂易待字爲特矣。

可以奪之者，可以有國，而不可以有天下

王念孫曰：「奪之上不當有可以二字，此涉上下文而衍。」

宇純案：奪下之者二字亦不當有，此原作「奪可以有國，而不可以有天下」，與下文「竊可以得國，而不可以得天下」爲對偶。又上文云：「故可以有奪國，不可以有奪天下（案：兩奪字下原有人字，從王先謙衍文說，故未錄），可以有竊國，不可以有竊天下。」亦相儷爲文。

凡爵列官職慶賞刑罰皆報也，以類相從者也

楊注云：「報謂報其善惡。以類相從，謂善者得其善，惡者得其惡也。《柬釋》、《集釋》並引楊說。《詁譯》則語譯爲：「凡爵位官職慶賞刑罰這些辦法，都是報應，善有善報，惡有惡報。」

宇純案：楊以報其善惡說報字，蓋讀報字同《詩・木瓜》「報之以瓊琚」之報，爲復字之借。但報其善惡之言，究近於佛氏，《詁譯》直以報應爲說，是爲大誤。報猶當也。故此云「凡爵列官職慶賞刑罰皆報也」，而下云「一物失稱，亂之端也。夫德不稱位，能不稱官，賞不當功，罰不當罪，不祥莫大焉」，云稱云當，與此報義皆相應。如楊注，慶賞當功，刑罰當罪之言，猶若可以謂之報其善惡；若爵列官職之加施授予，則本篇及〈儒效〉、〈君道〉明云「譎（或作論）德定次，量能授官」，是其所衡者德與能耳，非所謂報善報

惡之意；此下云「德不稱位，能不稱官，不祥莫大焉」，意亦相同。然則楊說固誠爲誤矣。報本義爲當，制字者取㚔㞋（㞋即服從字）二字成字，故《說文》云「報，當罪人也」，謂「當其罪以定刑，即情罪相當之謂」（語見吳善述《說文廣義校訂》）。此文正用報之本義。

莫不振動從服以化順之

楊注云：「振與震同，恐也。」

《柬釋》、《集釋》諸書並用之。

宇純案：振動猶言感動，振亦動也。《說文》：「感，動人心也。」

是規磨之說也

楊注云：「規磨之說，猶言差錯之說。規者，正圜之器，歷久則偏盡而不圜，失於度程也。」

郝懿行曰：「磨當作摩，規言規畫揣摩，不必無失也。」

《集釋》用楊，《新注》兼引郝。

宇純案：正文但言規磨，楊以磨久爲說，不然必矣。郝以規爲規畫，摩爲揣摩，明亦增字解經之類，同不可信。〈王制〉云：「始則終，終則始，若環之無端也。」規爲畫圓之物，磨亦旋轉之物，然則所謂規磨之說，殆由圜形之終始相尋，漫無極準，以喻說之模棱無原則耳。

期臭味

楊注云：「期當爲綦，極也。」

各家並據以爲說。

宇純案：期臭味與備珍怪對文，期，周也，會也，與備義同，非借用。

堯舜，至天下之善教化者也

宇純案：舜下當補者字。上文云：「湯武者，至天下之善禁令者也」，文同一例，是其證。下文亦云堯舜者、朱象者、羿蠭門者及主梁造父者。

學者受其殃

宇純案：受字衍，作者不祥，學者其殃，非者有慶，句法相儷。其，將也。〈三記〉以爲衍其字，今正。

不察於扣不扣者之所言也

宇純案：者字所字依例不當有，言猶說也。扣不扣，當以事言，不以人言。此言上衍所字，又於扣下加者字。

上失天性

宇純案：天時與地利、人和相對爲言，自《孟子》書見之。本書〈王霸〉亦云：「上不失天時，下不失地利，中得人和。」〈議兵〉云：「上得天時，下得地利。」獨此云天性，疑亦天時之誤耳。

入其央瀆

楊注云：「央瀆，中瀆也，如今人家出水溝也。」

宇純案：央疑當作矢，篆書二字形近。矢古與菌通，矢瀆猶云圂瀆也。《說文》：「圂，廁也。」《倉頡篇》：「圂，豕所居也。」

捶笞臏腳

楊注云：「臏，膝骨也。臏腳，謂刖其膝骨也。鄒陽曰：『司馬喜臏腳於宋，卒相中山。』」

宇純案：上文冒侮捽搏，下文斬斷枯磔，並四字平列爲義，如楊說，則文例錯亂。疑腳爲誤字，原當作刖。蓋篆書誤爲，因傅會爲腳字耳。髕本義爲膝骨，引申而爲脫去髕之稱，故與刖足之刖平用。鄒陽〈獄中書〉之髕腳，自是動賓結構，與此不同，未可一概而論。

獨詘容爲己

楊注云：「獨欲屈容受辱，爲己之道。」

宇純案：楊說「爲己」爲「爲己之道」，此增字爲義，且迂曲難通。己當是正字之誤，正字草書近於己。子宋子以見侮不辱爲是，故曰獨屈容爲正也。

亦以人之情爲欲

盧文弨曰：「此欲字衍，句當連下。一說當作亦以人之情爲不欲乎。」

王先謙曰：「前說是。」

今注者並採盧前說。

宇純案：欲下加冒號看，亦通，其字不必衍。

禮　論

人一之於禮義，則兩得之矣；一之於情性，則兩喪之矣

宇純案：此文仍以楊注爲是，余前爲異說，見〈補正〉，今誌其過於此。

無窮者，廣之極也

宇純案：《史記・禮書》此上有「日月者，明之極也」一句，當據補。下文云：「明者，禮之盡也。」即承明字爲說，是其證。

步驟馳騁厲鶩

楊注云：「厲鶩，疾騖也。《史記》作廣鶩。」

宇純案：厲當依《史記》作廣；廣者，橫也。此文六字，以步與驟相對，驟讀與趨同；又以馳騁對廣鶩，縱馳曰馳騁，橫馳曰廣鶩也。班固〈答賓戲〉云：「戰國橫鶩。」《文選》注云「東西交馳謂之鶩」，是鶩言橫馳之證，故其上用廣字，用橫字。廣與橫古音近通作。王念孫《史記雜志》主據本書改廣爲厲，其說誤。

不至於瘠弃

楊注云：「立麤衰以爲居喪之飾，亦不便羸瘠自弃。」

宇純案：瘠弃二字義不可通，如楊說與上文姚冶不相稱，其說誤也。前文云：「送死不忠厚，不敬文，謂之瘠。」此文瘠字當如此解。弃當作弁，字之誤也。《禮記・玉藻》「弁行剡剡起屨」，《釋文》云：「弁，急也。」《左傳・定公三年》「莊公卞急而好潔」，卞爲弁字俗書，杜注：「卞，躁疾也。」弁本義爲冠稱，借爲褊而義爲急。《說文》：「褊，衣小也。」《爾雅・釋言》「褊，急也。」《賈子・道術》云：「包衆容物謂之裕，反裕爲褊。」《詩・葛屨・序》：「其君儉嗇褊急。」褊急與儉嗇義近，故此弁與瘠字連言。

非順孰脩爲之君子

楊注云：「順，從也。」

宇純案：順當讀爲䡅，䡅義與孰同，與孰爲一語之轉，故此連言順孰。楊注迂曲。

無性則僞之無所加

楊注云：「之，往也。」

宇純案：下文云：「無僞則性不能自美。」此本同下文以僞爲名詞，與性相對，疑淺人誤讀此句僞字爲動詞，而於其下增之字。楊訓之爲往，適可以通讀，但非原意耳。

三律而止

楊注云：「律，理髮也。今秦俗猶以批髮爲栗。」

郝懿行曰：「律猶類也。今齊俗亦以比去蟣蝨爲律，謂一類而盡除之也。律、栗音同，注內栗字依正文作律亦可，不必別出栗字也。」

宇純案：此律字疑讀同〈非十二子〉「不律先王」之律，爲聿之轉注（說詳〈三記〉），其義爲順；三律而止，謂以濡濕之櫛順髮三次即止。楊引秦俗語爲證，秦俗語之栗或是注中理字之音。郝說律猶類，分明強爲之辭，與此律字取疏通之意不相合。律、栗二字音有開合之異，非盡相同，郝說亦誤。

薄器不成內

楊注云：「內謂有其外形，內不可用也，內或爲用。《禮記》曰：『竹不成用。』鄭云：『成，善也。竹不可善用，謂籩無縢也。』」

郝懿行曰：「內與納同，內者入也，入即納也，非內外之內，注誤。注云內或爲用，用字於義爲長。」

王念孫曰：「案作用者是，內即用之譌，注前說非。」

《柬釋》採用字，《集釋》兼存楊氏二說。

宇純案：用字與〈檀弓〉「竹不成用」相合，下文又云「明器貌而不用（案：此用字誤，詳下條）」，似爲內原作用字之證。然此薄器與木器、陶器並為明器，何獨於薄器云不成用，此其為可疑也。木器云不成斲，陶器云不成物，物為沫或釁之借（詳〈三記〉），皆言制作過程之未完備；薄器云用，則是自其功能為說，兩者不相類，又其可疑者也。仍當以作內為是，不成內者，即〈士喪禮〉「籩無縢」之意。鄭云「縢，緣也」，無緣，是器之容未成，故曰不成內矣。郝讀內為納，亦不然。

故生器文而不功，明器貌而不用

楊注云：「生器，生時所用之器。〈士喪禮〉曰：『用器，弓矢、耒耜、兩敦、兩杅盤匜』（案：語見〈既夕禮〉）之屬。明器，鬼器，木不成斲，竹不成用，瓦不成沫之屬。」

宇純案：生器皆具功能，但不用而已；明器則本不能用，為其不具功能也。今云生器文而不功，嫌於其本無功能；明器貌而不用，又嫌於其本來可用。此蓋本作生器文而不用，明器貌而不功，功用二字互倒。謂葬以生器，但取文飾，不以實用；明器，則徒具形貌，並無功能。上文云：「木器不成斲，陶器不成物，薄器不成內。」正是明器不功之說。

是以繇其期足之日也

楊注云：「繇讀為由，從也。」

王引之曰：「繇讀為遙，遙其期，謂遠其葬期；足之日，謂足其日數也，楊誤讀繇為由，且誤以期足之日連讀。」

《柬釋》、《集釋》、《新注》、《詁譯》並採王說，於期下逗。

宇純案：如楊讀，繇其期足之日，謂天子、諸侯、大夫士庶人之異，各度其足以容事之日，定為殯葬之期，故下文言葬云：「故天子七月，諸侯五月，大夫三月，皆使其須足以容事，事足以容成，成文以容文，文足以容備，曲容備物之謂也。」上下文諸足字意義一貫，皆於足以容事為言，不以足其日為說，以見楊注爲得。如王氏之說，則上文云：「將由夫脩飾之君子與？則三年之喪，二十五月而畢，若駟之過隙，然而遂之，則是無窮也。」以此言之，君子之喪親，將謂終其一生，不殮不殯不葬不禫，而哀號無盡止乎？

皆使其須足以容事

楊注云：「須，待也，謂所待之期也。」

王引之曰：「須者，遲也，謂遲其期，使足以容事也。楊訓待，失之迂。」

《柬釋》、《集釋》用王說。

宇純案：須訓待，是有所待，待其期之足以容事也。作遲解，是直慢之矣，仍當從楊注爲是。

志意思慕之情也

王念孫曰：「情與志意義相近，可言思慕之情，不可言志意思慕之情。情當爲積，字之誤也。志意思慕積於中，而外見於祭，故曰祭者志意思慕之積也。下文『唈僾』注云『氣不舒憤鬱之貌』，正所謂志意之積也。」

宇純案：王說情爲誤字是，改作積字可通。余謂情或是憤字之誤。《論語・述而》云「不憤不啓」，《淮南子・脩務》云「憤於中則應於外」，《方言・十二》云「憤，盈也」，憤形近於情，而其義切於積也。

樂　　論

感動人之善心

宇純案：荀卿言性惡，此云善心者，〈性惡〉云「人生而有可以知仁義法正之質」，〈非相〉云「人之所以爲人，以其有辨」，〈解蔽〉云「心可以知道」，則所謂善心，即明辨是非善惡之心，未足異也。然其與恆言之善心者，固自不同。

使人之心傷

俞樾曰：「歌於行伍，何以使人心傷？義不可通。傷當愓。歌於行伍，則使人之心爲之動蕩。」

宇純案：傷或是暢之壞誤。

解　　蔽

況於使者乎

楊注云：「使，役也。以論不役心於正道，則自無聞見矣，況乎役心於異術，豈復更聞正求哉。」

俞樾曰：「使乃蔽字之誤。此承上文蔽於一曲而言；下文『欲爲蔽、惡爲蔽』諸句，又承此而極言之，故篇名〈解蔽〉也。因涉『心不使焉』句而誤作使。既云心不使焉，又云況於使者乎，文不可通。楊曲爲之說，非是。」

《柬釋》、《新注》、《詁譯》並採俞說。

宇純案：上文云：「亂國之君，亂家之人〔……〕私其所積，唯恐聞其惡也；倚其所私，以觀異術，唯恐聞其美也。」此文自「心不使焉」以下，皆承彼文而言，故下文又云：「德道之人，亂國之君非之上，亂家之人非之下，豈不哀哉。」用以作結。兩「使」字正互爲承起，「況於使者乎」其意明謂：況於所私，使不聞其惡，而於異術，使不聞其美乎？楊說況於使者，固自有隔，不至文不可通。兪氏好逞小慧，不耐沈思，其輕議前賢，大抵如是。

故爲蔽

楊注云：「數爲蔽之端也。」

《集解》云：「謝本從盧校作數爲蔽。盧文弨曰：『數，宋本作故。』」

王念孫曰：「作故者是也。注言數爲蔽之端者，數所主反，下文言人之蔽有十，故先以故爲蔽三字總冒下文，然後一一數之於下。注言數爲蔽之端，亦是總冒下文之詞，而正文自作故，不作數也。若云數爲蔽，則不辭甚矣。元刻作數，即涉注文而誤。」

俞樾曰：「故猶胡也。《墨子・尚賢中篇》『故不察尚賢爲政之本也』，下文作『胡不察尚賢爲政之本也』，是故與胡同。《管子・侈靡篇》『公將有行，故不送公』，亦以故爲胡。胡爲蔽，乃設爲問辭，下文『欲爲蔽』云云，乃歷數以應之也。」

王先謙曰：「故訓爲胡，俞說是也。」

宇純案：正文作數爲蔽，數音所主反，正總冒下文十蔽而言之，不得謂之「不辭」；然正文果作數爲蔽，楊不須有注，若以數字多音，但云「數，所主反」已足，不當如今之言矣，是正文楊所見作「故爲蔽」不待疑。元刻因注文而誤，兪說是也。兪讀故爲胡，則又不然。蓋故與胡皆語中恆言，若其可以書而不別，古書必至故胡互作，隨處可見，而其實則不然。兪所舉《墨子》、《管子》二例，初不過寫者亂之耳。故爲蔽，當從楊、王之說。

舉而用之

宇純案：舉上疑奪可字，「一家得周道，可舉而用之」，謂其「坐而言之，起而可設，張而可施行也」。

身盡其故則美

宇純案：此言身能化盡其惡質之本性則美也，說見〈榮辱〉「夫起於變故」〈札記〉。此語與上下文皆義不相蒙，蓋他處錯簡，今不可考。

正　　名

必將有循於舊名，有作於新名

宇純案：二有字並讀同或。

形體色理以目異

> 楊注云：「形體，形狀也；色，五色也；理，文理也。言萬物形體色理，以目別異之而制名。」
>
> 王引之曰：「色理，膚理也。〈榮辱〉、〈性惡〉二篇並云骨體膚理，彼言骨體膚理，此言形體色理，形體猶骨體也，色理猶膚理也。楊云『色，五色』，失之。」

宇純案：此文云以目異，則形不得同骨，色亦不得同膚至明。〈榮辱〉云「骨體膚理辨寒暑疾養」，〈性惡〉云「骨體膚理好愉佚」，骨字膚字亦不得易作形色，文各不同，不可強而一之也。仍以楊注爲是。

物有同狀而異所者

宇純案：據下文「有異狀而同所者，可別也」，疑此文者下當補「可共也」三字。

不賂貴者之權勢

楊注云：「不爲貨賂而移貴者之權埶也。」

《柬釋》云：「久保愛曰：『不賂，言不賂遺權貴之人也。』啟雄案：賂當作略，《說文》：『略，眄也。』不略猶言不顧。」

宇純案：賂字義不可通，楊及久保所說，並與上下文不冶觀者之耳目，不和便（今誤爲利傳，見下條）辟者之辭，不同句法。梁以賂爲略誤，與鄙意暗合。所見《集釋》、《新注》、《詁譯》皆不知採，因表而出之。《說文》：「眄，一曰衺視也。」不略貴者之權勢，謂貴者之權勢，不爲衺眼視也。

不利傳辟者之辭

楊注云：「利謂說愛之也。辟讀爲僻。」

《柬釋》云：「傳當爲便，形近而譌。謂不利用便嬖近習的人的言辭，來作己的稱譽。」

宇純案：〈三記〉據楊注不釋傳字，以見其所據之本便字未誤。今更由〈儒效〉「事其便僻」，以觀此注之「辟讀爲僻」，亦明傳原是便字。利當爲和之誤，前文蔽不能明。不和便僻者之辭，與不冶觀者之耳目、不略貴者之權勢，文句同例，和謂附和。楊說利爲愛說之，是爲曲說；梁說利爲利用，利不作用解，尤誤。

吐而不奪

楊注云：「吐而不奪，謂吐論而人不能奪。」

俞樾曰：「楊說非也。吐當爲咄，形似而誤。從土從出之字隸書每相亂。咄者詘之叚字。詘而不奪，謂雖困詘，而不可劫奪。」

宇純案：咄字生僻，謂假爲習見之詘，疑不然，吐蓋即屈之誤耳。屈而不奪，謂屈之不能奪其志也。

利而不流

楊注云：「利或作和。」

宇純案：利字不誤，利而不流，謂利之而不能使流移，與上文「屈而不奪」，謂屈之不能奪其志，文句一類。

性　惡

今人之性

《集釋》云：「今，發端語詞，無意，《荀》書多用之。」

《詁譯》云：「今猶夫也。」

宇純案：人性無古今之異，此所以《集釋》謂今爲發語詞，而《詁譯》云今猶夫也。然此篇開宗明義云「人之性惡」，不以今字發其端云「今人之性惡」，由知李、楊二說皆誤，其字仍取恆見今時之義無可疑。《集釋》又云今之發端用法《荀》書多有，而通書如李氏所言者，除本篇不一見外，他篇實無之。而此下別有：「今之人，化師法，積文學，道禮義者爲君子」，「今不然，人之性惡」，及「今孟子曰，人之性惡」等，凡云今者，其義莫不謂今時，則此文今字義不得異，明矣。「今人之性」者，於今下略逗，不與人字相連爲讀；今之義，猶言放眼於今，放眼當世，乃就現實面言之，通以今語，即「事實上」。如〈三記〉之言，此以今人二字連讀，於文意雖無影響。下文「今人之性惡」，則必須於今字略逗。

其不可以相爲明矣

宇純案：上文兩云「可以而不可使也」，此當作「其可以相爲而不可使相爲明矣」，或曰改以爲使字。

不得排檄

楊注云：「排檄，輔正弓弩之器。」

宇純案：《說文》：「排，擠也。」又：「棐，輔也。」楊不云排讀爲棑，蓋其所見本是棑字。人多見排，少見棑，後遂誤爲排字耳。

君　　子

告人無匹也

楊注云：「告，言也。天子尊無二，故無匹也。」

豬飼彥博曰：「告人二字倒，當作天子無妻人，告無匹也。」

《詁譯》無人字。

宇純案：人當爲衍字。告無匹也，與「告無適也」句法同。觀楊注，似無人字。豬飼倒人於上句，非是。《詁譯》無人字，而不云所據，或是以意刪之。

而化易如神

俞樾曰：「易當讀爲施。《詩・皇矣》篇『施于孫子』，鄭《箋》曰『施猶易也』，故施易二字古通用。〈何人斯〉篇『我心易也』，《釋文》云「易，韓《詩》作施，是其證也。」

《柬釋》、《集釋》、《新注》、《詁譯》並用其說。

宇純案：易施古韻不同部，易不得讀爲施。鄭云「施猶易也」，是音義本不相同，引申可通之說；〈何人斯〉易與知、祇爲韻，明不得易易字爲施，正三家不必可取之處，俞說誤。《左傳・隱六年》引《商書》「惡之易也，如火之燎于原」，此易正與彼易用同，謂移易蔓延之速，與易字化變義本無不同。

大　略

隆率以敬先妣之嗣

楊注云：「隆率，《儀禮》作勖率。鄭云：「勖，勉也。」勉率婦道，以敬其爲先妣之嗣也。」

宇純案：隆與勖，古韻一中一幽，中幽二部對轉。隆從降聲，古書隆降互通。本書〈賦〉篇「皇天隆物，以示下民」，隆物即降物；〈天論〉「隆禮尊賢而王」，《外傳》隆作降，即其證。降與九雙聲對轉，九聲之旭《說文》云讀若勖。隆古聲蓋讀kl–複母，或此隆原作降，與勖古聲亦相關，故〈士昏禮〉書作勖率矣。

文貌情用

楊注云：「文謂禮物，貌謂威儀，情謂中誠，用謂語言。」

宇純案：用欲一聲之轉，情用即情欲。詳《禮論》「文理繁，情用省」〈補正〉。

眸而見之也

楊注云：「眸謂以眸子審視之也。」

俞樾曰：「楊說未安，以眸子審視，豈可但謂之眸乎。眸當讀瞐。《說文》：『瞐，低目視也。』冒聲與牟聲極近。」

《柬釋》、《集釋》、《新注》、《詁譯》並採俞說。

宇純案：俞指楊說之失，是也。然上文云「終日求之而不得」，豈有終日不嘗一低目也？是俞說亦不然矣。此或本作牟字，涉上文目字及此文見字而誤增目旁。牟讀如貿，而猶然也，牟而見之，猶貿然見之，謂不經意間偶爾見之也。貿、牟音之相近，與瞐、眸正同。

上好羞

楊注云：「好羞貧而事奢侈，則民闇自脩飾也。」

王念孫曰：「楊說迂曲而不可通。羞當爲義，羞字上半與義同，又涉上文兩羞字而誤也。上好義則民闇飾者，言上好義，則民雖處隱闇之中，亦自脩飾，不敢放於利而行也。上好義與上好富對文，故下文云『欲富乎，與義分背矣』。上好義則民闇飾，上好富則民死利，即上文所云『上重義則義克利，上重利則利克義』也。《鹽鐵論・錯幣篇》：『上好禮則民闇飾，上好貨則下死利。』即用《荀子》而小變其文。」

《柬釋》、《集釋》、《新注》、《詁譯》並用王說。

宇純案：下文「上好富則民死利」，利與富義不異；「上好義則民闇飾」，則飾與義異義。王又引「欲富乎，與義分背矣」爲說，而「欲富乎」下尚有「忍恥矣，傾絕矣，絕故舊矣」三句，與「與義分背矣」平行，無以見「與義分背」獨承此文義字而言。然則王說猶有可商也。今謂羞原當爲脩，因音與羞同，又涉上兩羞字而誤。《禮記・鄉飲酒義》之「升堂、坐修」，錢大昕謂即《儀禮》之升堂乃羞，則謂脩羞互通亦可。脩與飾義同，正與富利二字之對文相合，脩與飾並指禮言，故《鹽鐵論》變《荀》文，而云「上好禮則民闇飾」矣。

傾絕矣

楊注云：「傾絕，謂傾身絕命而求也。」

《柬釋》以下各家並採楊注，《集釋》又引鍾泰說，謂絕從卩聲，此或假絕爲節。

宇純案：自「民語曰」以下，富、恥、舊、背四字古韻並屬之部，正合諺語恆皆叶韻之例；而絕字、節字古韻分屬祭部、脂部，音並與諸字相遠，疑傾絕本作傾事；事與絕雙聲，又涉下「絕故舊」之絕而誤耳。末句不循前三句文例云「背義矣」，而云「與義分背矣」，顯是爲取背字入韻，而變易其文。江有誥《先秦韻讀》，及小作〈先秦散文中的韻文〉未收此條，正因不悟絕字譌誤之故。

勞倦而不苟

楊注不苟云：「不苟免也。」

宇純案：〈脩身〉云：「君子安燕而血氣不惰，勞倦而容貌不枯。」王念孫引此文，說枯與苟皆苟且楛僈之意，以見楊注於義有隔。今以〈臣道〉滅苦爲滅茍之誤（詳〈臣道〉本條），茍與苟形近，疑此不苟本作不苦，苦讀同楛。

仕者必如學

楊注云：「如，往也。」

郝懿行曰：「如，肖似也。此言仕必不負所學。注云如往，非也。」《柬釋》、《集釋》用郝說。

宇純案：爲、如二字草書形似，如或是爲字之誤。

荀卿子記餘

龍　　宇　　純

提　　要

本文爲箚記性質，大抵運用語文學及校勘學知識，對《荀子》書中疑難字句，提出討論。

Notes on *Hsun Ch'ing-tzu*

LUNG Yu-chun

This essay, in the form of annotated remarks, basically aims to use philological knowledge and redaction criticism to discuss some difficult words in the *Hsun-tzu* text.

Key words: *Hsun-tzu* *Hsun Ch'ing-tzu* *Sun Ch'ing-tzu*

秀威經典　　　　語言文學類　AG0183

龍宇純全集：三

作　　者／龍宇純
責任編輯／廖妘甄
圖文排版／彭君浩
封面設計／蔡瑋筠

出版策劃／秀威經典
發 行 人／宋政坤
法律顧問／毛國樑　律師
印製發行／秀威資訊科技股份有限公司
114台北市內湖區瑞光路76巷65號1樓
電話：+886-2-2796-3638　傳真：+886-2-2796-1377
http://www.showwe.com.tw
劃撥帳號／19563868　戶名：秀威資訊科技股份有限公司
讀者服務信箱：service@showwe.com.tw
展售門市／國家書店（松江門市）
104台北市中山區松江路209號1樓
電話：+886-2-2518-0207　傳真：+886-2-2518-0778
網路訂購／秀威網路書店：http://www.bodbooks.com.tw
國家網路書店：http://www.govbooks.com.tw

2015年4月　BOD一版
定價：15000元

國家圖書館出版品預行編目

龍宇純全集 / 龍宇純著. -- 一版. -- 臺北市 : 秀威資訊科技, 2015.04
冊；　公分. -- (語言文學類 ; AG0183)
BOD版
ISBN 978-986-326-312-8(全套 : 精裝)

1. 中國文字 2. 訓詁學 3. 文集

802.207　　103027564

龍宇純 著

絲竹軒詩說

五四書店

本著作初由五四書店出版，
今承同意納入全集，謹此致謝。

謹以此編奉獻
先母
蕭綺霞女士

先母蕭綺霞女士遺像

（公元1902～1981）

吾家寒素，世居望江。抗日期間， 母氏獨力撫育我姐弟二妹四人，備極艱辛。感念隨成長以彌增，未得盡一日之烏哺，恨憾何如！今當百歲冥誕，奉薦所業，用申永懷。 二〇〇二年宇純謹誌

目次

自序

王靜安先生曾經自謂：「於《書》所不能解者，殆十之五，於《詩》亦十之一二（見〈與友人論詩書中成語書〉）。」以靜安先生的睿智宏通，對《詩、書》的解讀，且多疑滯，普通人情況如何，便可以不言而喻了。

我於一九五一年，從魚臺屈翼鵬（萬里）先生習《詩》，時肄業臺大中文系。先生為經學名家，或薈萃眾長，或機杼獨運，而要言不煩，三百五篇，一學年悉數授畢。基礎差，天資魯鈍，不能領悟的地方，自不是「十之一二」所能彷彿；於靜安先生所不知、自己懵然不覺處，還不知有多少。且先循著授課進度逐篇背誦，問題擱在心中，以待日後的成長。這是我接觸《詩》的開始。

我性不近文學，不以研治《詩》為專業。由於對古代語文學饒有興趣，而於此書特別留心。有時因文字音韻所關，牽動思緒；有時讀來消遣，不免揣摩體會一番。一九七二年，於中山大學以此作為「專書」，講授過一整年。在經文的理解上，自然更是字斟句酌，絞盡過

腦汁。有的問題，似乎豁然開朗；也有新的疑惑，不時鑽露出來。先後撰作過幾篇小文，語其價值無可觀，或竟是強作解人。終究是自己摸索遺下的痕跡，難免珍惜心理。讀研究所時，在《大陸雜誌》寫過幾條札記，當時也以為發人所未發，及後視之，恨憾不已！退休後於東海重作馮婦，學校要求填具著作目錄，早將此排除在外。但「後之視今，亦由今之視昔」，刪削之餘，遲早或又將淪為敝屣。趁「其後也悔」的日子尚未到臨，白紙黑字作為自選集刊印出來，屆時想要棄擲，也就莫可如何，於是此編面世了。

集中共是十四篇小文。〈詩序與詩經〉及〈也談詩經的興〉，因屬通論性質，選置集前。其餘各篇，不離文字音義之討論，一依撰作先後次列。各文經重新覈閱，有時不免有話要說，都只在必要處略予更易，或於篇末加案說明。〈也談詩經的興〉〈讀詩管窺〉〈說匪𩦒匪蒍〉三文，曾獲國家科學委員會研究獎勵；前者所得為一九八〇、一九八一兩年度傑出獎；五四書店何志韶學弟策劃出版事宜，中央研究院史語所李宗焜學弟為封面集字設計，並於此申謝。

壬午新正三日宇純於絲竹軒

詩序與詩經

本文所謂〈詩序〉，指的是《詩經》毛《詩》的〈序〉。此〈序〉究為何代何人之所作，不得確指；但向來為讀《詩》者所宗，直至宋代，才開始有學者批評它不盡可靠。發展到今天，通常認為〈詩序〉於《詩經》，並不具特殊地位，任誰都可以隨意致疑，任誰也都可以隨意揚棄；如果現在有人讀《詩》，還是完全不加分辨的接受〈詩序〉，便要被目為食古不化的冬烘學究了。

主張維持〈詩序〉的人，當然也並非沒有。曾見有人舉唐人詩：「洞房昨夜停紅燭，待曉堂前拜舅姑。妝罷低聲問夫婿，畫眉深淺入時無。」以為像這樣一首詩，如果不見原來的標題，或其標題只是如《詩經》取首句數字名篇，恐怕沒有不認為新婚婦人所作的。此詩的作者則分明是朱慶餘，其詩的標題則是〈近試上張水部〉，這表示完全不信〈詩序〉，專從《詩經》本文論詩旨的主張，實際並不正確。這個例子可以說舉得非常巧，可是從另一觀點看，此詩曾收入《唐詩三百首》中，以《唐詩三百首》而言，像這樣標題與文字表面上不相合的詩，恐怕是絕無僅有；而《詩三百》中看不出與〈詩序〉相合的篇什，卻比比皆是。同樣是三百首詩，而如彼如此絕不

相同，顯然這論點必改變不了學者不信〈詩序〉的心態。

平情而論，說讀《詩》必須根據經文索解，不可盲從〈詩序〉，這種主張當然十分合理，簡直就是天經地義，誰也提不出反對的理由；何況「詩無達詁」，誰也無法禁止別人依著自己的意思去尋求詩意。可是有一點必須知道，同不同意〈詩序〉是一件事，〈詩序〉有沒有錯，或者有沒有根據，卻又是另一件事。也就是說，〈詩序〉是否有其存在的價值，並不因為某人或某些人的不能接受便受到影響；某些人儘可以說，根據《詩經》本文看不出〈詩序〉所說，並不等於這就是從《詩經》本文指證了〈詩序〉的虛妄。這是一個邏輯問題，是首先必須指出的。於是朱慶餘的〈近試上張水部〉，便顯得饒有意義了。

實際自宋以來，學者所以批評〈詩序〉，主張不信〈詩序〉，主要只是因為「《詩經》本文看不出來」。可是由於一方面「《詩經》本文看不出來」的理由，有時頗有商榷的餘地；一方面同樣是「《詩經》本文看不出來」的，學者對〈詩序〉的取舍則態度極不一致；都讓人覺得主觀味道過於濃重。譬如〈衛風・河廣〉：

> 誰謂河廣？一葦杭之。誰謂宋遠？跂予望之。
> 誰謂河廣？曾不容刀。誰謂宋遠？曾不崇朝。

〈詩序〉說：

> 宋襄公母歸於衛，思而不止，故作是詩也。

從《詩經》本文看，當然看不出此詩與宋襄公之母有何關聯；另一方面，宋衛兩地原本一河之隔，宋女來嫁於衛，或宋人僑居於衛的，未必無有。如果主張不盲從〈詩序〉，這便構成了堅強的理由。所以今天似乎不見有取〈詩序〉以解此詩的。不僅如此，學者還希望能找出積極否定〈詩序〉的證據。崔述《讀風偶識》說：

《春秋》閔公二年，狄滅衛，衛人渡黃河而廬於曹。僖公九年，宋桓公乃卒。則襄公之世，衛已都河南，不待杭河而渡也，詩安得作如是言乎？

有了這樣的鐵證，〈詩序〉之為虛妄不實，便當然可以落案了。所以今天學者言此詩，都改用南宋王質《詩總聞》說，以為宋人僑居衛地者之所作。可是如果反省一下，這樣的落案，基本是因為把此詩看成了賦體。《詩》本有賦比興三種作法，如果說此詩不是賦體，而是比體，詩中的主人翁豈不仍然可以落在宋襄公的母親身上？而說此詩是比體，不是賦體，也似不見有任何問題。可見讀者的心態如果不是看到〈詩序〉便想反對，像這樣大家視為萬劫不復的〈詩序〉，仍然有其復活的可能。

相反的再看〈唐風・無衣〉：

豈曰無衣七兮？不如子之衣，安且吉兮。

豈曰無衣六兮？不如子之衣，安且燠兮。

〈詩序〉說：

〈無衣〉，美晉武公也。武公始并晉國，其大夫為之請命乎天子之使，而作是詩也。

從經文來說，當然也看不出此詩與晉武公的關係。然而不信〈河廣・序〉的學者，卻能接受此序；雖然也有兩詩都不取〈詩序〉的，如高亨《今注》，仍主張此詩是貴族的作品。可是平心靜氣的說，《詩經》本文究竟那一句話或那一個字，關係到晉武公或貴族？假如有人願意說，這只是一個極普通的人，其妻或其女友，甚至其普通友好，為他準備了衣服，或者贈給他衣服，穿起來有一種特別的感受，覺得比自己原來的衣服都好，於是寫出了這首詩，難道不比〈詩序〉的說法更有意思？不信〈詩序〉的人看了，豈不又要覺得原序可廢？

學者所以不見有人創為此說，可能是因為經文明說「豈曰無衣七兮」，「豈曰無衣六兮」，據毛《傳》「衣七」是「侯伯之禮七命，冕服七章」，「衣六」是「天子之卿六命，車旗衣服以六為節」，那得為普通人？但無論如何，總也見不出便是晉武公。何況經文但言「衣七」，《傳》說為「冕服七章」，已有增文解經之嫌；下文「衣六」與「衣七」句法平行，則因古時無六章之服，於是改說「衣六」為「衣服以六為節」，是不僅愈與經文句法不合，亦與解釋「衣七」之意前後不同。鄭《箋》因為毛《傳》沒有闡明二章變七言六的道理，補充說：「變七言六者，謙也。不敢必當侯伯，得受六命之服，列於天子之卿，猶愈乎不。」同時他也覺察到，經文何不一章言「衣六」，二章言「衣五」，一起始便「謙」的問題必須交代，又於「衣七」下補充說：「晉舊有之，非新命之服。」然而經文只是變七言六，何從知其一為舊有，一為新命？可見根據〈詩序〉

講詩，如果不是認為讀《詩經》便該用〈詩序〉，這裏實在看不出有必須取〈序〉的道理。當然我說這些話，並不表示我認為此詩不可用〈序〉，因為在文字上講，採用〈詩序〉，「衣七」「衣六」仍可以只表「衣多」，以隱喻侯伯的命服，並不發生任何問題。

再請看〈鄭風・緇衣〉：

> 緇衣之宜兮，敝，予又改為兮。適子之館兮，還，予授子之粲兮。
> 緇衣之好兮，敝，予又改造兮。適子之館兮。還，予授子之粲兮。
> 緇衣之蓆兮，敝，予又改作兮。適子之館兮。還，予授子之粲兮。

〈詩序〉說：

> 〈緇衣〉，美武公也。父子並為周司徒，善於其職，國人宜之，故美其德，以明有國善善之功焉。

居然也為許多學者所同意，而這些學者於〈河廣〉之詩，正覺得〈詩序〉是無法接受的。緇衣為卿士之服，似乎是這裏的唯一線索。但鄭國能服緇衣之服的何止武公一人？實在算不得是線索。我的意思當然也不是說，此詩必不得為美武公之作；只是覺得如〈無衣、緇衣〉之詩能取〈詩序〉，於〈河廣〉之詩便似不見必不可取〈詩序〉之理。像這樣的取舍，如果以為兩方面都已純任客觀求其至當了，是很難令人欣然同意的。

〈詩序〉喜言美刺，更是學者不以為然的，許多地方簡直要嗤之以鼻。可是我仍然覺得，美

刺之說是否一定不可取，還是要悉意推求，不可以為既是《詩經》本文看不出的，便是可以定讞之證。先請看〈魏風〉的〈葛屨〉：

糾糾葛屨，可以履霜。摻摻女手，可以縫裳。要之襋之，好人服之。好人提提，宛然左辟，佩其象揥。維是褊心，是以為刺。

這首詩因為經文點明「維是褊心，是以為刺」，當然不待〈詩序〉說刺而已為刺詩。可是〈詩序〉說：

〈葛屨〉，刺褊也。魏地陿隘，其民機巧趨利，其君儉嗇褊急，而無德以將之。

自「魏地陿隘」以下的話，仍是大家不能接受的。而且我還在想，假如此詩沒有最後兩句，恐怕連〈詩序〉「刺褊也」的說法也一定不為大家所取。大家一定是說：這是一位勤儉而美好的女子，當她把親手縫製好的衣服穿在良人身上，看著他安詳斯文的模樣，內心有著按捺不住的喜悅，於是寫了這詩。而從最後兩句話在詩中所佔的分量而言，無論為實際作用觀點，或為文學藝術觀點，都不僅是不需要，簡直可視為蛇足。試想一首詩，讀完了一點感覺不到刺的意味，必待明說然後恍然其為刺詩，那裏還能稱得上是刺詩？那裏還能認為是文學作品？而一首詩是否有刺的意味，卻不必每個讀者都有刺的感受，尤其不待千百年後讀者的評斷；只需當事人有刺的感受，便是發生了刺的作用，也便是名正言順的刺詩；而當事人究竟於何種詩能勾引起「刺」的感受，則是微妙而主觀的，不一定能為他人所理會，當然也容不得他人的歪曲。換言之，這首詩所以能被公認

為刺詩，完全是出乎意料之外的僥倖，如果不是古人質直，有時不甚注意詩的藝術成就，這詩今天必無成為刺詩的可能。詩人既不可能於刺詩都贅以如「維是褊心，是以為刺」之類的話，讀者亦雅不願見此贅疣，則《詩經》中何者為刺詩，何者非刺詩，實在值得記取此詩給予我們的啟示。

至於〈詩序〉自「魏地陿隘」以下的話，據孔氏《正義》：

作〈葛屨〉詩者，刺褊也。所以刺之者，魏之土地既以陿隘，故其民機心巧偽，以趨於利。其君又儉嗇且褊急，而無德教以將撫之，令魏俗彌趨於利，故刺之也。言「魏地陿隘」者，若地廣民稀，則情不趨利；地陿民稠，耕稼無所，衣食不給，機巧易生。人君不知其非，反復（原作覆，據《校勘記》改）儉嗇褊急，德教不加於民，所以日見侵削，故舉其民俗君情以刺之。「機巧趨利」，首（原作者，據《校勘記》改）章四句是也。「儉嗇」言愛物，「褊急」言性躁，二者大同，故直云「刺褊」，卒章下二句是也。上章下二句，下章上三句，皆申說未三月之婦，不可縫裳，亦是趨利之事（原作士，據《校勘記》改）也。

〈詩序〉之意，以為為君者儉而太過，至於吝嗇，對於人民機巧趨利的心態，無異更有帶頭作用，故當以德教感化之。實是很能把握詩人的原意。學者所以不取〈詩序〉之說，或是忽略了這些道理。參見下〈汾沮洳〉詩說解。

〈小雅·谷風之什·鼓鍾〉一詩，情形與〈葛屨〉相同。其詩云：

鼓鍾將將，淮水湯湯，憂心且傷。淑人君子，懷允不忘。
鼓鍾喈喈，淮水湝湝，憂心且悲。淑人君子，其德不回。
鼓鍾伐鼛，淮有三洲，憂心且妯。淑人君子，其德不猶。
鼓鍾欽欽，鼓瑟鼓琴，笙磬同音。以雅以南，以籥不僭。

〈詩序〉說：「〈鼓鍾〉，刺幽王也。」朱熹《集傳》說：「此詩之義未詳。王氏曰：幽王鼓鍾淮水之上，為流連之樂，久而忘反，聞者憂傷，而思古之君子不能忘也。」所謂「此詩之義未詳」，即謂〈詩序〉所言於經文無徵；後引王氏說，則即毛《傳》以來據〈序〉言詩之意。今則有悼南國某君之說。但此詩如其前三章原本便無「憂心且傷」、「憂心且悲」、「憂心且妯」的句子，朱熹恐將無取於王氏之說，今人亦難釋為悼亡之作。其在經文，如果說必須有「憂心且傷」的句子，然後始能構成為諷刺或悼亡之詩，等於說其他字句在諷刺或悼亡的作用上，不具任何積極意義。反過來說，在原無「憂心且傷」等句子情況下的詩篇，應無損於其所具諷刺或悼亡的感染力。換言之，此詩與〈葛屨〉兩詩並顯示了，不信〈詩序〉必依經文論詩旨的態度，有時未必具有太大意義。

再看〈邶風・凱風〉：

凱風自南，吹彼棘心。棘心夭夭，母氏劬勞。
凱風自南，吹彼棘薪。母氏聖善，我無令人。

爰有寒泉，在浚之下。有子七人，母氏勞苦。
睍睆黃鳥，載好其音。有子七人，莫慰母心。

今天學者解詩，通常都以為此是孝子念母氏劬勞而自疚之作。也有引〈詩序〉說是「美孝子」的，但〈詩序〉原來是說：

凱風，美孝子也。衛之淫風流行，雖有七子之母，猶不能安其室，故美七子能盡其孝道，以慰其母心，而成其志爾。

自「衛之淫風流行」以下，是今天學者所斷不敢取的，原因當然也是「《詩經》本文看不出來」。可是《孟子・告子》下篇記載，公孫丑引高子論〈小弁〉為小人之詩，孟子不同意，於是公孫丑說：「〈凱風〉何以不怨？」孟子說：「凱風，親之過小者也。」從這一段對話來看，公孫丑既以「〈凱風〉何以不怨」設問，孟子居然以「親之過小」為解，二人所瞭解的此詩背景，七子之母有過，當不成問題。學者因為心理上根本看不起〈詩序〉，於《孟子》此文亦深致其疑，而多方揣測。殊不知我們於經文所看不出的，孟子與〈詩序〉又豈能附會得出？則其必是自始相傳如此，便沒有可以懷疑的餘地。所以《孟子》這一記載，我以為給後人有兩點啟示：其一，〈詩序〉所說有其傳授，並非憑空穿鑿得來；其二，「《詩經》本文看不出來」的，並不表示〈詩序〉便不可信。這兩點，應該能改變通常學者對〈詩序〉的態度。自宋人開始批評〈詩序〉，至朱熹《集傳》說《詩》，雖亦往往本〈序〉為說，絕不冠〈詩序〉之名，可以想見〈詩序〉在朱子心目中

的地位。〈凱風〉一詩，朱子則亦全用〈詩序〉，並申說其意：「母以淫風流行，不能自守，而諸子自責，但以不能事母，使母勞苦為辭，婉辭幾諫，不顯其親之惡，可謂孝矣。」朱子所尊重的，當然不是〈詩序〉，而是因為孟子既如此說，便有其不得不尊重之理。今人言《詩》，如果因為基本上不信〈詩序〉，便連《孟子》亦欲屈解之，恐未免過於執著了。

綜合以上所說，可以得到一個結論：〈詩序〉也許並非全部可取，但要廢置一篇之〈序〉，先應該充分為〈詩序〉設想，真的無法維持，然後再言放棄。絕不可只用一個標準；凡《詩經》本文看不出的便不可信；以為是純任客觀，卻不知或已淪入主觀。以下我更要舉出一些詩篇，作為對〈詩序〉可以斟酌考慮的實例。

〈魏風・汾沮洳〉：

彼汾沮洳，言采其莫。彼其之子，美無度；美無度，殊異乎公路。

彼汾一方，言采其桑。彼其之子，美如英；美如英，殊異乎公行。

彼汾一曲，言采其藚。彼其之子，美如玉；美如玉，殊異乎公族。

〈園有桃〉：

園有桃，其實之殽。心之憂矣，我歌且謠。不我知者，謂我士也驕。「彼人是哉！子曰何其？」心之憂矣，其誰知之？其誰知之，蓋亦勿思！

園有棘，其實之食。心之憂矣，聊以行國。不我知者，謂我士也罔極。「彼人是哉！子

曰何其？」心之憂矣，其誰知之？其誰知之，蓋亦勿思！

前者〈詩序〉說：

刺儉也。其君儉以能勤，刺不得禮也。

後者〈詩序〉說：

刺時也。大夫憂其君，國小而迫，而儉以嗇，不能用其民而無德教，日以侵削，故作是詩也。

今天學者言《詩》，於〈園有桃〉一詩，因文中有「心之憂矣」一類的話，或說為憂時之作，或者說是對國君不滿。究竟憂的什麼？不滿的什麼？卻不見具體說明。至於〈汾沮洳〉一詩，則或說怨卿大夫生活過奢，不知民間疾苦；或說刺某大夫愛修飾；或竟說是婦女讚美男子之作。而不信〈詩序〉的基本心理，想都離不開「儉為美德，何以為刺」八個大字。然而這完全是因為忽略了〈詩序〉說話的原意。如果把這兩首詩與其更前一首的〈葛屨〉合在一起來看，〈詩序〉的意思便清楚了，也便不覺得有什麼不可取的了。

先以〈汾沮洳〉與〈葛屨〉比較，可以看出兩詩內容手法完全相同。〈汾沮洳〉每章前兩句，言在上位者之儉嗇褊急，相當於〈葛屨〉的首章；中二句言在上位者之美好，相當於〈葛屨〉的二章前三句；末二句指在上位者之所行，與其身分不相稱，隱然語含譏刺，相當於〈葛屨〉詩的末二句，只是沒有〈葛屨〉詩露骨而已。〈園有桃〉一詩，每章首二句亦言儉嗇褊急（案鄭《箋》

於首章說：魏君薄公稅，省國用，不取於民，食園桃而已）。所謂「彼人是哉，子曰何其」，正是「儉為美德，何以為刺」的意思。通篇言作者有感於在上位者儉嗇褊急的作風，對機巧趨利的民俗有助長作用，是以憂心忡忡，而世人不能知此，反「謂我士也驕」，「謂我士也罔極」；憂國既不能見諒於人，顧亦無可如何，但願自己能無憂思而已。是此詩主要意旨，亦與前二者無異。一時代有一時代的政情，一地域有一地域的民風，三首詩相連出現在〈魏風〉裏，把它們合攏一起觀看，想來不能視為隨意比附。朱熹《集傳》是有名的不信〈詩序〉，對於這三首詩卻全依〈詩序〉為解，而且還說：「〈葛屨、汾沮洳、園有桃〉三詩，皆言其急迫瑣碎之意。」竟也注意到三首詩的相關性，看了實在令人興奮。

從〈小雅・節南山之什〉首篇〈節南山〉，至〈魚藻之什〉末篇〈何草不黃〉，凡四十四首詩，除〈何人斯、大東、無將大車、小明、都人士〉及〈緜蠻〉六篇而外，〈詩序〉並以為刺幽王。有些雖然一看便知為傷時刺亂之作，如〈節南山、正月、雨無正、小旻〉等，一定說是刺幽王，已難令人同意。有些詩如〈谷風〉，與〈邶風・谷風〉相似，似為棄婦之辭；如〈蓼莪〉，只能見出「民人勞苦，孝子不得終養」之意，更不見與幽王有關。另有不少詩篇，如〈楚茨、信南山、甫田、大田、瞻彼洛矣、裳裳者華、桑扈、鴛鴦、頍弁、車舝、賓之初筵、魚藻、采菽、采綠、黍苗、隰桑、瓠葉〉，一十七首，不僅不見任何傷亂氣息，從文字看來，有些分明是詠稼穡祭祀，甚至為頌美祝禱之詩，一片太平景象。此等詩前者如〈信南山〉：

信彼南山，維禹甸之。畇畇原隰，曾孫田之。我疆我理，南東其畝。
上天同雲，雨雪雰雰。益之以霢霂，既優既渥，既霑既足，生我百穀。
疆埸翼翼，黍稷彧彧。曾孫之穡，以為酒食。畀我尸賓，壽考萬年。
中田有廬，疆埸有瓜。是剝是菹，獻之皇祖。曾孫壽考，受天之祜。
祭以清酒，從以騂牡，享于祖考。執其鸞刀，以啟其毛，取其血膋。
是烝是享，苾苾芬芬，祀事孔明。先祖是皇，報以介福，萬壽無疆。

後者如〈鴛鴦〉：

鴛鴦于飛，畢之羅之。君子萬年，福祿宜之。
鴛鴦在梁，戢其左翼。君子萬年，宜其遐福。
乘馬在廄，摧之秣之。君子萬年，福祿艾之。
乘馬在廄，秣之摧之。君子萬年，福祿綏之。

〈詩序〉說：

〈信南山〉，刺幽王也。不能脩成王之業，疆理天下，以奉禹功，故君子思古焉。
〈鴛鴦〉，刺幽王也。思古明王交於萬物有道，自奉養有節焉。

實在無法不令人詫異！這些詩篇，今天當然已不再有人用〈詩序〉了。我自己也有過這樣的經驗，在一開頭的一二首詩，還能勉強自己試著去接受；可是這差不多是相連的詩篇，越往下看便越覺

得難以容忍。但是我也不禁要問，這既然不是偶爾見之的一二首詩，而是差不多相連的十七首詩，何以今天我們越看越覺得沒有信心的，〈詩序〉的作者竟能有如此大勇氣？我們覺得完全不可思議的，而〈詩序〉作者卻能居之不疑？他究竟是從那裏來的這股定力？再一想，像作《故訓傳》的毛公，像作《箋》的鄭玄——鄭更是遍注群經的大師，這些人總不能說不是極端聰明的有識之士，他們又何以能完全聽任〈詩序〉的擺布，而安之若素？《詩經》說「哲人之愚，亦維斯戾」，孔子也讚甯武子「其愚不可及也」，當我想到了這些，面對如此不尋常的〈詩序〉，再也不敢掉以輕心；我不敢一腳就把它們踢開，來開啟自己的門戶，而是覺得應該設法試著為〈詩序〉尋求答案。《詩經》本文既然完全看不出「刺幽王」，這些說法無疑便不是來自字裏行間的穿鑿附會；如〈凱風〉之〈序〉既有《孟子》一書的印合，至少《孟子》便是〈詩序〉的張本，而公孫丑與孟子亦不能無中生有胡亂說詩，則〈詩序〉的說法便可論定必是自始相傳如此。毛公鄭玄於〈詩序〉之所以能無條件的接受，應該便是基於此一觀點。不過我還有個退一步的想法，即使〈詩序〉並非篇篇都有傳授，仍然可能維持它的可信度。因為一時代有一時代的文學背景，衰亂之世不得多頌美的文學，於是只需〈詩序〉的作者確知這些詩篇的作成時代屬幽王，則文字看得出來的固然是刺詩；文字看不出的，由於當事者受刺的心理反應，幾乎可以在任何提示下一觸即發，稱古諷今或語常射變等等的文學手法，本可以層出不窮，如〈信南山、鴛鴦〉之類的詩篇，自然也可以成為刺詩。〈小雅〉之詩，出於王朝，論其時代，理非難曉。所以我認為，即使是這樣的詩篇，

〈詩序〉的說法仍然不是完全沒有可以維持的理由。

而且說這些詩表面上看不出諷刺的意思，實際也不盡然。如〈楚茨〉：

楚楚者茨，言抽其棘。自昔何為？我蓺黍稷。我黍與與，我稷翼翼。我倉既盈，我庾維億。以為酒食，以享以祀，以妥以侑，以介景福。

濟濟蹌蹌，絜爾牛羊，以往烝嘗。或剝或亨，或肆或將。祝祭于祊，祀事孔明。先祖是皇，神保是饗。孝孫有慶，報爾介福，萬壽無疆。

執爨踖踖，為俎孔碩。或燔或炙，君婦莫莫。為豆孔庶，為賓為客。獻醻交錯，禮儀卒度，笑語卒獲，神保是格。報以介福，萬壽攸酢。

我恐熯矣，式禮莫愆。工祝致告，徂賚孝孫。苾芬孝祀，神嗜飲食。卜爾百福，如幾如式。既齊既稷，既匡既敕。求錫爾極，時萬時億。

禮儀既備，鍾鼓既戒。孝孫徂位，工祝致告。神具醉止，皇尸載起。鼓鍾送尸，神保聿歸。諸宰君婦，廢徹不遲。諸父兄弟，備言燕私。

樂具入奏，以綏後祿。爾殽既將，莫怨具慶。既醉既飽，小大稽首。神嗜飲食，使君壽考。孔惠孔時，維其盡之。子子孫孫，勿替引之。

〈詩序〉說：

〈楚茨〉，刺幽王也。政煩賦重，田萊多荒，饑饉降喪，民卒流亡，祭祀不饗，故君子

思古焉。

假定此詩果知其作於幽王之世，而幽王之世又確如〈詩序〉所說：「政煩賦重，田萊多荒，饑饉降喪，民卒流亡，祭祀不饗。」如我在此前所指出者，當事人感覺到受刺的心理反應，可以在任何提示下產生，則此詩表面上雖然沒有諷刺的話，卻未必不可以發生刺的效力。〈詩序〉說為「刺幽王也」，自然便很難直指其妄。不過這不是此處所要說的；此處要指出的是，詩中兩處值得注意的文字。一是開始四句中的「自昔何為」一句，作者特別要說「自昔」，因為「昔」的意思與「今」相對，則其稱「昔」以影射「今不然」的用意，便似呼之欲出；只不過作者又不欲直言「今不然」，於是含混其辭，不說「在昔」，而說「自昔」，然則〈詩序〉「君子思古焉」的說法，或者便並非無稽之談了。另一是結尾兩句中的「勿替」二字，作者不用「世世引之」之類的說法，或正隱含了無限的感慨。像這樣的一頭一尾，我想仍是值得玩味的。

至於如〈谷風〉：

習習谷風，維風及雨。將恐將懼，維予與女。將安將樂，女轉棄予。
習習谷風，維風及頹。將恐將懼，寘予于懷。將安將樂，棄予如遺。
習習谷風，維山崔嵬。無草不死，無木不萎。忘我大德，思我小怨。

又如〈蓼莪〉：

蓼蓼者莪，匪莪伊蒿。哀哀父母，生我劬勞！

蓼蓼者莪，匪莪伊蔚。哀哀父母，生我勞瘁！
缾之罄矣，維罍之恥。鮮民之生，不如死之久矣！
無父何怙？無母何恃？生則銜恤，入則靡至。
父兮生我，母兮鞠我。拊我畜我，長我育我，
顧我復我，出入腹我。欲報之德，昊天罔極。
南山烈烈，飄風發發。民莫不穀，我獨何害。
南山律律，飄風弗弗。民莫不穀，我獨不卒。

〈詩序〉說：

〈谷風〉，刺幽王也。天下俗薄，朋友道絕焉。
〈蓼莪〉，刺幽王也。民人勞苦，孝子不得終養爾。

今天學者於〈谷風〉詩或說為棄婦之辭，或說此詩傷朋友能共患難而不能共安樂，後者即本〈詩序〉為說，只是不取其「刺幽王」之說而已；於〈蓼莪〉篇大都認為人子哀父母不得終養，也大體與〈詩序〉不異，所異仍是不能同意詩序的「刺幽王」。這可以說都只是觀點的不同。孔子說：「《詩》，可以觀。」（見《論語・陽貨》）《禮記・王制》篇說：「命太師陳詩，以觀民風。」《漢書・藝文志》說：「古有采詩之官，王者所以觀風俗，知得失，自考正也。」如果我們能認為，一首詩除了文字本身所顯示的意義，還可以反映一時代的民風政情；同時又能把「刺某王」

的某王，看成只是某一時代民風政情的當然代表，對於這些〈詩序〉的說法，便實在沒有什麼可以爭論的地方。當然這些詩是否「刺幽王」，關鍵還是要看詩的作成時代是否屬於幽王，在我看來，這便是此等詩唯一問題之所在。至於如〈谷風〉詩究為棄婦之辭，還是傷朋友不能共安樂之作，就反而顯得不重要；因為它更重要的功能，只是要反映一個時代的不正常。

從〈小雅‧南有嘉魚之什〉的〈六月〉，至〈鴻鴈之什〉的末篇〈無羊〉，共十四首詩，據〈詩序〉並是有關宣王之作。宣王在位四十六年，始勤終怠。〈詩序〉於此等詩，或云美，或云規，或云誨，或云刺，不一而足，大體與其人一生行事相吻合。但《史記・本紀》只有根據《國語・周語》的簡單記述，而並與此十四篇詩無關。如果說詩必須有《詩經》本文的印證，〈詩序〉便無一非鑿空立說。今之學者言詩，於〈六月、采芑〉兩詩無不用〈序〉，車攻、吉日亦多用〈序〉，其餘十篇則以為並無可取。然而，如〈六月、采芑〉等詩所詠，後人信其為宣王事功，正是因為〈詩序〉說此二詩，一言宣王北伐，一言宣王南征。如果堅持「經文無證，〈詩序〉便不可信」的原則，則所謂宣王北伐、宣王南征的事蹟都成了問題，當然〈詩序〉也便無可信採。可見學者在這十四篇序上所表現的取舍態度，不是無可議論的。我自己的意思當然認為，這十四篇序如果不是都有傳授，便是確知此等詩的作成時代屬於宣王；換句話說，我是主張全部接受的。更舉其中一首，討論如下。

〈鴻鴈〉篇：

鴻鴈于飛，肅肅其羽。之子于征，劬勞于野。爰及矜人，哀此鰥寡。

鴻鴈于飛，集于中澤。之子于垣，百堵皆作。雖則劬勞，其究安宅。

鴻鴈于飛，哀鳴嗸嗸。維此哲人，謂我劬勞。維彼愚人，謂我宣驕。

〈詩序〉說：

美宣王也。萬民離散，不安其居，而能勞來還定安集之，至於矜寡，無不得其所焉。

自朱子《集傳》以來，都認此是流民喜獲安居而作之詩，不以〈詩序〉為然。然而如朱子所說，此詩文字無法貫串。實則詩中所詠「之子」，乃指為宣王在外主持營建流民住宅之使臣而言，藉言「之子」之劬勞，以美宣王愛民之意。朱子解「之子」為「流民自相謂」，便是一基本錯誤。宣王繼位於厲王死於彘之後，天下初集，百廢待舉。時人或頗怪其營建流民住宅之不知緩急，以為大興土木，好大喜功（案詩所謂「宣驕」）。於是詩人更借「之子」之口吻（案鄭《箋》說：我，之子自我也），以言時人竟有不諒宣王之行事者。如此解詩，不僅文從字順，從情理上衡量，情節也是宣王中興的初期所極可能發生的。假如說〈六月〉到〈吉日〉的序能夠接受，實在無法看得出不能接受這篇序的道理。

最後，我要不憚煩的把我對整個〈詩序〉的態度，作扼要說明。〈詩序〉因為至今不能確指其作者及時代，自然無法要求大家對它的可信度不可產生懷疑；而詩無達詁，尤其無法禁止別人有屬於自己對於詩的看法。可是由於本文所指出者，許多經文絕看不出來的，並不表示〈詩序〉

便無可取，便無根據，於是同是經文無法看得出來的，究竟何者可信，何者不可信，便沒有可以依循的標準；而實際上學者在這上面所表現的取舍態度，也絕不見有一致的。更由於〈詩序〉與經文的結合，已經形成了傳統的「詩經學」，有的甚至在民族文化裏生了根，怎樣也不能拔除。舉一個最簡單的例，譬如〈檜風・素冠・詩序〉說為「刺不能三年也」，於是「棘人」便成了居父母喪者的代稱；儘管後人不信〈詩序〉，解說為婦人思君子之作，要不影響「棘人」一詞的傳統用法。所以我的主張是，《詩經》一書儘可以有新的詮釋，但必須逐篇先引〈詩序〉，一如坊間所刻朱熹《集傳》有於眉間附錄〈詩序〉者然；覺得經文不能證明的，亦不必一一指其不可取信。這當然不是要勉強讀者去接受它，而是為了表示一個重要的觀念：新的說解的誕生，並不等於便是舊說生命的終止；同時也不致使人根據新注熟讀了《詩經》，卻不知道「棘人」一詞的通行用義。

這篇小文討論〈詩序〉與《詩經》的關係，頗涉及當代學者注解《詩經》的著作。這些學者，其中有的是從遊多年心懷敬佩的學界先進，有的更是曾經教過我也是最愛護我的業師。徵引這些著作，自然只是當作一時代學術潮流的代表而提出，是故凡其出處篇中不更細加分別；而其愛真理亦知愛師敬長的心情，尤其不敢後人。

再者，本文九月二日曾於韓國中國學會召開之第四屆國際中國學術會議提出報告，將以韓文

譯文刊載於該次學術論文集中，附記之於此。

一九八四年中秋節翌日宇純謹誌

（原載《鄭因百先生八十壽慶論文集》，一九八五年）

也談詩經的興

《詩經》的興，談的人不少。有的似是而實非，有的愈談離題愈遠；也有極好的意見，而不能為人接受。我是個不甚讀書的人，據裴普賢女史《詩經研讀指導》中〈詩經興義的歷史發展〉一文所述及者，已是洋洋大觀；近日林慶彰兄影贈的大陸資料，又復十有餘文。至今未得寓目的，恐怕還不知凡幾！但平日讀《詩》，胸中之所憤蓄，在上述所見諸家之作中，竟有不同或不盡相同的地方；讀過上述諸作之後，也引發了一些新的意見。中央研究院中國文哲研究所籌創《中國文哲研究集刊》，徵稿於已自臺大退休的下走，而屢辭不獲。姑且將這些淺見寫在下方，藉向海內外專家求教；如其有為前賢時彥所已見及者，自暴其不學之短，也便顧不得了。

一

談到《詩經》的興，多見引用孔子「《詩》可以興」（《論語．陽貨》）及「興於《詩》」（〈泰伯〉）的話，以為相關。裴普賢女史更歸之為「《詩經》興義發展的第一階段」，據何晏《論語集

解》引孔安國對「《詩》可以興」句的解釋，「興，引譬連類」，以及邢昺《疏》所說「《詩》可以興者，《詩》可以令人引譬連類以為比興也」，認為是「清楚地指出了孔子所說可以興的話與六義比興的關係」。大陸學者胡念貽〈詩經中的賦比興〉也說：

> 何晏《論語集解》在〈陽貨〉篇：「《詩》可以興」句下引孔安國說：「興，引譬連類。」孔子所說「《詩》可以興」的「興」字，是否賦比興之「興」，還可以研究，但孔安國是把它當作賦比興的「興」的。這一句就是孔安國對「興」的解釋，他的解釋和毛《傳》相同：「引譬連類」正是毛《傳》解釋「關關雎鳩」那套方法的概括的說明。①

我則以為，孔子說「《詩》可以興」，是對既有的「《詩》三百」而言，說讀之可以有「興」的作用。所以孔子又說「不學《詩》無以言，誦《詩》三百，使於四方不能專對，雖多亦奚以為」的話，見於《左傳》中的賦《詩》明意，以及古籍中作者引《詩》以為自己意見的佐證，是這個「《詩》可以興」或「興於《詩》」的具體表現。至於六義中的興，則一般學者所公認，為《詩》的作法，是一種相對於比與賦的形成詩作之法；可以說與孔子所說的興，其發生一在《詩》後，一在「詩」前，是豈得為相同？即使視為相關，也只緣於興字的意思為興起，興體之名與孔子說《詩》的作用，適同用了此字而已；並非因孔子曾說過「《詩》可以興」的話，於是而有了興體

①《文學遺產增刊》一輯，（北京：人民出版社，一九五五年九月），頁四。

的稱謂。兩者實在並無任何直接關聯。驗之於《論語注疏》，孔安國所說「興，引譬連類」，固然說的是《詩》的作用；即邢昺多加「以為比興」四字，仍是從讀《詩》可以產生某種能力而言，何嘗說過孔子的興便是六義的興？也儘管毛《傳》以喻、猶、若、如之意說解興詩，仍與孔安國所說彼是彼，此是此，了不相干。孔子的興不是六義的興，實在並無「還可以研究」的餘地。

二

興體詩到底興句取不取義的問題，是學者爭論的焦點。自毛《傳》鄭《箋》的凡興取義；到蘇轍的始雖意有所觸，但時過境遷，其意可類推而不可言解，凡興之取義者是比非興；到鄭樵的取聲不取義；到朱熹的興有取義及不取義之別。從絕對的取義，到絕對的不取義，到或取義或不取義，意見多樣，無可復加。近人顧頡剛主張興只是開個頭，只是取其聲，因其說有民間歌謠的佐證，頗聳動一時，從之者眾。但也有如王靜芝先生者，仍力主凡興取義之說。換句話說，這一問題至今未獲致共識，而似以主兼取義及不取義二者之說為多見。

推求後人所以不能同意毛《傳》以來的興體說，原因蓋不外三點。其一，許多毛鄭說為興體的詩篇，根本無從見出興句與下文文意上的關聯。其二，毛鄭說興，全依〈詩序〉，〈詩序〉既無可信，故毛鄭之興說也便無所可用。其三，興與比同取義，而興比之間無嚴明的分際，是以傾向於興不取義說。第三點情況如何，留待下節討論。第二點，我在〈詩序與詩經〉一文指出，〈詩

序〉是否無可信，目前尚不能成為定論，毛鄭依〈序〉說興，是否即不足取，自然也不到落案的時候。這裏不待贅言。至於第一點，無論如鄭眾之說興為託事於物也好，或如摯虞所說為有感之辭也好，詩人既未挑明來說，後人便難保沒有探尋不出究竟的地方。因其探尋不出究竟，便說其間本無意義可言，自不能認為盡合道理。依《莊子・德充符》所說：「自其異者觀之，肝膽楚越也；自其同者視之，萬物皆一也。」真要從有關聯處著眼，天地間或竟找不到絕對無關的事物。而讀者既非作者，一時不能體會出作者的心意，又非絕不能容許。因此，看不出關聯的，未必便是興本不取義的證明。大陸學者王健〈詩經中的興與人和自然的對應〉文中說：

> 《詩經》中也有一些「興」，似乎一點也找不到「對應」的痕跡，這又將如何解釋呢？社科院編的《中國文學史》認為：「興有時和正意有關，有時無關，有時有情調上的聯繫，有時只是從韻腳上引出下文。也就是說，有全無意義的興。」這種說法是含混的。即使一組聲音，都有它表情的意義，何況詩的語言？弗洛伊德的精神分析學告訴我們，任何無意識，實際上都是有意義的，只是沒有被清楚地認識到，還是一些模糊的潛意識罷了。②

不僅說得合乎道理，而且還有學理上的根據。王氏似乎並不清楚主張興但取趁韻說的歷史，卻也

---

②《復旦學報（社會科學版）》一九八二年第四期，頁六四。

由此可以看出，對事物具有正確認識的，不一定要待專門名家。我並不清楚王氏的學術背景，看來似乎不是專治《詩》的。

〈王風〉〈鄭風〉〈唐風〉同有「揚之水」的興句，〈唐風〉〈小雅〉也有三個「有杕之杜」的興句，於是學者有「套句式興」或「戴帽式興」的觀念，以為即是興句不取義的證明。但引「山有×，隰有×」以為套句，主張興不取義的胡念貽則同時又說：

第一個用它的時候，一定得有意義，不過傳播開了，被人當作套句來用罷了。③

至少不表示凡「揚之水」或凡「有杕之杜」都為無義。〈邶風〉〈鄘風〉都有「泛彼柏舟」的興句，王健說一寫受制於羣小，不能奮飛的怨憤，一寫對母親干涉婚事的怨訴，情緒有類似之處。假令也可以認為是套句，更是「套句興」未必無義的最好說明。〈小雅・鴛鴦〉說：

鴛鴦在梁，戢其左翼。君子萬年，宜其遐福。

又〈白華〉說：

鴛鴦在梁，戢其左翼。之子無良，二三其德。

同以「鴛鴦在梁，戢其左翼」為興句，而其應句一為稱頌之辭，一是怨詈之語。主張興不取義的學者抓到了，自然要揭舉出來以為證詞，見胡念貽的〈詩經中的賦比興〉，及〈論賦比興〉④二

③同註①。

④刊《文學評論叢刊》第一輯，（中國社會科學出版社，一九七八年十月），頁五五～七五。

文。然而人心不同，各如其面，同樣景物，何嘗不可以產生彼此間截然不同的反應？即使是同一人，在不同因素的影響下，情緒的反應，亦未必終始相同。不然，面對中秋月色，一個人豈非一生只能一次吟詠？而各家所詠，又豈非篇篇都該面目相同？換句話說，以上種種現象，都不足為興不取義的證明。

反之，〈周南・麟之趾〉云：

麟之趾，振振公子。于嗟麟兮！
麟之定，振振公姓。于嗟麟兮！
麟之角，振振公族。于嗟麟兮！

毛《傳》於首章標興，鄭《箋》云：「興者，喻今公子亦信厚，與禮相應，有似於麟。」究竟麟之為物與公子、公姓、公族的信厚有何關聯，不信興體取義的學者，恐難對鄭《箋》的說明點頭示可。但若謂此興句無義，又居然以「于嗟麟兮」作結，一章三句，倒有兩句無義成了廢物，將何以成其為詩乎！另一方面，〈召南・騶虞〉云：

彼茁者葭，壹發五豝。于嗟乎騶虞！

以「于嗟乎騶虞」煞尾，結構句法與此相同，無異為「于嗟麟兮」句有義之證。〈唐風・椒聊〉云：

椒聊之實，蕃衍盈升。彼其之子，碩大無朋。椒聊且！遠條且！

以椒聊起興，又以詠椒聊終篇，與此詩作法全然一樣；而興句應句之間，以椒聊之實喻人子孫眾盛，意至顯然，初無待鄭《箋》的說破：「興者，喻桓叔晉君之支別耳，今其子孫眾多，將日以盛也。」讀者已早有所感，又足證此篇以麟起興，非無取義。然則，〈麟之趾〉一篇，無異為興句取義的內在證據，興體無義的主張，觀此殆可以止息了。

顧頡剛自述其摸索興體詩的心路歷程，大概意思說：幼讀朱熹《詩經集傳》，於賦與比都易明白，唯獨於興，一片茫然。如〈桃夭〉，既說「《周禮》仲春令會男女，然則桃之有華，正婚姻之時也。」那麼這詩是說，在桃花盛開時她嫁了。詠桃花以著嫁時，乃是直陳其事的賦詩。又如〈麟趾〉，既說「麟之足不踐生草，不履生蟲。振振，仁厚貌。」這詩說仁厚的公子，同麟趾一樣的愛物，便是一首以彼物比此物的比詩了。數年後，從輯集的歌謠：「螢火蟲，彈彈開。千金小姐嫁秀才。」「陽山頭上竹葉青，新做媳婦像觀音。」……忽然在無意中悟出興詩的意義，原來只是取音，取為陪襯，而並不取義。顧氏既有這樣大的發現，這〈桃夭〉〈麟趾〉二詩，當然最後仍是歸之於興體，只是對毛、鄭、朱等根本不明興體的真相，胡亂作了許多附會，不免嗤之以鼻。可惜的是，如本文所說，〈麟趾〉的興句不得無義，顧氏的見解終於還是錯了。

至於〈桃夭〉一詩，本來無庸再談。適巧王靜芝先生在其大作《詩經通釋》中說到：

或謂桃之少好，其華鮮明，與之子出嫁，宜其室家，毫無關係。實則關係至深。蓋婚姻之事，為姿彩鮮麗之事，青春少女之表現，故由桃夭以起興。桃之夭夭，灼灼其華，可

聯想及少女青春，亦可表現結婚當時之姿彩。桃夭並不能釋為婚姻，此所以為興而不為比也。今假設易桃夭二句為風雨晦暝、落葉滿山之類言語，試一讀之，則結婚景象淒然可悲。明其不可易之理，則明其相關之義矣。凡興之作，無不類此。⑤

道理說得極是透徹；而用易句之法，教人如何反覆體會，尤其別緻。不禁令我想到，試仍易以與桃樹相關的詩句，同時依古韻作為韻語，假令婚期適當冬季，詩人是否會作出「桃之枯枯，禿禿其椏。之子于歸，宜其室家」的頌詞呢？同時又想到〈東山〉的末章：

倉庚于飛，熠燿其羽。之子于歸，皇駁其馬。

假令當時詩人所見，此于飛者為一雙烏鴉，是否又會吟出「烏鴉于飛，墨黑其羽。之子于歸，皇駁其馬」這樣的詩來？究竟興體取不取義，看來還有很多地方是值得推敲琢磨的。

然而這卻並非表示，興取趁韻之說，便是完全的錯誤。也以〈麟之趾〉為例說明。前引鄭《箋》於首章云：「興者，喻今公子亦信厚，與禮相應，有似於麟。」全未說及趾字。二章定字《傳》但云「定，題也」，《箋》亦別無說。三章則《傳》云「麟角所以表德也」；《箋》云「麟角之末有肉，示有武而不用」，蓋以申《傳》所以表德之意。依毛鄭二家言，似僅末章角字有義。朱熹《集傳》云：

---

⑤王靜芝《詩經通釋》。（臺北：輔仁大學文學院，一九六八年七月）。

麟之足不踐生草，不履生蟲，故詩人以麟之趾興公之子，言麟性仁厚，故其趾亦仁厚。總算替趾字找到了說辭。問題是麟趾之不踐生草，不履生蟲，究竟是麟趾之仁厚呢？抑是麟之仁厚？如果是麟趾仁厚，不是麟仁厚，何以下文不說「于嗟麟趾兮」，而但說「于嗟麟兮」？二章定字，朱熹說：「定，額也。麟之額未聞，或曰有額而不以抵也。」依其或說，情形與麟趾相同。三章角字，則但云「麟一角，角端有肉」，是否蒙鄭《箋》而省了「示有武而不用」一句，抑或根本無取於鄭《箋》之意，不得而知。依我看來，各章結語既但云「于嗟麟兮」，又見不出趾與公子、定與公姓、角與公族之間的個別必然關係，則三字僅取趁韻，取義者只一麟字而已，可謂洞若觀火。這種地方，如要分別講出意義上的關聯，恐又反為穿鑿。然而，也有兩點須特別注意。其一，《詩經》中這樣的興句，至為罕見。〈麟之趾〉之外，〈衛風・芄蘭〉也許便是少數幾首之一。一章云：「芄蘭之支，童子佩觿。」二章云：「芄蘭之葉，童子佩韘。」《傳》於一章云：「興也。芄蘭，草也。君子之德，當柔潤溫良。」未說支字。《箋》云：「芄蘭柔弱，恆延蔓於地，有所依緣。則起興者，喻幼稚之君，任用大臣，乃能成其政。」顯然有說支字之意，故鄭於二章又云：「葉猶支也」。只是既言芄蘭，概念中便應包含了枝葉在內；詩中支葉二字，恐亦只取其分別與觿及韘字叶韻，並無特別意義。此外則各章句法大致相同的詩篇，次章以下興句中更換字面的文字，也有只取趁韻的。如〈王風・揚之水〉首章的「揚之水，不流束薪」，大概為眼前所見，觸物情生，故以為興；二章的「揚之水，不流束楚」，三章的「揚之水，不流束蒲」，

楚字蒲字恐都只有趁韻的作用。其二，此種但取趁韻不取意義的文字，並非因其為興體，然後有此現象；比體賦體實亦相同。換言之，此是整個詩的特色，不是那一體的特色。其例前者如〈鄘風・相鼠〉：

相鼠有皮，人而無儀。人而無儀，不死何為！
相鼠有齒，人而無止。人而無止，不死何俟！
相鼠有體，人而無禮。人而無禮，胡不遄死！

皮儀、齒止、體禮之間，並無特別相關之處；取以為比者，只是鼠而已。是故自毛《傳》以來，不見有人在皮儀等之間作其文章的。後者如〈唐風・無衣〉：

豈曰無衣七兮？不如子之衣，安且吉兮。
豈曰無衣六兮？不如子之衣，安且燠兮。

其中七字六字除為趁韻取言衣多而外，亦無其他特殊意義。所謂「七章之服」，所謂「變六為謙」，都是附會之辭。詳見拙著〈詩序與詩經〉。是故以此言之，即使只是說興句中有但取趁韻的文字，而不知其並非興體詩的特色，仍是對《詩》未盡瞭解。

三

賦是不假比興手法的直陳其事，與比興易分，毋庸談論。自上文確定興亦取義之後，與比的

分別何在，自有清楚加以說明的必要。過去學者，有於比興之外，別加興而兼比一類的，見姚際恆《詩經通論》；有說興為比之一種的，見朱自清的〈關於興詩的意見〉及〈比興篇〉；也有主張將取義的興部分歸賦、部分歸比，興下只保留不取義的部分的，見胡念貽的〈詩經中的賦比興〉。都是由於對興與比，甚至對興與賦糾纏不清的緣故。

毛《傳》獨標興體，於賦比興三者名義又無隻字說明，如何分別比興，無從測知。鄭玄注《周禮・春官・太師》的「六詩」說：

比見今之失，不敢斥言，取比類以言之；興見今之美，嫌於媚諛，取善事以喻勸之。

以美刺分別興與比，最為學者所詬病。鄭氏箋《詩》，說明各篇所以為興的道理，實際美刺都屬恆見，不知何故有此一偏之辭？及至摯虞《文章流別論》所說：「比者，喻類之言；興者，有感之辭也。」可謂言簡意賅，十分切要，惜不甚為學者所珍。下及宋代，如：程頤的「興者，感發之意；比者，直比之而已」（《論六義》）。黃櫄的「比者，託物而喻之謂也；興者，因物而感之謂也」（《毛詩集解》）。王昭禹的「以其所類而況之謂之比；以其感發而比之謂之興」（《周禮詳解》）。李仲蒙的「索物以託情謂之比；觸物以起情謂之興」（王應麟《詩經考異》引）。大抵都是同一意思。即鄭樵所說：

凡興者，所見在此，所得在彼；不可以事類推，不可以義理求。（《六經奧論》）

既說由所見而有所得，仍是因物有所感發之意，與摯虞所言亦無不同。所謂不可以事類推，不可

以義理求，只是教人不要執著，定要說出一番道理。事實上讀者不是作者，未必便能兩心相契。然而子非魚，安知我不知魚之樂，是故由此出發，進而提出興只是趁韻的主張，卻又入了歧途。蘇轍說：

> 夫興之為言，猶曰其意云爾。意有所觸乎當時，時已去而不可知，故其類可意推，而不可以言解也。「殷其雷，在南山之陽。」此非有所取乎雷也，蓋必當時之所見，而有動乎其意。（《詩集傳》）

此說與鄭樵至為相近，鄭說或即由此出；而明顯說出興為觸物有所感發。由於時過境遷，難於究詰，便肯定〈殷其雷〉非有取乎雷，則不免武斷。細察其言，既謂不可言解，又謂其類可以意推，依違於有義與無義之間，猶疑不決的矛盾心態，可謂情見乎辭。學者於此二人之說，只言其主張興不取義，其他似乎未多留意。

但是逐篇檢覈，不難發現有些興體詩，似不見興句所言為眼前所見。如〈小雅・鹿鳴〉，既如〈詩序〉所說，為「燕羣臣嘉賓」之詩，而以「呦呦鹿鳴，食野之苹」、「食野之蒿」、「食野之芩」起興；又如〈南有嘉魚〉，〈詩序〉說：「太平，君子至誠，樂與賢者共之也。」朱《傳》說：「此亦燕饗通用之樂。」姑不論那種說法，都屬廟堂樂章；而一、二章以「南有嘉魚，烝然罩罩」、「烝然汕汕」起興，三章以「南有樛木，甘瓠纍之」起興，四章以「翩翩者鵻，烝然來思」起興，恐亦不必都為眼前景物。於是上述自摯虞以來對興體的說解，便顯然成了問題。

關於此點，我以為應該注意《詩經》到底是屬於那個階層的詩作。依顧頡剛等人用民間歌謠研究《詩經》興體的概念，似乎認為《詩經》的興體屬於民間歌謠層次。實則不僅〈雅〉與〈頌〉固為士人所作，即使〈國風〉，至少亦必經過士人的潤澤。民間歌謠的興句，論理應都離不開眼前所見，只是有的成為套句之後，始有不屬見景之作而已。出於士人的作品，則儘管其興體的作法，係仿之民間歌謠，卻不必質樸得非套句不能離開眼前之景，因為他們可以憑藉靈感，於是一切經驗、印象、知識、概念等，都可能成為起興的泉源。由於人時常有不期而然的突發意念，像《荀子・解蔽》所說：「心臥則夢，偷則自行，使之則謀。」其中的「偷則自行」，便是說心在閒逸的狀態下，會不經指使的自己活動起來。如此摯虞所說的「有感」，便可有兩種狀況。一種是心智經由視官的接物而有所感；一種是心智的「自行」，觸動事物而有所會。摯氏原意如何自是不得而知，但容許作此兩面的解釋。其他學者的說辭情形相同，可以說實在並無問題。於是如〈鹿鳴〉之詩，詩人從其以前所見景物中，偶然觸動了鹿群呦然鳴而相呼的印象，便可用以引起下文。同理，如果在古人的概念裏，「南方」或「魚」與飲酒有某種聯繫（案：〈魚麗〉、〈魚藻〉兩詩以魚起興，都與飲酒有關），便可用「南有嘉魚」引出「君子有酒，嘉賓式燕以樂」的句子。

只是這樣一來，興與比的區別似乎越發模糊了。興、比既同與下文所賦之事意義上相關，兩者之間有其相似甚至難分的地方，原是可以想像得到的。〈麟之趾〉首尾言麟，前者為興，後者

為比，尤可見興比之間的關係密切。〈椒聊〉的椒聊由興轉化為比，情形相同。所以孔穎達只是說「比顯而興隱」，陳奐也只是說「比顯而興隱，比直而興曲」，似乎抽象得不著邊際，實則已是頗有體味之言。或者我們可以用李仲蒙「比是索物託情，興是觸物起情」的話來說：比是蓄意的思維運用，有時為了索物，至於搜索枯腸；興則無論為見物情生，或為憑空的靈犀閃動，無意間觸發了意念，兩者都略無使力的痕跡。簡單說，比是自智出發，興是由感得來，原本有極大的區別。

讀者或不免要說，這仍是理論性的說法，落實到各詩篇，何者為比，何者為興，有時恐依然無所適從。前人論《詩》，便儘有此以為比、彼以為興或此以為興、彼以為比的現象。今人言比興，更有根據此種現象，以為是傳統對賦比興的解釋出了問題。⑥殊不知言比興之分，本是理論性的說法，但須理論上確然有一合理的分際，便是二者的畛域界定。至於實際情況，同一詩篇各家屬興屬比不能齊一，則因各人對詩意的理解不同，自難免有不能一致的地方。此種現象，要與比興意義的界定不生影響。不然，賦與比興的差異，豈不較然甚明？落實到各詩篇，又何嘗不有在此以為比或興，而在彼以為賦的情況？如〈周南・葛覃〉，毛《傳》於「葛之覃兮，施于中谷，維葉萋萋」下標興，鄭《箋》云：

⑥見大陸學者張震澤〈詩經賦比興本義新探〉。刊《文學遺產》一九八三年三期（一九八三年九月），頁一～十一。

葛者，婦人之所事也，此因葛之性以興焉。興者，葛延蔓於谷中，喻女在父母之家，形體浸浸日長大也。萋萋然喻其容色美盛也。

朱《傳》則於章末「黃鳥于飛，集于灌木，其鳴喈喈」下標賦，云：

蓋后妃既成絺綌，而賦其事，追敘初夏之時，葛葉方盛，而有黃鳥鳴於其上也。

賦與興的差別，既不因〈葛覃〉詩《傳》《箋》與《集傳》的認定不同而引起爭論，則屬比屬興在個別詩篇儘有不同的看法，自不影響二者理論上意義的區分。

四

毛公獨標興體，孔穎達釋其原因為「為其理隱」，看法應該是不錯的。疑有一更根本的原因，而一直為學者所忽略。所謂《詩》有賦比興三種作法，實際為《詩》所獨有的，不過興一端而已。至於「文」之作法，不必說無往非賦，亦何嘗不用比？即以多載典謨訓誥的《尚書》而言，〈堯典〉即一言「百姓如喪考妣」；而〈盤庚上篇〉一則說「若顛木之有由蘖」，再則說「若網在綱，有條而不紊」；若農服田力穡，乃亦有秋」，三則說「若火之燎于原，不可嚮邇」，四則說「若射之有志」，尤不謂少。但「文」之中絕不用興。換句話說，毛《傳》不標賦與比，而獨標興，恐是要標《詩》所獨有，以見其與「文」之不同，其意在此而已。不然，雖以賦比之易別，落實於各詩，其間又豈無轇轕？如〈衛風・木瓜〉：「投我以木瓜，報之以瓊琚。匪報也，永以為好

也。」毛不標興，朱《傳》以為比，大陸學者李湘〈詩經中的比法〉以為賦。⑦又如〈河廣〉：「誰謂河廣？一葦杭之。誰謂宋遠？跂予望之。」〈詩序〉說：「宋襄公母歸於衛，思而不止，故作是詩也。」崔述《讀風偶識》以為，襄公之世，衛已都河南，自衛至宋，不待杭河而渡，於是對〈詩序〉不加採信；基本上便是由於認定為賦體的緣故。我在〈詩序與詩經〉文中指出，如果視此詩為比體，〈詩序〉的說法，仍然可以維持；對〈詩序〉存廢不同的兩種態度，竟繫之於為比為賦認定的不同。這裏自無意為如〈木瓜〉〈河廣〉之詩，究竟應屬何體而爭論，只是用以說明賦比之體原亦非盡易明，以見毛《傳》所以獨標興體，除孔氏所說原因之外，尚恐另有一意，或且為更重要之一意。

毛《傳》不僅獨標興體，且都標在章首，這一現象，與上文所述息息相關，學者亦未能深入體會。有人說章中及章末亦有興，頗怪毛氏漏標之失；而舉《詩》中比體之例，如劉勰《文心雕龍·比興》所說：

> 且何謂比？蓋寫物以附理，颺言以切事者也。故金錫以喻明德（〈淇奧〉），珪璋以譬秀民（〈卷阿〉），螟蛉以類教誨（〈小宛〉），蜩螗以寫號呼（〈蕩〉），澣衣以擬心憂，席卷以方志固（〈邶風·柏舟〉），凡斯之象，皆比義也。至如麻衣如雪（〈蜉蝣〉），兩驂如舞

⑦刊《中州學刊》一九八一年一期（一九八一年四月），頁八八～九四。

（〈大叔于田〉），若斯之類，皆比類者也。

所謂三緯之「比」，散見於《詩》中，可以說無往不有。朱熹《集傳》所標興而比、賦而比等等名目，於比體的認定，顯與劉意相同。對於這種意見，似乎不見有持異議的。至於賦，原是一切詩文的本體，其無所不在，自更無待舉例以明。是以陳啟源《毛詩稽古編》說：

> 比者，一正一喻，兩相譬況，其詞決，其旨顯，且與賦交錯而成文，不若興語之用以發端，多在章首也。

淺見則以為如此對比賦的看待，實非比賦立名時的原意。上文已經指出，比賦的作法，本為詩文所共有，唯一為詩所獨具的為興。自古迄今，既不見文有比賦二法之說，則所謂《詩》有賦比興三體，原當是為其獨有的興體創立的名號，事至顯明。換言之，比與賦只是相對於興的稱謂，沒有「興」，便沒有所謂的比與賦。興既類見於每章之首，本謂《詩》的開首有此作法，則所謂《詩》除興法之外尚有比賦，亦當就其開首的作法而言。不然，如劉氏所舉散見於全《詩》的設譬之詞，或一切含如字的句子，都是比體所指，豈不要說凡不用比興的句子，都是賦體所稱？這種比賦的名稱，既無以別於「文」的作法，試問具何意義？所以我以為，言《詩》之比賦，當以章首為限，不以章首為限言比賦，決其非比賦立名的原意；而毛《傳》之標興必在章首，便饒有意義了。

然而，同一詩篇有時不僅止第一章有興，其下各章或某些章也用興體開端，毛《傳》卻只於

第一章標興，他章一概不加說明，可能因下之各章常有僅易改一二字的現象，無待明說，於是採取了就簡的辦法。（〈南有嘉魚〉首章不標興，至三章而云「興也」，疑首章今奪去「興也」二字，鄭《箋》言「喻」，是其證；三章因主要文字更換，故更言之，斯為特例。《正義》以為舉中以明上下，不可從。）既非各詩都如此，此種體例，自是不足為訓，學者早有批評，只在此順便提及。

《詩經》興句是否僅見於章首的問題，則誠然有加以討論的必要。學者指出的，如徐復觀說〈王風・君子于役〉的「日之夕矣，羊牛下來」為章中興，〈唐風・椒聊〉的「椒聊且，遠條且」為章末興；並且說前者：

> 較之在一章之首的興，已深進了一層。

後者更說：

> 結尾的興，較之在章首的興，其氣息情況，總是特為深厚，能給讀者以更強有力的感動力。是興的一大飛躍，也是詩的一大飛躍。

似乎獨能發前人之所未發。然而此說實大有商榷餘地。〈君子于役〉的全章：

> 君子于役，不知其期，曷至哉！雞棲于塒，日之夕矣，羊牛下來。君子于役，如之何勿思！

前三句一節，中三句一節，後二句一節，朱《傳》以為全章皆賦，是頗合道理的。徐氏於中三句

僅取其中二句以為興，是仍以「雞棲于塒」句為賦，以見其「日之夕矣」兩句為興的說法誠不可取。至於以「椒聊且，遠條且」為章末興，更與興字的含義相抵觸。因為興字的意義既為興起，其下便需有興起之物，也就是說必須有應句；而凡無應句者不得為興。所謂「章末之興」，實際是不合語意的。朱熹《語類》說：

> 說出那物事來是興，不說出那物事來是比。……比只是從頭比下來，不說破。

所以朱氏以此詩二句為比，我在上文也只說它是由首句的興轉化為比。〈豳風‧鴟鴞〉通篇用比到底，沒有應句，可以參照。（案：毛《傳》說〈鴟鴞〉以鴟鴞起興，意實未允。）

但是，如〈豳風‧東山〉首章：

> 我徂東山，慆慆不歸。我來自東，零雨其濛。我東曰歸，我心西悲。制彼裳衣，勿士行枚。蜎蜎者蠋，烝在桑野。敦彼獨宿，亦在車下。

朱《傳》標全章為賦，但說後四句云：

> 及其在塗，則又觀物起興，而自嘆曰：彼蜎蜎者蠋，其在彼桑野矣；此敦然而獨宿者，則亦在車下矣。

顯然前兩句為興，是為「章中之興」。同理同篇末章：

> ……倉庚于飛，熠燿其羽。之子于歸，皇駁其馬。親結其縭，九十其儀。其新孔嘉，其舊如之何？

朱《傳》既標賦而興，並說倉庚四句云：

> 賦時物以起興，而言東征之歸士未有室家者，及時而昏姻。

以倉庚二句為興，十分顯然。又三章：

> ……鸛鳴于垤，婦嘆于室；洒掃穹窒，我征聿至。有敦瓜苦，烝在栗薪。自我不見，于今三年。

王靜芝先生以為有敦兩句為興，似亦可備一說，而不若直以為賦之為好。此外，〈魯頌．有駜〉首章：

> 有駜有駜，駜彼乘黃。夙夜在公，在公明明。振振鷺，鷺于下。鼓咽咽，醉言舞。于胥樂兮！

毛《傳》說「振振鷺」以下云：「振振，群飛貌。鷺，白鳥也；以興絜白之士。」二章：

> 有駜有駜，駜彼乘牡。夙夜在公，在公飲酒。振振鷺，鷺于飛。鼓咽咽，醉言歸。于胥樂兮！

鄭《箋》亦云：「飛，喻群臣飲酒醉欲退也。」更明說為興體，只是未標興字而已，然則《詩經》章中有興，雖毛鄭亦非不知之。毛氏於此未標興，是因為興通常都在章首，此偶一見之，以致疏忽未標；或是本有而後來誤奪；或正如本文所指出者，賦比興之名本就詩開首言之，此既不在章首，是以略去不標；都無從確定。然而有一現象，這些興句，都出現在章中換韻的開端，而換韻，

等於是章節的變換。如〈東山〉首章：東、濛韻，古韻東部；歸、悲、衣、枚韻，古韻微部；野、下韻，古韻魚部。末章：東、濛韻；飛與歸、羽與馬交錯為韻，古韻一微部一魚部；縭、儀、嘉、何韻，古韻歌部。三章：東、濛韻；垤、室、窒、至韻，古韻脂部；薪、年韻，古韻真部。〈有駜〉首章：黃、明韻，古韻陽部；下、舞韻，古韻魚部。二章：牡、酒韻，古韻幽部；飛、歸韻，古韻微部。換言之，用章中章或章中節的觀念看待，這些興句，便等於出現在章首。〈周南・關雎〉：

> 關關雎鳩，在河之洲。窈窕淑女，君子好逑。
> 參差荇菜，左右流之。窈窕淑女，寤寐求之。
> 求之不得，寤寐思服。悠哉悠哉，輾轉反側。
> 參差荇菜，左右采之。窈窕淑女，琴瑟友之。
> 參差荇菜，左右芼之。窈窕淑女，鍾鼓樂之。

定本章句云：

> 〈關雎〉五章，章四句。故言三章，一章章四句，二章章八句。

孔氏《正義》云：「五章是鄭所分，故言以下是毛公本意。」如孔氏所說，大抵毛公因「求之不得」承上「寤寐求之」，故合八句為一章；又因此下各四句句法相同，僅更易四字，實一章之敷衍，復合為一章。鄭氏則悉依韻並參韻例，分作五章：一章洲、逑幽部，二章流、求幽部（案：

兩者韻例不同，故不得合），三章得、服、側之部（案：哉亦之部字，但調為平聲，與得等入聲不同；又為虛詞，故以為不入韻），四章采、友之部，五章芼、樂宵部。不啻韻不同可視為章不同的例證。於是，對興便可以有進一步的瞭解：興必是興起下文之作；雖在章中，仍是另起一頭，以興下文；而興必無出現於章尾以作結的。

一九九〇年十二月宇純於東海大學寓所
林慶彰兄贈閱大批大陸資料，謹致謝。

（原載中央研究院《中國文哲研究集刊・創刊號》，一九九一年。）

試說詩經的雙聲轉韻

我講這個題目，意思是說，《詩經》中同一詩句法相同的章節，第一章往往才是基本的，真是用實際語言做的一章詩。以下的章節，則因為某種緣故，或是歌謠本身需要複沓；或者用顧頡剛的說法，它是一個樂章，一個樂章就更需要複沓。因為樂章如果一章之後便戛然中斷的話，就好像餘音未盡，餘情未了，需要拉長一些，往復的歌詠讚歎。這個時候，就可以根據第一章換幾個字，轉一個韻，而成為第二章、第三章了。如何換字？如何轉韻？要作抽象的說明，一下子並不容易。舉例而言：譬如〈王風・君子陽陽〉：

君子陽陽，左執簧，右招我由房，其樂只且。

君子陶陶，左執翿，右招我由敖，其樂只且。

從第一章的「右招我由房」，到第二章的「右招我由敖」，「房」和「敖」都是實辭，應該當時情節如此，不是隨便說說的。其他由「簧」而「翿」，由「陽陽」而「陶陶」，「簧」和「翿」雖然也是實辭，分配在不同的篇章裏，正好具有音樂性的效果，也許正是為了要表現這種效果而

故意作的選擇和安排。至於「陽陽」和「陶陶」，一方面都是虛辭，一方面又具有雙聲的關係①，似乎更可以說是為了叶韻而轉變了讀音。即是保留了「陽陽」的聲母和介音dj，換上了「敖」的韻母ɔg，於是「陽陽」djaŋ djaŋ便變成了「陶陶」djɔg djɔg②，並不是本有一個現成的語詞「陶陶」，剛好被詩人用來押了韻。這就是我今天所要說的《詩經》「雙聲轉韻」。

但是古人自有轉語，像馨香、欣喜、悅懌、開啟之類，實在是太多太多，為什麼我不說「陶陶」和「陽陽」都是當時現成的詞彙，而有這個看法呢？這是因為我念《詩經》的時候，發現這種情形不止一個，現在我把它們都羅列在下面，並略作必要的說明。

第一首便是〈王風〉的〈君子陽陽〉。「陽陽」是個狀詞，照毛《傳》所說，是「無所用其心」的意思；「陶陶」是「和樂貌」，意思不大一樣。不過鄭《箋》說「陶陶猶陽陽也」，他就

①《釋文》陶音遙，遙與陽聲母同喻四。即讀徒刀切，也與陽字聲母十分接近。

②陶字押韻，《詩》凡三見。一是〈清人〉詩叶「軸、陶、抽、好」，一是〈泮水〉詩叶「陶、囚」，一便是本詩。除本詩敖字古韻屬宵部外，其餘軸、抽、好、囚並隸幽部。據《說文》，陶从匋聲，匋从包省聲，包也是幽部字。學者都以陶為幽部字，自無可疑。但從另一方面看，《釋文》陶音遙，臯陶字或作繇，繇字古韻屬何部，雖無韻語可證，從其他从䍃聲的字看：〈清人〉叶「消、麃、喬、遙」，〈木瓜〉叶「桃、瑤」，〈公劉〉叶「瑤、刀」，〈黍離〉叶「苗、搖」，〈鴟鴞〉叶「譙、翛、翹、搖、嘵」，除翛字依諧聲偏旁應屬幽部外，所叶之字無不在宵部。則是陶字原當有宵部一讀，翿字相同（案這是一個新的觀念，希望有機會專文討論）。再說，陶、翿、敖三字《廣韻》同韻，本詩又同一章，硬說陶、翿與敖為幽宵合韻，實在不合道理。

不同意毛《傳》的講法，認為「陶陶」跟「陽陽」意思是一樣的。

第二首詩是〈鄭風〉的〈風雨〉：

風雨淒淒，雞鳴喈喈。既見君子，云胡不夷。

風雨瀟瀟，雞鳴膠膠。既見君子，云胡不瘳。

「云胡不夷」和「云胡不瘳」分別是兩章中最主要的意思。「瘳」和「夷」都是實辭。其他第一章的「淒淒」和「喈喈」都是狀詞。毛《傳》說「風雨淒淒然」，「淒淒」或是狀聲、或是狀情。「喈喈」是雞叫的聲音，所以毛《傳》說「雞猶守時而鳴喈喈」。第二章的「瀟瀟」，毛《傳》鄭《箋》都沒有解釋，意思大概與「淒淒」相同；兩者聲母雖也相當接近，因為其他詩也用到「瀟瀟」，應該是實際語言中已有的詞彙，並不是詩人造出來的。「膠膠」一詞，毛《傳》說是「猶喈喈也」，它和「喈喈」的關係，正跟「陶陶」和「陽陽」相同，與「喈喈」同見母，而與「瘳」叶韻。

第三首詩是〈鄭風〉的〈出其東門〉：

出其東門，有女如雲。雖則如雲，匪我思存。……

出其闉闍，有女如荼。雖則如荼，匪我思且。……

「如雲」「如荼」應該是主要意思上的變換，「東門」「闉闍」分別與雲、荼叶韻。「且」的聲母同於「存」③，而跟「荼」叶。鄭《箋》說：「如雲者，非我思所存也。匪我思且猶匪我思存

也。」

第四首詩是〈齊風〉的〈甫田〉：

無田甫田，維莠驕驕。無思遠人，勞心忉忉。

無田甫田，維莠桀桀。無思遠人，勞心怛怛。

「驕驕」「桀桀」兩個聲母一樣的字出現在相同的位置。另外「忉忉」跟「怛怛」也是聲母相同。「怛」字除見於這首詩外，又見於〈檜風‧匪風〉，原文是「中心怛兮」，應該是已有的「忉」的轉語。「桀桀」則似是詩人由「驕驕」轉成的。這首詩，毛《傳》的解釋是：「忉忉，憂勞也。怛怛，猶忉忉也。桀桀，猶驕驕也。」

第五首詩是〈唐風〉的〈羔裘〉：

羔裘豹袪，自我人居居。豈無他人，維子之故。

羔裘豹褎，自我人究究。豈無他人，維子之好。

「故」「好」是實辭，「居居」「究究」是虛辭。「究究」聲母同「居居」，而與「好」叶韻。毛《傳》說：「居居，懷惡不相親比之貌。究究，猶居居也。」

第六首詩是〈陳風〉的〈月出〉：

---

③《釋文》且音徂，徂與存同從母。

月出皎兮，佼人僚兮。舒窈糾兮，勞心悄兮。

月出皓兮，佼人懰兮。舒懮受兮，勞心慅兮。

月出照兮，佼人燎兮。舒夭紹兮，勞心慘兮。

這首詩比較特別，有些複雜的問題。第一章是押宵部的上聲調；第二章押幽部上聲；第三章押宵部，「照」「燎」屬去聲，「紹」「慘」屬上聲。第一句的「皎」「皓」「照」都是實際語言所有。而第二句的「僚」「懰」「燎」都是來母字。第三句的「窈」「懮」「夭」都是影母字；「受」「紹」同是禪母字，「糾」字疑有問題，下面再作討論。最後一句的「悄」「慅」「慘」都是清母字。照清人的講法，「慘」應該是「懆」的譌誤，「懆」也是清母字。（「懆」念上、去二聲。這裏應取上聲。）從這些例子，可以看出後者保留了第一章某字的聲母，只把韻母改了一改。當然「慅」和「懆」極可能是現有的詞彙。毛《傳》對這些詞語只解釋了「僚，好貌。窈糾，舒之姿也。悄，憂也。」鄭《箋》也沒有任何補充。

第七首詩是〈小雅〉的〈蓼莪〉：

南山烈烈，飄風發發。民莫不穀，我獨何害。

南山律律，飄風弗弗。民莫不穀，我獨不卒。

第一章的「何害」和第二章的「不卒」自然是實際語言所有。其他「烈烈」「發發」「律律」「弗弗」都是狀詞。「烈烈」「發發」又見〈小雅．四月〉篇，當然也是現有詞彙。「律律」「弗弗」

都不見於他詩，而「律律」與「烈烈」同來母，「弗弗」與「發發」同幫母。「烈烈」是開口字，「律律」是合口字。從開口變到合口，這是個很特別的現象，這是怎麼變的呢？我想還是要向「害」和「卒」兩個字討解釋。原來「害」正是開口字。「卒」正是合口字。由「何害」的開口韻變為「不卒」的合口韻，於是「律律」也由「烈烈」的開口變成了合口。另外就是「發發」和「弗弗」。「弗弗」是合口字，與「律」「卒」叶韻，非常嚴格。「發發」也是合口字，因為它是現成的語詞，又因為脣音開合的差異不像其他聲母強烈，而且開合口本不是不可叶韻的。所以第一章開口的「烈」與「害」，配上了合口的「發」。毛《傳》的解釋是：「烈烈然至難也。發發，疾貌。律律，猶烈烈也。弗弗，猶發發也。」

第八首詩是〈小雅・角弓〉的末二章：

雨雪瀌瀌，見晛曰消。莫肯下遺，式居婁驕。

雨雪浮浮，見晛曰流。如蠻如髦，我是用憂。

「瀌瀌」《經典釋文》有兩個並母音，一個幫母音，現在我們一般念成ㄅㄠ ㄅㄠ，是釋文第三個音「方苗反」的讀法。《釋文》第一第二兩個音「符嬌反」和「符彪反」，都是並母，翻成國語，應該念成ㄆㄠˊ ㄆㄠˊ。「浮浮」的音和「瀌瀌」的音聲母差很多，這主要是因為重脣變輕脣的緣故。如果「浮浮」不變輕脣的話，它發展到國語裏，也應該和符嬌、符彪反的「瀌瀌」聲母同是一個「ㄆ」。毛《傳》說：「浮浮，猶瀌瀌也。」鄭《箋》說：「雨雪之盛瀌瀌然。」

因為我看到了這些相同的例子，〈國風〉裏六首，〈小雅〉裏兩首，所以我有了這個想法。這種現象，如果認為這些雙聲詞彙原都是實際語言所有，當然並不是完全不可能。我在這裏便有意的先隱藏了一首詩，那是〈秦風〉的〈蒹葭〉：

蒹葭蒼蒼，白露為霜。所謂伊人，在水一方。……

蒹葭萋萋，白露為晞。所謂伊人，在水之湄。……

蒹葭采采，白露未已。所謂伊人，在水之涘。……

在這首詩裏，「方」「湄」「涘」和「霜」「晞」「已」固然都是現有的詞彙；「萋萋」「采采」與「蒼蒼」聲母相同。毛《傳》說：「蒼蒼，盛也。萋萋，猶蒼蒼也。采采，猶萋萋也。」因為「萋萋」「采采」又分別在其他詩裏出現，而且也形容植物，自然我們也必須說它們是現成的，而不是由詩人轉成的。但是如前面所舉八首詩的例子看來，數量既不能算太少；而第二章以後的詞又類多是要想附會也找不到本字的，如「膠膠」「懮受」「夭紹」「律律」「弗弗」，或竟似找不到適當的解釋的，如「究究」。一定要說不是詩人現造的，也似乎不免武斷。這些詞，要平有平，要上有上，要去有去，要入有入，又不但聲調無礙，開合也都可以隨意，而且還能與前一章的詞絕對雙聲，不可謂不巧！再從另一個角度來看，這些詩只出現於〈國風〉和〈小雅〉。〈國風〉固然一般以為民歌，〈小雅〉也有本是民歌或摹倣民歌的篇章。民歌的作者竟有如此本領，也似乎不易想像。有些學者認為〈國風〉雖是民歌，但經過樂官的修飾，這應該是不錯的。但何

者出於樂官所為，是否凡複沓章節都是樂官所增，卻也難於徵信。再說在上述多種條件下，樂官能不能作到如此巧妙，也未必不是問題。所以我總覺得，這些詞彙不見得都是現成的。此外，也還能從兩方面為我的淺見作一番附會。一是外在的，一是內在的。

先說第一點。我們看《詩經》用韻，往往有一個現象，並不是每一個韻字在意義上都是那麼重要，非用它不可。有很多本來是拿來湊韻的；換句話說，只是在音韻的條件下才用了它。例如〈桑中〉詩：

爰采唐矣，沬之鄉矣。云誰之思，美孟姜矣。……
爰采麥矣，沬之北矣。云誰之思，美孟弋矣。……
爰采葑矣，沬之東矣。云誰之思，美孟庸矣。……

我想這裏意思比較重要的，分別是「云誰之思，美孟姜矣」、「云誰之思，美孟弋矣」、「云誰之思，美孟庸矣」。其他三章不同的字面「唐」「麥」「葑」和「鄉」「北」「東」，只是為了押韻而選用，「采唐」「采麥」和「采葑」，並不是意義上分別與「思孟姜」「思孟弋」「思孟庸」有什麼一定的關係。又如〈麟之趾〉：

麟之趾，振振公子，于嗟麟兮。
麟之定，振振公姓，于嗟麟兮。
麟之角，振振公族，于嗟麟兮。

這裏「公子」「公姓」「公族」是沒辦法改變的，因為這正是歌頌的對象。其他的「趾」「定」「角」，在意義上卻不見得有什麼關聯。照毛《傳》和鄭《箋》的說法，似乎用「趾」用「角」有某種特殊的意義，但是指不出與「公子」「公族」的必然關係；而於「定」字則根本附會不出任何道理，可見這也只是為了押韻才選用這些字。《詩經》這類例俯拾可得，不必再說。我們再看幾首用數字押韻的詩：

第一首〈摽有梅〉：

摽有梅，其實七兮。求我庶士，迨其吉兮。

摽有梅，其實三兮。求我庶士，迨其今兮。

這首詩是說女孩子長大了，希望快點嫁出去。梅剩下七個的時候，她還說要等著看好日子；只剩三個的時候，就說快一點就是現在吧。到了第三章，她就更急了。這裏「三」跟「七」是可以說出一番道理的。但為什麼用七不用九，用三不用二，說穿了，還是與韻相關。

再看第二首〈唐風・無衣〉：

豈曰無衣七兮，不如子之衣，安且吉兮。

豈曰無衣六兮，不如子之衣，安且燠兮。

〈詩序〉說：「〈無衣〉，美晉武公也。」照這個講法，諸侯本有七章之服，「七」就指七章之服。但是第二章的「六」怎麼講呢？可把人難倒了。因為六章之服是沒有的，所以毛《傳》只有

說：「天子之卿六命，車旗衣服以六為節。」鄭康成怕人不瞭解，又說「變七言六者，謙也。不敢必當侯伯，得受六命之服，列於天子之卿，猶愈乎不。」到了孔穎達，就更具體的說：「六謂冠弁也，飾則六玉，冠則六辟積。」這樣一來，「豈曰無衣六」和「豈曰無衣七」兩個句法相同的句子，內容就不平行了。而且說晉武公謙虛，為什麼不自第一章一開頭就謙，要到第二章才謙呢？第一章說「六」，第二章說「五」，豈不是更好？所以這些說法顯然是不可信的。假如從另外的觀點來看，我們認為「六」字就是為了和「燠」押韻的關係而用了它，那即使實際制度上沒有六章之服，詩人仍可以說「六」。當然這首詩如果和晉武公沒有關係，只是一首普通的抒情詩，那就更好講了。言七言六只表衣服很多，詩的原意是說，我那裏沒有很多衣服，為什麼一定要穿那一件呢？沒有你的好嘛，沒有你的暖嘛。如果覺得需要的話，還可以有「豈曰無衣八兮」和「豈曰無衣九兮」。為了押韻，底下說「燠」，上面就用「六」；底下說「吉」，上面就用「七」。所以不管用不用〈詩序〉，這「六」字都是趁韻的；不過〈詩序〉果然可信，卻給了我們一個進一步的啟示：詩人為了叶韻，雖與事實相抵觸，亦在所不計。

現在再看第三首的〈干旄〉：

孑孑干旄，在浚之郊。素絲紕之，良馬四之。彼姝者子，何以畀之？
孑孑干旟，在浚之都。素絲組之，良馬五之。彼姝者子，何以予之？
孑孑干旌，在浚之城。素絲祝之，良馬六之。彼姝者子，何以告之？

第一章「四」與「紕」「畀」押韻。古時通常一車四馬，「良馬四之」這話非常好講，毛《傳》說：「願以素絲紕組之法御四馬也。」「良馬四之」就是用四匹馬來駕車，「四」當動詞用。六馬駕車的說法是有的，但據說是天子所用④。這詩即依〈詩序〉和毛《傳》所說，車子為賢者所乘，也不能用六馬。而一車五馬便更不知如何駕法。毛《傳》老早就瞧到這裏的問題，所以在講「良馬五之」和「良馬六之」的時候，就和講「良馬四之」不一樣。「良馬四之」下說「御四馬」，是用四匹馬來駕車。「良馬五之」下則說「驂馬五轡」，「良馬六之」下說「四馬六轡」。鄭康成發現毛《傳》前後說法不一致不妥，便修正說：「四之者，見之數也。」「五之者，亦謂五見也。」「六之者，亦謂六見之數。」，把「四之」「五之」「六之」都說成可見的轡數，這似乎是好了。但是「良馬四之」本身是說用四匹馬來駕車，這是沒有問題的，根本不能說成用四根韁繩來駕車。所以毛《傳》誠然有他的缺陷，第一句話卻並沒有講錯。鄭《箋》前後說成一律似乎好些，卻也不可用。顯然「五」跟「六」兩個字想從意義上去交代清楚，一定是辦不到的。屈師翼鵬先生的《詩經釋義》說：「古者一車率為四馬，言五、六者，蓋皆為趁韻之字。」這才點明了真相。換句話說，「五」「六」兩字完全是為了押韻而用它，儘管沒有一車五馬和一車六馬的事實，可以完全不去管它。

④〈王度記〉有天子駕六馬之說（見《禮記・檀弓》孔《疏》引），但不可信，說詳孫希旦《禮記集解》。孫氏解此詩「五之」「六之」為極言其多。

說到這裏，對於我們前面的「雙聲轉韻」說該有些關係了。譬如我們說：「維莠桀桀」的「桀桀」是實際語言所沒有的，它只是詩人為了要增加一章詩，根據下文的「怛怛」，把「驕驕」轉一個韻，就成了「桀桀」。這與說「良馬五之」「良馬六之」的情形雖然不完全一樣，其不惜無中生有的違背實際，則是相同的。這就是我前面所說可以支持「雙聲轉韻」說的外在的理由。

現在看內在的理由。在這八首詩本身，很容易發現，所謂的「雙聲轉韻」詞屬於狀詞者多。按理狀聲、狀態詞係根據客觀的聲態加以摹擬，加以描述，既有一客觀標準，各人所仿之聲和所擬之態，彼此應是一致的。然而因為各人的感受不同，實則往往不盡相同。譬如學狗的吠聲，中國人例說「汪汪」，英美人卻說「Bow-wow」。這不一定是因為中西狗的吠聲有異，洋狗的吠聲，我想中國人聽起來還是「汪汪」的。這說明了雖是對同一事物的擬聲狀態詞，儘可以因人而異，有不同的詞語。但是同一個人對於同一事物的摹擬，總該是前後一致的。於是我想到〈鄭風‧風雨〉的「膠膠」和「喈喈」。如果我們不能確切的指出這是不同聲音的摹擬，我便要說「膠膠」是詩人的雙聲轉韻。「喈喈」見於《說文》，以為是雞鳴聲的本字，「膠膠」則是假借，也可以支持這個看法。

此外，我想再談談〈唐風‧羔裘〉的「居居」和「究究」。最早的毛《傳》說：「居居，懷惡不相親比之貌。究究，猶居居也。」但是這樣解釋，文意不貫。所以朱熹說「居居不詳」，「究究亦不詳」，根本不知道它是什麼意思。清代的馬瑞辰說：「《荀子‧子道》子路盛服見孔子，

孔子曰：『由，是裾裾何也。』楊倞注：『裾裾，服盛貌。』此詩居居承上羔裘豹祛，正當讀為裾裾。」意思是說大人先生穿的衣服好像很神氣，但你衣服從那兒來的？是從我們身上來的。你是「自我人居居」，你從我們這裏，才能居居然的神氣樣子。這個說法很好。但是他說：「究究猶居居，蓋窮極奢侈之意，亦盛服貌。」又從引申義附會「究究」的意思，便大傷穿鑿。其實「究究」和「居居」只是一個意思。毛《傳》說「究究猶居居也」，這話並沒有講錯。「居居」和「究究」是形容衣和袖的，到底什麼樣子，我們現在難於確定，只要曉得「居居」同「裾裾」，「究究」猶「居居」，也就差不多了。「居居」就是《荀子》的「裾裾」（其實「裾裾」是《詩經》「居居」的後起轉注字），當是語言中所本有。「究究」也是羔裘豹褎的狀詞，除非我們確知第二章的羔裘豹褎不同於第一章的羔裘豹祛，似乎很難說「究究」義不同於「居居」；但說「究究」是一個義同於「居居」，而可與「褎」「好」協韻，並與「居居」雙聲的現成語彙，也覺不太可能。所以我說「究究」是「居居」的雙聲轉語，是詩人因為叶韻而轉成的。

其他的我不想一一去談，但是必須指出的是，這些詩中所謂的「雙聲轉韻」詞，除去「匪我思且」的「且」，其餘都是狀詞。狀詞固然也不能完全脫離大眾，其約束性畢竟不如實詞之大。何況有第一章實有的狀詞在，第二章以後的狀詞，只要保留了聲母關係，轉一轉韻母，應該不是難暸解的。這就是我所說的內在的支持理由。至於「匪我思且」的「且」，如果是徂的假借，「匪我思且」就是非我思之所往，本自可通。但鄭氏不直釋「且」為「往」，而說「匪我思且猶匪我

思存」，所以我暫時認為也是詩人的「雙聲轉韻」。再說這些所謂「雙聲轉韻」詞，要不是毛《傳》說第二章的某猶第一章的某；就是鄭《箋》作同樣的補充說明，或更正毛《傳》；或者是第一章的詞，有毛《傳》或鄭《箋》的解釋，而第二章以後相當的詞便不作解釋。充分表示毛鄭都瞭解，這類的詩句，只要說明了第一章，其餘一「猶」字可解，或雖不著一字，亦無所礙。這也是我有此奇想的一個原因。

現在我要就〈陳風・月出〉作點說明。第一章毛《傳》解釋得很詳細：「僚，好貌。」「窈糾，舒之姿也。」「悄，憂也。」但是第二第三章相當的字都沒有解釋，而他們的聲母都是相同的，來母對來母，影母對影母，禪母對禪母，清母對清母。只有第一章差了一點，「糾」是個羣母字，第二章的「受」字無法「轉出」⑤。但「受」與「紹」聲母是一致的，所以我疑心「糾」可能是個有問題的字。當然還有積極支持這項看法的理由。首先從韻上看，第一章的韻字「皎」「僚」「悄」都是宵部字，唯獨「糾」不屬宵部，而屬幽部；而二、三章都是一韻到底的，沒有一個字例外。再看與「窈糾」相當的「懮受」和「夭紹」，本身都是同部疊韻連緜詞。「窈糾」的「窈」韻屬宵部，與「皎」「僚」「悄」相同，這更證明「糾」字必定是一個宵部某字的譌誤。我很疑心原來是「窈絩」，「兆」字的篆書如果稍有殘筆，便極有誤成「丩」的可能。「絩」字

⑤如據《說文》云收字从丩聲而讀審三，而糾與丩亦可視為一字，糾受二音似亦聲母相近。此雖不失為一解釋，亦終為一解釋而已。

有「徒了」和「直紹」二音，「窈絩」應該就是「窈窕」⑥，「窕」與「受」「紹」的聲母便相當近了。不過我還是疑心這個「絩」字原來有禪母一讀。也就是說，「窈窕」一詞「窕」字原有兩讀，讀徒了切的寫「窕」字，讀禪母時便寫「絩」字。這個字因為後來誤成了「糾」，所以禪母一讀便沒有傳下來。在《古史辨》裏，有幾篇討論《詩經》複沓問題的文章，正舉到了〈月出〉篇為例，認為前後三章意想都是一樣，不過音韻不同。這是我在準備這次演講，找前人的文章看有沒有相同的說法時看到的。他們有些地方與我的想法接近，不過他們沒有講什麼「雙聲轉韻」，〈月出〉以外的幾首詩也都沒有提到。而嚴格說來，〈月出〉詩如果說是轉韻，還有「糾」字的問題；當然他們是不會注意到這一點的。也一併在此交代。

最後我講一個附帶的問題。〈蒹葭〉末章：

> 蒹葭采采，白露未已。所謂伊人，在水之涘。遡洄從之，道阻且右。遡游從之，宛在水中沚。

毛《傳》說：「右，出其右也。」「道阻且右」是說道路很險阻，而且往右轉。鄭《箋》說：「右者，言其迂迴也。」大概是把「右」字的意思引申出去，來補充毛《傳》。《正義》說：「《箋》

⑥高本漢的《詩經注釋》在解釋〈關雎〉的窈窕之後，接著討論此詩的窈糾，以為糾是嬌的借字，似乎解決了糾不與皎、僚、悄同部又不與窈為疊韻連緜詞的問題。但糾能否以為嬌的借字，特別是高氏本人講假借主張嚴格要求古韻同部及聲母同近，尤其讓人覺得這並不是好的辦法。

云右言其迂迴，出其左亦迂迴，言右取其與涘沚為韻。」孔穎達這說法很有意思。在唐代他能知道「右」是和「涘」「沚」押韻，這是很了不得的。好像講漢語音韻的人沒有提到這事，這是題外話。我自己的意思：從引申義講「右」字固然可通，但是「右」字的音跟「迂」字有關，其真相也許並不如鄭孔所說。當然我並不敢援用雙聲轉韻的例，說這個「右」字是詩人故意把應該說成「迂」的，因押韻的關係，換成了「右」字。但從音上頭說，表面上「右」和「迂」只是聲母的相同，其實韻母也未始就沒有關係。有一個很好的例子，「母」和「毋」原來只是一個字，金文裏的「毋」完全寫的是「母」。這個「母」字，《廣韻》在厚韻，與「右」字在有、宥韻韻母非常接近。「母」和「毋」跟「右」和「迂」關係是平行的。我並不想用特例來演繹，也知道講韻母的轉變必須顧及到聲母的不同的影響，所以我是十分願意從常理上來講「右」和「迂」，它們的韻母應該是有差別的。但是如果說「迂」的語音絕對沒有轉成「右」的可能，卻又是我不敢相信的。問題是看我們怎麼樣說話。假如我們硬說是詩人為了念起來好聽，把「迂」轉成了「右」，這話也許沒人相信。但如果說語言中本有一個由「迂」轉成的「右」，這首詩的「右」字正是這個「迂」的轉語；也即是說，這個「右」字形式上是左右的右，實質上卻是迂迴的迂，這個說法卻並不容許人隨意的排拒。就這一首詩而言，我希望用「迂的轉語」去解詩，不用左右的意思去傅會。我更希望藉此機會請大家討論，在讀其他古書的時候，如果遇有類似情形，這個觀念能否容許稍稍推廣？

後記

此文基本上是我一九七四年十月二十六日臺大中文系學術講論會的講演紀錄，負責紀錄的是楊秀芳同學。同年十二月，載於《幼獅月刊》紀念先師董同龢先生的《中國語言學研究特輯》。此後，陸續得到幾條資料，現因該刊將此文收入《中國語言學論集》，乘校稿之便，記述如下。其第一條尤其是此說的絕好證明。

一、〈小雅・節南山之什・巷伯〉第二章：「緝緝翩翩，謀欲譖人。慎爾言也，謂爾不信。」第三章：「捷捷幡幡，謀欲譖言。豈不爾受，終其女遷。」毛《傳》說：「緝緝，口舌聲。翩翩，往來貌。捷捷，猶緝緝也。幡幡，猶翩翩也。」讀音上捷捷、幡幡又分別與緝緝、翩翩同聲母。（《釋文》云：「捷，如字，又音妾。」案：緝緝翩翩並次清，幡幡亦次清，捷捷當以音妾者為是。）這正合於前文所說「雙聲轉韻」現象；而「捷捷幡幡」與「緝緝翩翩」兩個四言句，完全具有雙聲同義的關係，顯然更不是可以視為巧合的。

二、〈齊風・載驅〉第三章：「汶水湯湯，行人彭彭。魯道有蕩，齊子翱翔。」第四章：「汶水滔滔，行人儦儦。魯道有蕩，齊子遊敖。」毛《傳》說：「彭彭，多貌。儦儦，眾貌。」《釋文》：「彭，必旁反。儦，表驕反。」案：彭彭、儦儦聲母同，義亦相同。《說文》儦下云行貌，與毛《傳》義實相成；彭字本義為鼓聲，此為假借，也正合於雙聲轉韻的現象。不過此詩彭

彭在前章，儦儦在次章，似乎是「雙聲轉韻說」的反證。但古人書字於簡，大率十餘字一簡，疑三四兩章次第互亂，其始並不如此。（又案：湯字本義為熱水，音吐郎切，此詩云汶水湯湯，假借為重言形況字，又正與滔滔雙聲，似亦雙聲轉韻。但湯湯一詞讀湯字失章反，且《詩、書》中屢見，所以不是詩人為叶韻而轉音的。）

三、〈邶風・新臺〉第一章：「新臺有泚，河水瀰瀰。燕婉之求，籧篨不鮮。」第二章：「新臺有洒，河水浼浼。燕婉之求，籧篨不殄。」浼瀰二字雙聲。毛《傳》說：「瀰瀰，盛貌。浼浼，平地也。」義亦相通。《說文》浼字訓汙，古韻在微部，此與洒、殄叶韻，疑本借文部之免為之，即瀰瀰之轉韻，其後始加水旁，原與《說文》訓汙之浼不同字。

四、左氏隱公元年《傳》：「公入而賦：大隧之中，其樂融融。姜出而賦：大隧之外，其樂洩洩。」《釋文》：「融，羊弓反。洩，羊世反。」此亦雙聲轉韻。《文選・思玄賦》「展洩洩以彤彤」，舊注洩洩、彤彤並和貌。杜注洩洩為舒散貌，實為望文生訓。

一九七六年行憲紀念日宇純於燈下

一、本文於敖陶二字的韻母標音，根據的是先師董同龢先生的《漢語音韻學》。後來才知道上古陰聲字實不具塞尾。因本文並不在討論上古漢語音韻，故仍之不改。

二、幼聲之字古韻學家類歸於幽部，並無韻語可證。窈窕一詞窕字古韻屬宵部；《漢書・元帝紀・贊》「窮極幼眇」，顏注讀幼眇同要眇，要眇二字古韻並在宵部；則窈字古韻亦當在宵部，窈窕為疊韻連語。

三、〈讀詩管窺〉不僅又見泥泥與瀼瀼，及黍與與與稷翼翼之雙聲轉語，可為此文之助。更有壽豈之為壽考；及〈有關古書假借的幾點淺見〉中所見鴇行之為鴇翮，乘鴇之為乘駁，積極證明了〈蒹葭〉詩右為迂轉語之說。文中從朱駿聲歸毋字於豫部，以毋毋與右迂相較，實際毋字當從江有誥歸侯部，是比喻失倫，特於此說明。

二〇〇一年宇純補記

讀詩管窺

《詩經》字句之理解，每因仁智而異思。《箋》之於《傳》，已不能悉同；厥後各家著作，益顯說解紛歧。以知漢儒雖去古未遠，所為傳注非盡無可商，後儒之見，尤不能粹然精好。宇純竊不自揆，於漢以來諸儒所釋，乃至經文字句，間感有所未安。本年三月一日，曾擇其數則，以〈從語文學觀點談幾處《詩經》字句的瞭解〉為題，於本所學術講論會為口頭報告，獲商討之益。爰撰為斯篇，易如今名，實質仍從語文學觀點以立言，內容則略有增損。凡所列舉，除《傳、箋》而外，其專論後世某家說，必其嘗為他家所擷取，不者不及。

一、言刈其蔞

翹翹錯薪，言刈其蔞。之子于歸，言秣其駒。〈周南・漢廣〉

馬瑞辰《毛詩傳箋通釋》云：

胡承珙引王夫之《詩稗疏》：「……《管子》曰：葦下于雚，雚下于蔞。則蔞為萑葦之

屬，翹然高出而可薪者，蓋蘆類也。」今按：蔞與蘆雙聲，同在來母，蔞當即蘆字之假借。王說近之，然但以為蘆類，而不知蔞即蘆也。

此說為先師屈翼鵬先生《詩經詮釋》所取。宇純謹案：蔞蘆二字僅聲母相同，古韻則蔞屬侯部，蘆屬魚部。《廣韻》蔞在虞韻，蘆在魚韻，其音仍異。蘇軾〈惠崇春江晚景〉詩：「蔞蒿滿地蘆牙短，正是河豚欲上時。」蔞蘆猶是異物。且此詩以蔞韻駒字，古韻並屬侯部，若易蔞為蘆，則蘆駒音隔，是馬氏誤說之證。王氏引《管子》說蔞為蘆類，本無可議。毛《傳》云：「蔞，草中之翹翹然。」其意本謂蔞為草之翹然而高者。故孔氏《正義》云：「《傳》以上楚是木，此蔞是草，故言草中之翹翹然。〈釋草〉云：『購，蔏蔞。』舍人曰：『購，一名蔏蔞。』郭云：『蔏蔞，蔞蒿也。生下田，初生可啖。江東用羹魚也。』陸機《疏》云：『其葉似艾，白色，長數寸，高丈餘，好生水邊及澤中。正月根牙生，旁莖正白，生食之，香而脆美。其葉又可蒸為茹。』是也。」陸德明《經典釋文》引馬融云：「蔞，蒿也。」並與王說不異。

二、遠兄弟父母

蝃蝀在東，莫之敢指。女子有行，遠父母兄弟。

朝隮于西，崇朝其雨。女子有行，遠兄弟父母。〈鄘風．蝃蝀〉

宇純謹案：二章「遠兄弟父母」，即一章「遠父母兄弟」句因叶韻而倒置。然雨字古韻屬魚

部上聲，母字屬之部上聲，之魚音相遠，於韻仍有未叶，疑此原作「遠兄弟母父」。父字古韻屬魚部上聲，正與雨字韻及調相同。〈小雅・斯干〉「似續妣祖」，倒祖妣為妣祖，為其韻堵、戶、處、語；〈甫田〉「以介我稷黍」，倒黍稷為稷黍，為其韻鼓、祖、下、女；〈大雅・既醉〉「釐爾女士」，倒士女為女士，為其韻子字；乃至〈曹風・下泉〉二章「念彼京周」，倒其一章之周京為京周，為其韻蕭字；並《詩》寧取韻，不取恆言之證。自清以來言古韻者，並以此詩雨、母為合韻。今據《詩》韻以觀：〈周南・葛覃〉三章叶否、母，〈衛風・竹竿〉一章叶右、母，〈王風・葛藟〉二章叶涘、母、母、有，〈鄭風・將仲子〉一章叶子、里、杞、母，〈齊風・南山〉三章叶畝、母，〈魏風・陟岵〉二章叶屺、母，〈小雅・四牡〉四章叶止、杞、母，〈杕杜〉三章叶杞、母，〈南山有臺〉三章叶杞、李、子、母、子、已，〈沔水〉一章叶海、止、友、母，〈小弁〉三章叶梓、止、母、裏、在，〈蓼莪〉三章叶母、恃（案句中韻），〈北山〉一章叶杞、子、事、母，〈大雅・思齊〉一章叶母，婦，〈泂酌〉一章叶饎、子、母，〈周頌・雝〉叶祉、母，〈魯頌・閟宮〉八章叶喜、母、士、有、祉、齒，所與母字叶韻者，莫非之部字。〈王風・葛藟〉一章叶滸、父、父、顧，〈魏風・陟岵〉一章叶岵、父，〈唐風・杕杜〉一章叶杜、湑、踽、父，〈小雅・四牡〉三章叶下、栩、盬、父，〈伐木〉二章叶許、藇、羜、父、顧，〈黃鳥〉三章叶栩、黍、處、父，〈蓼莪〉三章叶父、岵（案句中韻），〈大雅・緜〉二章叶父、馬、滸、下、女、宇，〈常武〉一章叶祖、父，二章叶父、旅、浦、土、處、緒，〈魯頌・閟宮〉二章叶

武、緒、野、女、旅、父、魯、宇、輔，所與父字叶韻者，莫非魚部字。遍及〈風、雅、頌〉三詩，無一例外。其中〈王風・葛藟、魏風・陟岵、小雅・四牡、蓼莪〉，四者並以父及母字相對為韻，從知《詩經》叶韻，父母二字分別至嚴，合韻之說，殆猶燕相說郢人遺書之比。而〈衛風・竹竿〉以母叶右字，因〈邶、鄘〉本同是〈衛風〉，又從知此《詩》並無方音之異。然則「遠兄弟父母」原當作「遠兄弟母父」，可信而無疑矣。蓋後人但知恆言父母，不言母父，又因〈竹竿〉詩正言「女子有行，遠兄弟父母」，遂誤母父為父母耳。

又案：〈小雅・天保〉云：「吉蠲為饎，是用孝享。禴祠烝嘗，于公先王。君曰卜爾，萬壽無疆。」四時之祭，本以祠禴嘗烝為序。此詩因取嘗字與享、王、疆為韻，既倒嘗烝為烝嘗，遂並倒祠禴為禴祠，猶疑「遠兄弟母父」其始或作「遠弟兄母父」。

三、素絲祝之

孑孑干旄，在浚之城。素絲祝之，良馬六之。彼姝者子，何以告之？〈干旄〉

毛《傳》云：

祝，織也。

祝字訓織，不見於他書。鄭不從毛，易之云：

祝，當作屬。屬，著也。

宇純謹案：此詩祝、六、告三字為韻，古韻並屬幽部入聲。屬字古韻在侯部，以知鄭改不可從。《傳》雖於他書無徵，祝織二字聲同照三，織字古韻屬之部入聲，之、幽音亦相近，祝即織之轉語，仍以從毛為是。《莊子・至樂》「萬物職職」，司馬彪云：「職職，猶祝祝也。」可為此轉語之證。

四、暵其濕矣

中谷有蓷，暵其乾矣。有女仳離，嘅其嘆矣。歗其嘆矣，遇人之艱難矣。

中谷有蓷，暵其脩矣。有女仳離，條其歗矣。條其歗矣，遇人之不淑矣。

中谷有蓷，暵其濕矣。有女仳離，啜其泣矣。啜其泣矣，何嗟及矣。〈王風・中谷有蓷〉

毛《傳》於首章云：

蓷，鵻也。暵，菸貌。陸草生於谷中，傷於水。

又於末章云：

鵻遇水則濕。

王引之《經義述聞》云：

暵為狀乾之辭，非狀濕之辭，可云暵其乾，不可云暵其濕也；而云暵其濕者，此濕與水濕之濕異義，濕亦且乾也。《廣雅》有㬤字，云曝也。《眾經音義》引《通俗文》曰：

欲燥曰䁘。《玉篇》䁘，邱立切，欲乾也。古字假借，但以濕為之耳。

復於文末加注云：

草乾謂之脩，亦謂之濕，猶肉乾謂之脩，亦謂之𦠆。……《玉篇》𦠆，邱及切，朐脯也。

王氏此說，今之注解《詩經》者，莫不援用。宇純謹案：䁘若𦠆字並不見於《說文》，據其反切推之，當从㬎字為聲。㬎音五合切，與邱立切（邱立、邱及同音）聲韻俱近。乾濕字於《說文》作溼，許君說為㬎省聲。然甲骨文作[illegible]，金文作[illegible]若[illegible]，石鼓文作[illegible]，㬎省聲之說殆不可從。溼字音失入切，其聲母與邱立切之䁘字絕不可通。濕本為水名，經傳假濕為溼。其字从㬎聲，疑與爍（書藥切）从樂（五教、五角二切）聲、燒（式昭切）从堯（五聊切）聲，及勢（舒制切）从埶（魚祭切）聲相同，屬複聲母sŋ系統（案此等字如薛从辥聲、褻褺从埶聲、產从彥省聲、卸从午聲、穌从魚聲、𩾷从吾聲及朔从屰聲），借濕為溼，或在其失去複聲母「ŋ」成分之後，或即以其複聲母之「s」成分同於溼而借。今謂溼若濕字借為k'聲之䁘，於理殊有未合。以文例言之，「暵其乾矣」「暵其脩矣」「暵其濕矣」，與下文「嘅其嘆矣」「條其歗矣」「啜其泣矣」句法同；乾、脩、濕為狀詞，嘆、歗、泣為動詞，而有微別。〈氓〉之「咥其笑矣」，〈伐木〉之「嚶其鳴矣」，〈角弓〉之「翩其反矣」，同此詩之「嘅其嘆矣」；〈溱洧〉之「瀏其清矣」「殷其盈矣」，〈裳裳者華〉之「芸其黃矣」（又見〈苕之華〉），同此詩之「暵其乾矣」；而並可證「暵其濕矣」暵為濕之狀詞（參下「宛其死矣」條）。然遂謂「暵為狀乾之辭，不可云暵其濕

也」，則主由誤解暵字之義。以余所見，胡承珙《毛詩後箋》釋此詩獨最為精闢，今錄其說於下：

「暵其乾矣」《傳》：「暵，菸貌。陸草生於谷中，傷於水。」諸家皆誤認暵字，故以乾為乾燥，溼為卑溼。不知《說文》暵下訓乾，但引《易》「燥萬物者，莫暵於火」，並不引《詩》；惟水部「灘，水濡而乾也」，引《詩》「灘其乾矣」，是則《詩》本作灘，不作暵。可知毛《傳》亦必作灘；云「菸貌」者，《說文》「菸，鬱也。从艸，於聲。一曰殘也。」菸鬱者，兼乾與溼言之，乾謂槁瘁，溼謂浥爛，百草經此，皆菸邑而無色。觀經於乾、脩、濕皆以暵言之，則必非乾義可該，故《傳》以灘為菸貌，並非如暵之但訓燥也。然經文承上「中谷」言之，故《傳》又以為「陸草生於谷中，傷於水」。蓋谷中水之所注，庶草所不能生，既傷於水而病，則或成槁瘁，或成浥爛，皆有菸鬱之形。次章脩為且乾者，又介於槁瘁、浥爛間也。《箋》於末章云：「鵻之傷於水，始則溼，中而脩，久而乾，有似君子於己有薄厚。」孔《疏》衍之云：「先舉其重，然後倒本其初。」此由泥於乾燥卑溼之義，而不知其同為草病之狀。乾固菸貌，脩與溼亦皆為菸鬱之形耳。蘇氏《詩傳》以為，先燥其乾者，終更燥其溼者，以為旱由漸而甚，興夫妻以漸而薄。李《解》嚴《緝》皆從之。然經文《暵其》與「嘅其」「條其」「啜其」四其字，皆連上一字作形容之詞，非以「其乾」「其脩」「其濕」二字相連也。《說文》灘不同暵但訓乾，而曰「水濡而乾」者，以灘字从水，說其本義，此乾與乾燥異義；當

如外強中乾之乾，謂菁華已盡，乾竭徒存。許書此種訓義，最為微妙。毛《傳》於三章云「雖遇水則溼」者，此溼亦非乾溼之溼。《說文》乙部：「乾，上出也。从乙，乙，物之達也。倝聲。」土部：「⿰土㬎，下入也。从土，㬎聲。」則是與乾對稱者，字本作⿰土㬎。水部：「溼，幽溼也。」此與湆訓幽溼同。幽即⿰尗支為幽尗之幽。《廣雅》：「鬱，幽也。」幽與鬱同義，是溼亦當為菸鬱之貌，（《方言》卷一：溼，憂也。《注》云：溼者，失意潛沮之名。蓋人憂鬱謂之溼，物幽鬱謂之溼，故在人則為於邑，《後漢書・馮衍傳》：「日曀曀其將暮兮，獨於邑而煩惑。」在物則為菸邑，《楚辭・九辨》：「葉菸邑而無色。」此其義也。）與泛言乾溼者不同。不然，遇水則溼，凡物皆然，尚何待於故訓乎。

外此，則桂馥《說文義證》溼字下云：

> 《詩・中谷有蓷》「暵其溼矣」，《傳》云：「雖遇水則溼。」馥案：《傳》意謂幽溼也，故訓暵為「菸貌」。

其解「暵其濕矣」，與胡氏同。《經典釋文》云：

> 暵，呼但反，徐音漢。《說文》云「水濡而乾也」，字作⿰氵鷬，又作灘，皆他安反。菸，於據反，何音於。《說文》云鬱也，《廣雅》云臰（宇純案：臰，俗臭字）也。

是陸氏於此詩暵字之理解，初亦未嘗有誤。唯「呼但反」及「徐音漢」二音，則據暵字為讀。蓋

俗師誤之已久，不能諟正矣。

五、宛其死矣

山有樞，隰有榆。子有衣裳，弗曳弗婁。子有車馬，弗馳弗驅。宛其死矣。他人是愉。

山有栲，隰有杻。子有廷內，弗洒弗埽。子有鍾鼓，弗鼓弗考。宛其死矣，他人是保。

山有漆，隰有栗。子有酒食，何不日鼓瑟？且以喜樂，且以永日？宛其死矣，他人入室。〈唐風・山有樞〉

毛《傳》云：

宛，死貌。

究為何狀，不詳。孔氏《正義》以「宛然」易宛字，無裨於瞭解。朱熹《集傳》用〈秦風・蒹葭〉「宛在水中央」鄭《箋》「坐見貌」之訓，其衍申文義，亦以「宛然」易宛字，無以得其要領。

吳昌瑩《經詞衍釋》云：

宛猶若也。宛與若義相同，《詩》「宛其死矣，他人是愉」，言若其死也。

頗為學者所用。宇純謹案：《詩經》「△其△矣」之句凡三十二見，類屬之：前條所舉「咥其笑

矣」「嚶其鳴矣」「翩其反矣」及「嘅其嘆矣」「條其歗矣」「啜其泣矣」共六句其一，「瀏其清矣」「殷其盈矣」「芸其黃矣」（二見）及「嘆其乾矣」「嘆其脩矣」「嘆其濕矣」共七句其二，兩者並以「△其」連讀，為「其」下一字之狀詞，又可併為一類；〈谷風〉「就其深矣」「就其淺矣」二句其三；〈魚麗〉「物其多矣」「物其旨矣」「物其有矣」共三句其四；〈出車〉「維其棘矣」、〈魚麗〉「維其嘉矣」「維其偕矣」「維其時矣」、〈漸漸之石〉「維其高矣」「維其勞矣」「維其卒矣」、〈苕之華〉「維其傷矣」、〈緜〉「維其喙矣」、〈瞻卬〉「維其優矣」「維其幾矣」「維其深矣」共十二句其五；〈漸漸之石〉「曷其沒矣」其六。若吳氏所解，「宛其死矣」又別為一類。毛《傳》訓宛為死貌，明與「咥其笑矣」文例同，是必有所本矣。至其實義，則清人陳奐、馬瑞辰、胡承珙等並有說，今引《毛詩傳箋通釋》於下，以見《集傳》及《衍釋》誤說。

> 宛其死矣，《傳》「宛，死貌」，《釋文》「宛本作苑」。瑞辰按：宛為苑之假借。《淮南・本經訓》「百節莫苑」，高《注》「苑，病也」。又〈俶真訓〉「形苑而神壯」，高《注》「苑，枯病也」。又通菀。《廣雅》：「蔫、菸、痿、菀也。」《玉篇》：「萎，菀也。」並與《傳》訓宛為死貌義相近。宛與痿菀皆一聲之轉（宇純案蔫、菸、痿、菀、宛並同「影」母），宛與苑當即菀字之叚借。

六、三之日于耜，四之日舉趾

七月流火，九月授衣。一之日觱發，二之日栗烈。無衣無褐，何以卒歲？三之日于耜，四之日舉趾。同我婦子，饁彼南畝，田畯至喜。〈豳風・七月〉

毛《傳》云：

三之日，夏正月也，豳土晚寒。于耜，脩耒耜也。四之日，周四月也，民無不舉足而耕矣。

此說歷來無異辭。輓近于省吾為《詩經新證》，乃云：

按：趾《漢書・食貨志》引作止。……《說文》無趾字。金文之作㞢，足趾之趾作𣥂。後世㞢、𣥂不分，此詩止即之字。之、茲音近古字通。《車舝》「高山仰止」，《釋文》：「仰止，本或作仰之。」……〈桃夭〉「之子于歸」，猶言茲子于歸。〈日月〉「乃如之人兮」，猶言乃如茲人兮。〈公劉〉「止基乃理」者，茲基乃理也；「止旅乃密者」，茲旅乃密也。「四之日舉茲」，茲謂茲基之屬。《孟子・公孫丑》：「雖有鎡基。」《周禮・薙氏》鄭《注》：「以茲其斫其生者。」《釋文》：「茲其，鉏也。」……按《呂覽・不廣》「佐齊桓公舉事」，《注》「舉猶用也」。「三之日于耜」、「四之日舉茲」，二句乃對文，耜、茲皆田器。俞樾云：「《周官》薙氏掌殺草，冬日

至而耜之。鄭《注》曰：耜之，以耜側（宇純案：《注》原作測）凍土剗之。三之日于耜，當從此意，謂往而耜之也。」按俞說是也。耜之而衹言耜，猶〈鴻雁〉「之子于垣」，築牆壁而衹言垣也。《傳》以于耜為修耒耜，舉趾為舉足而耕，皆望文演訓，非經旨也。敘耕者豈應但曰舉趾？且三月已往耜之，未嘗不舉趾，豈應四月始言舉趾邪？蓋傳會《左傳》「舉趾高」一語，不知止、茲通假，而改止為趾，以遷就之耳。耕者先側（宇純案：此本《周禮》鄭《注》，而原是測字，測與畟同，于氏似不明測字義）土而後鉏草，故曰：「三之日于耜，四之日舉茲。」舉茲即用茲，茲其而單言茲，亦猶耒耜而專言耜也。（案：此文據《澤螺居詩經新證》本引。）

宇純謹案：俞氏以「于耜」同「耜之」，于氏謂「舉趾」為「用茲」，二說並誤。然俞說為于氏所用，于說復為高亨《詩經今注》所取。高氏云：「趾，于省吾《詩經新證》：趾乃鎡其之合音，鎡其，鋤也。」今一併疏解如下。

首應指明者，以趾為鎡其合音，于氏《新證》無此，雙劍誃、澤螺居兩本並同，不詳何故致此差異；疑即高氏之意，而誤為于說。鎡其之合音，與趾字聲既有精照（案三等）之殊，調亦有平上之別，此詩以趾字上聲與耜、喜、畝為韻，以知此說不然。朱駿聲《說文通訓定聲》以鎡其之合音為耜。鎡、耜聲母並屬齒頭，視鎡其合音為趾之說為優。若然，此詩上言「于耜」，其下「舉趾」不得更如于說為「用茲」矣（案于從俞說于耜為耜之）。然于氏以趾為茲之說，其首引

之、止之異文，此雖未必即如于氏所稱由於形誤（案：止之二字聲韻母並同，當是形成異文之真實原因），由形解之，亦不失為一說。若所謂之、茲音近古通，則兩者中古有正齒、齒頭之大限，上古亦不得相同。所舉之子、之人即茲子、茲人，古人則訓之為是，別訓茲為此，固不以之為茲；止基、止旅為茲基、茲旅，尤是于氏一家之言；並無以明之必為茲。之、茲二字古書恆見，其間則絕不見異文。然則之、茲各別，無以證趾為茲明矣。俞說「于耜」為「耜之」，不知後者以耜為外動詞，之為其受語，稱代上文草字。耜上冠以于字，但使「于耜」構成動詞（參周法高先生《中國古代語法・構詞編》二五一頁，及王靜芝先生《詩經通釋》「于耜」注），其意則受語仍是耜字。于氏舉「于垣」之例為說，不悟「于垣」義正謂治其垣，適足以證成毛《傳》「脩耒耜」之說。所謂「耜之而衹言耜」，「築牆壁而衹言垣」，皆由不達「于耜」「于垣」之構詞。其見之於《詩》者，「于垣」之外，「于茅」為治茅，「于貉」為搏貉（並見〈七月〉），「于邑」（見〈崧高〉）為作邑，「于疆」（見〈江漢〉）為治疆，並可見毛《傳》說「于耜」不誤。于氏又云：「耕者先側土而後鉏草，故曰三之日于耜，四之日舉趾。」不知「于耜」果同「耜之」，鄭解「耜之」為「以耜測凍土剗之」，是三之日既已剗草矣，何待下言「四之日用茲」乎？至以「耒耜而專言耜」，見「茲其而單言茲」，竟忘耒耜為二物，而茲其為疊韻聯語，不得為二物，俱見于說一意附會，而全無是處。甲骨文耤田之耤字作，宛然人舉趾推耜以耕形，亦舉以見毛《傳》之必不可奪。

七、誰適與謀／投畀豺虎

彼譖人者，誰適與謀。取彼譖人，投畀豺虎。豺虎不食，投畀有北。有北不受，投畀有昊。〈小雅・巷伯〉

言古韻者，如段玉裁《六書音均表》、王念孫《古韻譜》、江有誥《詩經韻讀》，及近人王力《詩經韻讀》，並以此詩者、謀、虎三字為韻。

宇純謹案：者、虎二字古韻屬魚部上聲，謀字屬之部平聲。之、魚二部音遠，無可以叶韻之理。〈蝃蝀〉詩「遠兄弟父母」與「崇朝其雨」為韻，似可為互證。然彼文父母當作母父，已說之在前。且謀與者、虎調不同，亦與《詩》平自韻平、上自韻上之常例不合，此說蓋未得其實。顧炎武《詩本音》主謀字不韻，與《詩》四句者第二句必韻，無但以一、四句入韻之例不合。〈小雅・小旻〉云：「國雖靡止，或聖或否。民雖靡膴，或哲或謀。」論者亦謂膴、謀為韻，正亦之、魚合韻例。然《韓詩》膴作腜，腜、謀同之部平聲。〈大雅・緜〉云：「周原膴膴，堇荼如飴。爰始爰謀，爰契我龜。曰止曰時，築室于茲。」《韓詩》膴亦作腜，正與飴、謀、龜、時、茲為韻。更參〈小雅・小旻〉：「我龜既厭，不我告猶。謀夫孔多，是用不集。發言盈庭，誰敢執其咎。如匪行邁謀，是用不得于道。」毛《傳》訓集為就，集就二字雙聲，《韓詩》集即作就。就、猶、咎、道韻同幽部，是「是用不集」句正取就字與猶、咎、道叶韻。《吳越春秋・河上之歌》

云：「同病相憐，同憂相救。驚翔之鳥，相隨而集。瀨下之水，回復俱留。」亦正取集字讀為就字，以與救、留為韻。以此諸例衡之，此詩謀字似本作謨，謨與者、虎韻同魚部。唯謨與者、虎既有平上之隔，而二章詩云：「哆兮哆兮，成是南箕。彼譖人者，誰適與謀。」謀與箕為韻，此文「彼譖人者，誰適與謀」正承彼文而來，是此謀字本無譌誤之證。然則此當是下文「投畀豺虎」原作「投畀虎豺」，以豺與謀韻，豺與謀並屬之部平聲；而此下「豺虎不食」，原亦當作「虎豺不食」。

八、令德壽豈

蓼彼蕭斯，零露瀼瀼。既見君子，為龍為光。其德不爽，壽考不忘。
蓼彼蕭斯，零露泥泥。既見君子，孔燕豈弟。宜兄宜弟，令德壽豈。〈蓼蕭〉

「令德壽豈」句，毛鄭無訓。孔氏《正義》云：

> 君子為人之能，宜為人兄，宜為人弟，隨其所為，皆得其宜。故能有善德之譽，壽凱樂之福也。

是讀豈如凱，其義為樂。朱熹《集傳》亦云：「壽豈，壽而且樂也。」為學者所遵用。

宇純謹案：此以豈即上文豈弟之豈。毛《傳》訓豈弟之豈為樂（《經典釋文》「豈，開在反。樂，音洛」），而於「壽豈」無訓，當亦取此豈為樂義，蒙上文而省之。唯通觀全《詩》豈字用

作狀詞之例，或與弟字連稱曰「豈弟」：〈載驅〉云「齊子豈弟」一見，〈旱麓〉云「干祿豈弟」一見，〈湛露、青蠅、旱麓、泂酌、卷阿〉云「君子豈弟」凡十六見；或與樂字並舉曰「豈樂」，倒文叶韻則曰「樂豈」，並見〈魚藻〉；兩者皆以義近義同平列（案其中「齊子豈弟」句，義取毛《傳》「文姜於是樂易然」之說解。鄭《箋》別為義），豈弟一詞或尚取為疊韻連語。今以壽豈之豈同豈弟之豈，不僅與豈弟義複，「令德壽豈」四字三義，亦與恆見之語法結構不合。豈考二字雙聲，疑「壽豈」實為「壽考」之轉音。「令德壽豈」即前章「其德不爽，壽考不忘」之複重，取「豈」之音與泥、弟為韻。泥、弟二字古韻在脂部。〈魚藻〉詩云：「魚在在藻，有莘其尾。王在在鎬，飲酒樂豈。」以豈叶尾，豈字當在微部，似與泥、弟音仍有微隔。然豈樂字或加心旁作愷，或加几聲作凱，几聲古韻正在脂部，《廣韻》几、豈仍有脂、微之分。凱字雖不見於《說文》，未必前此所無。《詩》有「凱風」，毛《傳》及《爾雅》並云「南風謂之凱風」，並在許君之前。脂微兩部本多相叶，今據此詩之韻及几聲之凱，定豈字原有脂微二讀。壽考而云壽豈，此即余所倡《詩經》之雙聲轉韻。說詳〈試說詩經的雙聲轉韻〉。又第二句「零露泥泥」與「零露瀼瀼」，亦雙聲轉韻。「零露瀼瀼」句又見〈鄭風•野有蔓草〉，泥字則《說文》為水名，恆用為泥塗字，並與「雙聲轉韻」現象相合。《釋文》云：「瀼，如羊反，徐又乃剛反。泥，乃禮反。」乃剛與乃禮雙聲，即如羊一音，古泥日亦音近。瀼音乃剛反，韻與光、爽，忘同。泥音乃禮反，韻亦與弟字同。二者並前文所未及。

復案：高亨《今注》云：「豈，借為磑（音違），堅固。」蓋亦有感於訓豈為樂則與上文義複，遂為假借之說。然壽磑之語，於古無徵。《方言》十二「磑，堅也」，《廣雅・釋詁》卷一「磑，堅也」，當為高氏所據。郭音磑字五碓反，曹音磑字牛衣、牛哀二反，一去二平，此詩則取豈字上聲入韻，以知高說不可取（高氏磑音違，蓋即郭音而誤為平聲）。

九、我黍與與，我稷翼翼

楚楚者茨，言抽其棘。自昔何為？我蓺黍稷。我黍與與，我稷翼翼。我倉既盈，我庾維億。以為酒食，以享以祀，以妥以侑，以介景福。〈楚茨〉

與與、翼翼毛《傳》無訓。鄭《箋》云：

黍與與，稷翼翼，蕃廡貌。

字純謹案：與與、翼翼雙聲，並喻四字。與字韻及調並同黍字，上古同屬魚部上聲，《廣韻》仍同見語韻。翼字韻及調並同稷字，上古同屬之部入聲，《廣韻》仍同見職韻。詩於黍言與與，於稷言翼翼，實一語隨黍、稷之韻而轉也。黍與、稷翼句中韻。此亦余前論詩經雙聲轉韻所未及者。鄭必以與與、翼翼連黍、稷言之，不直云「與與、翼翼，蕃廡貌」，蓋欲以示兩詞與黍、稷之關係，大堪玩味。高亨《今注》乃云：「與與，茂盛貌。翼翼，整齊貌。」是真強不知以為知者。

十、干戈戚揚

篤公劉，匪居匪康，迺埸迺疆，迺積迺倉，迺裹餱糧，于橐于囊，思輯用光。弓矢斯張，干戈戚揚，爰方啟行。〈大雅．公劉〉

「弓矢斯張」以下三句，毛《傳》云：

戚，斧也。揚，鉞也。張其弓矢，秉其干戈戚揚，以方開道路，去之豳。

鄭《箋》云：

干，盾也。戈，鉤矛戟也。爰，曰也。公劉之去邰，整其師旅，設其兵器，告其士卒曰，為汝方開道而行。

孔氏《正義》云：

《廣雅》云：「鉞、戚，斧也。」則戚揚皆斧鉞之別名。《傳》以戚為斧，以揚為鉞，鉞大而斧小。……以弓矢言張，是人張之，故知干戈戚揚為人秉之也。

宇純謹案：《傳》以揚為鉞，歷來無異說。然揚之義為鉞，不見於其他古籍；揚之義果為鉞，則干戈戚揚四字平列無動詞，與上下文不能相貫。《傳》云「秉其干戈戚揚」，秉字為經文所無；孔氏云「以弓矢言張是人張之，故知干戈戚揚為人秉之」，雖曰為之疏，直與無疏等。鄭蓋有見於毛《傳》秉字為增文，乃以兵器二字代弓矢六物，而以一「設」字兼攝之。然於上句言，張之

義非設，於下句言，仍屬臆增。朱熹《集傳》云：「然後以弓矢斧鉞之備，爰始啟行。」顯亦欲為干戈句無動詞而巧構其言，竟置經文於弓矢云張而不顧，明亦不得為《詩》原意。

陳奐《詩毛氏傳疏》云：

> 《傳》訓戚揚為斧鉞，戚之為言迫（據下文云「斧有戚迫義」，疑迫上奪戚字）也。《爾雅》：「越，揚也。」鉞越皆從戉聲，古祇作戉。《說文》：「戚，戉也。」「戉，大斧也。」《淮南子‧兵略篇》云：「主親操鉞，持頭授將軍其柄，曰：從此上至天者，將軍制之。」是鉞有發揚義也。又云：「復操斧，持頭授將軍其柄」，曰「從此下至淵者，將軍制之。」是斧有戚迫義也。可以想像其遺制也。

此由語源推求揚之所以為鉞。其意猶謂：戚之為言戚迫也，鉞之為言越揚也；鉞既受義於越，揚與越同義，故揚亦由越揚義孳生而為鉞揚之義。然戚之是否果受義於戚迫？戚雖受義於戚迫，是否足證鉞受義於越揚？鉞受義於越揚，是否足證揚之義又為鉞揚？其間並不具必然關係。

王引之《經義述聞》「〈清廟〉對越在天」條云：

> 家大人曰：對越猶對揚，言對揚文武在天之神也。〈大雅‧江漢〉篇曰「對揚王休」……並與對越同義。《爾雅》曰：「越，揚也。」揚越一聲之轉。對揚之為對越，猶發揚之為發越，清揚之為清越矣。

此文自不謂揚之義又為鉞。然信如王氏所言，揚越一聲之轉，但須鉞受義於越，即揚斯可以有鉞

義，如此解之，較之陳氏所疏，徑捷多矣。唯案之古韻，揚屬陽部，越屬祭部，二部間無當然通轉關係。其聲於中古雖同屬喻母，而有三等四等之別；上古則前者歸匣，後者近定，兩者迥殊。故至今越席、挎越之越仍讀匣母，即越揚之越《切三》亦尚音戶伐反。以《說文》諧聲字言之，凡戉聲字屬喉音，凡昜聲字屬舌音齒音，了不相涉。王氏據中古以後音為說，遽難為憑。

《禮記・樂記》云：

> 樂者，非謂黃鍾、大呂、弦歌、干揚也。

以揚接干字連言。孔氏《正義》引皇侃云：「揚，舉也。干揚，舉干以舞也。」此語又見《史記・樂書》。裴駰《集解》則云：「鄭玄曰：揚，鉞也。」今《禮記・樂記》揚下無注，或今本有奪文，或裴因《詩》《箋》不改《傳》而云之如此。是干揚之揚有二解。張守節《史記正義》云：「揚，舉也，謂舉楯以舞也。」義同〈樂記〉《正義》引皇侃。司馬貞《索隱》云：「鄭玄曰：干，楯也（案：今〈樂記〉亦無此注）；揚，鉞也；則揚與鍚同。皇侃以揚為舉，恐非也。」則亦以揚為鉞，且出鍚字為說，而不云鍚字所出。今案《禮記・郊特牲》云：

「諸侯之宮縣，而祭以白牡，擊玉磬，朱干設鍚，冕而舞〈大武〉，乘大路，諸侯之僭禮也。」〈明堂位〉云：「升歌〈清廟〉，下管〈象〉，朱干玉戚，冕而舞〈大武〉。」〈祭統〉亦云：「升歌〈清廟〉，下而管〈象〉，朱干玉戚，以舞〈大武〉。」以〈郊特牲〉較之〈明堂位〉及〈祭統〉，一云「朱干設鍚，冕而舞〈大武〉」，一云「朱干

玉戚，冕而舞〈大武〉」或「朱干玉戚，以舞〈大武〉」，〈郊特牲〉錫字蓋即司馬氏之所本。故孫希旦《禮記集解》更主〈郊特牲〉錫當作揚，其說云：「錫當作揚，鉞也。「朱干設錫」，即〈明堂位〉所謂「朱干玉戚」也。《廣雅》云：「揚、戚，斧也。」是揚鉞皆斧之別名，故戚謂之揚。」此不僅《廣雅》揚原是鉞字舉證不實，鄭注〈郊特牲〉云：「干，盾也。錫，傅其背如龜也。」孔氏《正義》云：「《詩》云鏤錫（字純案：即《說文》鐊字），謂以金飾之，則此錫亦金飾也。謂用金琢（案：疑當是瑑之誤。講論會中王師叔岷先生云，六朝俗不分）傅其盾背。盾背外高，龜背亦外高，故云如龜也，蓋見漢禮然也。是錫自錫字，與揚鉞字無干。「朱干設錫」與「朱干玉戚」，語句結構本自不同也。

《墨子‧非樂》上云：

民有三患：飢者不得食，寒者不得衣，勞者不得息。三者民之巨患也。然即當為之撞巨鐘，擊鳴鼓，彈琴瑟，吹竽笙，而揚干戚，民衣食之財，將安得乎？

又云：

今有大國即攻小國，有大家即伐小家，強劫弱，眾暴寡，詐欺愚，貴傲賤，寇亂盜賊並興，不可禁也。然即當為之撞巨鐘，擊鳴鼓，彈琴瑟，吹竽笙，而揚干戚，天下之亂也，將安得而治與？

以揚字連干戚，為動賓結構，揚之義確然為稱舉。《淮南子・氾論篇》亦云：

乘大路，建九斿，撞大鐘，擊鳴鼓，奏咸池，揚干戚。

以此準之，〈樂記、樂書〉之干揚與弦歌並列，弦歌謂循弦以歌，干揚猶言揚干以舞，以知皇氏張氏之說不可易。此詩云「干戈戚揚」，蓋亦即以揚為動詞；其不云「揚干戈戚」而云「干戈戚揚」者，與「弓矢斯張」句大同，皆倒文取叶韻也。此章除首句公劉為人名無可更易，每句皆韻，康、疆、倉、糧、囊、光、張、揚、行並屬陽部平聲。左氏襄公三年《傳》：「晉侯之弟揚干，亂行於曲梁。」「揚干」之名疑與殷王子名「比干」為類。（清程大中《四書逸箋》引《孟子雜記》云：「王子干封於比，故曰比干。」劉寶楠《論語正義》云：「比干未有封國。《孟子》稱王子比干，疑『比干』即其名或字也。」《路史》謂唐之比陽有比水，即比干國。其說不知何自來。考比陽於《漢・地理志》屬南陽郡，非在圻內，《路史》誤也。）《書・牧誓》云：「王曰：稱爾戈，比爾干，立爾矛，予其誓。」疑可證「比干」命名之意；而「稱爾戈」之句，稱，舉也，亦正於戈云揚之比。

一九六〇年余始授訓詁學於私立淡江文理學院（即今淡江大學之前身），曾以此例語諸生。後於香港中文大學崇基書院及國立臺灣大學任此課（後者，一九六八年事），並舉此例。去歲得讀高亨《詩經今注》，亦訓揚字為「舉起」，與鄙見不謀而合，但高氏全無申論。又案：高氏既訓戚為斧，又於〈附錄〉云：

戚也可讀做攸，戚和攸是一語的轉變。〈大雅・雲漢〉「滌滌山川」，《說文》引作「蔋蔋山川」，便是例證。「干戈戚揚」如同干戈乃揚。

此則意欲為「干戈戚揚」句求其與「弓矢斯張」語例一致。然戚攸聲母相去懸遠。戚从尗聲，與蔋字基本聲符雖同，究有寬嚴之別。且文字形聲由於人為，取其仿佛即可，與語音轉變乃自然形成，性質復不相同。滌蔋之異文，難證戚攸之轉音。唯戚之為物，其形制小，周緯《中國兵器史稿》云：「戚字从尗，當有小義。蓋斧小於鉞，而戚又小於斧也。陸氏（案謂陸懋德）謂見戚甚多，其形皆小。」古書干戚並舉，如〈樂記〉所云：「比音而樂之，及干戚羽旄謂之樂」、「鐘鼓干戚，所以和安樂也」、「鐘鼓管磬羽籥干戚，樂之器也」、「干戚之舞，非備樂也」、「文以琴瑟，動以干戚」、「鐘鼓竽瑟以和之，干戚旄狄以舞之」，並舞時所執。此《詩》則以充為武備，講論會中同仁有以此為疑者。然戚形雖小，未必不可為兵，所以與干並為武舞所執，或正以其本皆武備之故耳。記之以供學者參考。

朱駿聲《說文通訓定聲》云：

《詩・公劉》「干戈戚揚」，《傳》鉞也。按《傳》借鉞為越。《易・夬》「揚于王庭」，鄭《注》越也。越猶舉也。

殆主此詩揚字訓舉之最早見者。然毛《傳》借鉞為越之說，因與下文「秉其干戈戚揚」之句不合，其意宜不若是。（講論會中王師叔岷先生曰：「此前人忠厚處。」聞之赧然。）

十一、黽勉畏去

旱既太甚，黽勉畏去。胡寧瘨我以旱？憯不知其故。祈年孔夙，方社不莫。昊天上帝，則不我虞。敬恭明神，宜無悔怒。〈雲漢〉

宇純謹案：此詩以去、故、莫、虞、怒五字為韻，五者古韻並屬魚部陰聲。自來說「黽勉畏去」之句，則俱不能得去字之意，略錄諸家說如下以見之：

黽勉，急禱請也；欲使所尤畏者去之。所尤畏者，魃也。鄭《箋》

黽勉畏去，出無所之也。朱熹《集傳》

《廣雅．釋詁》：畏，惡也。畏去，謂苦此旱而惡去之也。馬瑞辰《毛詩傳箋通釋》

黽勉，猶辛勤也。畏去，謂畏旱而逃去也。先師屈翼鵬先生《詩經詮釋》

畏去，謂以有所畏而逃去也。此句謂當勉力以應付此大旱之災，而不以有所畏而逃去也。王靜芝先生《詩經通釋》

畏去古人謰語，應讀作畏却。……〈秦策〉「怒戰栗而却」《注》：「却，退也。」黽勉畏却，言黽勉從事而猶有所畏却，恐其無濟於事也。林義光讀去為㤩，引《說文》訓㤩為勞。畏勞與黽勉之意相反。于省吾《詩經新證》

綜觀上列引文，所釋「畏去」之義，並牽強難通，甚且自相抵觸，而並與黽勉一詞不能相貫。以

余所見，獨高亨《今注》所釋，為能契合詩旨。其說云：

黽勉，勉力也。去，借為怯。畏怯，小心恐懼。

余於一九七九年撰〈上古陰聲字具輔音韻尾說檢討〉一文，嘗論及此詩畏去義為畏怯。一九八一年十月里仁書局翻印此書，於是知有此說，至今不知其始刊年月。《說文》云：「㹤，多畏也。从犬，去聲。怯，杜林說㹤从心。」怯字从去為聲，疑即高氏主借去為怯所憑。然怯字古韻屬葉部，為收p尾之入聲。此詩以去與故、莫、虞、怒叶魚部韻，易去為怯，則不能相叶，以知此說仍非的解，蓋為高氏所未慮及者。雖然，去字義取畏怯，此則固不可奪。余謂「去」怯乃一語之轉，「去」即有怯義。蓋上世「去」之一音為二語，一者義為來去，書作去字；一者義為畏怯，以其音同來去之去，故亦書作「去」字。易言之，此詩去字音同來去之去，其義則是畏怯之怯。音同來去之去，故與故、莫等字為韻；義為畏怯之怯，故與畏字結合為詞。知去與怯為一語之轉者，下列數事固足以明之。《說文》云㹤、怯从去聲；又层字音古沓切，鉣字音居怯切，《說文》雖說以為劫省聲，以㹤字方之，當即以去為聲：凡此《說文》諧聲字，明去聲與收p之入聲可以相轉。是其一。金文盍字作盇，本亦以去為聲。是其二。《方言》六：抾，去也。又見《廣雅・釋詁》二。抾音去笈切，為收p尾之入聲，其字从去，且其義為去，蓋即來去字之轉語。是其三。《說文》胠字从去聲，而有去魚、丘據、去劫三音，前二讀古韻屬魚部，後一讀古韻屬葉部。是其四。近年出土《中山王嚳壺》「以內𢇍邵公之業」，即「以內絕邵公之業」，葉部業字以魚部

去字為聲。是其五。殘簡《六韜》「有知而心祛者」，心祛同心怯，宋本及《群書治要》所引祛並作怯。《說文》祛字从去聲，義為衣袂，音為去魚切，古韻屬魚部。是其六。《說文》曄字从華聲（案：小徐如此，大徐刪聲字）。華字古韻屬魚部。曄字音筠輒、為立二切，古韻屬葉部。現象與狅从去聲同。是其七。而蔡邕〈上封事書〉云：「宣王遭旱，密勿祇畏。」據〈毛詩序〉云：「〈雲漢〉，仍叔美宣王也。宣王承厲王之烈，內有撥亂之志，遇災而懼，側身脩行，欲銷去之（案：此即鄭《箋》說「畏去」之張本）。天下喜於王化復行，百姓見憂，故作是詩也。」知邕文即本此詩為說；而密勿即黽勉，是「密勿祇畏」即此詩之「黽勉畏去」，以見漢人猶有知此句之正解者。

十二、皇以閒之

綏萬邦，婁豐年，天命匪解。桓桓武王，保有厥士，于以四方，克定厥家。於昭于天，皇以閒之。〈周頌．桓〉

宇純謹案：「皇以閒之」句歷來所釋，或語焉不詳，未易知其究竟；其詳者則並不可用，亦略引諸家以見之：

閒，代也。毛《傳》

于，曰也。皇，君也。於明乎曰天也，紂為天下之君，但由為惡，天以武王代之。鄭

《箋》

此桓桓之武王，……其德上昭於天也。閒字之義未詳。《傳》曰：閒，代也。言君天下以代商也。朱熹《集傳》

皇，謂天也。〈離騷〉：「陟升皇之赫戲兮」，可證。閒，代也；謂代殷也。言皇天以武王代殷也。〔周初尚無以皇字作名詞用者。此處皇字，當是堂皇顯赫之義。〕先師屈翼鵬先生《詩經詮釋》

皇，顯明。閒，監察。高亨《詩經今注》

如上所引：毛《傳》釋閒為代，未申句義，鄭釋「於昭于天」為「於明乎曰天」，已非詩意。知者，〈大雅・文王〉云：「文王在上，於昭于天。」鄭於彼文「於昭于天」曰「其德昭明于天」，合於經文，以知此說不可用。其釋「皇以閒之」，既以皇為君，而云「天以武王代之」，猶云「天以武王為君以代紂」，其一是以此句主詞為天，其二是以皇為動詞，義為「為君」，其三是以「之」為代詞指紂。以主詞為天，即承上文解「於昭于天」為「於明乎曰天」而來，上句既已誤解，明此意亦誤。以「皇」為君，則周時皇字無此義，全《詩》皇字多見，類用為狀詞，義為光大，如云皇天、皇王、皇祖、皇父、皇考、皇尸、皇皇、有皇、思皇、於皇、皇矣，並此類；或由此轉而為動詞，義仍為光大，見〈烈文〉之「繼續其皇之」。以「之」為代詞指紂，則上文無紂字可代。是鄭氏此一說有三不可取。其餘諸家，或說皇字同鄭，或說之字同鄭，而於閒字是否

義為代，或亦不能無所疑。

今按：〈周頌・烈文〉云：

烈文辟公，錫茲祉福。惠我無疆，子孫保之。無封靡于爾邦，維王其崇之。念茲戎功，繼序其皇之。

先師屈翼鵬先生《詩經詮釋》擷諸家之長，並出己意，釋此詩辟公意謂周之先公，崇字義為尚為高，序字同緒（案用馬瑞辰），皇字義為大（案即毛《傳》之訓美），並說「繼序其皇之」句云：「言繼先人之緒而更光大之也。」皆允當不刊。其中之字雖未特意明說，顯指辟公而言（先師釋「無封靡于爾邦，維王其崇之」云：「言王勿大損壞於爾邦，應更奮勉使國運隆盛，超過前人也。」亦以之字指辟公）。以兩詩相較，余謂「皇以閒之」意同彼文「繼序其皇之」，閒字義同繼序，《傳》訓為代無可疑；皇字於彼為動詞，義為光大，於此亦同；之字彼文指稱其上文之辟公，此文亦指稱上文之武王。以猶而也（說見王引之《經傳釋詞》）。「於昭于天，皇以閒之」，謂武王之德已昭顯於天，余後人當光大而承代之也。毛《傳》於此詩但釋一閒字，疑即蒙〈烈文〉詩釋皇為美而省皇字之訓，其意「皇以閒之」與「繼序其皇之」義不異耳。所以有此一疑者，此詩與〈烈文〉詩之間，皇字順次更見於〈執競〉之「上帝是皇」，〈臣工〉之「於皇來牟」，〈雝〉之「假哉皇考」及「燕及皇天」，〈載見〉之「思皇多祜」，〈武〉之「於皇武王」，〈閔予小子〉之「於乎皇王」及「念茲皇祖」，〈訪落〉之「休矣皇考」。自〈臣工〉至〈訪落〉諸

皇字《傳》並無訓，〈烈文〉《傳》訓皇為美，〈執競〉《傳》亦訓皇為美，且並為動詞，是以有此一疑也。

一九八四年十月十六日宇純於南港

（原載中央研究院《歷史語言研究所集刊》第五十五本第二分，一九八四）

此文說「干戈戚揚」，涉及揚、攸兩個喻四字。當時的認知，「喻四古歸定」，所以視揚與越、攸與戚聲母無關，不得為一聲之轉。一九九八年撰〈上古音芻議〉，擬上古喻四為zɦ複聲母，z、ɦ兩成分，分別與匣母及邪母相同，故喻四亦可與匣母及精系諸母發生關聯。但易聲既不諧牙、喉音，戉聲復不諧舌、音，揚越一聲之轉之說，終不得立。攸聲修、儵等字讀心或審母，上古與尗字聲母相同，似攸聲尗聲不可謂無關係。但假借直取音同近之字，攸與戚畢竟二字之間有聲母及聲調的不同，以滌蓧之異文委曲為說，究為可疑。況以戚揚同攸揚，義為乃揚，古籍攸字無此用法，是以此說亦終不可取。又說「四之日舉趾」，于省吾從《漢書》趾作止，謂借以為茲。文中云止茲古音有齒頭音及正齒頭及正齒音之大限，不可以借。實則部分三等照、穿、牀出於精、清、從，審、禪二母更全為心、邪的變音，精與照三非不可借用。說亦詳〈上古音芻議〉

。該文原載中央研究院《歷史語言研究所集刊》第六十九本第二分，後收入《中上古漢語音韻論文集》。然于說之不可取，並未因此而改觀。二〇〇一年宇純補案。

析詩經止字用義

一、引言

《詩經》止字共一百二十餘見，用義不一。毛《傳》於下列止字曾作說明：〈草蟲〉「亦既見止，亦既覯止」云：「止，辭也。」〈相鼠〉「人而無止」云：「止，所止息也。」〈正月〉「瞻烏爰止，于誰之屋」云：「富人之屋，烏所集也。」〈生民〉「攸介攸止」云：「止，福祿所止也。」〈抑〉「淑慎爾止」云：「止，至也。」〈泮水〉「魯侯戾止」云：「止，至也。」其他都無解釋。鄭《箋》也僅於〈相鼠〉與〈抑〉兩篇改易毛《傳》，說止為容止，又於〈抑〉篇「告爾舊止」云「止，辭也」，此外又有幾處可以揣摩其意而已。

這些止字，如〈陟岵〉的「猶來無止」，〈黃鳥〉的「止于棘」，〈四牡〉的「載飛載止」等等，並一望而知其意，應該便是《傳、箋》不逐字注釋的原因。但是究竟有許多實在是不容易瞭解的。尤其是古人所謂「辭」的地方，單說一個「辭」字，固然無法掌握其語法所具有的功能；

今人專從語法觀點來作討論的，也並不能令人滿意；而何者為「辭」，何者非「辭」，竟也不是涇渭分明，無可爭論，前人意見便儘有仁智的不同。顯然有值得深入研究的必要。

據我所知，于省吾《澤螺居詩經新證》中〈詩經中止字的辨釋〉，是第一篇全面分析《詩經》止字的文章。近年又有湯斌的〈詩經中止字的本義引申義假借義〉，載一九八二年第一期《蘭州學報》，亦作通盤探討而略有漏缺。兩文可謂各有所見，但主觀意識並濃，後出的湯文更逾於于作。前乎此者，則有楊樹達的《詞詮》和《高等國文法》二書，從極少數的例子表示了看法，而全無可取。

我於七十三（一九八四）年三月一日在我所屬中央研究院歷史語言研究所的學術講論會中，曾以〈從語文學觀點談幾處詩經字句的瞭解〉為題演講，其中談到〈草蟲〉等篇的止字應是「之矣」的合音，以「之」為代詞，以「矣」表完成式；有些篇什，則「之」的部分無義，但取「矣」的部分表完成。當時還未見到湯文，事後不久由陳鴻森學弟複印相贈。周法高先生則於會中指出，以止為之矣合音，金守拙(George A. Kennedy)已有此說，後更以其文影印見贶，始知其文名〈中文合音詞〉(Chinese Fusion Words)，載一九四七年第六十七冊第一期《美國東方社會雜誌》(Journal of the American Oriental Society)。讀後始知其文殊簡，止為之矣合音的主張，其中有很多問題必須交代，文中則均付闕如。同年十月，我把講稿的其他部分寫成〈讀詩管窺〉一文，送《集刊》發表。現逢《書目季刊》為紀念先師屈翼鵬先生逝世六周年約稿，更以所講止字部分擴充為此文，

以資紀念。先師為當代治《詩》名家，惜已不及請正了。

二、用為動詞或狀詞

止字用為動詞，其義或為停止，或為終止，或為止息，或為留止，或為止定，並是同一義隨所在環境而有理解上的不同，不須更作分別，通常亦無須討論，一一臚列於下。凡《傳、箋》及《正義》涉及到的文字隨文迻錄，他家不及。又有引申為狀詞的，義為安定，則加必要的申論，以其僅一見，不別立為類。

㈠〈魏風・陟岵〉一章：

陟彼岵兮，瞻望父兮。父曰嗟予子，行役夙夜無已。上慎旃哉，猶來無止。《正義》：

「可來乃來，無止軍事而來；若止軍事而來，當有刑誅。」

案：參下兩章「猶來無棄」及「猶來無死」，後人說此止字義謂「留止於外」，自較《正義》可取；但此無關於止字的訓釋。

㈡〈秦風・黃鳥〉一、二、三章：

交交黃鳥，止于棘。……

交交黃鳥，止于桑。……

交交黃鳥，止于楚。……

《箋》：「黃鳥止于棘，以求安己也。」

㈢〈小雅・四牡〉四章：

翩翩者鵻，載飛載止，集于苞杞。……

㈣〈采芑〉三章：

鴥彼飛隼，其飛戾天，亦集爰止。……

《箋》：「爰，於也。亦集於其所止。」

案：集字止字參〈四牡〉詩。又參〈沔水〉及〈正月〉止字。

㈤〈沔水〉一章：

沔彼流水，朝宗于海。鴥彼飛隼，載飛載止。……

《箋》：「言隼欲飛則飛，欲止則止。」

案：二章云：「鴥彼飛隼，載飛載揚。」揚與止義相反，可參。

㈥〈祈父〉一、二章：

祈父！予，王之爪牙。胡轉予于恤？靡所止居。

祈父！予，王之爪士。胡轉予于恤？靡所厎止。

《箋》：「女何移我於憂，使我無所止居乎？」又云：「厎，至也。」

案：一章止居二字並動詞，二章厎止當同，且止與士為韻，是二章止字亦實詞之證。因為《詩

經》韻例，實詞與實詞韻，若句末為同一虛詞，則取其上一字為韻。

(七)〈正月〉三章：

……哀我人斯，于何從祿？瞻烏爰止，于誰之屋？

《箋》：「視烏集於富人之屋，以言今民當求明君而歸之。」

(八)〈雨無正〉二章：

周宗既滅，靡所止戾。……

《傳》：「戾，定。」《箋》：「是時諸侯不朝王，民不堪命，王流于彘，無所安定也。」《正義》：「無所止而安定也。」

(九)〈小旻〉五章：

國雖靡止，或聖或否。民雖靡膴，或哲或謀，或肅或艾。……

《傳》：「靡止，言小也。」《正義》：「靡止猶言狹小無所居止，故為小也。」《箋》：「靡，無。止，禮。言天下諸侯今雖無禮。……」

案：參考〈桑柔〉「靡所止疑」，及〈祈父〉「靡所止居」、「靡所厎止」，靡止當是無有定止之意，不過在此止字已由動詞轉為狀詞，止的意思是安定。先師《詩經釋義》云：「止，定也。膴，厚也。」由其下文膴字的對照，更可以得到證明。

(十)〈巧言〉三章：

君子屢盟，亂是用長。君子信盜，亂是用暴。盜言孔甘，亂是用餤。匪其止共，維王之邛。

《箋》：「邛，病也。小人好為讒佞，既不共其職事，又為王作病。」《正義》：「此小人好為讒佞者，非於其職廢此供奉而已，又維與王之為病害也（案：《正義》以匪為非，與《箋》以匪為彼不合）。」

案：《箋》以「止共」為不共職事，是以止義為停止而又引申之，讀共為供。于氏則以止字義為容止，讀共為恭。解說「匪其止共」意謂彼之容止恭敬。從〈相鼠〉篇的「人而無止，不死何俟」，〈蕩〉篇的「既愆爾止」，以及〈抑〉篇的「淑慎爾止」看來，都要求人必須有容止。今上言彼之容止恭敬，而下言「維王之邛」，文意無法連貫，顯不可用。故先師《詩經釋義》云：「匪，彼也，謂小人也。甲骨文止、足同字，止恭猶足恭，言過恭也。」過分恭敬，便成虛偽，如此始能與「維王之邛」銜接。只是甲骨文止足同字之說，或不無問題，周代則更不見止足同形，似仍當從鄭說。更參〈公劉〉二止字。

(十一)〈甫田〉一章：

……今適南畝，或耘或耔，黍稷薿薿。攸介攸止，烝我髦士。

《箋》：「介，舍也。閒暇則於廬舍及所止息之處，以道藝相講肄，以進其髦士之行。」

案：止與介平行，當並為動詞。攸介攸止，謂所介所止。介義為間廁，所介猶言所到之處。

參〈生民〉。

(十一)〈青蠅〉一、二、三章：

營營青蠅，止于樊。……

營營青蠅，止于棘。……

營營青蠅，止于榛。……

(十二)〈緜蠻〉一、二、三章：

緜蠻黃鳥，止于丘阿。……

緜蠻黃鳥，止于丘隅。……

緜蠻黃鳥，止于丘側。……

《傳》：「鳥止於阿，人止於仁。」《箋》：「止謂飛行所止託也。小鳥知止丘之曲阿靜安之處，而託息焉。」

(十四)〈大雅・緜〉二章：

周原膴膴，堇荼如飴。爰始爰謀，爰契我龜。曰止曰時，築室于茲。

三章：

迺慰迺止，迺左迺右，迺疆迺理，迺宣迺畝。……

《箋》於二章云：「時，是也。卜從，則曰可止於是，可作室於此。」於三章云：「民心定，

乃安隱其居。」

案：《經義述聞》云：「時亦止也。」三章慰、止二字平列，止字承二章之「曰止」，鄭說似誤以止為名詞。

㈤〈生民〉一章：

厥初生民，時維姜嫄。……履帝武敏，歆，攸介攸止。載震載夙，載生載育，時維后稷。

《傳》云：「介，大也。止，福祿所止也。」《箋》：「介，左右也。履其拇指之處，心體歆歆然，其左右所止住，如有人道感己者也。」

案：介與止平列，攸介攸止即所介所止（「攸介攸止」句又見〈小雅・甫田〉，或說攸為乃，則於〈甫田〉義不可通），謂其所接觸之處，所留止之處；全句為「履帝武敏」之補足語，因韻而倒置歆字之下。

㈥〈公劉〉六章：

篤公劉，于豳斯館。涉渭為亂，取厲取鍛。止基迺理，爰眾爰有。夾其皇澗，遡其過澗，止旅乃密，芮鞫之即。

《箋》：「止基，作宮室之功止，而後疆理其田野，較其夫家人數日益多矣，器物有足矣，皆布居澗水之旁。」又云：「公劉居豳既安，軍旅之役止，士卒乃安，亦就澗水之內外而居，備田事也。」

于云：「陳奐《毛氏傳疏》：『止基，基亦止也。』馬瑞辰《毛詩傳箋通釋》：『止猶既也。

〈釋詁〉：卒，已；〈釋言〉：卒，既也。已與止同義，卒為已又為既，則止亦既也。止基迺理猶言既基迺理也。止旅迺密，猶言既旅迺密也。』按：鄭《箋》訓止為終止之止，陳奐訓止為基，馬瑞辰訓止為既，於義均不可通。實則止字本作㞢，即古文『之』字，應讀作『茲』，乃指事代詞。卜辭中的驗辭稱『之夕允雨』和『之夕允不雨』者習見，之夕即茲夕。《爾雅·釋詁》謂『茲，此也』，〈桃夭〉的『之子于歸』，〈有狐〉的『之子無裳』，《爾雅·釋訓》謂『之子者是子也』，茲與是同義。此詩的『之基迺理』應讀作『茲基迺理』，承上『于豳斯館』為言，是說公劉遷豳後，對於館舍的建築基礎已經有了條理。『之旅迺密』應讀作『茲旅迺密』，《爾雅·釋詁》訓旅為眾，毛《傳》訓密為安，此承上『爰眾爰有，夾其皇澗，遡其過澗』為言，是說公劉遷豳後，人民居二澗之旁而『茲眾乃安』。」湯氏於「止旅乃密」取《箋》說，止旅就是使軍旅止；於「止基迺理」則以止為下基。

案：于以止為之，讀同茲，以止之二字形音並近，止為之誤的說法自是可通。但反過來看，止之二字既容易相亂，兩者古書中並習見，尤其是之字，何以他書不見相亂的例子；而且于氏又說「之基」「之旅」同於「之子」，「之子」的句子《詩經》二十七見，竟亦絕不一見作「止子」，此詩則兩個止字並為之字之譌，如此強烈對比，誰能取于說而信之？湯氏以句法明顯相同的兩個止字說為異義，亦自無可取。鄭《箋》所說既然看不出任何破綻，自當用鄭說。

(七)〈卷阿〉七章：

鳳皇于飛，翽翽其羽，亦集爰止。……

《箋》：「爰，于也。鳳皇往飛，翽翽然亦與眾鳥集於所止。」

案：「亦集爰止」句，又見〈小雅・采芑〉。

㈧〈桑柔〉三章：

國步蔑資，天不我將。靡所止疑，云徂何往？……

《傳》：「疑，定也。」《箋》：「我從兵役，無有止息時。」

案：參〈小雅・雨無正〉「靡所止戾」。《荀子・解蔽》：「以可以知人之性，求可以知物之理，而無所疑止之，則沒世窮年不能徧也。」「疑止」即此止疑。

㈨〈雲漢〉七章：

旱既大甚，散無友紀。鞫哉庶正，疚哉冢宰，趣馬師氏，膳夫左右，靡人不周，無不能止。瞻卬昊天，云如何里！

《傳》：「周，救也。無不能止，言無止不能也。」《箋》：「周當作賙。王以諸臣困於食，人人賙給之，權救其急，後日乏無，不能豫止。」

案：經文云「無不能止」，《傳》說為「無止不能」，《正義》解云「無為不能救人而自止，故解其意，言朝廷之臣悉皆救人，無止而不能者」，明與經文不合。《箋》說「後日乏無，不能豫止」，亦增文解經。今案：無亡二字古音近，亡或通無。《說文》舞字古文从亡聲作𦏶，撫字

古文亦从亡聲作⿺辶亡，又有改字云「撫也，讀與撫同」，而有無字亦加亡字作⿱無亡。疑此詩無字原作亡，「靡人不周，亡不能止」，謂宣王雖於庶正冢宰諸臣無不賙給，但亡而去者不能止。上文云「旱既大甚，散無友紀」，正謂群臣因逃旱散去，無視於寮友統紀，與此文相互呼應。鄭說「散無友紀」為「人君以群臣為友，散無其紀者，凶年祿餼不足，又（案：原作人字，據校記改）無賞賜也」，亦不得其解。〈小雅・雨無正〉云：「周宗既滅，靡所止戾，正大夫離居，莫知我勩。」「正大夫離居」，便是「散無友紀」的意思，可見宣幽兩世都有群臣離散的情況。

(廿)〈商頌・玄鳥〉：

……邦畿千里，維民所止。……

《箋》：「止猶居也。」

三、用為名詞

止字用為名詞，義為容止，為前一義的引申。說詳〈相鼠〉詩。

(一)〈鄭風・相鼠〉二章：

相鼠有齒，人而無止。人而無止，不死何俟！

《傳》：「止，所止息也。」《箋》：「止，容止。《孝經》曰容止可觀。」

案：此詩共三章。首章云「人而無儀」，末章云「人而無禮」，無止與無儀、無禮句法應同，

當以鄭說為是。《釋文》引《韓詩》以止為節，無止為無禮節，實與鄭說不異。容止一詞，朱駿聲以為猶言首足，我則以為猶言舉止動靜。毛《傳》逕直以「所止息」說之，亦不能視為錯誤，究不若鄭說洽當。更參〈抑〉篇。

(二)〈大雅・蕩〉五章：

文王曰咨，咨女殷商。天不湎爾以酒，不義從式。既愆爾止，靡明靡晦。式號式呼，俾晝作夜。

《箋》：「愆，過也。女既過沈湎矣，又不為明晦，無有止息也。」

案：「無有止息」一語，「止息」二字似釋經文止字；以其在「不為明晦」之下，又似以意足之。《正義》云：「……汝沈湎如是，既已愆過於汝之容止，無明無晦，而飲酒不息。」以止為容止，貼切不刊。參〈抑〉篇。

(三)〈抑〉八章：

俾爾為德，俾臧俾嘉。淑慎爾止，不愆于儀。……

《傳》：止，至也。為人君止於仁，為人臣止於敬，為人子止於孝，為人父止於慈，與國人交止於信。《箋》：「止，容止也。」

案：《傳》本〈大學〉為說，終嫌迂曲。此詩止字應為名詞，當以《箋》說為是。〈相鼠〉詩「人而無止」與「人而無儀」上下對當，此詩則「淑慎爾止」與「不愆于儀」反覆丁寧，是止

猶儀之證。

四、用為虛詞

止字用為虛詞，古人統謂之「辭」，全《詩》達八十餘次之多。最早由毛《傳》於〈草蟲〉「亦既見止，亦既覯止」下指出，卻沒有逐篇注明。毛《傳》的始意如何，已無從測知；後人的瞭解，有許多地方卻成了問題。如「君子至止」句的止字，有人以為是留止義，而不知止亦只是「辭」。更重要的是，所謂「辭」，到底在句中負擔什麼功能，自然要加以追究，並不是一個「辭也」的交代便能滿足。然而古人固然沒有「語法功能」的觀念，今人本此觀念尋求答案的，也並不能令人滿意，依我看來，都需要訂正或補充。

先是楊樹達的《詞詮》，據「亦既見止，亦既覯止」「既曰歸止，曷又懷止」及「高山仰止，景行行止」三例，以為止字「並表決定」。其《高等國文法》一書亦順次引此三例，而於「既曰歸止，曷又懷止」下加案語說：「第二句止字表疑問」，自相矛盾，全不能體會止字的作用。可以說自毛《傳》至此，兩千年來略無進展。

于省吾認為這一類的止字，與前兩類實際並非一字。前兩類的止字應作「㞢」，即通常讀為上聲的「止」字，本象足形，也便是後來的趾字。人之行為禮節有賴於足的動作周旋，所以止又訓為容止；人之行走或留止以足為準，所以止又為留止，為止息；足趾在人身的最下部，所以《說

文》訓止為下基。這一類作虛詞用的止字，則原本作「㞢」，也就是後來的之字，本讀平聲，後來才與讀上聲的止字誤合為一。其用法分為三類。其一是〈公劉〉「止基迺理」及「止旅乃密」兩句的止字，用於句首為指示代詞，讀同茲。其詳已見前。其二用於句末為指示代詞，如「見止」即「見之」，「懷止」即「懷之」。其三亦用於句末，但只是助詞，沒有意義可言。如〈采薇〉的「薇亦作止」「歲亦莫止」，與〈小弁〉「君子秉心，維其忍之。心之憂矣，涕既隕之」及左氏昭公二十五年《傳》「鸜之鵒之，公出辱之」諸之字用法相同。

由於止之二字形音並相近，如果確有必要，把止字指為之的譌誤，應該是很容易的。于氏據〈車舝〉「高山仰止」《釋文》云「止或本作之」，更有實例為之證明。然而如上文所指出者，止和之都是習見字，何以他書不見相混，而獨見於《詩經》一書？而同是《詩經》，不在句首或句末的之字，以及作留止、容止解的止字，亦不見相亂，獨用於句首句末的之字卻多誤為止。這些現象都指出，如于氏所說，並非沒有問題。止基、止旅不得為之基、之旅，前文已經詳細討論。所謂語末助詞止字的說法，亦未必不仍是沒有抓住其語法上的功能。即指為句末代詞的止字一說，是否單純的之字可以盡其作用，也仍然值得商榷。至於如「方叔涖止」與「方叔率止」上下相對為文，于氏謂「率止」止為代詞，「涖止」則止為止息，其字原不相同；「文王既勤止」與「賓既醉止」及「民亦勞止」句法顯然相同，于氏則謂「醉止」和「勞止」止為語末助詞，「勤止」止為代詞；其不能純任客觀的態度，更是異常明顯。然而，于氏能指出部分句末止字有代詞的作

用，仍不能不視為毛《傳》以來的一大創獲。

湯文自然受到于說的影響，篇中卻始終未提于氏。將全《詩》百餘止字分為兩系，一系用止為足本義或其引申義，一系則借止為之。取消了于氏語末助詞一類；借止為之之說，亦於于說之外，自闢蹊徑。分析止字從本義到引申義，區為八類，大抵不失為有條理。其中的第五類，以為「停止」的意思抽象化，就可以引申為終了義；更加上「止」和「矣」同屬之部的關係，所以「止」便可以用為「矣」，由實詞變為虛詞。其例為「薇亦作止」「歲亦莫止」「日月陽止」「女心傷止」「民亦勞止」「無不潰止」等等，正是于氏以為助詞的範圍。儘管其字義引申及止矣古韻同部兩面的解釋，本意是希望能加強說明，卻不悟適足以見其自陷於矛盾。但是說「薇亦作止」便是「薇亦作矣」，如此之類，確乎能把握原詩的語氣。金守拙謂劉淇《助字辨略》說止為矣。實際劉書止下但云「《詩・國風》：既曰歸止，曷又懷止。止，與只同，語已辭也」，只下亦不云用與矣同（參見後），所謂「語已辭」，只是「結尾語詞」之意。所以，說「止」的用法同於「矣」，在國人而言，其首功恐仍要歸之於湯氏。然而湯文的缺點實在太多。基本上當以借「止」為「之」之說，因其不見於他書，最為嚴重；而其下又分「通此」或「通時」之類，更是蛇足。至於如以「止旅」的止義為停止，「止基」的止則是下基；「方叔涖止」的止屬借為之字的第一類，「曾孫來止」和「魯侯戾止」的止則屬借為之字的第二類（案此類謂「通此」）；同是「君子至止」，〈瞻彼洛矣〉屬借為之字的第二類，〈庭燎〉則屬借為之字的第三類（案此類謂「通時」），

〈終南〉則更屬止字的引申義「下基」；「齊子歸止」的止「通此」屬借義，「征夫歸止」則止同「矣」為義的引申；更是不勝枚舉。其師心自用，以視于氏，猶有過之。因其文瑣碎，不備引。

金守拙氏的「之矣」合音說，則是石破天驚，惜國人多不知之。由於周法高先生的博觀殫記，讓我知道在我之前早有此說，深幸其雖以孤陋始，而能不以寡聞終，謹致十二萬分的謝意。國人則只有鄭樵「慢聲為之矣，急聲為只」的說法。只字用為語詞，見於《詩經》的「樂只君子」「仲氏任只」「既亟只且」「母也天只」「不諒人只」及「其樂只且」，無一為「之矣」合音。左氏襄公二十七年《傳》的「諸侯歸晉之德只，非歸其尸盟也」，也不相合。〈大招〉的只字，則明是與兮字些字相當。從音韻學的觀點而言，只與之雖然聲母相同，但韻母有佳部之部的差別，只字實無為「之矣」合音之理。反之，止與之雙聲，止與矣同韻，且同聲調，以止為之矣的合音，沒有絲毫問題；而如「亦既見止」「既曰告止」之例，說止為之矣合音，亦最貼切不過。然而，這一切只是說，把止視為之矣合音最好，或者說止字具備了之矣合音的充分條件，並不等於說止便是之矣的合音，究竟止是否之矣的合音，還需提出強有力的證明；而是否《詩經》虛詞的止字都是之矣的合音，更需要進一步逐一的交代。金守拙氏則只是舉出〈南山、敬之〉二詩為例，其他的除注意到止字和既字在句中的關係外，文中都沒有說明。

首先，就第一層的問題提出解答。〈草蟲〉詩的「喓喓草蟲，趯趯阜螽。未見君子，憂心忡忡；亦既見止，亦既覯止，我心則降」，這些詩句曾被貴族詩人盜用，見於〈小雅・出車〉的第

五章，其字句是：

> 喓喓草蟲，趯趯阜螽。未見君子，憂心忡忡；
> 既見君子，我心則降。赫赫南仲，薄伐西戎。

兩相對照，只不過是節略了「亦既覯止」一句，又把「亦既見止」說成了「既見君子」。我們真該感謝這位貴族詩人的抄襲，尤其要感謝他的微動手腳，因為就在這字句的變動中，可以認識到原先的「止」字必定具有相當於「之」字的作用。在「既見君子」的句子裏，「君子」是「見」的受詞，便無異揭開了「止」字具有代詞的身分而非「之」莫屬。但是如果說這便是「止」等於「之」的證據，於是而改採于氏或湯氏的說法，卻又不然。知者，〈小弁、楚茨、甫田、大田、文王、韓奕、敬之〉等詩，並取止字的上聲入韻，可見止不得等於之；〈韓奕、敬之、賚〉等詩止與之並出，亦可見止與之不得相同（詳見各條）；而〈草蟲〉「亦既見止」的「既」字，表示事情已經發生，用英文來說，屬於完成式句型，完成式句型通常便是於結尾加「矣」字。於是我們說，「止」字又具有表完成的「矣」的身分，無論為〈小弁〉及〈賚〉等詩，或〈草蟲〉詩，又都提供了強有力的證據。換言之，我們現在說「亦既見止」的止是之矣的合音，便不僅是最好的解釋，而是信而有徵了。賸下來所要交代的只是，《詩》何以不即說「亦既見之矣」，他書又何以不見止為之矣合音之例？這一層我想與《詩經》的基本句型有關，《詩經》的基本句型是四言，有字數的限制，而他書為散文，沒有字數的限制，於是形成了《詩經》與他書的差異。

然而問題實在並不止此。請看〈齊風〉的〈敝笱〉：

敝笱在梁，其魚魴鰥。齊子歸止，其從如雲。

或者〈秦風〉的〈終南〉：

終南何有？有條有梅。君子至止，錦衣狐裘。

再看〈小雅〉的〈采薇〉：

采薇采薇，薇亦柔止。曰歸曰歸，心亦憂止。

歸的意思是嫁，至的意思是到，都屬不及物動詞，其下不應有受詞。憂字也許不必說為狀詞，但說為動詞而必是不及物，柔字則通常只是狀詞，其下更不得接受詞。換言之，這些都成了止是之矣合音的反證。金氏在這些地方無交代，自然是太過粗略了。現在請看〈齊風〉的〈南山〉：

南山崔崔，雄狐綏綏。魯道有蕩，齊子由歸。既曰歸止，曷又懷止？

葛屨五兩，冠緌雙止。魯道有蕩，齊子庸止。既曰庸止，曷又從止？

藝麻如之何？衡從其畝。取妻如之何？必告父母。既曰告止，曷又鞠止？

析薪如之何？匪斧不克。取妻如之何？匪媒不得。既曰得止，曷又極止？

這裏歸止與庸止、告止、得止以及懷止、從止、鞠止、極止句法相同，庸、告、得、懷、從、鞠、極都是及物動詞，其下止字有「之」的成分，「歸止」的止字自然也不例外。我們既不得說「庸止」等的止是「之矣」合音，而「歸止」的止只是「矣」；況且說止等於「之矣」，可以從語音

上交代，如果說止只等於「矣」，便全然無法作解釋。因為我們既不能同意湯氏的一個辦法，說停止的「止」語義引申便可轉變為虛詞；也自無法如湯氏的另一辦法，不顧聲母相差如何，只論其古韻同部，便說「止」可以為「矣」。於是便只有出於純任客觀之一途：從「庸止」等類推而接受「歸止」為「歸之矣」的事實；再根據〈南山〉的「歸止」推而至於〈敝笱〉的「歸止」，更推而至於〈終南〉的「至止」。至於〈采薇〉篇的柔字，其「柔止」的結構不僅可自其下文「憂止」類推，因為憂字原不必為狀詞；其前章與「薇亦柔止」相當的句子是「薇亦作止」，「作」字便顯然是不及物動詞，正又與歸字至字不異，自然更可以據之推而至於「柔止」的結構。於是又可以肯定柔字在此亦用為不及物動詞。用英文比方之，這裏的柔字不是 soft，而是相當於 soften，因而柔下接之字，亦自不以為異。另一方面，〈小雅・杕杜〉的「歸止」與「萋止」「悲止」平列，也可以推知萋字悲字並為動詞，與分析柔字憂字為動詞亦正相會。而《孟子・梁惠王》下篇云：

> 七八月之間旱，則苗槁矣。天油然作雲，沛然下雨，則苗勃然興之矣。

居然以「興之矣」與「槁矣」相對，「興」是不及物動詞，而下接「之」字，「興之矣」其實義與「興矣」不異，無異為拙見主張「歸止」為「歸之矣」，而不是「歸矣」的說法，作了最有力的見證。現在唯一要考慮的，便只是不及物動詞可以下接「之」字這一事實當如何詮釋的問題。此點可能與「之」字本就可作句尾助詞有關，于氏文中已引「忍之」「隕之」「鸜之」「鴿之」

之例，《詩經》尚有「頡之頏之」「左之左之」「右之右之」等例子，應可以幫助這一問題的瞭解。此外，「諸」字用為語詞本是「之於」或「之乎」的合音。前者如《孟子・滕文公》上篇的「禹疏九河，瀹濟漯而注諸海」，後者如《論語・雍也》的「犁牛之子騂且角，雖欲勿用，山川其舍諸」。但《論語・學而》「告諸往而知來者」，諸只是之，告諸往即告之往。《莊子・逍遙遊》「宋人資章甫而適諸越」，諸只是於，適諸越即適於越（《校釋》引《御覽》正作「適於越」）。又如公羊哀公十四年《傳》云：「撥亂世反諸正，莫近諸《春秋》。」反字也許可以看成及物動詞，於是「反諸正」便是「反之於正」；近字終不得不謂之不及物動詞，「近諸《春秋》」只是「近於《春秋》」或「近乎《春秋》」（案：徐彥《疏》：「若欲治世反歸于正道，莫近于《春秋》之義。」則視反字亦為不及物動詞）。對於「之矣」合音的止字有時只相當於「矣」，自然也可以提供互相參考的價值。

如上所說，可見說《詩經》虛詞的止字為之矣合音，其中有不少關鍵性的問題，必須一一交代清楚，然後才能顯現其可信度。現在把「之矣」合音的止字句一一列出，有必要或對此說可以加強的時候，更作扼要申述。

㈠〈召南・草蟲〉：

喓喓草蟲，趯趯阜螽。未見君子，憂心忡忡；亦既見止，亦既覯止，我心則降。

陟彼南山，言采其蕨。未見君子，憂心惙惙；亦既見止，亦既覯止，我心則說。

陟彼南山，言采其薇。未見君子，我心傷悲；亦既見止，亦既覯止，我心則夷。

《傳》：「止，辭也。」

案：此詩止字具有「之」的成分，除前舉〈出車〉詩外，尚可參〈小雅・頍弁〉的「未見君子，憂心奕奕。既見君子，庶幾說懌」，又「未見君子，憂心怲怲。既見君子，庶幾有臧」，〈周南・汝墳〉的「未見君子，惄如調飢。既見君子，不我遐棄」，〈衛風・氓〉的「不見復關，泣涕漣漣。既見復關，載笑載言」。餘並見前。

㈡〈齊風・南山〉。原詩已具引於上，此從略。

案：此詩止字句的「既」字，與〈草蟲〉詩同為值得注意的所在。「歸止」說見前。此外，二章「葛屨五兩，冠緌雙止」兩句素來以為難解。《傳》云：「葛屨，服之賤者；冠緌，服之尊者。」《箋》云：「葛屨五兩，喻文姜與姪娣及傅姆同處。冠緌，喻襄公也。五人為奇，而襄公往從而雙之。冠屨不宜同處，猶襄公文姜不宜為夫婦之道。」前者本意難知，後者頗傷穿鑿。朱熹《集傳》云：「屨必兩，緌必雙，物各有偶，不可亂也。」也與下文不易連貫，且於止字全無交代。今既知止為之矣合音，則「冠緌雙止」即「冠緌雙之矣」，以雙為動詞，意蓋喻文姜已嫁，與魯桓公配為夫婦，便自然可以引出「魯道有蕩，齊子庸止。既曰庸止，曷又從止」的下文。「葛屨五兩」的五字雖然仍不知其取義如何，兩字取義同於雙字，應該可以肯定。我頗疑心「五兩」原作「兩止」，因五字止字形近而致誤，（誤兩止為兩五，因倒五字於兩字上，取兩與蕩韻。兩

蕩二字古韻屬陽部，且同上聲。）「兩止」即「兩之矣」。三章「曷又鞠止」，《傳》訓鞠為窮。案：鞠究一語之轉，故〈公劉〉「芮鞫之即」《傳》訓鞫為究，鞫與鞠通。這裏「鞠止」是「從之到底」的意思，蒙前章「曷又從止」而易其言。意謂魯桓文姜已因父母之命結為夫婦，襄公何得再窮追不舍，而深責之。《箋》云：「鞠，盈也。魯侯女既告父母而取，何復盈從令至于齊乎？又非桓公。」恐不合詩意。四章「曷又極止」，極止義同鞠止。《傳》云：「極，至也。」《箋》云：「女既以媒得之矣，何不禁制而恣極其邪意，令至齊乎？又非魯桓。」亦恐並與詩意不合。

(三)〈敝笱〉：

敝笱在梁，其魚魴鰥。齊子歸止，其從為雲。

敝笱在梁，其魚魴鱮。齊子歸止，其從如雨。

敝笱在梁，其魚唯唯。齊子歸止，其從如水。

案：說見前。此詩詠事與〈南山〉詩同，自可參〈南山〉詩。

(四)〈秦風・終南〉：

終南何有？有條有梅。君子至止！錦衣狐裘。顏如渥丹，其君也哉！

終南何有？有紀有堂。君子至止！黻衣繡裳。佩玉鏘鏘，壽考不忘。

案：此詩「至止」已略說之在前。從此詩本身看，殊難確定止字何義，故于氏說為止息，似亦文從義順。湯氏更說為下基，謂「秦君來到終南山腳下」，亦不謂不文從字順。但「君子至止」

句又見於〈庭燎〉等詩，義不得異，仍當為之矣合音，參〈庭燎〉。「至之矣」的語氣，矣同今語的呀，表示見君子來時內心的喜悅。這一類的句子，不是一個句子結束的口氣，而是一個句子的開啟，下面的句子整個是它的述語。說參〈采芑〉「方叔涖止」。

(五)〈小雅・采薇〉：

采薇采薇，薇亦作止！曰歸曰歸，歲亦莫止！……

采薇采薇，薇亦柔止！曰歸曰歸，心亦憂止！……

采薇采薇，薇亦剛止！曰歸曰歸，歲亦陽止！……

案：此詩「柔止」已說之在前。首章「薇亦作止」，《傳》訓作為生，參考《孟子》「則苗勃然興之矣」，更可見出「作止」的原意。其餘莫止、柔止、憂止、剛止、陽止各詞結，準「作止」以推之，可知止上各字並用為動詞。再者，從首章的「薇亦作止」，到二章的「薇亦柔止」，再到三章的「薇亦剛止」，明顯的表示了時間的推移，也可以看出詩中每一個止字詞結都表明了一個狀態的完成，無疑亦透露了止字表完成的作用。鄭《箋》於首章云：「西伯將遣戍役，先與之期以采薇之時，今薇生矣，先輩可以行也。」已能體會出「作止」的語氣。于文但云止為語末助詞，是反而不及鄭氏。又案：此詩止字句並有亦字，〈民勞〉詩亦云「民亦勞止」，〈草蟲〉詩云「亦既見止，亦既覯止」，疑亦字功用與既同，〈草蟲〉「亦既」為同義複詞，待考。

(六)〈杕杜〉：

有杕之杜，有睆其實。王事靡盬，繼嗣我日。日月陽止！女心傷止！征夫遑止！
有杕之杜，其葉萋萋。王事靡盬，我心傷悲。卉木萋止！女心悲止！征夫歸止！
匪載匪來，憂心孔疚。期逝不至，而多為恤。卜筮偕止！會言近止！征夫邇止！

案：「陽止」見〈采薇〉，「歸止」見〈南山〉，「傷止」「悲止」及「萋止」可參〈采薇〉「憂止」及「柔止」「剛止」。鄭《箋》於首章云：「婦人思望其君子，陽月之時，已憂傷矣。征夫如今已閒暇且歸也。」若改「歸也」為「歸矣」，便與詩意全合。「征夫遑矣」「征夫歸矣」，是說征夫應已閒暇了，征夫應可回來了。

㈦〈采芑〉：

薄言采芑，于彼新田，于此菑畝。方叔涖止！其車三千，師干之試。方叔率止！乘其四騏，四騏翼翼。路車有奭，簟茀魚服，鉤膺鞗革。
……方叔涖止！其車三千，旂旐央央。方叔率止！約軝錯衡，八鸞瑲瑲。服其命服，朱芾斯皇，有瑲蔥珩。
……方叔涖止！其車三千，師干之試。方叔率止！征人伐鼓，陳師鞠旅。……
……方叔率止！執訊獲醜，戎車嘽嘽，嘽嘽焞焞，如霆如雷。……

案：此詩有涖止與率止二詞結，率的意思是帶領，為及物動詞，其下止字具有代詞的作用，不難確定。如前所云，參考〈小弁、楚茨、甫田、大田、文王、韓奕、敬之〉等詩止字取其上聲

入韻，更參〈草蟲、南山、賓之初筵〉及〈賚〉等詩止字出現在有既字的句子裏，又可確定止字在具有代詞的作用之外，尚有「矣」的餘音。矣與呀作用同，表示讚歎的語氣。所以「方叔率止」，相當於現代話的「方叔帶領起軍隊來啊」，下面的句子都是它的述語。「方叔涖止」與「方叔率止」上下相對，涖止的用法當與率止相同，必不可如于氏把兩個止字分別看待。涖字一般可作不及物動詞用，于氏以止為止息，顯然便是以涖為不及物動詞。毛《傳》訓涖為臨，鄭《箋》說為臨視，《爾雅・釋詁》正訓涖為視，《周禮・州長》云「涖其事」，《禮記・曲禮》云「涖官行法」，《春秋》僖公三年經云「公子友如齊涖盟」，涖都是及物動詞，所以此詩的「涖止」仍然是「涖之矣」，「方叔涖止」用現代話說，便是「方叔檢閱起軍隊來呀」，下文的「其車三千，師干之試」，都是它的述語。詩人所以要用「涖止」「率止」，而不說「涖之」「率之」，在我看來，便是要用「矣」字的餘音，把他對方叔的軍容、威儀和治軍長才所發出的由衷讚歎，從悠悠的詠歌聲中吟誦出來。對於「詩」而言，這種餘音是有其必要的。

(八)〈庭燎〉：

夜如何其？夜未央，庭燎之光。君子至止！鸞聲將將。
夜如何其？夜未艾，庭燎晣晣。君子至止！鸞聲噦噦。
夜如何其？夜鄉晨，庭燎有煇。君子至止！言觀其旂。

案：止字《傳、箋》並無說。《正義》云：「其君子諸侯以庭燎已設，皆來至止。」語意不

詳，似以止為留止，亦可能以止為「辭」。于氏則明說為止息，湯氏則謂止為之，通作時。今案：此詩「君子至止」下接言「鸞聲將將」「鸞聲噦噦」，明是來而未止狀態。且全詩自一二兩章的「夜未央」「夜未艾」，至三章的「夜鄉晨」；從一二兩章的但能聞聲，至三章的已能辨物，分明寫出時間的推移，可見這裏的「君子至止」是由遠及近，是動態的，不是靜態的。參〈草蟲〉詩的「歸止」，知「君子至止」原為「君子至之矣」，用現代話說，便是「君子來了呀」，用「矣」字的餘音，表示內心的喜悅。參前〈采芑〉詩。《莊子・人間世》「吉祥止止」，《校釋》引《劉子新論》作「吉祥至矣」，《淮南子・俶真》作「吉祥止矣」，並可參考。

(九)〈小弁〉三章：

維桑與梓，必恭敬止。靡瞻匪父，靡依匪母。不屬于毛？不罹于裏？天之生我，我辰安在！

《傳》：「父之所樹，已尚不敢不恭敬。」《正義》：「凡人父之所樹者，維桑與梓，見之必加恭敬之止，況父身乎，固當恭敬之矣。」

案：《傳》不說止字，想是以止為辭。《正義》云「必加恭敬之止」，正是以止為辭，而依文意於恭敬下加之字。于湯二氏則並以止為之，為代詞。今案：止仍是之矣的合音。其字有代詞的作用，于湯固已明說，即《正義》亦能掌握此意。但必知止不為「之」而為「之矣」合音者，以此詩梓、止、母、裏、在五字為韻，梓、母、裏、在四字並上聲（案：《廣韻》在字一見上聲海韻昨宰

切，又見去聲亥韻昨代切。《詩經》在字入韻僅見於此詩，所與叶韻者並上聲。〈離騷〉韻茝字，又韻理字，〈天問〉韻子字，又韻里字，又韻趾止二字，亦並為上聲字，可見在字本讀上聲。《廣韻》又讀去聲者，疑與厚后後下等字相同，受全濁聲母影響而變調），當即取上聲入韻，而不得讀為平聲的「之」。且此詩「維桑與梓，必恭敬止」之意，謂自己所有行事無何差錯，何竟不能得父母之歡心，取完成式的語氣，也顯然較好。

(十)〈楚茨〉五章：

禮儀既備，鍾鼓既戒。孝孫徂位，工祝致告，神具醉止，皇尸載起。鼓鍾送尸，神保聿歸。諸宰君婦，廢徹不遲。諸父兄弟，備言燕私。

案：參〈南山〉詩的「歸止」及〈采薇〉詩的「作止」，知此詩止字是之矣的合音。于氏以止為之，為語末助詞。據此詩備、戒、告韻，之幽部去聲（江氏《詩經韻讀》謂之幽通韻）；止、起韻，之部上聲；尸、歸、遲、私韻，脂微部平聲；知于說不然。《正義》云：「於是時神皆醉飽矣。」已能體會詩的語氣。

(十一)〈甫田〉三章：

曾孫來止！以其婦子，饁彼南畝，田畯至喜。攘其左右，嘗其旨否。禾易長畝，終善且有。曾孫不怒，農夫克敏。

《箋》：「曾孫謂成王也。成王來止，謂出觀農事也。」《正義》：「曾孫成王亦自來止。」

案：鄭《箋》孔《疏》蓋並以止為辭。來止與至止當同一類，參〈庭燎〉「至止」，知此止

字仍當為「之矣」的合音，亦以「矣」的餘音表內心喜悅，以引起下文。止、子、畝、喜、右、否、畝、有、敏九字為韻（案：敏字从每聲，以見其本有之部一讀。〈大雅・生民〉首章以祀、子、敏、止韻，與此同，可互參），並上聲（案：右字廣韻有上去二讀，義同），是止字有「矣」的成分可證。于湯並以止為之，不可取。

(十一)〈大田〉四章：

曾孫來止！以其婦子，饁彼南畝，田畯至喜。來方禋祀：以其騂黑，與其黍稷，以享以祀，以介景福。

案：「曾孫來止」四句已見〈甫田〉詩。此詩以止、子、畝、喜韻，之部上聲；黑、稷、福韻，之部入聲，可證止字仍取上聲。

(十二)〈瞻彼洛矣〉：

瞻彼洛矣，維水泱泱。君子至止！福祿如茨。韎韐有奭，以作六師。

瞻彼洛矣，維水泱泱。君子至止！鞞琫有珌。君子萬年，保其家室。

瞻彼洛矣，維水泱泱。君子至止！福祿既同。君子萬年，保其家邦。

《箋》：「君子至止者，謂來受爵命者也。」《正義》：「故君子諸侯之至止，來見於王。」

案：鄭《箋》孔《疏》蓋以止為辭。此詩「至止」與〈終南〉詩同，止字應取何義，本身並難作決定。今據〈庭燎〉詩定為之矣合音。前云「瞻彼洛矣」，而此不云「君子至矣」，尤足破

湯文主止僅同矣之說。

㈣〈車舝〉五章：

高山仰止，景行行止。四牡騑騑，六轡如琴。覯爾新昏，以慰我心。

《箋》：「古人有高德者則仰慕之，有明行者則法（法字今奪，據《正義》補）而行之。」

案：鄭此或是以止為「之」；但不先釋止字，亦可能以止為辭，而依意足「之」字。《釋文》云：「仰止，本或作仰之。」《禮記・表記》引此詩，《釋文》亦云：「仰止，本或作仰之。」且又云：「行止，詩作行之。」《十三經校記》云：「考《正義》云，則仰而慕之，則法而行之。又云故仰之行之異其文也。是《正義》二止字皆作之。」于氏正據《釋文》異文，以為今詩止為之字之誤。我則以為《詩經》若本是之字，因之字為代詞習見，而止字作單純代詞者無有，應無譌之為止之理；反之，本作止字，因其文意仰下行下應有受詞，止之二字音又相近，但有聲調的不同，譌誤為之字的可能性則甚大，故定《詩》原作仰止行止。「高山仰止，景行行止」，謂高山則既仰之矣，景行則既行之矣。

㈤〈賓之初筵〉三章：

賓之初筵，溫溫其恭。其未醉止，威儀反反；曰既醉止，威儀幡幡。舍其坐遷，屢舞僊僊。其未醉止，威儀抑抑！曰既醉止，威儀怭怭。是曰既醉，不知其秩。

四章：

賓既醉止，載號載呶。……

《正義》：「至飲酒旅前，其未醉止之時，威儀能反反然重慎也。至於旅酬之後，曰既醉止之時，威儀幡幡然，失其所矣。」又云：「此述無筭爵之後，言爵行無筭，賓既醉於酒止，於是則號呼，則讙呶，而唱叫也。」

案：《正義》大抵以止為辭，而全不能得詩的意味。詩云「既醉止」，既字固然是止為之矣合音的關鍵字；「未」是「不曾」，「未醉止」也同樣可以說明止字具有「矣」的作用。餘參〈楚茨〉詩。

(六)〈大雅．文王〉四章：

穆穆文王，於緝熙敬止。假哉天命，有商孫子。商之孫子，其麗不億。上帝既命，侯于周服。

《箋》：「穆穆乎文王，有天子之容，於美乎又能敬其光明之德。」《正義》：「不言止，則止為辭也。此言緝熙敬止，明有緝熙之德者敬之，故言敬其光明之德。」

案：《正義》既云鄭以止為辭，又云「明有緝熙之德者敬之，故言敬其光明之德」，應該便是止為「之」即為「辭」之意，但參〈小弁〉《正義》「必加恭敬之止」之言，似此文「敬之」的之字仍是依意增足。然而依詩意，敬下必有一代詞，則是可以肯定的；而此詩又取止字的上聲與子字叶韻（案：止與子韻，之部上聲；億與服韻，之部入聲，上入分叶），是止為之矣合音之證。

(七)〈民勞〉：

民亦勞止！汔可小康。惠此中國，以綏四方。……

民亦勞止！汔可小休。……

民亦勞止！汔可小息。……

民亦勞止！汔可小愒。……

民亦勞止！汔可小安。……

案：「民亦勞止」，句法與〈采薇〉「薇亦作止」「歲亦莫止」等相同，參〈采薇〉詩。《箋》云：「今周民罷勞矣，王幾可以小安之乎？」頗能體會詩句的語氣。

(八)〈雲漢〉四章：

旱既大甚，則不可沮。赫赫炎炎，云我無所。大命近止，靡瞻靡顧。羣公先正，則不我助。父母先祖，胡寧忍予！

八章：

……大命近止，無棄爾成。……

《傳》：「大命近止，民近死亡也。」《箋》：「眾民之命，近將死亡，言其去死不遠。」

案：以止為死亡，古今無此用法。且以大命謂民命，亦非其義。大命當謂天命，即國命。用現代話說，「大命近止」應是「國命就快了」，「國命已經差不多了」，意謂國家將亡，止仍是

之矣的合音。于解止為語末助詞，湯本鄭《箋》為說，又與解〈杕杜〉「近止」為「近矣」不同，明並不可取。

(九)〈韓奕〉四章：

韓侯取妻，汾王之甥，蹶父之子。韓侯迎止，于蹶之里。百兩彭彭，八鸞鏘鏘，不顯其光。諸娣從之，祁祁如雲。韓侯顧之，爛其迎門。

《正義》：「韓侯親自迎之於彼蹶父之邑里。」

案：于湯二氏亦並以止為之。但由下列兩點，知此詩止是之矣合音，並非單純的之字，矣為餘音作用與呀同。其一，止與子、里為韻，明取止為上聲。其下彭、鏘、光韻，平聲；雲、門韻，平聲。聲調上皆無混用現象。其二，同一章之中，「諸娣從之」及「韓侯顧之」，句法與「韓侯迎止」表面上相同，既不並作之字，亦不並作止字，可見實質上止與之必有差異；而止字適與子、里聲調相同，明其並非巧合。

(廿)〈周頌・振鷺〉：

振鷺于飛，于彼西雝。我客戾止，亦有斯容。……

《箋》：「其至止亦有斯容，言威儀之善如鷺然。」

案：鄭蓋以止為辭，戾之義為至。「戾止」當與「至止」義同，止為之矣合音。詳〈庭燎〉。

(廿一)〈有瞽〉：

有瞽有瞽，在周之庭。……我客戾止，永觀厥成。

案：我客戾止，又見前〈振鷺〉。

(廿三)〈雝〉：

有來雝雝，至止肅肅。相維辟公！天子穆穆。……

《箋》：「有是來時雝雝然，既至止而肅肅然者，乃助王禘祭百辟與諸侯也。」

案：此詩「至止」仍當與〈庭燎〉等詩相同。「有來雝雝」與「至止肅肅」相對，句法似乎相同，鄭氏獨於「至止」上加「既」字，似已能掌握句子的語氣。

(廿四)〈閔予小子〉：

閔予小子，遭家不造，嬛嬛在疚。於乎皇考，永世克孝。念茲皇祖，陟降庭止。維予小子，夙夜敬止。於乎皇王，繼序思不忘。

案：此詩有二止字，「敬止」的止字有〈小弁、敬之〉等詩的參驗，知必為「之矣」合音。「庭止」的止以《詩經》韻例推求，亦當為之矣合音。因此詩前五句以造、疚、孝韻，江氏《韻讀》謂之之幽通韻；從舊與柩同字（案舊聲古韻屬幽部，久聲古韻屬之部）看來，疚字或本有幽部一讀（案此不以子疚、造孝分別為韻者，因子疚二字調不同，疚、造、孝三字則同去聲，之幽二部音本近，前引〈楚茨〉詩叶備、戒、告，亦即二部通韻之例，故此取江說）。中四句庭、敬韻，耕部。末二句王、忘韻，陽部。「陟降庭止」「夙夜敬止」為韻，從《詩經》韻例（如「高山仰止，景行行止」、「維鳩居之，百兩御之」）而言，敬

字為動詞，庭字亦當為動詞。《傳》云：「庭，直也。」《箋》云：「念此君祖文王上以直道事天，下以直道治民，信無私枉。」迂曲不可從。〈大雅．韓奕〉云「幹不庭方」，《國語．周語》云：「以待不庭不虞之患」，庭字並用為動詞，不庭即不朝。庭即來庭之意。此詩「陟降庭止」當謂皇祖之陟降不離乎朝庭。〈訪落〉詩「紹庭上下，陟降厥家」，先師《釋義》云：「紹疑昭之假借。紹庭上下謂神昭然上下於庭也。」庭字亦用為動詞，兩句所說大意亦同，陟降猶云上下，可以互參。故此四句原意謂：皇祖則既上下不離乎朝庭矣，予小子亦既恭敬之矣。

(廿四)〈敬之〉：

敬之敬之，天維顯思。命不易哉！無曰高高在上；陟降厥士，日監在茲。維予小子，不聽敬止。日就月將，學有緝熙于光明。佛時仔肩，示我顯德行。

《箋》：「群臣戒成王以敬之敬之，承之以謙云，我小子耳，不聽達敬之之意。」

案：鄭蓋以止為之，于湯則明說止為代詞。此詩上云「敬之敬之」，下不云「敬之」而云「敬止」，分明別用，是「敬止」不同「敬之」之證。「敬之」是命令式，只以之為代詞；「敬止」則是完成式，故知止為之矣合音。

(廿五)〈良耜〉：

畟畟良耜，俶載南畝。……其鎛斯趙，以薅荼蓼。荼蓼朽止，黍稷茂止。穫之挃挃，積之栗栗。……以開百室。百室盈止，婦人寧止。……

案：此詩朽、茂、盈、寧並用為動詞，止仍為之矣合音。參〈采薇〉詩。

(廿六)〈賚〉：

文王既勤止，我應受之，敷時繹思。

案：于湯並以止為之。此詩「勤止」與「受之」相連為文，「勤止」不作「勤之」，而勤上有「既」字，並止為之矣合音之證。

(廿七)〈魯頌・泮水〉：

思樂泮水，薄采其芹。魯侯戾止，言觀其旂。……

思樂泮水，薄采其藻。魯侯戾止，其馬蹻蹻。……

思樂泮水，薄采其茆。魯侯戾止，在泮飲酒。……

《傳》：「戾，來；止，至也。」

案：「戾止」已見〈周頌・振鷺〉。又「魯侯戾止，言觀其旂」，可參〈庭燎〉「君子至止，言觀其旂」；「魯侯戾止，其馬蹻蹻」，可參〈庭燎〉「君子至止，鸞聲噦噦」及〈采芑〉「方叔涖止，其車三千」。

五、存疑部分

(一)〈大雅・大明〉四章：

天監在下，有命既集。文王初載，天作之合。在洽之陽，在渭之涘。文王嘉止，大邦有子。

《箋》：「文王聞大姒之賢，則美之曰，大邦有子女，可以為妃，乃求昏。」

案：《箋》意蓋以止為之，後人說詩類如此意，更有學者以末兩句是「大邦有子，文王嘉止」的倒裝。但止、子二字韻母聲調既並相同，都可與涘字叶韻，沒有採取倒裝之理。據前文之分析，《詩經》中既不見有用止為之的確切例證，另一方面，朱熹訓嘉為婚禮。所以我頗疑心「文王嘉止」是「文王嘉之矣」，以嘉為不及物動詞，「嘉止」便是說到了該成婚的時候。上文「文王初載，天作之合」，《傳》訓載為識，初載是初識事；意思是說王文初識事時，天既已作之合了，亦即「大邦之子」已經誕生。但彼時尚不為人所知。此云「文王嘉止，大邦有子」，則謂及文王長大已到該成婚之時，而大邦之子亦既長成。可惜此意無法予以證明。

(二)〈鳧鷖〉五章：

鳧鷖在亹，公尸來止熏熏。旨酒欣欣，燔炙芬芬。公尸燕飲，無有後艱。

《箋》：「不敢當王之燕禮，故變言來止熏熏，坐不安之意。」

案：此詩毛《傳》以二章以下並言祭祀祖考，其明日燕尸。鄭《箋》分二章言祭四方百物之尸，三章言祭天地之尸，四章言祭山川社稷之尸，五章言燕七祀之尸。以七祀之尸較卑，故言「不敢當王之燕禮」。而一章云「公尸來燕來寧」，二章云「公尸來燕來宜」，三章云「公尸來燕來

處」，四章云「公尸來燕來宗」，此章云「公尸來止熏熏」句法不同，故以為變言，變前四章之言也。如鄭說，「公尸來止」是「公尸來燕來止」的省文。參考一章的「來寧」及三章的「來處」，此文止字應取止息、留止義。但〈甫田、大田〉詩「曾孫來止」是「曾孫來之矣」，〈雝〉詩「至止肅肅」與此「來止熏熏」尤為相近，疑此詩止字仍為之矣合音，全句是說「公尸熏熏然的來了呀」。

㈢〈抑〉十二章：

於乎小子，告爾舊止。聽用我謀，庶無大悔。天方艱難，曰喪厥國。取譬不遠，昊天不忒。回遹其德，俾民大棘。

《箋》：「舊，久也。止，辭也。」《正義》：「告汝以久故往昔之道止。」于氏說以為「之」，為語末助詞；湯以為「矣」。

案：此詩以子、止、悔韻，之部上聲；國、忒、德、棘韻，之部入聲。以知于說不然。據鄭氏訓舊為久，《尚書・無逸》「舊勞于外」即「久勞於外」，止當仍為之矣合音。舊下接「之矣」，可參〈杕杜〉之「近止」、「邇止」。但俞樾以止為禮，為名詞，告爾舊止猶言告爾舊章，亦通，故列為存疑。

㈣〈召旻〉四章：

如彼歲旱，草不潰茂，如彼棲苴。我相此邦，無不潰止。

案：此章五句宜有韻。江氏《韻讀》謂茂、止二字之幽通韻。但二字不僅不同部，亦不同調，且詩意當於苴字為句，是江說於句讀亦不相合。依句當以前句之苴與後句之止韻，而苴、止二字韻母尤遠。鄭《箋》於「無不潰止」句云：「潰，亂也。無不亂者，言皆亂也。」鄭不直云「無不亂」，亦不全依詩句云「無不亂止」，而云「無不亂者」，疑「者」字或原是詩文，後因者、止二字雙聲同調而誤。者與苴古韻並屬魚部，但有平上之隔，而詩韻亦偶以平上相叶。不然，則止仍當取之矣合音，即此詩無韻。

(五)〈周頌・訪落〉：

訪予落止，率時昭考。於乎悠哉，朕未有艾。將予就之，繼猶判渙。維予小子，未堪家多難。紹庭上下，陟降厥家。休矣皇考，以保明其身。

《傳》：「訪，謀。落，始。時，是。」《箋》：「成王始即政，自以承聖父之業，懼不能遵其德，故於廟中與君臣謀我始即政之事。群臣曰，當循是明德之考所施行。」《正義》：「成王始即王政……與群臣謀事，汝等當謀我始即政之事止。……」

案：鄭不釋止字，《正義》於「事」下加止字，是以止為辭。于以止為止息，義似難通。湯以止為之，指代「政」，亦於經文無從窺見。且下文云「將予就之」，若以止為代詞，不得上下異用。此文因訪字落字如何取義難以確定，故止字用義亦不能詳。

六、異文止字說明

㈠〈邶風・谷風〉三章：

涇以渭濁，湜湜其沚。

《箋》：「小渚曰沚。……己之持正守初，如沚然，不動搖。」

案：《說文》湜下引《詩》曰「湜湜其止」，後人或以為止字是《毛詩》原文，如《說文》段《注》及《十三經校記》。復檢《說文》沚下引〈采蘩〉「于沼于沚」，不引此詩，或許氏所見此詩確是止字。但毛《傳》僅云「涇渭相入而清濁異」，無以知《毛詩》沚字作止。鄭直云「小渚曰沚」，不云「止當為沚」，應是鄭氏所據為沚字之證。段玉裁云「鄭《箋》當有止讀為沚之文，淺人刪之，而並改經文。」恐涉主觀。且此詩果然一本作止，以文意衡之，說為靜止之義雖似可通，仍當以止為沚之假借。故此不直入止字用為動詞之類。

㈡〈陳風・墓門〉二章：

墓門有梅，有鴞萃止。夫也不良，歌以訊之。訊予不顧，顛倒思予。

案：此詩除「有鴞萃止」句有止字外，下文「歌以訊之」，《十三經校記》據《廣韻》六至誶下引作「歌以誶止」，主張《詩經》原文作「止」，今譌為「之」。今案：全本王仁昫《刊謬補缺切韻》及故宮《王韻》殘卷至韻誶下引《詩》並作「歌以誶止」，蓋自陸法言《切韻》已然。

但此詩「歌以誶之」與首章「斧以斯之」句法相同。首章云：「墓門有棘，斧以斯之。夫也不良，國人知之。」以二之字為代詞，其上斯及知字叶韻。則此章亦當相同，以二之字為代詞，其上萃及誶字叶韻。但今萃之作萃止，而誶之亦或作誶止，疑因《詩》中云鳥「止于棘」「止于丘隅」「瞻烏爰止，于誰之屋」「鳳皇于飛，亦集爰止」之類句子甚多，先是誤萃之為萃止，更因偶句關係，而並誤誶之為誶止矣。不然，以詩韻例之，二止字亦並當為「之矣」合音，而不得一取止息義，一為代詞。此所以本文不以「有鴞萃止」句入動詞類，亦不主「歌以誶止」為原作，而入虛詞類。

(三)〈豳風・七月〉一章：

三之日于耜，四之日舉趾。

案：湯文云：「《漢書・食貨志》引趾作止。」止本趾字初文，舉趾即舉足以耕。但通常所見是趾字，故但於此說明，不另立止字用本義一類。

宇純一九八五年三月二日于南港

（原載臺北《書目季刊》第十八卷第四期《屈萬里院士紀念論文集》，一九八五。）

試釋詩經式字用義

《詩經》式字習見，除複重句不計，凡四十一次（中與或字為異文者二次）；用法不一，大別而言，有實詞，有虛詞。屬虛詞者，其意至難領略，說之者蓋寡，尤不見專文討論；屬實詞者，恆見雖無疑義，亦非全無可以斟酌之餘地；而究竟何者屬實，何者屬虛，乃至實詞虛詞如何劃分，意見亦未能齊一。是故本文雖係以論式字虛詞用義為其初衷，於實詞之本無問題部分，亦不加甄擇，而為整體之檢討。

〈邶風・式微〉毛《傳》訓式為用，孔《疏》云：

《傳》「式，用」，〈釋言〉文。《左傳》曰「榮成伯賦式微」，服虔云「言君用中國之道微」，亦以式為用。此勸君歸國，以為君用中國之道微，未若君用在此微為密也。

案：孔氏所稱「中國之道」，蓋指方伯連率之職而言；「在此」之此字，則謂衛所處黎侯之中露、泥中二邑。察孔氏之意，黎侯為狄人所逐，來奔於衛，其意欲藉方伯修連率之職，助使返國，衛侯不能善盡為州伯之義，遂致黎侯久處於衛，而日就衰微；然詩人以黎侯之微，實主由其安於衛

之二邑，可歸而不歸，是以云「君用中國之道微，未若君用在此微為密也」。誠如孔氏所解，是毛《傳》以此式字為外動詞，「中國之道」及「在此」分別為其受詞。〈小雅‧節南山〉「式夷式已」，《傳》亦訓式為用，說為「用平則已」；又說〈大雅‧皇矣〉「憎其式廓」為「憎其用大位，行大政」，並以式為外動詞。〈周頌‧下武〉「下土之式」，《傳》則訓式為法，其餘篇章都不見訓釋。易言之，見於毛《傳》者，式字無虛詞用義。

鄭《箋》亦多訓式字之義為用為法。訓為用者，或以為外動詞，或以用為「用是」，與毛《傳》不盡相同。後者如〈小雅‧斯干〉「式相好矣」，說以為「時人骨肉用是相愛好」，「用是」猶言「由是」，用由二字雙聲對轉，王引之《經傳釋詞》嘗以「一語之轉」說之。然則鄭《箋》訓式為用，義兼虛實兩端；於〈式微〉式字，則說為「發聲」，又與毛《傳》不同。是鄭君視《詩》之式字，不唯義兼虛實；虛詞之中，且有「用」與「發聲」之別。

後世學者之解《詩》，或與鄭同，或與鄭異，略依時代先後引述如下：

劉淇《助字辨略》卷五云：

> 《詩‧國風》：「式微式微。」《爾雅》云：「式微式微，微乎微者也。」鄭《箋》云：「式，發聲也。」

但解〈式微〉式字，而不及其他。其下文又云：

> 《書‧盤庚》：「式敷民德。」孔《傳》云：「用布示民，必以德義。」愚案：此式字

猶爰也。孔訓為用者，用即用是，爰辭也。

是亦於虛詞式字，別用義與發聲為二。至其如何看待全《詩》之式字，則無由得知。

王引之《經傳釋詞》卷九云：

> 式，語詞之用也。《詩・斯干》曰「式相好矣」，是也；常語也。

又云：

> 式，發聲也。《爾雅》曰：「式微式微者，微乎微者也。」《詩・式微》箋用《爾雅》云：「式，發聲也。」

此全同鄭《箋》。吳昌瑩為《經詞衍釋》，亦與王氏不異。

馬瑞辰《毛詩傳箋通釋》云：

> 按：《箋》以式為發聲即語詞。竊謂《傳》雖訓式為用，《詩》中言用者亦語詞，猶《爾雅》釋言為我，我亦語詞①。《箋》申《傳》，非易《傳》也。服虔《左傳》注言「君用中國之道微」，《正義》言「君用在此而益微」，並失之。

以為鄭說「發聲」與毛言「式，用」其實相同。毛氏雖但有故訓而無傳，以〈節南山、皇矣〉兩詩衡之，毛訓式義為用，應不得為虛詞。至若鄭氏之意，觀他篇以式義為用而不一云「發聲」，

---

①此亦誤說。《爾雅・釋詁》：「卬、吾、台、予、朕、身、甫、余、言，我也。」此自不得我字為辭。

尤可斷馬氏此妄為塗附。

楊樹達《詞詮》卷五云：

> 式，語首助詞。《詩・式微》箋云：「式，發聲也。」

下列三例：其一，《書・盤庚》「式敷民德」；其二，《詩・式微》「式微式微，乎不歸」；其三，《詩・斯干》「式相好矣，無相猶矣」。推勘楊氏之意，似以凡式字用於句首而無實義者，是皆發語之聲，則是統合鄭《箋》虛詞之二義為一。其《高等國文法・助詞》列式字，舉例全同。

裴學海《古書虛字集釋》卷九云：

> 式猶載也。一為乃字之義：《詩・蕩篇》「式號式呼」，〈節南山篇〉「亂靡有定，式月斯生」，又「式夷式已，無小人殆」，〈角弓篇〉「莫肯下遺，式居婁驕」，〈崧高篇〉「式遄其行」，〈斯干篇〉「兄及弟矣，式相好矣，無相猶矣」。一為則字之義：《詩・賓之初筵篇》「式勿從謂，無俾大怠」。式猶已也：《詩・式微篇》「式微式微」，〈車舝篇〉「雖無好友，式燕且喜。……式燕且譽……式歌且舞」，〈鹿鳴篇〉「嘉賓式燕以敖」，〈南有嘉魚篇〉「嘉賓式燕以樂……嘉賓式燕以衎」。

此則獨出機杼，與上來諸家全不相同，分析亦最細密。

綜觀各家所說，皆略舉數例，能否概括全《詩》，各詩如何取義，並無從知悉；所舉諸例之間，亦彼此意見參差，是非曲直，有待論定。今試依鄙見，分虛詞實詞二類，逐一解析，凡《傳、

箋》以來有不同說解，知之者悉引列其下，據以研議。七十四（一九八五）年，曾撰《析詩經止字用義》一文，雖未敢必其竟是，因內證充實，不中不遠。此文則但陳述所見，亦似有一二跡象可尋，或適焉巧合如此，未能自信，聊供讀《詩》之參考而已。

一、虛詞部分

此一部分，可區為二類。其一，式下接狀詞；其二，式下接動詞，義各不同。前者猶言庶幾，義為殆近；後者亦猶言庶幾，而義為希冀。若以一字易之，則前者猶幾②，後者猶幸。其始蓋本無差異，後或因下所接字之詞性不同而歧分為二。至其字何以有此二義，未能提供說明；式庶二字同審母，是否原為一家親屬，亦不敢妄加推測。分別言之於下。

甲　下接狀詞

㈠〈邶風・式微〉：

式微式微，胡不歸？微君之故，胡為乎中露！
式微式微，胡不歸？微君之躬，胡為乎泥中！

---

②《國語・周語》上：「犬戎氏以其職來王，天子曰，予必以不享征之，且觀之兵，其無乃廢先王之訓，而王幾頓乎！」頓義為廢頓，狀詞；幾頓與式微語法正同。

案：《傳、箋》並引見前，後人解此，大率廢《傳》用《箋》，獨馬瑞辰謂《箋》不異《傳》，與毛鄭之意皆牴牾，亦已辨見上文。此外，裴學海謂此「式猶已也」，並加注云：

式從弋聲，弋與已古同音，故式可訓已。《春秋經》之「定姒」，《穀梁傳》作「定弋」，此弋已古同音之證，姒本讀若以，與已同音。

已弋二字古音但有上聲入聲之別，裴氏說為同音，本亦不差；必以已字易式微之式，則失之無據。裴文雖別有「式燕且喜」及「嘉賓式燕以敖」諸例相互扶持，亦並屬主觀誤說，詳見「乙 下接動詞」類相關各條。今謂「式微」即幾微，即庶幾其微，言近乎微也。

(二)〈小雅・節南山〉六章：

不弔昊天，亂靡有定。式月斯生，俾民不寧。

《箋》：「式，用也。不善乎昊天，天下之亂無肯止之者。用月此生，言月月益甚也。使民不得安。」裴學海列此詩於「式猶載也」之下，謂其義為「乃」。「式猶載也」下加注云：

《禮記・仲尼燕居篇》「車得其式」，《注》云「式謂載也」，故亦為語詞之載。又按式從弋聲，載從𢦏聲，弋與𢦏聲相通，《說文》戴籀文作𢧢，是其證。故式得訓為載。

案：《箋》說「式月斯生」為「用月此生」，語不成辭。裴以為「乃月而生」（裴云「斯，而也」），意似可通，其並列諸條，則多文不成義，詳見各本條；所舉式得訓載二事，且並係誤解③。今謂式為殆近義，月為狀詞，猶言每月、按月，如英語之monthly。〈小宛〉「我日斯邁，而

月斯征」，以日、月為狀詞④，後者且與此句法相同，可互參觀。亂靡二句，言禍亂頻仍，殆按月而作。

㈢〈雨無正〉二章：

周宗既滅，靡所止戾。正大夫離居，莫知我勩。三事大夫，莫肯夙夜。邦君諸侯，莫肯朝夕。庶曰式臧，覆出為惡。

《箋》：「人見王之失所，庶幾其自改悔，而用善人，及出教令，復為惡也。」

案：鄭此以式為動詞訓用，以臧訓善。但詩以臧與惡對文，而鄭說一臧字為善人，與惡字不相應，明非經文本指。朱熹《集傳》云：「臧，善也。庶幾曰王改而為善，乃覆為惡而不悛也。」既不訓式字，而說「庶曰式臧」為「庶幾曰王改而為善」，或是從鄭《箋》改言「用善」為「為善」，或是以式字為虛詞。說臧字與惡字對應，勝於鄭《箋》；於式字之義，則終未得其實。今

③其一，孔氏《正義》云：「式謂載也者，謂車有式以載人，故云式謂載也。」蓋即裴氏云「式猶載也」所據。然孔氏此釋式字所以為載義之故，非以式之義為載也。且孔氏說鄭注之意本係誤解。鄭注云「式謂載也，所載有尊卑」，主謂車載有尊卑之法，實以式訓法；「車得其式」與上文「樂得其節」相對，故鄭注之如此，初不謂式為載義；車之有式，原不為載人，豈得如孔氏之說乎？其二，戴本如籀文從弋聲，弋與戴不僅古韻同部，據「喻四歸定」說，古聲亦近。小篆改從𢦏聲，蓋取韻母相同，但聲母反遠，非如裴氏所說，「弋與𢦏聲相通」，故或從弋聲、或從𢦏聲也。

④《論語·子張篇》：「日知其所亡，月無忘其所能，可謂好學也已矣。」亦以日月二字為狀詞。

謂此詩自「三事大夫」至「莫肯朝夕」四句，言三事大夫及邦君諸侯不能勤於王事；「庶曰式臧」二句，指三事大夫及邦君諸侯而言，謂「庶幾曰近於為善矣，乃反出而為惡」。蓋其言行亦有疑於為善者，而終焉為惡不悛，故有是語。鄭《箋》及朱《傳》並以此二句言王，此意亦非。

(四)〈大雅・文王之什・皇矣〉首章：

皇矣上帝，臨下有赫。監觀四方，求民之莫。維此二國，其政不獲。維彼四國，爰究爰度。上帝耆之，憎其式廓。乃眷西顧，此維與宅。

《傳》：「耆，惡（今本作老，《校記》改惡字。案：《箋》訓耆為老，明《傳》原非老字之證）也。廓，大也。憎其用大位，行大政。」《箋》：「耆，老也。天須假此二國，養之至老，猶不改變。憎其所用為惡者浸大也，乃眷然運視，西顧見文王之德，而與之居，言天意常在文王也。」

案：《傳》訓廓為大，而說為大位、大政，增字足句，當非經旨。《箋》訓耆為老，說「上帝耆之」為「天須假此二國，養之至老，猶不改變」，更與經文相遠。今謂耆字當從毛《傳》訓惡，《廣雅・釋詁》二：「諸，怒也。」王念孫《疏證》引此詩云：「毛《傳》云：耆，惡也。《正義》亦引王肅云：『惡桀紂之不德也。』耆與諸聲義相近。」廓字當如先師屈翼鵬先生《詩經釋義》訓空。經文二國應為上國之誤，古文上字原作二橫，故誤上字為二字⑤。上國與四國對

⑤馬瑞辰《毛詩傳箋通釋》云：「或謂夏已遠，不得與殷並言，因謂古文上與一二之二相似，二國當為上國之譌，非通論也。」是先賢已有為此說者，特未知其所出，記以待考。

稱，上國指殷；四國猶言下國，指四方諸侯之國言。自「上帝耆之」以下四句，謂「上帝怒殷家幾近空虛，於是究度於四國之中，終而顧見西土文王之德，而與之宅處」。

乙 下接動詞

此類式字，所以疑其義表希冀者，以其中多見「式×××，無×××」文意正反對待之句型，如〈斯干篇〉之〈式相好矣，無相猶矣〉，後者以無字表消極之願望，因推前者以式字表積極之希冀；其餘「式字句」，雖不見有「無字句」之對待，又以其式字下接動詞同於彼，知其用義不異。〈民勞篇〉首章「式遏寇虐」與他章無別，尤為其證也。

唯此推論，猶謂凡與「無字句」對待，文意相反之句首虛詞，其義悉表希冀。設若《詩經》中合此條件之虛詞匪一，謂其義皆相同，得無啟人疑竇乎！

檢之《詩》中，與式條件相同之虛詞可謂無有；即與「式、無」句類似者，亦但有下列語句：

㈠〈齊風・甫田〉：

無田甫田，維莠驕驕。

無田甫田，維莠桀桀。

㈡〈唐風・蟋蟀〉：

無已大康，職思其居。

無已大康，職思其外。
無已大康，職思其憂。

㈢〈小雅・鴻雁之什・斯干〉：
無非無儀，唯酒食是議，無父母詒罹。

㈣〈谷風之什・無將大車〉：
無將大車，祇自塵兮。無思百憂，祇自疷兮。
無將大車，維塵冥冥。無思百憂，不出于熲。
無將大車，維塵雝兮。無思百憂，祇自重兮。

㈤〈大雅・文王之什・皇矣〉：
帝謂文王，無然畔援，無然歆羨，誕先登于岸。

㈥〈生民之什・民勞〉：
無縱詭隨，以謹無良。
無縱詭隨，以謹惛怓。
無縱詭隨，以謹罔極。
無縱詭隨，以謹醜厲。
無縱詭隨，以謹繾綣。

㈦〈周頌・清廟之什・烈文〉：

無封靡于爾邦，維王其崇之。

除其中〈蟋蟀〉職字及〈皇矣〉誕字可與式字相提並論外，其餘上下二句間關係，顯與〈斯干〉「式相好矣，無相猶矣」不同，而唯、祇、以、維諸字用義又為習見熟知，初無解同式字之可能。誕字用為虛詞，〈皇矣〉而外，又數見於《生民》一詩，無論為「誕彌厥月，先生如達」，為「誕寘之隘巷，牛羊腓字之；誕寘之平林，會伐平林；誕寘之寒冰，鳥覆翼之」，為「誕實匍匐，克岐克嶷，以就口食」，為「誕后稷之穡，有相之道」，為「誕降嘉種，維秬維秠，維穈維芑」，或為「誕我祀如何?或舂或揄，或簸或蹂……」，無一可以表希冀為解。味其文意，〈皇矣〉誕字當與但字相同，二字同音；〈生民〉誕字則與當字義相當。〈蟋蟀〉職字，毛鄭以來多以專主之義為說，亦或有訓為常者，初不以虛詞視之，《經傳釋詞》未收此字，殆由此故。但說為虛詞，取表希冀之意，正亦可通。是式字而外，職字亦可由此推論而為此解。唯式職二字韻同聲近，音可互通⑥，其所以職字亦有此義，或是同詞別書，非異字可比。此外，〈文王〉云：「無念爾祖，

⑥式職二字並屬之部入聲；式審三，職照三，聲母亦近。《說文》云樂浪挈令織字作⿰糸式，織職同從戠聲，⿰糸式從式聲，是式職可通用之證一。《大戴禮・曾子疾問》云：「與小人游，貸乎如入鮑魚之次，久而不聞，則與之化矣。」《永樂大典》本貸字作職（本《廣雅疏證》）。《廣雅・釋器》：「職，臭也。」貸從代聲，代式並從弋聲，職從戠聲，是式職可通用之證二。

聿修厥德。」聿字《詩經》亦用為虛詞，且可見於句首，釋此聿字表希冀之意，亦自可通。然此貫為動詞，毛《傳》云「聿，述也」，不可易⑦，是以前文未列。以此言之，《詩經》中雖似不之與「式、無」句相類語句，除職字而外，無與式字同義者；職字果與式字同義，又或別有原由。是故以式表希冀，雖僅憑推論，仍依意述之如下：

㈠〈小雅・鹿鳴〉二章：

我有旨酒，嘉賓式燕以敖。

《傳、箋》無訓釋⑧，〈南有嘉魚〉「君子有酒，嘉賓式燕以樂」，鄭《箋》云：「式，用也。用酒與賢者燕飲而樂也」，故孔《疏》於此云：「故我有旨美之酒，與此嘉賓用之燕飲以遨遊也。」裴學海謂此詩「式猶已也」，訓敖為喜樂，訓以為且；「嘉賓式燕以敖」即「嘉賓既安且樂」。

案：以式義為用，而云「用酒與賢者燕飲」，或如孔氏所云「與此嘉賓用之燕飲」，是以式字為外動詞。但燕字為動詞（末章云「我有旨酒，以燕樂嘉賓之心」，是燕字為動詞之證），不得式字為動詞

⑦《爾雅・釋言》：「律，述也。」律即聿之後起字，故《正義》引此律字作聿。《禮記・中庸》「上律天時」，《荀子・非十二子》「勞知而不律先王」，律皆與聿同，為述循之意，故《詩》以聿與修連言。詳拙著《荀子論集・讀荀卿子三記》。

⑧〈南有嘉魚〉在此詩之後，箋似不得「嘉賓式燕以樂」有注，「嘉賓式燕以敖」反無注也，疑此下《傳、箋》或有缺奪。

也。如以用義同以，「式燕以敖」猶云「以燕以敖」，則下言「以敖」，不當上言「式燕」（上文「我有嘉賓……君子是則是傚」，兩用是字，可為其證）；而下文「我有旨酒，以燕樂嘉賓之心」，又不當易式言以也。是式字不得訓用之證。裴以式字為虛詞是，但以式為已，「式燕以敖」即「既燕且樂」，便與「我有旨酒」句文意不貫；此強以「既安且寧」及「既和且平」之句法相比附（詳〈車舝〉「式燕且喜」條），望文生訓；式字既不為「已」（參下條），以字亦不為「且」。今以式字表希冀，「嘉賓式燕以敖」，猶言嘉賓幸其燕飲以遨遊也。

㈡〈南有嘉魚〉：

君子有酒，嘉賓式燕以樂。
君子有酒，嘉賓式燕以衎。
君子有酒，嘉賓式燕綏之。
君子有酒，嘉賓式燕又思。

《箋》於首章云：「式，用也。用酒與賢者燕飲而樂也。」裴學海說首章「嘉賓式燕以樂」及二章「嘉賓式燕以衎」為「嘉賓既安且樂」。

案：兩說並誤，式字表希冀，詳前〈鹿鳴〉。三章「式燕綏之」不得為「既燕綏之」；四章又字鄭訓為復，為動詞，思為語詞，「式燕又思」不得為「既燕又思」，尤裴說謬誤之證。

㈢〈鴻雁之什・斯干〉首章：

兄及弟矣，式相好矣，無相猶矣。

《傳》：「猶，道也。」《箋》：「猶當為瘉。瘉，病也。言時人骨肉用是相愛好，無相詬病也。」裴學海說此「式猶載也」，其義為乃。

案：《箋》訓式為用，說「式相好」為「用是相愛好」，孔氏疏《傳》亦云「用能相好樂矣，無相責以道矣」，「用是」與「用」皆於上文「兄及弟矣」無所承；裴說「式相好」為「乃相好」，亦與上文意不能聯貫。今以經文「式相好」與「無相猶」對文，正反相承，無字表消極願望，式字表積極希冀。猶與好義相反，即由謀猶轉而為圖謀，《方言》卷十三「猷，詐也」，《廣雅・釋詁二》「猶，欺也」（案猷猶本同字），並是此義。鄭讀猶為瘉，其義可通，其音亦近，究與好字韻部有侯幽之隔，此詩猶好二字叶韻，故不可用。《傳》訓猶為道，《正義》乃不得不增字，說「相猶」為「相責以道」，尤不可取。

(四)〈節南山〉四章：

式夷式已，無小人殆。

《傳》：「式，用；夷，平也。用平則已，無以小人之言至於危殆也。」《箋》：「殆，近也。為政當用平正之人，用能紀理其事者（者原作也，從《校記》改），無小人近。」裴說式義為乃。

案：式夷與式已平列於句中，《傳》訓式為用，說為「用平則已」，兩式字不同義，知其不當原意。鄭說兩式字同義，但一夷字說為「平正之人」，讀已為紀⑨，一紀字說為「紀理其事

者」，亦見其曲為傅會。裴以「式夷式已」為「乃夷乃已」，則無以知其取意所在，及如何與上文連貫。今案此亦「式、無」句，仍以式字表希冀。已字不誤，不如鄭氏所讀。傳訓夷為平，說殆為危殆，並是。夷已義近，並為動詞。二語承上文「弗躬弗親，庶民弗信；弗問弗仕，勿罔君子」而言，意謂幸師尹弗躬弗親、弗問弗仕之行即時平止，無使小人危殆也。小人謂百姓。

㈤同篇十章：

家父作誦，以究王訩。式訛爾心，以畜萬邦。

毛《傳》於「式訛爾心」句無說，鄭《箋》亦但云「訛，化；畜，養也」。他篇毛鄭多訓式為用，此篇若亦訓用，用訛爾心，承上文「家父作誦」，意至順適。唯此用字義與以同，上下句並用以字，不應此獨改以為式，是式字義不為用之證。今謂式仍是希冀之意，「式訛爾心」猶言幸訛爾心也。孔氏《正義》云：「作詩刺王，而自稱字者，詩人之情，其道不一。或微加諷諭，或指斥愆咎；或隱匿姓名，或自顯官字，期於申寫下情，冀上改悟（原作悞，從《校記》依毛本改）而已。」此雖非逐字說詩，其「冀上改悟」一語，與「式訛爾心」之意正相吻合。朱熹《集傳》亦云：「家，氏；父，字；周大夫也。究，窮；訛，化；畜，養也。家父自言作為此誦，以窮究王政昏亂之所由，冀其改心易慮，以畜萬邦也。」「冀其改心易慮」之句，尤不啻字字由經文譯出。

---

⑨《釋文》云：「已，毛音以，鄭音紀。」

惜乎二氏俱未能由此悟出式字之用義耳。

㈥〈甫田之什・車舝〉：

匪飢匪渴，德音來括。雖無好友，式燕且喜。

辰彼碩女，令德來教。式燕且譽，好爾無射。

雖無旨酒，式飲庶幾，雖無嘉肴，式食庶幾。雖無德與女，式歌且舞。

《箋》於首章云：「式，用也。我得德音而來，雖無同好之賢友，我猶用是燕飲相慶相喜。」於二章云：「爾，女，女王也。射，厭也。我於碩女來，則用是燕飲酒，且稱王之聲譽，我愛好王，無有厭也。」於三章云：「諸大夫覬得賢女以配王，於是酒雖不美，猶用之（以下原有此字，《校記》以為衍文）燕飲。殽雖不美，猶食之，人（原作必字，從《校記》改）皆庶幾於王之變改，得輔佐之。雖無其德，我與女用是歌舞相樂，喜之至也。」裴學海云：「式，已也，既也。式燕且喜、式燕且譽（譽同豫，樂也。說見《經義述聞》）、式歌且舞，並與《常棣篇》既安且寧、《那篇》既和且平文例同。」

案：「式燕且喜」，幸其燕飲且喜也；「式燕且譽」，幸其燕飲且豫也；「式飲庶幾，式食庶幾」，幸其飲之食之，則庶幾也；「式歌且舞」，幸其歌且舞也。唯其中式飲、式食二句，式下云庶幾，文意重複，似為式字義不得表希冀之證。然古人自有複語，不必即為反證。（庶，眾多也；幾，希少也。庶幾或別義為多少，故曰式飲庶幾，式食庶幾，猶今人勸人飲食，而曰「多

少飲一些，多少食一些」。此意不知然否存以待驗。）鄭說式飲為「用之燕飲」，已不合語法；其云「人皆庶幾於王之變改」，更不得為詩之本意。裴說「式燕且喜」為「既燕且喜」，說「式燕且譽」為「既燕且譽」，與其上下文亦俱不能貫聯。式飲、式食二句，如說為「既飲庶幾」「既食庶幾」，則尤義不可通。裴氏舉此詩為例，獨不列此二句，蓋亦早有所覺耳。大抵其說式字，但能逐形迹之末，見「式燕且喜」句法，與「既安且寧」「既和且平」差近，即以為相同；連類所及，並〈鹿鳴〉「嘉賓式燕以敖」之句，亦說為「嘉賓既燕且敖」，從而指稱以字訓且，《經傳釋詞》既不載以猶且之訓，《經詞衍釋》亦然，是全不慮實例有無，亦罔顧文理所安。

(七)〈賓之初筵〉五章：

凡此飲酒，或醉或否，既立之監，或佐之史，彼醉不知，不醉反恥。式勿從謂，無俾大怠。

《經典釋文》：「式勿，徐云毛如字，又云用也。」《箋》：「式讀曰慝，勿猶無也。俾，使；由，從也。武公見時人多說醉者之狀，或以取怨致讎，故為設禁，醉者有過惡，汝無就而謂之也，當防護之，無使顛仆，至於怠慢也。」裴學海謂此「式猶載也」，其義為則（案裴書式為則義，僅此詩一例）。

案：據《釋文》引徐邈所述，毛《傳》如何說解此詩，無從推測；鄭《箋》則是以實詞說式字。然此亦「式、無」句，式義仍當表希冀；謂字當訓使⑩，「式勿從謂」，言幸其勿從而使之

多飲也。

(八)〈魚藻之什・角弓〉七章：

莫肯下遺，式居婁驕。

《箋》：「莫，無也。遺讀曰隨。式，用也。婁，斂也。今王不以善政啟小人之心，則無肯謙虛，以禮相卑下，先人而後己，用此自居處，斂其驕慢之過者。」

案：二語意義，不甚易知。鄭讀遺為隨，二字古聲雖近，韻則不同部，宜無可取。姑推「下遺」之意，謂下遺惠於民，全句謂：若不肯遺惠於民，亦幸其平居收斂驕慢之行也。

(九)〈大雅・生民之什・民勞〉：

無縱詭隨，以謹無良。式遏寇虐，憯不畏明。

無縱詭隨，以謹惛怓。式遏寇虐，無俾民憂。

無縱詭隨，以謹罔極。式遏寇虐，無俾民慝。

無縱詭隨，以謹醜厲。式遏寇虐，無俾正敗。

無縱詭隨，以謹繾綣。式遏寇虐，無俾正反。

《箋》於首章云：「式，用；遏，止也。王為政，無聽於詭人之善不肯行，而隨人之惡者，

⑩〈小雅・鹿鳴之什・出車〉：「自天子所，謂我來矣。召彼僕夫，謂之載矣。」〈節南山之什・雨無正篇〉：「謂爾遷于王都，曰予未有室家。」諸謂字並當訓使。《廣雅・釋詁》一：「謂，使也。」

以此勅慎無善之人，又用此止為寇虐，曾不畏敬明白之刑罪者，疾時有之。」

案：《箋》訓此式為用，是取用之義同以，故說「以謹無良，式遏寇虐」為「以此勅慎無善之人，又用此止為寇虐」，「以此」與「用此」義無別。如其意，詩不應上句用以字，下句改用式字。且此章下文尚有「以定我王」之句，仍用以字，足徵式字義不為用也。今案：此詩除首章外，餘並屬「式、無」句，式義並當表希冀，「式遏寇虐」，猶言幸遏寇虐也。

(十)同篇四章：

戎雖小子，而式弘大。

《箋》：「戎猶女也。式，用也。弘猶廣大也。今王女雖小子自遇，而女用事於天下甚廣大也。」

案：《箋》說一式字為「用事於天下」，不免為增文解經。先師屈翼鵬先生《詩經釋義》用鄭訓，說「式弘大」為「作用甚大」，視原說遠勝。唯式字義為「作用」，《詩經》未見。今仍以式字義表希冀，弘大二字用為動詞，「而式弘大」，謂幸女恢宏大之也。

(十一)〈蕩之什・崧高〉六章：

王命召伯，徹申伯土疆。以峙其粻，式遄其行。

《箋》：「粻，糧；遄，速；式，用也。王使召公治申伯土界之所至，峙其糧者，令廬市有止宿之委積，用是速申伯之行。」裴學海說式為載，其義同乃。

案：《箋》訓式為用，「用速其行」，義實可通，然此亦巧合，與說〈節南山〉「式訛爾心」為「用訛爾心」同；且此亦上句用以字，不應下句改用式字。〈烝民〉有「式遄其歸」句，說以為「用遄其歸」，則與其上文「仲山甫徂齊」不能貫聯，尤以知此式字不得訓用。裴說式為乃，亦無以施於《烝民》之詩，同不可取。今以「式遄其行」，謂幸速其行也。遄用為動詞。

(十一)〈烝民〉八章：

四牡騤騤，八鸞喈喈。仲山甫徂齊，式遄其歸。

《箋》：「望之，故欲其用是疾歸。」

案：《箋》此仍同〈崧高〉以式為用，然此說式為「用是」，於上文無所承，知其不然。裴學海說〈崧高〉「式遄其行」式為乃，於此文亦不能與「仲山甫徂齊」句貫通。今謂「式遄其歸」，即幸速其歸也。遄為動詞，歸為動名詞。

(十二)〈江漢〉三章：

江漢之滸，王命召虎：式辟四方，徹我疆土。

《箋》：「式，法也。……王於江漢之水上命召公，使以王法征伐，開辟四方，治我疆略於天下。」

案：《箋》此以式為實詞，一式字而曰「使以王法征伐」，自不得以為經文原指。今以式辟二句，言幸其開啟四方，治我疆土也。

(14)〈瞻卬〉末章：

藐藐昊天，無不克鞏。無忝皇祖，式救爾後。

《箋》：「式，用也。後，謂子孫也。」

案：此亦「式、無」句，因以後字與鞏字叶韻而倒之。《民勞》詩「無縱詭隨，以謹無良」，似與此句法同。然彼為因果句，故謹上用以字，不用式字；此文非因果句，故救上用式字，不用以字，此其大別也。鄭訓式為用，無可取。

(15)〈周頌・清廟之什・時邁〉：

明昭有周，式序在位。

《箋》：「昭，見也。王巡守，而明見天之子有周家也，以其俊乂用次第處位。」

案：《箋》說此詩，增字足意，迂曲不合語法。其前句當如朱熹《集傳》所說，「言明昭乎我周也」；其後句式仍當表希冀，謂幸其次序百官也。

(16)〈魯頌・泮水〉七章：

既克淮夷，孔淑不逆。式固爾猶，淮夷卒獲。

《箋》：「式，用；猶，謀也。用堅固女軍謀之故，故淮夷可獲服也。」

案：鄭說「式固爾猶」之句，其意可通。唯此說是以「式固爾猶，淮夷卒獲」為「既克淮夷」句之補足語，明其所以克淮夷之故。今謂二語實承「既克淮夷」句進一層言之，謂幸其堅固謀猶，

然後淮夷可卒獲服也。蓋詩人慮夷性反覆，雖克之，不必從此無後患，是以語而厚望之。

二、實詞部分

此一部分，可以詞性分為三類。其一為名詞，義為法式。其二為動詞，而含二義：一為法式，與為名詞者本是一義之演化；另一為用。其三為動名詞，義為希冀，此則與虛詞之表希冀者原為一體。分別述之於後，並以子、丑別動詞之二類。

甲　名詞

㈠〈小雅・節南山之什・小宛〉三章：

螟蛉有子，蜾蠃負之。教誨爾子，式穀似之。

《箋》：「式，用；穀，善也。今有教誨女之萬民用善道者，亦似蒲盧，言將得而子也。」

案：式穀二字相連為用，詩凡三見，義當相同。鄭《箋》以「用善道」說此詩，說〈小明〉「神之聽之，式穀以女」為「神明若祐而聽之，其用善人則必用女」，說〈桑柔〉「維此良人，作為式穀」為「賢者在朝，則用其善道」，雖有取善道及善人之不同，要可謂彼此不異。然〈小明〉式以二字如並為用，意義既同，詞性亦同，經文似不應上下易字；〈桑柔〉說式穀為「用善道」，則「作為式」三字相連為動詞，亦屬罕覯。今之學者說詩，或並謂此三式字為「語詞」，

不更加分別，如先師屈翼鵬先生《詩經釋義》、王靜芝先生《詩經通釋》。或分別為說：以〈小明〉〈小宛〉之式為乃，〈桑柔〉之式為「句中助詞」，見高亨《詩經今注》；或說〈小明〉〈小宛〉為「語詞」，〈桑柔〉義為效法，見裴普賢女史《詩經評注讀本》。如前者，《詩經》虛詞式字別無同於「式穀」之用法者；如後者，以同一式穀二字之連用而析為二，恐其尤不然矣。今以二字連用既達三次，句首句尾並見，疑或當日有此成語；詩篇不出小、大〈雅〉，其通行或不出士大夫階層。式字常見義為法，穀字多訓善，二字結合，其義或可以「楷模」一詞當之。「式穀似之」，謂以為楷模而肖似之也；「式穀以女」，言以汝為楷模也，因省為字，又取女字叶韻，故倒言之；「作為式穀」，即作為楷模也。

(二)〈谷風之什・小明〉四章：

嗟爾君子，無恆安處，靖共爾位，正直是與。神之聽之，式穀以女。

《箋》：「共，具；式，用；穀，善也。有明君謀具女之爵位，其志在於與正直之人為治。神明若祐而聽之，其用善人則必用女。」

案：「式穀以女」，謂以女為楷模也。詳見前條。

(三)〈大雅・蕩之什・桑柔〉十二章：

維此良人，作為式穀。維彼不順，征以中垢。

《傳》：「中垢，言闇冥也。」《箋》：「作，起；式，用；征，行也。賢者在朝，則用其

善道（案：在朝二字即經文之作為，孔《疏》則云：其所起為之事，皆用善道），不順之人則行闇冥。受性於天，不可變也。」

案：「作為式穀」猶言作為楷模，說詳〈小宛〉「式穀似之」條。

乙 動詞

子(一)〈小雅・谷風之什・楚茨〉四章：

我孔熯矣，式禮莫愆。

《傳》：「熯，敬也。」《箋》：「我，我孝孫也。式，法；莫，無；愆，過也。孝孫敬矣，於禮法無過。」

案：《箋》以此式字訓法，應無可疑；說「式禮莫愆」為「於禮法無過」，是以法為名詞。其時不得有禮法並重之觀念，又不得易法字為式字，是其說誤。此當謂法於禮而無過差，以式為動詞。

子(二)〈大雅・文王之什・下武〉三章：

成王之孚，下土之式。

《傳》：「式，法也。」《箋》：「王道尚信，則天下以為法，勤行之。」

案：《箋》此以「以為法，勤行之」說式字，是以式為動詞。「下土之式」，猶云「下土是

式」。

子㈢〈蕩〉五章：

天不湎爾以酒，不義從式。

《傳》：「義，宜也。」箋：「式，法也。天不同女顏色以酒，有沈湎於酒者，是乃過也，不宜從而法行之。」

案：《箋》此明以式為動詞。

子㈣同篇同章：

式號式呼，俾晝作夜。

《箋》：「醉則號呼相傚，用晝日作夜，不視政事。」《正義》云：「及其醉也，用是叫號，用是讙呼，使晝日作夜，不嘗視事，此所以大壞。」

案：鄭此以式之義為法，故經云「式號式呼」，而釋其意曰「號呼相傚」，傚即法也。孔氏似以鄭未說式字，因更說之曰「用是叫號，用是讙呼」，是以式為虛詞。今之學者解《詩》，大率云式為「語詞」；裴學海獨謂式猶載，其義為乃。然如本文所為分析，式下接動詞者，其義表希冀，則式字不得為虛詞。《經典釋文》云：「式呼，一本作或號或呼。」或式二字形近，本並从弋[11]。「或號或呼」義至通順易解，似此文式原為或字之誤。但鄭既云「號呼相傚」，不取易解之或字，又不云「一本作或」，必其時但有作式之本甚明，仍以訓式為法，取其動詞性為是。

陸氏所見作或之本，當是後人以意改者；觀其正文用式字，而以或字之本見於注中，仍有軒輊之別也。

子㈤〈崧高〉二章：

亹亹申伯，王纘之事，于邑于謝，南國是式。

《箋》：「式，法也。……往作邑於謝，南方之國，皆統領施其法度。」

案：「南國是式」，謂南國之人唯申伯而法式之也。《箋》說為「南方之國，皆統領施其法度」，法度云云，雖未為得宜，是仍以式為動詞也。

子㈥同篇三章：

王命申伯，式是南邦。

《箋》：「召伯既定申伯之居，王乃親命之，使為法度於南邦。」

案：「式是南邦」，謂為南邦立法式，即為法式於南邦也，式是動詞，鄭《箋》大意亦如此。

子㈦〈烝民〉二章：

古訓是式。

《傳》：「古，故也。」《箋》：「故訓，先王之遺典也。式，法也。」

---

⑪或字本亦从弋，後譌變為从戈，說詳拙著《中國文字學》第三章第一節。

案：「古訓是式」，謂以古訓為法式也。

子(八)同篇三章：

王命仲山甫，式是百辟。

《箋》：「王曰：女施行法度於是百辟。」

案：此二句，與〈崧高〉「王命申伯，式是南國」句法相同，參見前。

子(九)〈周頌・清廟之什・我將〉：

儀式刑文王之典。

《傳》：「儀，善；刑，法；典，常也。」《箋》：「我儀則式象法行文王之常道。」《正義》云：「《傳》……刑既為法，則式不為法，當訓為用。……王肅云：善用法文王之常道。」又云：「《箋》……儀者威儀，式者法式，故以儀式為則象，謂則象法行文王之常道也。」

案：《傳》不訓式字，其意或如孔《疏》王肅所說，然此式字當為動詞，鄭說「式象法行文王之常道」，是也。

子(十)〈商頌・長發〉三章：

帝命式于九圍。

《箋》：「式，用也。天於是又命之，使用事於天下，言王之也。」

案：此句可參〈崧高〉「王命申伯，式是南國」，及〈烝民〉「王命仲山甫，式是百辟」，

式仍當是「為法式」之意，《箋》此訓式字為用，非是。

丑(一)〈大雅・文王之什・思齊〉四章：

不聞亦式，不諫亦入。

《傳》：「言性與天合也。」《箋》：「式，用也。文王之祀於宗廟，有仁義之行，而不聞達者，亦用之助祭；有孝悌之行，而不能諫爭者，亦得入言。其使人器之，不求備也。」

案：此詩不字亦字如何取義，殊難裁斷，諸家所說，亦或不同；疑當與前章「不顯亦臨，無射亦保」一併思考。然式字與入字對文，式字為動詞，其義為用，當不可易。《詩經》式字，自《傳、箋》以來訓為用者至多，其果為用義者，以本文觀之，此其一，〈蕩〉「寇攘式內」其二，二見而已。

丑(二)〈蕩〉三章：

而秉義類，彊禦多懟，流言以對，寇攘式內。

《箋》：「義之言宜也。類，善；式，用也。女執事之臣宜用善，反任彊禦眾懟為惡者，皆流言謗毀賢者，王若問之，則又以對。寇盜攘竊為姦宄者，而王信之，使用事於內。」

案：鄭說「式內」為「使用事於內」，即任用於內，其說可從。今之說《詩》之家，多以式為辭，如先師屈翼鵬先生《釋義》、裴普賢女史《評注讀本》，並謂式為語詞，說「寇攘式內」句言「盜竊以入」；高亨《今注》說式猶乃。據本文所為分析，《詩經》式字無此等用法。

丙　動名詞

式字用為動名詞者，僅見於〈小雅・谷風之什・楚茨〉之四章，其文云：

我孔熯矣，式禮莫愆。工祝致告，徂賚孝孫。苾芬孝祀，神嗜飲食。卜爾百福，如幾如式。既齊既稷，既匡既敕。永錫爾極，時萬時億。

其中「卜爾百福，如幾如式」兩句，毛《傳》云：「幾，期；式，法也。」鄭《箋》云：「……今予女之百福，其來如有期矣，多少如有法矣。此皆祝嘏辭之意。」自朱熹以下，大抵如毛鄭所說；至於今則或有不同：如高亨《今注》云：「幾，法也。式，制度。此句指祭祀之事都合乎禮法。」裴普賢女史《評注讀本》云：「幾指祭品之數量，式指祭祀之儀式。」如二氏所說，「如幾如式」非嘏辭，故高氏讀「卜爾百福」為句，而以「如幾如式」屬下；裴氏雖仍讀福下逗，式下句，依其幾式二字訓解，似當如高氏之讀為宜。然卜爾二句承「工祝致告」之下，鄭以「如幾如式」為嘏辭，顯有足多者。上文「報以介福」之下，或接云「萬壽無疆」，或云「萬壽攸酢」，蓋尤為鄭說之助。唯鄭說「其來如有期，多少如有法」，終不免迂曲。今謂幾即庶幾之幾，毛《傳》訓期，或即取期望義；式字疑與幾字義同，「卜爾百福，如幾如式」，謂神所報爾百福，正如爾之所冀望者。唯此義於字書古注俱無徵，前云式下接動詞者，式字義表希冀，與此說兩者若合符節，姑釋之以待善言《詩》者。

說《詩經》式字用義，至此告竟。前引劉淇《助字辨略》，嘗舉《尚書・盤庚》「式敷民德」以為「爰辭」，因乘便更檢《尚書》，合劉氏所列，共得式字為辭諸條如下⑫：

〈盤庚〉：今我既羞告爾于朕志，若否，罔有弗欽。無總于貨寶，生生自庸。式敷民德，永肩一心。

〈召誥〉：上下勤恤，其曰我受天命，丕若有夏歷年，式勿替有殷歷年，欲王以小民受天永命。

〈君奭〉：嗚呼！篤棐時二人，我式克至于今日休。

〈多方〉：天惟式教我用休，簡畀殷命，尹爾多方。

〈立政〉：周公若曰：司寇蘇公！式敬爾由獄，以長我王國。

皆式下接動詞。依前文所云，謂〈盤庚〉「式敷民德」，猶言「幸敷民德」；〈召誥〉「式勿替有殷歷年」，猶言「幸勿替有殷歷年」；〈多方〉「天惟式教我用休」，猶言「天惟幸教我用休」；〈立政〉「式敬爾由獄」，猶言「幸敬爾由獄」，莫不文從字順，語意暢遂。〈盤庚〉且為「式、無」句，〈召誥〉「式勿替有殷歷年」，亦適有〈賓之初筵〉「式勿從謂」句相參。則

⑫偽古文式字為辭者，〈說命〉下篇「惟說式克欽承」、〈君陳〉「爾尚式時周公之猷訓」、〈畢命〉「式化厥訓」、〈君牙〉「式和民則」，莫不可以幸字易之，僅於此加注說明。又〈康誥〉「自作不典式爾」，先師屈翼鵬先生《尚書釋義》讀典下逗，以式為語詞，恐仍當為實詞，取法或用義。

以式字表希冀之意，不啻得其徵驗。惟〈君奭〉式字，說其意表希冀，顯有窒礙。然「我式克至於今日休」，仍與言「我幸克至于今日休」，或「我庶幾克至於今日休」不異，則謂式字為辭，其義之一表希冀，終無所忤。蓋式之一字，亦猶庶幾之詞，其義非止一端，若殆近，若希冀，若徼幸，皆一義之轉化耳。

一九八八年八月十八日宇純於絲竹軒

（原刊《書目季刊》第二十二卷第三期，一九八八）

近年讀裘錫圭先生的〈卜辭異字和詩書裏的式字〉（見所著《古文字論集》），始知丁聲樹先生早於民國二十五年（一九.三六）即有〈詩經式字說〉，刊見《歷史語言研究所集刊》第六本第四分。我曾兩度工作於史語所，竟沒有留意及此，所讀今人作的《詩經》注釋，如先師屈翼鵬先生的《詮釋》、王靜芝先生的《通釋》、高亨的《今注》，也都不見引用。及至邇來整理有關《詩經》舊作，特別請李宗焜弟影印寄我閱讀（我原有史語所贈送的全套《集刊》，一九九九年離開東海大學時贈予了同學），於是知道丁文亦從「式」字句與「無」字句相對待的關係著眼，尋繹出式字的用義，基本上與拙見相同，能與賢者卓識不謀而合，不免暗自歡喜。但兩者之間顯

然也有相異之處。丁文所領略的式字用義，相當於今語的「當」，且不曾闡釋所以有此義的道理。拙文則以為其意相當於後來的「幸」，可能與庶幾的庶語同源。這並不意味自己的想法一定較好。可是正因為有此差異，於是如〈角弓〉的「式居婁驕」，〈時邁〉的「式序在位」，丁文以為二者辭義隱晦，「不可質言」；我的意思則認為仍與「式、無」句無有不同。而〈楚茨〉的「如幾如式」，丁文以為「與其所論本題無關」，我則認為這可能是個足以證成式義同庶的例子。又如〈式微〉的「式微」，〈節南山〉的「式月斯生」，〈雨無正〉的「庶曰式臧」，〈皇矣〉的「憎其式廓」，丁文也以為屬於「不可質言」者之列，我則認為這些式字仍同庶幾之庶，義取殆近。另一個最大的不同，拙文對全《詩》四十一次的式字，都曾試予解釋；丁文則僅處理了二十五處式字，二〇〇一年宇純補案。

詩經胥字析義

一、前言

《詩經》胥字共十八見，順次為〈小雅・節南山之什・雨無正〉的「淪胥以鋪」，〈小旻〉的「無淪胥以敗」，〈甫田之什・桑扈〉的「君子樂胥」，（二見）〈魚藻之什・角弓〉的「無胥遠矣」「民胥然矣」「民胥傚矣」，〈大雅・文王之什・緜〉的「聿來胥宇」，〈生民之什・公劉〉的「于胥斯原」，〈蕩之什・抑〉的「無淪胥以亡」，〈桑柔〉的「載胥及溺」「不胥以穀」，〈韓奕〉的「侯氏燕胥」，〈瞻卬〉的「維予胥忌」，〈魯頌・有駜〉的「于胥樂兮」（三見）〈閟宮〉的「壽胥與試」。其中除〈角弓〉的「無胥遠」「民胥然」「民胥傚」，〈公劉〉的「于胥斯原」，〈桑柔〉的「載胥及溺」，〈瞻卬〉的「維予胥忌」，以及〈閟宮〉的「壽胥與試」，歷來不見異訓；或訓釋雖有不同，而不見蓄意討論，且是屬於所謂「義近」的範圍，可以略而不計。其他莫不有不同的說解；而前舉「于胥斯原」的句子，對照〈有駜〉的「于胥樂

兮」，或竟亦不無可以商量的餘地。

這些胥字的訓釋，可以歸為兩個：一為「胥，相也」，一為「胥，皆也」。依照如郝懿行《爾雅義疏》的意見，「相與皆義近」（說見〈釋詁〉「皆也」條）；而如〈桑柔〉的「載胥及溺」兩種訓釋都可以通解，也許正因為只是一個意思的轉變。然而相既不作皆講，皆也不可訓為相，仍然應作兩分。更由於相字除訓「互」的常義，還有「視、助」二義；皆字也除常義為「俱」，還可以解釋為「嘉」，於是自鄭《箋》以下至於今日，這相、皆兩訓，漸漸形成五種不同的見解。譬如「無胥遠矣」的「相」和「民胥然矣」的「皆」當然始終是「互」和「俱」，「聿來胥宇」的「相」便有「互、視」二說，「不胥以穀」的「相」有人以為是「助」，「君子樂胥」的「皆」有人以為是「嘉」。更有人以為「淪胥」的胥不作相解，義為陷沒；「樂胥」的胥不作皆解，只是語詞，情形便趨於複雜。究竟各應如何看待，擬提出個人的淺見，分類論述如下。

二、訓相取義為「互」

㈠〈角弓〉一章：

騂騂角弓，翩其反矣。兄弟昏姻，無胥遠矣。

鄭《箋》云：

胥，相也。骨肉之親，當相親信，無相疏遠。疏遠則以親親之望，易以成怨。

案：此字訓解，各家所說，無不與《箋》相同。

(二)〈桑柔〉五章：

其何能淑？載胥及溺。

鄭《箋》云：

淑，善；胥，相；及，與也。女若云此於政何能善乎？則女君臣皆相與陷溺於禍難。

案：此字亦大抵無異說，只是高亨的《今注》訓胥為皆，義亦可通，但無更動鄭《箋》的必要。

(三)〈桑柔〉九章：

瞻彼中谷，甡甡其鹿。朋友已譖，不胥以穀。

鄭《箋》云：

譖，不信也。胥，相也。以，猶與也。穀，善也。視彼谷中，其鹿相輩耦行，甡甡然眾多。今朝廷群臣皆相欺，皆不相與以善道，言其鹿之不如。

案：此與前條相同，也只有《今注》持不同意見。其說云：

胥，助也。穀，善也。此二句言朋友間用讒相害，而不以善相助。

案：古籍中胥字沒有作助解的。此因胥字訓相，相字有助義，便以為胥字當然有助義。但相的本義為視，與助義無關；其恆見的相互之義，也難說引申得出助的意思。另一方面，襄與相同音，亦訓為助，恐都是音的假借為用。胥與相雖然讀音有關，僅有陰聲陽聲的不同，是否即因此亦假

借為助義，他書既不見此訓，似難據以推衍。如鄭《箋》所說，不相以穀，即不能相互以善，謂不能以善相處，無任何可以致疑之點，故不可廢。

㈣〈瞻卬〉五章：

天何以刺？何神不富？舍爾介狄，維予胥忌。

毛《傳》云：

刺，責；富，福；狄，遠；忌，怨也。

鄭《箋》云：

介，甲也。王之為政，既無過惡，天何以責王，見變異乎？神何以不福王，而有災害也？王不念此，而改脩德，乃舍女被甲夷狄來侵犯中國者，反與我相怨，謂其疾怨群臣叛逆也。

案：鄭《箋》說胥忌為相忌，各家無異議。「介狄」之說毛與鄭不同，後人又別有說，與討論胥字意義無關，不及。

㈤〈閟宮〉四章：

黃髮台背，壽胥與試。

鄭《箋》云：

此慶僖公勇於用兵，討有罪也。黃髮台背，皆壽徵也。胥，相也。壽而相與試，謂講氣

力，不衰倦。

案：壽胥與試句，後人頗有意見，對胥字的訓解，則類無有不同。如朱熹《集傳》說：「壽胥與試之義未詳。王氏曰：壽考者相與為公用也。蘇氏曰：願其壽而相與試其才力，以為用也。」即其例。獨《今注》以為：「胥，皆也。試借為貸，予也。言上帝都把壽賜予僖公。」上帝賜一人以壽，不得說「都把」，也不得說「相把」，此說的破綻是顯而易見的。

(六)〈雨無正〉一章：

舍彼有罪，既伏其辜。若此無罪，淪胥以鋪。

毛《傳》云：

舍，除；淪，率也。

鄭《箋》云：

胥，相；鋪，徧也。言王使此無罪者，見牽率相引而徧得罪也。

案：此說大抵為學者所承用。朱熹《集傳》云：

淪，陷；胥，相；鋪，徧也。彼有罪有饑死，則是既伏其辜矣，舍之可也。此無罪者，亦相與而陷於死亡，則如之何哉！

除以淪為陷，其餘仍同鄭《箋》。馬瑞辰採取朱熹淪字的訓解，創出了全然不同的說法，《毛詩傳箋通釋》云：

瑞辰按：《漢書・敘傳》：「烏乎史遷，薰胥以刑。」晉灼曰：「齊、韓、魯《詩》作薰。薰，率也。」《後漢書・蔡邕傳》「下獲勳胥之辜」，李賢《注》引《詩・小雅》曰：「若此無罪，勳胥以痡。勳，帥也。胥，相也。痡，病也。言此無罪之人，而使有罪者相帥而病之，是其大甚。見韓《詩》。」今按：薰勳淪音近通用，淪率音之轉。然以淪胥為率相，究為不詞。《說文》：「淪，一曰沒也。」《廣雅、玉篇》並曰：「淪，沒也。」《廣雅》又曰：「淪，漬也。」淪又通陯。《說文》：「陯，山阜陷也。」當從朱子《集傳》訓淪為陷。惟胥仍訓相，以淪胥為陷相，亦為不詞。當以胥為湑之渻借。《玉篇》：「湑，溢也。」《小爾雅》：「溢，沒也。」《說文》：「沒，湛也。」淪胥猶言湛休湛淪，謂人之全陷于罪，如全沒入于水也。鋪者，痡之借，當從韓《詩》作痡，訓為病；皆淪沒于罪，以至病也。

高亨《今注》云：「淪胥，淹沒，陷溺。」即襲用馬說。然馬說並無湑字訓沒的直接證據，完全是從字書釋義牽引得來；古籍中溢字只是充盈泛濫之意。泛濫便有淹沒的意思，《小爾雅》訓沒，沒是淹沒，不是陷溺；淹沒是說水的覆蓋物，陷溺則是說物之沉於水，兩者義本不同。同條《小爾雅》又說：「淫，沒也。」正是以浸淫為沒，與以泛濫為沒，可以互相發明。朱駿聲《說文通訓定聲》於溢字本義下引《小爾雅》，不列於其「轉注」之下，朱氏所謂轉注，即是義之引申，其瞭解是正確的。何況《小爾雅》出於偽託孔鮒所撰的《孔叢子》，不真為秦時書，馬氏所引《玉

篇》，實是宋人增補改易之作，亦非野王之舊，時代去《詩經》都甚遠，能否用以說解《詩經》，並非不是問題；更何況本人所檢《四部叢刊》本《孔叢子》，《小爾雅・廣詁》僅有「淫、沉、滅，沒也」一條，其中並無溢字，是否他本不同，或係他書誤引，而為馬氏朱氏所承用，存疑以待他日稽考。

另一方面，毛《傳》訓淪為率，《廣韻》淪字力迍切，率字所律切，又別有劣戌切一音，見《集韻》，後者與淪字互為入聲陽聲。大抵率字上古讀sl複聲母，毛《傳》據其與淪字僅有入聲陽聲的不同，所以用率字訓解淪字；馬氏說淪率音之轉，所見真切。自鄭《箋》以牽率說之，但「率相」的語序，與通常言「相率」不合，以致不能為馬氏所認同。馬氏據三家《詩》以鋪與痡同，是個很好的見解。照這個意思講，「淪胥以鋪」是「牽率而相共以至於病」，實在並沒有語序上的問題。朱熹以淪訓陷，「淪胥以鋪」便是「沉淪而相共以至於病」，也自不當「不詞」之誅。聯想到〈小旻〉與〈抑〉兩詩的「如彼泉流，無淪胥以敗」及「無淪胥以亡」，用《說文》「陷，高下也」的解釋，便是「像彼泉流一樣，不要混混而下相共以至於敗亡」，意思更加顯豁。「淪胥以鋪」一類的句子，《詩經》見到三次，不僅三處都寫的是从水的淪字，兩處上文還有「如彼泉流」一句，可知其時這類話語習見，且本是藉泉流設譬，於此詩恐是省略的說法。則衡之兩說，淪字的訓解，當以朱《傳》為勝。但這與胥字的取義無關。

至於三家淪字作薰或勳的問題，當然也有提出討論的必要。馬氏說「薰勳淪音近通用」，依

據通常的讀法，淪薰之間，聲母相差甚遠。此則胡承珙有說，《毛詩後箋》云：

> 三家淪作薰者，或謂以同韻假借，其實淪薰二字古讀雙聲。如綸與淪同侖聲，而讀古還反；薰亦作葷作焄，然則淪之為薰，猶鰥之為鯤，瑻之為琨。薰又訓率者，又如鍰之為率，皆由聲轉而變者也。

所舉鰥鯤、瑻琨的例，雖然對淪薰的通作全無意義；鍰與率的例，也顯然並不知道其間涉及鍰與鋝的同義，屬於音轉的是鋝率二字。綸讀古還切一音，則確乎將淪薰原本聲母不相及的現象，拉近了關係。《說文》云：「綸，糾青絲綬也。」《禮記・緇衣》「王言如絲，其出如綸；王言如綸，其出如綍。」《釋文》云：「綸音倫，又音古頑反，綬也。」是綸綬的綸字讀見來二母之證，表示其上古為kl複聲母。《說文》又云：「睔，目大也。从目，侖聲。《春秋傳》有鄭伯睔。」段玉裁注云：「見襄二年，三《傳》皆同。〈古今人表〉作鄭成公綸，顏曰工頑反。又有泠淪，服虔曰：淪音鰥。」此不僅因為睔字讀古本切，與綸字古還切同屬見母，以及綸睔的異文，兩者互證，可以確信侖聲之字上古讀複聲母；泠淪的淪服虔音鰥，更直接表明淪字即具此複聲母，故可與薰字為異文。左氏襄公二年《傳》《釋文》云：「睔，古困反，徐又胡忖反。」後者聲母與薰字但有清濁之異，也表示侖聲字與薰字聲母相接近。晉灼說：「薰，帥也。」以釋「薰胥以刑」，帥與率同，等於毛《傳》以率訓淪字，明是以薰胥視同淪胥。顏師古《注》云：「薰者，謂相薰蒸。」則是望文生義，說詳《經義述聞》。

(七)〈小旻〉五章：

如彼泉流，無淪胥以敗。

案：《傳・箋》於此無說，當是以其前篇已見「淪胥以鋪」的句子。

(八)〈抑〉四章：

肆皇天弗尚，如彼泉流，無淪胥以亡。

毛《傳》云：

淪，率也。

鄭《箋》云：

肆，故今也。胥，皆也。王為政如是，故今皇天不高尚之，所謂仍下災異也。王自絕於天，如泉水之流，稍就虛竭，無見率引為惡，皆與之以亡，戒群臣不中行者，將并誅之。

案：《箋》說胥字，不同於〈雨無正〉，於率引下加「為惡」，亦為蛇足。

(九)〈緜〉一章：

古公亶父，來朝走馬。率西水滸，至于岐下。爰及姜女，聿來胥宇。

毛《傳》云：

姜女，大姜也。胥，相；宇，居也。

鄭《箋》云：

爰，於；及，與；聿，自也。於是與其妃大姜，自來相可居者。

案：《傳》訓胥字為相居，以居字通常為動詞，義為居處，似相字當取相互相共義。〈桑柔〉「念我土宇」，〈魯頌・閟宮〉「大啟爾宇」，宇字並為名詞，《傳》亦並云「宇，居也」，又似相字取相視之義。鄭《箋》則分明以相之義為視，以宇為名詞。因《傳》意難為判別，鄭所說是否有違《傳》意，亦無從肯定。陳奐《詩毛氏傳疏》云：

胥宇猶云相宅，宅亦居也。《新序・雜事》篇引《詩》作相宇。

由於相字本可二解，雖然有《新序》的異文，實際並無作用。也許應該說，宇字通常為名詞，所以毛《傳》的原意是「來看可以居住的地方」。但鄭《箋》以後，學者所表示的，如朱熹《集傳》：「胥，相；宇，宅也。」高亨《今注》：「胥，觀察；宇，居處。」固然與鄭說相同。先師屈翼鵬先生《詩經詮釋》說：「胥，相也。宇，居也。言相互居於此也。」王靜芝先生《詩經通釋》說：「胥，相也。宇，居也。言姜女來相與居于岐下也。」也不能斷然說其不合《傳》意。

《管子・樞言》篇：「人進亦進，人退亦退；人勞亦勞，人佚亦佚，進退勞佚，與人相胥。」尹知章注云：「胥，視也。常觀人，與之俱進退勞佚也。」又〈君臣〉上篇：「道也者，上之所以導民也。是故道德出於君，制令傳於相，事業程於官。百姓之力也，胥令而動者也。」尹注亦云：「胥，視也。視令而動，則所舉不妄。」是兩處胥字明訓為視的例子。但王念孫《讀書雜志》於〈樞言〉篇云：

諸書無訓胥為視者；胥，待也。言與人相待也。〈君臣〉篇「胥令而動者也」，尹注
「胥，視也」，亦非。

以王氏之嫻於典籍，長於故訓，所為《廣雅疏證》，取材之豐，洞穿四部，竟然想不到此篇的「聿來胥宇」，鄭《箋》以胥為視；又有〈公劉〉的「于胥斯原」，亦自鄭《箋》以來以為視，不聞異說，而說出「諸書無訓胥為視」的話，實在不禁令人納罕。《廣雅・釋詁一》睢、題、睎等四十七字云「視也」，又睎、瞻等六字云「望也」，〈釋詁三〉佐、望等六字云「覗也」，〈釋訓〉矍矍、眆眆等十個重言云「視也」，又別有䚩夷一詞云「直視」。《爾雅》中與胥字同條訓相的覛字（詳下），既見於〈釋詁〉訓視的四十七字之中，同條又有眽字，實與覛字相同，〈釋訓〉訓視的重言中亦有覛覛一詞，而獨不一見胥字。疑心王氏可能注意到《廣雅》中此一現象，曾就古書作視解的胥字有過一番考察，於此二詩語意別有所會，因而說之如此。但《經義述聞》中並不見對〈緜、公劉〉兩詩鄭訓相為視提出說明。

〈小雅・鴻雁之什・斯干〉三章：

約之閣閣，椓之橐橐，風雨攸除，鳥鼠攸去，君子攸芋。

芋字毛《傳》訓大，鄭《箋》訓覆。《經義述聞》云：

引之謹案：訓大訓覆，皆有未安，芋當為宇。宇，居也。（〈大雅・緜〉篇「聿來胥宇」，〈桑柔〉「念我土宇」，〈魯頌・閟宮〉「大啟爾宇」，《傳》並曰：「宇，居

> 也。」）承上文，言約之椓之，於是室成，而君子居之矣。鄭注〈大司徒〉「宮室」曰：「謂約椓攻堅，風雨攸除，各有攸宇。」（《疏》曰：「宇，居也。」）彼處云云，皆約舉《詩》辭，攸宇即攸芋也。鄭君注《禮》，時用韓《詩》，蓋韓《詩》芋作宇。

如其言，因為攸下的宇字只能是動詞，可見宇之訓居，不必非屬名詞不可。然則「聿來胥宇」，不以胥宇為相宅，為王家子父相承的經說，或可從此考定。至其如何說解〈公劉〉的「于胥斯原」，仍是不得而知。本文意見，別詳後第四節。

然而，要確定「胥宇」不可說為「相宅」，仍然有幾處資料須加說明。

首先是《爾雅・釋詁》的「艾、歷、覛、胥，相也。」其中覛字《說文》訓「衺視」，據此，「相」字當然便是用其本義，於是胥也該是視的意思。但艾歷二字郭璞說不詳，至清儒作《義疏、正義》，發現《爾雅》中字有同條而異義的情實，艾歷二字同有治的意思，相也可以訓治，於是確定訓艾歷的相字取的是治義。胥字訓相，如郝懿行《義疏》舉的便是《詩經》「聿來胥宇」和「于胥斯原」的例，如果說兩處都有問題，而胥字訓相取相互義既屬常見，則此所謂「胥，相也」，又可以別為一義。

其次便是《管子・君臣》上篇的「胥令而動」，尹氏訓胥為視，雖然遭到王氏的否定，由於尹氏兩處訓胥為視，原文意義可以通解，似乎可以說兩造各執一辭，還有待進一步的認定。幾處與「胥令」相關的文句，便有加以檢討的必要。

其一，《春秋》桓公三年經：

夏，齊侯衛侯胥命于蒲。

中有「胥命」一詞，上述《爾雅》郭璞《注》曾引以為證。《公羊傳》說：「胥命者何？相命也。何言乎相命？近正也。」似乎不易掌握胥字的意義。《穀梁傳》說：「胥之為言猶相也。相命而信諭，謹言而退，以是為近古也，是不必一人先。其以相言之何也？不以齊侯命衛侯也。」然則相取相互義，無以成全此文「胥令」之胥作視解。

其二，《史記・廉頗藺相如傳》：

王乃令趙奢將，救之。兵去邯鄲三十里，而令軍中曰：「有以軍事諫者死。」……軍士許歷請以軍事諫。趙奢曰：「內之。」許歷曰：「……將軍必厚集其陣以待之，不然必敗。」趙奢曰：「請受令。」許歷曰：「請受鈇質之誅。」趙奢曰：「胥後令邯鄲。」

許歷復請諫……趙奢許諾。

其中「胥後令邯鄲」一語，通常讀令下句，以邯鄲二字下屬。《索隱》云：「邯鄲二字當為欲戰，謂臨戰之時，許歷復諫也。」如此說，胥字應訓為視，以「有以軍事諫者死」為前令，而以「內之」為後令。蓋後令既云「內之」，自可免一死，所以說「胥後令」，意謂視後令可以免死。問題在於，邯鄲二字無由自「欲戰」致誤；（《會注考證》引中井積德謂邯鄲當作將戰，情形相同。）若以邯鄲為許歷籍里，則當冠前文「軍士許歷」之上。《會注考證》云：

《通鑑》後令邯鄲做一句。梁玉繩曰：錢宮詹云：「胥後令邯鄲」是五字句，趙都邯鄲，謂當待趙王之令也。……此解甚愜。《後漢書‧循吏衛颯傳》曰：「須後詔書。」語意相似。

如此則胥字必不可訓視，因為可以說待後令於邯鄲，而不可以說視後令於邯鄲。此一資料對於《管子》「胥令」的取義，便有決定性的作用。

此外，如《孟子‧萬章》上篇的「帝將胥天下而遷之焉」，雖也有朱熹訓視和趙岐訓須的不同；但《管子‧大匡》「姑少胥，其自及也」，《荀子‧君道》「狂生者，不胥時而落」，又〈正論〉「不應不動，則上下無以相胥也」（案楊《注》：「上不導其下，則無以效上，是不相須也。」今胥字誤作有。）必得訓須，而必不得訓視。換言之，古書中並無非訓視不可的胥字，所以對於「胥宇」，本文主張只可以說為「共處」，不可以說為「相宅」。

三、訓皆取義為「俱」

㈩〈角弓〉二章：

爾之遠矣，民胥然矣。爾之教矣，民胥傚矣。

鄭《箋》云：

爾，女；女，幽王也。胥，皆也。言王女不親骨肉，則天下之人皆如之。見女之教令，

無善無惡，所尚者，天下之人皆學之。言上之化下，不可不慎。

案：此二胥字，所見各家解並同。下文云：「不令兄弟，交相為瘉。」又云：「民之無良，相怨一方。」俱用相，不用胥，亦可見此二胥字不取交相之義。

四、以胥為語詞疑同訏

㈩《桑扈》一、二章：

交交桑扈，有鶯其羽。君子樂胥，受天之祜。
交交桑扈，有鶯其領。君子樂胥，萬邦之屏。

毛《傳》於一章云：

胥，皆也。

鄭《箋》云：

胥，有才知之名也。祜，福也。王者樂臣下有才知文章，則賢才在位，庶官不曠，政和而民安，天予之福祿。

案：《傳》以胥為皆，君子樂皆，語意不明。孔《疏》云：

君子既有禮文為下所愛，盡得其所，故能樂與天下共，是與天下皆樂，而得受天之祜福也。

孔氏以樂皆為皆樂，雖與語序不合，應為毛《傳》原意。胥字有平上二音，其上聲之音，不僅與扈、羽、祜同魚部，且同調，似可謂因叶韻而倒置。但君子一詞指天子而言者，不同時含稱群臣，如〈南有嘉魚〉「君子有酒，嘉賓式燕以樂」，〈南山有臺〉「樂只君子，邦家之基」。則云天子皆樂，實為不詞。何況第三句不必入韻，從叶韻解釋，亦不謂得理。這也許就是鄭《箋》不惜破胥為謂，不肯用《傳》的緣故。今人注釋《詩經》的，所見王靜之先生《通釋》用《傳》。

司馬相如〈上林賦〉：「悲伐檀，樂樂胥。」並用《詩經》，已解樂胥為樂得材智之人。可見鄭氏的破讀，實取之三家。雖然合於語法，也可以連同下文「受天之祜」說成一個意思，卻必然不是《詩》的原意。因為〈韓奕〉詩另有「侯氏燕胥」的話，兩者句法相同，文意接近，鄭氏於彼文無法破胥為謂，而不得不走毛《傳》的老路，訓胥為皆，倒說燕胥為「皆來相與燕」，顯然此處只是適可有此一說罷了，自非《詩》的本恉。而鄭氏說《詩》之不能一貫，此則胡承珙早已指出，其《毛詩後箋》云：

> 賈誼《新書・禮篇》云：胥者，相也。祜，大福也。此釋樂胥與毛義同。《箋》於〈大雅・韓奕〉「侯氏燕胥」、〈魯頌・有駜〉「于胥樂兮」並訓胥為皆，而獨於此讀胥為謂，……義近迂曲。且此詩樂胥即「有駜」之胥樂，文法倒裝，古人往往有之，無容易《傳》。

只是倒裝的說法，上文已指出其缺點，是故胡氏之議鄭失，雖是一針見血，堅持毛《傳》可用，

卻也站不住腳。

朱熹《集傳》云：

> 胥，語辭。言交交桑扈，則有鶯其羽矣。君子樂胥，則受天之祜矣。頌禱之辭也。

確實無法講出胥字的意思，乾脆說是語辭，以《詩經》語辭本多，亦不失為一法。但總以能提出一些說明為好。此說首先為劉淇《助字辨略》所採，其卷一胥下云：「《詩．小雅》君子樂胥、侯氏燕胥，朱注云：胥，語辭。愚案語已辭也。」近人則楊樹達《高等國文法》收此二例，蓋據劉書錄入。高亨《今注》云：「胥，語助詞。」當然更是襲自朱《傳》。

馬瑞辰《毛詩傳箋通釋》又別有一說，而為先師屈翼鵬先生《詩經詮釋》所用。其說云：

> 皆嘉一聲之轉。《廣雅．釋言》：皆，嘉也。樂胥猶言樂嘉、樂豈，嘉亦樂也。毛《傳》訓胥為皆，正以皆有嘉誼，猶訓胥為嘉也。若訓為樂皆則不詞，故《正義》倒其文，以皆樂釋之。賈誼書訓皆為相，亦非《詩》義。

案：《廣雅．釋言》：「賀、皆，嘉也。」王氏《疏證》即云，「皆嘉一聲之轉。」並云皆字通作偕，舉〈小雅．魚麗〉「維其嘉矣」，又曰「維其偕矣」，及〈賓之初筵〉「飲酒孔嘉」，又曰「飲酒孔偕」以為證，可謂確鑿不刊。但嘉皆語轉，不能保證胥可以訓皆，亦即可以有嘉義，故馬氏之說，終於邏輯不合。至於說毛《傳》訓胥為皆，正以皆為嘉義，等於訓胥為嘉，則更屬曲意附會。

此外，左思〈吳都賦〉：「酣湑半，八音并。」劉良曰：「湑，樂也。……此言酣飲與音樂，蓋是其中半并會之際。」此雖似以湑為音樂，下文又云：「樂湑衎其方域。」呂延濟訓為美，文以樂湑連言，將前後兩文合觀，似湑為樂義，則以此詩「樂胥」為「樂湑」之省借，「燕胥」亦即「燕樂」，又可成為一說，且似為最好的一說。但湑字《詩經》只用為縮酒或形容葉盛等義，左思賦中的樂湑，或者即由《詩經》的樂胥而來，酣湑亦即《詩經》的燕胥，與司馬相如之用樂胥，或尤有過之，未必《詩經》時代已有一訓樂的湑字。不然，《詩經、爾雅、說文、廣雅》等書不應絕不見此字，辭賦家本是不甚計較訓詁的。所以此說終亦難以成立。

然則上列各說，顯以朱《傳》最無毛病，惜乎朱氏全無說明。朱駿聲《說文通訓定聲》引「君子樂胥」，以為助語之詞，並云「猶楚辭之些也」。胥些二字聲母相同，無異欲為朱《傳》尋求解釋。但些字為楚聲所特有，恐難比擬。從樂胥、燕胥入韻，而些字必不入韻，以及「于胥」的構詞看來（詳下），都可見此說實無可取。現將淺見申述如下。

首先我要指出，胡氏利賴〈有駜〉的「于胥樂兮」，以為此詩的樂胥仍應用《傳》，固然不可取，其肯定二者間的關係，則不為無見。按照「于胥樂兮」的句法，可以作為比較的，至少有〈麟之趾〉的「于嗟麟兮」，〈擊鼓〉的「于嗟洵兮」「于嗟闊兮」，〈氓〉的「于嗟鳩兮」「于嗟女兮」，也許還可以比較〈騶虞〉的「于嗟乎騶虞」，以及〈權輿〉的「于嗟乎不承權輿」。其中特別是「于嗟洵兮」「于嗟闊兮」兩句，如以胥字為歎詞，無一不合。至於「君子樂胥」出

現於句尾的胥字，也有另一嗟字可以比較。〈節南山〉二章：

天方薦瘥，喪亂弘多。民言無嘉，憯莫懲嗟。

《經傳釋詞》云：

憯莫懲嗟，憯莫懲也。（〈十月之交〉：胡憯莫懲。）言天降喪亂如此，而在位者曾莫知所懲也。嗟，句末語助耳。若訓為歎詞，則與上三字義不相屬矣。《箋》曰：「嗟乎奈何。」失之。

可以說胥字用為語辭，行為與嗟字完全一致。於是朱熹的想法，應該視為得到了證實。不過我還要指出，王氏以〈節南山〉的嗟字非歎詞，固然是由於視為嘆詞，則與上三字文意不相連屬，但此嗟字仍具嗟歎語氣，本質上與于嗟之嗟並不能斷然劃分清楚。同理，「于胥」等於于嗟，為歎詞；「樂胥」「燕胥」的胥等於「憯莫懲嗟」的嗟，仍是嗟歎的語氣。再者，〈節南山〉嗟字雖是語末助詞，但與實詞的瘥、多、嘉叶韻。此詩胥字與扈、羽、祜相叶，〈韓奕〉亦以胥與且相叶，情形正復相同。

《說文》云：「胥，蟹醢也。从肉，疋聲。」疋下云：「古文以為《詩》大雅字。或曰胥字，一曰疋記也。」根據疋字後兩點說明，疋字上古屬心母；前一說，又當有疑母的成分，《方言》卷五：「𥁕，桮也。秦晉之郊謂之𥁕。」郭璞𥁕音雅，並云「所謂伯𥁕者也」。伯𥁕即劉表的三雅之一，後世即書作雅字，則疋字原讀 sŋ 複聲母斷無可疑。sŋ 的複聲母在上古習見，如辥从𡴎聲，

櫱从辥聲，褻从埶聲，產从彥聲，濕从㬎聲，穌从魚聲，䲆从吾聲，朔从屰聲，卸从午聲，御从卸聲；以及《荀子・議兵》篇「蘇刃者死」即「禦刃者死」，《詩・女曰雞鳴》「琴瑟在御」阜陽漢簡御字作蘇，可為充分說明。《說文》說「疋，或曰胥字」，段注以為「亦謂同音假借」，《周禮・春官》大胥小胥，學者多以為即大雅小雅，《太玄》之「不宴不雅」，論者並以為即〈韓奕〉的「燕胥」，（案揚雄視燕胥二字平列，不礙本文以胥原是語辭）胥字亦當讀同疋字的複母。《廣韻》禡韻吾駕切訝下云「嗟訝」，（元稹〈茅舍〉詩：前日洪州牧，念此常嗟訝）頗疑訝（《說文》訝下云相迎，與此異字）與此詩胥字同源，一者保有其複母的 s，一者保有其複母的 ŋ。只是兩者聲調有上去之別，亦不免難於釋懷。

(十一)〈韓奕〉三章：

籩豆有且，侯氏燕胥。

鄭《箋》云：

且，多貌。胥，皆也。諸侯在京師未去者，於顯父餞之時，皆來相與燕，其籩豆且然，榮其多也。

案：此詩「侯氏燕胥」與〈桑扈〉「君子樂胥」結構相同，義不得異。鄭於彼文不從毛《傳》訓胥為皆，破胥為諝，此文則又云「胥，皆也」，自為矛盾，顯而易知。朱熹《集傳》云：

侯氏，覲禮諸侯來朝者之稱。胥，相也；或曰語辭。

猶豫於相與語辭之間，不若說前詩之果決。馬瑞辰云：

燕胥與燕喜、燕譽、燕樂相類，胥之言序；序豫古通用，（〈鄉射禮〉注：今文豫為序）則燕胥猶燕豫矣。胥須雙聲古通用。《廣韻》：「須，意有所欲也。」意有所欲為喜樂，則燕胥猶燕樂矣。《爾雅・釋詁》：「胥，皆也。」《廣雅・釋言》：「皆，嘉也。」皆嘉以雙聲為義，則訓胥為皆，亦可轉訓為嘉。〈桑扈〉詩「君子樂胥」，義與燕胥同，樂胥猶樂嘉也。《箋》訓燕胥為皆來相與燕，失之。

除結語以燕胥同樂胥可取外，其樂胥一說，已辨見上文。又以豫須二字為說，前者序豫之通作無問題，胥序之間則聲母有清濁之異，不見直接例證；後者胥須二字古韻不同部，自無助於說明。而所謂「意有所欲為喜樂」，尤為主觀附會。且自韻言，此詩以且、胥相叶，二字同上聲，與其前屠、壺、魚、蒲、車同屬平聲分別為韻。若易胥為豫或譽，並為去聲，於韻不叶；至於轉為須字，不僅調不同，韻部亦異，其誤立顯。雖然有本篇的「韓姞燕譽」，以及他篇的燕喜、燕樂似可比較，實則都屬無用。

(十三)〈有駜〉一章：

有駜有駜，駜彼乘黃。夙夜在公，在公明明。振振鷺，鷺于下。鼓咽咽，醉言舞，于胥樂兮。

「于胥樂兮」句，又見二三兩章，從略。鄭《箋》於一章云：

于，於；胥，皆也。僖公之時，君臣無事，則相與明義明德而已。絜白之士，群集於君之朝，君以禮樂與之飲酒，以鼓節之咽咽然。至於無算爵，則又舞燕樂，以盡其歡，君臣於是則皆喜樂也。

案：朱熹《集傳》云：「胥，相也。醉而起舞，以相樂也。」今之說詩之家，或同鄭《箋》訓胥為皆，或同朱《傳》訓胥為相。本文以「于嗟麟兮」「于嗟洵兮」等的句法相較，因于字下僅有接歎詞的例，沒有接皆或相的例，定胥字為歎詞，並疑胥與訏字同源，說詳〈桑扈〉「君子樂胥」。

㈩〈公劉〉二章：

篤公劉，于胥斯原，既庶既繁，既順迺宣，而無永歎。

毛《傳》云：

胥，相；宣，徧也。民無長歎，猶文王之無悔也。

鄭《箋》云：

于，於也。廣平曰原。厚乎公劉之於相此原地以居民。民既多矣，既順其事矣，又乃使之時耕。民皆安今之居，而無長歎，思其舊時也。

案：訓胥為視，自鄭《箋》以下，所見各家注釋，無有不同。王念孫《讀書雜誌》謂「諸書無訓胥為視者」，如何看待此詩，不得而知。比較〈有駜〉的「于胥樂兮」，此詩的「于胥」亦當為

對「斯原」的讚歎之辭。正等於于嗟便是于嗟，無論為「于嗟麟兮」，或為「于嗟乎不承權輿」，意義不得歧異。更從文意衡量，照傳統說法，上文才說「往相斯原」（案《箋》訓于為於，不若訓為往），下文便接著說「既庶既繁，既順迺宣」，其間完全沒有生息經營的過程，實是於理不合。反之，「于胥」為「斯原」的歎詞，所謂「既庶既繁，既順迺宣」，便是公劉於豳地拓殖日久之後的情境，而適能怡然理順。如果說上言「篤公劉」，下文應以公劉為主詞有所陳述，因而懷疑不當作如是解，此則第五章上言「篤公劉」，緊接的下文卻是「既溥既長」，正可以互參。

五、結語

根據本文的辨析，《詩經》胥字共有三義。其一訓相，義為相互、相共。其二訓皆，義為皆俱。其三用為語辭，或與于字連用為歎詞，義同於嗟；或用於句末，仍為嗟歎語氣，亦同於嗟，疑與嗟訏的訏同源。相對於傳統注釋，不見了訓視的一義。傳統注釋中，「聿來胥宇」、「于胥斯原」兩句胥字訓視，特別是後者，各家意見原本是一致的；《爾雅》「胥，相也」，通常以相字取視義的，也都引此二詩為例。由於本文對「于胥斯原」句義的認定，在純任客觀的原則下，涉及「于胥樂兮」，不得不放棄傳統胥字訓視的說法；而「于胥樂兮」句義的認定，則不僅由於牽連到「樂胥」和「燕胥」的構詞，非從朱熹以胥為語詞不可，更是由於「于嗟麟兮」「于嗟洵兮」等句法的引導。換句話說，仍是純任客觀的結果，初非有意立異。至於「聿來胥宇」句，學

者間本有相宅與共處兩解，因為古籍中不見胥字作視解的確例，而宇字又確然有作動詞用的證據，於是選擇了後者。王念孫說：「諸書無訓胥為視者。」以王氏在訓詁上空前絕後的學養和見識，不應想不到〈緜、公劉〉兩詩對他而言屬於眼面前的例子，《述聞》中無辨說，《釋詞》中亦不收胥字，其如何說解二詩，終是一謎。由於本文在討論兩詩胥字時，實際檢討了古書中相關的文句，應可以認定，王說是有其見解的。

一九九一年二月宇純於絲竹軒

校後記：前言中舉「無胥遠矣」以為胥字訓相各家無異辭之例，在稿子交學報排印期間，又檢出朱駿聲《說文通訓定聲》以此胥為疏的借字，是此例亦有異說。據下文云：「爾之遠矣，民胥然矣。」但用一遠字承上文，足見朱說不當原意。因文稿已排定，難為更改，特於此說明。

一九九一年宇純五月十五日校稿記

（原載《東海學報》第三十二卷，一九九一）

詩彼其之子及於焉嘉客釋義

前言

去年暑假期間，出乎意料之外，接到執教於國立臺灣師範大學國文系季旭昇博士來函，附近作〈說弘〉、①〈詩經王風篇「采葛」新解〉、②〈從曩國銅器談詩經「彼其之子」的新解〉，③及〈詩經小雅白駒篇「於焉嘉客」新解〉④四文，希望聽聽我的意見。宇純不學，自揆沒有足夠評析學術論文的實力；因博士與我素不相識，竟自來書致意，問道於盲，其謙沖誠摯的態度，令人無法不暫時忘其譾陋，冀能有所回報。於是窮一日之力，詳細拜讀了四篇大作。深深覺得博士

①載《大陸雜誌》八四卷第四期（一九九二年四月）。
②載《漢學研究》二卷二期（一九八八年二月）。
③載國立臺灣師範大學《國文學報》第二十一期（一九九二年六月）。
④載《中央日報·長河》（一九九一年四月一日）。

治學認真，蒐集資料不遺餘力，而又分析力敏銳，多所創新，無限欽佩！其中〈「采葛」新探〉，說「彼采葛兮」句，與「彼狡童兮」「彼美人兮」為類，以采為葛的狀詞，不同「采蘋」「采薇」以蘋、薇為采的受語，於是詩意豐富生動，是真「發千載之覆」，無懈可擊。其餘三篇，則拙見略有不同；當即奉書簡約相告，博士電話中表示，有些地方確實不曾想到，意似可供參考，頓時有如釋重負之感。本學年於東海中文研究所講授「古籍訓解討論」課程，曾以博士〈彼其之子〉及〈於焉嘉客〉二文提供諸生研討，自己也有較深一層認識，因《中國文哲研究集刊》約稿，試寫出以求方家之斧正。

一、彼其之子

《詩經》「彼其之子」的句子，見於〈王風．揚之水〉〈鄭風．羔裘〉〈魏風．汾沮洳〉〈唐風．椒聊〉，以及〈曹風．候人〉，共十四次，為讀者參閱方便，先將各詩錄之於下：

揚之水，不流束薪。彼其之子，不與我戍申。懷哉懷哉，曷月予還歸哉！

揚之水，不流束楚。彼其之子，不與我戍甫。懷哉懷哉，曷月予還歸哉！

揚之水，不流束蒲。彼其之子，不與我戍許。懷哉懷哉，曷月予還歸哉！〈揚之水〉

羔裘如濡，洵直且侯。彼其之子，舍命不渝。

羔裘豹飾，孔武有力。彼其之子，邦之司直。

羔裘晏兮，三英粲兮。彼其之子，邦之彥兮。〈羔裘〉

彼汾沮洳，言采其莫。彼其之子，美無度；美無度，殊異乎公路。
彼汾一方，言采其桑。彼其之子，美如英；美如英，殊異乎公行。
彼汾一曲，言采其藚。彼其之子，美如玉；美如玉，殊異乎公族。〈汾沮洳〉

椒聊之實，蕃衍盈升。彼其之子，碩大無朋。椒聊且，遠條且。
椒聊之實，蕃衍盈匊。彼其之子，碩大且篤。椒聊且，遠條且。〈椒聊〉

彼候人兮，何戈與祋。彼其之子，三百赤芾。
維鵜在梁，不濡其翼。彼其之子，不稱其服。
維鵜在梁，不濡其咮。彼其之子，不遂其媾。
薈兮蔚兮，南山朝隮。婉兮孌兮，季女斯飢。〈候人〉

毛《傳》對「彼其之子」始終未說一字。鄭《箋》於〈揚之水〉云：

之子，是子也。彼其是子獨處鄉里，不與我來守申，是思之言也。其或作記，或作己，讀聲相似。

其餘四篇則但云「之子，是子也」，〈羔裘〉〈汾沮洳〉又接云「謂是子處命不變」及「是子之德美無有度」，或直錄「彼其」二字，不予解釋，或略「彼其」二字不言，其以「其」為虛辭無義的意思，應該是十分清楚的。直至王引之《經傳釋詞》和馬瑞辰《毛詩傳箋通釋》揭出〈崧高〉

「往近王舅」鄭《箋》的「近（案馬據毛居正《六經正誤》改近為迓），辭也，聲如『彼記之子』之記」，及〈大叔于田〉「叔善射忌」鄭《箋》補充毛《傳》「忌，辭」的「讀如『彼己之子』之己」，以與〈揚之水〉的「其或作記，或作己」對照，鄭氏此意，才算得到證實。季文節引〈揚之水〉《箋》之後，說鄭氏對其字「沒有解釋它的用法」，話自是不錯，卻似未能盡如鄭氏心意。然而，明說「其」為語辭的，當如季文所說，要數孔穎達的《禮記・表記》《疏》，甚至要數朱熹的〈羔裘〉《集注》。上文所涉《經傳釋詞》以下諸書，並詳季文所徵引。是為「其」字的第一解。

季文所列「其」字的第二解，是用為指稱詞，出裴學海《古書虛字集釋》，首由季氏業師余培林教授〈詩經成語試釋〉所引用。裴文如下：

> 彼其、彼己、彼記，皆是複語。「其」為本字，記、己為借字，均當讀渠之切。釋《詩》者，自毛、鄭以下皆讀其為記，而解為語助詞，誤甚。

「其」字的第三解，是說為姓氏。此又有二說：一是林慶彰兄的〈釋詩彼其之子〉，以「其」為姬姓；一是余培林教授〈詩經成語試釋〉，以「其」為己氏。錄二說要點如後：

> ……如將「彼其之子」之「其」釋作語詞，則在前引各詩中總是扞格不入，詩義也隱晦不彰。如將「其」字作為「姬」姓之「姬」的假借，則頗能怡然理順。理由是：一、根據前引微子「若之何其」，鄭《注》「其，語助也。齊魯之間聲近姬」。……𦣝、其、

己等皆在古韻「之」部。……二、「彼其之子」諸句，出現於王、鄭、魏、唐、曹諸風。周為姬姓之國，〈王風〉乃東周雒邑一地之詩歌。鄭為宣王母弟友所封之地；魏亦姬姓之國；唐為周成王母弟叔虞所封之地；曹為武王弟叔振鐸所封之國，以上諸國皆姬姓。其他各國風，皆無「彼其之子」的句子，此可證明「彼其之子」的「其」，應該是姬姓的「姬」（宇純案：十五國風，上述五國外，若鄘、若衛、若豳亦姬姓，倘使其詩亦有「彼其之子」的句子，自仍可讀其為姬）。三、根據《詩經》中與「彼其之子」相似的句子，如〈丘中有麻〉之「丘中有李，彼留之子。彼留之子，貽我佩玖」，「彼留之子」的「留」，毛《傳》解作大夫氏，亦即氏族之名。「彼其之子」之句法與其相同，「其」字似不應解作語詞。四、從這五首詩來判斷，這「彼其之子」顯然是貴族的身分，如作「姬」，恰好符合他的身分，且詩句也通暢無礙。……以上五首皆落實在姬姓的青年上，所指的青年並非同一人，但他們同是姬家貴族則一。如此解釋，詩中之批評或頌贊，才顯得更有意義。〈釋詩彼其之子〉

……無論把「其」字解為語詞，或把「彼其」解為複詞，對「彼其之子」這句話的意思，我們都不贊成。原因之一是：「彼其之子」一語都只有「之子」二字有意思，「彼其」二字都成為贅詞。原因之二是：〈王風・丘中有麻〉三章說：「丘中有李，彼留之子。」「彼留之子」一語，和「彼其之子」句型相同，《傳》說：「留，大夫氏。」馬瑞辰說：

「留、劉古通用。」「留」既為大夫氏，「其」何以不可解為氏？原因之三是：「之子」二字如在句末，除「我覯之子」一語外，「之」字全解作口語「的」，從沒有解作「是」的，如〈何彼襛矣〉「齊侯之子」、〈旄丘〉「流離之子」……〈閟宮〉「莊公之子」皆是。而「我覯之子」的「之」，所以解作「是」，是由於「之」上的「覯」是動詞。再反看「彼其之子」，「其」字無論如何解釋，都不是動詞。……我們以為，「彼其之子」就是彼其氏之人。「其」字應該從《左傳》及《晏子》所引作「己」，古有己氏。《左傳》文公八年說：「穆伯如周弔喪，不至，以幣奔莒，從己氏焉。」杜《注》：「己氏，莒女。」是古有己氏的證明。〈魏風・汾沮洳〉說：「彼其之子，美如玉；美如玉，殊異乎公族。」魏是姬姓，「公路」當然姓姬，彼己氏之子並不姓姬，所以詩說他「異乎公族」，這不是順理成章嗎？〈揚之水〉說：「彼其之子，不與我戍申。」、「不與我戍甫」、「不與我戍許」。詩在〈王風〉，作者當是姬姓之人。申、甫、許都姓姜。……己氏出於莒國，莒也姓姜，己氏或是姜姓所支出（宇純案：據季文中〈曩國銅器表〉所引「王婦曩孟姜旅匜」的稱謂，此點已獲證實）。今姬姓之人戍守姜姓之國，而從姜姓支出的己氏，反而不與我姬姓之人共同戍守，詩人深感不平，所以有思歸之心。這豈不是很正常嗎？……〈候人〉一章說：「彼候人兮，何戈與祋。彼其之子，三百赤芾。」候人是道路迎賓客之官，戈與祋都是兵器，赤芾是蔽膝，《傳》說：「大夫以上，赤芾

乘軒。」這位「彼其之子」位居大夫，又能執武器參與三百赤芾之列，可見他不僅位高，還是武士。〈椒聊〉說：「彼其之子，碩大無朋。」〈羔裘〉說：「羔裘豹飾，孔武有力。彼其之子，邦之司直。」「羔裘豹飾」是大夫之服，「碩大無朋」、「孔武有力」正是武士的寫照。這樣的人，正是戍申、戍甫、戍許的最佳人選。由上所述，我們對這位「彼其之子」有了一個概括的印象：他是位男士，不是戍者之室家（宇純案：此對《集傳》「彼其之子，戍人指其室家而言」）。他位居大夫，並且是一位身材高大、孔武有力的武士。有了這一層認識，再去看有關的各詩篇，詩義就比較容易了解了。〈詩經成語試釋〉

此下是季文對上述三類四種不同解釋的案語摘要：

三說中，前二者的缺點，林余二先生已經辨析得很清楚，最大的缺點是不合《詩經》用語習慣。我想補充一點，《詩經》中的「彼」當代詞時是遠指性的，意思相當於「那」；「之」當代詞時是近指性的，意思相當於「這」。照傳統解釋，「彼其之子」應該語譯為「那啊這個人」，在漢語中實在沒有這種講法，因此舊說之不可從，應是無可置疑的了。第三說釋為姓氏，文從字順，詩義明暢。但是，或釋為姬姓，或釋為己氏，那一說更合理呢？以周代的習慣來看，男子稱氏，以表明政治所歸屬；女子稱姓，以表明血源所歸屬。以《左傳》為例，男子的稱謂形式共有一百八十種，沒有一種是以姓來稱呼的；

相對的，女子的稱謂形式共有四十二種，其中有三十種是搭配著娘家姓來稱呼的。⑤……據此，「彼其之子」的其字如果釋為姓氏，而他又是男性，似以作氏稱為宜。

李文覺得這樣的結論，說服力還嫌不足，於是下工夫蒐集了出土殷周㠱國銅器，確認㠱可以作其，也可以作己，並通過對㠱人與周室間關係及其活動狀況的了解，由是肯定余說為是，「彼其之子」，實為㠱人以國為氏者的後裔，「其」的音讀與㠱或己同。文中所列銅器資料甚夥，篇幅甚長，從略；僅將結語部分錄在下方：

一、銅器中的「㠱侯」或作「其侯」，又作「侯紀」；⑥文獻中的「紀國」，或作「己國」，㠱、其、己、紀四者是同一國家，也就是《詩經》「彼其（己、記）之子」的「其（己、記）」氏所自出。

二、㠱（其、己、紀）國最遲在殷代武丁時期應已存在，其後一直綿延到春秋中期。活動範圍則是從河南逐漸往山東、遼寧、河北遷徙，西周中期以後則似乎集中在山東一帶。

三、這一族人從商代武丁時期起就已位居顯要，周革殷命時，他們大概與周人很能合作，幫燕侯做事，得到燕侯的賞賜，可證和周王室的關係一定很好，直到春秋初年還有女兒嫁為王婦。因此，雖然不是大國，族人散布各地，擔任各種職務的一定不在少數。其中

⑤據原注，用方炫琛著《左傳人物名號研究》（臺北：國立政治大學博士論文，一九八三年七月）。

⑥宇純案：此一資料，遍檢〈㠱國銅器表〉未見。

有人黽勉王事，「舍命不渝」；有人服飾耀眼，「三百赤芾」、「美如英玉」，當然一定也有人仗著曾是國戚的身分，棲遲偃仰，不戍申甫，因此被詠入詩中，這應該是非常合理的吧。

根據上述論點，季文於說明各篇詩意之後，復有一總結，亦錄於下：

《詩經》「彼其之子」一句，二千年來不得其解。自林慶彰先生以「彼留之子」的同文例，說明「其」當釋為姬姓後，問題的解決已曙光乍現。其後余師培林教授提出「其」當作「己」，為春秋時代的氏稱，答案就完全明朗了。本文再從古文字角度，證明銅器銘文其、㠱、己原是同一國家，也就是《春秋》、三《傳》的紀國。從這一點來看，《詩經》的「彼其之子」也好，《左傳》、《晏子》、《韓詩外傳》的「彼己之子」也好，用的都是本字本義，不必當作是其它字的假借才說得通。另外，《詩經》的「彼其之子」（宇純案：此「彼其之子」指人而言）分見於王、鄭、魏、唐、曹等五國風，而且獲得相當的重視或寵愛，這和㠱（其、己）國銅器分別出土於河南、河北、遼寧、山東，而且與㠱國和殷周關係都很好的現象也是一致的。

從上述林文到季文看來，一、二兩解之不可取，當已成為定論。至於第三解，林文首用〈丘中有麻〉的「彼留之子」與「彼其之子」相較，證「其」為具實義的名詞，可說慧眼獨具，成就非凡。余文發表於林文五年之後，似未見林文，亦正用「彼留之子」作為主要論點，真的是「智

者所見略同」，該是學術圈中的佳話。但增益的「齊侯之子」和「流離之子」等例，不可謂句法上無差異；其間且還有「我覯之子」的「例外」。雖然余文說：「反看彼其之子，之上的其字無論如何解釋，都不是動詞。」萬一有人根據「我覯之子」的句法，說「彼猶我也，其字應為動詞」，而居然也能從字音上換一個字看，不管好壞，把全詩都講通了（譬如就把「其」字講成「記得」的「記」，「彼其之子」意思是「他記得這個人」），恐怕免不了還要費上一番脣舌。我卻覺得，除去「彼留之子」句，可以比照的還有：〈澤陂〉的「彼澤之陂」（三見），〈黍離〉的「彼稷之苗」「彼稷之穗」「彼稷之實」，以及〈菀柳〉的「彼人之心」。這些句子，「之」字居間為介，其上和下都是名詞，一無例外。於是我們說「彼其之子」的「其」當為名詞，「之」是「其」與「子」間的介詞，便不再是選擇性的「可做此解」，而是當然性的「必做此解」，任何人都不得再生異議。當然如季文所說：「《詩經》的彼當代詞時是遠指性的，意思相當於『那』；之當代詞時是近指性的，意思相當於『這』，照傳統講法，彼其之子應該語譯為『那啊這個人』，在漢語中實在沒有這種講法。」也是十分具有攻堅力的，是為季文貢獻之所在。現在所面臨的，只是於林、余二文該作如何的選擇了。

季文對此提出了古代男子稱氏不稱姓，作為取決的依據，也似乎理由充分。但所謂男子稱氏不稱姓，當於作為私名時言之，若詩人對某人的泛指，自又別論；不然等於說周人不可說他姓姬，恐怕沒有這種道理。眼面前一例，如說女子稱姓不稱氏，而余文所舉《左傳》卻有「從己氏」的

說法。可見此一論點，並不生效力。至於銅器銘文中㠱國的㠱可以作其，也可以作己，與《詩經》「彼其之子」的「其」看不出有何必然關係，無論㠱國與周室的關係如何友善，也無論銅器出土分布情況與王、鄭五國地域如何一致，恐都不能構成必須讀其為㠱的「絕對因」。兩說究竟孰為可從，還是要看何者最能適合詩意。

林文說：「彼其之子諸句，出現於王、鄭、魏、唐、曹諸風。諸國皆姬姓。其他各國皆無彼其之子的句子，此可證明彼其之子的其，應該是姬姓的姬。」出現「彼其之子」的詩句都屬姬姓國，無疑為林文讀其為姬的有利條件。但「彼留之子」與〈揚之水〉「彼其之子」同見於〈王風〉，「留」則明非此一地區的「國」姓；而不屬姬姓的國家，若齊、秦、陳、檜，又不見有同於其國姓的「彼某之子」的句子，可見林主讀其為姬，並不具充分條件，初不過可作如是觀而已。然而，「彼其之子」只出現於姬姓的國風，非姬姓國風則絕不見「彼其之子」的語句；也就是說，林的主張並沒有反證，所以仍屬有效。

反觀余、季二文，以「其」為己氏，既有異文作「己」的直接證據，又有「彼留之子」「留」為氏稱的扶持，似較林說為長。然而經傳異文也有作「記」字的，為銅器銘文所不見，所顯示的真相，恐仍屬古人書字重音的習慣，未必即以㠱、其、己為「本字」；「本字」理亦不應有三種不同，並作記與紀者計之，竟至多達五種。另一方面，恆見於銅器銘文所謂「本字」的「㠱」，於經傳異文則不一見；而所謂㠱、其、己即《春秋》、三《傳》中的紀國，此一紀字亦不一見於

「彼其之子」的經傳異文。這些現象都表示，從異文談「其」字的取義，對於己氏的說法，不必都是正數的。

不僅如此，余、季二文以己氏說詩，也儘有不合情理的地方。如余文說〈揚子水〉：「詩在〈王風〉，作者當是姬姓之人。申、甫、許都姓姜。……己氏出於莒國，莒也姓姜，己氏或是姜姓所支出。今姬姓之人戍守姜姓之國，而從姜姓支出的己氏，理應戍守，反而不與我姬姓之人共同戍守，詩人深感不平，所以有思歸之心。這豈不是很正常嗎？」所謂「作者當是姬姓之人」，固然全出余氏的想像；「今姬姓之人戍守姜姓之國」的說法，其依據是否認為姬姓王朝士卒都屬姬姓？不然又何從知道戍守姜姓之國的必是姬姓之人？余氏說，照他的理解，詩意是很正常的，是否意味，不如此解詩意思便不正常？假如反過來想：說平王東遷的時候，曾有部隊隨行，率領這部隊的為平王親信，甚至便是姬姓族人，後來這支部隊成了平王的「子弟兵」，始終留駐京畿，以護衛王室；平王派遣戍守申、甫、許的，實際是關東洛邑一帶原有的部隊。詩人以為姬姓之人戍守母家，理應動用其「姬姓」部隊，今則反是，因此深感不平，而作為此詩。如此理解，難道不較余氏所想像的更為「正常」？

余文又說：「〈魏風・汾沮洳〉說：『彼其之子，美如玉；美如玉，殊異乎公族。』魏是姬姓，『公族』當然姓姬，彼己氏並不姓姬，所以詩說他『異乎公族』，這不是順理成章嗎？」這說法也頗令人不解，「彼其之子」為什麼不可以便是「公族」？照傳統「彼其之子」與「公族」

為一的理解，為什麼便不能「順理成章」？季文也說：「本詩既說『彼其之子，殊異乎公路』，可見作者明明把彼其之子和公路對立起來。彼其之子應該是詩人讚美的對象，而公路當然就是詩人諷刺的對象。」如此說詩，其實是在「可以怎麼說」與「只能怎麼說」之間，畫上了等號的緣故；如果能把兩者分開，也許就不致如此堅持己見吧。

又如季文於〈椒聊〉詩，既同意〈詩序〉「椒聊，刺晉昭公也。君子見沃之強盛，能脩其政，知其蕃衍盛大，子孫將有晉國焉」的說法，卻不解何故，不以「彼其之子，碩大且朋」直言桓叔之強盛，而要繞個彎說：「以桓叔手下的彼曩之子碩大篤厚，來烘托桓叔勢力強大。」恐怕也很難認為是合理的。

於〈候人〉之詩，季文也同意〈詩序〉刺曹君近小人的說法。在此前提之下，如果讀「其」為姬，首章言姬姓貴族服赤芾者三百人，次章言此服赤芾之人德不稱服，三章言其「大搞男女關係」，始亂終棄，應該說是如情合理的；「彼姬之子，三百赤芾」之言，還大致有《左傳》僖公二十八年曹人「乘軒者三百人」的記載相吻合。季文也不能接受這樣的了解，仍說「其」字為己氏，又自覺「小小曹國，就用了三百個己氏之子，且都當大夫」的不合理，採用高亨之說，把「三百赤芾」講成一個人有赤芾三百件。說一個人有三百件赤芾，是否便為合理，見仁見智，也許可以有不同答案；問題是如何能肯定，曹國有過這麼一位己姓大夫？

在余文的最後，把〈候人〉〈椒聊〉〈羔裘〉與〈揚子水〉四詩串聯起來，說：「我們對這

位彼其之子，有了一個概括的印象：他是位男士，位居大夫，並且是一位身材高大、孔武有力的武士。」又說：「這樣的人，正是戍申、戍甫、戍許的最佳人選。」五首詩分見於王、鄭、魏、唐、曹五個不同的政治地區；各詩作成時代是否大致相當，是另一個未見交代的重要關鍵，五個「彼其之子」，竟然被視為同一人，不禁讓人想起，早年師範大學某前輩先生說《詩經》中的士都是尹吉甫。對於主張「其」為己氏之說而言，這原是不必要的。季文引其師說，隱去了這些文字，想是有所顧慮。但如季文所說，〈羔裘〉詩是藉對賢臣的歌頌，以譏刺當朝，所取的歌頌對象，是一位曩姓人士（原文云：「鄭人感歎當朝沒有忠正之臣，所以詩人歌詠一位曩氏的賢臣，以譏刺當朝。」）；〈汾沮洳〉詩「被拿來諷刺本國貴族的反襯角色，剛好也選上了曾是皇戚的曩國子弟」；〈椒聊〉詩詩人想藉以烘托桓叔的勢力強大，正好桓叔便有一位碩大篤厚的曩姓手下（案：原文已引見前）；〈候人〉詩所譏諷曹君親近的小人，也正好是一位姓曩氏的人物。季文從殷周銅器所能考見的曩人活動狀況，實際是非常有限的，除去「這一族人從商代武丁時期起就已位居顯要。周革殷命時，幫燕侯做事，得到賞賜。春秋初年，還有女兒嫁為王婦」的事蹟，其餘所謂「族人散布各地，擔任各種職務的一定不在少數。其中有人黽勉王事，有人服飾耀眼，也有人仗著曾是國戚的身分，棲遲偃仰」，依據的便是〈羔裘〉〈候人〉〈汾沮洳〉以及〈揚之水〉中的「彼其之子」。以一如曩之「小國」，其曩氏的「寡民」卻能如季文所說，活躍於王、鄭、魏、唐、曹的政治舞臺上，且都入了詩，又何嘗不可說是過於巧合。

這樣看來，反是讀「其」為姬沒有上述的毛病。「其」本是箕字，聲韻調三者與姬字全同，說以為假借，稀鬆尋常的便可以交代。或者有人會懷疑，「彼其之子」既是「彼姬之子」，何以姬字都要用借字，經傳中一個姬字的異文都沒有？關於這一點，我有另外的想法，這實在不是一般的「假借」，而是詩人故意的選用同音字，因為照〈詩序〉的說法，這五首詩都是用來諷刺政情的。〈揚之水〉〈汾沮洳〉及〈候人〉之為「刺」，容易感受，應無爭論；有關〈汾沮洳〉的〈序〉如有不同意見，可看我的〈詩序與詩經〉一文。〈羔裘・序〉以為「言古之君子，以風其朝」，我想就把這詩的「彼其之子」說成當時的姬姓貴族，也是可通的。所謂「舍命不渝」，不過言其理當如此，而實則不然；其他「邦之司直」、「邦之彥兮」，也都是挖苦人的話。諷刺人挖苦人，總以不著痕跡為好；在君擅重權的古代，恐怕尤其有此需要。〈椒聊〉詩言桓叔將取昭公而代之，詩人當然更不敢明目張膽，說得露骨。於是利用諧音之法，以逃刑誅，一人創意，而眾人傚之。凡刺詩的姬字都寫為「其」，其緣故大概就在「其」字通常用為語辭，容易推得乾淨。我甚至覺得，至少自鄭《箋》以來以「其」為「辭」的誤說，可能正是詩人的表面說辭，而這表面說辭，竟至遮斷了骨子裡的「姬」姓實質，使真正的意思無法傳流下來。我這個「諧音」的意見，大概不是胡亂的猜想，請看〈大東〉詩的第四章：

東人之子，職勞不來；西人之子，粲粲衣服；
舟人之子，熊羆是裘；私人之子，百僚是試。

〈大東〉是一首刺亂的詩，〈詩序〉說：

> 東國困於役而傷於財，譚大夫作是詩以告病焉。

這章詩上來四句，強烈的以東、西對比，道出其不平。「東人」當然指的譚國一帶的東土人民，「西人」毛《傳》說是「京師人」，指的當然便是周人，其時的貴族。但「東人」與「西人」只是相對的稱謂，沒有文責可言。後四句的「舟人之子」和「私人之子」，應該仍是相對於「東人之子」的代稱。《傳》說「舟人」為「舟楫之人」，無義可言。《箋》說「舟人」二句云：「舟當為周；裘當作求，聲相近故也。謂周世臣之子孫退在賤官，使搏熊羆，在冥氏穴氏之職。」「熊羆是求」與「使搏熊羆」義不相應，鄭讀裘為求，宜無可取；但說「舟人」為「周人」，此則意不可易，只是以為誤字，而仍有可商。舟、周二字同音，實以「舟人」影射「周人」。不僅如此，下文的「私人之子」，私、西二字聲同心母，韻同脂部，初不過介音之別；至中古則一入三等脂，一入四等齊，歧分為兩個介音元音都不相同的韻母；（私西二字原都屬脂部心母丁類韻，本為同音，因正音、變音之殊。《切韻》分別收入脂或齊韻。《集韻》還保留西字與私字同讀相咨切一音。此言二字為介音之別，因為當時囿於「大三等韻」的觀念，而有此誤說。上述認知，見小作〈上古音芻議〉，原載《歷史語言研究所集刊》第六十九本，後收入《中上古漢語音韻論文集》。二〇〇一年宇純補案。）「私人」恐仍是「西人」的擬聲。《傳》說「私人」為「私家人」，《箋》以下各家意同。此說有〈崧高〉「私人」一詞的印證，但〈崧高〉詩言「王命召伯，徹申伯土田；王命傳御，遷其私人」，「私人」之上有「其」字為領格，指稱申

伯家臣（《傳》「私人，家臣也」），意思是清楚的。此詩「私人」則上無所屬，兩者原自不同。且「西人」「舟人」「私人」平列，與「東人」相對為言，「私人」所指，理應與「西人」「舟人」無別。之所以稱謂與〈崧高〉詩不異，竊意以為正同「舟人」之稱，都是詩人利用現有詞彙，以達到影射目的而能規避刑責的「障眼法」。

由於〈大東〉詩的啟發，「彼其之子」的「其」字所以不見作「姬」的異文，也能得到滿意的解釋，所以我認為，讀「其」為姬的說法，實是完好無瑕。

二、於焉嘉客

〈小雅・白駒〉詩一、二兩章云：

皎皎白駒，食我場苗。縶之維之，以永今朝。所謂伊人，於焉逍遙。

皎皎白駒，食我場藿。縶之維之，以永今夕。所謂伊人，於焉嘉客。

兩章僅於叶韻處易字，其餘相同；末句因首章「逍遙」二字相連，所以次章亦易二字。毛《傳》說「藿猶苗也，夕猶朝也」，「嘉客」二字似亦應與「逍遙」之義相當，但毛《傳》鄭《箋》都無說明。

季博士對此產生了興趣，於是廣羅前人說法，共得四種，錄之於下：

一、《毛詩李黃集解》引鄭氏：「嘉客，上客也。」

二、《詩集傳》：「嘉客，猶逍遙也。」

三、《御纂詩義折中》：「嘉，禮也。以禮留之，使為客也。」

四、白川靜《詩經研究》：「嘉客，客神也。」

對於上列四說，季氏的看法是：

……白川靜是從民俗學的角度，把〈白駒〉解釋為周王朝對異民族（殷）騎著白駒的客神的祀歌。……完全拋開了中國傳統的說詩態度，……與中國傳統文化頗有隔閡，「客神」之說當然不可從。

……把「嘉」解釋為「禮」，文獻上從來沒有這種用法，自我作古，也不可從。

把「嘉客」釋為「上客」，還可以分為兩類：一類以殷人尚白，加上《左傳》僖公二十四年說「宋，先代之後人也，於周為客」，因此以為本詩騎著白馬的「嘉客」是指殷王的後人。……再說〈周頌・振鷺〉的「我客戾止」，〈有客〉的「有客有客，亦白其馬」，〈商頌・那〉的「我有嘉客」，歷來都解釋為前代之後人。因此，這一說似乎不無道理。但是，細玩「毋金玉爾音，而有遐心」二句，不像是對前朝帝王之後的說話語氣。……當然也不可從。另一類把「上客」釋為「嘉賓」，……這個解釋缺點是文法不通！照這個解釋，「於焉嘉客」應該譯為「在這兒嘉賓」，任何人都可以看出，這個句子少了一個動詞——「為」或「當」。

把一、二章對照著看，……「於焉嘉客」和「於焉逍遙」的文法結構是完全相同的，「逍遙」是個形容詞（或不及物動詞）。換句話說，「嘉客，猶逍遙也」，這個詞是朱熹解對了。

但是朱熹沒有進一步說明，為什麼「嘉客猶逍遙」。因此這個獨具隻眼的解釋，竟然沒有一個人理會。清王鴻緒等編的《欽定詩經傳說彙纂》甚且說：「嘉客非逍遙也，注言猶逍遙者，同為我留之意也。」點金成鐵，可為浩歎！

今案：「嘉客」和「逍遙」一樣，是個聯緜詞。……「嘉客」這個詞，後世已廢而不用，……幸虧字書上還保留了「迦牙」這一個詞，可為佐證。《說文解字》：「迦，迦互，令不得行也。」桂馥《義證》云：「互當為牙，迦牙疊韻也。徐鍇《繫傳》云『猶犬牙左右相制』是也。」……《說文通訓定聲》也說：「即梐枑，行馬也。迦牙疊韻連語，使不得進之貌。《太玄・迎》『迎父迦逅』，注『邂逅，解脫之皃也。』字亦作迦，又作邂，《詩》『邂逅相遇』，邂逅亦雙聲連語。」

嘉、客二字聲韻都非常接近，照周法高《上古音韻表》，嘉是歌部開口二等見母字，客是鐸部開口二等溪母字，嘉客的擬音是 **kra k'rak**，迦牙的擬音是 **kra ngrar**，幾乎完全同音，可以肯定是同一來源的聯緜詞。

照《說文通訓定聲》的意思，似乎「迦牙」一轉而成「迦逅」、「邂逅」，二字的聲音

和「迦牙」一樣同屬牙音，也是雙聲聯緜詞，二者應有關係。

準上所述，「嘉客」和「迦牙」聲義同源，「迦牙」的意思是「令不得行」，音轉而為「邂逅」，意思是「解說」（〈唐風‧綢繆〉《釋文》）、「不期而會」（〈鄭風‧野有蔓草〉《傳》）、「不固」（〈綢繆〉《釋文》引《韓詩》）。「嘉客」的意義應該不外這幾種，至少與之相近。如果與「於焉逍遙」對比，「嘉客」以釋為「解說」（解放快樂）、「不固」（鬆弛），最為妥貼。其次也不妨釋為「令不得行」，但字面稍稍修改為「逗留」。二義合併，「於焉嘉客」可以語譯為「在這兒快樂的逗留」。

宇純案：一、三、四所說不可取，季文大致已經指出；有的地方可以補充，但沒有浪費筆墨的必要。至於季文對第二說的發揮，一則客與牙韻部不同，迦牙為疊韻連語，嘉客則絕不得相同。二則迦牙義為梐枑，即俗稱之拒馬，用以遮攔行人，使不得前，所以許君說為「令不得行也」。此一義不僅與詩意不合，適可謂與逍遙之義相反。季文將「令不得行」的字面改為「逗留」，兩者相差恐不能以道里計。朱駿聲以邂逅當迦牙，此說音義俱不相協，原是問題。季文直取邂逅的「解說」一義，引申為「解放快樂」；⑦或又取其「不固」一義，引申為「鬆弛」；更從而將「二義合併」，⑧語譯之為「快樂地逗留」，展展轉轉，與「迦牙」的原意已隔霄壤。而實際朱熹《集傳》的意思，恐是順著毛《傳》「藿猶苗也，夕猶朝也」的模式，說為「嘉客猶逍遙也」，教人自去體會，初未嘗即以「嘉客」為連語，這種地方本不可執著求深，毛《傳》所說「夕猶朝也」，

即是一例。又如〈綢繆〉詩首、次兩章：

> 綢繆束薪，三星在天。今夕何夕？見此良人。子兮子兮！如此良人何！
>
> 綢繆束芻，三星在隅。今夕何夕？見此邂逅。子兮子兮！如此邂逅何！

在詩的寫作方法上講，應可取與〈白駒〉相較，但是一定要根據「良人」與「邂逅」的相當，從而論其詞的結構與詞義，恐怕沒有不陷於誤解的。

於此試進一解：《說文》宀部客、寄、寓三字相連，客下云「寄也」，寄下云「託也」，寓下云「寄也」。根據許書義同義近字類屬的體例，許君的了解，三字義同，應無可疑。客下段玉裁《注》云：

> 字从各，「各，異詞也」。故自此託彼曰客，引申之曰賓客。

肯定客字的本義為寄託，賓客為其引申義，是正確的；引《說文》各下「異詞」之說，釋客之本義所以為寄，此則不可取。各字原作[illegible]或[illegible]，本義為至，經傳並借用格字。如果「客」的語言「有

---

⑦宇純案：解放與快樂，分別從解字或說字而來，是兩個不同的意思，與季文說「嘉客」為疊韻連緜詞是相互矛盾的，因為連緜詞原不可拆開來講。這問題可能源自對「解說」二字的誤解；然而更基本的問題是，「邂逅」是否可以解釋為「解說」。因為「嘉客」不可能與「邂逅」為轉語，所以對此不作討論。季文在語譯「於焉嘉客」時，又把「解放」的意思根本除去，充分顯示出，季氏在說解「嘉客」二字意義上，前前後後自己並不能怎麼愜意。

⑧「二義合併」的辦法，基本上也是可以討論的，似乎已沒有討論的必要，從略。

所出」的話，應該用聲訓之法說「客，各也」；但這也執著不得，其字說為各聲即可。清儒為《說文》作解釋的，都不能為客字當寄講舉例。今以為此詩客字正當訓「寄」。詩云「嘉客」者，嘉與寄聲同見母，韻同歌部，原僅有韻母上介音的些微之差，後世則一入二等麻，一則入三等寘，漸行漸遠；疑嘉即寄的假借，「嘉客」之義猶云「寄寓」。嘉與客並是動詞，其義相等，是為同義複詞；亦二字相連為用，故以易首章之「逍遙」。《說文》云寄字从奇聲，奇字從可聲；又哿下云「哿，可也。从可，加聲」，哿字古我切，可字枯我切，哿可二語義同音近，蓋一語之轉，其字則於「可」上增「加」聲以為別；嘉字亦从加聲，而《左傳》昭公八年「哿矣能言」，杜《注》「哿，嘉也」，以哿為嘉。凡此，並有助於嘉寄二字古音近可通的了解。

民國八十二（一九九三）年元月十四日宇純於絲竹軒

後記

稿送文哲所，請慶彰兄先過目。慶彰兄寄來一九八五年第四期《江漢考古》發表的〈東漢詩經銘文鏡〉摹寫景本，及一九八〇年第六期《文物》羅福頤〈漢魯詩鏡考釋〉、一九八八年《文史》第三十輯李學勤〈論碩人銘神獸鏡〉二文，用供參考。〈銘文〉首句「碩人其頎」作「石人姬姬」，似可為「彼其之子」借其為姬作證，（後一姬字不與衣字叶韻，必是誤書。）應寫入正

文，甚至改易原先的諧音影射說。但此鏡的時代，羅文所考可能在靈帝之後；頎字作姬，李文亦指出為東漢晚期的語音現象，去自先秦相傳的《毛詩》古文甚遠。另一方面，其姬二字自古同音，本身沒有爭論，又似乎不必有此銘之佐證，故用「後記」的方式說明；當然慶彰兄的盛意是可感的。此外，李文因銘文的姬姬，以為臧琳主張《毛詩》原作頎頎是有其道理的，似不免好新之嫌。阮元《校記》說：「考經文一字，《傳》《箋》疊字者多矣。如『明星有爛』《箋》云『明星尚爛爛然』等是也。」原是李氏見到的。今再補充一點，毛《傳》說「頎，長皃」，在鄭氏之前，當然更表示《詩》原是「其頎」二字。再如〈東山〉的「零雨其濛」，句法與「碩人其頎」相同，毛說「濛，雨皃」，鄭說「又道遇雨濛濛然」，又與〈碩人〉詩毛、鄭之說不異，可見阮校誠不可易，亦順便在此提及。

宇純二月五日

（原載中央研究院《中國文哲研究集刊》第三期，一九九三年）

詩義三則

前　言

這個學年，我在東海大學中國文學研究所開「古籍訓解討論」課程，選課者博、碩士班同學共九人，一人旁聽。除部分由我主講；或由我主導，提出問題供同學討論，再由我作結外，規定每人每學期主講一次，旁聽者包括在內。每次主講前一週，將擬講題目及資料備妥，並簡要寫出自己的主見，印發參與討論者人各一份，俾事先充分瞭解，及提出問題。及主講之日，主講人再扼要陳述一遍，以集中大家的注意力及思考力，然後進行討論，最終仍然由我作結。由於主講人及參與討論者都有周全準備，每次討論情況熱烈而深入；我的結論更往往出於同學意料之外，結束的時刻，大家都流露出興奮的神情，我走之後，留於課室中繼續交換心得，久久不能散去。每次我們的看法，不敢說都有獨特見識；癥結所在，及各家說之是非得失，應已求得了透徹的瞭解。第一學期，共有四位同學提出《詩經》字句問題。欣逢王師叔岷先生八秩華誕，選出其中三次講

論的結果，整理成文，以野人之曝，奉獻為禮，同時也希望得到方家的指正。各文依其見於《詩經》之先後為序，文中所列各家意見，主要由各主講同學所蒐集，偶有其他同學補充的，全不加分辨；但無關宏旨或並無新意，為省篇幅，悉予刊落，視需要文中間予說明。

一、死麕、死鹿

此題由碩士班林威宇君所提出。「死麕」「死鹿」分見〈召南・野有死麕〉一、二兩章，先將兩章原文錄之於下：

> 野有死麕，白茅包之。有女懷春，吉士誘之。
> 林有樸樕，野有死鹿。白茅純束，有女如玉。①

詩中死字，自古及今有三種解釋。一是毛《傳》以來的「如字」說，死麕、死鹿便是已死的麕和鹿；一是何錡章的死為屍字假借說，屍的意思是「睡」，死麕、死鹿便是睡著的——其實是裝睡的麕和鹿；一是內子杜其容教授的死為囮字譌誤說，囮麕、囮鹿原是用來誘致鹿群的鹿媒，囮讀同由，囮麕、囮鹿便是由麕、由鹿。下文分別再作扼要詳細說明。

「如字」的說法，一直維繫了兩千年。其間雖然也有詩旨「惡無禮」「刺淫奔」「美貞潔」

①此章句逗，說見下文。

「拒招隱」及「男女相悅慕」②等等不同說法，顧於死字義取「死亡」則無異致。只將最早的毛、鄭二說列出，其餘一概從略。毛《傳》說：

包，裹也。凶荒則殺禮，猶有以將之。野有死麕，群田之獲而分其肉。白茅，取潔也。

③野有死鹿，廣物也。純束，猶包之也。

鄭《箋》說：

亂世之民貧，而彊暴之民多行無禮，故貞女之情，欲令人以白茅裹束野中田者所分麕肉，為禮而來。　樸樕之中及野有死鹿，皆可以白茅裹束以為禮，廣可用之物，非獨麕也。純讀如屯。

何文題為〈讓三千年前的死鹿復活——《詩經》「野有死麕」新解析〉。④要旨如下：

第一段，它的本義應該是：「野外有一隻睡著了的沒有角的鹿，白白的茅草圍繞著她；有一位少女正春情發動呢，英俊的武士來引誘她。」……

自古以來，直到現在，所有的人都把這首詩解釋錯了，問題出在「死麕」的「死」字上。

②「惡無禮」至「拒招隱」，分見《毛詩序》、歐陽修《詩本義》、朱熹《詩集傳》、方玉潤《詩經原始》，所謂「男女相悅慕」，大致為今之通解。

③不同章注文，以空出二格表示，下同。

④見民國七十年七月十四日《中央日報》一六三期〈文史〉。

> 人人都誤認是「死亡」的死，所以都在「死」字上轉來轉去，而轉不出來。……「死」字是「屍」字的通假字。「屍」字是「尸」的象形義化字，是後起的衍生字。據《說文》：「尸，象臥之形。」「尸」的本義是人躺在床上。躺在床上，可能是睡著了，是昏迷了，也可能是死亡了。……不管是睡著、昏迷、或死亡，都是閉上雙眼的。……引申義就是閉眼睡著，有時竟是假睡。……所以，「死鹿」我認為即是「屍鹿」，如果解成一隻膽小的鹿在野外裝睡，會更有情趣。它可象徵詩中小姑娘生性也如鹿膽怯、裝睡，或閉著雙眼，原是有待的呀！這樣，頓時會使全詩血脈流通了起來。否則，偷偷約會，選在僵死的鹿旁，多煞風景，多不調和。……
>
> 再來看第二段，……為了增強陪襯的效果，以產生更好的氣氛，所以接著再說一次，小鹿四周的白茅，一束一束的那樣純美潔白。……「白茅純束」，實在只是「白茅束純」的倒裝句法，倒裝後不但加重了倒裝的語氣，而且「束」字可與下句的「玉」字協韻。
>
> ……

杜說見所著〈說詩經死麕〉，⑤其主旨為：

> 死麕、死鹿實在並不是毫無意義的僵死之鹿，也不是什麼膽小裝睡的小鹿，而是古代射獵慣用的「鹿媒」。「鹿媒」是被用來引誘其他鹿隻的媒體，作詩者非常可能是託「鹿

⑤載國立臺灣大學《臺大中文學報》創刊號，民國七十四年十一月。

> 媒」之誘致其類以起興，借「鹿媒」以比擬士女兩性之相誘。……
>
> 呂溫〈由鹿賦并序〉：「貞元丁卯歲，予南出襄樊間，遇野人縶鹿而至者。問之，答曰：此為由鹿，由此鹿以誘致群鹿也。……」
>
> 大徐本《說文》：「囮，譯也，从□化。率鳥者繫生鳥以來之，名曰囮。讀若譌。五禾切 圝，囮或从繇。又音由」……日人釋空海依原本《玉篇》所寫成的《萬象名義》說：「囮、圝，鹿媒。」囮字一般讀同譌字，但大徐「又音由」的讀法是值得注意的。第一、《字林》及《廣雅》曹憲音已經說囮字音由；第二、或體从繇，繇與由同音。可能囮本是會意字，或體圝則是形聲字，後人將會意的囮字誤認為形聲，才有讀若譌的說法。或者，從許慎開始就讀錯了，亦未可知。另一方面，小篆囮字若其兩側與下方有殘缺，即與隸書之死字字形極為相似。毛《傳》成書在秦末漢初，而秦時隸書已通行，說囮字在古籍中罕見而被誤為常見之死字，當屬可能。囮、圝同義，據大徐兼且同音，囮鹿即圝鹿；而圝、由古音全同，故「圝鹿」亦作「由鹿」。（宋祁《筆記》卷中即謂呂賦由字當依《說文》作圝。聞一多〈釋圝〉一文亦以由為圝之假借字。）……

以上三說，林君原意以杜說為是，可以說完全是意料中事。因為把「死麕」講成死亡的麕，照毛、鄭以來賦體的說法，原詩只說「野有死麕」，麕是如何死的，並無明文，毛氏說為田獵所得，自是猜測之辭。正如杜文所說：「野有死麕，與野有蔓草、野有餓莩有著相同的句型結構，

都是一幅純靜態的描寫，怎麼也看不出男子打死野麕的動作來。」萬一這麕是因病而死，或者死去已久，不論年歲如何凶荒，恐都沒有用為禮物的道理；何況即使為田獵所獲，以之為禮，也沒有說出「死」字的必要，第一句可以說成「野獲△麕」或「田獲△麕」的四字句，麕上用牝、麀、牡或大、小等字，以為形容。依今人認作興體的說法，上兩句只是用以引出下文，「死」之一字的選用，則更如何文所說，「多煞風景，多不調和！」詩是最精緻的語言，這樣說來，應該全然沒有出現「死」字的理由。

至於何文說死為屍字的假借，杜文曾經指出：「像野有死麕這樣極其簡單明瞭普通常見的話語，居然死字會是個假借用法，根本不可想像。」姑且順著何文說，「死」是個假借字；從「尸是人躺在床上」，進而為「躺在床上，可能是睡著了，是昏迷了，也可能死亡了，都是閉上雙眼的」，終而至於屍字的「引伸義就是閉眼睡著，有時竟是假睡」，換句話來形容，何文又可以說是「太善於想像」。何氏也知道，講假借、講引申都要有憑證。前者據《史記・魯周公世家》「不如殺以其屍與之」，《索隱》說「屍，本亦作死字」為例，即使有人不同意說為假借，而以誤字視之，都不妨礙其對於何文的幫助。後者所舉死字作「睡」講的例，則無論為《山海經・南山經》說鯥的「冬死而夏生」，或《莊子・田子方》孔子所言「有待也而死，有待也而生」，（宇純案：何文未引此文之下句。）並以死與生相對待，「死」的原意不為「睡」，是極其明顯的。（宇純案：《山海經》的例，杜文已引郭《注》「謂之死者，言其蟄無所知，如死耳」，以議何文之

失。）所以何文以死為屍字假借的主張，也同無可取。

杜文根據古代射獵用媒，鹿媒稱「由鹿」，說「死麕」「死鹿」為「由麕」「由鹿」的誤讀，原詩說的是「囮麕」「囮鹿」，囮與圝同字，與由同音；詩人從囮麕引出下文的誘字，將首章前後連為一體，意思實在再好不過。字形上，說囮字筆畫缺損因而誤讀為死字，也能言之成理；注中更舉《尚書・大誥》文王、文武、文考、前文人諸「文」字並誤為「寧」字，以見兩個囮字發生同一誤讀之非不可能，似亦具澄清疑慮之功效。此為課堂上當時的共同理解。曾經有人提到有無以死鹿為媒的可能？我想即使有此可能，也當直稱由鹿，不應說為死鹿而「大煞風景」，所以未予考慮。

杜文說「死」字為囮字譌誤，讓我想到甲骨文中[illegible]、[illegible]、[illegible]、[illegible]等字，學者如丁山、先師董彥堂先生，及胡厚宣、金祥恆、李孝定諸先生並謂象人在棺中形，釋以為死字。⑥此說雖不足深信，但人同此心，心同此理，在古說失傳之後，今人可以根據字形，推想上述从井、□及从[illegible]、[illegible]的甲骨文為「死」字；秦漢時代的經師，當「古文」已不通行之際，⑦面對「古文」《詩經》从□从化的「囮」字，恐更有釋作「死」字的可能性，而不必說為由於筆畫缺損以致誤讀；何況說兩個囮字同時缺損筆畫，基本上便不能不視為弱點。《尚書》中「[illegible]」字之被認作「寧」字，

⑥詳《甲骨文字集釋》第四卷頁一四五三～一四七一。

⑦《說文・序》有秦時「古文由此而絕」的話。

當然也並非由於筆畫缺損，情形原自不同。此點疑可以作為對杜文的補充，或者說是修正。不過，這一點是課後偶然間悟到的。

《說文》：「囮，譯也。从口化（小徐化下有聲字），率鳥者繫生鳥以來之名曰囮。讀若譌。」徐鍇云：「譯，謂傳四夷及鳥獸之語也。」《說文》：「譌，偽言也。」又：「偽，詐也。」《說文》「讀若」，本有以通用字釋罕見字之例。⑧此云「囮，讀若譌」，以譌代囮，囮麕、囮鹿猶云詐麕、詐鹿，義與由麕、由鹿不異，疑與杜說可以並存。

此外，毛訓包字為裹，「白茅包之」是以白茅包裹麕肉。今以死麕為由麕，包字不復能取裹義，課堂上便有同學提出此點。杜文於此根據呂溫〈由鹿賦・序〉的「遇野人縶鹿而至者」，及「望純束兮驚惋」，先解次章「束」字為絆縶；再用馬瑞辰之「純亦束也」，將「白茅純束」了解為以白茅絆縶鹿足使不得脫，然後說「包即是束」。我則以為，用白茅絆縶鹿足是否可行，已然是一問題；包的意思雖與束相近，直把包字說為絆縶，其間恐尚有隔。何況次章「白茅純束」是否意謂以白茅絆縶鹿足，根本便為可商。毛《傳》說「純束猶包之也」，純字如何取義不詳。鄭《箋》說「純讀如屯」，其意亦難掌握。孔氏《正義》說：「純讀為屯者，以純非束之義，讀為屯，取肉而裹包之，故《傳》云純束猶包之也。」似以純字義為束，而於「純讀為屯」，⑨何

⑧如辛讀若愆、坴讀若冀、屮讀若徹、釆讀若辨，及勼讀若鳩、鄦讀若許、𧽭讀若顛、𣪠讀若謦等，前四例讀若二字間音義全同，而前者罕見，後者常用；後四例後者分別為前者之借用。

以純即為束義，並無說明。馬瑞辰《毛詩傳箋通釋》說：

> 《傳》「純束猶包之也」，《箋》「純讀如屯」。瑞辰按：純屯古通用，《竹書紀年》「韓趙遷晉桓公於屯留」，即《左傳》十六年執孫蒯之純留也。《戰國策・秦策》「錦繡千純」，高誘注：「純音屯，束也。」……純束二字同義，純亦束也。……

應為毛、鄭之原意，但「白茅純束」純束二字疑不得如毛、鄭說為動詞。知者，此詩「林有樸樕，野有死鹿」兩句相儷，句法大體相同，「鹿」下應為句，只是單純的寫眼前景；「囮鹿」雖仍同前章的「囮麕」，卻不再具引出「誘」字的作用。「白茅純束」「束」下宜為逗，屬下讀，以潔白之茅，襯托如玉之女。⑩〈小雅・白駒〉末章前四句云：

> 皎皎白駒，在彼空谷。生芻一束，其人如玉。

詩寫賢者之隱遁不仕，前二句謂賢者已遁入彼空谷之中。後二句「生芻」雖因「白駒」而入於詩，卻不取其為白駒之飼料，只是以其碧潔象徵賢者之如玉而已。從其詩的作法、字面與此詩次章之相似，遂謂其彼此間有胎息摹仿之跡，亦不為過。「束」字在彼分明為單位名詞，「純束」之束

---

⑨鄭云「純讀如屯」，孔引「如」字作「為」。如依段玉裁《周禮漢讀考》之說，「讀如」與「讀為」義異。

⑩先師屈翼鵬先生《詩經釋義》讀「鹿」下逗，「束」下句，最能表現毛、鄭之意，卻令末句「有女如玉」與上文不生關聯，孤另另使原意大為減色。其他學者如高亨《詩經今注》，雖然標點如本文主張，但仍以「白茅純束」上屬為義，反是文意與標點兩失。

非動詞，蓋可以類推。至於純字與束字結合當取何義，或即如馬氏所說，二字義同，純束猶言束束；鄭云：「純讀如屯」，屯字有叢聚義，或者純束相當於今語之叢叢束束。然則首章「白茅包之」，包為動詞，其不得依據次章的「純束」取義，似乎不容致疑。呂溫〈由鹿賦〉「望純束兮驚惋」，「純束」二字自是用此詩之典，但應為「望」字的受詞，依理衡之，與其說用來說絆縶鹿足的「繩索」，毋寧說是借喻「白茅」。因為「白茅」在詩中原是對誘致的鹿群用來阻其逃生的「路障」。所以呂賦上言「望純束兮驚惋」，下言「顧獲車而逡巡」，而並在「相爾由矣，野心而仁」之下，分明是由鹿悼憫其同類的話；其原意不以「純束」言足絆，應該是可以確定的。然則首章包字當取包圍之義，置由麢於重重白茅之中，故曰「白茅包之」；此則何文語譯為「白白的茅草圍繞著她」，似乎反而是已經說對了。何文又說「束」字為「一束一束的」，則更是正確的；只是他以為「純束」為「束純」的倒裝，此則不如所言。以上是本文對杜文說解「包」字和「純束」二字提出的意見。

二、靡室勞矣、靡有朝矣

此題係由博士班孫秀君君所提出，二語見於〈衛風・氓〉的第五章，相關文句是：

> 三歲為婦，靡室勞矣；夙興夜寐，靡有朝矣。

據孫君所檢自毛、鄭以下三十一種著述，這兩句話有極其複雜的不同解釋，大別之為三類。

第一類是以「靡」義為「無」或「不」，其餘各字都用常見義說解，但中間有種種的不同意見。第二類是以前句的「靡」字義為「共」，其餘大致與第一類相同。第三類說「靡」字義同第一類，卻認「室」字「朝」字為假借用法。其中有些意見本不值得引述，一則孫君費了時力，一則可使讀者「廣見聞」，除去完全沒有表示意見的如陳奐《詩毛氏傳疏》，或雖表示了意見而只籠統說明大意的如姚際恆《詩經通論》，或者意見完全與前人相同的如于省吾《雙劍誃詩經新證》，其餘依類照錄，並略加說明。

第一類最早係自鄭《箋》開始，毛《傳》根本無說。鄭氏云：

> 靡，無也。無居室之勞，言不以婦事見困苦。無有朝者，常早起夜臥，非一朝然，言己亦不解惰。

是為一類中的第一說。朱熹《詩集傳》云：

> 靡，不；夙，早；興，起也。言我三歲為婦，盡心竭力，不以室家之務為勞。早起夜臥，無有朝旦之暇。

說「無有朝」與鄭異，（朱訓靡為不，雖與鄭不同，鄭實際亦由「無」轉為「不」。）為一類中的第二說。戴溪《續呂氏家塾讀詩記》云：

> 三歲為婦，奔走勤苦，非但居室之勞。夙興夜寐，未嘗有一日之安。

此說「靡室勞」不同於鄭、朱，為一類中的第三說。王質《詩總聞》云：

> 靡室勞者，言無有室家似我勞也。靡有朝者，言不待朝而起幹家也。

兩句解釋並與鄭異，為一類中的第四說。馬瑞辰《毛詩傳箋通釋》云：

> 靡室勞矣，言不可以一勞計；猶靡有朝矣，言不可以一朝計也。

說「靡室勞」之意又與鄭君不同，為一類中的第五說。俞樾《群經平議》云：

> 此四句皆自言有功於夫家，宜見恩禮之意。故言我三歲為婦，則一家之人無居室之勞矣。我夙興夜寐，則一家之人無有朝起者矣；皆由己獨任其勞故也。

此說改變了兩句之主語，為一類中的第六說。吳闓生《詩義會通》云：

> 靡室勞者，靡室不勞也；靡有朝者，靡朝不勞也。此語急省字之例。

創為語急省字之說，以靡義為「無」，而於下增「不」字，為一類中的第七說。王力《古代漢語》云：

> 靡室勞矣，沒有家務勞動，意思是丈夫還愛自己，不使自己從事家務勞動。夙興夜寐，這句是說自己卻早起晚睡，從事家務勞動。

於靡為「無」的意思下，又闢蹊徑，為一類中的第八說。先師屈翼鵬先生《詩經釋義》云：

> 靡室，意謂無入室休息之時，極言其勞也。靡有朝，猶今言沒早晨沒晚上，極言其事忙也。

亦於靡訓「無」之中，機杼獨運，為一類的第九說。此外江舉謙《詩國風籀略》云：

> 三歲為主婦，彼無內顧憂。早起而晚睡，勞碌非一朝。

說解「靡室勞」與「靡有朝」兩句，主語有彼、己之別，為一類中之第十說。兩句共為八字，中間兩個虛詞「矣」字不計，更有一「靡」字相同，居然講出十個全不相同或不盡相同的說法，可以說是「嘆為觀止」了。

第二類以前句「靡」字義為共，見陳喬樅《韓詩遺說考》，其說如下：

> 靡室勞矣，韓《詩》曰：「靡，共也。（《易・中孚》、《釋文》）」喬樅謹案：此詩靡字毛公無傳，鄭《箋》云：「靡，無也。無居室之勞，言不以婦事見困苦。」然詳詩下文「夙興夜寐，靡有朝矣」，言早夜操作，已非一朝，則上文「三歲為婦，靡室勞矣」，當言三歲之中，同居共苦，方與下語氣一貫，自宜以靡訓共，其義始合。又《列子・說符篇》：「強食靡角，勝者為制。」注引《韓詩外傳》曰：「靡，共也。言相共角力，以求勝也。」外傳疑內傳之譌。

王先謙《詩三家義集疏》同陳說，並申之云：

> 如《箋》訓，是復關之待此婦甚優，非氓家食貧者所能為，與下文語義不貫，明韓說優矣。

第三類以「室」與「朝」為假借用法，說見林義光《詩經通解》，錄其說於下：

> 「室」，讀為𡋫。《說文》云：「𡋫，忿戾也。从至，至而復孫（遜）。孫（遜），遁

也。」按至而復遁，乃忿而不受事之意。然則見勞而忿遁者，謂之「蹙勞」也。《廣雅》：「恎，很也。」以恎為之。古字則借窒為之。（《論語》「惡果敢而窒者」，王念孫讀窒為恎，見《廣雅疏證》。）而窒與室古字通用，（卯敦「取我家窒」，以窒為室。）故此詩作室也。「朝」，讀為慆。《國語・周語》「無即慆淫」，韋《注》：「慆，慢也。」《說文》：「慆，說（悅）也。」「愉（偷），樂也。」「佻，愉（偷）也。」慆、愉、佻一聲之轉，皆偷樂之義也。朝慆古同音。〈漸漸之石〉：「武人東征，不遑朝矣。」依文義，亦當為不遑慆；作朝者，假借字也。

上來種種說法，孫君所表示的意見大致如下：

對陳、王二人的第二類說，約略有兩點說明。《易・中孚》「我有好爵，吾與爾靡之」《正義》說：「靡，散也。」雖然沒有提出進一步積極意見，顯然對釋靡為共表示了懷疑。同時又說：「共同做家事的說法，以中國傳統社會的觀點來看，應該不太可能。」此外，孫君更指出，陳、王以首句靡字義為「共」，而次句的靡字義為「非」，上下不同，是此說的最大缺點。

對於林義光的假借說，孫君以為：「說得很通順，但古書中應該沒有這麼多的假借字；若依本字說得通，還是用本字義的好。」

至於第一類中諸說，孫君之意：如王力的「丈夫還愛自己，不使自己從事家務勞動」，較之陳、王的「共同做家事」，更進了一步，當然更不可能。於此，孫君列舉《禮記・郊特性》「婦

人，從人者也……」、《說文》「婦，服也。从女持帚灑掃也」及《禮記‧內則》「婦事舅姑，如事父母……」等資料，以見古代婦人決無不任家務的可能。又如俞樾的說法，孫君指出：「三歲為婦」、「夙興夜寐」都是棄婦自道，「靡室勞矣」「靡有朝矣」同是直承其前句而來，改變前者的主詞為「氓之家人」，「已不合理」；後者的主詞仍是棄婦，（宇純案：此誤解俞意。）也「顯得突兀」。又如吳闓生的語急省字說，以為於首句「尚可說得通」，把「靡有朝」說成「靡朝不勞」，「兩相對照，差異頗大，不僅為語急省字而已。」所以孫君最後主張，仍採最早的鄭《箋》之說。

大致而言，孫君於三類說的取捨，意見相當持平中肯，十分不易。

關於第二類陳、王說之不足取，孫君主要根據其下句說靡為無，前後不同，又參考了高本漢所說「靡有朝，除了訓無不能有別的講法」，於是持其矛攻其盾，點明了陳、王的痛處。實則「靡有朝」未嘗不可以說為「共有日」。依我看來，此說的根本問題在，靡字是否果有「共」義？孫君曾引《正義》致疑，〈中孚〉《注》云：「不私權利，惟德是與，誠之至也。故曰我有好爵，與物散之。」孔氏訓靡為散，實是王義。「散」與「共」有時是一體的兩面，所謂一義相成，最顯明的例，「分享」即是「共享」；所以或說「我與爾分之」，或說「我與爾共之」，義無不同。據《說文》，「靡，披靡也。」段《注》云：「〈項羽傳〉漢軍皆披靡，分散下垂之皃。」⑪徐鍇《繫傳》更云：「披靡，分也，故取相違之義。」⑫然則靡字作散解，為本義之引申，〈周頌

•烈文〉「無封靡於爾邦」，亦正用此義；⑬所謂「靡，共也」，其實無有；可能只是由如「吾與爾靡之」之類句子，把分享說成共享而來。《列子》的「靡角」，以「共」與「分」解釋，都不恰當，疑當是「磨」字的借用。再者，〈中孚〉《釋文》引《韓詩》說，並未明言出何詩。《詩經》靡字出現五十次以上，雖然很少能適用「共」義；但如〈雲漢〉的「大命近止，靡瞻靡顧」，〈抑〉的「子孫繩繩，萬民靡不承」，前者說為「共瞻共顧」，後者以「不承」為「承」，說為「萬民共承」，⑭都可成為一說。陳、王必指為此詩的「韓說」，亦未始不是問題。

至於林氏的「室」「朝」二字假借說，除如孫君所說，本義明明可通，不可隨意說為假借的原則，必須遵守；在其本身，便有反證。此詩以朝、勞為韻，勞字古韻屬宵部，朝字依《說文》从舟聲的說法，似是幽部字；實際小篆朝从舟的部分原作「水」，朝本是會意字，與舟字了不相干。⑮朝字古韻亦在宵部，故除此詩與勞字叶韻外，〈碩人〉叶敖、郊、驕、鑣、朝、勞，〈河

⑪段改披作柀，云「柀从木，析也」。

⑫宇純案：此釋靡字从非之義，《說文》非下云違。

⑬馬瑞辰《毛詩傳箋通釋》訓靡為壞損，實由此義而來。

⑭〈清廟〉「不顯不承」，毛以顯釋「不顯」，以承釋「不承」，即其例。又《經傳釋詞》卷十「不」下引此詩即有「不承，承也」一說。

⑮說詳拙著〈有關古韻分部內容的兩點意見〉，載民國六十七（一九七八）年四月《中華文化復興月刊》第四期。後收入《中上古漢語音韻論文集》。

廣〉叶刀、朝，〈漸漸之石〉叶高、勞、朝，〈卷阿〉叶高、朝，《孟子‧公孫丑上》叶撓、逃、朝，所與叶韻之子，無一不屬宵部。若易此詩朝字為慆，慆从舀聲，舀聲古韻屬幽部，《說文》引〈生民〉「或舂或舀」，舀字與蹂、叟、浮為韻，〈七月〉以从舀聲的稻字叶棗、酒、壽，〈蟋蟀〉亦正以慆字叶休、憂；蹂、叟、浮、棗、酒、壽、休、憂等八字，古韻並屬幽部，充分說明慆為幽部字，則原來朝與勞的同部為韻，變作慆與勞的所謂「旁轉通韻」，實際便是從韻到不韻。然則林文之為塗附，無異得其證明。

孫君對於第一類中各說，沒有一一加以評論，我也以為無此必要。大體說來，不能免於下列三病：一曰增字解經，一曰不合原文句法，一曰靡字前後歧義，或病其一，或病其二，或纏三病於一身，而並無可救藥。即以孫君認可的鄭《箋》為例，其於前句，先是以靡為「無」，所以「靡室勞矣」為「無居室之勞」，至此無問題；但「無居室之勞」不似棄婦自述口氣，而不得不轉變「無」字的詞義及詞性，說為「不以婦事見困苦」，即「不以居室之勞為困苦」。因為「無居室之勞」義實不得為「不以婦事見困苦」，所以產生了俞樾、王力等人的曲說。另一面，鄭氏說後二句為「常早起夜臥，非一朝然」，表面上靡字仍蒙上文的「無也」，實則又易「無」義為「非」，而「無」與「非」及「不以……為」不相等，「非有朝」亦不同於「非一朝」，鄭《箋》之誤，也便昭然若揭。

如果把「靡有朝」說為「沒有天亮的時候」，意思等於「沒有盡期」，便可以與「沒有室家

的勞苦」前後相副。但前者必須如俞說改易主語，後者又成為怨辭，都與詩意不合。如此看來，從靡字訓「無」設想，此路大概是行不通的了。

於此，我提出了自己的主張，把靡字講成習慣的意思。經文只要把靡字換作習字，於是：「三歲為婦，習室勞矣；夙興夜寐，習有朝矣。」不需任何說明，人人可懂，也不需增添一字。這個說法，我想應該是《詩經》的原意。至於靡字可不可以講成「習慣」，先請看《荀子》的〈榮辱〉：

> 仁者好告示人。告之示之，靡之儇之，鉛之重之，則夫塞者俄且通也，陋者俄且僩也，愚者俄且知也。

楊《注》云：「靡，順從也。儇，疾也。靡之儇之，猶言緩之急之。」楊氏的「緩之急之」是不容易理解的，所以《讀書雜志》有不同的意見：

> 引之曰：楊說非也。靡之儇之，即《賈子》所云「服習積貫也。」〈儒效〉篇曰：「居楚而楚，居越而越，居夏而夏，是非天性也，積靡使然也。」（楊《注》：「靡，順也。順其積習，故能然。」非是。）「故人謹注錯，慎習俗，大積靡則為君子矣。」〈性惡篇〉曰：「身日進於仁義而不自知者，靡使然也。」《方言》曰：「還，積也。」還與儇聲近而義同。是靡之儇之，皆積貫之意也。

此說例證確鑿，顯然是可信的。此外，《管子・七法》云：

漸也，順也，靡也，久也，服也，習也，謂之化。

這裡的靡字，也當是「服習積貫」的意思。

如果要進一層追問，靡字何以有「服習積貫」之意，我以為與楊《注》訓靡為順實同一義。蓋順之日久，即成習慣，所以《管子》的靡字與順、久、服、習等連用，而〈性惡〉的「積靡使然」，如改楊《注》為「靡，順也。積靡使然，積順使然也」，與原注初無二致。積靡二字本因義近而平列，楊說為「順其積習」，自是誤解；王氏未能推源靡之所以義為積習，直斥楊《注》訓順之非，恐亦不謂得當。又《荀子》儇字義與靡同，王氏引《方言》為說，儇字《廣韻》音許緣切，許為曉母，曉母合口音古與明母音近，⑯靡聲之䃺讀許為切，即其例；韻母則儇屬元部，靡屬歌部，元歌對轉，因疑儇實即靡之轉語。《方言》十三之「還」，與儇音近，疑或是趯之誤，《廣韻》趯儇同音。

三、履我即兮、履我發兮

此題由博士班呂珍玉君所提，兩句見〈齊風・東方之日〉，全詩共兩章，錄其全文於下：

⑯詳拙著〈上古清脣鼻音聲母說檢討〉，文載《屈萬里先生七秩榮慶論文集》，民國六十七（一九七八）年一月，聯經出版事業公司。後收入《中上古漢語音韻論文集》。

東方之日兮，彼姝者子，在我室兮。在我室兮，履我即兮。

東方之月兮，彼姝者子，在我闥兮。在我闥兮，履我發兮。

據呂君所徵引之資料，可分為以履為禮借字，及訓履為踐或走三類，各類下又或有不同意見，分述如後。

以履為禮之假借，是為傳統說法，為討論方便，凡毛、鄭本句及相關文句的解釋，悉予錄出。

毛《傳》云：

興也。日出東方，人君明盛，無不照察也。姝者，初昏之貌。履，禮也。　月盛於東方，君明於上若日也，臣察於下若月也。闥，門內也。發，行也。

鄭《箋》云：

言東方之日者，愬之乎耳。有姝姝美好之子來在我室，欲與我為家室，我如之何也？日在東方，其明未融。興者，喻君不明。即，就也。在我室者以禮來，我則就之、與之去也；言今者之子不以禮來也。

月以興臣，月在東方，亦言不明。以禮來，則我行而與之去。

毛、鄭有關以日月為喻的說辭，呂君俱未徵引。由於毛氏字句的解釋過於簡單，想要確實掌握其對詩意的瞭解，必須經由這些話去體會，所以照補；又因為孔氏《正義》已根據這些話，說明了毛氏的意思，更將《正義》引出，都是呂君所忽略的。孔氏云：

> 毛以為東方之日兮，猶云明盛之君兮，日出東方無不鑒照，喻君德明盛無不察理。此明德之君能以禮化民，民皆依禮嫁娶。故其時之女，言彼姝然美好之子，來在我之室兮。此子在我之室兮，由其以禮而來，故我往就之兮。言古人君子之明盛，刺今之昏闇，言婚姻之正禮，以刺今之淫奔也。

又云：

> 鄭以為當時男女淫奔，假為女拒男之辭，以刺今之衰亂，有女以男逼己，乃訴之。言東方之日兮，以喻告不明之君兮。由君不明，致此強暴。……不能以禮化民，至使男淫女訴，故刺之。

根據孔氏的疏解，毛、鄭雖同以履為禮，由於二人以日喻君有「盛明」與「不明」之異，說「履我即兮」之意，適得其反。毛持正面說法，所以說「是子以禮來，故我就之」；鄭則認作虛擬之辭：「在我室者以禮來，我則就之與之去」，所以下文說「言今者之子不以禮來也」。不過孔氏於釋毛時加上了稱古諷今的說法，於是兩說至於無別，而都發揮了《詩序》「刺衰」的說解。像這種「殊途同歸」的解釋，尤其又都是出於為《詩序》「說法」，就今人言詩根本鄙夷《詩序》的心態而言，也許覺得多餘。學術貴乎求真，各家原意，要不可不求得徹底認識。何況清代幾部有名的論《詩》著作，如陳奐的《詩毛氏傳疏》、胡承珙的《毛詩後箋》，或專為毛《傳》疏通，或兼及鄭《箋》，正因為在這裡產生了嚴重的誤解，以致形成異說，則本文不憚煩將毛、鄭原意

予以披露說明，便更顯示其並非浪擲筆墨。

呂君引陳奐《詩毛氏傳疏》云：

〈靜女〉《傳》：「姝，美色也。」此云「初昏之貌」者，《傳》探下文「在我室兮」句以立訓也。子，女子；我室，壻室也。履者，禮之假借字。〈長發〉《傳》文云：「履，禮也。」〈東門之墠〉《傳》云：「即，就也。」就，猶成也。禮我，猶我禮。言我以禮，姝者始能成就此昏禮，刺今之不能以禮化見衰。

於此呂君指出，陳云「禮我猶我禮」，係因誤認《傳》以子指女子，女子不能以禮來聘，所以倒履下我字以為主詞。然姝字不必用指女子，並舉古樂府「皆言夫壻姝」為例，以證姝字可狀男子。

呂君此下又引胡承珙《毛詩後箋》之說：

……其云「姝者，初昏之貌」，蓋與《靜女》之姝同，乃指女子之美。下句室為男子之室。履，禮也。即，就也。言彼姝者之子所以在我之室者，由我以禮聘，始來就我而為昏也。次章闥亦男子之闥。發，行也。言我以禮迎，始能歸我，而行夫婦之禮也。如此釋《傳》，文理皆順。若《箋》以「彼姝者子」為男子，來在女室，則是強暴矣；天下有遇強暴，而尚以美好稱之哉！下又云「在我室者以禮來，我則就之」，天下有強暴在室，而尚望其以禮來者哉！

以為此全襲陳說，如知姝字不必言女子，則倒「禮我」為「我禮」，及男子在室則為強暴之意，

皆可以無有。

以履為踐履義，始於朱熹的《詩集傳》，朱云：

履，躡；即，就也。言此女躡我之跡而相就也。　發，行去也。言躡我而行去也。

呂君據此進一步說明，履字於詩為動詞，「我」是履字的受語，後補語「之跡」原詩省略。但又說：「躡我，即跟隨我，亦可看出是跟隨我的足跡步履之意。」認為朱說「履與即主語都承『彼姝者子』而來，文意貫串，不須增字。把此詩說為淫奔之詩，寫女子到男子之室，跟隨著男子的足跡而相就，又跟隨男子的足跡而行，此男倡女隨，淫奔者防人窺見之細膩刻劃。」

此下，呂君原引有馬瑞辰《毛詩傳箋通釋》一節文字。大意謂「彼姝者子」應為女子，毛、鄭以履為禮之說不可取，當從朱《傳》，「履我即」「履我發」並猶言「踐我迹」。毛、鄭之說何以不可用，無具體說明；「踐我迹」之說，甚無道理，將於下文注中引出，於此不錄其文。

高亨《詩經今注》云：

姝，美麗。子，女子。履，踩踏。即借為第，席子。古人無病不設床，就地鋪上席子，人坐臥在席上。　闥，夾室也，寢室左右的小屋，此句言女子已進入祕室。發借為⿱竹發，葦席。

呂君以為：「就整句文法而言，即釋成席子，發釋為葦席，當做名詞，最是通順。但因朱《傳》已有較好說法，只能聊備一解。」此可與朱《傳》歸為一類，視作訓履為踐的第二說。

聞一多《風詩類鈔》引詩即下發下分別夾注次或廢字，云：

> 日月喻男。姝，好貌。闥，夾室，一曰門也。履，躡也。躡跡，追蹤也。次、廢，皆舍也。

此為訓履為踐的第三說。聞氏顯然以即、發為次、廢的假借字；至於即、發何以可借為次、廢？有無例證？次、廢又何以義為「舍」？一概無說。呂君先從古音上肯定其間發生假借行為的可能性，更而為尋例證。結果發現《周禮・掌次》的次字義為舍，且是名詞；廢字訓舍，則為擱置、舍棄之義，不作名詞用，聞氏蓋誤用了動詞廢的「舍」字義，以為名詞。

楊樹達的《積微居小學述林》卷六〈詩履我即兮、履我發兮說〉云：

> 《說文》即字从卩聲，蓋假為卩，卩則厀之象形初文。卷字从卩，《說文》訓為「厀曲」，是其證也。卩桼古音同在屑部，聲亦相近，厀乃卩之後起加聲旁字耳。古人席地而坐，安坐則厀在身前，故行者得踐坐者之厀也。發者，《說文》發从癹聲，癹从癶聲，詩文乃假發為癶。癶从二止，《說文》訓「足剌癶」，其有足義甚明。履我發者，謂踐我足也。……此蓋男女間互相愛慕時之詩，履即履發，皆示愛之事，被履者得之，喜而形諸歌詠也。只以即、發二字依聲通假，不作本字，遂致辭義沉晦二千餘年。

此一資料，呂君於主講前方始見到，然否未及深思，故未表示任何意見。無疑為履字訓踐類中之別解。

此外，高本漢《詩經注釋》⑰云：

毛《傳》：「履，禮也。」前人引以為例證的是〈商頌・長發〉「率履不越」，毛《傳》也訓履為禮，並且韓《詩》、魯《詩》、齊《詩》都作「率禮不越」。所以毛氏顯然以為履是禮的假借字。不過這個證據並沒有決定性，因為我們用履字平常的意義，也可以把「率履不越」講得很好（他遵循步履而不逾越）；〈長發〉毛《詩》的「履」，可以和韓、魯、齊三家的「禮」語源意義都不同。朱熹「履，躡；即，就也；言此女躡我之跡而相就也」，把「履我」講成「躡我之跡」，是不能接受的。另一說，在中文裡，表行動的動詞都可以看作正常的及物動詞，如「就我」「奔楚」等。所以在這裡，我們就沒有理由不把「履我」講作「走向我」，而全句是：走向我而來。第二章的「履我發」，則是：走向我出發。

高氏把「履我」譯為「走向我」（原文是 stepping to me），是為此詩的第三類說解。他所以不同意朱熹的說法，因為他所了解的「躡我」的正確意思，就是我在課堂上批評朱熹所說的原是「踐踏我」，並不等於「躡我之跡」（詳見下文）。高氏原文括弧中的「to trample me」先師省略未譯，而呂君又誤解「躡我」便是「跟隨我」，所以曾批評高氏對於朱說的不能接受，並未說明理

⑰引文據先師董同龢先生中譯本。

由，經過取原文對照，知道此原係誤解。

現在，要說明我對於上述各說所持的見解。

先提第二類的楊氏說。對第三類高本漢的評論，為避免重複，待討論朱熹及毛、鄭二說時適時述及。

楊氏是頗負盛名的語文學家，這個說法，便相當得力於其研治文字的學養。但楊氏對某些基本問題似乎缺少關心，譬如《說文》中有一些字只見於文字偏旁，是否可能便是漢代學者從偏旁中獨立出來的，其實本不成字？⑱又如合體文字从某獨體字表意，其字義是否即含有此獨體字之義？甚至即與此獨體字意義相等？楊氏顯然不曾考慮過。以此文而言，「卪」字便只見於文字偏旁，書作㔾，象跪居的人形。《說文》云：「卪，瑞信也。象相合之形。」是把卪認為後世節信的節。楊氏不從許說，是其高明之處。根據厀卷二字，便說卪是厀字的象形初文，其出發點便是接受了《說文》卪字的讀音，究竟「卪」是否果然為一獨立字，基本上不能認為無問題；厀蓋的厀可否用象形的方式來表現？如「㔾」的形象是否能表現出來厀蓋？當然也都成為問題。楊氏著眼於厀卷二字，以為卪即是厀，似乎覺得理所當然。卻不曾想到，一個跪居的人形，分別加上桼或𢍏聲，也可以成為厀及卷字。楊氏更不曾想過，「卪」如果誠然為厀字，一個盛了飯的「皀」，

---

⑱詳見拙著《中國文字學》第三章第五節〈論分化與化同〉。

加上一個𠨍蓋的「⺋」；或者一個朝向下方的口形「ᗅ」，加上一個𠨍蓋的「⺋」，能表示出來什麼意思呢？能成為「即」和「令」字嗎？可見楊氏的想法，實在是過於簡單了。楊氏如果只是要說為假借，「即」與「𠨍」本就韻同聲近，符合假借條件，直接說「即」借為「𠨍」即可，不必繞這大彎。換句話說，楊說的錯誤，在前一章還看不出來，要命的是第二章的發字。楊說發借為𣥠，「𣥠」這個字不僅也只見於文字偏旁，而且楊氏用的便是《說文》。《說文》訓「𣥠」為「足刺𣥠」，「足刺𣥠」本是形容足行時的狀態，《繫傳》所謂「兩足相背不順，故刺𣥠也」。《說文・犬部》「犮，犬走皃。从犬而丿之，曳其足則刺犮也。」刺𣥠即刺犮，可以充分顯示《說文》的原意。楊氏以其「从二止」，便認為「有足義甚明」，然則步字亦从二止，金文奔字从三止，歰字从四止，也都「有足義甚明」嗎？楊說之虛妄不實，可說是洞若觀火了。至於即與發只能是動詞，不能為名詞，楊氏當然更是沒有想到過。說詳下文。

聞氏以即、發為房舍，除呂君已指出其誤者外，不知二字根本不能為名詞，與楊說同誤。

高亨的說法，呂君以為可備一說，實則以即、發為名詞，已見其誤。而原詩首章以日、室、即韻，三字並屬脂部入聲；次章以月、闥、發韻，三字同祭部入聲，用韻甚嚴。改易即字為第，又易發字為𥳑，韻部雖然未變，但第為上聲，𥳑為去聲，俱失原韻，其說之誤，又可從觀。

朱熹訓履為躡，把「躡我即」講成「躡我之跡而相就」，「之跡」二字是原詩沒有的，是為「增文」；呂君誤解「躡」字的意思，說「躡我」便是「跟隨我」，深以朱說為然。但《說文》

訓躡為蹈，蹈的意思是踐踏，如果不在「我」下加「之跡」二字，「履我」便成了「踐踏我」，所以高本漢說朱熹把「履我」說成「躡我之跡」不能接受，高氏的批評自然是十分中肯的。⑲潘安仁〈藉田賦〉「躡踵側肩」《注》引《說文》曰「躡，追也」，似可為呂君助一臂力。但大、小徐《說文》並無此語，蓋《字林》之類書所載，疑由類似「躡踪」之構詞誤解而來，「躡踪」大要言之可以同「追踪」，於是有此訓釋；〈藉田賦〉「躡踵」義實為「踐踵」，以知訓躡為「追」並不可信。但高氏雖然知道履字不可訓為躡，他把「履我即」和「履我發」譯作「走向我而來」和「走向我出發」，理由是中文表行動的動詞，可視作正常的及物動詞，其例如「就我」及「奔楚」。此說之誤，可從兩方面看。其一、「就我、奔楚」之例，原是就下奔下古文省介詞法，並非就字奔字為及物動詞。高氏的英譯：「**go to me**」，「**to run to Ch’u**」，「**Stepping to me**」，動詞後有「**to**」字，自是因為英文沒有中文「這樣的及物動詞」；先師譯文「走」下必加「向」字，說明什麼，則不待辭費。再看走字下面的三種用法：一、《史記・淮陰侯傳》的「走水上軍」，義同「奔水上軍」；二、「走鋼索」，腳踩鋼索行走；三、借用《史記》的「走水上

⑲馬瑞辰《毛詩傳箋通釋》云：「《傳》訓發為行，則即亦為行。即，就也，謂所就止之處，即行也。即為就，亦為行，猶從為就，亦為行也。（《廣雅》：從，就也；從，行也。）《廣雅》：行，跡也。《說文》：迹，步處也。履當如朱子《集傳》讀為踐履之履。履我行者，謂女子從我行，猶云踐我迹也。」馬瑞辰把「履我即」從「履我行」輾轉而為「踐我迹」，過程之不合理，讀者有目共睹。其所以不惜如此周章，為的當是「履我」只是「踐我」。

軍」為例，意思是「趕跑了水上軍」。後二者「走」是及物動詞；第一例相當於高氏所說的「履我」，與後二者的絕對差異，以見其不為及物動詞，更是十分明白。其二、〈小旻〉詩云「如履薄冰」，《論語・鄉黨》云：「行不履閾」，《易・履》云「履虎尾」，《左傳》僖公十五年云「君履后土而戴皇天」，都是履字用為動詞之例，意思便是「躡」，其下名詞直接為其受詞，沒有「履」字用為「走向」講的。可見不以「履」字為動詞則已；以為動詞，便無法跳出朱熹的窠臼，說「履」為「走向」，只是自我作古而已。

最後，討論傳統以履為禮說的得失。毛《傳》以履為禮，陳奐為舉〈長發〉「率履不越」為證，被高本漢指為不具決定性，三家《詩》作禮字，亦認為可能語源意義本不相同，理由是「率履不越」說為「他遵循步履而不逾越」，一樣通順。「他遵循步履」的原文是「**He follows his (tread =) path**」，說自己遵循自己的步履，或者說他遵循自己的道路，前者語意恐怕大有問題，後者則與「率履」二字不相合。如果順著高氏的意思設想，也許把「步履」說成烈祖烈宗或先公先王的步履，話就可通了。但「率履不越」的主詞是桓撥的玄王，這桓撥的玄王，原來是上帝命燕鳥遺卵，使簡狄吞之而生下的「契」，詩中更有「有娀方將，帝立子生商」的話，說的便是這個故事。我們自不當如古人一般迷信神話，說契原本沒有父親；但在商人心中，契之前是沒有烈祖烈宗或先公先王的，更不必說遵循其步履。換言之，〈長發〉詩的「履」字不得講為「步履」，當可從確定。然則毛《傳》云「履，禮也」，三家《詩》又正作「禮」字，豈是隨意可以否認的！

履和禮的關係，或者便如過去學者所說，因音同而借用；或者禮便是履的孳生語。因為所謂「禮」，便是人類自蠻荒步向文明，在現實生活中，經過長期摸索和無數次踐履所獲致的行為規範和治事原則。所以古書中常用履字作為禮字的聲訓。⑳契是商代始祖，他沒有比自己更早可以效法的祖先，但契之前必已有人類摸索獲致的行為規範和治事原則。這些都正是契所不可不遵循奉守的「禮」，所以說他「率履不越」。然則，毛訓履為禮，三家又並作禮字，又豈是高氏所能強辯得了的！

此外，還有語句結構的問題，究竟「履我即」三字應該如何讀法！是讀「履我，即」？抑或是「履，我即」？前者「我」是「履」的受詞，「即」或者是省略了的主詞「我」的述語，意謂「你以禮來聘我，我則就你而去。」這樣的句法，於大體受四言限制的《詩經》中尚且無有，散文形式的其他古籍不言可知。或者「即」是「履我」的補足語，此則為常見句型，〈氓〉與〈十月之交〉的「即我謀」，㉑即為其例。但理解此詩為「踐著我而即」或「踐著我而發」，是不成話的。朱熹、高本漢如此讀，前者不得不於「我」下加「之跡」二字，後者亦不得不於「走」下加「向」字；陳奐、胡承珙如此讀，亦不得不倒「履我」為「我履」，又改易「即」字的主語為女方。然則呼之欲出的正確讀法，當然便是「履，我即」了。前文數說諸家之失，完全沒有觸及

⑳如《禮記・祭義》：「禮者，履此者也。」《說文》：「禮，履也。」履禮二字上古僅有介音些微洪細不同的差異。

㉑〈氓〉云：「匪來貿絲，來即我謀。」〈十月之交〉云：「胡為我作，不即我謀。」

的毛、鄭二說，正是採取如此讀法的。鄭的意思，自己說得十分清楚；毛的意思，也已經被《正義》完全揭露出。《論語・子罕》云：「子曰：譬如為山，未成一簣，止吾止也；譬如平地，雖覆一簣，進吾往也。」「止」、「進」二句讀「止，吾止也」、「進，吾往也」，正與此「履，我即兮」完全相同；〈丰〉詩的「叔兮伯兮，駕予與行」、「叔兮伯兮，駕予與歸」，「駕」下逗的實際讀法，亦與此詩不異。傳統的毛、鄭注釋是唯一沒有錯誤的，當可以斷乎言之了。

陳奐為毛氏《傳》作《疏》，居然誤解了毛氏的原意，胡承珙《後箋》相同；馬瑞辰竟亦不能用《傳》與《箋》，而誤從《集傳》，必當有故。其故便在執著了「姝」字的意義，大抵以為其字既从女旁，〈靜女〉詩云「靜女其姝」，又正狀女美，故並以此詩「彼姝者子」指女子而言；而「我室」便成了男子之室。於是或倒「履我」為「我履」，或棄毛、鄭履字之訓而從朱。其實文字的「意符」只取其可表某義，其語其字之涵義卻不必以「意符」字表面所顯示者為限，如「取」不限於取耳，「多」不限於多肉，㉒「紅」不限於絲，「猛」不限於犬，从「女」之字不以言女為限者，比比皆是。這本是淺顯易見現象，學者卻往往拘泥誤解。《莊子・徐無鬼》云：「所謂暖姝者，學一先生之言，則暖暖姝姝而私自說也。」姝字不狀女美，最易看出。郭《注》云：「姝，順從貌。」正用〈鄘風・干旄〉「彼姝者子」毛《傳》。㉓〈干旄〉詩今之注家雖多

㉒此據古文字而言，《說文》以為「多」从重夕。

㉓此詩毛《傳》云：「姝，順皃。」

主「頌美婦人」之說，㉔其詩不類「頌美婦人」之言，是則十分淺顯。為此說者，亦徒以泥於一姝字，而不顧文理所安。

總之，此詩毛、鄭的原解，除其日月喻君臣之說，可以不去理會；「彼姝者子」指的男子，「履」當訓禮，「履我即兮」「履我發兮」讀「履」下逗，並確鑿不刊。中間雖曾經學者扭曲或揚棄，經過本文的剖析，終於撥雲見日，重新顯露其光芒。

八十二（一九九三）年二月十九日宇純於絲竹軒

（原載《王叔岷先生八十壽慶論文集》，一九九三年，臺北。）

㉔包括王靜芝先生的《詩經通釋》、高亨的《詩經今注》，及先師屈翼鵬先生的《詩經釋義》。王先生引姚際恆云：〈邶風〉「靜女其姝」，稱女以姝，〈鄭風‧東方之日〉亦曰「彼姝者子」，以稱女子，今稱賢者以姝，似覺未安。最能代表諸學者之心態。王先生云：「此美衛大夫夫婦出遊之詩。詩中所寫車馬之盛，蓋衛之大夫，而彼姝者子，則與大夫同乘，是大夫之妻也。」高云：「衛國一個貴族乘車去看他的情人，作此詩以寫此事。姝，美好。子，女子，指貴族的情人。」先師直云：「此蓋美貴婦人之詩。」

說匪鷻匪鳶

《詩經・小雅・四月》「匪鶉匪鳶」，《說文》鷻下引作「匪鷻匪鳶」。《釋文》云：「鶉，徒丸反，或作鷻。」《說文》釋從隹𦎫聲之⿰𦎫隹義為鶕屬，音同𦎫字常倫切。古或書⿰𦎫隹為鶉，與〈四月〉詩鶉字無異。此或鶉之一字本兼徒丸、常倫二音，為同形異字，後以徒丸反之鶉作鷻，別於常倫切之鶉；或鶉、鷻本不同形，後世因形音並近而混淆為一。現象皆我國文字所有，初無待說明。唯鳶鳶二字形既不近，《釋文》鳶音以專反，弋聲屰聲聲韻皆不相合。前賢論之雖眾，顧無有愜人意者，因更為文以明之。先列必要之數說如下。

《說文》：「鳶，鷙鳥也。從鳥，屰聲。」字次鷻下。徐鉉云：

臣鉉等曰：屰非聲。一本作丫，疑從萑省。今俗別作鳶，非是。與專切。

徐鍇《繫傳》無說，字音與川反，音同大徐與專切。段玉裁注云：

此今之鶚字也。咢《說文》作㖾。鶚《廣雅》作鶚。古音屰聲㖾聲皆在五部，五各切。作鶚者，隸變耳。《詩》「匪鷻匪鳶」，《正義》鳶作鶚，引孟康曰：「鶚，大雕也。」

又引《說文》「䳒，鷙鳥也。」是孔沖遠固知䳒即鶚字，陸德明本乃作鳶，云以專反。今毛《詩》本因之，又以與專反改《說文》䳒字之音，誤之甚矣。鳶〈夏小正〉作弋，與職切；俗作鳶，與專切。此猶鷕切以水，誤為以沼耳。弋者，鴟也，非鶚也。

《說文》䳒下次鷳字，云：「鷳，鴟也。從鳥，閒聲。」段注云：

隹部：「雖、雗也；雗，雖也。」又名鷳，今之鷂鷹也。《廣雅》曰：「鷳，鴟。」〈夏小正〉謂之弋。「十有二月鳴弋」，弋即雖也。弋之字變為鳶，讀與專切，鳶行而弋廢矣。鳶讀與專切者，與鷳疊韻而又雙聲。《毛詩正義》引《倉頡解詁》鳶即鴟也，然則《倉頡》有鳶字，從鳥，弋聲。許無者，謂鷳為正字，鳶為俗字也。《毛詩・四月》「匪鶚」，《說文》作匪䳒，陸《釋文》作匪鳶，不獨改其字，且非其物矣。〈大雅〉「鳶飛戾天，魚躍於淵」，語與〈四月〉相類，鳶亦當為䳒。《箋》云：「鳶，鴟之類。」云類，則別於鴟，經文字本為䳒明矣。《正義》又引《說文》「鳶，鷙鳥也」，此亦引《說文》「䳒，鷙鳥」，而從俗寫為鳶耳。蓋唐初已認䳒為鳶，二字不分，故《正義》不能質言。

王引之《經義述聞》云：

家大人曰：《說文》㖾蝆䳒三字以屰為聲，則䳒字當與㖾蝆二字同音五各反。祇因〈小雅・四月〉篇「匪鶉匪鳶」《說文》引作「匪鷻匪䳒」，後人遂以䳒為鳶，而不知諧聲

之不可通也。《玉篇》𪀦次鳶下，云「同上」，則已誤讀為鳶。而《廣韻》與專切內有鳶無𪀦，《集韻》逆各切內鶚𪀦並見，則韻書尚有不誤者。其鳶字《說文》未載，以諧聲之例求之，則當從鳥弋聲而書作鳶，鳶字古音在元部。古從弋聲之字，多有讀入此部者，故《說文》閱從弋聲而讀若縣，戌從弋聲而讀若環。鳶之從弋聲而音與專切，亦猶是也。此聲之相合者也。鳶字上半與武字上半同體，故隸書減之則訛為鳶，隸書從戈之字或省作弋。漢曹全碑「攻城野戰」戰作戦，「威牟諸貢」威作威；李翊夫人碑「世有皇兮氣所裁」裁作裁，張遷碑「開定畿寓」畿作畿；是也。故鳶字從戈而省作鳶。夏小正「鳴弋」，傳曰「弋也者，禽也」，弋即鳶之訛。蓋本作鳶，省作鳶，後又脫其下半耳。金履祥曰弋當作鳶。增之則又訛為戴。《急就篇》「鳶鵲鴟梟驚相視」，皇象碑本鳶作戴；《中庸》「鳶飛戾天」，《爾雅》「鳶，烏醜」，《釋文》並云鳶字又作戴；昭十五年《左傳》「以鼓子戴鞮歸」，《釋文》云「戴本又作鳶」；《史記·穰侯傳》「魏將暴鳶」，〈韓世家〉鳶作戴；《漢書·五行志》「泰山，山桑谷有戴焚其巢」，〈地理志〉「交趾郡朱戴縣」，〈梅福傳〉「戴鵲遭害」，張公神碑「戴鵲勦兮乳徘徊」，皆鳶之訛也。此文之可考者也。後人以𪀦為鳶，失之矣。引之謹案：鳶字見於〈小雅、大雅〉、《周官·射鳥氏》、〈曲禮、中庸〉、《爾雅·釋鳥》、《倉頡篇》，〈大雅·旱麓〉《正義》、《後漢書·蓋勳傳》並引《倉頡解詁》曰「鳶，鴟也」，是《倉頡篇》有鳶字。不應《說文》不載。蓋鳥部有此字，而傳寫者脫之也。其䳅字注引《詩》「匪䳅匪𪀦」，當作「匪䳅匪鳶」。蓋本作鳶字，因下與𪀦字篆文相連，寫者遂誤為𪀦耳。後人不知改匪𪀦為匪鳶，以復《說文》之舊，乃以誤寫之𪀦為古

之鳶字，而音篆文之𪀗為與專切，遂使𪀗字失其五各反之本音，鳶字失其從鳥弋聲之本字，而《說文》之原文殽亂不可復識矣。苟知匪𪀗為匪鳶之誤，則知𪀗之與鳶《說文》本未嘗合為一字，何至展轉錯謬若此之甚哉！

段氏《說文注》曰：《詩》「匪鶉匪鳶」《正義》鳶作𪀗，引孟康曰「𪀗，大鵰也」，又引《說文》「𪀗，鷙鳥也」，是孔沖遠固知𪀗即鶚字，陸德明本乃作鳶，云以專反，今毛《詩》本因之。又曰：〈大雅〉「鳶飛戾天」與〈四月〉相類，鳶亦當為𪀗，《箋》云「鳶，鴟之類」，云類則別於鴟，經文字本為𪀗明矣。段意謂鳶即是鴟，今不直云鴟，而云鴟之類，則其字不當為鳶，而當作𪀗。案𪀗乃鵰之大者，非鴟類也，不得以𪀗為鴟之類。引之案：段說非也。《正義》曰：「《說文》云鷻，鵰也。從敦而為聲，字異於鶉也。鵰之大者又名鶚，孟康《漢書音義》云：鶚，大鵰也。《說文》又云：鳶，鷙鳥也。鶉鳶皆殺害小鳥，故云貪殘之鳥，以喻在位貪殘也。」《正義》引《漢書音義》者，以明鵰為鶚類，非謂經文有𪀗字也。自《說文》云「鷻，鵰也」，至「鶚，大鵰也」，皆釋《傳》「鶉，鵰也」三字；至《說文》又云「鳶，鷙鳥也」，〈旱麓〉詩《正義》亦引《說文》云「鳶，鷙鳥也」。蓋《說文》「𪀗，鷙鳥也」，唐初已誤為鳶字，故沖遠引作鳶，引作鳶字，則不以為鶚字矣，何得云沖遠知𪀗即鶚字。乃釋鳶字，又以解《傳》「鵰鳶，貪殘之鳥也。」《正義》節次甚明，不得謂所據經文作𪀗。若所據經文作𪀗，則當云「𪀗，古鶚字，孟康《漢書音義》云鶚大鵰也」，方合依經作解之例；何得但云「鵰之大者又名鶚」，而不及經文𪀗字乎？《正義》又云「毛以為鵰也、鳶也，貪殘之鳥乃高飛至天。今在位非鵰也、鳶也，何故貪殘驕暴，如鳥之高飛至天也？鄭以為若鶉若鳶可能高

飛至天，性非能然，為驚駭避害故也。字皆作鳶，不作窵。再以《傳、箋》考之：經文若是窵字，則《傳》當云「鶉，鵰也；窵，大鵰也。」訓詁方備。《傳》即不釋窵字，《箋》亦當補釋之。今《傳》與《箋》皆不為窵字作解。則經文之作鳶不作窵，可知矣。《正義》引王肅述毛云：「在位者非鵰鳶也，何為貪殘驕暴，高飛戾天？」則肅所據毛《詩》，亦作鳶不作窵明甚，何得徑改其字為窵。至謂〈大雅〉「鳶飛戾天」鳶字亦當作窵，則尤為舛誤。〈大雅正義〉引《倉頡解詁》云「鳶，鴟也」，以經文是鳶字，故引之也。若是窵字，則與鶚同，不得引鳶字之訓矣。況《中庸》引〈大雅〉正作「鳶飛戾天」。彼《釋文》云「鳶，悅專反，字又作𢧜」，彼《正義》云「《詩》本文云鳶飛戾天，喻惡人遠去」，則〈大雅〉字本作鳶，而非窵字之譌矣。段君不知以《詩》之「匪鷻匪鳶」正《說文》「匪鷻匪窵」之誤，反欲以《說文》傳寫之誤字，改經文之字之不誤者，不亦顛乎！

宇純案：段王二說，似以王說為長。後之學者皆依違於二者之間，不見有所發明。大徐云一本屰作丫，為一重要線索，自大徐以下據以為說者，則俱不得要領。

王氏議段注之失，大體言之似極正確。然毛《傳》但云「鶉，鵰也」，不及鶚字，《正義》作疏，論理引《說文》鷻字之訓，以見詩中鶉字別於鵪屬之鶉，即為完足，無言「鵰之大者又名鶚」，及引孟康《漢書音義》之必要。且鶚為大鵰，與鶉之義非無差異，尤無於說釋鶉字所以義為鵰而引述之之理。咢本作㗘，從屰為聲，文字偏旁屰聲咢聲多通用，則段氏以為《正義》用說

下文窵字，孔氏所見經文及《說文》原是窵字，不謂全無道理。反觀王氏所云，《說文》「匪窵」原作「匪鳶」，今本乃後人誤寫；鷻下原有鳶字，今本由於誤奪，並臆測之辭，無從質實。假如王氏所言，窵字從屰聲非有特殊傳授，如「狋氏」之音權精，大、小徐不得據其形而有與專、與川之反語。此中究竟，不若王氏想像之簡易，可謂明若觀火。王氏謂，以諧聲之例求之，鳶字當從鳥戈聲，並引閔戊二字為證；不知戈聲之字可讀縣若環，而不可讀與專切。戈字屬見母，縣環屬匣母，諧聲牙喉音為一系，故見母之戈可諧匣母之閔若戊。讀與專切之鳶字，中古雖亦屬喉音，但為喻四，非喻三，喻三古歸匣，喻四則古歸舌頭，與牙喉音相遠，故鳶字不可從戈為聲。王氏時代，喻三歸匣、喻四歸定之說未出，學者不知喻三喻四兩音上古不同，言之而失者往往可見。〈清廟〉詩「對越在天」，《述聞》云「揚越一聲之轉」，即別為一例；前引段氏說鳶鷗二字雙聲，亦其一例；餘若王筠、朱駿聲謂永羕同字，並坐此失。王氏又以武戴二字說鳶字本從戈聲，則亦不悟「武」字係由「𢦔」之形以變，故其「弋」上有一短橫，不合由戈變弋之說。漢碑確然為書戈作弋之例，經文正字，疑非碑文俗體可得而方；何況鳶字既不一見作鳶之形（金文有戈下鳥形字，當是《廣韻、集韻》古禾切鳥名之⿰戈鳥。或釋作窵，非是。），明非正字省戈為弋之比。至鳶之又或作戴，與籀文戴字今《說文》作冀，從戈無義，從弋則適為聲，此依段《注》校改。篆文作戴正同，別無從戈變弋之例，則由戴字推考，適足以證成其字本從弋作鳶，非從戈作鳶。以見王氏所言，實一無足稱。

然若段氏所言，經文本是窵字，經文及《說文》窵字本音五各切，則相傳鳶字及《說文》窵

字何以讀與專切之音，〈夏小正〉又何以書作弋字，皆不可不詳加說明。至段氏又謂鳶即《說文》之鷴，鳶鷴雙聲疊韻。鷴從閒聲與閑同音，大徐戶間切，小徐矣原誤俟，今改如此。艱反，矣為喻三古讀匣母之孑遺。鳶鷴二字不僅聲母遠隔，韻母亦有開合之大殊，其不得同字，則不待辯。

今案：〈夏小正〉「十二月鳴弋」，弋即鳶字無異說，則鳶是弋之轉注，本借弋為之，後加鳥旁而為專字。大徐謂鳶為「今俗」，而經傳並書作鳶，《釋文》不載異體，豈得云然？徐又云「屰，一本作丫，疑從雈省」，蓋謂省雈為聲。雈音胡官切，與與專切之音聲不相涉，誤同王謂鳶本從戈聲。孔廣居《說文疑疑》說以為從丫會意，則其鳥無毛角，亦不可用。余謂丫當是干之形譌，干見金文召伯蓋及叔字、弋字偏旁。干即弋字；疑《說文》原以從干之鳶為鳶字或體，轉寫而為「一本」，故今本〈四月〉詩字作鳶，而《說文》作鳶。鳶、鳶所以為或體者，金文屰字作𢆉，一見於㝬鐘逆字偏旁，本取大字倒書見意，而多作𢆉；見伯𠚤父鼎、同簋、鬲比盨、逆尊、仲爯簋逆字偏旁。大字常形作大，倒書之大必有作𢆉者，與弋作干形至近，故誤從干之鳶為從𢆉；篆文𢆉變作𢆉，於是鳶字有作鳶之體。許君因〈四月〉詩鳶與鳶為異文（說見下），而無以辨其始末，遂以鳶為正篆（許或讀鳶為五各切，說見篇末），列鳶為或體。後之人亦由〈四月〉詩知鳶與鳶同字，雖所見《說文》鳶字已別為「一本」，據鳶字作音，仍能不失鳶字與專切之讀。如此解之，庶幾可以面面俱到。

唯鳶字既由弋字轉注以成，其始音當與弋字同近。〈四月〉詩云：

匪鶉匪鳶，翰飛戾天；匪鱣匪鮪，潛逃於淵。

以鳶鮪、天淵間句為韻，此從朱駿聲說。〈潛〉之詩韻鮪、鯉、祀、福，福與鮪韻，與此鳶韻鮪字同。姚文田嚴可均又謂〈曲禮〉「前有塵埃，則載鳴鳶」亦以埃、鳶協韻，此則誤說，其文本不韻也。鳶、鮪之部，天、淵真部，正與弋字音與職切，古韻屬之部相合，《楚辭・天問》協市、姒、佑、弒，其中佑字基本聲符「又」與鮪之聲符「有」古通用，弒之基本聲符「弋」與鳶之聲符相同，以見鳶可與鮪韻。是其本音不同今音之證。今讀鳶字與專切者，段氏以鷕字本音以水詭為以沼方之，他家都無說明。然鷕字以水、以沼二音，聲符有唯與嗺之相涉，切下字有水與小之相近，非此之喻。余謂此因天、淵二字自上古真部入先韻，鷻字屬文部，本與真部音近，而其聲符之敦字陽聲平調有都昆、徒官二音，此據《釋文、廣韻》分別音都門、徒端。後者與天、淵音尤近；後人誤認此詩鷻字與天、淵為韻，遂強以鳶字讀同於與職切之聲母，轉接鷻字徒官切之韻母為與專切，與為喻母四等，凡以喻四為上字者，其下字無論屬何等，皆讀四等音。如《廣韻・海韻》佁字夷在切，即止韻佁字羊己切之轉音；《集韻・咍韻》頤字曳來切，即之韻頤字盈之切之轉音；《集韻・賄韻》阢字俞罪切，即準韻阢字庾準切之轉音；而《集韻》談韻佔字與甘切，咸韻佔字弋咸切，即鹽韻佔字之余廉切。又語詞之諸為「之於」合音，亦為「之乎」合音，理亦同此。以與鷻、天、淵三字相協，於是鳶字有與專切之讀，而終至本音不傳。《釋文》於鷻字音徒丸反，與其古韻屬文部不合，本音應為都回切，或讀都昆切，與都聊切之雕為轉語。知者，雕琢又謂之敦琢，雕弓又謂之敦弓，前者見《詩・周頌・有客》「敦琢其旅」，《釋文》云「敦，都回反，徐音彫」，後者見〈大雅・行葦〉「敦弓既堅」，《釋文》云「敦音彫，徐又都雷反」，《周禮司几筵》「每敦一几」，鄭注云「敦讀曰燾」，《釋文》云「敦音道，劉音疇」，可參看。是其證。然則《釋文》鷻讀徒丸反，分明意取協韻；鳶字讀與專反，其故可從知矣。

王筠《說文釋例》云：

> 茂堂說鴪字極有理。然《玉篇》即以鳶鴪為一字；《說文韻譜》亦收鴪於三宣與專反內，

注曰「作鳶非」，是書所用者，李舟《切韻》也。然則齊梁以前，即以鴥為古鳶字矣。王氏所稱《玉篇》，當是後人廣益之作，今傳希馮原本殘卷無鳥部，無從案驗；李舟唐人，據王國維所考，其書當作於代、德二宗之世。王氏據此二者，直謂齊梁之前，即以鴥為鳶字，自是言之而過。

然《玉篇》顧氏原作今雖莫由得見，可藉《萬象名義》考察之。楊守敬《原本玉篇・跋》云：

日本釋空海所撰《萬象名義》，其分部隸字，以此殘本校之，一一吻合，則知其全書皆據顧氏原本，絕無增損凌亂。

周祖謨〈論篆隸萬象名義〉亦云：

今取黎庶昌所刻《原本玉篇》，及羅振玉影印本《原本玉篇》殘卷與《名義》相比，二者分部隸字相合無間，足證楊氏之說甚碻。

今據《小學彙函》重刻宋槧上元本《玉篇》，與《篆隸萬象名義》鳥部自鷟至鷮諸字相互比勘：《玉篇》鷟、鷚、鵱、鷜、鷊、鷈、鸕、鷩、鷀、鼓、鵯、鵖、鶇、鵜、鵬、鶬、鴰、鷒、鳶、鴥、鴡、鳭、鸜、鴖、鴿、鸛、鶡、鸚、鵡、鶚、鷮共三十一字，除鵬下鶡下《名義》分別有鴥及鴟字，鴟誤寫為鴉，今依注文校改。前者《玉篇》見後文鶡下，其故莫詳，顧氏原本當同《名義》，案鵜即《說文》之鵜，《說文》無鵬字，鵜下云鵜胡。鵜、鴥、鶬、鴰四者，為《說文》舊秩。後者蓋自孫強以鴟同鴥字，改隸後文鴥上；鵜下云「鴥雀似鶡」，與《名義》云「似鶡青」實無不同，鴥下除云「同上」外，又云「又飛皃」，亦與《名義》云「鳥飛皃」不異。餘則鴰、鴡之間《名義》為鶉、鷟二字，別無不同，顯然兩者底本同出一

源。《名義》鶉下云「徒官反鷒」，明是《四月》詩鶉字，非《說文》鴿屬之雗。蒍下云「似專反鴟鳶鴍」，《廣韻》仙韻似宣切無從鳥之字，《集韻》旬宣切有一從鳥之鷃，與此形義皆不相及，蒍當即《說文》大徐云一本從丫之蒍。言部護字作𧬀，金部鑊字作鑊，食部𩟹字作𩟹，丹部臒字作𦠆，是其證。干部屰字作𢆉，辵部逆字作送，月部朔字作玥，從知蒍不為鳶字。其注文似字當是以字之誤，以專同與專。鴟當是鴟之誤，隸書以下古多書氐為[illegible]，故鴟譌誤為鴟。鳶當為鳶，鴍仍當為蒍，其上脫一「同」字。《名義》以或體別出注云「同上」為正例，間亦於注中云「同」，說見周氏〈論篆隸萬象名義〉。然則鶉下次蒍，即據〈四月〉詩及《說文》。今本《玉篇》鴟下為鷒字，為《名義》所無，案：今本《名義》隹部亦無鷒字其字見《爾雅・釋鳥》，不應不收；蓋因鷒鶉二字同音徒官反，寫者不慎，遂奪其一。《玉篇》鷒音大丸切，大丸與徒官同音。《集韻》桓韻徒官切鷒下次鷻，或體作鶉，疑是希馮之舊第。今本《玉篇》所以鳶上無鷻字，今觀其書，以……鴾、雗、鷊、鷒、鴿、鶉、鷶、鸓、鳿……諸字相鱗比，除鴿、鷶之間多一鶉字，其餘無一不與《名義》相合；而鶉下云「音湻，鴿也」，與《名義》鶉下云「鷒」相異，是孫君改易之跡，宛然在目；蓋既以鶉字改隸鴿下，復未及據原書鶉下注文補入鷻字，遂成二者之差異耳。然則以《名義》與今本《玉篇》互斠，顧氏之舊規，差若可覩。王云「齊梁之前，即以鳶為古鳶字」，殆可謂信而有徵。由以知自《說文》以下，學者知鳶鳶為一字，不絕於縷。故大、小徐據《說文》鳶字之形，給以與專或與川之音矣。段王各執一形，皆有所蔽。

抑又有進者，更考《廣雅・釋鳥》：

鷻、鶚、鷙、鶩，雕也。

羅列諸鵰鳥之異稱，獨不見經傳恆見之鳶字，而鶚次鷻下，與《說文》鷻下列鴪篆相同。反觀《說文》，鳥部無鶚字。屰聲咢聲偏旁每通用，如《集韻》顎、蚅或作頞、蝉。然則《廣雅》之鶚，即《說文》之鴪，蓋〈四月〉詩有書「匪鴪」為「匪鶚」者，案鴪本作鳶，與鮪字韻，因《詩經》奇句不必入韻，故書鴪為鶚，不以為異。張揖遂據以收之鷻下，而不見鳶若鴪字。所謂鵰又有鶚名，或恐即由鳶之誤字衍生，其始未必本有名鵰之鶚。韻書字書中因形誤而平添一字之例，不一而足。略見拙著《唐寫全本王仁昫刊謬補缺切韻校箋・序言》。然則孔氏《正義》必於〈四月〉詩云「雕之大者又名鶚」，其理不難知曉；其所引孟康《音義》，見《漢書・鄒陽傳》注，其正文為：「臣聞鷙鳥累百，不如一鶚」，以鶚協百字，是其字西漢時已有五各切之音。《廣雅》曹憲鶚音五各反，不自隋始也。其前則《倉頡篇、山海經》已見鶚字，而無以考其音讀。許君收鳶為鴪或體，不列鳶字為正篆，疑或亦讀鴪字五各切，而鳶字从弋，於五各、與專之音俱不可說，其故蓋在此耳；許固不知鴪為鳶字之誤者。

宇純定稿於絲竹軒，乙亥年初十日。

（原載《王靜芝先生八秩壽慶論文集》，輔仁大學中文系，一九九五年，今頗有修訂。）

篇中說「喻四古歸舌頭」，是根據曾運乾以來的一般說法。近年撰〈上古音芻議〉，擬上古喻四為zɦ複聲母，其中ɦ的成分與匣母同音，故喻四與匣母間亦可發生關係。文中所舉永與羕一例，確為同一語言。但「揚越一聲之轉」的說法，因韻的開合亦異，終為可疑（參〈讀詩管窺・干戈戚揚〉）。至於王氏所言鳶本從戈聲，依本文考察的結果，顯然不得因為喻四與匣母的關係，而成為可信。戈聲之字，固然不見有讀喻四的。二〇〇一年宇純補案。

這篇小作，在闡釋〈四月〉詩⿱屰鳥鳶所以為異文，說解鳶字所以讀與專切，及評論段王二說的得失等方面，自信理由充實，無可改易。但鳶字見於《詩經、周禮、禮記、左傳、莊子》等書，《廣雅》則鷙下為鶚，與《說文》引詩相合，不收鳶字；〈夏小正〉弋字固讀與職切，加鳥的鳶則《釋文》僅有以專（或作以全、弋專、悦專）反一音；（《集韻》逸職切⿰弋鳥下云鳥名，與余專切以⿱屰鳥鳶鳶同字，下引《說文》鷙鳥不同，⿰弋鳥不必與鳶同。）〈鄂陽傳〉鶚字明讀五各切，許君知咢從屰聲，不得不知⿱屰鳥字正讀，本文於此則語持保留態度。可見小作之論述仍有未盡透徹的地方，必以⿱屰鳥為誤字，不免耿耿於懷，不知所以裁之。直至此集最後一校，忽悟上述結論，錯在過分信賴〈夏小正〉的弋字。如改以〈夏小正〉弋本作¥，借倒文大的屰字為用，後誤讀為弋，則鳶便為⿱屰鳥之誤。有《說文、廣雅》的鐵證，各書鳶字都可改為⿱屰鳥，一切疑滯，可以一掃而空。然則〈四月〉詩本作「匪⿱屰鳥」，段說為是，段唯不知鳶為⿱屰鳥之誤而已。二〇〇二年十月三日宇純再案。

詩經于以說

《詩經》于以二字連用的句子，共十一見，其中十個句法結構相同，無疑其用義應該一致。《毛傳》始終無說，只有後人揣測的意見。《鄭箋》所說，竟有一處自相違戾。另一句法不同的，《鄭箋》說之而又見歧異外，其餘說詩的都無說明，心目中如何看待，無從窺探。而十個句法相同的，包括後人的推測，《毛傳》以下，所知共有三說，應以何者為是？其一句法不同的，是否即以鄭說為然？又有說「于以」同「越以」的，究竟「越以」何義？「于以」與「越以」是否當同？這些問題，都亟待有明確答案。現將各詩相關句及重要各家注釋列出，表示蕪見如下。

于以采蘩，于沼于沚。于以用之，公侯之事。　于以采蘩，于澗之中。于以用之，公侯之宮。〈召南・采蘩〉

一章前兩句《毛傳》云：

蘩，皤蒿也。于，於；沼，池；沚，渚也。公侯夫人執蘩菜以助祭，神饗德與信，不求備焉，沼沚谿澗之草，猶可以薦。王后則荇菜也。

《鄭箋》云：

于以，猶往以。執蘩菜者，以豆薦蘩葅。

孔穎達《正義》云：

經有三于，《傳》訓為於，不辨上下。《箋》明下于為於，上于為往，故疊經以訓之。言往足矣，兼言往以者，嫌于以共訓為往，故明之。

馬瑞辰《毛詩傳箋通釋》云：

《爾雅》：「爰、粵，于也。」又曰：「爰、粵、于，於也。」凡《詩》言于以者，猶言爰以、粵以，皆語詞。《箋》訓往以，失之。

胡承珙《毛詩後箋》云：

于於二字，其本義皆為氣舒之詞。《說文》：「于，於也。象氣之舒亏，从丂从一；一者，其气平也。」「烏，孝鳥也，象形。孔子曰：烏，亏呼也，取其助氣，故以為烏呼。於，古文烏，象形。」……字之本義，如此而已。其孳生之義，則以于於二字皆以助氣，故經典多用為語詞。……于又訓為往、訓為在者，皆由氣出之義而引申之。……《詩》中于字，有當為語辭者，有當為往者，有當為在者，《傳、箋》義多錯出。毛於〈桃夭〉「于歸」訓「于，往也」，此「于以」之于不釋，蓋以為語詞；而訓「于沼」之于為於，則用在義，于沼猶在沼也。《箋》則云「于以，猶言往以也」。案：〈采蘋〉又云「于

以盛之、于以湘之」，夫采之可言往，盛之、湘之似不必言往。〈陳風〉「越以鬷邁」，《箋》云「越，於」，……此謂越即《爾雅》之粵，越以猶于以也。鄭既謂越以為語辭，則此于以亦當為語辭。《箋》乃訓為往，誤矣。

從上引諸說看來，毛氏的「故訓」，只有自「蘩，皤蒿」以下兩句。自「公侯夫人」而下，為其「傳」的部分，其中「助祭」上雖有一以字，「蘩菜」上又有一執字，都與「于以」的以字無關，無由加以附會。「故訓」部分，毛氏先說「蘩，皤蒿也」，其後以于、沼、沚三字共一也字為訓，其別「于以」的于與「于沼于沚」的于為二，十分顯著。孔氏說他「經有三于，不辨上下」，實是不善體悟。推求毛氏之意，或當如胡氏所言，以于字為語詞，同時，對以字恐也持相同看法。然而這等於說，四言中半數無義，似乎只為湊句存在，疑不能令人採信。

鄭云「于以」猶往以，馬胡二氏不以為然。我想主因在無法掌握以字的用義，於是順理成章連同于字一併說為語詞，反正只是申明毛公意思如此，可以不了了之。所謂「于以盛之、于以湘之」，沒有說往的必要，其實如果「于以采蘩」可以說成往以采蘩，「于以盛之、于以湘之」何嘗不可以說為往以盛之、往以湘之?倒是王引之《經傳釋詞》直詆鄭說「皆義不可通」（見卷一于字下），方為一針見血。王氏同時又指出，〈擊鼓〉的「于以」鄭氏訓于為於，自陷於矛盾，更令鄭說無立錐之地。

至於馬胡二說，本文徵引的意義，主要在於瞭解後人對《毛傳》的認知，其餘似不必多說。

必須指出的是，馬氏說：「《詩》言于以者，猶言爰以、粵以，皆語詞。」只是設譬說明自己的體會如此，並非《詩經》或他書有爰以、粵以連用的語詞，可見其用法相等。「越以」的用法雖見之於《詩・陳風》，是否如胡氏所言，兩者用義相同，還需通過嚴格的考察，下文專論。至於胡氏據《說文》言于字的本義及引申義，今所見于字的早期寫法既不同於小篆，以知許說不可從，胡氏的引申義說法，更是沒有道理可言。由於無關宏旨，僅點到而止；于往的古訓，則因涉及〈桓〉篇「于以」的解說，將於後文申述。

> 于以采蘋，南澗之濱；于以采藻，于彼行潦。　于以盛之，維筐及筥；于以湘之，維錡及釜。　于以奠之，宗室牖下。誰其尸之，有齊季女。〈采蘋〉

此篇相關各句，毛、鄭、馬、胡等都無說，顯然因為句子結構與「于以采蘩」相同，無待說明。

> 爰居爰處，爰喪其馬。于以求之，于林之下。〈邶風・擊鼓〉

前兩句《毛傳》云：

> 有不還者，有亡其馬者。

《鄭箋》云：

> 爰，於也。不還者，謂死也、傷也、病也。今於何居乎？於何處乎？於何喪其馬乎？

下二句《鄭箋》云：

于，於也。求不還者，及亡其馬者，當於林之下。軍行必依山林，求其故處，近得之。

毛仍於「于以」無說。鄭以於釋于，不僅與說〈采蘩〉詩意見不一，早為王引之點破。其不說以字，似乎當作語詞看待，但如此一來，「於以求之」的句子，於下無受詞，文不成義，當然無法認同。

桓桓武王，保有厥士，于以四方，克定厥家。〈周頌・桓〉

《毛傳》云：

士，事也。

《鄭箋》云：

我桓桓有威武之武王，則能安有天下之事，此其天意也。於是用武事於四方，能安定其家先王之業，遂有天下。

《毛傳》一貫於「于以」無說。鄭氏說「於是用武事於四方」，是明以于義同於，而訓以為用。但詩的原句是「于以四方」，不是「以于四方」，鄭的譯文語序不合。如果說譯文中用下的「武事於」三字，都是依文意加足的，又因為于字只能等同於「於」，不能等同於「於是」，仍不合原意。可見鄭氏此說也不可用。

以上，可以說是「于以」二字的傳統解釋，儘管也有各自不同的揣摩，都有其無可掩飾的缺點。

近人楊樹達曾經討論過這一問題，見所為〈古書疑義舉例續補・誤解問答之辭例〉。其說如下：

> 《詩・召南・采蘩》一章云：「于以采蘩，于沼于沚。于以用之，公侯之事。」……〈邶風・擊鼓〉三章云：「爰居爰處，爰喪其馬。于以求之，于林之下。」〈采蘩〉《毛傳》云：「于，於也。」（宇純案：此不辨毛上下字異義，說見前。）不釋以字。樹達按：以假為台，何也。《書・湯誓》「夏罪其如台」，《史記・殷本紀》作「有罪其柰何」；〈高宗肜日〉「乃曰其如台」，〈殷本紀〉作「乃曰其柰何」；〈西伯戡黎〉「今王其如台」，〈殷本紀〉作「今王其柰何」。是台有何義。（宇純案：此原為段玉裁《古文尚書撰異》的創見，王引之《經傳釋詞・卷三》據以云「台猶何也」。）《說文》台从㠯聲，以為㠯之隸變，故得假以為台。于以者，于何也。故凡言于以之句，皆問詞，其下句則皆答詞也。「于以采蘩？于沼于沚」，正與〈秦風・終南〉首章云「終南何有？有條有梅」，三章云「終南何有？有紀有堂」，句法一律。又〈采蘋〉三章上二句「于以奠之？宗室牖下」，與下二句「誰其尸之？有齊季女」為對文，下二句為一問一答，則知上二句亦一問一答也。自來說者，不知以為台之假字，《鄭箋》釋于以為往以，陳奐則謂「于以猶薄言，皆發聲語助」，而詩人文從字順之文，乃不得其解矣。（按：于以為疑問之詞，說發於余友胡適之先生。惟胡君說義未安，余故為申證其說如此。）

又云：

> 余為右說，頗有疑以既訓何，則為問詞，於文法不當在介字于字之下者。按：〈小雅・白駒〉云「于焉逍遙」（《鄭箋》云：「今於何游息乎？」），又云「于焉嘉客」（宇純案：二于字原並作於，此誤引。），〈正月〉云「于何從祿」，〈十月之交〉云「于何不臧」，〈菀柳〉云「于何其臻」，〈小旻〉云「伊于胡厎」，焉字，何字，胡字，皆問詞也，而皆次於于字之下。則于以之次第，可以無疑矣。……

此一說，改「于以采蘩」至「于以求之」十個「于以」句為疑問句，讀以字為台，使于以二字各有明確意義和功能，於是「于以」與「于沼」兩于字同義，上下呼應，文意貫串；其他凡句法相同者，亦無不理氣通順，實為不刊的創發。兩個「于以用之」句，其下言「公侯之事」的，「以」謂何事；其下言「公侯之宮」的，「以」謂何所，似為歧義。這是古人疑問詞下不須言事與所的緣故。所以，〈十月之交〉的「于何不臧」言何事，而〈正月〉的「于何從祿」，及〈菀柳〉的「于何其臻」言何所，亦正相同。可以為證。

值得進一層檢討的是，台字用作何義，究竟並不普遍，《尚書》而外，不見於其他先秦典籍。段玉裁、王引之所徵引的例，溢出於《尚書》的，只是揚雄的《法言》，以及班固的《漢書》與〈典引〉，而且限用於「如台」一詞，所以王氏結語說：「蓋漢時說《尚書》者，皆以如台為奈何，故馬、班、子雲並師其訓。」更有引人注意的，《尚書》所見如台之篇：《湯誓、高宗肜日、

西伯戡黎、盤庚》，不出商書範圍。自周誥以下，只用何字，不復有台字可見。這種情形，可以產生兩問題。其一是，台用作何解，可能只是商人語言如此，用以訓說周人之詩，意義適當而只是巧合；周人的以，本不同於商人的台，其始義如何，或尚未揭露。其另一是，說《尚書》如台為柰何，或竟從根起不過為漢儒的郢書燕說，台的意義原不與何相等。某氏《傳》訓台為我，雖然並不可取，至少表示對說「如台」為「柰何」的不信任。所以，確定台字可不可能有何的意思，為第一要務；周詩的以字可不可能同於商書的台，為第二要務，都是理解「于以」不可缺少的基本步驟。

關於第一點，首先可從兩方面觀察。其一，是否為義的引申？據《說文》：「台，說也。」本義為愉悅，此雖不習見，段《注》引今文《尚書》「舜讓于德不台」（見《漢書・王莽傳》、班固〈典引〉），《史記・自序》「唐堯遜位，虞舜不台」、「惠之早霣，諸呂不台」，都是例證。而加心的怡，音義與台同，正是台字假借多種意義之後的後起字。所以，《說文》的說法無可致疑。其引申之義不得為「何」，可從以確定。其二，是否為音的假借？依一般古音知識而言：聲母方面，台屬喻四，何屬匣母，通常的認知，喻三古歸匣，喻四則古歸定，兩者無關。《說文注》說：「〈湯誓、高宗肜日、西伯戡黎〉皆云如台，〈殷本紀〉皆作柰何，〈釋詁〉台、予同訓我，此皆以雙聲為用，何、予、台三字，雙聲也。」台何雙聲之說，原是沒有根據的。韻母方面，台在之部，何在歌部，之歌為兩個全不相干的古韻範圍。然則，台字亦不具備假借為「何」

的條件。

據我近年的淺見，則台與何可視為轉語，也就是今人說的同源詞。轉語的形成，多因方音不同所影響。其現象，通常是保持其聲母的關係，韻母產生變化。所謂「喻四古歸定」，是近人曾運乾以來的說法，實際喻四上古並非定母的一部分。我在〈上古音芻議〉（見中央研究院《歷史語言研究所集刊》第六十九本第二分，一九九八）文中，鑒於喻四字與邪母及見系字不可分割的狀態，將喻四上古音構擬為zɦ複聲母，其中z的部分與邪母讀音相同，而ɦ的部分，即是匣母的讀法。該文曾舉出喻三、喻四在諧聲及轉語中相關的例證，前者如：剡棪琰从炎聲，餤从臽聲，豔从盍聲，鴥从穴聲，以及營䁝熒褮瑩甇鎣謍从榮聲（案：此據方濬益謂𤇾為榮字，諸字本从𤇾聲為說）。後者如：永與羕，尤與異，穴與閱，鹹與鹽，以及栩與柔為同物異名，「自環為私」又作「自營為私」。前引《說文》台下段《注》云，何與予台三字雙聲，其在段氏，固不知何台所以為雙聲之理，只是誤說。（段氏於《說文注》中每每說雙聲而誤，其例如改玽為玗，許救切，云與肅雙聲，葑下云與須雙聲，律下云與均雙聲，敫下云讀若龡，與擊雙聲，百下云貫與章雙聲，孎下云讀若俱，雙聲合韻。）由今看來，台字聲母ɦ的部分確與何字相同。至於韻母方面，之與歌雖相遠，台背之為駝背，以及怠與惰、憊與疲、嗞與嗟（〈綢繆〉「子兮子兮」，《傳》：「子兮者，嗟茲也。」茲與嗞同。《說文》：「嗞，嗟也。」一九九六年《文物》第八期〈尹灣漢墓簡牘釋文選・神烏傳〉「佐＝子＝」，即佐子佐子，同嗟嗞嗟嗞。）之為同義，聲音關係正與台何

相平行，也許都是同一方音背景的語轉現象。換言之，漢儒以如台為柰何，如與柰，台與何，視為語音轉化，並無問題。（案如與柰的語音關係，聲韻兩方面更易明瞭，不具論。）

至於第二點疑慮，所謂周人詩中的以，可不可讀為商人書中的台，答案也該是肯定的。前文說台字只見於商《書》，周《書》只有何字，絕不是殷周兩民族的語言差異。因為〈盤庚〉一方面說「卜稽曰：其如台」，一方面又說「汝悔身何及」，〈微子〉也有「若之何其」的句子，可見商人語台何兼用。因此，認定台與何其始為方音不同的轉化結果，其後也可以由於相互間影響而統合，如匪與彼同出一源，而〈桑扈、采菽〉二詩言「彼交匪敖」或「彼交匪紓」，兩字竟出現於同一詩句中。十個句法相同的「于以」，見於〈召南〉與〈邶風〉，南與邶正是商人的故地，是故即使說「台」的語言非周人所本有，也可因地域相同的關係，讀「于以」為「于何」，邏輯上不構成任何困擾。

賸下來要討論的，便是〈桓〉篇的「于以四方」。楊文未提此句，或是因為其用義不同。但既同見於四言句首，不說明其所以不同之理，則可以解為「于何」的，也可能啟人疑竇。今案：「于以四方」以下所接非動詞，與十者相異；于以二字，非其一為動詞不能成句，顯示二者必不得相同。《鄭箋》釋以字為用，作為動詞，卻由於「于以」的語序，或者「于」不得為「於是」的問題，而不可行，已說之在前。今以為于當訓往，以應讀同治，「保有厥士，于以四方」，便是「保有其士，往治四方」，士字用朱熹《集傳》，還其本來面目，不用《毛傳》假借為事的說

法。于訓作往，見〈桃夭〉「之子于歸」、〈雨無正〉「維曰于仕」的《毛傳》。《鄭箋》明說于義為往的，除前引〈采蘩〉篇外，〈君子于役〉的「于役」，〈叔于田〉的「于田」，〈騶驖〉的「于狩」等等，莫不皆然。雖然於文意大都不相合，但古有此訓，無可懷疑。因為于往二字雙聲對轉，于字解為往，即與往為轉語。章炳麟《文始》卷五云：「魚陽對轉，若無之與亡，溥之與旁，于之與往，且之與將，駔之與奘，汙之與汪，語言書契本無異也。」其他的例子，便無待更舉了。至於讀以為治，以本為台的聲符，治又以台為聲，從以台為聲的齝字始字讀審母看來，治疑本讀 sdh-複母，與以聲為 zɦ 相近。故由音而言，以字是可以借為治的。

最後看胡承珙牽引出來的「越以」。此一見於〈陳風・東門之枌〉三章，原文是：

> 穀旦于逝，越以鬷邁。視爾如荍，貽我握椒。

其首章、二章為：

> 東門之枌，宛丘之栩。子仲之子，婆娑其下。　穀旦于差，南方之原，不績其麻，市也婆娑。

因與所論相關，錄之如上。此不僅同章有「于逝」，二章也有「于差」，如果越以、于以相同，詩人沒有易于為越的道理。于以與越以互不相涉，何待多言？《鄭箋》云：

> 越，於；鬷，總也。

是以越為語詞；鬷訓總，取總共的意思，〈商頌・烈祖〉的「鬷假」，詞義結構，並與此同。以

猶與也，與「與」一語之轉。「越以鬷邁」，全句意思是說，子仲之子與南方原氏之女相與共行。然則越以與于以的不同，去胡氏的想像，實在太遠了。

宇純於絲竹軒，一九九八年八月二十八日。

（原載《東海中文學報》第十二期，一九九八）

辛巳年除夕的前一天，五點鐘醒來，離去校園晨運的時間尚早。夏天這個時候有時早就出去了，可現在是「嚴冬」，臺灣的「嚴冬」雖然不冷，究竟天猶未亮，且自閉目養神。突然想到《詩經》「于以」的連文，（昨天下午剛寫完〈上古音中二三事〉，提到喻三與喻四的轉語，顯然腦子裡還在縈迴。）楊樹達從《尚書》的「如台」，把「于以」講成「于何」；自己也寫過〈詩經于以說〉，為楊說作了補苴。但《詩經》何不直言「于台」，並沒有交代。於是轉出了合音詞的念頭，「以」可能是「何所」（看作是「何處」的合音，情形相同）、「何事」的合音。「于以采蘩，于沼于沚」，是「于何所采蘩」；「于以用之，公侯之事」則是「于何事用之」。同篇的「于以用之，公侯之宮」，當然仍是「于何所用之」；「于以盛之，維筐及筥；于以湘之，維錡及釜」，也仍然可以作為「于何所盛之，于何所湘之」看待。之部的以本與魚部的與或為轉語

，冶從台聲而音同予聲的野，可見「以」是「何所」的合音，無疑可以成立。說「以」等於「何事」，「以」與「事」更是古韻同部；但兩者聲調一上一去，似乎成了問題。於是披衣而起，在《集韻》止韻上史切，檢到了事字。其來源未能查出。但事與史本為一語，史便是上聲；事與士、仕古通，士仕並讀上聲。更看《詩》韻，《采蘩》叶沚、事，〈北山〉叶杞、子、事、母，〈緜〉叶止、右、里、畝、事，〈抑〉叶子、否、事、耳，並叶上聲。《集韻》上史切的音，應該是可信的。《廣韻》全濁聲母的字，如上、下、厚、后、後等都有上去二調，也可以作比較。匆匆寫下，以為此文後記。

二〇〇二年二月十日六時許宇純記

從音韻的觀點讀詩

讀先秦古書，需要一些古音韻知識；讀《詩經》，因為還有協韻的問題，似乎更是如此。清代以來，學者憑藉古音知識，治《詩》而有所獲的，可以說所在可見。個人不學，續貂所作〈試說詩經的雙聲轉韻〉〈析詩經止字用義〉，以及〈讀詩管窺〉中「言刈其蔞」「遠兄弟父母」「素絲祝之」「投畀豺虎」「令德壽豈」「我黍與與、我稷翼翼」「干戈戚揚」「黽勉畏去」諸條，不論其然否如何，也都是通過音韻的觀點，有所論述。此次大會籌備人楊秀芳教授，電話邀請我，指明像曾經討論《楚辭・卜居》「哫訾栗斯」①一樣，談談讀經與古音韻的應用關係。於是我擬定了這個題目，就下列諸字句表示一些個人的淺見，主要當然是希望能獲得與會的各位博雅女士先生的指教。

一、〈豳風・東山〉：有敦瓜苦，烝在栗薪

①見《臺大中文學報》第二期〈說哫訾栗斯喔咿嚅唲〉，臺北，一九八八。

從上下兩句的關係看，久在栗薪之上的是瓜；「有敦」句有敦二字形容的，也是團團然繫在蔓上的瓜。詩人卻不說「有敦苦瓜」，而說「有敦瓜苦」，似乎是個可以推敲的地方。如果更想到〈邶風・匏有苦葉〉的「苦葉」，儘管那裡有與「深涉」對仗押韻的理由，總覺得這裡說「瓜苦」並不尋常。至於〈邶風・谷風〉的「誰謂荼苦」、〈小雅・小明〉的「其毒大苦」，雖然也以苦字落句；前者下接「其甘如薺」，後者上承「心之憂矣」，當然並非此文可比。

毛《傳》說：「言我心事又苦也」，鄭《箋》說：「此又言婦人思其君子之居處，專專然如瓜之繫綴焉。瓜之瓣有苦者，以喻其心苦也。」已經注意到苦字用法的特異，等於說詩人的用心在於重點強調。但根據同類相感的道理，內心苦楚的人，所以映入眼中的是苦瓜；也就是說，不需改變語法的常態言苦瓜，與變易正常語法言瓜苦，作用並無異致。因此，說之以重點強調，未必便是詩人的本意。

今從聲調分析，兩句以仄平平仄，對平仄仄平，十分工整。再看下二句「自我不見，於今三年」，竟然是相連四仄聲，對四平聲，如此這般的巧構，也許才是「瓜苦」所以形成的匠心所在。不過有一點必須說明。其中的不字原屬之部陰聲，今逕直以為仄聲，自然不是取其後來改讀為微部入聲弗字保留重脣的讀法；《廣韻》尤韻甫鳩切及有韻方久切下並云「不，弗也」，後者且更引《說文》「鳥飛上翔不下來」的解釋，此取其上聲讀法，是為本文以不字讀仄聲的根據。還有不能已於言的，「於今三年」的三字，是九個數字中唯一的平聲，征人離家也許不到三年，也可

能超過三年，但唯有三字可以長言，於是「於今三年」的句子，讀起來悠長的感覺，是所有超過三的數目字所無法比擬的。這也是我直覺詩人言瓜苦而不言苦瓜，必有其深致用心的道理之一。

問題是，如何能落實詩人確然有講求平仄對拗的心意。對於這一層，當然無法肯定答覆，但可作如下的說明。

〈秦風・蒹葭〉首章所顯示的富音樂性，是讀者都能感受到的。其中的原因也許不止一端，如蒹葭雙聲，蒼蒼重言，謂與水疊韻，伊與一雙聲兼疊韻等等；但聲調的錯綜配合，也應該是因素之一。先將其文辭錄之如下：

蒹葭蒼蒼，白露為霜。所謂伊人，在水一方。溯洄從之，道阻且長；溯游從之，宛在水中央。

順次是平平平平，仄仄平平。仄仄平平，仄仄仄平。仄平平平，仄仄仄平；仄平平平，仄仄仄平平。前四句，中間兩句平仄複沓，前後兩句平仄相對，唯一不合的平聲，即為韻之所在。後四句，首句孤仄起，二句孤平收，三句與首句複沓，末句與二句複沓，多出的一字，與二句相協。總共三十三字，除兩個韻字及末句五言，其餘平仄各半相疊相拗。也許這便是此詩讀來特別鏗鏘的地方。類似的例，再看第一篇的〈周南・關雎〉。首章：

關關雎鳩，在河之洲。窈窕淑女，君子好逑。

首句四平，對三句四仄；二四兩句除逑為韻字，亦正平仄相異。二章：

參差荇菜，左右流之。窈窕淑女，寤寐求之。

前兩句平仄相對，三句與前章重疊，二四兩句平仄相同。三章：

求之不得，寤寐思服。悠哉悠哉，展轉反側。

一二兩句除韻字平仄相對，三四兩句四平對四仄。無不組織完密。「《詩》三百」本是藝術成就極高的作品。音韻方面，王念孫早有〈古詩隨處有韻〉②的發現，中如所舉〈兔罝〉的「肅肅兔罝」與「糾糾武夫」、〈匏有苦葉〉的「有瀰濟盈」與「有鷕雉鳴」，不僅字字為韻，後者且是字字同調。說這些並非偶一見之的現象，都只是妙手天成，不代表任何人工意義，恐不能言之成理。然則如本文所分析的「瓜苦」結構，也許便不是傅會之辭了。

二、〈周南・關雎〉：左右流之

毛《傳》說：「流，求也。」這個訓詁，因為得不到佐證，學者多不予置信。首先，朱熹《詩經集傳》說以為「順水之流而取之也」，繼起的所知有王夫之與高本漢。王的《詩經稗疏》說：

《爾雅》：「流，擇；芼，搴也。」說《詩》者，自當以《爾雅》為正。毛、鄭謂「流，求也」，於義未安。擇者於眾草中擇其是荇與否，擇而後搴之於文為順。擇有取舍，不

②見《經義述聞・毛詩下》，《皇清經解正編》。

必皆得，故以興「求之不得」；寤則得矣，故以興得而樂之。

高的《詩經注釋》說③：

流與罶同音，罶的意思是捕魚竹器。語源上，罶從留得聲，留已有羈留的意思。所以這裡的流，可能是罶或留的假聲字。「左右流之」，是向左向右去捕捉荇菜。

當然也有相信毛《傳》，為之疏通的。先後有王念孫、馬瑞辰二人。《廣雅・釋言》：「摎，捋也。」王氏《疏證》說：

〈周南・關雎〉「左右流之」，流與摎通，謂捋取之也。捋流一聲之轉。「左右流之、左右采之」，猶言「薄言采之、薄言捋之」耳。下文云「左右芼之」，流、采、芼皆取也。卷一云「采、芼，取也」，此云「摎，捋也」，義並相通。

馬的《毛詩傳箋通釋》說：

流求一聲之轉。《爾雅・釋詁》「流，擇也」，〈釋言〉「流，求也」，擇與求義正相成。流通作摎，《後漢書・張衡傳》注：「摎，求也」。

比較以上各說，朱的說法是標準的「增字解經」，自無可取。王說「說《詩》當以《爾雅》為正」，卻忽略了同書的〈釋言〉部分也說流義為求。何況《爾雅》訓擇訓求，其實二義相因，

③據先師董同龢先生譯本《高本漢詩經注釋》，《中華叢書》，臺北，一九六〇。

甚至可以說兩者針對的都是〈關雎〉的流字。這些差不多都已由馬瑞辰所點破。至於《爾雅》的時代及權威性，是否定超過毛《傳》，便不必多說了。高氏用留或罶字去取代，直是迂曲得可笑，因為國人必不會說在河水中把荇菜留住，或罶捕住。

馬瑞辰可以說是混合了二王所說，但群母的求，如何能轉為來母的流，殊不可解；舉出〈張衡傳〉中摎字一例④，又誠如高氏所指，晚得不生效力。王念孫畢竟是高手，既有同音力求切的摎字訓捋可用，流捋一語之轉的說法，也能言之成理⑤，無疑可為流字訓捋之助，所以是最好的。問題是摎作捋解，沒有舉出例證。《說文》：「摎，縛殺也。」大徐居求切，小徐居幽反，與曹憲音流不合。段注說：「縛殺者，以束縛殺之也。凡縣死曰縊，亦曰雉經。凡以繩帛等物殺人者曰縛殺，亦曰摎，亦曰絞。」參考《儀禮・喪服・傳》「故殤之絰不摎垂」⑥，鄭注「不絞其帶之垂者」，及《廣雅・釋詁三》「摎，束也」，其說當合許意。然則《廣雅》訓捋的摎，必與《說

④原句為「摎天道其焉如」，見《高本漢詩經注釋》譯本注。

⑤向來多以為一語之轉有兩種，一是雙聲相轉，一為疊韻相迻。拙見以為，脣、齒、牙、舌、喉五音，大要而言，脣一類，舌及齒一類，牙及喉一類，實際約為三類而已。語音的演變，聲母上三類互變情形不易發生。韻母部分，則舌位置的高低前後及脣的圓展略有不同，便可產生元音的差別。因此聲母相同韻母差異，與韻母相同聲母差異，前者為轉語的可能性較大。

⑥摎，今作樛。阮元《校勘記》說：「瞿中溶云：石本原刻作摎，從手旁。」今從之。

文》的摎不同字，不過適同一形而已。究竟《廣雅》摎字與〈關雎〉的流字具何關係？如何而可以為毛《傳》作證？也不是不待說明而可的。

依拙見，毛《傳》訓流為求，《爾雅》訓流為擇，以及《廣雅》摎字訓捋，前二者固是一義相成，同是對〈關雎〉「流之」的訓解；流、摎與求寫的也只是同一語言，不過流與求為同音借用，摎則是後起的專字。其先本只是讀複聲母***g'jeu** ⑦的一音，後來複聲母轉化為單一聲母，而為***g'jeu**與***ljeu**二音，分別以同音的求和流字兼代，儼然而為二語，以致同一〈關雎〉詩，既言「左右流之」，又言「寤寐求之」，毛公至以求字訓釋流字。後來的學者，自然更不知道這層關係，王夫之的捨求取擇，固然是換湯沒有換藥；王念孫的以摎說流，也並沒有想到用後起字疏證其先假借字的無效。從翏聲的字，顯示上古本有複聲母的讀法。如寥、廖等字與《廣雅》訓捋的摎字同讀來母，而摎、膠、鷚等字分別音居虯、古孝及渠幽，又《說文》摎字讀見母，璆為球字或體讀群母，決其有讀***kljeu**或***g'jeu**的可能。而《說文》別有訓「經縛殺也」的繆字音力求、吉了二切，實與訓縛殺的摎字為異體，更充分表示古漢語確有讀***kljeu**的音節。咎音其九切，咎聲的綹字《說文》云讀若柳，都是同類複聲母讀法的證明。然則對毛《傳》「流，求」的訓詁，本文所作如上的解釋，或許是個比較合理的說法。

⑦擬音用拙文〈上古音芻議〉，下同。文載《中央研究院歷史語言研究所集刊》第六十九本第二分，臺北，一九九八。

三、〈小雅・正月〉：洽比其鄰，昏姻孔云

毛《傳》說：「云，旋也。是言王者不能親親以及遠。」孔穎達《正義》說：「親比其鄰近左右，與妻黨之昏姻甚相與周旋而已，不能及遠人也。」鄭《箋》則說：「云，猶友也。」也許因為「昏姻孔友」的意思較為清楚，《正義》及後來馬瑞辰的《毛詩傳箋通釋》都不見有所發明。但是對云字所以訓旋訓友的道理，總該有個交代。

胡承珙《毛詩後箋》說：

> 云本古文雲，《說文》以雲象回轉之形。《傳》以雲象周旋盤薄之形，故訓云為旋，是也。《箋》以云為友，乃從雙聲得義，似不如《傳》訓之古。

云字篆書作[篆文]，象雲的回轉之形，只是造字的取象，云的語義則只是雲，不作回轉講。如果望文生訓可信，「一」字便可有橫或平的意思，豈其然乎！至於云友雙聲得義之說，當然也過於粗疏。

朱駿聲《說文通訓定聲》雲（云）下說：

> 假借為囩。《詩・正月》「昏姻孔云」，《傳》旋也，《箋》猶友也。按：圜也，全也，猶合也。

《說文》囩下云回，從云為聲而音羽巾切，《集韻》且又與云字同王分切。此不僅回與旋意義相同，囩與回也具有雙聲對轉的關係，這樣替毛《傳》疏通，無疑是可取的。然而，《詩經》中孔

字下接動詞的，僅〈常棣〉「兄弟孔懷」一例，以兄弟為懷的受詞。其餘習見如〈汝墳〉的「父母孔邇」、〈小戎〉的「四牡孔阜」、〈小旻〉的「謀夫孔多」、〈崧高〉的「其詩孔碩」等等，顯示「孔云」的云應為狀詞。毛氏訓云為旋，取其義為回旋，則「昏姻孔旋」文不成義；如孔氏所解，周旋的動詞性則又明不相合。朱氏調和二家，從云字的回旋義，引申為圓、為全、為合，到最後的友，展轉牽附的穿鑿，亦絕不可從。

《廣雅・釋詁一》：「云，有也。」王念孫《疏證》說：

> 云為有無之有。……古者謂相親有曰有，……云又為相親有之有。〈小雅・正月〉「洽比其鄰，昏姻孔云」鄭《箋》云：「云，猶友也。」言尹氏與兄弟相親友。襄二十年《左傳》「晉不鄰矣，其誰云之？」言誰與相親友也。

照這樣說來，鄭說誠然不可易。問題是，王說相親有的有與有無的有一義相成，可以理會；何以云字也具備有無和相親有二義，仍然不得其解。這一點，我在近作〈上古音芻議〉中曾談到，在字轉語為存；龜字從〈大雅・緜〉韻飴、謀、龜、時、茲，到《莊子・逍遙遊》「不龜手」徐邈龜音舉倫反⑧；敏字從〈大雅・生民〉韻祀、子、敏、止，〈小雅・甫田〉韻止、子、畝、喜、右、否、畝、有、敏，到《廣韻》的眉殞切，都和有（友）與云現象完全平行，則云當是有（友）

⑧龜字今音居追切，正是舉倫反的陰聲。

的轉語，所以具有與有字完全平行的意義。

四、〈大雅・抑〉：其維哲人，告之話言，順德之行

段玉裁《六書音均表・弟十四部》說：「行，本音在弟十部，《詩・抑》合韻言字」。王念孫《古韻譜》及近人王力《詩經韻讀》，亦以言行為韻。案元陽二部韻尾不同，無協韻之理，是以江有誥《詩經韻讀》直以為「無韻」。但本章詩全文：

荏染柔木，言緡之絲。溫溫恭人，維德之基。其維哲人，告之話言，順德之行；其維愚人，覆謂我僭，民各有心。

前四句絲、基韻，後三句僭、心韻，中三句以「其維哲人」對「其維愚人」，與末三句相儷以行，不應獨不協韻。今以為行當是衍字之誤，言、衍古韻同部。蓋衍字略有漫漶，於是誤認為行字。《說文》：「衍，水朝宗于海貌。」引申為流演、順沿之意。維德之衍，猶言順德是行。《易經・需卦・象傳》：「需于沙，衍在中也。」《經義述聞》說：「家大人曰：衍當作行，行在中也，即承上文『不犯難行也』而言。」兩字形近致誤，可以互參。

五、〈大雅・抑〉：天方艱難，曰喪厥國

《經典釋文》說：「曰音越，《韓詩》作聿。」曰聿古韻同屬微部，且同入聲，但聲母有喻

三喻四之隔。依照曾運乾以來的一般說法，喻三古歸匣，喻四古歸定，匣與定是兩個發音部位絕遠的聲母。曰的古聲為ɦ，各家無異辭；聿的古聲無論為d、為z、為r，都無法構成這樣的異文；而這異文卻不是偶然的誤書。〈小雅・角弓〉「見晛曰消、見晛曰流」，《釋文》也說《韓詩》作聿，並說「劉向同」。不僅如此，《說文》：「欥，詮詞也。從欠曰，曰亦聲。《詩》曰『欥求厥寧』。」欥與聿同音，分明即是曰字加欠的轉注字。許君引《詩》，見〈大雅・文王有聲〉，今欥字作遹，亦與聿同余律切。同詩尚有「遹駿有聲、遹觀厥成、遹追來孝」的句子；又〈載見〉的「曰求厥章」，曰亦應同於「欥求厥寧」的欥字。此外，曰聿遹三字通用的例，還可詳《經傳釋詞》卷二的「欥聿遹曰」條。這種狀況，是過去學者所無法解釋的。我在拙文〈上古音芻議〉中，倡言上古喻四應為zɦ複母，其中ɦ的成分同匣母，於是乎現象可得而解。該文曾舉出鹹鹽、永羕等同源詞，及棪從炎聲、鹽從盍聲等諧聲字，並可為曰聿的異文作說明。

六、〈豳風・七月〉：九月築場圃，十月納禾稼。黍稷重穋，禾麻菽麥。嗟我農夫，我稼既同，上入執宮功。晝爾于茅，宵爾索綯；亟其乘屋，其始播百穀

此詩依文意段落分韻：首二句協圃、稼，五至七句協同、功，八九兩句協茅、綯，末兩句協屋、穀；唯獨三四兩句穋麥二字古韻不同部。段玉裁《六書音均表・第一部入聲》以穋、麥為韻，

云：「穋本音在弟三部，〈閟宮〉以韻稑、福、麥、國、穡，讀如力。」王念孫《古韻譜》兩詩意見與段氏相同。江有誥《詩經韻讀》於此詩說為之幽通韻，於〈閟宮〉則不以穋為韻字。今以為江認〈閟宮〉穋字非韻是，此詩菽麥本作麥菽，涉〈閟宮〉詩而誤倒，菽穋同為幽部入聲。〈閟宮〉詩穋字則涉此詩誤倒在句末，其原句作「重穋黍稑」，以稑字入韻，詳見下條。《詩經》中因句子的類似，相互影響而失韻的，如〈大雅・桑柔〉四章：「憂心慇慇，念我土宇。我生不辰，逢天僤怒，自西徂東，靡所定處。多我覯痻，孔棘我圉。」「自西徂東」本作「自東徂西」⑨，以慇、辰、西、痻及宇、怒、處、圉奇偶句分別相協，因〈緜〉有「自西徂東」、〈文王有聲〉又有「自西自東」的句子而誤；又如〈鄘風・蝃蝀〉二章：「朝隮于西，崇朝其雨，女子有行，遠兄弟父母。」父母本作母父，以父與雨韻，因涉首章「遠父母兄弟」，及〈衛風・竹竿〉「遠兄弟父母」⑩而誤。更有如〈周頌・良耜〉「俶載南畝」句下，涉其前篇〈載芟〉誤衍「播厥百穀，實函斯活」兩句的例子，說詳下。都是此詩菽麥原當作麥菽的旁證。

---

⑨段玉裁《六書音均表・弟十三部》西下云：「西聲在此部，《禮記》與巡韻（案見〈祭儀〉），劉向〈九歎〉與紛韻。漢魏晉人多讀如下平一先之音，今入齊。」江有誥《詩經韻讀》云：「西，協思殷反，當作自東徂西。」《集韻》先韻蕭前切有西字，云「金方也」，與先字同音，是同來自古韻文部之證。

⑩見拙文〈讀詩管窺〉。

七、〈魯頌・閟宮〉：閟宮有侐，實實枚枚。赫赫姜嫄，其德不回。上帝是依，無災無害，彌月不遲，是生后稷。降之百福，黍稷重穋，稙穉菽麥，奄有下國，俾民稼穡；有稷有黍，有稻有秬，奄有下土，纘禹之緒

此詩依文意段落分韻：前八句協枚、回、依、遲，「是生后稷」句總結上文，或本不入韻，或稷與首句侐字韻⑪。侐從血聲，本屬脂部入聲，疑周代已經變入之部。《切韻》以來字入職韻，音況逼反（切），《釋文》亦音況域反，蓋其來有自。《說文》閾古文作⿵門洫，明是從血為聲的洫字早有轉入之部的讀法⑫，可與侐字互參。《釋文》又云侐字「一音火季反」，則是其字的本音。九至十三句協福、麥、國、穡，末四句協黍、秬、土、緒。段玉裁、王念孫、江有誥並以第八句稷字下屬，與福、麥等字韻，不合文氣，不可取。段、王又謂第十句穋字與福、麥等字通協，江則不以為韻。今疑「黍稷重穋」原當作「重穋黍稷」，涉〈七月〉詩「黍稷重穋」而誤倒，此本協福、稷、麥、國、穡，五字並屬之部入聲。毛《傳》於〈七月〉詩說「後熟曰重，先熟曰穋」，

---

⑪孔廣森《詩聲分例》舉〈車攻〉五章及〈抑〉三章為〈首尾韻例〉，可參。

⑫〈大雅・文王有聲〉韓《詩》「築城伊洫，作豐伊匹。」洫與匹韻，是其本字本音。今毛《詩》洫作減，當是後人誤寫。《說文》洫、減異字異義。

於此詩說「先種曰稙，後種曰穉」，然則「重穋黍稷，稙穉菽麥」，正相對為文，不啻為此詩誤倒之證。

八、〈周頌・良耜〉：畟畟良耜，俶載南畝。播厥百穀，實函斯活。或來瞻女，載筐及筥，其饟伊黍。其笠伊糾，其鎛斯趙，以薅荼蓼。荼蓼朽止，黍稷茂止。穫之挃挃，積之栗栗。其崇如墉，其比如櫛，以開百室。百室盈止，婦子寧止。殺時犉牡，有捄其角，以似以續，續古之人

此詩二十三句，向不分章。從韻的觀點看，則有兩個疑點：一是三四兩句的「播厥百穀，實函斯活」，一是末句的「續古之人」。除此之外，依文意及韻，恰好四章，章五句：一章耜、畝韻，之部，又女、筥、黍韻，魚部；二章糾、趙、蓼韻，幽、宵合，又朽、茂韻，幽部；三章挃、栗、櫛、室韻，脂部，又崇、墉、比、櫛句中自為韻，前者冬、東合，後者脂部。如此說來，「播厥」兩句無韻，十分可疑；適巧其前一詩〈載芟〉中有完全相同的句子，且亦正在「俶載南畝」的句子下，其前句為「有略其耜」，同以耜與畝韻，文意幾乎無異；而其相關諸句為：「有略其耜，俶載南畝。播厥百穀，實函斯活。驛驛其達，有厭其傑。」活字在彼與達字傑字為韻，古同

屬祭部入聲，自是此詩涉彼而衍。〈小雅・大田〉首章云：「以我覃耜，俶載南畝。播厥百穀，既庭且碩，曾孫是若。」前三句與〈載芟〉相近相同，「俶載南畝」下但有「播厥百穀」一句，作為「既庭且碩」的主語，其下更無「實函實活」的句子，正因為活字不能與碩字若字協韻，無疑也可以為此詩誤衍兩句作證明。經查江有誥《詩經韻讀》，早有「二句無韻，疑是前章衍文」的話。可是像朱熹《集傳》的「活協呼酷反」，以及姚際恆《詩經通論》兩句下所注的「本韻」，以其在江氏之前，固宜無論；今人注解《詩經》，卻也不見有引江書為說的。所以儘管江氏已早得我心，仍有加以表彰的必要。至於最後的「續古之人」一句，據〈小雅・裳裳者華〉的「維其有之，是以似之」，〈大雅・卷阿〉的「似先公酋矣」，〈江漢〉的「召公是似」，似都與續字同意；而〈小雅・斯干〉說「似續妣祖」，竟以似續連言，顯然似續先人的話，必是當時的習見語，特別在似續二字連用的句子，如此詩的「以似以續」，其為繼承先祖往事的意思，十分顯白，實沒有單獨承一續字加上「續古之人」一句的道理。再看毛《傳》和鄭《箋》，前者說：「以似以續，嗣前歲，續往事也。」根據前引〈裳裳者華〉至〈斯干〉諸詩的似字毛氏都訓為嗣，這裡的嗣前歲和續往事，明是分別就「以似」和「以續」加以說明，不僅沒有提到「續古之人」句，而且「續往事」的說法，更與「續古之人」意思不盡相同。倘使毛公當年所見已同今本，「以似以續，續古之人」，文意顯白，實沒有加注的必要；即使要加，最多如前述諸篇，一句「似，嗣也」即可，何得所注與經文「續古之人」不相符合？可是後者則說：「嗣前歲者，復求豐年也；

續往事者，復以養人也；續古之人，求有良司穡也。」⑬是分明鄭時經文已有「續古之人」四字，當是某家經文續字的旁注誤入了正文，並非本來所有。

胡承珙《毛詩後箋》說：

> 「續古之人」，諸家皆以此句無韻。孔氏《詩聲類》云：「真清音本相近，三百篇審音較精，故通者較少。然「巧笑倩兮，美目盼兮」，「無競惟人，四方其訓之。不顯維德，百辟其刑之」，確然為兩部合用。……「我聞其聲，不見其身」，〈何人斯〉實有之。……「百室盈止，婦子寧止，續古之人」，〈良耜〉實有之。承珙案：此篇末句人與上文盈寧隔協，而中以角續為間韻，與〈生民〉末章韻同。

胡氏所引孔氏語，頗有節略，屬於《詩經》的，都有問題，加注補出⑭；其不屬於《詩經》的，不一一討論，包括胡氏文中所引，本文亦略而不錄。倩與盼，是從耕部青字為聲的真部倩字與文部的盼字相協，誤以為真耕通；訓與刑，可能本非韻字，訓古韻屬文部，此誤以為真部字。〈何

---

⑬復，今誤作後，從阮元《校勘記》改。

⑭此外，尚舉有〈商頌‧那〉的「鞉鼓淵淵，嘒嘒管聲」，以及〈大雅‧雲漢〉的「瞻卬昊天，有嘒其星」。但〈那〉相關的詩句為：「湯孫奏假，綏我思成。鞉鼓淵淵，嘒嘒管聲。既和且平，依我磬聲。於赫湯孫，穆穆厥聲。」淵字見於奇數句，不必入韻。〈雲漢〉末章云：「瞻卬昊天，有嘒其星。大夫君子，昭假無贏。大命近止，無棄爾成。何求為我，以戾庶正。瞻卬昊天，曷惠其寧？」兩處天字都在奇數句，亦不當為韻。江有誥《詩經韻讀》兩詩並不以淵、天為韻字。

人斯〉二章云：

彼何人斯、胡逝我陳？我聞其聲，不見其身。不愧于人，不畏于天？

聲字見於奇數句，不必入韻。此詩盈字寧字見於虛詞止字之上，與「續古之人」句法不相同，人字不應與盈、寧為韻，不得強合。諸家所以不以人為韻字，其故正在此。前章：「其笠伊糾，其鎛斯趙，以薅荼蓼。荼蓼朽止，黍稷茂止。」江氏《韻讀》不於茂下總云「幽宵通韻」，而於前三句蓼下云「幽宵通韻」，茂下又別云「幽部」，也正是有鑒於句法不同，不相為韻的緣故。以見孔氏胡氏之說，實由誤解。

一九九九年三月二十八日宇純於絲竹軒

（原載《聲韻論叢》第九輯，二〇〇〇年台北學生）

讀詩雜記

此篇以探究《詩經》文字音義為主，間涉《詩小序》與阮元《校勘記》等，因以「雜記」名篇云。

〈周南・卷耳〉：陟彼砠矣，我馬瘏矣，我僕痡矣，云何吁矣

宇純案：《詩》中止字多用作語詞，或云止同矣。曩作〈析詩經止字用義〉，主止為「之矣」合音。觀此四矣字不作止，而砠下必不得易為止字，是止不同於矣之證。

〈桃夭〉：之子于歸

毛《傳》云：「于，往也。」宇純案：《詩》中于字，毛、鄭多訓往，于、往二字雙聲對轉，蓋相傳古訓，無可置疑。但「之子于歸」謂于歸為往嫁，此猶可通。〈燕燕〉以「燕燕于飛」與「之子于歸」為對文，說于飛為往飛，便為無義。尤有進者，〈叔于田〉首章、二章云叔于田、

叔于狩，于字亦自可訓往。三章云叔適野，鄭云「適，之也」，即是往義，而不云「叔于野」，以見于與往固自有別。田、狩為動詞，野為名詞，然則于下所接為動詞，此不僅歸字飛字如此，即〈七月〉之「于耜、于貉、于茅」，〈江漢〉之「于垣」，亦轉變名詞為動詞，為治耜、治貉、治茅、治垣之意。蓋于字已轉化言從事某事之意，但具語法功能，不復可直言其義為往也。或云「于猶在也」，〈大叔于田〉以「于田」與「在藪」相對為文，明其亦不然而已。

〈漢廣〉：江之永矣

宇純案：《說文》永部：「永，水長也。象水巠理之長也。《詩》曰江之永矣。」下出羕字，云：「羕，水長也。從永，羊聲。《詩》曰江之羕矣。」二字不唯同義，且同引一詩。段注云：「《文選・登樓賦》川既漾而濟深，李善注引《韓詩》江之漾矣，薛君曰漾，長也。漾乃羕之譌字。」羕當與永同，特古今為異耳。永字于憬切，羕字余亮切，古韻雖同陽部，聲則有喻三喻四之殊。羕從羊聲，羊亦讀喻四。往昔囿於喻三喻四古分屬匣母定母說，以為羕蓋同於長，與永但為同義。近年始悟知喻四古讀zɦ複母，既不歸於定，亦不獨與定近，其「ɦ」成分即與匣母同音。是不僅永羕同語，即長之語亦一家親屬，非唯同義而已。其例若語詞之曰與聿，或如熒惑之與營惑，皆得為異文。

〈汝墳〉：遵彼汝墳，伐其條枚。未見君子，惄如調飢

宇純案：言《詩》韻者，皆知此枚與飢微脂合韻。余謂墳字亦韻。知者，《說文》葩或體作黂，《廣韻》音符分、扶沸二切，後者云「又音肥」；賁及賁聲之蟦除讀陽聲外，又音陰聲符非切。疑此墳音同肥。即不然，《詩》中陰陽聲亦間相為韻，若〈瞻卬〉之後與鞏，〈女曰雞鳴〉之來與贈，〈車攻〉之調與同，〈北門〉之敦與遺、摧，並其例。至二章之墳不與肄、棄韻，此則如〈凱風〉首章之南，〈河廣〉首章之廣，〈將仲子〉首章之子，〈遵大路〉首章之路，〈碩鼠〉首章之鼠，〈杕杜（唐風）〉首章之杜，〈東門之池〉首章之池，〈東門之楊〉首章之楊，〈澤陂〉首章之陂，二章及二章以下皆不韻，固《詩》韻之恆例也。（〈小雅・鹿鳴、四牡、杕杜、菁菁者莪、采芑、祈父、我行其野、桑扈、隰桑〉諸詩，亦同此例。）

又案：毛《傳》云：「調，朝也。」以調為朝字之借。說《詩》之家，殆無有不從之者。據《說文》朝從舟聲，舟周古同音，謂周聲之調，借為舟聲之朝，亦無不可信之理。金文朝字多見，無從舟作者；一見作[古文字]，旁與舟形略近，對照他形之從[古文字]、從[古文字]、從[古文字]，當是兩涘堵崖間流水之狀，不為舟字。[古文字]即朝暮之朝，與[古文字]（暮）字各以從[古文字]（艸）從[古文字]之異別形，分取日在草原中升起或降落以見意。然則朝實為潮字，其義謂「水之朝宗於海」。篆文從舟，即[古文字]之譌變。〈白駒〉叶苗、朝、遙，〈碩人〉叶敖、郊、驕、鑣、朝、勞，〈河廣〉叶刀、朝，〈漸漸之石〉叶

高、勞、朝，《孟子·公孫丑》叶撓、逃、朝，所與叶韻之字並屬宵部，則朝當是宵部字，與周聲之調屬幽部不同，不可以借。且古書朝字習見，他無借調為朝之例，何獨此以借字為之也？《說文》惄下引此作惄如輖飢（今誤輖為朝，依段注正），與《釋文》「調又作輖」合。輖字許君云重，重飢者，與疾之言重同。李黃《集解》李引王氏曰：「飢而又飢，飢之甚也。」為《集傳》所用，以複重之義讀之，或未為得。

〈召南·鵲巢〉：維鳩方之

宇純案：毛《傳》云：「方，有之也。」（《釋文》云「一本無之字」，是也。）清人說《詩》，則別出心裁。如戴震《毛鄭詩考》云：「《詩》中方房通用，方之猶居之也。」王引之《經義述聞》云：「方當讀為放。放，依也。」段玉裁《詩經小學》則改易毛讀，云：「毛方有之也，四字一句，猶言甫有之也。本或無之字，於方字作逗，而訓為有，朱子從之，誤也。」獨王念孫用毛《傳》，其《廣雅疏證》「方、撫，有也」條下云：「方者，〈召南·鵲巢〉維鳩方之，毛云：方，有之也。撫者，《爾雅》云：矜憐，撫掩之也。撫為相親有，又為奄有之有。撫方一聲之轉，方之言荒，撫之言幠也。《爾雅》幠，有也。郭注引《詩》遂幠大東，今本幠作荒。毛《傳》云：荒，有也。」王氏以幠荒說方字，是也。〈周頌·天作〉「天作高山，大王荒之」，與此詩語意最近，是方即荒，方之即奄有之之證。《述聞》所言不同者，《疏證》成於乾隆五十

六年（一七九一）。《述聞》刊於嘉慶二年（一七九七），《述聞》此條未稱引「家大人」，或是引之別有所會。方音中非母字可形成合口曉母之對應音，疑上古漢語方言早有讀方字為非母者，故「方之」或謂之「荒之」。又《說文》訓揮為奮，訓奮為翬，訓翬為大飛，訓誹為謗，而謗下云毀（即今之譭），揮奮、奮翬、翬飛、誹毀，皆一方為非母，一方讀曉母合口，無疑並此詩方之義同荒之之證。說詳拙文〈上古音中二三事〉，刊見《邵榮芬教授八秩大慶論文集》。

〈甘棠・序〉：甘棠，美召伯也。召伯之教，明於南國。

《箋》：召伯，姬姓，名奭，食采於召。作上公，為二伯，後封於燕。此美其為伯之功，故言伯云。

宇純案：今人據〈大小雅・崧高、黍苗〉二詩，所言召伯為召穆公虎，〈江漢〉及他籍於召康公奭並稱召公，主此言召伯，亦當為召公虎，不信《詩序》。余謂全《詩》公為爵稱，伯則有爵稱有暱稱，前者如郇伯申伯，後者如叔兮伯兮、將伯助予。〈江漢〉詩宣王稱召康公，自用爵稱。此詩乃人民懷念召公之作，發乎情，故用暱稱為召伯。凡治民為政，獲人尊敬易，得人愛慕難；若其權重位高，而民親之若鄰家長老，渾然早忘其尊顯，非有大德，雖求之莫能致。此詩之稱召公為召伯，正以見召公德澤深及於下，民愛之，泯然不知貴賤之殊，若易召伯為召公，則是轉親親為尊尊，詩意頓失。由知詩之為物，有非考據之功烈可施，仍當以《序》說為是。唯毛公

不說稱召伯之義，鄭以二伯說之，非其恉矣。

又：勿翦勿拜

鄭《箋》云：「拜之言拔也。」宇純案：此說拜為拔之借字，簡而易明，故《正義》無疏，《釋文》但云「拔，蒲八反」。《廣韻》黠韻蒲八切拔下云拔擢。拔擢者，謂連根拔起，其母語為茇。《說文》：「茇，艸根也。」由名詞轉為動詞，艸根而為連根拔；英語 root 一字亦兼此二義，可以互參。其初文作□，象草有根形，繁體加艸作□；拔之初文作□若□，即於母字加手為轉注字。前者見於甲骨文及金文，用同《說文》之祓，義為除災求福祭名；則又從拔語孳生，故亦以□字為之，或加示旁為□若□。□字見於金文，用為拜手義，為拔擢義引申：蓋拔草木時必屈身拱手，因謂屈身拱手之禮為拜手。其後□字漸為新起之形聲茇字取代，殘存於偏旁中之□及□，亦譌變為□為□，前者見之於奏與□，後者見之於□。於是□與□亦別作拔與祓，而專以□字言拜手。《說文》：「□，首至手也。從手𠦪。」以𠦪義為疾，從夲，卉聲，已不解𠦪及𢷎字形義。又云：「□，楊雄說𢷎從兩手下。」此即今之拜字，蓋漢世專為拜手所造。今詩作勿拜，當是後人所改，其始必書作𢷎。鄭氏箋《詩》，不達於此，據拜字以假借說之，遂不盡為學者所採。唐施士丐《詩說》云（據胡承珙《毛詩後箋》引）：「拜言人之拜，小低屈也。」由拜手義引申為說，為《集傳》採用。《切韻》殘卷怪韻博界反扒下云：「詩云勿翦勿扒，擘也。」又黠

韻博拔反扒下亦云擘（並見《王二》），蓋出三家。施氏又云：「毛註拜猶伐。」（見《韓昌黎集註》及《呂氏讀詩記》）此據首章伐字言之，拜自不得又為伐之借，今毛《傳》無此語。凡此，胥由不明拜為後人所改，其始作捧，即為拔字，於是而生異說。

〈江有汜〉：其後也處

宇純案：毛《傳》云：「處，止也。」其取義不詳。鄭《箋》云：「悔過自止。」承前章「其後也悔」為說，而與處字訓止義謂居止不合，處字不作停止解。《經義述聞・通說》云：「處義又為審度，為辨察。」以釋此詩，文義洽適。王氏舉例，則不及此。（前於東海大學中研所講授訓詁專題，曾以此語諸生。呂珍玉女弟寫入其〈讀詩記〉中。）

〈邶風・柏舟〉：不可選也

宇純案：《說文》：「選，遣也。」選為擇，又為遣者，擇與遣為一義之兩面，不可選，即不可遣也。〈相鼠〉詩云「人而無儀，不死何為」，故此云「威儀棣棣，不可選也」矣。上文云「我心匪石，不可轉也；我心匪席，不可卷也」，與此皆義言做人之原則，不可以遷改也。

〈綠衣〉：綠兮衣兮，綠衣黃裏

毛《傳》云：「綠，間色；黃，正色。」鄭《箋》云：「綠當為褖。」宇純案：凡《詩》言「某兮某兮」者，如絺兮綌兮、父兮母兮、叔兮伯兮、瑣兮尾兮、簡兮簡兮、玼兮玼兮、瑳兮瑳兮、瑟兮咺兮、寬兮綽兮、容兮遂兮、蘀兮蘀兮、挑兮達兮、婉兮孌兮、子兮子兮、薈兮蔚兮、萋兮斐兮、哆兮侈兮，兮上二字或相同，或詞性相同，皆平列結構，一無例外，是鄭說勝。《釋文》云：「緣，或作褖，同吐亂反。」緣蓋又為褖字異體，如袾或作絑，裼或作緆，與衣純之緣為同形異字。緣與綠形近，故誤為綠。《正義》云：「此綠字與〈內司服〉綠衣字同。」是孔氏所見《周禮》褖衣字有誤作綠者，與此詩緣誤為綠同。

〈終風〉：曀曀其陰，虺虺其雷

宇純案：曀陰雙聲，虺雷疊韻。曀曀，狀陰暗之辭，與暗暗為轉語；不云暗暗者，取曀與虺韻相近也。二字古韻分隸脂或微部，全《詩》脂微相叶之多，幾至韻部難於分別。馬瑞辰《毛詩傳箋通釋》云：「《晏子春秋》星之昭昭，不若月之曀曀。《意林》引曀曀作靉靉，《文選》注引作曖曖。」靉曖與虺同微部，是此取曀曀與虺虺為韻之證。又案：虺虺狀雷聲，古仲虺或作仲雷，蓋其音義相關，是以通用不別。

〈匏有苦葉〉：濟盈不濡軌

宇純案：軌字，據藝文景印嘉慶二十年南昌府學重刊宋本《毛詩注疏》如此作，今通行本並作軓字；下同。毛《傳》云：「由輈以上為軌。」《釋文》云：「軌，舊龜美反，謂轊頭也，依《傳》意宜音犯。案《說文》云：軌，車轍（案：原作徹，轍為徹後起轉注字）也。從車，九聲。龜美反。軓，車軾前也。從車，凡聲。音犯。車轊頭，所謂軓也，相亂，故具論之。」陸氏依《說文》定此為軓字；其云「車轊頭，所謂軓也」，則為軹字之誤，而當為後人寫刻之譌。《說文》「軹，車輪小穿也」，下次軎篆，或體作轊，是其證。然則，舊讀軌字龜美反，說其義為車轊頭，皆不合經誼。孔氏《正義》亦據《說文》云此是軓字，並引《禮記・少儀》「祭左右軌、范，乃飲」，乃《周禮・大馭》「祭兩軹、祭軓，乃飲」之文，以見軓、軹、軌三字相涉，〈少儀〉之軌為軹之誤，〈大馭〉之軌為軓之誤，均與軌之為車轍無關。但此字必當與牡字叶韻，而軓在侵部，與牡字屬幽部不同，軌字則正在幽部，故清儒言《詩》，咸主此當是軌字。由義而言，則軌謂車轍，濟盈未有不濡車轍者，明與詩意不合。是故見之者，有段玉裁據徹之義為通，改軌字義，並改毛《傳》「由輈以上」為「由輈以下」，以成其說。其言曰：「徹者，通也。車徹者，謂輿之下兩輪之間，空中可通，故曰車徹，是謂之車軌。輿下之輈，軌也；輈下之軸，軌也；虛空之處，未至地，皆軌也。濡軌者，水濡軌間空虛之處，而至於軸，至於輈，故濟盈斷無有濡軌之水者。」又有李惇者，說軌字有二義，一則恆見之車轍，一則〈少儀〉之軌，與軹同言車轊頭（見《群經識小》）。王念孫從之，改《傳》文之「由輈而上」為「由軸而上」，因音近而誤軸為輈；

又依上《傳》「由膝以上為涉」、「厲謂由帶以上」之例，於「由軸以上為軌」，增為「由軸以上為濡軌」，以「濡軌」為濟水之名。然濡之義謂霑漬，空虛之處不可以言濡，是段說義不可通。同一軌字而有二義，則言車軌不知所指，必無是理，是李說不可用。以〈少儀〉合〈大馭〉相參，當如《正義》所言，〈少儀〉軌是軓字之誤。《傳》釋經文涉、厲、軌三字，厲與揭字一例，為濟水之名。涉本亦濟水之名，此言深涉，謂可以徒涉之所。軌字無論謂車轍，或本作軓，皆是車相關之稱，與厲、涉不同類，無可比擬，決不得於軌上增濡字，是王說亦不然。戴震則先後見解不一。其既云：「詩以軌與牡韻，當為車轍之軌，《毛詩》蓋譌作軓，遂以車軾前解之。」（見《毛鄭詩考正・由輈已上為軌》）又云：「毛《傳》曰由輈已上為軓，今詩軓作軌，以合韻改之也。」（見《考工記圖・釋車》）復云：「毛君讀此詩，豈聲從軌，而義從軓，誤二字為一歟？」（見《戴東原集・辨詩禮注軓軌軹軒四字》）其第一說，取軌字韻，而無以說何以濟盈而車轍不濡。其第二說與第一說相反，重詩意而猶謂此本不韻。其第三說，則欲以調和前二說之矛盾。然以軌字之習見習知，毛氏豈得如此專輒，易改其通知之義，是必不得然也。今謂軓字不誤。軓之言範，範圍輿前，在軾之下，垂於輈之上（參戴氏《考工記圖》），故許君云車軾前，毛云由輈以上；濟盈不濡軓，猶云濟盈不過軓輈相接之處也。王必改輈為軸，謂「輈承衡者最高，承軫者最下，但曰由輈以上，則其為上曲而承衡之處，與下曲承軫之處，皆未可知，不可以定水濡之高下，故不得言由輈以上也」。不知若取軓字，則軓與輈相接處有定位，即水濡之高下有定處，故

王氏此言亦誤。古韻軓字屬侵部，侵部元音及韻尾為əm，與幽部為əu相近，侵部本有陰聲，其音為əw，與幽部əu尤相似，周時大抵已與幽部合而為一（詳拙著《中上古漢語音韻論文集・上古音芻議》）。〈小戎〉叶驂、中，〈七月〉叶沖、陰，〈公劉〉叶飲、宗，〈蕩〉叶諶、終，〈雲漢〉叶蟲、宮、宗、臨、躬。其中驂、陰、飲、諶、臨五字屬侵部，餘並屬中部，中部為幽部陽聲，以見侵幽可以合韻。更檢段氏《六書音均表・詩經韻分十七部表・第三部・上聲》「軓、牡」下云：「〈匏有苦葉〉二章，從〈考工記・注〉、《禮記・正義》、《唐石經》作軓，改為軌以韻牡者，非也。」又〈古合韻〉軓下云：「本音在第七部，〈匏有苦葉〉合韻牡字，讀如阜。」是段氏終以作軓字為是。後人多知其《說文注》軌下之說，而不知其後有更易，如胡承珙《毛詩後箋》，爰更引諸家說申而論之如此。

〈北門〉：已焉哉，天實為之，謂之何哉

宇純案：不云已矣哉，亦不云已之哉，而必云已焉哉者，取焉字與為、何韻。焉字元部，為、何歌部，元歌互為陰陽聲，《詩》每相叶。江有誥此但云為、何韻，哉、之、哉韻，王力《韻讀》同，未能盡得其實也。

又：政事一埤遺我

宇純案：《釋文》遺字但有唯季反一音，此後世平聲言失，去聲言加之異讀法，古無是分。《詩》中下義之降讀平，我義之予音上，類此者不一而足。此遺與敦、摧韻，自是平讀。《廣韻》以追切遺下云「失也，亡也」之外，又云「贈也、加也」，猶存古義。江有誥云取平聲。

〈北風〉：北風其喈

毛《傳》云：「喈，疾貌。」陳奐曰：「喈訓疾，義未詳。《玉篇》：䬕，疾風也。或本三家《詩》。」馬瑞辰曰：「喈當作湝，又通淒。《說文》湝字注一曰水寒也，引《詩》風雨湝湝，即〈鄭風・風雨〉淒淒之異文。〈邶風・傳〉淒淒，寒風也。蓋水寒曰湝，風寒亦為湝。其湝猶其涼也。」宇純案：馬云其湝猶其涼，謂其義相彷彿，其意是也。涼從京聲，本讀kl複母。一章云北風其涼，二章云北風其喈，喈即涼之雙聲轉韻，以與霏字相叶，喈霏雖分隸脂或微部，全《詩》兩部多叶，方言或有不別者，此則馬氏所不及知也。至《說文》湝下引《詩》風雨湝湝，應作北風其湝，許君一時誤記耳。知者，湝淒聲母相遠，淒淒不得或作湝湝。且〈風雨〉詩云：「風雨淒淒，雞鳴喈喈。」二語相連，若易淒淒為湝湝，《釋文》湝喈並云「音皆」，則湝湝、喈喈義異而音同，必無是理也。二章云「風雨瀟瀟，雞鳴膠膠」，膠膠喈喈一聲之轉，瀟瀟淒淒雖聲有異，但同為齒頭音，固足以見喈喈非淒淒之異文。

〈新臺〉：籧篨不鮮

宇純案：首二句云「新臺有泚，河水瀰瀰」，泚與瀰叶，佳部上聲，中古同見於紙韻；此句鮮字必當入韻也。但鮮字韻屬元部，元佳音遠。江有誥說為「借韻」，叶韻必須音之諧協，音既不諧，如何借得，說之必不可立也。今方音元部四等音受介音影響，或讀i元音鼻化，或即讀i元音。疑邶地鮮字元音a受介音i影響，上升變讀為e，同於佳部元音，而有此例。《爾雅・釋詁》：「鮮，善也」，《釋文》云：「鮮，息淺反，又音仙，本或作尠」。尠從斯聲，斯聲韻屬佳部。《說文》：「䨣，小雨財零也。從雨，鮮聲。讀若斯。」《廣韻》與斯同息移切。〈瓠葉〉「有兔斯首」，鄭《箋》云：「斯，白也。今俗語斯白之字作鮮，齊魯之間聲近斯。」又馬瑞辰《毛詩傳箋通釋》引阮元說「鮮民」為「斯民」，或並可為此韻例作證。唯鮮解二字隸書形近，每致淆亂。盧文弨《鍾山札記》云：「《列子・湯問》鮮而食之，《墨子・魯問》同，〈節葬〉作解而食之。《禮記・月令》穀實鮮落，《呂氏春秋》作解落。」《書・立政》「以覲文王之耿光」，漢石經耿作鮮，鮮亦解之誤，蓋耿有作解者，耿解雙聲對轉為異文。又〈魯峻石壁殘畫象〉「鮮明騎」，鮮字作鮮，與解字俗書不別。並其例。疑此或本言籧篨不解，解與泚、瀰同佳部，且同為上聲。籧篨不解者，義猶下章「籧篨不殄」不殄之為不絕，謂與寢惡之人緣結不解也。

〈二子乘舟・序〉：二子乘舟，思伋壽也。衛宣公之二子，爭相為死，國人傷而思之，作是詩也。

宇純案：姚際恆《詩經通論》據《左傳・桓公十六年》宣姜殺二子於莘，以為此宜乘車而往；且伋壽先後遇難，未嘗同行，與《詩》言二子同舟復不合，力言《序》不可信。今人言《詩》，或遂棄《序》如敝屣。余謂伋壽之愚孝，雖千載以下，聞之者莫不歎惋痛惜。詩人蓋不忍言其死，因設為乘舟遠遊之詞，幸其無害，聊以慰情耳，初不必與史實相表裡。毛《傳》云：「國人傷其涉危遂往，如乘舟而無所薄，汎汎然迅疾而不礙也。」其說已近之。今則或云此送行之詩，不唯點金成鐵，索然寡味；果是送行詩，祝人旅程平安則有之，豈有直言「不瑕有害」者邪？

〈鄘風・柏舟〉：汎彼柏舟，在彼中河。髧彼兩髦，實維我儀，之死矢靡它

宇純案：據〈召南・小星〉及〈秦風・無衣〉韻例，此當以一、三句舟與髦韻，又二、四、五句河、儀、它韻。他詩一與三、二與四句分韻者，如〈兔罝、野有死麕、雄雉、谷風〉等，則尤為習見。《說文》：「髦，髦（依段注補）髮也。從髟毛。」本義謂髮中之豪，引申謂俊傑，見段注，此借用為髳。《說文》：「髳，髮至眉也。從髟，敄聲。」敄從矛聲，矛聲古韻屬幽部；

而此字《說文》或體作髳，正以矛為聲，故此與舟字為韻。許君於髮下引「《詩》曰紞彼兩髮」，紞字髮字即此髧字髦字，故毛《傳》云「髦，髮至眉，子事父母之飾」，而《釋文》云「髦音毛，《說文》作髳」。〈角弓〉詩：「雨雪浮浮，見晛曰流。如蠻如髦，我是用憂。」以髦韻幽部之浮、流、憂，與此髦字韻舟可以互發，是髦字古韻在幽部之明證。清人治《說文》，因中古髦毛二字同在豪韻，音莫袍切，而有髦字從毛亦聲之說，依毛聲隸髦於宵部。不知髦古音在幽，故許君不云毛聲，而說為會意；其今音入豪韻，正與咎聲、匋聲、曹聲、翏聲之字入豪韻同，不得以其後世與毛同音，便謂其古韻與毛同部也。《集韻》髦字除見豪韻，又見侯韻迷浮切，收為髮字或體，此最與古契。江有誥謂此詩一、三兩句可作幽宵通韻；朱駿聲於此詩及〈角弓〉兩髦字皆不收為韻字，近人王力同，並有所未達。唯王念孫《古韻譜》獨識髦字古韻屬幽，二詩分與舟或浮、流、憂韻，可謂慧眼。其於髦字屬幽之理，略無所明，因更申而論之。

〈君子偕老〉：玼兮玼兮，其之翟也

宇純案：言古韻者，於此章但云翟、髢、揥、晳、帝五字為韻，玼字與五者同佳部，亦當為韻字。今以全《詩》韻例言之：凡上下章相同之句，其末字或不韻，或次章以下不韻。前者如〈關雎〉之「參差荇菜」，〈葛覃〉之「葛之覃兮（末一字為語詞，計其上一字）」，菜字覃字皆不入韻。後者如〈汝墳〉之「遵彼汝墳」，〈凱風〉之「凱風自南」，首章之墳與枚、飢韻，南與

心韻，次章之墳與南則不韻。其上下章句同而末字異者，所異之字皆為韻字。此如〈麟之趾〉之趾、定、角，〈羔羊〉之皮、革、縫，其例繁多，不勝殫記。此詩上章云「玼兮玼兮」，下章云「瑳兮瑳兮」，句法相同，而玼、瑳為異。瑳字古韻屬歌部，《詩》每以歌與元叶韻，兩者對轉，其例如〈東門之枌〉以原叶差、麻、娑，〈桑扈〉以那叶翰、憲、難。此詩瑳與展、袢、顏、媛同在一章，亦正分屬歌與元部，必是韻字。然則此章之玼亦當與翟、髢五字為韻無可疑。《釋文》云：「玼，本或作瑳。此是後文瑳。」仍以前列〈麟之趾〉及〈凱風〉韻例衡之，玼俱不得作瑳，陸說是也。《集韻》哿韻此我切瑳下或體作玼，即據誤本所收，不足為憑。

又案：翟字古韻各家並見宵部，此以翟與玼、髢、揥、晳、帝叶，江有誥云「古狄翟二字通用」。佳部宵部音不相及，二字不得通用，今音同徒歷切，是音之變，非其本同。〈簡兮〉詩叶籥、翟、爵，是翟之本音，而必不得作狄，以見其本不相同也。此狄作翟者，翟本音讀 d'iauk，方音 a 受 i 之影響，上升變讀為 e（與鮮民為斯民之音變同，見前〈新臺〉「籧篨不鮮」條），韻尾之 uk，由圓脣之 kw 同化為 k，於是變入佳部，或以同音之狄字書之，或即書作翟字而讀從變音，故翟又或與狄為異文。不若江氏之所言也。

又：瑳兮瑳兮

宇純案：瑳與展、袢、顏、媛韻，說見前條。清之古韻學家並不及此，近人王力亦然。

〈衛風・氓〉：士貳其行

馬瑞辰云：「貳當為貣，形近之譌。貣者，忒之同音假借。《爾雅・釋言》：爽，忒也。〈釋訓〉：晏晏、旦旦，悔爽忒也。正取《詩》士忒其行為義。」宇純案：馬說是也。爽忒同義，故上言女也不爽，而下云士忒其行；若本作貳，則下云「二三其德」，二字於義為複，又不得言三矣，是其明證。余初有此意，檢之《通釋》，知馬氏先得我心，然其說不見用於今說《詩》之家，因更申而論之。更案：鄭《箋》云：「我心於女，故無差貳。」差貳不得連言，原亦是貣字。《傳》云「爽，差也」，鄭增貣字以足之。然鄭又云「而復關之行有二意」，以見鄭時經文貣字已譌作貳，鄭固不悟貳為貣之誤也。

〈伯兮〉：伯兮朅兮

宇純案：凡《詩》四言句云「某兮某兮」者，皆平列結構，例已引見〈綠衣〉「綠兮衣兮」條下。凡四言句首字與第三字為主述語關係者，如葛之覃兮、士之耽兮、女之耽兮、邦之彥兮、子之手兮、子之昌兮、子之還兮、子之茂兮、子之湯兮，以及五言句首二字為主語，如緇衣之宜兮、緇衣之好兮、緇衣之蓆兮，主語下皆用之字。此下句「邦之桀兮」，句法與上引諸語合，伯下兮字原亦當為之字。

〈鄭風・大叔于田〉：乘乘鴇

毛《傳》云：「驪馬雜毛曰鴇。」宇純案：《爾雅・釋畜》說同，鴇字作䮬。《說文》不收䮬字，蓋其時䮬亦為鴇，後世始易鳥為馬，而成轉注專字。驪為深黑色馬名，此猶謂鴇為黑白雜毛色馬。《漢書・梅福傳》云：「一色成體謂之醕，白黑雜合謂之駁。」鴇駁雙聲，然則鴇即駁，因駁不與首、手、阜相叶，變其韻而書作鴇字，即所謂「雙聲轉韻」也，說見拙文〈試說《詩經》的雙聲轉韻〉。

〈清人〉：駟介陶陶

《釋文》：「陶，徒報反。」宇純案：陶字習音徒刀反，此音徒報反者，與好字為韻，故協音取去聲，好字《釋文》音呼報反。然此陶字當讀幫母。知者，一章云駟介旁旁，《釋文》音補彭反；二章云駟介麃麃，《釋文》音表驕反，並讀幫母，而分別與彭字消字同韻，則亦余所謂雙聲轉韻也，當讀陶陶同報報。陶讀同報者，《說文》匋下云「《史篇》讀與缶同」，缶字方九切，正為幫母，疑此原作匋匋，因瓦器之匋通用書作陶字，故此誤匋為陶耳。毛、鄭不釋旁旁，《說文》云：「騯，馬盛也。」即此旁字加馬之轉注字，相當於他詩如〈烝民〉〈韓奕〉之彭彭。段注云：「毛《傳》本有旁旁盛貌之語，後逸之。」其說或然。毛於麃麃、陶陶分訓為武貌，為馳

驅之貌，今謂儦儦、陶陶與旁旁為「雙聲轉韻」，義當與旁旁同。

〈齊風・猗嗟〉：猗嗟名兮，美目清兮

毛《傳》云：「目上為名，目下為清。」馬瑞辰曰：「按《傳》同《爾雅》，疑《爾雅》此訓漢儒據毛《傳》增入，非古義也。猗嗟名兮，與猗嗟昌兮、猗嗟孌兮句法相同。若以名為目上，則昌與孌將何屬也？名明古通用（〈檀弓〉子夏喪明，〈冀州從事郭君碑〉作喪子失名），名當讀明，明亦昌盛之義。又名有大義，〈魯語〉取名魚，即大魚也，〈禮器〉因名山升中於天，鄭注名猶大也。三章首句皆歎美其容貌之盛大，《傳》訓目上為名，失之。」宇純案：馬讀名為明，則不得韻清、成、正、甥，異乎首章三章昌字孌字之入韻，明古韻屬陽，與名屬耕不同，是其一不然。郭君碑明作名，當是方音混同之誤，不得為周時名明相通之證，是其二不然。首章昌與長，三章孌與婉，皆義相為類（後者〈候人〉及〈甫田〉二詩並云婉兮孌兮），說名之義為大，大與清義相隔，是其三不然。〈魯語〉名魚對鯤鮞而言，鯤鮞義為魚子或未成魚，本皆無魚名，名魚自是有名可稱之魚；〈禮器〉名山，則是知名大山，非名之義為大，是其四不然。今謂名當是明之轉語，無專字，即以同音之名字書之，與清同為狀美目之詞。毛氏以目上下為別，或信有所泥，其義與清為類，固不可易。高亨《詩經今注》云：「名借為明，面色明淨。」既與馬氏同誤，又誤其義謂面色。

〈唐風・揚之水〉：我聞有命，不敢以告人

宇純案：《荀子・臣道》云：「《詩》曰：國有大命，不可以告人，妨其躬身，此之謂也。」楊倞云：「逸詩。」疑即此詩，奪妨其躬身一句，首句又略不同。粼、命、人、身韻，真部平聲（命字古平去二讀）。

〈綢繆〉：子兮子兮

毛《傳》云：「子兮者，嗟茲也。」茲即《說文》訓嗟之嗞字。鄭《箋》云：「子兮者，斥取者，子取，後陰陽交會之月，當如此良人何！」宇純案：子字兩說不同。一九九六年第八期《文物》，載江蘇東海縣尹灣漢墓簡〈神烏賦〉「佐=子=」，即嗟嗞嗟嗞，與此用子為嗞同，鄭以子為實詞，非是。《正義》說毛《傳》云：「茲，此也。嗟嘆此身，不得見良人，言己無奈此良人何。」則是誤解毛意。

〈鴇羽〉：肅肅鴇行

毛《傳》云：「行，翮也。」《正義》云：「以上言羽、翼，明行亦羽翼。以鳥翮之毛有行列，故稱行也。」宇純案：孔據上文云羽云翼，說毛氏訓行為翮之意，是；以鳥翮之毛有行列，

說經文所以稱翮為行之故，則非。《說文》云：「翮，羽莖也。」莖翮雙聲對轉，以莖說鳥翅所以有翮之稱，最符初恉，無關於毛有行列。段注云：「莖翮雙聲，〈唐風〉肅肅鴇行，毛曰行，翮也，亦於雙聲求之。上文云鴇羽鴇翼，故不得以行列釋之也。」其言鴇行之為鴇翮，當於雙聲求之，卓識蓋前無古人。然雙聲之字至多，何以獨取於行字乎？固猶一間未啟。愚意，此亦「雙聲轉韻」也，直云鴇翮，不能諧桑、粱、嘗、常之韻，故保其聲而轉其韻入陽部，以屬乙類韻（即中古之二等韻，詳拙文〈上古音芻議〉）之行，易屬乙類韻之翮，是以為鴇行也。馬瑞辰曰：「行之訓翮，經傳無徵，鴇行猶云雁行，雁之飛有行列，而鴇似之，鴇行訓作行列為是。」可謂知訓詁而不知詩。（此可參余說壽豈之為壽考，乘鴇之為乘駁。）

〈有杕之杜〉：中心好之，曷飲食之

宇純案：江有誥以好食二字之幽通韻。疑此下句原作曷食飲之，以好、飲幽侵為韻，好食一去一入，不若好飲之並讀去聲，並參〈匏有苦葉〉軓與牡韻。

〈秦風・駟驖〉：駟驖孔阜

《十三經校勘記》云：「駟驖，小字本、相臺本同，唐石經初刻鐵，後改驖。經駟驖孔阜同。案《釋文》云：駟驖，田結反，又吐結反。驖，驪馬也。考《說文》：驖，馬赤黑色，從馬，戴

聲。《詩》曰四驖孔阜，是毛氏《詩》作驖，《釋文》本與許合也。《正義》本當作鐵字，鐵為驖之借，如鴇為駂之借，而石經初刻依之。上《譜‧正義》及〈騶虞〉〈車攻〉〈吉日〉等《正義》多作鐵，是其證。此篇經、注《正義》十行本盡作鐵，必合併時人以經、注改《正義》字，故即《正義》所云『鐵者，言其色黑如鐵』者，亦盡改為驖，而不可通矣。」宇純案：赤色馬謂之驖，即鐵之轉注字，鐵為驖初文，易金為馬，遂為驖字矣。其經文有作鐵者，原非誤書。但驖字成於何時，不可得知。毛於「駟驖孔阜」下云「驖，驪」，以〈抑〉「實虹小子」直云「虹，潰也」，而不先云虹讀為訌例之，不必其所見非鐵字。《釋文》驖字不載異體之鐵，是經文原無作鐵字之證。《正義》云：「驖者，言其色黑如驖，故為驪也。」除如下驖字為鐵字誤刻，者上驖字無作鐵之理，《校勘記》以為《正義》本原是鐵字，自為誤說。其云鐵為驖之借，鴇為駂之借，則尤不明文字孳乳之實，書中類此主張甚多，特藉此一例以明之。至於上《譜》及〈騶虞〉諸詩《正義》有書作鐵字者，當是偶然誤作，亦不足據言《正義》本原為鐵字。

又：奉時辰牡，辰牡孔碩

毛《傳》云：「時，是；辰，時也。冬獻狼，夏獻麋，春秋獻鹿豕群獸。」鄭《箋》云：「時牡，甚肥大，言禽獸得其所。」馬瑞辰曰：「辰，當讀為麎。《爾雅》麋，牡麔牝麎。《說文》：麎，牝麋也。辰牡猶言騋牝，彼以騋為牡，與牝對言；此以麎為牝，與牡對言，其句法正相類，

辰即麎之渻借耳。」宇純案：〈定之方中〉「騋牝三千」，毛《傳》云：「馬七尺以上為騋，騋馬與牝馬也。」騋牝謂騋馬及其牝者，下特言牝，則騋謂騋馬之牡者可知。依此例，詩當云麎牡，方合馬氏之意，無以類推辰為麎字之假借。詩云辰牡者，以理度之：虞人驅獸以供公射，當奉其時之壯碩肥大者，不限於鹿，而必為其牡類可知。然則毛氏訓辰為時，辰牡謂時令之壯大者，此意宜不可易。〈車舝〉云「辰彼碩女」，《傳》亦訓辰為時，可以互參。唯彼所謂辰，為「楊家有女初長成」之意，此其不同耳。

〈蒹葭〉：道阻且右

毛《傳》云：「右，出其右也。」鄭《箋》云：「云右者，言其迂迴也。」宇純案：右即迂之雙聲轉韻。余初為〈試說詩經的雙聲轉韻〉，言之而不敢必，其後漸識壽豈即壽考，乘鴇即乘駁，鴇行即鴇翮，民人所彰即民人所瞻，信其言之不謬也。鄭謂「云右者，言其迂迴也」，則是由引申其義為說，與鄙見不同。

〈權輿〉：於我乎，夏屋渠渠。今也，每食無餘。于嗟乎，不承權輿。

宇純案：我與嗟韻，歌部。言《詩》韻者，咸不及此。下章同。又案：毛《傳》云「夏，大

也」，不釋屋字，蓋直取館室義。鄭《箋》云：「屋，具也。言君始於我厚設禮食，大具以食我。」始以食具說之。《釋文》云：「屋，如字，具也。」不別毛、鄭。《正義》亦同，並引崔駰、王肅以屋為室，言其不可用。清人多謂大具說為勝，亦有主屋室者，如姚際恆且謂：「夏屋渠渠句，即藏食有餘在內，故是妙筆。」余謂「於我乎夏屋渠渠」，與「於我乎每食四簋」上下章相當，夏屋義若為大具，以四簋不得謂非大具，據全《詩》構句之法，上下章相當之句，不為叶韻者不易字，為叶韻者但易其韻字，今下句云「於我乎每食四簋」，不云「於我乎夏屋四簋」，屋當取館室義，故毛氏不釋。不然，下句原亦當作「夏屋四簋」，今本涉上下文「每食」而誤書。

〈陳風・宛丘〉：值其鷺羽

毛《傳》云：「值，持也。」宇純案：此義不見於他書。值持互為平入，疑此因下接「其」字，受其聲母影響，陰聲變作入聲，故書持為值，非關假借也。《集韻》值字除音直吏切，尚存入聲逐力切一讀。《釋文》但音直置反，未為宜適。

〈東門之枌〉：市也婆娑

先師屈翼鵬（萬里）先生《詩經詮釋》云：「市，當作芾。古市、芾、沛等字通。《漢書・禮樂志》：靈之來，神哉沛。注云：沛，疾貌。此狀其舞之疾速。」又引王符《潛夫論・浮侈》：

「詩刺不績其麻，女也婆娑，今多不修中饋，休其蠶織。」而加按云：「市作女，於義為長。」宇純案：《詩序》云：「幽公淫荒，風化之所行，男女棄其舊業，亟會於道路，歌舞於市井爾。」云歌舞於市井，是此本作市字之證。《釋文》於〈候人〉「三百赤芾」云：「芾，音弗，沈又甫味反。」此詩市字無音，則亦所見為市字。王符用此詩而云女也婆娑，句法與女也不爽、士也罔極及伯也執殳相近，《詩》中別無類似市也婆娑之句，確然為勝。但《詩序》所本既是市字，績麻本為婦功，上言不績其麻，下不必言女，仍取市字為宜。

又：貽我握椒《箋》：女乃遺我一握之椒，交情好也

《校勘記》云：「『交情好也』，相臺本同，閩本、明監本、毛本同。小字本情作博。案小字本誤也。《釋文》以『情好』作音，可證。」又云：「按交博好，猶云互相討好，博字必古本之留遺者，舊校非。」宇純案：交博好，謂交互博取愛好，故《釋文》云：「情好，呼報反。」若是「交情好」，則不待有音，音亦當云呼老反，舊校固誤，後校云「互相討好」，仍未注意《釋文》呼報反之音，不合鄭意。但今本《釋文》以「情好」作音，好字讀去聲，則「交情好」語不成義，情原當為博，必後人依誤本鄭《箋》改之。

〈墓門〉：訊予不顧

朱熹《集傳》云：「或曰：訊予之予，疑當依前章作而字。」宇純案：此不云訊不予顧，則或說是。

〈株林〉：乘我乘駒

宇純案：我上乘字，謂駕也。〈大叔于田〉云乘乘馬、乘乘黃、乘乘鴇，與此同。但前章云「駕我乘馬」，依全《詩》句法，前後章或上下文凡相當之句，不為叶韻不易字；易馬為駒，為其叶株字，駕字不當易，疑涉二乘字而誤。

〈豳風・東山〉：町畽鹿場

毛《傳》云：「町畽，鹿跡。」《釋文》：「畽，他短反。」《說文》云：「畽，禽獸所踐處也。《詩》曰：町畽鹿場。從田，童聲。」宇純案：童聲古韻屬東部，與他短反韻不相合。此字本作疃，從番入土會意。《說文》云：「番，獸足也。」番入土，即獸足入土。獸足入土而遺足印，故其義為獸跡。《郭店楚墓竹簡・唐虞之道》「僮而不傳」，即此字增益彳旁，借用為禪字。《爾雅・釋獸》：「麇，其跡躔。」躔即疃之後起形聲字，從足，廛聲；廛本從广，而疃為其聲，因其形過長而省釆。蹱則疃字增益足旁，又譌疃為童字，故與其韻不相合。疃本音當讀他但切，與他典切或他頂切之町為雙聲連語。今讀他短反為合口音，即受童聲韻腹「u」之影響。

𨞊字今音為直連切，則誤依廛聲為讀。說詳拙文〈從兩個層面談漢字的形構〉，刊見二〇〇〇年中央研究院《第三屆國際漢學會議論文集》。

〈小雅・常棣〉：兄弟鬩于牆，外禦其務

毛《傳》云：「鬩，很也。」宇純案：《禮記・曲禮》：「很無求勝」，鄭注云「很，鬩也」，鬩很二字互訓。《說文》：「鬩，恆訟也。」訟之義謂爭訟，故《周禮・大司徒》「百獄訟者」，鄭注云「爭財曰訟」。然則鬩謂財訟，《詩》云「兄弟鬩于牆」，義不可通。疑此本作「兄弟鬩于嗇」，嗇同穡，鬩于嗇謂田訟也。今嗇作牆者，古嗇字亦與牆同，誤讀為牆，遂書作牆耳。知嗇亦與牆同者，《說文》：「牆，垣蔽也。」嗇從來從㐭，㐭象積禾稈為廩形，凡垣蔽曰牆，故廩亦有牆之名。後以加爿聲者為牆字，但加广加宀作廧若𡪞者亦牆字，以知嗇有牆音也。婦官之嬙（見《左傳》及《國語》），及帆柱之檣（見《埤蒼》），並音同牆，是亦其證。毛但云「鬩，很也」，不說全句。鄭云「兄弟雖內鬩，而外禦侮也」，鬩上加內字，似已讀為牆，亦可視為對下句外字所加。《正義》云：「言兄弟或有自不相得，可鬩很於牆內。」則明是讀為牆字，然猶知鬩之義為很。今人則但知鬩字從鬥，遂以其義為戰鬭（《廣韻》錫韻鬩下收「鬭也」一義，不可從），又直認「鬩于牆」，必是鬭於牆之上，不思其亦可謂鬭於牆之內，於是而有于省吾巧說為「兄弟共同戰於牆上，以禦外侮」，為學者所樂道，而不知其去原意已遠。更由詩之

韻言之。此章四句，曰：「兄弟鬩于牆，外禦其務。每有良朋，烝也無戎。」牆、務、朋、戎四字，分隸陽、侯、蒸、中四部，無二字韻部同者。《左傳・襄公廿四年》引務作侮，侮屬之部，之與蒸雖為對轉，但全《詩》無四句二、三為韻，第四句不韻之例，是故段、王、江以為無韻也。朱駿聲謂務與戎孚、豐合韻，而不知敄字雖從矛聲，務字中古在遇韻，其古韻應屬朱氏之需部，豐部宜分出中部，又不直與需部相對，務與戎實不得相為韻。王力合中侵為一侵部，云務與戎幽侵通韻，亦不知務不隸於幽，說亦不當而已。今據《左傳》之侮，與嗇古韻同在之部，是一、二兩句之部韻，三、四兩句蒸中合韻，後者與〈召旻〉之叶弘、中、躬同。然則由韻言之，首句原作「鬩于嗇」，殆可謂信而有徵矣。毛不說務字，至鄭始云「務，侮也」，蓋毛所據同左氏，為古文，鄭所本為今文，鄭氏箋《詩》，本時取於三家也。

〈天保〉：何福不除

毛《傳》云：「除，開也。」鄭《箋》云：「何福而不開，皆開出以予之。」《正義》云：「言開者，若有閉藏畜積，今開出之。」朱熹《集傳》則云：「除，除舊而生新也。」馬瑞辰曰：「何福不除，猶云何福不予。予，與也，授也。凡《史記》言除吏，《漢書》言除官，皆謂授以官，除與此詩何福不除同義。舊皆以除舊生新釋之，失其義矣。」宇純案：《說文》：「除，殿陛也。」段注云：「殿陛謂之除，因之凡去舊更新皆曰除，取拾級更易之義也。〈天保〉何福不

除，《傳》曰除，開也。」段說除字引申義，是也。凡《史》《漢》之言除官，與此言何福不除，皆推陳出新義。然毛於〈小明〉「日月方除」云「除，除陳生新也」，此則云「除，開也」，二者必不相同。段說去舊更新之後，復引毛氏除開之訓，以為同義，殊可商量。馬氏不知除吏除官義謂除舊生新，致不能有取於舊說。鄭、孔義從毛氏，唯朱《傳》為得。

〈杕杜〉：卜筮偕止，會言近止，征夫邇止

《集傳》云：「近，叶渠紀反。」顧炎武《詩本音》云：「近，古音記。〈崧高・箋〉曰：近，辭也。聲如彼記之子之記。古近字多與幾同，後人誤入十九隱、二十四焮韻。」段玉裁曰：「近，本音在第十三部，〈杕杜〉合韻偕、邇。顧氏云：近字本在脂微部，所謂以合韻惑本音也。」王念孫《古韻譜》亦收三字為韻，而不云所以為韻之理，蓋亦因文與脂微相近之故。江有誥則云「近字不入韻」，王力亦但以偕、邇為韻字。宇純案：全《詩》韻例，凡前後章句法相重，至末章變易句法，每句末一字相同，其前一字莫不為韻，無例外。如〈卷耳〉之「陟彼砠矣，我馬瘏矣，我僕痡矣，云何吁矣」。〈擊鼓〉之「吁嗟闊兮，不我活兮；于嗟洵兮，不我信兮」。〈蝃蝀〉之「乃如之人也，懷昏姻也。大無信也，不知命也」。〈九罭〉之「是以有袞衣兮，無以我公歸兮，無使我心悲兮」。〈伐木〉之「有酒湑我，無酒酤我，坎坎鼓我，蹲蹲舞我，迨我暇矣，飲此湑矣」。〈魚麗〉之「物其多矣，維其嘉矣。物其旨矣，維其偕矣。物其有矣，維其

時矣」。〈裳裳者華〉之「左之左之，君子宜之。右之右之，君子有之。維其有之，是以似之」。〈隰桑〉之「心乎愛矣，遐不謂矣，中心藏之，何日忘之」。以及〈緜〉末二章之「柞棫拔矣，行道兌矣，混夷駾矣，維其喙矣」，乃至〈野有死麕〉之「舒而脫脫兮，無感我帨兮，無使尨也吠」，無不如此。此詩三章末三句云：「檀車幝幝，四牡痯痯，征夫不遠。」句法與此絕不相同，是此明取變易；而三語結構駢儷，以見會言近止句必當入韻。且此詩乃變回一、二章之句法，一章云「日月陽止，女心傷止，征夫遑止」，二章云「卉木萋止，女心悲止，征夫歸止」，陽、傷、遑及萋、悲、歸皆分別為韻，尤以見此近字不得不韻。然而近與偕、邇陰陽聲已自不同，又非「正對轉」，不得相諧；顧氏所據〈崧高〉近字，實為迈字之誤，且記之音亦與偕邇相遠，不足為據。余謂近當為比，古人書斤與比相似，詳金文斤字偏旁，此誤比為斤，遂傳會為近耳。《廣雅・釋詁三》：「比，近也。」會言比止，義同會言近止。《說文》云：「比，密也。」比之為近，猶疏之為遠，即密義引申。古韻比與偕、邇同屬脂部，與邇且同上調。

〈正月〉：彼求我則，如不我得。執我仇仇，亦不我力

毛《傳》於前二句無說，後二句亦但云「仇仇，猶謷謷也」。鄭《箋》云：「王之始徵求我，如恐不得我，言其禮命之繁多。」不說則字。又云：「王既得我，執留我，其禮待我謷謷然，亦不問我在位之功力，言其有貪賢之名，無用賢之實。」朱氏《集傳》以則為法則，其說云：「夫

始而求之為法則，惟恐不我得也。及其得之，則又執我堅固如仇讎，然終亦莫能用也。」馬瑞辰曰：「則字為句末語助詞，故《箋》但云王之始徵求我，不釋則字。朱子《集傳》始以法則釋之，非詩意也。」宇純案：毛氏如何解讀此四句，不得而詳。鄭不釋則字，馬說以句末助語詞，則則字無此用法。則與克、得、力相叶，又不得上三下五為句，是馬說誤。朱氏以則為法則，蓋不可易；其說「亦不我力」為「亦莫能用」，並全句皆不當詩意。今謂此承上文「天之抓我，如不我克」，而有所開示。毛訓扤為動，上二句謂天之欲撼動我，使不能立，若唯恐不能勝我。此前二句言其求索我之言行合法則，若唯恐不能得我之過失，即責求苛細，與吹毛求疵義同；後二句言其仇仇然脅執我，亦若唯恐不能搤勒我，「亦」下亦應有「如」字，因作四字句蒙上兩如字而省。仇本音巨鳩切，此借為絿，《說文》「絿，急也」，或體作紌。仇紌同從九聲，是音近之證。力讀為勒，勒從力聲，故用為勒字。

〈巧言〉：昊天泰憮

毛《傳》不釋泰憮二字，上句「亂如此憮」，則云「憮，大也」。後人說此憮字，率用前訓。對照上文「昊天已威」，已、泰義並為甚，大與威則義不同類，亦與下文「予慎無辜」不相涉。鄭《箋》兩憮字並說為敖慢，義取《爾雅·釋言》。解「亂如此憮」為「亂如此甚敖慢無法度也」，不若毛訓憮為大。今謂憮原當作憮；憮憮並從無聲，明曉二母字古多通用，或此以憮為憮。

《漢書・薛宣傳》云：「君子之道，焉可憮也。」晉灼曰：「憮音誣。」王先謙曰：「官本考證引蕭該曰：學林云：此傳直用憮字以當誣字耳。」《國語・周語》「其刑矯誣」，注云「加諸無罪曰誣」。此上云昊天泰憮，下云予慎無辜，正見憮當為誣之借。

又：君子如祉

毛《傳》云：「祉，福也。」鄭《箋》云：「福者，福賢者，謂爵祿之。」馬瑞辰、胡承珙引《左傳・宣（案並誤引為昭）公十七年》范武子引此詩「君子如怒」以下四句，而云「言君子喜怒以已亂也」，以見祉可訓喜，福與喜義本相通，君子如祉，義同君子如喜。宇純案：福為可喜，而不為喜義，動詞狀詞尤然。此詩祉與怒相對，其為動詞狀詞至明。古人引詩，附會為說者多，范武子之言，不足為據也。上云怒，下云祉，怒字對其上譖字讒字而言。爵賢之說，則前無所承，以祉為喜賢而爵祿之，尤為增文，是鄭說明不可用。今謂祉即止字加示旁，與《說文》訓福之祉異字；所以加示旁者，取告示義，與禁字從示意同。君子如祉，即君子如止，亦承譖字讒字言之，謂君子如其禁譖止讒也，故下接「亂庶遄已」矣。自范氏不識字，以禁止之祉為福祿之祉，毛公、許君亦於同形異字無所知，君子如祉之義，乃不為人曉。高亨《今注》云：「祉，疑當讀為止，禁也。」已得其意，終因未窺堂奧，而以借字說之，而疑不能定，惜夫！

〈谷風〉：習習谷風，維山崔嵬。無草不死，無木不萎。忘我大德，思我小怨

段玉裁、江有誥謂嵬、萎、怨脂元合韻，王力云三字微元合韻。段、江不分脂微，兩說實同。宇純案：元與脂微音不近，不得韻，故全《詩》不更見他例。王筠《說文句讀》云：「《中論》引《詩》惟山崔巍，今本作嵬，恐本是一字，分繁省耳。《集韻》八微以巍為正體，嵬為省文，十五灰亦合為一，而又單出嵬字。」今謂詩當以作巍為正。《說文》嵬部：「嵬，高不平也。從山，鬼聲。」段氏據《文選・南都賦》李注，訂「高不平也」為「山石崔嵬，高而不平也」。崔嵬為疊韻連語，二字古韻並屬微部。方音微每轉入歌，如火字哀字，嵬亦或轉讀入歌部，因有加委聲之巍。《說文》嵬部收巍字，注云「高也」，即此崔巍之巍。因巍本是嵬之轉語，二字聲母相同，其後韻亦轉為相同，故亦或書崔巍為崔嵬，不加區別，即今此詩之作崔嵬也。然嵬字本在微部，〈卷耳〉之崔嵬與隤、罍、懷韻，則是其本音，與此不同。巍字轉注加委為聲，故別與委聲之萎及元部之怨相叶，歌與元互為陰陽也。唯委字《說文》相傳二本異辭，小徐云禾聲，大徐作從女禾，並加注云：「委，曲也，取其禾穀垂穗委曲之貌。」明以為會意，言古韻者，類歸委聲於微部。今以《說文》委下云委隨，二字連語，隨字古韻屬歌；《說文》逶字或體作蟡，為聲亦屬歌部；又有委蛇之連語，蛇亦歌部字，委聲應屬歌部無疑。其字當如小徐以禾為聲。大徐不

知音，學者早有所論，蓋其時委禾不同韻，遂刊落聲字耳。馬瑞辰舉《說文》智讀若委，以見怨可與嵬、萎韻。馬雖不知萎古韻屬歌，亦不知此詩嵬原當是魏字，其所徵讀若可以藉識此詩之韻，故亦引以為助。

〈信南山〉：是烝是享，苾苾芬芬

楊樹達《積微居小學述林・釋𦎫》云：「享實是𦎫字，當讀為炖，始能與芬為韻，謂烝煮時香氣之四溢也。」廣州中山大學曾憲通教授，參加二〇〇〇年中央研究院第三屆國際漢學會議，所提論文曰〈亯及相關諸字考辨〉，稱楊說而韙之。宇純案：炖字不見於先秦典籍，亦不收於《說文》。此章凡六句：「是烝是享，苾苾芬芬，祀事孔明。先祖是皇，報以介福，萬壽無疆。」以各三句分作兩截，並各以一、三兩句享、明、皇、疆四字為韻，兩中句皆不韻。楊氏不得句讀，欲強於芬下皇下為句，故有此誤說。毛《傳》訓烝為進，當如鄭《箋》訓享為獻。即不然，以烝同蒸，亦當讀享為烹，何得以後出之炖，附會以為韻字也？時余為講評人，既已面告曾君，因楊氏頗負時譽，恐學者嚮慕聲名，仍有依從之者，故更言之。

〈大田〉：既備乃事

宇純案：鄭《箋》云：「是既備矣，至孟春，土長冒橛，陳根可拔，而事之。」以事為動詞，

謂從事農作，故《正義》云：「於是乃耕，故云而事之也。」農作本含耕種二事，必先耕而後種，是以孔氏但云「乃耕」耳。今人則類以事為名詞，說「乃事」為「其事」，見屈師翼鵬先生《詮釋》、王靜芝先生《通釋》，及高亨《今注》。今謂既備乃事為承上啟下之辭。「既備」承上「既種既戒」，「乃事」啟下「以我覃耜，俶載南畝，播厥百穀」；以「乃事」為「其事」，則但承上文，斯不然矣。〈有瞽〉云「既備乃奏」，〈公劉〉云「既登乃依」，乃下並接動詞，當以鄭說為是，明矣。馬瑞辰曰：「事通作傳，事之即傳之也。以物插地中為傳。《正義》曰於是乃耕，故云而事之也，失《箋》恉矣。」此其說，將使下文「播厥百穀」一語無所出，且不悟「俶載」之載與傳同，亦不然耳。

又：來方禋祀

鄭《箋》云：「成王之來，則又禋祀四方之神，祈報焉。」宇純案：鄭以來即上文「曾孫來止」之來，不惟兩語相隔，無此文理，說「方禋祀」為禋祀四方，亦不合於文法。陳奐《詩毛氏傳疏》云：「來方猶上篇云以方。來，古倈字，語詞也。」《說文》云：「倈，《詩》曰不倈不來。從來，矣聲。」《詩》無「不倈不來」語，段注云：「《毛詩》無此語。〈釋訓〉曰：不倈，不來也。《爾雅》多釋《詩》《書》，蓋〈江有汜〉之詩『不我以』，古作不我倈。許蓋兼稱《詩》《爾雅》，當云《詩》曰不我倈。不倈，不來也。轉寫譌奪，不可讀耳。」倈與來不同字，

於粸從矣聲，可得而定，他書亦無來字用同語詞以之例，陳說大惑。甲骨文云：「[古文字]年于方，又不雨（見《殷契粹編》八〇八）。」[古文字]即後世之祓（參前〈甘棠〉勿翦勿拜條）。疑此來當為[古文字]，與來形近，後人不識此字，遂誤書作來。詳拙文〈甲骨文金文[古文字]字及其相關問題〉，刊見中央研究院《歷史語言研究所集刊》三十四本第二分。

〈賓之初筵〉：籥舞笙鼓，樂既和奏。烝衎烈祖，以洽百禮。百禮既至，有壬有林。錫爾純嘏，子孫其湛

江有誥《韻讀》以前五句舞、鼓、祖韻，魚部；禮、至韻，脂部；後三句壬、林、湛韻，侵部。王力從之，並依韻標點奏下、祖下及至下為句。此不合文法者也。依文法，當讀奏下、禮下、林下、湛下為句，祖下、至下為讀。凡韻字必與句讀合，讀下不必韻，句下則必韻。疑此奏原為作，以作與舞、鼓韻（或即如段氏說，為侯魚合韻）；烈祖原作祖妣，以妣與禮韻。至字則本不入韻。〈豐年〉云：「為酒為醴，烝畀祖妣，以洽百禮，降福孔皆。」以醴、妣、禮、皆韻，其中烝畀二句，可證此詩烈祖為祖妣之誤。因〈那〉言「衎我烈祖」，又〈烈祖〉言「嗟嗟烈祖」，遂誤祖妣為烈祖耳。

又：載號載呶

宇純案：《釋文》：「呶，女交反。」與號為句中韻。江有誥云二字古韻並在宵部。據《說文》，呶從奴聲。奴聲古韻屬魚部，魚宵二部音遠，奴聲之呶，不得音女交反，不得與號為韻。此字本作⿰口妞，以妞為聲。古人書丑或作ㄋ，與又字無別，見大豐簋及貉卣，故誤妞聲為奴聲。妞聲古韻屬幽部，幽宵音近，中古幽部字或入肴韻，如翏聲之膠，矛聲之茅，即其例。周時方音或讀號⿰口妞韻近，故以為韻。參〈民勞〉「以謹惛怓」條。

〈角弓〉：如蠻如髦

宇純案：髦字古韻屬幽部，故此以韻浮、流、憂諸字。言古韻者，誤以髦從毛聲，隸其古韻於宵部，而不知此為韻字。詳〈柏舟〉髧彼兩髦條。

〈菀柳〉：無自暱焉

毛《傳》云：「暱，近也。」《釋文》云：「暱，女栗反，又女筆反，徐乃吉反，近也。」

宇純案：三音並依《傳》所作。據此上推，暱古韻屬脂部，與上下文息字極字俱不相叶。此字本作匿，象人抱頭隱匿穴中形，見盂鼎，音女力切，借以為忒，音他德切，故與息、極為韻，義為過惡，後世加心而為慝字。其轉音入脂部，音尼質切，《集韻》尼質切匿下云隱，是也；借以言近，加日聲為暱。《釋文》女栗、女筆二音，並與尼質切同音，又轉音讀四等為乃吉反，皆與此

詩音義不合。江有誥、王力並以矐為之部入聲，而不知其字無此讀。

〈采綠〉：薄言觀者

鄭《箋》云：「觀，多也。」《釋文》音古玩反。朱熹《集傳》則讀以本字，為動詞，學者胥從之。宇純案：全《詩》「薄言」凡十五見，如薄言采之、薄言往愬，皆下接動詞；〈駉〉云：「薄言駉者」，駉即上句之駉駉，為狀詞，與此句法相同。鄭不直以動詞習見之觀字說此詩，而說以狀詞罕見之多義，（《爾雅・釋詁》觀，多也。鄭於〈文王有聲〉遹觀厥成，及〈臣工〉奄觀銍艾，並云觀為多，他書則不見此義。論者以為貫或灌之借，余謂觀與夥同源。《方言》卷一云：「凡物盛多謂之寇，齊宋之郊楚魏之際曰夥。」疑寇為冠誤，冠觀同音。）必不可易。但薄言二字何義？薄言駉者、薄言觀者何解？俱疑莫能明。俞敏作〈詩薄言解平議〉，見（《俞敏語言學論文集》，一九九九年北京商務刊行）。以下接動詞之「薄言」，薄義為急迫，言為「我焉」之合成語，「薄言采之」是「馬上我就摘起來」，「薄言往愬」是「急了我就訴委曲去」。於「薄言駉者」則謂：「這個薄恐怕是溥的通借字，『言』等於『然』。『溥然駉者（二字今補）』可譯成『多麼肥大』。也許是『多麼多』。」而未及此句。疑末句「多麼多」上奪「薄言觀者」四字，正是此句譯文。該文可注意處，為恢復漢儒以言為我之古訓。但同為薄言，何以其義為二，終不能無疑。言用同然，亦無他例。頗疑狀詞上薄言，近於《孟子・離婁》「薄乎云爾」之薄云，

薄義為淺，於此相當於今語之要略，為不深究之意。「薄言觀者」，承上文「維魴及鱮」而言，謂「說是魴魚與鱮魚，只是要略言其多者」。「薄言駉者」，則啟下文之「有驈有皇，有驪有黃」，謂「要略言其肥大者，有驈馬、皇馬、驪馬、黃馬」。下章以下則又云「有騅馬、駓馬」等，皆要略言之耳。其問題仍在，於「薄言」終是二義耳。

〈漸漸之石〉：有豕白蹢

毛《傳》云：「豕，豬也。蹢，蹄也。」宇純案：豬字從豕，不知豕者未必識得豬字，以豬言豕，此可異者也。《爾雅・釋獸》「豕子豬」，《釋文》但云：「豬，張魚反。《說文》云豕而三毛叢居者。」於豕字無音無義；《易》《書》《周禮》《儀禮》《禮記》《左傳》《孟子》豕字逾五十見，不一見有注。豬字除用同瀦字《書》及《左傳》共六見，作本義解僅《左傳》之婁豬一見，為與艾豭叶韻而特用之。然則以罕用之豬，說習見之豕，是誠不得不謂之可異也。豬字不一見於《詩》，豕字則又見於〈公劉〉之「執豕于牢」，《傳》《箋》均無訓。唯〈公劉〉在此詩之後，或是蒙上而省之。然如似字《詩》凡六見，除〈小宛〉「式穀似之」似謂相似不待言，〈斯干〉之「似續祖妣」，〈裳裳者華〉之「是以似之」，〈卷阿〉之「似先公酋矣」，〈江漢〉之「召公是似」，《傳》並云「似，嗣也」；即〈良耜〉之「以似以續」，似續平列，與〈斯干〉同，《傳》仍云「嗣前歲，續往事」，無有所省。然則〈公劉〉豕字無《傳》，不足袪此以

豬訓豕之疑明矣。鄭《箋》云：「豕之性能水，又唐突難禁制，四蹄皆白曰駭，則白蹄其尤躁疾者。」《正義》云：「〈釋獸〉釋豕云：四蹢皆白豥。經直云白蹄，不云豥，則白蹢（今誤豥，從《校勘記》改）亦不知幾蹄白。《箋》引此者，以《爾雅》主為釋《詩》，《詩》中言豕白蹢，唯此而已，故知本以訓此也。」今謂此詩豕原當作亥，亥本義為牡豕之名，亥之言荄也，荄根一語之轉，因名牡豕為亥。十二支亥為豕，是亥為豕之說一也。甲骨文金文亥字作[illegible]，與豭之作[illegible]特顯其根器絕相似，蓋本同一形，後強為之別，而略有差異，是亥為豕稱之說二也。毛《傳》云：「亥，豬也。」則是以假借出之，與「不瑕有害」云「瑕，遠也」一例。或書駭字為之，見《爾雅》，為鄭氏所據。今《爾雅》作豥，則為後人所改，猶《毛詩・大叔于田》之鴇，今《爾雅》作駂是也。唯據《爾雅》豥是白蹢豕專稱，則似可云有豕白蹢，不可云有亥白蹢。當知〈釋獸〉之豥，即《爾雅》家依《詩》所創，亥但為牡豕，不為白蹄豕。請以四方風名為喻。〈釋天〉云：「南風謂之凱風，東風謂之谷風，北風謂之涼風，西風謂之泰風。」四者之名胥出於《詩》，而其成有早晚。毛於〈凱風〉〈谷風〉云「南風謂之凱風」，「東風謂之谷風」，此成於毛《傳》之前。然使凱風果為南風之稱，《詩》云「凱風自南」，不猶言「南風自南」，將何義乎？凱本是豈弟之豈加几聲，凱風謂和煦之風，其構句初如〈卷阿〉之言「飄風自南」耳。〈谷風〉云「習習谷風，以陰以雨」，谷風當是谷中風，何從見其為東風也？《正義》引孫炎「谷之言穀，生也，生長之風也」，是真迂曲傅會之辭。疑因東方曰暘谷而塗附。泰風即《毛詩》之大風，見〈桑柔〉

大風有隧。大風不待釋，故毛無傳。大泰古通用，大或作泰，於是有「西風謂之泰風」之辭，成於毛《傳》之後，而為鄭氏所用。〈北風〉云「北風其涼」，涼本為狀詞，毛但云「北風，寒涼之風」，其不得為北風之稱，最為明顯；《爾雅》家竟亦說為北風之名，《說文》且有轉注之飆字，注云「北風謂之飆」矣。《呂氏春秋・慎行論・察傳》記子夏說「晉師三豕涉河」，三豕為己亥之誤，傳為美談。不意士生二千年之後，又復獲觀豕為亥誤之軼事也。

〈大雅・緜〉：周原膴膴

膴膴，江有誥、馬瑞辰並云當依《韓詩》作腜，與飴、謀、龜、時、茲韻，之部。王力取膴字，云之魚合韻。宇純案：之魚音遠，不得韻。此方音膴轉入之，其始即書作膴字，而讀從變音，與〈君子偕老〉以翟叶佳部入聲同例，詳見前。後改易聲符而為腜字。江、馬說是而未解其故。

〈生民〉：克禋克祀，以弗無子

宇純案：此詩言姜嫄禋祀以弗無子之疾，於是履帝武敏，歆然若有所感，而懷孕而生后稷。今文家則言姜嫄無端履帝足跡而妊，心怪異，恐被淫泆名，因禋祀以求無子，終而生子。其異由此本作「以[illegible]無子」，[illegible]即後世之祓，因其字已廢絕不用，古文家以弗字易之。今文家不識古字，誤以為[illegible]（求），遂移履跡受孕之事於前，而成此差異。詳見拙著《中國文字學・緒論》。

〈卷阿〉：菶菶萋萋，雝雝喈喈

毛《傳》云：「梧桐盛也，鳳皇鳴也。臣盡其力，則地極其化；天下和洽，則鳳皇樂德。」鄭《箋》云：「菶菶萋萋，喻君德盛也；雝雝喈喈，喻民臣和協。」陳奐曰：「《爾雅》：藹藹萋萋，臣盡力也；雝雝喈喈，民協服也。郭注云：梧桐茂，賢士眾。地極化，臣竭忠，鳳皇應德，鳴相和。百姓懷附，興頌歌。奐疑此藹藹乃菶菶之誤，景純即本毛《傳》為解也。」宇純案：陳疑是也。唯藹菶二字形音俱不相及，如何菶誤作藹，不容無說。今以為：《說文》夂部云：「夆，相遮要害也。從夂，丯聲。」乎蓋切。又：「夆，啎也。從夂，丰聲。」敷容切。二形相似，而分別與藹、菶音近。疑菶菶或本作夆夆（《說文》云：「蓬，古文如此作。」），誤以為乎蓋切之夆為聲，不經見，因書作藹字耳。

〈民勞〉：以謹惽怓

宇純案：論者謂怓與休、逑、憂、休韻，幽宵通，此據《釋文》怓音女交反，以推其古韻屬宵部也。《說文》云怓從奴聲。奴聲古韻屬魚部，不得怓在宵部而與幽部字韻。字本作⿰忄妞，從妞聲，妞古韻在幽部，故與休、逑、憂、休叶。因古人書丑或即作又，而誤⿰忄妞為怓。參〈賓之初筵〉「載號載呶」條。

〈板〉：靡聖管管，不實於亶

毛《傳》云：「管管，無所依繫。亶，誠也。」鄭《箋》云：「王無聖人之法度，管管然以心自恣，不能用實於誠信之言，言行相違。」宇純案：鄭增字說經，不合詩意。八字只是一句，於靡聖下以管管為「不實於亶」之狀詞；因四言為句，不得不分作兩截，又以管與亶韻。全句言「無有聖人管管然不實於亶者」。凡《詩》云靡哲不愚、靡國不泯、靡神不舉、靡神不宗、靡人不周、靡國不到、靡日不思、靡事不為，與此皆同一句型。〈殷武〉云：「天命降監，下民有嚴。」下民為降監之受詞，亦因四言句型之限，而分為兩句，與此大同。管管，鄭說為以心自恣，即毛氏無所依繫之義，亦可換作泛泛然不經心意以解之。今人多依《爾雅》訓為憂，與詩恉不相合。

又：宗子維城

鄭《箋》云：「宗子，謂王之嫡子。」宇純案：鄭說宗子，為其一般義，施之於此，於上下文無脈絡可尋。上文云：「价人為藩，太師維垣，大邦維屏，大宗維翰。」藩、垣、屏、翰即此文城字所出，則价人、太師、大邦、大宗當為此宗子所指。宗者，眾也，義見《廣雅・釋詁三》。《疏證》云：「宗者，〈同人・六二〉同人于宗，《楚辭・招魂》室家遂宗，荀爽、王逸注並云

宗，眾也。」宗眾古韻同中部，一精一照，照三照二本是一音，而照二自精出，照三亦或出於精（詳拙著《中上古漢語音韻論文集・論照穿牀審四母兩類上字讀音》及〈上古音芻議〉），以見二字之音近，故眾亦或書作宗也。

又：無獨斯畏

宇純案：此句自鄭《箋》以下，解者均莫得其意。上文云「懷德維寧，宗子維城。無俾城壞」，斯字即指城壞而言，意謂無獨以城壞為可畏，其尤可畏者，在無德耳。

又：斯言之玷，不可為也

宇純案：鄭《箋》云：「人君政教一失，誰能反覆之。」是以作為說為字。馬瑞辰曰：「為亦摩也。⿸麻為摩古通用。《廣韻》⿸麻為，為也，即摩字假借。是知不可為，猶言不可磨，變文以與磨為韻耳。《廣雅》蔿，化也。蔿與為通，匕與化通，為為消化，亦與消磨義同。」馬說為義為化，得之；以為借作摩，變其文以為韻，則不知為摩聲母相遠，為固不可借作摩也。為當讀譌，義謂化也。〈節南山〉云「式訛爾心」，訛即言變化，訛譌同字。

〈抑〉：其在于今，興迷亂于政。顛覆厥德，荒湛于酒。女雖湛樂從，弗念厥紹。罔敷求先王，克共明刑

江有誥《韻讀》「政」下云「無韻」；「刑」下云「叶音杭，耕陽通韻（宇純案謂與王字韻也）。耕十三，陽十四，故得通用。顧氏孔氏皆以政、刑為韻，按《詩》中無此體，故不從。」王力於政字下云「與刑協」，而下加問號以示疑，不云刑與王韻。宇純案：〈有瞽〉云：「有瞽有瞽，在周之庭。設業設虡，崇牙樹羽，應田縣鼓，鞉磬柷圉。既備乃奏，簫管備舉。喤喤厥聲，肅雝和鳴，先祖是聽。我客戾止，永觀厥成。」首句既以瞽字自韻，又與虡、羽、鼓、圉、舉韻。二句庭字與六句以後之聲、鳴、聽、成韻，各家無異說，江氏王氏所同，則江氏以「詩中無此體」，而不從顧氏孔氏之見，非也。〈車攻〉五章云：「決拾既佽，弓矢既調，射夫既同，助我舉柴。」以一、四及二、三句分別為韻，此雖近在咫尺，以韻而言，固亦一章之中首尾叶韻之例也。

〈桑柔〉：靡所止疑

毛《傳》云：「疑，定也。」陳奐曰：「疑當即礙之省假。《說文》：礙，止也。」《釋文》云：「疑，魚陟反。」宇純案：本詩一、二、四章並以奇偶句分別為韻，無不入韻之句。此（三）章奇數句資、維、階三字，或屬脂或屬微，其為韻字無可疑；則此句亦當入韻，疑字不得音魚陟反，亦不得為礙字之借，可以斷言。《說文》匕部云：「𠤕，未定也。」段注云：「按：未，衍字也。〈大雅〉靡所止疑，《傳》云：疑，定也。《箋》云：止，息。《禮》十七篇多云『疑立』。鄭於〈士昏禮〉云：疑，止；立，自定之貌。於〈鄉飲酒禮〉云：疑讀如仡然從於趙孟之

仡。疑，止；立，自定貌。於〈鄉射禮〉云：疑，止也，有矜莊之色。……按：已上疑字，即《說文》之𠤕字，非《說文》訓惑之疑也。疑𠤕字相似，學者識疑不識𠤕，於是經典無𠤕，於許書『定也』之上增之未字矣。𠤕從矢聲，其字在古音十五部，故〈桑柔〉以與資、維、階為韻，鄭注《禮》讀如仡。」段氏所言，除𠤕不得從矢聲，其餘並是。此字即甲骨文之[illegible]，象人張口舒氣拄杖止息之形，至篆文譌變為[illegible]。別有加彳作[illegible]者，即疑字，象人拄杖於塗，作問路狀，主體相同，但以加彳與否為別。金文疑字則更加止字及牛聲作[illegible]，小篆去彳旁，變而為[illegible]。

又：民人所瞻

宇純案：瞻字不與相、臧、狂韻。馬瑞辰曰：「吳棫《韻補》讀為諸良切，引漢溧陽長潘乾校官碑『永世支百，民人所彰』為證。今案：詹與彰一聲之轉。《毛詩》瞻即彰字之假借，猶之集就雙聲，《毛詩》假集為就，三家《詩》蓋有從本字作彰者，故漢碑引之。彰，見也，明也，謂民人所共見也。鄭《箋》訓為瞻卬，失之。孔廣森以作瞻為誤字，亦非。」馬用吳棫說，以瞻為彰借字，並引集就之例以成之，不知集與就分屬緝部幽部，緝本有陰聲，後即合於幽，說詳拙文〈上古音芻議〉，前說〈匏有苦葉〉「濟盈不濡軌」可參。彰與瞻則韻遠，不可以借。且彰可訓明，不可訓見，馬說實誤。此原當作彰，為瞻之雙聲轉韻，後人以彰字義不可通，而改為瞻耳。參「乘乘鴇」及「肅肅鴇行」條。

又：民之未戾，職盜為寇。涼曰不可，覆背善詈。雖曰匪予，既作爾歌

段玉裁、王念孫並云寇、可、詈、歌為韻。宇純案：寇字古韻屬侯部，餘並屬歌部，侯與歌音遠，不得叶。故江有誥但取可、歌二字韻，王力取可、詈、歌三字韻。唯依韻例而言，偶句當入韻，疑「職盜為寇」本作「職盜寇為」。職，主也。職盜寇為義同職為盜寇，謂專為盜寇之所為也；取為字韻，因倒於寇字下。盜寇二字當連用，析言職盜為寇，義不可通。

〈烝民〉：愛莫助之

毛《傳》云：「愛，隱也。」鄭《箋》云：「愛，惜也。仲山甫能獨舉此德而行之，惜乎莫能助之者。多仲山甫之德，歸功言耳。」宇純案：毛不得愛字之義，鄭訓愛為惜，亦不然。愛即「心乎愛矣」之愛，不待訓，亦無可訓。毛、鄭所以不得其義，由其不知此句與「德輶如毛，民鮮克舉之」，並承「人亦有言」句，為俗有此諺。若施以新式標點，此章「人亦有言」下為冒號，「德輶」二句加引號，其下為逗，「維仲山甫舉之」下為分點，又於「愛莫」句加引號，下為逗，至「補之」下加句號。今人加標點者，亦俱不得句意。至或謂「仲山甫為盛德之人，故雖愛之，而無助其德也」；或云莫借為慔，其義為勉，謂「此句指仲山甫愛民，努力幫助他們有德」，是

真差之毫釐，失之千里者矣。

〈韓奕〉：淑旂綏章

毛《傳》云：「淑，善也。」宇純案：旂可云美，不可云善；旂而云善，文不成義。淑旂之淑，當同金文叔市之叔，或本亦作叔，不解其義者加水成淑耳。師嫠簋、克鼎並云「易女叔市」，郭沫若謂借叔為素，周法高先生謂借叔為朱。素、朱與淑音並相遠，不可以借。毛公鼎、番生簋有朱旂，毛公鼎又見朱市，則朱市、叔市各為義，不得同之；素字亦見於⿰素命繛二字之偏旁，朱、素皆習見字，謂其忽然借用他字以代，亦理不可通。「淑旂、叔市」淑叔並當讀為儵。《說文》：「儵，青黑繒發白色也。」與叔字古音同審母幽部，《廣韻》同式竹切；淑叔亦但清濁不同。〈雲漢〉「滌滌山川」，《說文》俶下引滌作蔋。滌、蔋基本聲符一攸一叔，然則淑、叔為儵之借，可無疑矣。金文又有叔金，亦借叔為儵，叔金即青黑色金，謂鐵也。

〈召旻〉：不云自頻

毛《傳》云：「頻，厓也。」鄭《箋》云：「頻當為濱，厓猶外也。自，由也。池水之溢，由外灌焉。」宇純案：《說文》：「瀕，水厓人所賓附也。」省作頻，故《傳》訓頻為水厓。鄭殆感於頻不從水，常義已為頻蹙，為頻數，水厓之字作濱，故以濱字易之；許書無濱字，實與瀕

同。然池之有厓，不能保其水不竭；池之不竭，為其水之有所從來也。且作頻作濱，並不入韻，知其誤耳。疑本作洚，以洚叶中字躬字，三字古韻同在中部。今字作頻者，洚字作𣶃，從水從二止；頻字從涉，涉亦從水從二止，特書作𣶃，止有向下向上之殊。此蓋洚誤為涉，義不可通，遂增頁附會為瀕耳。《說文》云：「洚，水不遵道也。」孟子說洚水為洪水，洚洪一語之轉。

〈周頌・載芟〉：侯彊侯以

各家並以以字與下婦、士、耜、畝韻，王力且標以下逗，上文侯亞侯旅為句。宇純案：凡韻必與文意相始終，此詩侯主侯伯，侯亞侯旅，侯彊侯以三句平行，侯為隹之誤，隹與維同（別詳〈試說詩經虛詞侯〉），數說「徂隰徂畛」之人眾，不得上句之以韻下句之婦、士也。《周禮・地官・遂人》云：「勸甿以彊予。」鄭注云：「彊予，謂民有餘力，復予之田，若餘夫然。」鄭不得彊予之義，彊予即此彊以，予以一聲之轉，猶以訓與，與亦訓以，詳見《經傳釋詞》，與以亦一聲之轉也。予與則音同通用不別。毛《傳》訓以為用，鄭氏以傭賃說之，予之義猶助也（見《國策・齊策》「君不與勝者，而與不勝者」與字高誘注）。此詩以當作予，正與伯字旅字韻。

又：匪且有且，匪今斯今，振古如茲

毛《傳》云：「且，此也。」馬瑞辰曰：「且與此雙聲，故《傳》訓且為此，即以且為此字

之假借，讀從此音，與茲為韻。《正義》謂且實為語助，失之。又按《老子》河上公注云：此，今也。《傳》訓且為此，與下句匪今斯今，特疊句以見義，詞雖異，而義則同，皆對下振古如茲言。」宇純案：馬氏不知音，且此韻遠，且不得借為此，且與此亦俱不得叶茲字。毛云「且，此也」，或即取雙聲假借為說，而不得然，他書無此例。《經傳釋詞》：「且，猶此也。」舉例二，一即此詩之《傳》；另一為《書・費誓》「徂茲淮夷徐戎並興」，讀徂為且，以且為今，謂今茲淮夷徐戎並興也。王不知徂實同於䖒，為發語詞，其說不足信。今謂此詩且讀為徂。《說文》：「徂，往也。」《易・繫辭》「知以藏往」，《荀子・解蔽》「不慕往」，往謂往昔。徂義同往，故亦為昔。此上言「匪且有且，匪今斯今」，故下接言「振古如茲」。〈出其東門〉「匪我思且」，謂非我思念之所嚮往。《釋文》云：「且，音徂。」是且讀同徂之例。「匪且」以下三句，既以且且、今今自為韻，復以且與古、及今與茲為韻。古韻且、古同魚部上聲；今、茲分隸侵部、之部平聲，侵之二部元音相同。〈小戎〉以侵部音字叶蒸部膺、弓、縢、興，〈閟宮〉以綅叶乘、縢、弓、增、膺、懲、承，〈大明〉以興叶侵部林、心，蒸為之之陽，故此以今、茲為韻。《集韻》拯韻收耳、齒二字，分切仍拯、稱拯，謂前者關中河東音，後者河東音，地望與此詩相合。以此例之，茲讀入蒸部，則茲與今韻，例與上列三詩同。

〈商頌・殷武〉：天命降監，下民有嚴。不僭不濫，不敢怠遑

鄭《箋》云：「降，下；遑，暇也。天命乃下視下民，有嚴明之君，能明德慎罰，不敢怠惰自暇於政事者。」宇純案：鄭以下民上屬，為降監之受語，是也。說有嚴為有嚴明之君，則不得詩意。「天命降監下民有嚴」八字為一句，「有嚴」為「天命降監下民」之述語，因四字為句，取監與嚴韻，分作兩截，與〈板〉「靡聖管管不實於亶」，亦一句分為二句相同。又案：不敢怠遑句無韻，江有誥謂嚴字本作莊，與遑字相叶。段玉裁則直以遑與監、嚴、濫為陽談合韻，王力同。然莊與嚴雖同訓為敬，一謂端重，一謂急切，實不相同。古書言敬恆用嚴，不用莊，江說誤。談陽音遠，亦不得合。疑此本作怠遑不敢，倒裝以敢字入韻。後人不達於此，誤書作常式而不覺耳。

辛巳年除夕前六日宇純於絲竹軒

（原載中央研究院《中國文哲研究通訊》第十二卷第一期，二〇〇二年三月）

試說詩經的虛詞侯

《詩經》侯字常見，一般用為名詞，如〈兔罝〉的「公侯干城」，或者〈何彼襛矣〉的「齊侯之子」；偶爾從名詞轉用為動詞，見於〈閟宮〉的「俾侯于魯、俾侯于東」，都是見而義曉，不待說明。〈羔裘〉的「洵直且侯」，是個特殊的例。與直字平列，應為狀詞，毛《傳》說「侯，君也」，鄭《箋》說：「君者，言正其衣冠，尊其瞻視，儼然人望而畏之。」說成有人君的樣子，大概其本意便是如此。此外，為數不少用作虛詞的侯字，幸得毛、鄭等早有訓釋，不然也許不易明瞭。不過其中也有毛以為虛詞，鄭以為實詞的地方，也有後人持見又不同毛、鄭的情形，究竟如何，有待討論。更重大的問題是，所有自毛、鄭以來以為虛詞從不曾引起爭論的，細細思量，也許還有更根本的問題存在。分類將各詩句及早期注釋列出，然後加以研討如下：

甲類：

1. 〈小雅・六月〉：「侯誰在矣，張仲孝友。」毛《傳》說：「侯，維也。」
2. 〈正月〉：「瞻彼中林，侯薪侯蒸。」鄭《箋》說：「侯，維也。林中大木之處，而維有

薪蒸爾。」

3.〈十月之交〉：「擇三有事，亶侯多藏。」毛《傳》說：「擇三有事，有司國之三卿，信維貪淫多藏之人也。」

4.〈四月〉：「山有嘉卉，侯栗侯梅。」鄭《箋》說：「侯，維也。」

5.〈大雅・下武〉：「媚茲一人，應侯順德。」毛《傳》說：「應，當；侯，維也。」《正義》說：「可愛乎此一人之武王，所以可愛者，以其能當此維順之德。祖考欲定天下，武王能順而定之，是能當順德。」

6.〈蕩〉：「侯作侯祝，靡屆靡究。」毛《傳》說：「作、祝，詛也。屆，極；究，窮也。」鄭《箋》說：「侯，維也。王與群臣乖爭而相疑，日祝詛，求其凶咎無極已。」《正義》說：「作即古詛字，詛與祝別，故各自言侯。《傳》辨作為詛，故言作、祝，詛也。」

7.〈桑柔〉：「菀彼桑柔，其下侯旬。」毛《傳》說：「菀，茂貌；旬，言陰均也。」《正義》說：「毛以為菀然而茂者，彼桑也。其葉稚而柔濡，故菀然茂盛。於此之時，人息其下，維均得蔭，皆無暑熱之患。」

8.〈周頌・載芟〉：「千耦其耘，徂隰徂畛，侯主侯伯，侯亞侯旅，侯彊侯以（原當作予，詳〈讀詩雜記〉）。」毛《傳》說：「主，家長也。伯，長子也。亞，仲、叔也。旅，子弟也。彊，彊力也。以，用也。」鄭《箋》說：「千耦，言趨時也。或往之隰，或往之畛，父子餘夫俱

行，強有餘力者相助，又取傭賃，務疾畢已；當種也。」《正義》說：「所往之人，維為主之家長，維處伯之長子，維次長之仲叔，維眾之子弟，維強力之兼士，維所以傭賃之人。此等俱往畛隰，芸除草木，盡家之眾，皆服作勞。」

以上共計十六侯字。一方面毛、鄭以來訓侯為維，無有異見。一方面，侯薪侯蒸、侯栗侯梅、侯作侯祝、侯主侯伯、侯亞侯旅、侯彊侯以（予）的句子，與〈斯干〉「維熊維羆、維虺維蛇」，〈生民〉「維秬維秠、維穈維芑」，以及〈我將〉「維羊維牛」可以對照；其下侯旬，也可以與〈鶴鳴〉的「其下維蘀、其下維穀」互勘。甚至如「侯誰在矣，張仲孝友」，如不因取矣字友字叶韻，把「侯誰在矣」改寫為「其在者侯誰」，比較〈韓奕〉的「其殽維何，炰鼈鮮魚」，也可以顯現其本質並無差異。這樣說來，這些侯字訓作維，一點看不出有何不妥。

乙類：

9.〈大雅・文王〉：「陳錫哉周，侯文王孫子。」毛《傳》說：「侯，維也。」《正義》說：「毛以為：文王始布陳大利以賜子孫，於是又載行周道，致有天下，以此德流於後世，維文王孫之與子，皆受而行之。」鄭《箋》說：「侯，君也。乃由能敷恩惠之施，以受命造始周國，故天下君之，其子孫適為天子，庶為諸侯，皆百世。」

10.又：「商之孫子，其麗不億。上帝既命，侯于周服。」毛《傳》說：「麗，數也。盛德不可為眾也。」《正義》說：「毛以為：至於上帝既命文王之後，維歸於周而臣服之，明文王德盛

之至也。」鄭《箋》說：「至天已命文王之後，乃為君於周之九服之中，言眾之不如德也。」

11.又：「侯服于周，天命靡常。」

此類共三條，並毛以侯為詞，鄭以侯為君。「侯文王孫子」句，毛明說侯用同維，連同上文「陳錫哉周」，意思是說：「上天普遍賜予在周國者，是為文王的子孫」，從語法而言，十分貼切。鄭訓侯為君，轉變名詞為動詞，不成問題；一個君字講成「天下君之」，明是增文解經。但只要稍稍改個說法，「侯文王孫子」是說使文王的子孫都成為君，適為天子，庶為諸侯，問題就可以化解了。但這等於說侯的意思可以兼賅天子，終為不當，作詩的人何不直用君字？當以毛說為是。「侯于周服」句，毛未明說侯字如何取義，從「盛德不可為眾」來看，意思是說「商的子孫其數雖眾，終不敵周之盛德，而須服從于周」，《正義》說此句為「維歸於周而臣服之」，應該便是毛的原意。句子造得不免詰屈，這是因為遷就原句，原句「侯于周服」，則是為了取服字與億字叶韻，特別倒於句末；其常式即下句的「侯服于周」，換成現在的話，便是「唯（語詞唯與維通，可以比較〈小旻〉的「維邇言是聽」，和〈斯干〉的「唯酒食是議」；清人早已指出）有臣服於周」，何等明快！鄭以侯為君，以九服說服字，可以講通變形的「侯于周服」，卻不能講通其常態的「侯服于周」，自無可取。

照上來的分析，《詩經》中共計有十九個侯字，用同虛詞的維。無論從正確性或從數量上來說，都可謂已是不爭之實。但從另外的角度仔細思考，仍覺有不能已於言者。

首先，是侯、維二字使用的情況。維字及其變體的惟或唯（參見下文引《說文》惟字段注），普遍出現於各書之中，同於維字用法的侯字，則除《詩經》以外，不見於其他先秦古籍。《爾雅・釋詁》有「侯，乃也」一條，又有「伊、維，侯也」一條。郝懿行《義疏》揭舉的例，超出《詩經》的，只是《漢書・敘傳》的「侯草木之區別兮」，和《文選・東京賦》的「侯其禕而」。辭賦家的作品，自是襲之於《詩》，對本文而言，不具徵引的意義。王引之《經傳釋詞》「侯，維也」和「侯，乃也」之下，列出的例，也以《詩經》為限。至吳昌瑩作《衍釋》，始據其族人吳嘉儀說，增列了《易・繫辭》的「能說諸心，能研諸侯之慮」一條，說：「侯，維也，語詞也。諸，猶凡也。之，猶所也。謂能研究凡所思慮也。」不僅使前後兩平行的諸字用義不同，連之字都要特別解釋，比起原先即按「諸侯」兩字講解，還要匪夷所思。即以《詩經》一書而言，維字用作語詞，其數超過二百五十，侯字才十九見，也遠遠不能相比。這代表何種意義，不容不究。

本文開頭提到，有後人持見與毛、鄭不同的，指的是〈大明〉的「維予侯興」。其實此在毛、鄭二家，既已彼此相左，毛以為虛詞，鄭以為實詞。前文乙類所以沒有引出，基本上我不認為是虛詞，為行文方便，所以暫時未列。此刻也還不便詳論，要待至結尾時再說。這裡先簡單交代，毛實際沒有明說，據《正義》的解釋，毛以侯為維，應該是可信的。鄭則以諸侯為說，而顯不可採。今人則都以語詞看待，卻釋作乃，不取孔氏說的維。殊不悟維字本也訓乃，理論上是無法強為之別的。然而在「侯薪侯蒸」或「維秬維秠」的句子裡，侯維二字互易，不產生語義上的任何

不同；「其下侯旬」和「其下維蘀」，也可以侯維互換。可是把「維予侯興」改為「維予維興」或「侯予侯興」，立即發現與「維秬維秠」、「侯薪侯蒸」不同調，後者維或侯下是兩個並列的名詞，予與興卻是主語與述語關係，在語法的觀念裡，唯獨這個句子的維和侯是不可互易的。這究竟表示什麼意義，當然也不能沒有交代。

要揭開這樣的謎底，我想只有一種可能。侯字本沒有同於虛詞維的功能，凡《詩經》侯字可以釋作維、可以易作維字的，本是維字的誤讀；不能易為維，不可解作維字的，則本來便是侯字。正因為同於維字的為維字的誤讀，其數量自然遠較維字為少，不能與維字一般，普遍見之於先秦各古書之中。

於是，謎底揭開了。原來維字其始只寫作隹。〈石鼓文・汧沔〉說：「其魚隹可？隹鱮隹鯉。」與〈無羊〉「吉夢維何？維熊維羆，維虺維蛇」可以比照，是其明證。隸書隹字作隹，侯字作矦，隹字最後橫畫如其波磔起伏稍大寫成矦的樣子，隹字便有可能看成了侯字。這便是《詩經》中自〈六月〉至〈載芟〉，以及〈文王〉共十九個侯字義同於維字的原因。說經之家，比較「侯薪侯蒸」與「維秬維秠」，或「其下侯旬」與「其下維蘀」的句子，自可得出「侯，維也」的訓解，並不需要侯字果真有此用法的。

對於何以只是《詩經》有此誤字，他書均無的情況，顯應提出說明。我的看法，這涉及到詩與散文本質的差異。散文的句法，與實際語言的語法接近。在實際語言裡，“侯”與“維”（加” “以

字表語音）音義相去懸遠，寫成文字，即使形近也不容易將維字誤認為侯；就算偶爾看錯，也定能及早發現而予以更正。詩的語言本宜精緻，受到形式的限制，尤不能無變化，於是容易產生特別的語法。從周代傳流下來的詩，到隸書通行的漢代（六國文字之草率，便是隸書的先導，隸書非始見於秦漢），語法又自有不同。後人看前代的詩，因形近而判讀錯誤，在所難免；且寫錯之後，如其同樣情況稍多，即使心有所疑，也必然不敢專輒改字，久而久之，積「非」便成為了「是」。

進一層看，維誤作侯何止他書無有，自〈六月〉至〈載芟〉，盡在〈小雅、大雅〉及〈周頌〉之中，屬全詩典雅難懂的部分。一百六十首超過半數的〈國風〉，也一個不見。中如「亶侯多藏、侯于周服、應侯順德」的句子，或如「侯文王孫子」之見於「陳錫哉周」之下，確乎非輕易可以理解。鄭氏幾處想更易毛《傳》，結果都出了問題。難懂的詩出錯，不難懂的詩不出錯，豈不等於說明了他書所以不見此誤字的道理？

這樣的錯誤，說是絕不見於其他先秦古籍，似乎也並非如此。前文說吳昌瑩舉《易・繫辭》一例，其中侯字即是隹字之誤。《說文》說：「惟，凡思也。」段玉裁說：「經傳多用為發語之詞，《毛詩》皆作維，《論語》皆作唯，古文《尚書》皆作惟，今文《尚書》皆作維。」這是說作發語詞用的惟、唯、維三字，其實只是一個。從金文發語詞只用隹字看來，惟、唯、維三字其先都只作隹。〈繫辭〉的「能研諸侯之慮」，本是「能研諸隹」四字，與「能說諸心」相對，「之

慮」二字為隹字誤作侯字之後後人所增。隹與惟或維同，義謂思慮。（說詳拙文〈先秦古籍文句釋疑〉，將刊見於《歷史語言研究所集刊》慶祝王叔岷先生九秩華誕專號。）

又《廣韻》侯韻：「誰，就也。千侯切。」《集韻》同，《全本王仁昫刊謬補缺切韻》及《清故宮藏王韻》亦同（並誤補於幽韻末）。《廣雅．釋詁三》：「誰，就也。」曹憲音子隹反；《詩．北門》「室人交徧摧我」，《釋文》云：「摧，韓詩作誰，音千隹子隹二反，就也。」案崔聲之字不得入侯韻，《韓詩》既為摧字異文，侯當是隹字之誤，尤不啻為我上來所作推論提供了最佳證明。

現在，討論〈大明〉的「維予侯興」。此句的全章原文是：「殷商之旅，其會如林。矢于牧野，維予侯興。上帝臨女，無貳爾心。」毛《傳》說：「旅，眾也。如林，言眾而不為用也。矢，陳也。興，起也。言天下之望周也。」又於末二句說：「言無敢懷貳心也。」鄭《箋》說：「殷盛合其兵眾，陳於商郊之牧野。而天乃予諸侯有德者當起為天子。言天去紂，周師勝也。」又說：「臨，視也。女，女武王也。天護視女伐紂，必克，無有疑心。」毛的說法，十分籠統，予字侯字如何取義，不易見出。《正義》說：「毛以為：殷商之兵眾，其會聚之時，如林木之盛也。此眾雖盛列於牧地之野，維欲叛殷而歸我，維欲起我而滅殷，言皆無為紂用，盡望周勝也。非直敵人之意嚮如此，又上天之帝既臨視汝矣，其所將之眾，皆無敢有懷貳心於汝之心，言皆一心樂戰，故周所以勝也。」明以予義為我，侯義為維。後者更於下文說：「上篇侯皆為維，言天下之望周，

解維予侯興之意。」而且毛所說的話語中，看不出有訓侯為君的意思，便該是以侯為語詞，孔氏的推想應是正確的。但值得注意的是，此說前四句一氣，主語是「殷商之旅」；後二句則似乎換作詩人口吻，不能不說是其缺點。又把「無貳爾心」說為「其所將之眾，皆無敢有懷貳心於汝之心」，也覺迂曲。鄭氏的理解，則是每三句一截，其主語分別為商眾或上帝，予是授予，侯是諸侯。顯現出來的問題是：林字從韻字變為不韻，「有德者」為經文所無，為其致命之傷。於是依毛意，「殷商之旅」陳師於牧野，下接「維予侯興」，可以釋侯為君，或讀侯為后，意思便成「望我后興起」。末兩句也可以解釋為商眾對武王的說辭。意思是「上帝正照臨（取眷顧之意）著你，莫要三心二意」。似乎都可以說通。但詩前章說文王如何生下武王，保佑他，命他征伐商紂，下章說呂望佐助武王伐商，中間插上一段商眾的話，特別是末二句，全不像商眾對武王說話的語氣，最後一句話更是沒有意義，所以終覺可疑。

從馬瑞辰改訓矢字為誓，以「維予侯興」以下三句，為武王在牧野的誓辭，侯為語詞，作用同乃，今人說詩，沒有不採用馬說的。關於侯字訓乃的問題，前文已經談過。於此更要指出，此說在「殷商之旅，其會（馬說同旝，可取）如林」之後，揭出來的主詞忽然變作了武王，不免唐突。且殷商之眾，自以效忠商室為天職，對著商眾說「無貳爾心」，豈非要他們堅守國土，與己為敵，可以說太不合適了。

究竟此詩應如何詮釋？請先看〈魯頌・閟宮〉一節相關的文字：「至於文武，纘大王之緒。

致天之屆，于牧之野。無貳無虞，上帝臨汝。敦商之旅，克咸厥功。」首先，我以為應將此詩的「殷商之旅」改為「敦商之旅」。隸書敦旁或作𦎫，與殷旁作𠂣略近；殷商為習見詞，本篇「自彼殷商」一見，〈蕩〉「咨汝殷商」七見；殷敦古韻又同部，所以誤敦作殷。其次，因為末二句明是對軍眾誓師的語氣，矢字從馬氏訓誓。再次，侯字當然不是隹的譌誤，循其聲應讀為後。「後興」的結構相當於「後彫」，一面對商之興在前而言，一面更表示周人為最後興起的氏族，意思是此後不復有他氏族代周而起。但這裡也有一個問題，〈牧誓〉之辭見在，無此等語，即並〈泰誓〉三篇言，其中亦無類似三語的話，這個究竟，便不是我所能知的了。

辛巳年除夕前四日宇純於絲竹軒

（原載《經學研究論叢》第十一輯，二〇〇二年臺北學生書局）

全書付梓前重新檢閱本文，發覺文末所謂「循其聲應讀為後」欠妥，侯仍以釋作君為是。

二〇一三年作者示意附誌
杜其容代筆

龍宇純著

荀子論集

臺靜農署

臺灣學生書局印行

本著作初由學生書局出版，
今承同意納入全集，謹此致謝。

序言

本論集，共收有關荀子其人其書及其思想之論文或札記八篇。

我與荀子一書之接觸，始於大學求學期間。時系中開課極少，子書方面，莊子以外無他專書。而我於諸子頗有所好，暇恆自習觀覽，諸家多有涉獵。四十三年入研究所，復讀諸書，並試抒所得，學而爲墨子閒詁補正、荀子集解補正、韓非子集解補正等文，於四四、四五兩年分載大陸雜誌及書目季刊。因我之主要興趣在中國語文學，故所見不出語文學範疇。離校之後，更專意致力文字聲韻之探討，諸子之學遂日以疏遠。五十六年，時執教香港中文大學，系中課程所需，竟以其荀書之薄識濫竽上庠。舊業重拾，如親故人，時亦有會心之樂，先後成荀卿非思孟五行說楊注疏證、荀子正名篇重要語言理論闡述、荀卿後案，並讀荀卿子札記文四篇。七十一年，國立中山大學李校長錫俊先生薦以爲中山學術講座，撰荀子眞僞問題。其明年，再授荀子於中山，並獲該校學術獎助，成荀子思想研究。七十四年，更於母校國立臺灣大學中國文學研究所開講荀子專題，覃思經年，而有讀荀卿子三記之作。

上來所陳，爲此編諸文之撰作經過。除其中讀荀卿子三記外，均嘗於諸學術刊物刊布，即依原文收錄，間亦微有斟酌。唯集解補正一篇，作於三十二年之前，自視欿然之處不在

少，本欲棄置；因學界偶有採擇，敝帚自珍之心理又莫能盡祛，故亦列入，而刪削獨多。臺師靜農先生賜題封面，使本書大爲增色；門人張賓三兄撥冗校字，改正不少錯誤，並於此謹致謝忱。

論集中讀荀卿子三記一文脫稿於今歲元宵；其前二日，爲 先慈蕭綺霞女士逝世之六周年。每念母氏撫育我姊弟四人，備極艱辛，而不得一日奉養之報，不禁五內如擣。謹以此集，聊達寸心並寄無盡之懷慕。

七十六年二月十八日 **龍宇純** 序於臺北

目次

荀卿後案

一

荀卿生平事蹟，見諸載籍者尠矣。而姓字異辭，生卒莫定，行歷亦或疑是疑非謂先謂後無有同者。考信雖衆，顧皆不足饜人意，因爲後案以辨之。

二

荀卿或作孫卿，唐司馬貞史記索隱、顔師古漢書注並云漢人避宣帝詢字諱，改荀爲孫。自顧炎武日知錄、謝墉荀子箋釋序謂漢人不諱嫌名，荀孫以音近通作，殆成定讞。後有胡元儀之郇卿別傳，以爲荀當作郇。郇卿蓋周郇伯之遺苗，郇伯公孫之後，或以孫爲氏，故郇卿又稱孫卿。復爲考異以申之曰：「郇也孫也皆氏也。戰國之末，宗法廢絕，姓氏混一。故人有兩姓並稱者，實皆古之氏也。如陳完奔齊，史記稱田完；陳恆見論語，史記作田常；陳仲子見孟子，郇卿書陳仲田仲互見；田駢見郇卿書，呂覽作陳駢。陳田皆氏，故

兩稱之。推之荊卿之稱慶卿，亦是類耳。」然史記田敬仲完世家云：「敬仲之如齊，以陳氏爲田氏。」索隱解此云：「據如此云，敬仲奔齊，以陳田二字聲相近，遂以爲田氏。」崔述東壁遺書考古續說卷二云：「余按左傳稱陳桓子陳恆陳逆陳豹，論語亦稱陳文子陳成子，皆未嘗改田。非但春秋之世而已，孟子書亦稱陳賈陳仲子，是戰國之世猶未改也。安在有改陳爲田之事哉！蓋陳之與田，古本同音……由戰國之世競以力爭，繼以秦焚詩書，文書遂多失傳。秦漢之際，人皆稱爲田，遂誤以爲其先所改耳。」崔氏雖不信改田之事，以陳田音近通作，是則相同。陳田二字古韻本同眞部；而檀弓「洿其宮而豬焉」鄭注云：「豬，都也。南方謂都爲豬。」謂北人「舌頭」、「舌上」之分，南人無有。以此例之，南人陳田音同。鄭所云南北雖不可確指，陳完自陳奔齊，亦正由南而北。蓋敬仲入齊，不欲復稱陳氏，因南人之陳，語同北人之田，遂以田字易之。司馬崔氏之說，較然可信也。他若陳仲（子）之爲田仲、陳駢之爲田駢，固二字音近不別之明徵；史記刺客列傳云：「荊軻者，其先乃齊人。徙於衞，衞人謂之慶卿；而之燕，燕人謂之荊卿。」是荊卿之與慶卿，明亦燕衞不同而音有轉移，故索隱亦云「荊慶聲相近，故隨所在國而異號耳。」然則以陳田、荊慶比附，適足以證成顧謝說。胡氏所論，似未允也。

三

荀卿名況，自劉向孫卿書錄（案以下簡稱劉錄）言之，未聞異說。史記但稱荀卿，不載其名，蓋偶一失擧，未足致疑也。其稱「卿」一端，則世有二解。史記索隱以爲時人相尊而號爲「卿」；今乃有名「況」字「卿」之說，劉師培荀子補釋、江瑔讀子卮言、胡適之先生中國哲學史大綱、馮友蘭中國哲學史、游國恩荀卿考、梁啓雄荀子柬釋等並主之，而劉氏獨論之綦詳。其說曰：「劉向序蘭陵人喜字爲卿，蓋以法孫卿也，此卽字卿名況之確徵。說文及廣雅釋言：卿，章也。況與皇同，詩周頌烈文傳：皇，美也。是卿況義略相符，故名況字卿。」案古人名字義必相應，以故劉氏引說文廣雅及詩傳說之如此也。然說文廣雅卿章爲聲訓，乃漢人基於語音求「六卿」所以名卿之故，非謂卿作章解，古亦別無此例；而卿與章聲母懸絕，決其非一語孳生。況與皇同云云，亦劉氏鄉壁虛造，於古無徵。是卿況二字義不相及，一名一字之說不得立也。劉向云蘭陵人喜字爲「卿」，亦唯荀況有「卿」之尊稱，蘭陵人卽可字「卿」，不必況字「卿」然後人可以「卿」爲字。故以爲荀子字「卿」之確徵，未爲的論。而史記云：「齊襄王時，而荀卿最爲老師；齊尙修列大夫之缺，而荀卿三爲祭酒。」以見卿聲望之隆，迥殊於列大夫，儼然卿位，則索隱以「卿」爲尊稱，入理可從。且以史記文言之，列傳中不擧人名字者凡三人，孫臏其一，荀卿其二，虞卿其三。虞卿傳云：「虞卿者，游說之士也。說趙孝成王，一見賜黃金百鎰，白璧一雙；再見爲上卿，故號爲虞卿。」孫臏傳云：「孫武既死，後百餘歲有孫臏。臏生阿鄄之間，臏亦孫武之後世子孫也。孫臏嘗與龐涓俱學兵法。龐涓既事魏，得爲惠王將軍，而自以爲能不及孫臏，乃陰使召孫臏。臏至，

龐涓恐其賢於己，疾之，則以法刑斷其兩足而黥之，欲隱勿見。」前者明言稱「卿」之由，後者亦無異釋「臏」之稱。則荀卿傳上云齊尙修列大夫之缺，而下云荀卿三爲祭酒，蓋亦言其望高列大夫上，所以示意其稱「卿」之故耳。仍以索隱爲是。

四

史記云：「荀卿，趙人。年五十始來游學於齊。騶衍之術迂大閎辯，奭也文具難施，淳于髡久與處有善言。故齊人頌曰：談天衍，雕龍奭，炙轂過髡。田駢之屬皆已死，齊襄王時，而荀卿最爲老師；齊尙修列大夫之缺，而荀卿三爲祭酒焉。」於卿生平闕然不具；記其遊學之歲，又不言齊王時代，亦遂無從推究焉。

劉錄云：「方齊宣王威王之時，聚天下賢士於稷下尊寵之，若鄒衍田駢淳于髡之屬甚衆，號曰列大夫，皆世所稱，咸作書刺世。是時孫卿有秀才。年五十始來游學……至齊襄王時，孫卿最爲老師，齊尙修列大夫之缺，而孫卿三爲祭酒焉。」此文視史記稍詳。唯學者多以此云卿於宣威之世以五十遊於稷下，用此計之，史記劉錄並云春申君死而卿廢蘭陵令，李園殺春申君事在楚考烈王二十五年，卽齊王建之二十七年，則至春申君之卒，卿少亦百三十餘歲，故咸以劉說爲不足信；而據應劭風俗通云：「齊威宣之時，孫卿有秀才，年十五始來遊學。」遂謂史記劉錄五十乃十五之譌。詳見胡元儀別傳、游國恩荀卿考、梁啓超荀卿與荀

子及錢穆先秦諸子繫年。宋晁公武郡齋讀書志用劉錄而五十作十五，蓋亦以十五計之，及其至楚時已近百歲，（案晁氏云：楚考烈王初，黃歇始相，年表自齊宣王至楚考烈王元年凡八十一年，則荀卿去楚時近百歲矣。）姑依風俗通易之。（錢氏繫年乃據此謂劉錄今作五十為誤倒，亦誤矣。）此殊可商榷。誠如胡先生所云，始字言其來齊之晚，若是十五，不得云始。劉錄又與史記合，卽三占從二，亦不得逕取應說，況史記劉錄又並在其前乎？錢氏以始來對後日之最爲老師及後之一再重來而言，游氏亦謂始來對後日之再來三來而言，並強爲之辭。如錢氏前一說，始字實不當有；如游氏與錢氏之後一說，則史記固不言再來三來事，而錢氏游氏據鹽鐵論論儒篇謂卿於湣初爲祭酒，又於襄王及王建時自楚自趙兩來齊爲祭酒，亦虛妄不實。卿三爲祭酒皆在襄王之世也。說並詳後。錢氏又依黃以周說，於「遊學」二字立論，謂「遊學是特來從學於稷下諸先生而不名一師，非五十以後學成爲師之事」，此亦執着。方之於今，學者術業專精，士林推重，猶多負笈美邦而謂之進修，謂之研究，不卽所謂「遊學」也？齊自威王廣聚天下賢士於稷下，學術盛於當代，史公所謂「天下竝爭於戰國，儒學既絀，學者獨不廢於齊魯」者是也。蓋於時四方學者多之齊學問，卿亦慕其藏書之富，又懼獨學無友，遂於五十之年來遊，利賴其圖籍，且以所學與諸賢相切磋，相觀摩，相論析，斯亦學之也；奚必執經問字之謂哉！

以余觀之，云五十者實未誤；凡以爲誤者，皆在誤讀劉錄故。風俗通作十五，亦誤解劉錄而臆改，不然，卽書者倒之。劉錄云：「方齊宣王威王之時，聚天下賢士於稷下尊寵之。

是時孫卿有秀才。年五十始來遊學。」此謂當宣威稷下盛時卿有秀才，不謂時卿以五十來遊學也。秀才本才秀異之稱，謂年少而儁逸，故卽後世科舉之制，猶是功名之始階，安得年五十而謂其人有秀才乎？是史記劉錄云卿五十來齊，不在宣威之世可知。則其始自何代乎？

胡先生云，史記自「之術」二字起至「炙轂過髡」三十九字爲錯簡；「荀卿最爲老師」句上有「而」字，當以「騶衍田駢之屬已死齊襄王時」爲句，於是卿之來齊「在襄王之後」。日人瀧川龜太郎考證亦讀「齊襄王時」四字上屬，並引鄭當時傳「鄭君死孝文時」爲例，因謂「卿遊學在襄王既歿之後」。此於史記本文索解也。然「而」字爲轉折詞，猶言「於是」，承「田駢之屬已死」而用之。篇中若「而荀卿三爲祭酒」、「而春申君以爲蘭陵令」，類此者屢見非一。胡先生謂齊襄王時四字爲一「狀時的讀」，「狀時的讀」與所狀之本句間決不可隔以「而」字。然論語爲政篇云：「吾十有五而志於學，三十而立，四十而不惑，五十而知天命，六十而耳順，七十而從心所欲不踰矩。」莊子應帝王篇云：「日鑿一竅，七日，而渾沌死。」固又多有此例。且以卿於襄王既歿來齊，卽須否定劉錄宣威時有秀才之說。蓋卿卽以襄王末年來遊，襄王在位十九年，其前爲湣王，在位四十年，是卿不能生湣之初，遑論宣威之世有秀才。而劉錄既云如此，未必無所本，不容隨意棄置也。

雖然，劉錄非無誤也。其不云威王宣王，而云宣王威王，與代序不合；列大夫之號始自宣王（案見史記田敬仲完世家），威王時無有，今劉錄云威王時聚天下賢士號曰列大夫，亦與事實相舛。然宣在威後，劉氏焉得不知，疑劉錄原作宣王湣王；後人以稷下士自威王始

聚，（徐幹中論亡國篇云：齊桓公立稷下之官，設大夫之號，招致賢人而尊寵之。錢氏繫年稷下通考因謂齊聚賢士於稷下，或始自桓公。然桓公時卽有攬賢之事，必無列大夫之號，則中論殆因桓宣二字音近致誤，魏策魏桓子韓非子說林作魏宣子，成公十三年左傳曹宣公禮記檀弓作曹桓公，可參觀。錢氏未加深考。）復因威王時國勢之盛而誤稷下賢士亦盛，又相傳湣王時稷下接子愼到田駢之屬散去（見鹽鐵論論儒篇），遂改湣王爲威王耳。風俗通云威宣，則應氏據其世秩互乙。不知卿來齊無論爲五十爲十五，俱不得於威之末有秀才也。

史記亦非盡是，其誤則不在本傳而在儒林。儒林傳云：「於威宣之際，孟子荀卿之列咸遵夫子之業而潤色之，以學顯於當世。」不知卿卽於威末時年爲二十，至春申君之卒，亦既百二十有五歲，矧年二十必不得以學顯於世乎？則持其矛以攻之，其盾不能禦矣。史公蓋欲言威宣之際儒學不廢於齊，因孟子而連類及之耳。（錢氏繫年引全祖望鮚埼亭集外編讀荀子謂「考儒林傳齊威王招天下之士於稷下，而荀子客焉」，以證荀卿遊學當威王晚世，殊誤。）

今依「宣湣之際卿有秀才」、「年五十遊學於齊」及「春申君死而卿廢蘭陵令」三事而衡之：使卿生宣王十年，至宣湣之際逾十齡而有秀才之目，時稷下諸賢正丁盛年；及湣襄間，五十而遊齊；襄王之世，自五十至六十九，田駢之屬既謝，而卿最爲老師，三爲祭酒；越二十七年，李園殺春申君，卿廢蘭陵令；又數年，著書立說而卒；（案此云又數年著書立說而卒者，據史記「……於是推儒墨道德之行事興壞，序列數萬言而卒」而言之。荀子一書，學者不可以爲皆卿此數年所作。其書多稱孫卿子，是不必皆出荀子手矣；況其廢令之前，容

亦可以著述乎？若賦篇之末段，作於去楚之後更返楚之前，卽其明證。）前後不出百年。古人稱上壽百歲（見莊子盜跖。且有謂百二十為上壽者，見左氏僖公三十二年傳注。），今案之史籍既無不合，謂卿以上壽而終，奚足多怪？若卿以逾十齡而有秀才，則如後漢書孔融傳所云，融幼有異才，年十歲，隨父詣京師，以「累世通家」見李膺，是且不足十齡既以秀異稱，於卿又何獨疑焉？

五

史記云：「田駢之屬皆已死，齊襄王時，而荀卿最爲老師；齊尙修列大夫之缺，而荀卿三爲祭酒。齊人或讒荀卿，荀卿乃適楚，而春申君以爲蘭陵令。」劉、應亦並云卿受讒適楚，在三爲祭酒後。春申君傳云春申君相楚之八年，以卿爲蘭陵令。六國年表及春申君傳又並云考烈王元年黃歇爲相，則卿爲蘭陵令當考烈王八年，齊王建之十年，時七十九歲也。

桓寬鹽鐵論論儒篇則云：「及齊湣王奮二世之餘烈，南舉楚淮北，并巨宋，苞十二國，西摧三晉，却強秦，五國賓從，鄒魯之君泗上諸侯皆入臣。矜功不休，百姓不堪，諸儒諫不從，各分散，愼到接子亡去，田駢如薛，而孫卿適楚。內無良臣，故諸侯合謀而攻之。」案田敬仲完世家云：「湣王三十八年伐宋，宋王出亡，死於溫，齊南割楚之淮北，西侵三晉，欲以併周室爲天子，泗上諸侯鄒魯之君皆稱臣，諸侯恐懼。」年表亦於湣王三十八年記齊湣滅

宋。是寬以卿去齊適楚，在湣王三十八年滅宋之後而其四十年出亡之前。錢氏繫年、游氏荀卿考並主之，以爲卿之初去齊。然鹽鐵論毀學篇又云：「李斯之相秦也，始皇任之，人臣無二，然而荀卿爲之不食，覩其罹不測之禍也。」斯相秦在始皇二十八年至三十四年之間，卽於廿八年爲相，上距湣末六十五年，卿以五十遊學稷下，至此已百十有五歲矣。使錢游二氏不嘗誤解劉錄，知卿五十來齊原不在威宣之世，亦能取寬說而信之乎？寬非史家，蓋聞卿自齊適楚，湣王之世若愼到接子田駢亦嘗去齊，又以卿與愼到之屬並稷下名賢，遂誤卿之適楚亦在湣王之世耳。不知卿於稷下諸賢爲後生，焉得與愼到接子田駢相齒？卿之來齊如在襄初，固不得於湣末去齊；卽在湣末，則方其爲遊學而來，焉得甫至而遂去？且卿在齊二十九年而後去之，爲稷下可以遊學也；若其在楚，自湣末至考烈王八年始受知春申君，其間凡約三十年，何所爲而淹留不去也？寬之說明不足用也。

今案：卿適楚時，已於稷下最爲老師，三爲祭酒，年爲高矣，德爲卲矣；春申君以爲蘭陵令，必在其初至楚之時。則卿爲令之歲，卽其去齊之年，時王建之十年也。胡氏別傳、羅氏遊歷考並爲此說；游氏亦以爲其二次入楚之時，以爲二次則妄也。

本書彊國篇云：「荀卿子說齊相曰：今巨楚縣吾前，大燕鰌吾後，勁魏鉤吾右，西壤之不絕如繩，楚人則乃有襄賁開陽以臨吾左，是一國作謀，則三國必起而乘我，如是則齊必斷而爲四，三國若假城然耳。」論者多謂此卿當湣王時說相國之辭，且或謂相國卽薛公田文。見汪中年表、胡元儀別傳及錢穆繫年。據史記年表及孟嘗君傳，湣王二十六年田文相齊；三

十年田甲劫王，王疑田文所爲，而田文奔走；人有自剄宮門明文不爲亂，王亦蹤跡驗問知果無反謀，復召田文；文謝病請老於薛，湣王許之；及湣王滅宋而益驕，欲去田文，文懼而如魏。今既知卿來齊在湣末襄初，時文不爲相已久，且當入魏，則此齊相非田文可知。且此文「荀卿子說齊相曰」七字，羅氏遊歷考云本屬可疑。蓋其一，宋錢佃荀子考異嘗據五本互校，唯監本有此七字，顧廣圻以爲亦王應麟所云「監本未必是」之類。其二，稱荀卿與全書稱孫卿之例異。羅氏又因此文前引公孫子論子發事，以爲此亦述古；卽使爲卿說齊相之辭，湣王時固有如此之強鄰，襄王王建時何獨不然，亦未能定其卽在湣王之世。說皆不刊。

六

史記春申君傳云：「春申君相楚八年，以荀卿爲蘭陵令。」劉應並著此說。余前考卿去齊之年，卽準此定之。學者論卿之生平雖各不同，顧於此事莫不以爲信史。梁啓超所謂「此事史文紀載詳確，宜據爲荀卿傳蹟之中心」，其言良是。獨錢氏不信，遂並史記劉錄「春申君死而荀卿廢」之說而疑之。然所論要在誤解劉錄，以卿當威宣之際來齊，亦不足深辨耳。

七

本書儒效篇記秦昭王問孫卿子，彊國篇載應侯問孫卿子「入秦何見」，議兵篇又云臨武君與孫卿子議兵於趙孝成王前，是卿有遊秦返趙之行。因未載年歲，故論其年代說者不一。胡元儀以議兵在入秦前，而並在爲蘭陵令後。其他學者則以議兵後於入秦：而胡先生及游氏謂入秦返趙在爲蘭陵令之前十年，入秦一事依范雎於昭王四十一年拜相封侯繫之；梁氏既謂入秦在昭王四十一年後，復謂入秦返趙疑皆在廢蘭陵令後；羅氏以入秦在其五十遊齊之前（案羅氏主卿於王建十年來齊），議兵在孝成王之十六年；錢氏則云入秦自昭王四十一年至五十二年不能確指，返趙亦終孝成王一世二十一年莫知所屬。衆說競長，棼然殽亂。

今案楚策四云：「客說春申君曰，湯以亳，武王以鄗，皆不過百里以有天下。今孫子天下賢人也，君籍之以百里勢（案籍疑當從韓詩外傳四作藉），臣竊以爲不便，於君何如！春申君曰善，於是使人謝孫子。孫子去之趙。」劉錄亦云：「齊人或讒孫卿，乃適楚，楚相春申君以爲蘭陵令。人或謂春申君曰：湯以七十里，文王以百里。孫卿賢者也，今與之百里地，楚其危乎！春申君謝之，孫卿去之趙。」是卿於楚遭讒嘗一返趙；而客說春申君事，以理度之，當在春申君授卿蘭陵之後不久，則卿之返趙，即其去齊之歲，時孝成王之十一年也。於秦則昭王五十二年，其明年，蔡澤代應侯相，是卿去齊之歲，又其入秦之下限也。劉錄又云：「孫卿之應聘於諸侯，見秦昭王，昭王方喜戰伐，而孫卿以三王之法說之，及秦相應侯皆不能用也，至趙，與孫臏議兵孝成王前。孫臏爲變詐之兵，孫卿以王兵難之，不能對也，卒不能用。」所序二事與本書合（案唯劉氏以孫臏當臨武君，蓋相承有此誤說，學者多已辨

之。），而入秦在議兵前。以此言之，入秦亦在是年而已。蓋其去楚之秦，以三王之法說秦王，不合而遂之趙，趙其父母國也。劉氏不云入秦之趙者，文襲國策；國策亦不云入秦者，則以卿在秦不合遂去，未嘗留處，而國策又非傳荀卿事蹟，不過以記策士說春申君之辭，所重不同，是以略其入秦而不言耳。唯據劉錄，似言卿嘗兩次返趙，學者多有此說，即本之劉錄。（如胡元儀及游氏羅氏並有此說）殊不知劉前云春申君謝卿，卿去之趙，乃據國策傳其行蹤；而後云見秦昭王，以三王法說之不能用，至趙，以王兵難孫臏孝成王前亦不能用，則慨其道之不行，故別以「孫卿之應聘於諸侯」一辭啓之，而敍在卿終老蘭陵之後，固不云兩次返趙也。今度其去楚與爲令同年，遂若挈裘領而頓之，順者不可勝數，其亦可以塞學者之疑矣夫！

八

楚策又云：「卿去之趙，趙以爲上卿。客又說春申君曰：昔伊尹去夏入殷，殷王而夏亡。管仲去魯入齊，魯弱而齊強。夫賢者之所在，其君未嘗不尊，國未嘗不榮也。今孫子天下賢也，君何辭之！春申君又曰善，於是使人請孫子於趙。孫子爲書謝曰：癘人憐王，此不恭之語也。雖然，不可不審也，此爲劫殺死亡之主言也。……因爲賦曰：寶珍隋珠，不知佩兮。褘衣與絲，不知異兮。閭姝子奢，莫知媒兮。嫫母求之，又甚喜兮。以瞽爲聰，以是爲非，

以吉爲凶。嗚呼上天，曷惟其同。詩曰上天甚神，無自瘵也。」劉錄亦載此，唯前不云趙以爲上卿，而後云春申君得卿書賦，復固謝（案謝疑請字之誤。）孫卿，孫卿乃行，復爲蘭陵令。風俗通與劉錄同。案趙以卿爲上卿之說，殊無可取。果於趙爲上卿，不應復爲蘭陵令也；疑不解荀況稱「卿」之故者所改爲。宋姚宏云後語上卿作上客，是其證。然其言返楚復爲蘭陵令一事，與史記「春申君死而荀卿廢」相脗合，可補史記之未備。而李斯傳云：「李斯從荀卿學帝王之術，學已成，度楚王不足事，而六國皆弱，無可建功者。欲西入秦，辭於荀卿。……至秦，會莊襄王卒。」莊襄王卒當楚考烈王之十六年，此又不僅與卿本傳互證，知卿自趙返楚；以斯從學帝王之術有成，則卿當考烈王之十六年，返楚必已有年矣。

而汪中通論疑之於前，錢氏繫年應聲於後。汪氏云：「癘憐王以下乃韓非子姦劫弒臣篇文，賦詞乃本書佹詩之小歌，見於賦篇，由二書雜采成篇。」然韓非嘗事荀卿，此文與韓非子雷同，安知非韓非剽其師說？若其文辭，汪氏疑其僞，固可云「其言刻覈舞知以禦人，固非之本志」；信其是者則又何患無辭，如胡氏別傳云：「蓋李園之包藏禍心，李園女弟之陰謀，郇卿早知其必發，故以書刺之。」不亦言之振振乎？此皆可無爭論也。至其賦詞，則以賦篇案之，其前賦禮、知、雲、蠶、箴五事，自成一格；後出「天下不治，請陳佹詩」及「琁玉瑤珠，不知佩也」二小段，與前文體制不同。荀卿書劉向所見凡三百二十二篇，自向「以相校除復重二百九十篇，定著三十二篇」。此疑向因三者皆韻文而合之，原不相屬，自琁玉瑤珠以下爲卿遺春申君辭，正唯國策可助考鏡。錢氏謂此文史記所無，而謂春申君始終

以蘭陵小令屈其所賢，亦不近情理之甚。然史記雖無，實則相合；百里之地，不必爲小。且錢氏於史記言之確鑿者不之信，此則以史記所無斷他書之不可從，豈治史固宜若此邪？

九

鹽鐵論毀學篇云：「方李斯之相秦也，始皇任之，人臣無二。然而荀卿爲之不食，覩其罹不測之禍也。」據史記始皇本紀，三十四年斯已爲相，其始相秦之年雖不可考；二十六年爲廷尉，二十八年爲卿，時王綰爲相，則斯爲相不得早於始皇二十八年。使卿猶在，百十有六歲矣。百十有六歲之壽者未必無有，然余以李斯傳合鹽鐵論讀之，知其說實妄。李斯傳云：「秦并天下，……以斯爲丞相。……李斯置酒於家，百官長皆前爲壽，門廷車騎以千數。李斯喟然而歎曰：嗟乎，吾聞之荀卿曰：『物禁太盛。』夫斯乃上蔡布衣，閭巷之黔首。上不知其駑下，遂擢至此。當今人臣之位，無居臣上者，可謂富貴極矣。物極則變，吾未知所稅駕也。」鹽鐵論之「人臣無二」，與斯傳「當今人臣之位，無居臣上者」無異，其餘亦皆於斯傳得其彷彿之迹，鹽鐵論所記，即斯傳之譌傳耳。蓋斯傳云「吾聞之荀卿曰」，遂誤傳斯爲相時荀卿所言（案今人尚有作此解者，見後。）；斯傳云「置酒於家，而喟然歎曰」，遂誤傳荀卿爲之不食；又以斯傳云「吾聞之荀卿曰物禁太盛」，及「物極則變，吾未知所稅駕也」，遂誤傳荀卿覩其罹不測之禍也。（案索隱云：稅駕言休息也。李斯言己今日富貴已極，

然未知向後吉凶止泊在何處也。）

學者於此或以爲「不值一駁」（胡先生語），或覺其疑信難定（如梁氏羅氏）；游氏獨以爲無可疑，標舉三事：一曰，斯傳物禁太盛一語，必係針對李斯爲相所發。二曰，卿傳先言李斯爲弟子，已而相秦，後乃言卿之卒，可見卿確及見斯相，不然夾敍李斯爲弟子二句，豈非了不相干。三曰，劉向別錄謂張蒼從荀卿受左氏春秋，而漢書任敖傳云蒼卒於景帝五年，年百餘歲。上推其生年當秦昭王之末，至始皇二十八年三十餘歲。爲卿弟子，可謂正當其時。然李斯傳云「吾聞之荀卿曰」，卽此已知所述往事；況卿於斯爲相時尚在，亦處蘭陵（案今山東嶧縣），斯何能於其爲相之日接聞是語？是其一不然也。史記云「李斯嘗爲弟子，已而相秦」者，蓋因斯學帝王之術於卿，秦王用之，卽能相秦一統天下，以見卿學術足以經世，而惜其不爲世重。如游氏之言，其敍卿之卒在「李斯嘗爲弟子，已而相秦」之下，卽以見卿嘗親覩斯相；則史記敍「李斯嘗爲弟子」於「春申君死而荀卿廢」之下，亦謂斯事荀卿在其旣廢蘭陵之後與？又如「已而」一詞通常言一事甫過而一事旋起。史記此云斯嘗爲弟子，已而相秦。然考其別卿入秦時當莊襄王之卒；而爲相乃在始皇二十八年之後。又可據此文「已而」二字，斷其爲相在始皇之初立乎？以知史公行文雖密察，若必字字拘泥，或刻意求深，轉生傅會。是其二不然也。張蒼以百餘歲死景帝五年（前一五二），其生當秦昭王五十五年（前二五二）之前，時卿約在八十以下。使蒼從卿學之說可信；卿以百齡而終，蒼可以近二十之年爲其弟子，不必非三十以後不可。是其三不然也。

十

韓非子難三篇云：「燕王噲賢子之，而非荀卿，故身死爲僇。」案史記年表燕王噲五年云：「君讓其臣子之國，顧爲臣。」七年云：「君噲及太子相子之皆死。」五年當齊湣之八年，七年當湣之十年。假令卿於湣十年二十歲，越三十年，正以五十之年於湣末遊齊，似此文較然可信也。唯二十弱冠之齡，其聲望疑未足與子之齒；且卽以其時三十歲，至春申君之卒，又已百有六歲矣。然則此說終無可取耳。學者唯錢氏信之，而亦由誤解劉錄故。游氏云：「非嘗師事荀卿，不應妄說如此，蓋出後人所託。」余謂此殆非門人尊其先師之過耳。

十一

論荀卿姓字生平既竟，復擬一言者，余爲此文，一以史記爲憑斷。史記非盡無誤也，不能取史記而證之不敢疑。其他載籍，皆以能發明史記不與相忤者然後從之。若劉錄，云卿後孟子百餘年，以臨武君爲孫臏，又云「蘇秦張儀以邪道說諸侯以大貴顯，孫卿退而笑之」，皆與史記觸抵，此其爲誤矣；而亦多用之者，正爲其能證史記之是，補史記之缺也。是取因史記，舍亦由之；學者若病其固執而敎之，所幸甚矣。爲荀卿年表以殿之：

西曆紀元前	相關列國君王年代	荀卿生平事蹟及相關者事蹟
三三四（？）	齊宣王十年（？） 趙肅侯十七年（？）	生於趙。
三二四	齊宣王末年（即十九年） 趙武靈王二年	十歲，有秀才。
二八四至二八三	齊湣王末年（四十年）至襄王始年 趙惠文王十五年至十六年	五十歲，始遊學於齊。
二八三至二六四	齊襄王之世（元年至十九年） 趙惠文王十六年至孝成	五十至六十九歲。稷下田駢之屬已死，卿最為老師，三為祭酒。

	王元年	
二五五	齊王建十年 趙孝成王十一年 楚考烈王八年 秦昭王五十二年	七十九歲。齊人讒卿，卿適楚，春申君以為蘭陵令。春申君客讒卿，卿入秦。見昭王應侯，不合而返之趙。趙以為上客，與臨武君議兵。
二五五之後至二四七之前		七十九歲之後至八十七歲之前。春申君復請卿，卿為書刺之，並以賦託志。後因春申君固請而返楚，復為蘭陵令。李斯從學帝王之術。
二四七	齊王建十八年 趙孝成王十九年 楚考烈王十六年 秦莊襄王卒，始皇立	八十七歲。李斯學成，辭卿入秦。

二三八	齊王建二十七年 趙悼襄王七年 楚考烈王二十五年	九十六歲。李園殺春申君，卿廢蘭陵令。家於蘭陵。
二三八至二三四	齊王建二十七年至三十一年 趙悼襄王七年至王遷二年 楚考烈王二十五年至幽王四年	九十六至一百歲。著書立說，終於蘭陵。

六十年六月一日於香港

附錄

陳師槃庵先生示書

大著荀卿後案，一昨已承翼鵬先生交下，奉讀甚佩。唯陳氏易爲田氏，兄云：「蓋敬仲入齊，不欲復稱陳氏，因南人之陳，語同北人之田，遂以田字易之」。此與弟之所見，微有異同。今傳世青銅器，凡陳國之陳皆作「敶」，齊田之氏作「塦」，釐然不紊。張政烺氏昔嘗論之（詳評陵塦㝵立事歲陶考證，見史學論叢第二期。承張以仁君檢示。案章炳麟新出三體石經考引魏石經春秋殘石，陳國之陳亦从土作「塦」。石經此字，未詳所本。），其說殆不可易。潛夫論志氏姓篇云：「厲公孺子完奔齊……齊人謂陳田矣」；通志氏族略二田氏條云：「春秋時晉有田蘇（案見襄七年左傳），宋有田景（見哀十七年左傳。案卽田丙，唐人避高祖諱改丙作景）……皆敬仲之苗裔」。是謂春秋時旣有田稱矣。此可疑。俞樾曰：「齊田氏在春秋，始終以陳氏稱，而史公謂敬仲奔齊改姓田者，古田陳同聲也。然春秋時自稱陳，戰國時自稱田，恐史公據後以改前，非其實也。陳之變爲田，當必有說。年表齊平公驁元年云：齊自是稱田氏。按平公時雖政在大夫，而變君之姓以從臣，恐無其事。或者陳氏於是年始改稱田氏，而史公誤爲此說耳。考世家，平公卽位，田常相之，割齊安平以東爲田氏封

邑，是乃田氏有齊之始。變陳爲田，當在此時也。」（第一樓叢書九之三，葉十六）。案俞氏謂變陳爲田，當在陳常相齊之後，是或然也。鄙意如此，質之吾兄，未知合乎否也。

「荀」金文作「筍」（荀伯大父簋、荀伯簋等），或作「旬」（康盌壺）。洛陽新出三體石經作「筍」（章炳麟春秋左氏疑義答問卷五葉四下）。桓九左傳作「荀」，漢書地理志右扶風栒邑注據應劭引作「郇」。晉大夫荀息，潛夫論志氏姓作郇息；汲郡古文（同上漢志注引）「武公滅荀」、「文公城荀」，文選北征賦注引並作「郇」。蓋本作「筍」，或「旬」，通作「郇」。古人于从竹从草往往不分，故又或作「荀」。胡元儀以爲「荀」當作「郇」，殆未然矣。又及。

弟陳槃手啓　七、廿九

又書

兄謂：「劉錄云，『方齊宣王、威王之時，聚天下賢士於稷下，尊寵之，是時孫卿有秀才，年五十始來遊學』。此謂當宣、威稷下盛時卿有秀才，不謂時卿以五十來遊學也。秀才本才秀異之稱，謂年少而儁逸，故卽後世科擧之制，猶是功名之始階，安得年五十而謂其人有秀才乎？」案漢以後之所謂秀才，無年齡之限制。史記賈生傳：「年十八……吳廷尉爲河

南守，聞其秀才」。此時之賈生固年少秀才也。後漢循吏王渙傳：「渙少好俠……晚而改節……州舉茂才（中興以後，秀才改稱茂才）」；北史儒林上劉晝傳：「晝求秀才，十年不得，發憤撰高才不遇傳。冀州刺史酈伯偉見之，始舉晝，時年四十八」。王渙晚節始舉，劉晝四十八始舉，不可謂非秀才也。後世科舉，秀才固爲科名始階，然亦無年齡之限制，雖五六十若七八十，苟初遊庠，則亦未嘗不稱秀才也。賈生之爲秀才，與王渙、劉晝之秀才，固自不同，前者美詞、汎稱，後者則選舉之目。然選舉已無年齡之限制，則汎稱亦不必限以年齡，可知矣。荀卿之被稱爲秀才，當屬前者，吾兄之言是也。顧何以知其必爲年少時之稱？弟所未喩。吾兄此說，毋乃泥耶？

弟 陳槃 九月四日夜

復陳師書

敬仲易陳氏爲田氏，顧炎武以後頗有疑其非者。俞氏以爲「春秋自稱陳，戰國自稱田，史公據後以改前」，此說似亦未允。蓋史公既明言敬仲入齊，以陳字爲田氏，篇目題田敬仲完世家，而凡敬仲後人稱田，不復稱陳。如非本有此稱，恐不致如此專輒，強爲古人改姓也。承示張政烺說，「彝器凡陳國作敶，齊田之氏作塦，釐然不紊」。復查郭氏容氏並有此說。

然此雖屬事實，解釋則可容有不同。敬仲之前，陳氏之陳書作何字，今未得見；以國爲氏，當卽作敶字。然塦肪毀之塦仲卽敬仲，塦戻午錞之塦戻午卽齊桓公午，塦戻因資錞之塦戻因資卽齊威王因齊，並書陳作塦，疑卽敬仲所改之「田」字也。蓋敬仲入齊，聞齊人語陳田二字異音，己語之陳同齊人之田，而不同齊人之陳，因不欲復稱陳氏，遂以齊人語之「田」易之（此就語言言）；又不欲盡棄其本，但書作陳字，而於下加从土（此就文字言）。卽雖書作「塦」，實從齊人田字之音，不從齊人陳字之音。加从土者，猶加从田字，古人語土田義不異也。不逕加田者，因田字本身爲正方形，與陳字結合，易害於全字之方正，不若加土字之可以美其觀也（拙著中國文字學第三章第三節「論位置經營」專論吾國文字之講求方正美）。後世因陳字本敬仲爲其氏姓所專製，無他用途，久之遂廢絕不傳。故史公第知敬仲之易陳爲「田」（指語音而言），而不知其字固不作田，彝銘可補史記此闕。然彝銘之塦，固亦賴史公書知其讀音同田，原不與陳同字也。此說似差可使史記與彝銘並行不背，師意未審以爲然否？……若年表平公鶩元年云齊自是稱田氏，考證疑「稱」字當作「歸」；生意則「稱田氏」卽政由田氏出，非謂「變君之姓以從臣」，亦不知有當與否耳。

生
宇純謹稟　八月廿二日夜十二時

又書

秀才一詞，漢以後無年齡限制，疑不足方其始。蓋漢時爲選舉之目，故如師所云，雖五六十若七八十，苟初遊庠，卽得是稱。若其始爲美詞，弱冠稱之，已近於諂；五十恐不宜更用也。是故卽兩漢書，凡譽人秀才、美材或異才，印象中似無年逾二十者。雅意殷渥，感戴彌深。恃能容異，輒敢護短。乞裁正，是幸！

生宇　純稟上　九月十日正午

後　記

拙作荀卿後案已脫稿，郵呈槃庵師請正，承師一再示覆，有所啓迪。而宇純復師書，間亦有所申說。今奉師命，並附錄于此，以俟論定云。

宇　純謹志　六〇、九、十日

（本文原載民國六十年中央研究院歷史語言研究所集刊第四十三本第四分）

荀子眞僞問題

先秦諸子，孟子而外（案據今傳七篇而言），莫不有眞僞問題。比較言之，荀子原是最少的。

楊倞注荀子，於堯問篇末云：「自爲說者已下，荀卿弟子之辭。」宥坐篇注云：「此以下（案指宥坐、子道、法行、哀公、堯問共五篇）皆荀卿及弟子所引記傳雜事。」又大略篇注云：「此篇蓋弟子雜錄荀卿之語。」如果確定「僞」的意思是「冒名假託」，所謂「僞荀子」，便是「託名爲荀子的思想言行，而其實並非荀子之所言所行所思」，則上列楊氏所指出者，都不構成眞僞問題。因爲前二者固然不曾冒充荀子的思想言行，後者如楊氏所說，以論語、孟子二書方之，亦自不得以爲僞作。楊是唐武宗時人，是此時尙未見懷疑荀子有贗品的。

王應麟困學紀聞云：「荀卿非十二子，韓詩外傳引之止云十子，而無子思孟子。愚謂荀卿非子思孟子，蓋其門人如韓非李斯之流，託其師說以毀聖賢，當以韓詩爲正。」這可能爲「僞荀子」說的開始。但自是而後，如宋濂的諸子辨，胡應麟的四部正譌，姚際恒的古今僞書考，雖於諸子多致其疑，顧於荀子獨無所議。清儒爲荀子作校注者多家，也只懷疑到篇章

的錯亂及羨衍，不曾有論及眞僞的。所以說荀子的眞僞問題，原本最少。

及至近代，情形則迥然不同。三十二篇荀子中，勸學、修身、不苟、非相、非十二子、儒效、王制、富國、君道、臣道、致士、議兵、彊國、天論、禮論、樂論、大略、宥坐、子道、法行、哀公、堯問，共二十二篇七十餘處與大小戴記及韓詩外傳雷同的文字（案詳見張西堂荀子眞僞考），固然成爲可疑對象；上述楊注所指出的篇章，也都籠統入了「僞作」之林；更有所謂不合章旨及不合荀子思想的文字，使得荀子一書的傳統形象，遭受到嚴重的破壞。

胡適之先生中國哲學史大綱上說：

> 漢書孫卿子三十二篇，又有賦十篇。今本荀子三十二篇，連賦五篇詩兩篇在內，大概今本乃係後人雜湊成的。其中有許多篇，如大略、宥坐、子道、法行等，全是東拉西扯，拿來湊數的。還有許多篇的分段，全無道理，如非相篇後兩章全與非相無干。又如天論篇的末段也和天論無干。又有許多篇，如今都在大戴小戴的書中，或在韓詩外傳之中，究竟不知誰鈔誰的。大概天論、解蔽、正名、性惡四篇，全是荀卿的精華所在，其餘的二十餘篇，卽使真不是他的，也無關緊要了。

這種論調，是前此所無的。楊筠如的荀子研究，更從「體裁的差異」、「思想的矛盾」、「篇

章的雜亂」以及「其他的旁證」四方面，得出如下的結論：

我們既知荀子是混雜的東西，除了成相以下八篇，明知與荀子無關外，其餘各篇，都不免有魚目混珠的現象。用一般的觀察，大致以正名、解蔽、富國、天論、性惡、正論、禮論（起首一段）幾篇，真的成分較多。所以我主張，㈠與大小戴記、韓詩外傳相同的文字，暫時只得割愛。㈡與前面所舉幾篇中主要思想相矛盾的地方，也最好不采。㈢凡是稱孫卿子的各條，為慎重起見，也最好不要用為荀子學說的資料。

「眞的荀子」便所剩無幾了。

大小戴與荀子雷同之處，梁啓超以爲當是禮記采荀子。要籍解題及其讀法云：

凡此皆當認為禮記采荀子，不能謂荀子襲禮記。蓋禮記本漢儒所裒集之叢編，雜采諸各家著述耳。

總算仗義執言，爲荀卿恢復了部份版權。但梁氏也因此對荀子產生了懷疑，他說：

然因此可推見，兩戴記中其摭拾荀卿緒論而不著其名者，或尚不少。而荀子書中亦

難保無荀卿以外之著作攙入。蓋荀子書亦由漢儒各自傳寫，諸本共得三百餘篇，未必本本從同。

張西堂作荀子眞僞考，對勘了七十餘處荀子與大小戴記及韓詩外傳相同的文字，亦以爲凡此皆大小戴外傳襲荀子，無荀子襲大小戴或外傳的痕迹。但張氏仍將三十二篇荀子分爲六組，其說云：

> 第一組：勸學、修身、不苟、非十二子、王制、富國、王霸、天論、正論、禮論、樂論、解蔽、正名、性惡共十四篇。這十四篇都可信為真荀子文，不過有的間有一二段或屬他篇錯入。第二組：榮辱、非相、君道、臣道共四篇。這四篇中，每篇俱有數段可信為真荀子之文，但又有幾段很可疑為非荀子所作。榮辱、非相兩篇，尤為顯然。第三組：仲尼、致士、君子共三篇。這三篇恐非荀子文，其思想文字頗令人懷疑。第四組：儒效、議兵、彊國共三篇。這三篇亦非荀子文，應是荀卿弟子所撰述者。第五組：成相、賦共兩篇。這兩篇本與儒家之孫卿子無關。第六組：大略以下六篇。這六篇宜認為漢儒所采錄之詞。

都代表了此一時代不輕信古書的精神。

荀子書中果眞有僞作，誰也不應因爲懷思古之幽情而曲予迴護。但古代載籍能傳流下來的極少，對古代的認識原至貧乏，凡見之於今者，雖片言隻字，皆彌足珍寶。因此對於讀古書而言，「無徵不信」的態度顯然値得商榷，正確的態度恐應該是「無證不疑」。用懷疑的眼光讀古書，興之所至，大禹可以爲爬蟲，屈原可以化烏有，所謂學術貴乎求眞的精神，便將成爲民族歷史的洪水猛獸。前引胡適之先生所說：「大略、宥坐、子道、法行等篇，全是東拉西扯拿來湊數的。」然今傳荀子三十二篇，本是劉向典校中秘時所編定，當時所見凡三百二十二篇，去其複重二百九十，乃有三十二篇之數；至唐楊倞作注，又稍移其次第而已。大略等篇，原在劉氏編定之列。班固漢書藝文志本之七略，所云孫卿子三十二篇，即劉氏之本，所謂「東拉西扯拿來湊數的」，便不知「湊」的什麼「數」了。又如楊筠如所說：「凡是稱孫卿子的各條，爲愼重起見，也最好不要用爲荀子學說的資料。」則如論語、孟子全書所記，豈不都成廢料？可見如此這般的論斷，皆屬「莫須有」。其餘各家所提出的意見，依我看來，也都沒有可取之處。下文將逐篇解析。

不過，有關荀子與大小戴記及韓詩外傳相同的文字，因先後已有梁、張二氏的說明，皆戴記及外傳采荀子，無荀子襲戴記及外傳者，只於此表明自己的態度，不另逐條討論。一、有關戴記與荀子相同的問題，完全同意梁氏所說；至於外傳與荀子的關係，韓嬰既爲漢時人，外傳又本雜采先秦諸書以作，自亦外傳采之荀子。二、張氏荀子眞僞考，凡荀子與戴記及外傳相同之處，皆字斟句酌，由其間差異性以觀其鈔襲之迹。這種謹愼態度是可取的，有時也

確能幫助斷案，但亦仍有問題。第一，不免主觀。如富國篇「割國之錙銖以賂之，則割定而欲無厭」，外傳卷六「錙銖」作「彊垂」。張文云：「錙銖好像太不重要了，又與上文貨寶近重複，外傳改爲彊垂（案原文誤植為「強乘」二字），比較進步。」因此斷爲外傳襲荀子。然而錙銖二字如張氏所說，既太不重要，又與貨寶近於重複，如果原文作者爲大儒荀卿，豈得其文字如此拙劣？主張「僞荀子」的學者，不正可以持爲僞作之證乎？然淮南子詮言篇云「割國之錙錘以事人」，呂氏春秋應言篇云「割國之錙錘矣」，荀子云錙銖當無誤，或原作錙錘，外傳之彊垂或恐是後人所改。然而，張說之爲主觀，固已灼然可見。又張文時時以字義之艱深與淺顯爲判斷鈔襲的標準，如勸學篇的槁暴，大戴作枯暴，修身篇的扁善，外傳作辯善，非十二子篇的佛然，外傳作沛然，張氏並以爲後者淺顯，故斷爲大戴外傳改荀子。禮論篇的「積厚者流澤廣」，大戴廣字作光，「其次情文代勝」，大戴代勝作佚興，張氏則以爲「在從前看來，聲義方面可以互通」，仍斷荀子爲大戴所自出。可是「在從前看來」，槁與枯、扁與辯、佛與沛，豈不也是聲或義可以互通的？可見這種作法，實在不盡可靠。更嚴重的是，戴記外傳與荀子相同的地方，有的文字差別極大，能否斷爲直接從今本荀子鈔改而來，大有可商。如外傳卷四與非十二子相關的一節文字：

> 夫當世之愚，飾邪說，文姦言，以亂天下，欺惑衆愚，使混然不知是非治亂之所存者，則是范睢、魏牟、田文、莊周、慎到、田駢、墨翟、宋鈃、鄧析、惠施之徒也。

此十子者，皆順非而澤，聞見雜博，然而不師上古，不法先王，按往舊造說，務而自功，道無所遇，二人相從（周廷寀注云：荀書自它囂魏牟已下，十二子並兩兩一類，故傳亦云二人）。故曰十子者之工說（純案：工疑是五字之誤，下同），說皆不足合大道，美風俗，治綱紀。然其持之各有故，言之皆有理，足以欺惑衆愚，交亂樸鄙，則是十子之罪也。若夫總方略，一統類，齊言行，群天下之英傑，告之以大道，教之以至順，奧窔之間，衽席之上，簡然聖王之文具，沛然平世之俗起，工說者不能入也，十子者不能親也，無置錐之地而王公不能與爭名，則是聖人之未得志者也，仲尼是也，舜禹是也。仁人將何務哉？上法舜禹之制，下則仲尼之義，以務息十子之說。如是者，仁人之事畢矣，天下之害除矣，聖人之迹著矣。

即是一例。若謂此二者無一共同來源，則亦決然不可。因此追根究底，勢必引發出外傳別有所本的解釋，影響所及，又將入荀子於鈔襲之嫌。其在荀子本身，劉向所見複出者凡二百九十篇，其間之差異如何，不問可知。即以非十二子一篇而言，外傳仲尼下無子弓，疑今本乃私淑子弓氏之儒之所錄。是故本文於戴記外傳與荀子文字相同之篇章，不更作任何說明，不僅因爲張文已說之在前，主要是爲了上述二事。

此外，學者指爲篇章雜亂者，如正名篇末段「無稽之言，不見之行，不聞之謀，君子愼之」，楊注以爲「不似此篇之意，恐誤在此耳。」又如天論末二段，尤其末段，解蔽篇之末

段，學者亦以爲自他篇亂入，既無關於眞僞，亦並不加討論。

修身

此篇可疑的文字爲：「老老而壯者歸焉，不窮窮而通者積焉，行乎冥冥而施乎無報，而賢不肖一焉，人有此三行，雖有大過，天其不遂乎。」楊筠如以爲「天其不遂乎與天論篇反對天命的精神大相反對。」對於楊氏提出的意見，張西堂說：

> （此文）看來好似信天命，與天論篇相衝突，但據楊注說：「若不幸而有過，天亦祐之矣，此固不宜有大災也。」可見並非十分信天。這一篇實無可疑。

然而據楊注，「並不十分信天」的意思，實在無從見出；何況「不十分信天」，不等於「不信天」，楊氏之疑終無由而釋。依我的了解，此是荀子中唯一不合荀卿思想的語句。不過天字與夫字形近，比較仲尼篇的「諸侯有一節如是，則莫之能亡也。桓公兼此數節者而盡有之，夫又何可亡也？」彼文不云「天又何可亡也」，而云「夫又何可亡也」，我頗疑心，此文天是夫的誤字。依經傳釋詞「夫猶彼也」的說法，「夫其不遂乎」即「彼其不遂乎」，「夫又何可亡也」即「彼又何可亡也」。解蔽篇云：「不以夫一害此一」，「夫一」即「彼一」，

是荀子用「夫」同「彼」之證。

榮辱

此篇以榮辱二字爲名，張氏頗疑其中有僞作。其說云：

荀子一書的篇名，或但用初發之語，或隱括全篇之義。這一篇名榮辱，是由第六段首句「榮辱之大分」一句而來，我頗疑心這一篇前五段本非荀子之文。

案：劉向所見荀子，複重者二百九十篇，其間複沓錯亂之處，不難想見。是故僅此一端，最多可認爲篇章錯亂，他篇固亦偶有內容與主旨不近的段落，說已見前。第三段有言：「將以爲榮邪？則辱莫大焉。」又非與榮辱之篇名無關。可見張氏這一意見並非可取。

張氏又分別就前五段析論，其說云：

試看第一段，「憍泄者，人之殃也；恭儉者，摒五兵也；雖有戈矛之刺，不如恭儉之利也。故與人善言，煖於布帛；傷人之言，深於矛戟。故薄薄之地，不得履之，非地不安也，危足無所履者也，凡在言也。巨涂則讓，小涂則殆，雖欲不謹，若云

不使。」這一段前說「恭儉之利」，中說「凡在言也」，末又重在一「謹」，寥寥數行，語意三截，雜湊成文，在真荀子各篇中是沒有這樣子的。

不僅以爲非荀子文，且又雜湊而成。然此節文字，「憍泄」四句殃、兵韻，「與人善言」四句帛、戟韻，「薄薄之地」四句安、言韻，末四句殆、使韻；「雖有戈矛之刺」二句，刺與利調同韻近（案一屬佳，一屬脂），殆亦爲韻文。文意上亦皆有連繫，不如張氏所說「語意三截」。雜湊成文之說，顯難成立；疑或是賦篇文字。

再看第五段：「儵鉢者，浮陽之魚也；胠於沙而思水，則無逮矣；挂於患而欲謹，則無益矣。自知者不怨人，知命者不怨天。怨人者窮，怨天者無志。失之己，反之人，豈不迂乎哉？」前半說「挂於患而欲謹，則無益矣」，是說當預防禍患；後半說「失之己，反之人」，是說人有過當自責。前後各不相謀，也近於雜湊的。這一段與法行篇的一段相同，法行篇上說：「曾子曰：同遊而不見愛者，吾必不仁也；交而不見敬者，吾必不長也；臨財而不見信者，吾必不信也；三者在身，曷怨人？怨人者窮，怨天者無識，失之己而反之人，豈不迂矣哉？」法行篇起首就說「吾必不仁也」，就很明顯有自責之意，自首自尾，文意一貫。法行篇本是「荀卿及弟子所引記傳雜事」，尚且如此，豈有真荀子文而如此雜湊的？所以這一段實極可疑。

這種「雜湊」的說法，尤其過於主觀。且此文「自知者不怨人，知命者不怨天」的話，雖本論語子夏之言「不怨天，不尤人」爲說，與天論篇合觀，便顯其特別意義，沒有視爲「非荀子文」之理。末句與法行篇相同，則因言怨天怨人遂引曾子語以申論之，亦不見其必非荀子之文。張氏又云：

> 第四段以「狗彘」、「賈盜」、「小人」、「士君子」分此四等之勇，這種分類法在他篇也沒有。第二三兩段雖無顯明可疑的地方，然而前後幾段都可疑，我想這兩段也當是一同混入這一篇的。所以除了第一第五兩段極可疑外，這三段也在可疑之列。

這樣入人於罪的理由，自然也是站不住脚的。

非相

張氏以本篇第五段爲可疑，其說云：

> 第五段說：「故君子必辯，凡人莫不好言其所善，而君子爲甚。」又說：「故君子

之於言無厭。」重辯重言，已與解蔽篇的：「案彊鉗而利口，厚顏而忍詬，無正而恣睢，妄辯而幾利，不好辭讓，不敬禮節，而好相推擠，此亂世姦人之說也。則天下之治說者方多然矣。傳曰：析辭而好察，言物而為辯，君子賤之。」賤言賤辯，不甚相同，荀子只是相對的重辯，更不像「於言也無厭」的。此可疑者一。其次，「君子必辯，凡人莫不好言其所善，而君子為甚。」與本篇第八段首幾句相重複；又「志好之，行安之，樂言之」，三句第八段中也有；近於雜湊成文。此可疑者二。最重要的是，這一段終了引易曰：「『括囊無咎無譽』，腐儒之謂也。」易在勸學篇是不提到的，而且述五經而結以「在天地之間者畢矣」，明明不認天地間有所謂易經也者，而這裡引用起來，也真有一點奇怪了。此可疑者三。據此，我很疑心這一段不是荀子本人所作。又第六段說「凡說之難」，第七段說「談說之術」，第八段又說「君子必辯」，主張「與時遷移，與世偃仰」，「欣驩芬薌以送之，寶之珍之」，與正名篇的「不動乎衆人之非譽，不治觀者之耳目，不賂貴者之權勢，不利傳辟者之辭，……是士君子之辨說也（辨原作辯，今依荀子改）」，大異其趨。又荀子是惡巧敏佞說如張儀、蘇秦一般人的（見臣道篇），也不像主張「與時遷移，與世偃仰」的。這一類重遊說的話，當與第五段同出於一手。所以這一篇的後半是極可疑為非荀子文的。

案：張氏所舉解蔽篇「賤言賤辯」之文，實際彼文言人之智能，若用之於「非分是非，非治曲直，非辦治亂，非治人道，雖能之無益於人」，不過為「治怪說，玩奇辭，以相撓滑」而已。是以斥為「亂世姦人之說」（案上文又有「辯利非以言是則謂之誕」之句），並非荀子根本「賤言賤辯」。性惡篇云：「有聖人之知者，有士君子之知者，有小人之知者，有役夫之知者。多言則文而類，終日議其所以，言之千舉萬變，其統類一也，是聖人之知也。……齊給便敏而無類，雜能旁魄而無用，析速粹孰而不急，不恤是非，不論曲直，以期勝人為意，是役夫之知也。」觀此文，荀子曷嘗有「賤言賤辯」之意？其所貴所賤，在於合不合統類而已，原無關於言之多寡。本文云：「有小人之辯者，有士君子之辯者，有聖人之辯者。不先慮，不早謀，發之而當，成文而類，居錯遷徙，應變不窮，是聖人之辯者也。……聽其言則辭辯而無統，用其身則多詐而無功，上不足以順明王，下不足以和齊百姓，然而口舌之均，噡唯則節，足以為奇偉偃却之屬，夫是之謂姦人之雄。」以與解蔽篇文合看，此文豈得謂非荀子之作？非十二子篇云：「今夫仁人也將何務哉？上則法舜禹之制，下則法仲尼子弓之義，以務息十二子之說。」仁人之不得無辯說可知；是故荀子著書立說，凡論一意，皆不厭其詳。即以性惡一篇而言，反覆論性惡性善之是非，正是「君子必辯，凡人莫不好言其所善，而君子為甚」，「君子於言無厭」之證。孟子說：「予豈好辯哉？予不得已也。」君子非好辯，然而不得不辯；既不得不辯，是以重談辯之術。以此言之，凡此皆不足以疑非荀子之作。至於以其稱引易經而見疑，然則荀子之時猶無易經之書乎？勸學篇所以言經而不及易，只是不以

易與詩書等等量齊觀而已，此當與荀子重人事不言天道鬼神之主張有關。論語記孔子欲伯魚學詩學禮，於詩書執禮皆雅言，樂亦孔子所恆言，而獨不言易，十翼是否孔子所作，學者固多疑之，在孔子心目中，易蓋亦不與詩書禮樂同科，故史記孔子世家一則曰「孔子……退而修詩書禮樂」，再則曰「孔子以詩書禮樂教」。然孔子亦嘗引「不恆其德，或承之羞」之辭，則亦荀子不稱易而引易之比。張氏又引正名篇之文，疑「與時遷移，與世偃仰」非荀子文，此亦不善比附。不苟篇云：「君子……與時屈伸，柔從若蒲葦，……以義變應，知當曲直故也。詩曰：左之左之，君子宜之，右之右之，君子有之。此言君子能以義屈信變應故也。」觀此，因時制宜，固是荀子之主張。

非十二子

此篇先是王應麟因非子思孟軻之言爲外傳所無，疑是荀子門人如韓非李斯之流之所託。案荀子非子思孟軻創爲五行之說，子思子雖不傳，孟子書見在，並無五行說思想；禮記中庸、表記、坊記等篇相傳出於子思，亦不見五行說消息，於今成爲學者聚訟的公案。外傳作者不列此二人，或者正因不知荀子所以非之之故，有意避而不言。若因外傳無此二人，便諉稱荀子門人所託，試問荀子門人又豈能無的而放矢？且其不惜揑造口實以毀聖賢，目的何在，又將如何交待？張西堂說：「這一篇推崇仲尼子弓，一方面卻又大罵子思孟軻，惟有儒家的荀子而又主張性惡的，才有這種思想，儒家而主張性善的如外傳的作者，決不會出這樣的玩藝。

所以這一篇第一段非十二子，一定是荀子文。」張氏根據孟荀論性之不同，對此文加以肯定；但荀子所非於孟子者，爲其創爲五行之說，五行與性善惡何關，張氏未有說明，其說便無意義。至謂主張性善的外傳作者「不會出這樣的玩藝」，外傳既無子思孟軻，對荀子眞僞問題也便毫無所助。楊倞注荀子，以爲五行卽五常，向來不爲學者所了解。如章炳麟所說：「五常之義舊矣，雖子思始倡之亦無損，荀卿何譏焉？」我曾作「荀卿非思孟五行說楊注疏證」一文，析言楊注之意，荀卿以性惡說爲背景，非議思孟五常出於先天之性善說，獨能與荀子原意相契，故此文終於無有可疑。文繁不具引，見香港中文大學崇基書院第五期「華國」。

此外，據張文云：「近來有人懷疑非十二子之攻擊陳仲史鰌用『忍情性』三字，『忍』與性惡之『其善者僞也』思想矛盾；又攻擊惠施鄧析之『不法先王』，與荀子法後王的思想不合。」張氏以爲這種懷疑頗有道理。但張氏隨卽說：

> 解蔽篇說：「有子惡臥而焠掌，可謂自忍矣，未及好也。」又說：「夫微者至人也，至人也何彊何忍何危？」這也是不贊成「忍」的，可見荀子雖主張「偽」，並非絕對贊成「忍」，這在荀子並非矛盾。至於攻擊不法先王，則在解蔽篇說：「古為蔽，今為蔽。」荀子的意思在「善言古者，必有節於今。」並非絕對的不法先王，在性惡篇也說：「凡所貴堯禹君子者。」正可以為證明。這些粗看似矛盾，仔細的看，其意旨實相合的。

對於荀子的了解，張說顯然是正確的。然要就前兩說提出反證，荀子書中固不乏更好資料可用。關於前者，禮論篇開宗明義，謂聖人制禮義「以養人之欲，給人之求」，使物與欲兩者「相持而長」，荀子反對「忍情性」的主張，固已粲然可睹。解蔽篇云：「聖人縱其欲，兼其情，而制焉者理矣。」學者雖有主張改縱字爲從字的，實則荀子之意，物質條件提升的結果，相對高度的滿足人類欲望，原是其視爲合理的。是故荀子書中一再的反對宋子，即是基於此一觀點。陳仲子事蹟據孟子所記，爲求廉潔，並維持生命的最基本物質需要皆所不取，此恐不僅荀子，任何人都將目爲沽名釣譽的。是故不苟篇說：「盜名不如盜貨，田仲史鰌不如盜也。」如此說來，本文豈得非荀子所作？關於後者，荀子所以主張法後王，緣於荀子所認知的「禮」並非一成不變；必須有廢有起，有因有革，以能滿足現實社會需求爲準則。孔子說：「郁郁乎文哉！吾從周。」何嘗不是「法後王」之意？但此非謂先王一切皆不足法；仿荀子的話說，法先王法後王的不同，是所法「義」與「數」的不同。先王所以不必可法，是其禮之「數」，然禮固是先王的創作；後王之所以可法，則除禮之「義」外，更在於其可以適應時代需求的禮之「數」。是故荀子書中非不言法先王。儒效篇云：「先王之道，仁之隆也，比中而行。曷謂中？曰禮義也。」是其一證。又云：「法後王，一制度，隆禮義而殺詩書，其言行已有大法矣。然而明不能齊，法教之所不及，聞見之所未至，則知不能類也。知之曰知之，不知曰不知，內不以自誣，外不自以欺，以是尊賢畏法而不敢怠敖，是雅儒者也。法先王，統禮義，一制度，以淺持博，以古持今，以一持萬，苟仁義之類也，雖在鳥獸

之中，若別白黑。倚物怪變，所未嘗聞也，所未嘗見也，卒然起一方，則舉統類而應之，無所儗㤰；張法而度之，則晻然若合符節，是大儒也。」以為法後王，謹守其數者為雅儒，法先王，能得其義者為大儒，尤可證謂荀子但法後王者之為無識。

仲尼

此篇張西堂以為「當毫無疑義認為非荀子之文」，其說云：

這一篇開端說：仲尼之門人（張文原讀人下逗，今據文義刪，下同）五尺之豎子，言羞稱乎五伯，是何也？曰：然，彼誠可羞稱也。」這是不贊成霸術的。在荀子文中，稱說霸術的實不一而足。……更有王霸一篇，以為：「故用國者，義立而王，信立而霸，權謀立而亡。」荀子對於霸，雖不甚贊許，然而並不以五伯是誠可羞稱的。王霸……是一篇較可信的文字，對於五伯說：「……威動天下，五伯是也。非本政教也，非致隆高也，非綦文理也，非服人之心也；鄉方略，審勞佚，謹畜積，修戰備，齺然上下相信，而天下莫之敢當。故齊桓、晉文、楚莊、吳闔閭、越句踐，是皆僻陋之國也。威動天下，彊殆中國，無它故焉，略信也（張文原讀「焉略信也」為句）。是所謂信立而霸也。」這是許五伯之言。我們試再看仲尼篇所說的則不然了。「仲尼之門人五尺之

豎子，言羞稱乎五伯，是何也？曰：然。……彼非本政教也，非致隆高也，非綦文理也，非服人之心也；鄉方略，審勞佚，畜積修鬥，而能顛倒其敵者也。詐心以勝矣。彼以讓飾爭，依乎仁而蹈利者也，小人之傑也，彼固曷足稱乎大君子之門哉？」差不多一樣的筆調，一轉而攻擊他是「詐心以勝矣」，不是「信立而霸」了。這樣的矛盾當如何解釋呢？更有趣味的是，在這一段說得如是之高尚，「言羞稱乎五伯」，而在下一段開始就說：「持寵處位終身不厭之術」，在第三段開始又說：「求善處大重，理任大事，擅寵於萬乘之國，必無後患之術。」要求擅寵固位，患得患失，盡是卑劣的話頭。……與五霸篇所說：「與積禮義之君子為之則王，與端誠全信之君子為之則霸，與權謀傾覆之人為之則亡。」臣道篇所說：「巧敏佞說善取寵乎上，是態臣也。」都不相合。荀子是重禮義、惡佞態的，如何又有這種卑劣的心理？下一段又說：「天下之行術。」末一段說：「勢不在人上而羞為人下，是姦人之心也。」這好像是說不必擅寵了。然而結以「故君子時詘則詘，時伸則伸也」，終覺可疑。

這一大段文字，可分幾點討論。首先，所謂「仲尼之門人五尺之豎子，言羞稱乎五伯」，張氏顯然以爲只是荀子的自我設問，所以說他「話說得太高」。張氏似乎忘了孟子也說過「仲尼之徒，無道桓文之事者」的話。孟子因其輕霸，本可不必認眞看待，以爲不過是揑造的搪

塞之詞；既有荀子的印證於後，便不得不信孔門弟子確乎有此不以五伯爲然的心理。所以這第一段可以肯定爲荀子對門人之問，並非其自說自話，把話說得太高。何況荀子對於霸業也只是不甚輕視而已，其最高理想政治自然仍是先王後王可法的王道。不過荀子究竟不是一個空談理想的學者，退而思次，又對霸者有少許稱贊之辭而已。因此卽使這幾句話只是出於荀子的嚮壁虛造，仍不得視爲無可調和的矛盾。張氏用王霸篇文字與此文對看，一說五伯信立而霸，一說其詐心以勝，信與詐相反，故一爲眞荀子，一爲假荀子。此不悟「信立而霸」係就霸者之如何對內而言；孔子說「民，無信不立」，荀子彊國篇也說「重法愛民而霸」，爲政者能信賞必罰，一切以法爲依歸，是爲霸業的內在基礎。本篇所說「詐心以勝」，承上文「能顚倒其敵」而來，乃就霸者之如何對外而言，兩者何嘗衝突？對外欲詐，自非荀子之主張，但國與國之相與，恐亦不能免於詐心；若齊桓晉文之獎重王室以遂其霸業，其行爲又何嘗不可視爲「依乎仁而蹈利」！

其次，張氏以篇中所論「持寵處位終身不厭之術」，及「求善處大重，理任大事，擅寵於萬乘之國，必無後患之術」，爲「卑劣的話頭」，與荀子重禮義，惡佞態的思想不相合，此則斷章取義，只看標題，便生議論。「持寵處位，終身不厭之術」一段原文云：

> 主尊貴之，則恭敬而僔。主信愛之，則謹愼而嗛。主專任之，則拘守而詳。主安近之，則愼比而不邪。主疏遠之，則全一而不倍。主損絀之，則恐懼而不怨。貴而不

為夸，信而不處謙，任重而不敢專，財利至則善而不及也，必將盡辭讓之義然後受。福事至則和而理，禍事至則靜而理，富則施廣，貧則用節。可貴可賤也，可富可貧也，可殺而不可使為姦也，是持寵處位，終身不厭之術也。雖在貧窮徒處之勢，亦取象於是矣，夫是謂之吉人。

自首自尾，何嘗有一句不是事君爲人的正道？又何嘗有一句可以指爲佞態？唯其於「求善處大重，理任大事，擅寵於萬乘之國，必無後患之術」云：

莫若好同之，援賢博施，除怨而無妨害人。能耐任之，則慎行此道也；能而不耐任，且恐失寵，則莫若早同之，推賢讓能而安隨其後，如是有寵則必榮，失寵則必無罪，是事君者之寶，而必無後患之術也。

確乎令人有「患得患失」之感。所以楊注也說：「或曰：荀子非王道之書，其言駁雜，今此又言以術事君。」但楊注隨卽說：

曰：不然。夫荀卿生於衰世，意在濟時，故或論王道，或論霸道，或論彊國，在時君所擇，同歸於治者也。若高言堯舜，則道必不合，何以拯斯民於塗炭乎？故反經

合義，曲成其道，若得行其志，治平之後，則亦堯舜之道也。又荀卿門人多仕於大國，故戒以保身推賢之術，與大雅旣明且哲，豈云異哉。

雖然有人認爲楊注乃是「曲爲之解」（見集解引盧文弨說），實則極爲合理。如果將此文視爲弟子所記荀卿對門人出仕之問，便更不會目爲怪異的了。而解蔽篇說：

鮑叔、甯戚、隰朋仁知且不蔽，故能持管仲，而名利福祿與管仲齊。召公、呂望仁知且不蔽，故能持周公，而名利福祿與周公齊。傳曰：知賢之謂明，輔賢之謂能，勉之彊之，其福必長，此之謂也。

正是對鮑叔、召公等人能推賢讓能而遂獲名利福祿的讚許，與此文切切相合，以見張氏所疑其實不然。

「天下之行術」一段，張氏亦以爲可疑，然其文云：

天下之行術，以事君則必通，以為仁則必聖，立隆而勿貳也，然後恭敬以先之，忠信以統之，端慤以守之，頓窮則從之疾力以申重之。君雖不知，無怨疾之心。功雖甚大，無伐德之色。省求多功，愛敬不勌，如是則常無不順矣。以事君則必通，以

為仁則必聖，夫是之謂天下之行術。少事長，賤事貴，不肖事賢，是天下之通義也。有人也，勢不在人上，而羞為人下，是姦人之心也。志不免乎姦心，行不免乎姦道，而求有君子聖人之名，辟之是猶伏而咶天，救經而引其足也，說必不行矣，俞務而俞遠。故君子時詘則詘，時伸則伸也。

楊注「時詘」二句云：「勢在上則為上，在下則為下，必當其分。安有勢不在上而羞為下之心哉。」則此亦何疑之有。

王制

此篇末段—自「具具而王」以下，盧文弨云：「文義淺雜，當是殘脫之餘。」張氏則云：「統觀王制全篇，除此一段而外，實可無疑為荀子文。」案：張氏承盧說而言之，但未列舉所以可疑之理，盧說亦只是主觀感覺，皆可置勿論。

君道

此篇張氏以為有數點可疑。其說云：

> 第一段說：「有亂君，無亂國；有治人，無治法。法者，治之端也；君子者，治之原也。」重人治於法治，以人為法之原，這猶可說。在第二段又說：「故械數者，治之流也，非治之原也。……不待合符節別契券而信，不待探籌投鈎而公，不待衡石稱縣而平，不待斗斛敦概而嘖。」這樣不重視法，與勸學篇所說「禮者法之大分」，王霸篇所說「禮法之大分也」，性惡篇所說「起禮義，制法度，以矯飾人之情性而正之」，終嫌有些不合。與本篇第十段「知有常法之為一俗」，「知明制度權物稱用之為不泥」，也相衝突。王霸篇說：「無國而不有治法，無國而不有亂法」，也與此段之直云無治法不同。而第三段說君道有「請問為人夫」，「請問為人妻」之語，又說「請問兼能之，奈何？」這實在有一點欠亨。又說：「其於天地萬物也，不務說其所以然。」與解蔽篇所云「疏觀萬物而知其情，參稽治亂而通其度」，顯然衝突。前兩段所說，猶可加解釋，這一段就文義看來，實在可疑。第四段說：「請問為國，曰：聞修身，未嘗聞為國也。」完全重德化，也甚可疑。這四段雖不如非相篇之後半，有確實證據可以說其非荀子文，但亦不敢必其為真荀子文。

共提出四個疑點。一二兩點張氏以爲「猶可加解釋」，本可無論；唯張氏以爲可疑，實則緣於誤解。第一段主旨謂：有其法，無其人，不足以爲治；能正法之數，不知法之義，亦不能應事之變。前者卽孟子「徒法不能以自行」之意，後者正與王制篇「有法者以法行，無法者

以類舉」之意相通，不能知法之義，則無法時不能以類舉；能以類舉者荀子謂之聖人，謂之大儒，謂之君子，然則此節所言，亦何疑之有？第二段主謂爲上者好權謀，好曲私，好傾覆，好貪利，雖有械數之制，臣下必將詐欺偏險，而無益於治，何嘗有輕法之意？第三段本非專就爲人君而言，原不足爲怪。荀子書中與篇題內容不完全符合之章節並非無有，前已論及。至謂「其於天地萬物也，不務說其所以然」，與解蔽篇衝突，此則尤其不知解蔽篇所謂「疏通萬物而知其情」，相當於天論篇所說「知天」的部分；此篇所言，正是天論篇所說「唯聖人爲不求知天」的部分。荀子對於天地萬物，大抵說來，只求知其然，不求知其所以然，所以說「不務說其所以然」。下文更接「而致善用其材」，也正是天論篇所說「制天命而用之」之意。所以此一節文字，無一不與天論篇相合，豈得疑非荀子所作？第四段張氏以爲其完全重德化，也覺可疑，亦不悟「聞修身，未嘗聞爲國」，即是孔子對哀公問政的話：「政者正也，子率以正，孰敢不正。」

臣道

此篇張氏亦提出若干點致疑，實際並屬莫須有。故張氏最後也說：「這幾段雖不如非相的後半，榮辱的前半，有確實證據可以斷其非荀子文，但依我看來，放在這一組中，似比認其全爲眞荀子文，稍覺妥當。」換言之，此正是本文所主「無證不疑」的範圍，故不具論。

致士

楊筠如云：「致士篇得衆動天四句韻語，謂其非荀子原書，顯然可知。」案：先秦諸子散文中本有間以韻文的體例，本書亦不例外。勸學篇：「蓬生麻中，不扶而直，白沙在涅，與之俱黑。」（後兩句，據王念孫補）「物類之起，必有所始。榮辱之來，必象其德。肉腐出蟲，魚枯生蠹。怠慢忘身，禍災乃作。强自取柱，柔自取束，邪穢在身，怨之所構。」正並爲四言韻語。可見楊說毫無根據。郝懿行云：「按四句一韻，文如箴銘，而與上下頗不相蒙，疑或它篇之誤脫。」其說或然。此外張西堂又對一二兩段提出疑點：

> 第一段說：「衡聽顯幽重明退姦進良之術」，這是所謂「致士」了。然而屢稱「君子不聽」、「君子不用」，又說「然後士其刑賞而還與之」，似乎致士之權，卽在「君子」之手。而君子又可以「士其刑賞而還與之」。第二段前半說：「禮及身而行修，義及國而政明。」後半段則說：「道之與法也者，國家之本作也；君子也者，道法之總要也。」又重道法，而道法與前所云禮義不相謀。「道法」連用在荀子中也是罕見的。結以「故有良法而亂者有之矣，有君子而亂者，自古及今未嘗聞也。傳曰：治生乎君子，亂生乎小人。此之謂也。」又撇開「道」不說了。這幾句

依盧文弨說：「前王制篇亦有此數語，或是脱簡於彼。」依我看來，這裡上文「道法」並重，而此數語則只言「法」；王制這幾句正承上文「其有法以法行」等句，所重在法，或者在王制的為原文，這裡為用王制語。

然其第一段，本就欲爲國致賢之君子言之；而當政者之可以「士其刑賞而還與之」，也當不成問題。至於第二段，張氏提出的理由亦不具說服力。在荀子書中，禮義與道可以說是二而一、一而二的關係，至少也當說禮義便是道的具體表現。所以儒效篇說：「先王之道，仁之隆也，比中而行之。曷謂中？曰禮義是也。道也者，非天之道，非地之道，人之所道也。」勸學篇又云：「禮者，法之大分。」可見張氏道法與禮義不相謀的說法，未得要領。至謂與王制篇相同的文句，便是取王制篇，理由自亦不充分。

天論

此篇學者並以爲荀子之代表作。但篇中「人之命在天」一句，楊筠如謂「與天論篇反對天命的精神相反對」。又謂：「在天者莫明於日月，在地者莫明於水火，在物者莫明於珠玉，在人者莫明於禮義。故日月不高，則光暉不赫。水火不積，則暉潤不博。珠玉不睹乎外，則王公不以爲寶。禮義不加於國家，則功名不白。故人之命在天，國之命在禮。」這一段上既

無所承，與下文也不相接；既不是論天，而且與前文的思想矛盾。」案：此篇雖以「天論」爲名，實非單純的論天；荀子之意，聖人不求知天；亦自不以單純的論天爲其目的。此篇所論，主旨在强調人事之重要，一面破除人類對天的依賴心理，一面倡言吉凶禍福悉由人類自造，而禮則是自求多福的行事準則。此節文字，以日月、水火、珠玉引出禮義，而最後云國之命在禮，正是本文的最終目的。楊氏以爲上無所承，下無所接，實未能把握天論一篇的用意。至於「人之命在天」一句（案此句又見彊國篇），楊氏以爲前後思想矛盾，此亦不解荀子。孔子說：「不知命，無以爲君子。」荀子爲孔子信徒，豈能排斥孔子信天命的思想。不過荀子對於天的觀念，受到老莊影響，與孔子不同，故對於孔子所言天命，亦有新的體認。正名篇說：「節遇謂之命。」所謂節遇，即偶然的遭遇。本篇說：「楚王後車千乘，非知也；君子啜菽飲水，非愚也；是節然也。」楊倞注「節謂所遇之時命」，王先謙說「節然即適然」，都是正確的解釋。兩文正相互印證，可見荀子非不講天命。不過他所認識的天命，不是上天有意的安排，而是自我偶然的遭遇。蓋人生天地間，命運各不相同，上上下下，參差不齊；即粗略分作好壞兩類，爲好爲壞皆是偶然間的際遇如此，非天意所使然，天原是無意志的。這才是荀子所言「人之命在天」的原意。但更須知道，荀子如此講天命，卻非宿命論者，只是要人能安於天命——安於一爲後車千乘如楚王一爲啜菽飲水如君子之天命。這種物質層面不公平的遭遇，是不值得計較的；應該努力爭取的是人文的一面，也便是上文所說，「若夫心意修，德行厚，知慮明，生乎今而志乎古，則是其在我者也」的一面。上文又說：

「若夫君臣之義，父子之親，夫婦之別，則日切磋而不舍也。」也是人類所應追求的目標，此皆不可以天命自畫。誠能了解荀子之原意，所謂「人之命在天」，又復何疑？

樂論

此篇唯「著誠去僞，禮之經也」一句，楊倞如以爲與性惡篇「人之性惡，其善者僞也」，兩者「一爲詐僞之僞，一爲人爲之義，大相反對」，疑爲僞作。但張西堂引不苟篇「詐僞生塞，誠信生神」，禮論篇「君子審於禮，則不可欺以詐僞」，及性惡篇「今與不善人處，則所聞者欺詐誣僞也」，證荀子書中僞字非不用爲詐僞義，以破楊氏之疑。案詐僞一詞，爲基本通行語彙，除非荀子能不食人間煙火，便不能避免用衆人的語言。性惡篇中既兩種僞字的意義並見，「著誠去僞」一語，當無由生疑。

君子

此篇：「故尚賢使能，等貴賤，分親疏，序長幼，此先王之道也。……故仁者仁此者也，義者分此者也，節者死生此者也，忠者惇愼此者也。兼此而能之，備矣。備而不矜，一自善也，謂之聖。」張西堂以爲如此說聖人，「詞旨庸近」，「與解蔽篇聖也者，盡倫者也，

禮論篇聖人者，道之極也，亦不甚合」，疑非荀子文。然所謂不合，不見其相違，庸近之說，亦由主觀。

結論

據以上所作分析，荀子一書，除修身篇「天其不遂乎」一語可疑，而「天」字可能爲「夫」字之誤而外，其餘學者疑爲僞作者，或則僅是章節的錯亂問題，或則由於論者對於荀子之一知半解，全書實並無僞作痕跡。

（本文完成於民國七十二年七月，寫作期間曾獲中山學術文化獎助。原載民國七十二年十一月中山學術文化集刊第三十期。）

荀子思想研究

一、前　言

荀子的思想，有些地方可以說一直或多或少爲學者所誤解。最顯著也是關係最大的，是其性惡一說。譬如王充論衡本性篇說：「孟軻言人性善者，中人以上者也。孫卿言人性惡者，中人以下者也。揚雄言人性善惡混者，中人也。」以爲人性有三品，便是根本上不曾認識孟荀論性差異之所在。

性惡篇開宗明義說：「人之性惡，其善者僞也。」最早唐人楊倞用「爲也，矯也」解釋僞字，本來極是貼切；把「僞」說成「矯」，性惡篇中更有明文可證。宋儒却誤認爲眞僞之僞，於是所謂「其善者僞也」便等於說一切善行並是僞裝；而荀子以禮義生於聖人之僞的觀點，也便等於說，禮義不過是僞裝而已。因此，宋儒對荀子的學說形成普遍反感。這種誤解清以後不復見了，但是如最負盛名的集解一書，對楊氏訓僞爲矯的解釋依然不能接受。今人注解荀子的，也斷不見選用楊氏此訓。儘管性惡篇中分明說：「古者聖王以人之性惡，以爲

偏險而不正，悖亂而不治，是以為之起禮義，制法度，以矯飾人之情性而正之，以擾化人之情性而導之也。」學者心目中似乎總覺得「矯性使善」的說法，不應為荀子的原意。這種錯覺，恐怕孟子所主張的性善說以及天理人欲的傳統觀念，在暗中發生了影響力量。

孟荀論性的差異何在，現代學者已不再像早期學者一樣，只能籠統說一主性善一主性惡；而都能體會到兩家雖同言性，其指稱則並不相同。有人簡單的用性與欲或性與情兩字區分❶；有人說孟子取本質義，荀子取實事義❷；或謂孟子所論屬於心理學的知識範圍，荀子所言則為生物層面之動物性❸；又有人說孟子屬先驗論者，對人性為價值的肯定，屬形上學範圍，荀子屬經驗論者，所論屬認知層次，並無價值問題❹；紛紛紜紜，不一而足，而都是學術上的進步現象。問題是性惡說乃針對性善說而發，荀子又是一位長於分析注重談辯的學者，何故在其與人發生爭論的時候，竟至連題目都沒有對上，而各說各話？這現象應不應尋求解釋？

着眼於荀子學術思想中心，或是其思想體系，有人說性惡說為荀子哲學的本體。有人說荀子思想有三個基本觀點：其一，天是無可取法的；其二，人的特色在於有義辨與能羣；其三，人性是惡的。又有人說，荀子對於性的看法，是基於其對於天的觀念而來❺，則性惡說不僅不是荀子哲學的本體，連基本觀念也算不上。究竟性惡說在荀子的思想體系中佔的什麼位置？與其他思想的關係如何？自然也該有個答案。

還有一個更基本的問題。荀子無疑屬於儒家，然其思想不僅與對儒學發展居重要地位的

孟子不同，甚或不盡同於儒學宗主的孔子。究竟其差異對儒學爲反動的？爲發揚的？在儒學天地裏，荀子究竟處的什麼地位？恐怕更是應該予以肯定的。

以上種種，便是爲什麼有本文之作的原因。

二、性惡說的實質

前言中已將後人對性惡說的了解，依歷史發展作了概略陳述。已經成爲歷史陳跡的，自無需於此更耗筆墨。荀孟論性表面雖取相同，實則所指有別，已成定說，似亦無需再作什麼說明。然而有一點必須指出：二人論性不同，並非於性字了解根本相異，不過是各人所着重之點有別而已。這對於性惡說實質的認識，却是十分重要的。

從孟子書中看不到孟子對性字曾作正面解釋。告子上篇說：

---

❶ 如楊大膺「荀子學說研究」、姜忠奎「荀子性善證」。

❷ 見勞思光「中國哲學史」。

❸ 吳康「孔孟荀哲學」。

❹ 鮑國順「荀子學說析篇」，原注參徐復觀「中國人性史論」及韋政通「先秦七大哲學家」。

❺ 並詳下。

告子曰：「生之謂性。」孟子曰：「生之謂性，猶白之謂白與？」曰：「然。」「白羽之白猶白雪之白，白雪之白猶白玉之白與？」曰：「然。」「然則犬之性猶牛之性，牛之性猶人之性與？」

這一段對話，因爲從告子的「生之謂性」啓端，到最後孟子與告子觀點全不相同，於是有的學者認爲，孟子於性字僅取心性義，不取「生之謂性」的說解。究其實，孟子並沒有反對「生之謂性」的說法。性字從心從生，性生二字不僅古韻同部，古聲亦同母❻。性與生的關係，由語言而言，性是生的孳生語；由文字而言，性是生的轉注字❼，即於生字加注心旁而爲性，以別其名動的不同。換言之，「生之謂性」的解釋，實是天下之通義，亦不容孟子持反對的。不過孟子注意到的是，「生之謂性」其義雖無可議，但天賦萬品，不僅人與物之性不同，即物物之間亦自殊異。正如白之一名，可以名白之物至多，其爲白則彼此未必相同。告子說，「生之謂性」，孟子起始亦不知其是否有此認識，於是層層設問，終至導使告子走向自己的錯誤所在。然而孟子既說「犬之性」、「牛之性」，於犬牛同用性字，其並無反對「生之謂性」之意，固然十分明白。盡心上說：「形色，天性也，惟聖人然後可以踐行。」公孫丑上說：「人之有是四端也，猶其有四體也。」既以形色爲天性，又以四體喻四端，更是孟子未嘗反對「生之謂性」，其言性不以心性爲限的證明，這是首先必須肯定的。因爲後來荀子正名篇說：「生之所以然者謂之性。」予性字的義界完全同於告子，只是更加清楚易

曉而已，可見荀孟論性，對性字意義的了解是一致的。然而二人竟一主性善，一主性惡，若非其一人所見不實，言之不能成理；則必二人於性分之中各有資取，其資取不同，故說亦相異，則二說表面上雖取相對，其實可以互容。這雖是原則性的了解，對荀子性惡說實質的認識，幫助却是甚大。

究竟性善性惡二說爲互相排斥的？抑或可以相互容受？先要列出人盡皆知的孟子言性善的兩節文字於下，以便進行討論。

其一，公孫丑上篇云：

> 孟子曰：人皆有不忍人之心……所以謂人皆有不忍人之心者，今人乍見孺子將入於井，皆有怵惕惻隱之心……由是觀之，無惻隱之心，非人也；無羞惡之心，非人也；無辭讓之心，非人也；無是非之心，非人也；惻隱之心，仁之端也；羞惡之心，義之端也；辭讓之心，禮之端也；是非之心，智之端也。人之有是四端也，猶其有四體也。

---

❻ 性生二字古韻同耕部；性字屬心母，生字屬二等審母，二等審母上古與心母為一。

❼ 詳拙著「中國文字學」第二章。

其二，告子上篇說：

惻隱之心，人皆有之；羞惡之心，人皆有之；恭敬之心，人皆有之；是非之心，人皆有之。惻隱之心，仁也；羞惡之心，義也；恭敬之心，禮也；是非之心，智也。仁義禮智非由外鑠我者也，我固有之也，弗思耳矣。

兩節文字意思相同，都說人性中具有仁義禮智四端，不過後者把辭讓之心說成恭敬之心。盡心上篇又說：「君子所性，仁義禮智根於心。」也是同一個說法。荀子既然反對孟子的性善說，依理便該先予天性具四端之說以消極的否定，更從而提出性中有惡因，予性惡說以積極的肯定；不如此，不能破，亦不能立。然而通觀荀子全書，並未有徹底反對四端的言論；性惡篇有關反對孟子性善說的，也僅有下列幾段文字，悉錄如後。

其一：

孟子曰：「人之學者，其性善。」曰：「是不然，是不及知人之性，而不察乎人之（案「人之」二字疑衍）性偽之分者也。凡性者，天之就也，不可學，不可事。禮義者，聖人之所生也，人之所學而能，所事而成者也。不可學不可事而在人者謂之性，可學而能可事而成之在人者謂之偽，是性偽之分也。今人之性，目可以見，耳

可以聽，夫可以見之明不離目，可以聽之聰不離耳，目明而耳聰，不可學明矣。」

其二：

孟子曰：「今人之性善，將皆失喪其性故也。」曰：「若是則過矣。今人之性，生而離其朴，離其資，必失而喪之，用此觀之，然則人之性惡明矣。所謂性善者，不離其朴而美之，不離其資而利之也。使夫資朴之於美，心意之於善，若夫可以見之明不離目，可以聽之聰不離耳，故曰目明而耳聰也。今人之性，飢而欲飽，寒而欲煖，勞而欲休，此人之情性也。今人飢見長而不敢先食者，將有所讓也；勞而不敢求息者，將有所代也。夫子之讓乎父，弟之讓乎兄，子之代乎父，弟之代乎兄，此二行者，皆反於性而悖於情也；然而孝子之道，禮義之文理也。故順情性，則不辭讓矣；辭讓，則悖於情性矣。用此觀之，然則人之性惡明矣，其善者偽也。」

其三：

孟子曰：「人之性善。」曰：「是不然。凡古今天下之所謂善者，正理平治也；所謂惡者，偏險悖亂也；是善惡之分也已。今誠以人之性固正理平治邪？則有惡用聖

王，惡用禮義矣哉？雖有聖王禮義，將曷加於正理平治也哉？今不然，人之性惡。故古者聖人以人之性惡，以為偏險而不正，悖亂而不治，故為之立君上之埶以臨之，明禮義以化之，起法正以治之，重刑罰以禁之，使天下皆出於治，合於善也。是聖王之治，而禮義之化也。今當試去君上之埶，無禮義之化，去法正之治，無刑罰之禁，倚而觀天下民人之相與也，若是，則夫强者害弱而奪之，衆者暴寡而譁之，天下悖亂而相亡，不待頃矣。用此觀之，然則人之性惡明矣，其善者偽也。」

其四：

故善言古者，必有節於今；善言天者，必有徵於人。凡論者貴其有辨合，有符驗。故坐而言之，起而可設，張而可施行。今孟子曰：「人之性善。」無辨合符驗，坐而言之，起而不可設，張而不可施行，豈不過甚矣哉！故性善，則去聖王、息禮義矣；性惡，則與聖王、貴禮義矣。故櫽栝之生，為枸木也；繩墨之起，為不直也；立君上，明禮義，為性惡也。用此觀之，然則人之性惡明矣，其善者偽也。

從這幾節文字看來，荀子針對孟子所發的議論只有兩點：一、禮義乃是生於聖人之僞；二、辭讓行爲正是悖乎情性的表現。僅對禮義兩端提出了相反的意見，仁智兩端則根本沒有

一言道及。此二者荀子如果不能加以否定，則孟子不僅仍然可以倡其性善之說，其主張且不因禮義兩端之被取銷而有任何影響。因爲仁義禮智四端雖是平行列舉，當以仁智爲其核心，與禮義分屬兩個不同層次，羞惡和辭讓恭敬之心可以說便是是非之心發揮價值判斷的結果。據孟子一書所記，雖然孟子曾經爲義內義外的問題，與告子爭論過多次，至少由荀子禮義生於聖人之僞的觀點看來，只需性分內具有是非之心，羞惡和辭讓恭敬的價值標準便自然可以建立；所謂義內義外的問題，實在是可以無爭的。荀子在批評性善說的時候，既始終不曾像針對禮義兩端一樣，試行把仁智兩端從人性中抹去，便是避重就輕，根本沒有擊中人要害。而且不僅如此，假如我們再看荀子的其他言論，便知荀子對於性善之說的駁斥，竟至連避其重的意圖都不曾有。

性惡篇說：

> 塗之人可以為禹，曷謂也？曰：凡禹之所以為禹者，以其為仁義法正也。然則仁義法正，有可知可能之理。然而塗之人也，皆有可以知仁義法正之質，皆有可以能仁義法正之具，然則其可以為禹明矣。今以仁義法正為固無可知可能之理邪？然則唯禹不知仁義法正，不能仁義法正邪？將使塗之人固無可以知仁義法正之質，而固無可以能仁義法正之具邪？然則塗之人也，且內不可以知父子之義，外不可以知君臣之正。不然，今塗之人者，皆內可以知父子之義，外可以知君臣之正。然則其可以

> 知之質可以能之具，其在塗之人明矣。今使塗之人者，以其可以知之質可以能之具，本夫仁義之可知之理可能之具，然則其可以為禹明矣。

此文從禹爲仁義法正，仁義法正有可知可能之理，及塗人具可以知仁義法正之質與可以能仁義法正之具，到肯定塗人可以爲禹[8]。依荀子「生之所以然者謂之性」的說法，塗人所具可以知仁義法正之質及可以能仁義法正之具，當爲天性所本然。用孟子的話說，此可以知之質及可以能之具，便是良知良能。孟子說：「人之所不學而能者，其良能也；所不慮而知者，其良知也。孩提之童，無不知愛其親也；及其長也，無不知敬其兄也。親親，仁也；敬長，義也；無他，達之天下也。[9]」先說明什麼是良知良能，繼說此良知自幼及長有知愛親及知敬長的能力，實際便是「是非之心」；這是非之心不僅可以引發「義」，又可以成就「仁」。荀子則說，「此可以知之質」內可以知父子之義，外可以知君臣之正，「父子之義」和「君臣之正」如果換個說法，便當是「父子之親」和「君臣之義」。然則荀子的「可以知之質」與孟子的「良知」或「是非之心」，便看不出有任何的不同了。楊倞說解「塗之人可以爲禹」句，以爲：「舊有此語，今引以自難，言若性惡，何故塗之人皆可以爲禹也？」依我看，所謂舊有此語，實即孟子書中的「人皆可以爲堯舜」，字面上雖有不同，這種差別是不需執着的。篇中所引孟子說性善之辭，也都與今傳孟子頗有出入，便是明證。換言之，這等於是引孟子[10]以自難，而其結果則不得不承認智之端之根於天性，無異接受了性善說的部分論

證，且是性善說中一個最爲主要的論證。

此外，王制篇說：

> 水火有氣而無生，草木有生而無知，禽獸有知而無義，人有氣、有生、有知，亦且有義，故最為天下貴也。

非相篇說：

> 人之所以為人者何已也？曰：以其有辨也。飢而欲食，寒而欲煖，勞而欲息，好利而惡害，是人之所生而有也，是無待而然者也，是禹桀之所同也。然則人之所以為

---

❽ 榮辱篇把「可以知仁義法正之質」及「可以能仁義法正之具」簡單說為「知能」。如：「材性知能，君子小人一也。」又說：「越人安越，楚人安楚，君子安雅，是非知能材性然也，是注錯習俗之節異也。」

❾ 見盡心上篇。

❿ 孟子告子下篇：「曹交問曰：人皆可以為堯舜，有諸？孟子曰：然。」蓋當時有此語，而亦為孟子所同意，故此云「引孟子」。

人者，非特以二足而無毛也，以其有辨也。……夫禽獸有父子而無父子之親，有牝牡而無男女之別。故人道莫不有辨。……

前者言人有義，後者言人有辨，也顯然都屬性分內所有。這裏荀子所說的義指的是什麼，是否就是孟子書中的義，或者是否相關？都不重要。因爲我在前文已說，只需荀子承認人性中具是非之心，義便可以從此是非之心中生出。陳大齊先生「荀子學說」根據這兩段文字，以爲：

荀子既以有辨無辨為人與禽獸區分的標準，又以禽獸的「無父子之親……無男女之別」為無辨的例證，則所引以為人類特色的「有辨」，決不是無所依據而胡亂盲目的辨，必是有所依據且必以禮義為依據的辨。……「有辨」與「有義」可以融合而為一。……

於是陳氏把荀子之所謂「辨」，逕稱之爲「義辨」，這意思當然十分正確。不過我還要進一步指出，非相篇所舉「飢而欲食，寒而欲煖，勞而欲息，好利而惡害」四者，以見人獨有「辨」，因爲前三者人與禽獸實際並無不同，似乎其所謂「辨」只是一種「認識能力」；但既云人知好利惡害，便當涉及價值判斷，故終爲人與禽獸之不同。而云「夫禽獸有父子而無

父子之親」，有牝牡而無男女之別」，荀子心目中人所獨知的父子之親及男女之別，當然也關係到價值標準。所以天論篇說：「若夫君臣之義，父子之親，夫婦之別，則日切磋而不舍也。」顯然荀子之所謂「義辨」，其實也便是孟子的「是非之心」。在荀子的思想中，於人性裏肯定一個同於孟子說的「是非之心」，這一點是極為重要的。因為人性中如果不具此「是非之心」，聖人便無從由「積思慮，習偽故，以生禮義而起法度」，而任何人亦根本無法成就為聖人。然而，荀子既一面針對孟子而言性惡，一面又同於孟子而言是非之心，則性惡性善二說本可以互容，便是十分清楚的了。

不僅如此，禮論篇說：

> 凡生乎天地之間者，有血氣之屬必有知，有知之屬莫不愛其類。今夫大鳥獸，則失亡其羣匹，越月踰時則必反鉛；過故鄉，則必徘徊焉，鳴號焉，躑躅焉，踟躕焉，然後能去之也。小者是燕爵，猶有啁噍之頃焉，然後能去之。故有血氣之屬莫知於人，故人之於其親也，至死無窮。

以為凡有血氣之屬莫不愛其類，而人為最，顯然也屬天性如此。這種有血氣之屬同具的愛類愛親之心自然不就是儒家的仁；但對於主張性善的人來說，固不妨說推此愛親之心以及於人，及於物，即便成仁，無疑便可以謂之「仁之端」。是故主性善的孟子便强調說，「孩提

之童無不知愛其親者」，而且還接着說，「親親，仁也」。這就難怪性善說中屬於基本層次的仁智兩端，荀子何以根本不曾想要試着去排除。然而他竟在如此情況下欲以其性惡易性善，難道他眞能認爲已徹頭徹尾的駁斥了孟子的論點麼？在正名篇他曾教人要「以仁心說，以學心聽，以公心辨」，難道這便是所謂的「以公心辨」麼？這究竟是什麼緣故？

三、性惡說在荀子思想中的地位及禮爲其哲學本體說

楊筠如「荀子研究」說：「荀子，性惡是他哲學的本體。」陳大齊先生「荀子學說」說：「荀子學說有其一貫性，自若干基本觀點出發，以構成其學說體系。」又說：「何者爲其基本觀點，荀子固未嘗明說，試爲探索，其可得而舉者，計有下列三事：一、天是無可取法的；二、人的特色在於有義辨與能羣；三、人性是惡的。」果如二氏所說，荀子既無法否定人性中的仁智兩端，而竟倡言性惡，除了說他一意務求勝人⑪，便沒有什麼說解了。

馮友蘭「中國哲學史」說：「孟子言義理之天，以性爲天之部分，此孟子言性善之形上學的根據也。荀子所言之天，是自然之天，其中並無道德的原理，與孟子異。其言性亦與孟子正相反對。……正名篇『生之所以然者謂之性』，性乃屬於天者。天既自有其『常』，其中無理想，無道德的原理，則性中亦不能有道德的原理。道德乃人爲的，即所謂僞也。」依馮氏之意，孟荀二家言性之異，源自二人對於天的觀念之不同。這等於說性惡的主張，既不

是荀子哲學的本體，也不是荀子的基本觀點。然而說荀子性惡說源於其「自然天」的觀點，顯是不合理，也不合荀子思想的。因爲荀子既把天看成自然，自然本身雖是沒有理想，沒有道德原理；但既是自然，便有一定的常態（案天論篇說「天行有常」，馮著也說「天自有其常」），有一定的秩序，本身也就是一個大和諧。從一個有常態有秩序的大和諧中孕育出來的人性，也許不一定能說是善，總也不該堅持爲惡的，最多說它無所謂善惡，所以說馮氏的解釋顯不合理。另一方面，荀子天論篇雖表示了其不主張求知天的態度，那是緣於荀子只是一個希望以學說救世的務實學者，對於不關治道的高談闊論不感興趣而已。所以他在天論篇只是把天說爲「自然」，而全篇主旨所在，竟不是言天之道，而是言人之道。然而天論篇說：

> 所志於天者，已其見象之可以期者矣。所志於地者，已其見宜之可以息者矣。所志於四時者，已其見數之可以事者矣。所志於陰陽者，已其見知（楊注知或作和，王念孫曰作和是）之可以治者矣。

已可見荀子對自然界並非不主張藉觀察以獲取認識。王制篇說：

---

⑪ 姜忠奎「荀子性善證」引「朱子語類」，謂荀子論性，「只欲立異」。

分均則不偏（王念孫曰偏讀為徧），埶齊則不壹，衆齊則不使。有天有地，而上下有差；明王始立，而處國有制。夫兩貴之不能相事，兩賤之不能相使，是天數也。

儼然以天道喻人事，言明王制禮以治國，其意與天道相通。而禮論篇更說：

凡禮：始乎梲，成乎文，終乎悅校，故至備情文俱盡，其次情文代勝，其下復情以歸大一也；天地以合，日月以明，四時以序，星辰以行，江河以流，萬物以昌；好惡以節，喜怒以當，以為下則順，以為上則明，萬物變而不亂（集解引顧千里云：物字而字疑不當有），貳之則喪也（集解云：貳乃貣之誤字），禮豈不至矣哉⓬。

自「凡禮」以下，分作三層：「始乎梲」至「其下復情以歸大一」言禮儀，「天地以合」至「萬物以昌」言宇宙本體，「好惡以節」至「貳之則喪」言人事；而以「禮豈不至矣哉」一語作結。明白表示荀子之意，宇宙萬有及一切人事無不涵攝於一禮字之中，禮不僅為人類行為及政治之綱紀，且亦為宇宙天地之本體。後一觀念似不為學者所察及⓭。學者所注意的只是：荀子在老莊之後，受老莊學說之影響，把傳統以來的「主宰天」、「義理天」或「人格天」看成「自然天」，却忽略了主張「隆禮」的荀子，放眼宇宙，早已悟出了「天地以禮合，日月以禮明，四時以禮序，星辰以禮行，江河以禮流，萬物以禮昌」的「禮的宇宙觀」。

換句話說，「禮」才是荀子哲學的本體，「宇中一切不離乎禮」的觀念才是荀子的基本觀點。可見楊、陳二氏之說都不曾抓住荀子思想的核心；如果其性惡說亦以此基本觀點爲出發點，則馮氏所說便不僅止於不合理，亦且不合事實。下文要針對此一問題繼續探討。

性惡說與隆禮的思想之間具有密切關係，原是學者一致的公認。但都以爲性惡說是因，隆禮是果，因爲荀子主張性惡，而不得不有禮爲之「矯飾」，所以又主張隆禮。可是由於本文指出，荀子既不曾徹底否定四端根於心性的說法，且還等於承認了其中最主要的仁智兩端，以知性惡的主張並非荀子思想的基本觀點，而主張隆禮反倒是他的基本思想，則性惡爲因，隆禮爲果的了解，便顯然大成問題。於是我們再回頭細看前引性惡篇中幾節反對性善說的文字。其第二節主要說：

---

⑫ 此一節文字，今人注解荀子者，如「荀子柬釋」、「荀子集釋」、「荀子新注」，觀其標點，似都未盡明了。

⑬ 言荀子思想者，多不注意此文。陳大齊先生「荀子學說」第九章引此文，而云：「荀子此言，殆謂自然現象之所以不能為害，生產事業之所以能發達，亦莫非由於人之能實行禮義，此與其天論中所主張者，足以互相輝映。由此看來，則凡處理自然現象時所應採取的方法，荀子亦將其攝入禮的範圍之內，於是禮的範圍更大大的擴展了。」足見實未得原意。

今人飢見長而不敢先食者，將有所讓也；勞而不敢求息者，將有所代也。夫子之讓乎父，弟之讓乎兄，子之代乎父，弟之代乎兄，此二行者，皆反於性而悖於情也；然而孝子之道，禮義之文理也。故順情性，則不辭讓矣；辭讓，則悖於情性矣。

這是從辭讓行爲實際發生的情況以否定性善說。孟子把辭讓說爲禮之端，換言之，這論據的出發點是「禮」。其第三節說：

凡古今天下所謂善者，正理平治也；所謂惡者，偏險悖亂也；是善惡之分也已。今誠以人之性固正理平治邪？則有惡用聖王，惡用禮義矣哉？雖有聖王禮義，將曷加於正理平治也哉？今不然，人之性惡。故古者聖人以人之性惡，以為偏險而不正，悖亂而不治，故為之立君上之埶以臨之，明禮義以化之，……使天下皆出於治，合於善也。

更明白道出其爲重聖王禮義而倡言性惡的心聲。聖王與禮義爲一統貫，禮與禮義義亦無别；而其言善不針對四端之善立說，却把善字解爲「正理平治」，因爲禮本是一切正理平治的根源，故此節出發點又是一禮字。至於其第四節所說，性善說「無辨合符驗，坐而言之，起而不可設，張而不可施行」，意思是說性善的說法與聖王禮義不能配合，其出發點仍是一禮

字。故下文云：「故性善，則去聖王、息禮義矣；性惡，則與聖王、貴禮義矣。」原意如何，便十分顯白。看過這些文字，我想足夠讓人體會到荀子倡言性惡的究竟。這個究竟，在性惡篇其他章節中也很容易循其脈絡，不擬再多事徵引。

此外，非十二子篇有一段批評子思孟軻的話，錄之於下：

略法先王而不知其統，猶然而材劇志大，聞見雜博。案往舊造說，謂之五行。甚僻違而無類，幽隱而無說，閉約而無解。案飾其辭而祇敬之曰，此真先君子之言也。子思唱之，孟軻和之。世俗之溝猶瞀儒，嚾嚾然不知其所非也，遂受而傳之，以為仲尼子游為茲厚於後世，是則子思孟軻之罪也。

因爲子思子不傳，傳世孟子七篇又不見五行說，至今這一批評的原意成爲啞謎。解謎的人不少，楊倞解五行爲仁義禮智信之五常，意思是說荀子批評子思孟軻以五常出於天性之說，而不爲人所曉。我曾作過「荀卿非思孟五行說楊注疏證」一文⑭，闡明楊注此意。一方面從孟子書中尋求五常出於天性的說法，一方面則是從此文「略法先王而不知其統」、「甚僻違而無類，幽隱而無說，閉約而無解」等字句上索解。因爲荀子書中時時用統字類字指禮而言，

---

⑭ 載香港中文大學崇基書院「華國」第五期。

荀子又視聖王禮義與性惡說爲一統貫，而「幽隱無說、閉約無解」也正是性惡篇「無辨合符驗」的意思，可以知道這也正是從聖王禮義和性惡說爲一統貫的立場，批評性善說的。

統合以上所說，尤其當我們注意到性惡篇中下面兩句話：「今誠以人之性固正理平治邪？則有惡用聖王惡用禮義矣哉？雖有聖王禮義，將曷加於正理平治也哉？」「故性善，則去聖王、息禮義矣；性惡，則與聖王、貴禮義矣。」我想荀子性惡之說，顯然不是因爲他所見人性與孟子全不相同，於是據理力爭；只是有鑒於聖王禮義與性善說不能相容，乃不得不斟酌取舍，避開了連自己亦不能否認，在孟子看來便是仁與智的人性的成分，僅憑欲望可致爭亂的觀點，而改言性惡。換言之，性惡說乃是有所爲而發，故表面上雖取與性善說相對，出發點則不在性本身，而是在聖王禮義；不在性之果爲惡，而在聖王禮義之不可無。學者不達於此，竟見有人懷疑說：「荀子根本沒有讀過孟子書，只是遊學稷下時，從以陰陽家爲主的稷下先生們口中，聽到有關孟子的傳說，而他對於孟子人性論的內容，可說毫無理解。⑮」建立在仁義禮智四端的性善說，本來幾句話可以說得清楚，一句話也可以講個大概，即使荀子果真不曾讀過孟子，也不可能對性善說「毫無理解」。說這種話，不僅是汚衊了頗有科學精神的荀子，也太輕看了齊國的稷下先生。

話說至此，有一點似乎必須作一說明。性惡篇中一則說：「古者聖王以人之性惡，以爲偏險而不正，悖亂而不治，是以爲之起禮義，制法度，以矯飾人之情性而正之，以擾化人之情性而導之也。」再則說：「檃栝之生，爲枸木也。繩墨之起，爲不直也。立君上，明禮

義，爲性惡也。」禮論篇也說：「人生而有欲，欲而不得則不能無求；求而無度量分界，則不能不爭。爭則亂，亂則窮。先王惡其亂也，故制禮義以分之，以養人之欲，給人之求。使欲必不窮乎物，物必不屈於欲，兩者相持而長，是禮之所起也。」無異可以說明荀子的思想，是由性惡到隆禮的。學者所以視性惡說爲荀子哲學的本體，或以爲其思想的基本觀點，蓋卽受此等文字之影響。但在我看來，嚴格從邏輯意義而言，性惡說旣本由隆禮的思想而產生，又以性惡解說禮義的源起，自不能不謂之一病。然而荀子的本意，無非是强調禮義的重要，强調其對人類無窮盡的欲望能產生節制的重要。因此，說這是荀子一時疏忽說錯了話則可，據此而遂謂性惡說爲荀子的基本思想則不可。不然我們勢必要追問，究竟這以人性爲惡而爲之起禮義制法度的，是那個聖王之所見？又是那個聖王之所爲？我想這問題旣無法爲荀子回答，實在亦無需爲荀子回答。可見這種話原是執着不得的。

四、荀子隆禮及以禮爲宇宙本體的思想淵源

講到孔、孟、荀三人思想上的差異，通常有這樣的看法：孔子言仁，孟子言仁義，而荀子言禮。這當然是就其大處相對爲說，不謂仁義禮三者孔孟荀所標舉僅如上述，而不及其他。

⑮ 見徐復觀「中國人性論史」。

然而只是這相對的說法，也便容易引起人誤解。今就荀子言禮一端而言，荀子所以言禮，這思想並非憑空興起，溯其源可抵於孔氏。故確切的說，應認爲孔子思想的發揮。蓋孔子學說以仁爲中心，仁是孔子儒學中的道德極致。說到行仁，孔子曾經說過「仁遠乎哉？我欲仁，斯仁至矣⑯」的話。本來按理說，爲仁由己，我旣欲仁，仁自然而至，似乎沒有什麼困難。實際則此道德極致的仁，也並不容易把握。論語顏淵篇有如下一段記載：

> 顏淵問仁。子曰：克己復禮為仁。一日克己復禮，天下歸仁焉。為仁由己，而由人乎哉！顏淵曰：請問其目。子曰：非禮勿視，非禮勿聽，非禮勿言，非禮勿動。顏淵曰：回雖不敏，請事斯語矣。

以顏回的資質，又好學深思，問仁於孔子，孔子告以克己復禮，還需進一步請問其目；等孔子以非禮勿視之類的話相告，然後才能領略了原則，可見想要行仁，也不是容易得都可以手到擒來。論語又記載孔子稱讚顏回「其心三月不違仁」⑰，應該便是這次請益後的踐履所得，這自是題外話。從上一節對話中却可以看出，孔子標擧的仁，境界雖高，涵攝雖廣，亦非沒有行之之方，其行之之方便是禮；通過禮的實踐，終生奉之不怠，便是仁的境界。個人的立身固然如此，國君之爲政亦不外是。友人勞思光兄「中國哲學史」論孔子思想有極精闢的看法。大意謂：「禮觀念爲孔子學說的始點，其後發展，第一步攝禮歸義，更進而攝禮歸

仁，於是仁、義、禮三觀念合成一理論主脈，而以仁爲此主脈之終點。」孔子本是尙鬼的殷人之後，先世嘗屢爲司禮之官。孔子少時卽接受職業的禮生教育，而以知禮名；其後因好學而精進，而超凡入聖，創立以仁爲中心的儒學，而其基礎則是禮，以禮爲造登仁境的踐履之階。至於荀子，他所服膺的學術是孔子的儒學，而其人篤質崇實，對孔子所說「克己復禮，天下歸仁」的話，自是最能會心。所以他爲儒學宣揚，講仁義，而不專講仁義，亦不多講仁義；他所講的，乃是環繞禮之一字爲中心，因爲他所理會的是，經由禮的途徑，便可以躋升於仁義之域。所以他在勸學篇說：

> 將原先王，本仁義，則禮正其經緯蹊徑也，若挈裘領詘五指而頓之，順者不可勝數也。

正是孔子所說「克己復禮，天下歸仁」由禮而仁的意思。儒效篇說：

> 先王之道，仁之隆也，比中而行之。曷謂中？曰禮義是也。

---

⑯ 見論語述而篇。

⑰ 見論語雍也篇。

意思也完全相同，只是把仁義說成了仁，又把禮說成了禮義。借用勞著「中國哲學史」論孔子學說一節的話，「仁是義之基礎，義是仁之顯現。義之依於仁，猶禮之依於義。」所以荀子書中的仁與仁義，或禮與禮義，實際都是同義詞，不須分別。又如富國篇說：

> 人之生不能無羣，羣而無分則爭，爭則亂，亂則窮矣。故無分者，人之大害也；有分者，天下之本利也；而人君者，所以管分之樞要也。……古者先王分割而等異之也，故使或美或惡，或厚或薄，或佚或樂，或劬或勞（王念孫曰：下二句本作或佚樂，或劬勞），非特以為淫泰夸麗之聲，將以明仁之文，通仁之順也。

因爲禮的作用便是「分」，所以這裏的人君管分之樞要，即謂人君掌禮之樞要；先王分割而等異之，即謂先王制禮使人有差等。而制禮乃是爲明仁之文，通仁之順，自然也便是禮爲通向仁的管道的說法。在荀子書中，這個意思是不止一見的。

至於荀子以禮爲宇宙之本體，論語中看不出孔子是否有此觀念。孔子說過「天何言哉，四時行焉，百物生焉⑱」的話，是否認爲冥冥中有一制宰宇宙萬物的本體，當然無從斷定，但跟後來荀子把天看成一個常態的自然，應該是相當接近的。荀子把天看成自然，論者莫不謂此意出於老莊。但必須强調的是：荀子從道家「天爲自然」的觀念，轉化爲其「天人之分」的觀念，强烈的要求人必須自求多福，這便不曾失其儒家對人生持積極態度的立場，與

道家全不相同，已然爲儒家在道家思想瀰漫的當時別開生面，向無爲爭取了有爲；及其由自然的宇宙形成了以禮爲其本體的觀念，更直接將道學昇華而爲儒學，建立了儒的形上學，爲儒學大放異彩。這些正是荀子的偉大成就所在。

左氏昭公二十五年傳云：

子太叔見趙簡子，簡子問揖讓周旋之禮焉。對曰：是儀也，非禮也。簡子曰：敢問何謂禮？對曰：吉也聞諸先大夫子產曰：「夫禮，天之經也，地之義也，民之行也。天地之經，而民實則之。」

五、結　論

論語公冶長篇記載：「子謂子產，有君子之道四焉，其行己也恭，其事上也敬，其養民也惠，其使民也義。」在孔子心目中如此一位人物所說的話，對荀子以禮爲宇宙本體的觀念，或者又曾經產生過影響，亦未可知。記之以供學者之參考。

⑱ 見論語陽貨篇。

以上所陳，便是我研讀荀子一書之所得。荀子的思想當然不只是這些，但我以爲這些才是根本而重要的問題所在，於是提出來加以討論。此外也還有需要說明的，却都沒有什麼爭論；而且如果這些根本而重要的問題獲得澄淸，其他的說起來也便輕而易舉，所以只在結論中適時提出，而不專立章節。

根據本文所作分析，構成荀子思想整體的，可以說只有兩個基本觀點：其一屬人性，以爲人性中具有「可以知仁義法正之質」及「可以能仁義法正之具」；其一屬人文，從孔子學說中認定禮是通向仁境的階梯。由於有第一個觀點，於是一切人文成爲可能；由於有第二個觀點，於是形成其以禮爲中心的思想整體。

人性中除去上述之「質具」而外，荀子認爲還具有愛親之心，和屬於五官及心的好惡欲之情。因爲愛親之心並非人類所獨具，荀子從不强調此愛親之心；也就是說，這愛親之心不曾成爲荀子思想上的基本觀點。如果有人說，荀子所以不據人有愛親之心而倡言性善，便是因爲這愛親之心並非人類所獨具，也可以視爲言之成理。但這絕非荀子不言性善的主因。孟子說「孩提之童無不知愛其親者」，意思自與荀子言人具愛親之心相同，因孟子並不同時說凡有血氣之屬皆知愛親，所以孟子走向了性善說的途徑，這一點則是可以肯定的。

五官及心具好惡欲之情，正是荀子性惡說之所從出。但據性惡篇所說：

人之性惡，其善者偽也。今人之性，生而有好利焉，順是，故爭奪生而辭讓亡焉；

生而有疾惡焉，順是，故殘賊生而忠信亡焉；生而有耳目之欲，有好聲色焉，順是，故淫亂生而禮義文理亡焉。然則從人之性，順人之情，必出於爭奪，合於犯分亂理，而歸於暴；故必將有師法之化，禮義之道，然後出於辭讓，合於文理，而歸於治。用此觀之，然則人之性惡明矣，其善者偽也。

可見荀子持性惡的主張，是有鑒於順好惡欲之情，無限制的任其發展，其結果必歸於暴亂，於是而倡言「性惡」，這好惡欲本身却並不能說是惡的。是故非相篇卽以「飢而欲食，寒而欲煖，勞而欲息，好利而惡害」爲人生而有「辨」的論證，便是明驗。同一事而可以爲此，可以爲彼，自然顯示出荀子的性惡說不是無可挑剔。但既如本文所說，荀子性惡說本是有爲而發，其出發點並不在「性」，也便不足多責。至此我所要指出的是，五官及心具有好惡欲之情，當然是荀子對人性所持的基本看法，却不構成其思想整體上的基本觀點。

是故荀子對於人性的看法，僅生而具「質具」之說，在其思想整體中具有無可比擬的重要地位。因爲照荀子的理論，禮義乃是生於聖人之僞，而聖人之性與衆人不異，聖人憑其不異於衆人之惡性，何以獨能化性起僞而制禮義，此說似誠不可通。故如勞思光兄之「中國哲學史」便說：「此乃荀子思想之眞糾結所在，或十分糊塗之處。」接着又提出問題：「荀子承認常人皆有一種質與具，能知仁義法正，能行仁義法正。則此種質具屬性乎？不屬性乎？惡乎？善乎？何自而生乎？若此種質具非心靈所本有之能力，則將不能說明其何自來；若此

種質具是心靈本有，則此固人之性矣，又何以維持性惡之說？」然而依據荀子「生之所以然者謂之性」的義界，此種質具爲性中本有，自屬無可懷疑，而聖王禮義何自而生的問題，也便有了着落；至於其何故仍要維持性惡之說，則本文已有詳細說明。今更申其義，此實緣於其第二個基本觀點之影響。蓋荀子既從孔子學說中認定禮（或稱禮義）是通向仁（或稱仁義）的途徑，所謂禮，用現代的話說，便是人類憑其智慧經驗，在現實生活中，經長時期的摸索，所傳流下來爲衆人肯定的立身行事的客觀規範。簡單說，便是人類生活的文化結晶。荀子把這種結晶說爲由聖王「積思慮，習僞故」而得，說法雖有不同，其爲人所創造則初無二致。今若言人性善，則是性中自有禮義，只需率性而行，便造仁境，直是不需聖王，亦卽無有禮義。何況性中無可否認有屬於五官及心的好惡欲之情，「率性」的結果，必及於亂，這當是荀子不能同意說性善的原因。反之，言人之性惡，則人不能離乎聖王禮義，於是「克己復禮，天下歸仁」，所以他終於選擇了人性中好惡欲之情可致爭亂的角度，提出了性惡之說。好惡欲之情本身既不得卽謂之惡，且只是性的一端，如此而一言蔽之曰性惡，自不能謂其理論健全。然而請看主張性善的孟子所說：

> 口之於味也，目之於色也，耳之於聲也，鼻之於臭也，四肢之於安佚也，性也；有命焉，君子不謂性也。仁之於父子也，義之於君臣也，禮之於賓主也，智之於賢者也，聖人之於天道也，命也；有性焉，君子不謂命也。⑲

在欲人安命樂道，砥礪德行的意義上說，這是一段極爲精彩的文字。然而天賦五官之所好，當然屬於「性」；只因此「性」是「率」不得的，便不說它是「性」，而欲易之以「命」，以全其「性善」之說，又何嘗不可說是「明知故犯」？其中究竟，我想是由於性善性惡雖同屬學術理論，第恐淑世的精神多於學術的意義。研究荀孟的思想，疑不應忽略其原本取重遺輕的心態。則只需所說確然具有淑世的意義，便是饒有可取；斤斤於哲學邏輯的觀點衡量品評，未必便爲相宜。綜觀二人所論，於性之取舍角度相反，故表面上排斥，而實際可以互容。

至此有一點要加以補充，荀子解蔽、正名兩篇又提到「心」的觀念。解蔽篇說：「人何以知道？曰心。」又說：「心知道，然後可道，可道，然後能守道以禁非道。」正名篇說：「情然而心爲之擇，謂之慮。心慮而能爲之動，謂之僞。慮積焉能習焉而後成，謂之僞。」荀子書中所謂道，通常便是禮的別稱。把這些文字與性惡篇「凡禮義者，是生於聖人之僞……聖人積思慮，習僞故，以生禮義而起法度」，以及前引「塗之人可以爲禹」一節合起來看，顯然此「心」便是「可以知仁義法正之質」的「質」，故「心慮而能爲之動」的「能」，也便是「可以能仁義法正之具」的「具」。學者對此也有誤解的，如勞思光兄「中國哲學史」以爲：荀子「質具」之解未精，故欲在「性」外求價値根源，以說明禮義之由來，於是

⑲ 見盡心下篇。

乃提出「心」觀念。然而此「心」既不得謂非「生之所以然者」，便不得在「性」之外，以見勞兄於此亦似有隔。又前文曾引非相篇及王制篇人生而有義有辨之說，所謂義與辨，實卽此質此心作用之體現。此心與義辨的關係，正與孟子所說「是非之心」與「良知」的關係相同；是非之心是體，良知是用。

言荀子之思想，沒有不說荀子重禮的。只要一讀荀子之書，我想誰都會有此感受。實則荀子之於禮，不僅是強調其重要，其整個思想卽以禮爲中心。譬如學者誤以爲荀子基本觀點的性惡一說，其實只爲重禮而發，本文已論之綦詳。卽其以人性中具有「質具」的思想基本觀點，亦因其主張性惡爲闡明禮之所從來而形成。其餘如他對天的看法，以天爲自然的思想，無疑受到老莊的影響，可是終於囘到了儒的本位，悟出了儒的宇宙觀，則亦正是他言人事一切不離乎禮的思想的延伸。又如他的正名思想雖亦源於孔子，然其所以重視正名，仍不外以禮爲出發點。所以正名篇說：「貴賤不明，同異不別，如是則志必有不喻之患，而事必有困廢之禍。故知者爲之分別制名以指實，上以明貴賤，下以辨同異，貴賤明，同異別，如是則志無不喻之患，事無困廢之禍，此所爲有名也。」明貴賤，別同異，正是禮的基本精神。至於他的有名的名學，當更由其正名思想所發展，則尤不待辭費。然而本文要强調的是，荀子言禮，或者說荀子重禮，這種思想正如前文所指出者，並非憑空興起，實際只是孔子思想的發揮。不僅如此，荀子整體之思想，亦都不出發揚孔子儒學之意。性惡的主張，禮的宇宙本體的觀念，似乎總該是荀子的創意，爲孔子所不嘗言，然亦無一不是欲爲儒學彌

縫，無一不是欲爲儒學張皇。所以知之者，論語公冶長篇說：「夫子之文章，可得而聞也；夫子之言性與天道，不可得而聞也。」可見荀子之言性言天，正是要於夫子不可接聞處竭其心志，一點沒有標新立異的念頭。是故人言荀卿大醇小疵⑳，我謂荀孟同乎其醇。

七十三年七月卅一日宇純於台北

（本文寫作期間，曾獲國立中山大學教師學術研究獎助。原載民國七十四年六月國立中山大學學報第二期）

⑳ 四庫提要云：平心而論，卿之學源出孔門，在諸子之中，最為近正，是其所長。主持太甚，詞義或至於過當，是其所短。韓愈大醇小疵之說，要為定論。

荀卿非思孟五行説楊注疏證

一

荀子非十二子篇云：

略法先王而不知其統，猶然而材劇志大，聞見雜博。案往舊造説，謂之五行。甚僻違而無類，幽隱而無説，閉約而無解。案飾其辭而祇敬之曰，此真先君子之言也。子思倡之，孟軻和之。世俗之溝猶瞀儒嚾嚾然不知其所非也，遂受而傳之，以為仲尼子游為茲厚於後世，是則子思孟軻之罪也。

五行金木水火土之説，充塞乎我民族之思想意識，歷二千年之久弗衰。荀子言子思孟軻案往舊造説，謂之五行，其名既與彼同，其實學者亦頗有以金木水火土説之者。故此文關係乎五行説之源起，不可謂非重要也。然子思子雖佚；孟軻書傳世者七篇，略無五行説氣息，荀卿

此言果何所指乎？

楊倞注「案往舊造說」句云：

案前古之事而自造其說，謂之五行。五行，五常：仁義禮智信是也。

孟子書亦無仁義禮智信爲五行之說；且仁義禮智信謂之五常，又無當於「僻違無類、幽隱無說、閉約無解」之譏，故楊注多不爲學者所取也。然楊注自別有深意，惜其不爲人知，欲爲疏通證明以昭其隱；而異說紛紜，不能無放距，因先取諸家言而論之。

二

章炳麟文錄一云：

五常之義舊矣，雖子思始倡之亦無損，荀卿何譏焉。尋子思作中庸，其發端曰天命之謂性，注「木神則仁，金神則義，火神則禮，水神則智，土神則信」，孝經說略同此。是子思之遺說也。沈約曰表記取子思子。今尋表記云：「今父之親子也，親賢而下無能。母之親子也，賢則親之，無能則憐之。母親而不尊，父尊而不親。水

之於民也，親而不尊，火尊而不親。土之於民也，親而不尊，天尊而不親。命之於民也，親而不尊，鬼尊而不親。」此以水火土比父母於子，猶董生以五行比臣子事君父。古者鴻範九疇，舉五行傅人事而義未彰著。子思子始善傅會，旁有燕齊怪迂之士侈搪其說，以為神奇，燿世誣人，自子思始。宜哉荀卿之譏也。

中庸一書，自史記言子思所作，後世雖有議之者，著作之權大抵仍屬之子思；然鄭注云云，不必卽子思之遺說也。此點下文當更言之。至於沈約之說，其可信程度如何？表記取子思子之程度又如何？皆不能無所慮；且卽以此爲子思之言，亦何能證其必有五行之說哉。不然，則孟子云：「仁之勝不仁，猶水勝火。」可指爲五行相勝之說；又云：「如施仁政於民，可使制梃以撻秦楚之堅甲利兵矣。」亦可謂五行相勝觀念之反體現。若必欲傅會牽引，不猶愈於彼乎？顧終不足以信人耳。

東釋引梁啓超云：

今子思書雖佚，然孟子書則實無五行之說。楊注謂五行卽五常，然果屬五常，似不能謂為僻違無類，幽隱無說，閉約無解。此數語終不甚可曉。今强申楊說：則孔子只言仁，或言仁智，或言智仁勇，未有以仁義禮智信平列者。孟子好言仁義禮智，義禮本仁智所衍生，以之並舉，實為不倫，故曰無類；其說不可通，則無說可解也。

然孟子亦無以信並於仁義禮智為五行之語，故此說亦卒未安。

梁氏於楊說未達，故雖欲申之而無當，終亦知其說之未安也。

劉節洪範疏證云：

戰國之時，齊魯之學以孟氏為宗，而陰陽五行之說盛倡於鄒衍輩，亦在齊魯之間，或與孟氏之學有關，故荀卿譏之也。

此則全屬臆測。而顧頡剛五德終始說下的政治和歷史一文以為：

五行說本騶衍所造。因騶衍與孟子同為騶人；又騶衍本為儒家，又聞孟子之風而悅之：遂誤傳造五行說之騶衍為孟子。復因孟子受業子思之門人，又誤造五行說之孟子為子思。於是荀卿乃有「子思倡之，孟軻和之」之言。

夫以荀卿一代儒宗，去孟子之時不遠，又嘗游學稷下，則於五行說之創始，豈得不知其情實若此。顧說尤可謂精於想像者矣。

其後，譚戒甫為思孟五行考，以為思孟五行非金木水火土，乃後世所謂五倫。其文過長，

擇其要錄之如后：

中庸云：「天下之達道五，所以行之者三。曰君臣也，父子也，夫婦也，昆弟也，朋友之交也。五者天下之達道也。知仁勇三者，天下之達德也，所以行之者也（原注：原作所以行之者一也，一字涉下文衍，玆據史記漢書兩公孫弘傳刪正）。」達道有五，達德卽所以行之有三，意謂道五而行三，故曰五行。然就論語考之：子曰「君君臣臣父父子子」，又曰「朋友切切偲偲，兄弟怡怡」，子夏曰「賢賢易色，事父母能竭其力，事君能致其身，與朋友交言而有信」，子路曰「長幼之節不可廢也，君臣之義如之何其廢之，欲潔其身而亂大倫」。雖有君臣父子兄弟諸倫常之名，而無並舉之者。及子思為中庸，引其先人之言云：「君子之道四，丘未能一焉。所求乎子以事父，未能也。所求乎臣以事君，未能也。所求乎弟以事兄，未能也。所求乎朋友先施之，未能也」。此子思整齊舊說，故荀子云「案往舊」。既稱先祖名諱，又為之矯飾謙恭云「丘未能一焉」，故荀子云「案飾其辭而祇敬之曰，此真先君子之言也」。於四倫之外，益夫婦以為五，故荀子云「案往舊造說」。且中庸云：「君子之道造端乎夫婦，及其至也，察乎天地。」是子思五倫以夫婦為中心，其君子之道以夫婦為二元，萬物造端乎是，推其至極，可以牢籠天地。故子思五行學說為一神秘哲學。而荀子為一務實儒者，斯不能無「僻違無類、幽隱無說、閉約

無解」之譏矣。孟子亦言五倫。滕文公篇云：「人之有道也，飽食煖衣逸居而無敎，則近於禽獸。聖人有憂之，使契為司徒，敎以人倫：父子有親，君臣有義，夫婦有別，長幼有序，朋友有信」。其說雖託古變質，略無神秘色彩，然既承子思之說，故荀子云「子思倡之，孟軻和之」也。

譚氏此說雖似言之成理，然見其穿鑿多方。而譚氏又以爲：

> 荀子王制篇云：「君臣父子兄弟夫婦，始則終，終則始，與天地同理，與萬物同久：夫是之謂大本。」君道篇云：「請問為人君？曰以禮分施，均徧而不偏。請問為人臣？曰以禮待君，忠順而不懈。請問為人父？曰寬惠而有禮。請問為人子？曰敬愛而致文。請問為人兄？曰慈愛而見友。請問為人弟？曰敬詘而不苟。請問為人夫？曰致功而不流，致臨而有辨。請問為人妻？曰夫有禮則柔從聽侍，夫無禮則恐懼而自竦也。」又富國篇云：「君臣不得不尊，父子不得不親，兄弟不得不順，夫婦不得不驩：少者以長，老者以養。故天地生之，聖人成之。」（案：荀子原文無君臣不得不尊句，夫婦二字作男女。譚氏原注云：原有脫文，茲據大略篇改正。）可見荀子以君臣父子兄弟夫婦為四行。

荀子既棄孔子之「朋友」，而取子思之創說「夫婦」爲四行矣，獨非「案往舊造說」乎？則謂荀卿以此非思孟之五行，豈其然哉？明其說亦無當而已。

自餘，若王應麟困學紀聞，因韓詩外傳引荀子此文止十子，以爲今本荀卿非思孟言，「蓋其門人如韓非李斯之流，託其師說以毀聖賢，當以韓詩爲正」。然韓李之徒何憑而造爲此說？而所謂五行究又何指？此疑固依然未有決也。又若呂思勉「辯梁任公陰陽五行說之來歷」及范文瀾「與頡剛論五行說的起源」，以荀子此言卽思孟傳金木水火土五行說之佐證。

要之，上引諸說無一可取者也。「無參驗而必之」，能免於「愚者」之譏乎？

三

余謂欲知楊注之意，必先自其學術背景言之。

詩大雅烝民「天生烝民，有物有則，民之秉彝，好是懿德」鄭箋云：

天生之衆民，其性有物象，謂五行仁義禮智信也。

孔疏云：

鄭於禮記說以木行則仁，金行則義，火行則禮，水行則智，土行則信。

書湯誥「惟皇上帝，降衷於下民，若有恆性」孔疏云：

天生蒸民，與之五常之性，使有仁義禮智信，是天降善於下民也。（案僞孔傳釋衷爲善。）

禮記禮運「故人者，其天地之德，陰陽之交，鬼神之會，五行之秀氣也」孔疏云：

言人感五行之秀氣，故有仁義禮智信，是五行之秀氣也。

又「故人者天地之心也，五行之端」孔疏云：

萬物悉由五行而生，而人最得其妙氣，明仁義禮智信，爲五常之道也。

又樂記「道五常之行」孔疏云：

非父義母慈之德。謂五常之行者：若木性仁、金性義、火性禮、水性智、土性信，五常之行也。

以上所引，俱言人有五常之性，而此五常性得之五行秀氣也。此說自鄭氏言之，孔氏為五經正義用之而稍廣其傳。及高宗永徽四年頒五經正義於天下，明經取士悉依此本，於是學子無不習誦，奉為科條；而人懷五常性之說，遂普遍深植於學者之意識。楊倞為武宗時人，所習仍為注疏之學。則楊氏云「五行，五常：仁義禮智信」，分明即用鄭氏之說。鄭說背景在於性善，楊注之意亦自在於性善也。質實以言，楊氏因子思孟軻與荀卿道性之善惡不同，故以為荀卿非子思孟軻，即於此立說，是以取鄭氏言而釋之曰：「五行、仁義禮智信是也」。仁義禮智信五者為五常，自無可非，荀卿書亦非不言之；以為人性所固有，斯荀卿所不可不厚非重詆之矣。

唯楊注雖源出鄭氏，與鄭氏之意究不盡同。蓋鄭氏以五常性出於五行秀氣，楊注則止於言子思孟軻以五常出之天賦，不更涉及五者之形成如何。五常五行二說，其初本獨立發生，各有其範疇：即五行為陰陽家言，而五常為儒家所道。後因五行說範疇漸次推廣，至於無不可攝。人見天有五行而人有五常，遂取以配合，而有木仁、金義、火禮、水智、土信之說。禮記云「人者，五行之秀氣」，「人者，五行之端」，自是五行五常相糅合下之產物，非純儒家言。然鄭氏既深受此等說薰染，亦不易分辨而悉受之，於是其注中庸如此，其箋詩亦如

此。論者固不得因楊注出之鄭箋，遂據鄭意以推衍楊注也。不然，以五常出之五行，於孟氏書何從取證乎？章氏因中庸鄭注，即云木仁金義爲子思遺說，其誤亦由不達乎此而已。

四

論楊注之意既竟，當更取子思孟軻書以與楊注相證驗也。

案孟子言性善，以仁義禮智爲四端，如所云：

> 惻隱之心，仁之端也。羞惡之心，義之端也。辭讓之心，禮之端也。是非之心，智之端也。人之有是四端也，猶其有四體也。（公孫丑上）
>
> 惻隱之心，仁也。羞惡之心，義也。恭敬之心，禮也。是非之心，智也。仁義禮智非由外鑠我者也，我固有之也，弗思耳矣。（告子上）
>
> 君子所性，仁義禮智根於心。（盡心上）

學者類能言之。中庸云：

> 天命之謂性，率性之謂道。

此子思性善之說也。又云：

> 仁者人也，親親為大。義者宜也，尊賢為大。親親之殺，尊賢之等，禮之所生也。故君子不可以不修身。思修身，不可以不事親。思事親，不可以不知人。思知人，不可以不知天。

朱熹於末句注云：

> 親親之殺，尊賢之等，皆天理也，故又當知天。

此以仁義爲天性之說；而云禮由仁義演生，卽禮亦性分所有。至於智之爲物，其出於天性，自不更得異辭，故荀子以爲人性惡，亦不得不云有可以知之質矣。而中庸云：

> 成己仁也，成物知也，性之德也。

是正智由天賦之說。

唯信爲天性之說，中庸孟子書無一言及之；而並有誠爲天性之說，意者思孟五行說其謂

仁義禮智誠與？故如中庸云：

自誠明謂之性，自明誠謂之教，誠則明矣，明則誠矣。……誠身有道，不明乎善，不誠乎身矣。誠者天之道，誠之者人之道也。誠者不勉而中，不思而得。從容中道，聖人也。誠之者，擇善而固執之者也。

此二節可與「天命之謂性，率性之謂道，修道之謂教」互參，是子思以誠為天性之說也。孟子云：

……誠身有道，不明乎善，不誠其身矣。是故誠者天之道也，思誠者人之道也。至誠而不動者未之有也，不誠未有能動者也。（離婁上）

大人者，不失其赤子之心。（離婁上）

朱於後者注云：「大人之心，純一無僞」。此並孟子誠為天性之說，而前者即子思子。誠與信二字施用雖不盡同，如中庸云：「上焉者，雖善無徵，無徵不信，不信民弗從。下焉者，雖善不尊，不尊不信，不信民弗從。」自不可易信為誠。然二字互訓，自古皆然。故說文云「信、誠也」，「誠、信也」。孟子萬章篇云「故誠信而喜之」，荀子不苟篇云「誠信生神」，修身

篇云「端慤誠信」，並二字平列義同。則楊氏用鄭氏「五行、仁義禮智信」之說以釋荀子此文，雖未盡合思孟五行說之實，要亦相去不遠矣。

論者或當曰：仁義禮智誠爲天性，此誠無可疑矣。中庸固無論，孟子屢以仁義禮智並舉而不及誠，何以知其必有五行之名哉？此說蓋終亦不必爲荀子意耳。然此亦有說。蓋誠之爲物，與仁義禮智有體用之別，必依附於仁義禮智，其行始見，其用乃顯。故孟子云：

萬物皆備於我矣，反身而誠，樂莫大焉。（盡心上）

言萬物雖具於性分之內，其身不誠，亦不能成其天性。中庸亦云：

誠者自成也，而道者自道也。誠者物之始終，不誠無物，是故君子誠之為貴。誠者，非自成己而已也，所以成物也。成己仁也，成物知也。

此猶言誠者，所以成仁成知也。卽荀子雖不以誠爲天性，不苟篇云：

君子養心莫善於誠。致誠則無它事矣，唯仁之為守，唯義之為行。

仍不出此意。然則於孟子書往往以仁義禮智並舉而不及誠，斯亦不足深怪矣。況孟子不云乎：

口之於味也，目之於色也，耳之於聲也，鼻之於臭也，四肢之於安佚也：性也；有命焉，君子不謂性也。仁之於父子也，義之於君臣也，禮之於賓主也，智之於賢者也，聖人之於天道也：命也；有性焉，君子不謂命也。（盡心下）

以天道與仁義禮智並舉爲天性，此誠與仁義禮智並舉爲天性之證矣；其不曰誠而曰天道，遂不爲人所覺耳。然天道卽誠，誠卽天道也。故中庸旣云「天命之謂性，率性之謂道，修道之謂教」，又云「自誠明謂之性，自明誠謂之教」。中庸孟子又並云「誠者，天之道也」。中庸且每以誠與聖人相繫屬，如云：「誠者不勉而中，不思而得。從容中道，聖人也」。又如：旣云「唯天下至誠爲能盡其性。能盡其性，則能盡人之性。能盡人之性，則能盡物之性。能盡物之性，則可以贊天地之化育。可以贊天地之化育，則可以與天地參矣」，又云「大哉聖人之道，洋洋乎發育萬物，峻極於天」。（案朱云：天下至誠，謂聖人之德。）凡此皆以見孟子之云「聖人之於天道」，其意猶云「聖人之於誠」，則謂子思孟子以仁義禮智誠並舉爲五行，不亦隱然可見乎？

五

荀卿非思孟五行說原意既如上述，當更檢荀子原文，以見其果與此解貼切否。案此節文字關係大者有下列數句：甲、略法先王而不知其統。乙、案往舊造說。丙、僻違而無類，幽隱而無說，閉約而無解。今當一一言之。

甲、荀子性惡篇云：

古者聖王以人之性惡，以為偏險而不正，悖亂而不治，是以為之起禮義，制法度，以矯飾人之情性而正之，以擾化人之情性而道之也。凡古今天下之所謂善者，正理平治也。所謂惡者，偏險悖亂也。是善惡之分也已。今誠以人之性固正理平治邪？則有惡用聖王，惡用禮義矣哉？雖有聖王禮義，將曷加於正理平治也哉！

荀子之意，以爲聖王禮義皆因人之性惡而起；如性善，則無用乎禮義，亦無用乎聖王。是聖王禮義與性惡爲一統貫也。今子思孟軻既以人性爲善，而又稱先王，道禮義，是其不知統貫，故曰「略法先王而不知其統」矣。前人於此句多不著意，然此句亦唯因此解始見其貼

切具體，不然空洞無物矣。下文「僻違而無類」，荀卿書統類二字義同，亦正此意也。可與丙條互參。

乙、以仁義禮智誠爲天性所本有，此自子思始創，而孟軻述之。故荀子謂之「造說」，又云「子思倡之，孟軻和之」。然仁義禮智誠諸名非盡出子思所造，孔子卽嘗言仁義禮智四者，子思據以言出之天賦耳，故謂之「案往舊」。誠字孔子所未嘗言，蓋亦子思之「造說」，然或卽取孔子所云之「信」而變化之，以別於忠信之意，則亦「案往舊」矣。

丙、荀子性惡篇云：

> 善言古者必有節於今，善言天者必有徵於人。凡論者貴其有辨合有符驗也。故坐而言之，起而可設，張而可施行。今孟子曰人之性善，無辨合符驗，坐而言之，起而不可設，張而不可施行，豈不過甚矣哉！故性善則去聖王、息禮義矣；性惡則與聖王、貴禮義矣。故檃栝之生，為枸木也；繩墨之起，為不直也；立君上，明禮義，為性惡也。

荀子既議性善說之爲無辨合符驗，又闡明聖王、禮義與性惡之密切關係，則此文無異爲「僻違無類、幽隱無說、閉約無解」三語之注脚矣。

六

由上所論，以荀子非思孟五行，爲就其性善說言之，此蓋不容異議。楊注云五行仁義禮智信，雖於信字無徵，大恉未忤。惜其語焉不詳，致啓人疑，而異說滋生矣。然台州本荀子載唐仲友淯熙八年所爲序，其言曰：

子思作中庸，孟子述之，道性善。至卿以為人性惡，故非子思孟軻。

於荀子意猶洞若觀火。蓋就習注疏之學者言，楊注既爲之點睛，其恉本至顯白，不勞辭費。自宋人稍廢注疏，至清季考據之學大昌，此自有裨於經術；然影響所及，人人奮其私智而不師古，雖誦注疏而掉以輕心。於是注疏之學動搖，終至廢棄不觀，學術之統遂根斷源塞矣。故昔人以爲平易之言，往往莫明其底蘊。若楊氏此注，卽其例之彰明較著者也。因病諸說之紛擾，爰申楊注並歷數諸家之失如此。

此稿寫定於一九六六年十二月三十日，同月十二日嘗以此意於中文大學中國文學研究所作學術講演，作者附誌，時僑居香港。

補記

列子楊朱篇云：

楊朱曰：人肖天地之類（案類原當作頪），懷五常之性。有生之最靈者，人也。人者，爪牙不足以供守衛，肌膚不足以自捍禦，趨走不足以逃利害，無毛羽以禦寒暑，必將資物以為養性，任智而不恃力。

如此文所言，是人懷五常性之說，前乎孟子既已有之，不啻為余此文疏解楊注之助。唯列子一書學者多疑晉以後偽造，難為憑據。然漢書刑法志亦云：

夫人宵天地之頪，懷五常之性，聰明精粹，有生之最靈者也。爪牙不足以供耆欲，趨走不足以避利害，無羽毛以禦寒暑，必將役物以為養，任智而不恃力。

兩節文字雷同，自其間詳略差異觀之，似漢志出於列子，則列子一書未必全無可採（胡適之先生中國哲學史大綱正以此篇似尚可信）。又近年出土馬王堆漢墓中帛書「五行篇」一種，

其文有云：

〔行刑于內〕（案加〔〕號者，從龐樸據文例補，下同），胃之德之行；不刑于內，胃之行。義刑于內，胃之德之行；不刑于內，胃之行。〔智〕刑于內，胃之德之行；不刑于內，胃〔之〕行。禮刑于內，胃之德之行；不刑于內，胃之行。聖刑于內，〔胃之德之行；不刑于內，胃〕之行。

學者疑此文仁、義、禮、智、聖卽思孟學派之五行說。余此文指出，中庸、孟子二書並以誠與聖人相繫屬，則此言仁、義、禮、智、聖，與余所疑思孟以仁、義、禮、智、誠爲五行說相通，亦不啻爲余說之助。並補記於此，以供學者參考。

七十五年十二月廿八日宇純於臺北

（本文原載一九六八年香港中文大學崇基書院華國第五期）

荀子正名篇重要語言理論闡述

——從學術背景說明「名無固宜」說之由來及「名有固善」說之積極意義

在我國語言學史上，荀卿被視為第一個重要人物。他在正名篇中提供了不少不朽的有關語言理論。今人王力中國語言學史一書對之推崇備至，不是無道理的。王書說：

當我們敘述中國語言研究的萌芽的時候，我們不應該忘記先秦的哲學家們。他們不是語文學家，他們在哲學著作中涉及一些語言理論，那不是屬於語文學範圍的，而是屬於語言學範圍的。這些語言理論，特別是荀子在正名篇中所闡述的語言理論，直到今天還是不可動搖的。

又說：

從語文學上說，先秦的語言研究沒有什麼突出的成就；從語言理論上說，像荀子正名篇這樣卓越的見解，却放出很大的光輝。

究竟荀子提出過那些語言理論？王書有很詳盡的敘述，大體上可以代表一般學者的意見。即以迻錄如下：

荀子在正名篇中所敘述的第一個語言學原理是：語言是社會的產物。荀子說：「事物的命名，無所謂合理不合理，只要人們共同約定就行了。約定俗成就是合理的。不合於約定的名稱就是不合理的。名稱並非天然的要跟某一實物相當，只要人們約定某一名稱與某一實物相當就行了。約定俗成以後，也就是名實相符了。但是名稱也有好壞之分。如果說出名稱來，人們很容易知道它的意義，那就是好的名稱；如果意義含糊，妨碍人們的了解，那就是壞的名稱了。」（案荀子原文爲：名無固宜，約之以命，約定俗成謂之宜，異於約則謂之不宜。名無固實，約之以命實，約定俗成謂之實名。名有固善，徑易而不拂，謂之善名。）這樣强調語言的社會性，在今天看來還是完全正確的。

荀子在同一篇文章中所敘述的第二個語言學原理是：語言具有民族的特點，而思維則具有人類的共性。唯其具有民族特點，所以各個具體語言的形式和結構是不相同

的；唯其具有人類共性，所以通過語言的翻譯，不同的民族是可以互相交流思想的。荀子說：「人類既然同類，而又具有同樣的感覺，人們的五官接觸萬物所抽象出的特徵，自然也無不同。以物比物，特徵相似的也都相通。於是相約形成共同的概念。人類的概念都可以相對應。」（案荀子原文爲：凡同類同情者，其天官之意物也同。故比方之疑似而通，是所以共其約名而相期也。）又說：「萬物都加上了名稱，這是依照漢族的習慣；其他不同的民族，應該依照這些名稱，委曲的找出它們對應的名稱來，這樣就可以交流思想了。」（案荀子原文爲：散名之加於萬物者，則從諸夏之成俗曲期。遠方異俗之鄉，則因之而爲通。）荀子這種關於語言與民族的關係的看法，顯然也是正確的。

荀子所敘述的第三個語言學原理是：語言是具有穩固性的，同時又是發展的。荀子說：「如果有王者出世，他一定維持原有詞滙，保存它的純潔性和規範性；他又必然創造一些新詞，以適應新的事物。」（案荀子原文爲：若有王者起，必將有循於舊名，有作於新名。）

三者之中，以第一項最爲重要，故王書列之第一。本文所要加以討論的卽在此點。然而要了解此點的重要性，不能不先將荀子以前儒家有關語言的觀念作一說明。

原來在荀子以前，儒家典籍中所表現的有關語言形成的看法，以爲名稱與事物本身有其

必然關係。人類把什麼事物叫什麼名稱，決定於其事物的本身，任何名稱都是有道理可講的。正如董仲舒在春秋繁露深察名號篇中所說：「名號之正，取之天地。」「名則聖人所發天意，不可不深觀也。」先儒並沒如此明顯理論，從他們用本字或音同音近字解釋某一名稱命名之由來，則可以充分看出。此即後世所謂聲訓。論語八佾有如下一段記載：

> 哀公問社於宰我。宰我對曰：夏后氏以松；殷人以柏；周人以栗，曰使民戰栗。子聞之曰：成事不說，遂事不諫，既往不咎。

其中「曰使民戰栗」一語，旨在闡釋周人用栗為社木之初意，與鄭玄說儀禮“髽笄用桑”「桑之為言喪也」，及服虔說左傳“桃弧棘矢”「桃所以逃凶也」性質完全相同。鄭玄服虔是在聲訓盛行之後，推測笄用桑、弧用桃的原意。宰我亦於周人習用的社木闡釋其本意所在，可知春秋之世，探求語源之風氣必亦相當盛行。孔子對宰我的話雖然表示過「成事不說」的主張，自己也曾利用聲訓之法宣傳其政治理想。他所說的「政者正也」是人所熟知的。自是以後，儒家典籍所含聲訓不勝枚舉，毋庸細談。我們所要注意的是，語言本質究竟如何，其形成是否果然如此？在二十世紀的今天，只要稍具語言學知識，都知道聲訓所代表的是一個差不多完全錯誤的語言觀。但是在數十年之前，甚至即使在今天，還不知道有多少人對於聲訓法極為迷戀。荀子在二千年前能擺脫儒家的一貫觀念，標舉出「名無固宜」的新

語言觀，强調名稱與事物之間只是由於偶然的約定，與事物本質並無若何關係，無何道理可講，自然是一個劃時代的識見。無怪乎荀子在我國語言學史上受到了無比的讚譽。

然而，我們如果注意到此一學說與正名篇主旨背道而馳，禁不住要懷疑，這樣的讚譽對荀子是否合適。正名篇說：

今聖王沒，名守慢，奇辭起，名實亂，是非之形不明。則雖守法之吏，誦數之儒，亦皆亂也。若有王者起，必將有循於舊名，有作於新名。……貴賤不明，同異不別，如是則志必有不喻之患，而事必有困廢之禍。故知者為之分別制名以指實，上以明貴賤，下以辨同異。貴賤明，同異別，如是則志無不喻之患，事無困廢之禍。此所為有名也。

可見荀子道正名是有所爲而發，並非由純邏輯意義討論名學，而其主旨實卽承襲孔子正名思想而來。當春秋之世，禮壞樂崩，上下相亂，一切制度蕩焉無存。孔子以爲，要寧息紛擾爭奪的局面，必須根本由正名做起。當子路問他「衞君待子而爲政，子將奚先？」便斷然的說「必也正名乎。」孔子所謂正名，只是要確定名稱和確定名與實之間的絕對關係。換句話說，就是主張維繫舊日社會的名分。他在對齊景公問政所說「君君、臣臣、父父、子子」，卽是其正名思想的具體說明。在這一思想領域裏，凡有利於確定名稱與確定名

義的學說始可以相容，而凡可能有碍於確定名稱與確定名義的學說必無自產生。所以如前文所說，孔子儘管不同意宰我說栗社之言「使民戰栗」，自己却要說「政者正也」。因爲只有如此，乃可以確定"政"的意義：亦只有如此，始可以要求爲政者的正確態度。荀子正名篇主旨既與孔子相同，他有什麽理由要提出「名無固宜」的學說，從根本上否定名稱的當然地位，就好像信奉宗教的人竟然研究起上帝的存在問題，豈不正是授亂臣賊子以口實，何正名之有？即此已足見正名篇中此種論調，必非自荀子儒學的立場而來，可能當時盛行此不容否定的語言理論，他既大談名學，便不容不依樣葫蘆而已。

事實上，名稱出於約定，前人確曾有過意義完全相同的說法，只是談中國語言學史的人未嘗措意。莊子齊物論說：

> 以指喻指之非指，不若以非指喻指之非指也。以馬喻馬之非馬，不若以非馬喻馬之非馬也。天地一指也，萬物一馬也。可乎可，不可乎不可。道行之而成，物謂之而然。惡乎然？然於然。惡乎不然？不然於不然。物固有所然，物固有所可。無物不然，無物不可。故為是舉莛與楹、厲與西施，恢恑憰怪，道通為一。

此文在說明齊物觀念，主旨與此無關。但其中「物謂之而然」一語與「道行之而成」相儷而出，意思顯然是說：道路並非本來所有，走在那裏便在那裏；物名不是本來如此，叫它什麽

便是什麼。語譯之卽爲：路是走出來的，物名是叫出來的。後者正是極其明顯的「名無固宜」的另一說法。不僅如此，上文「以指喻指之非指，不若以非指喻指之非指」，意義亦復相同。指的意思是物名，卽荀子正名篇「制名以指實」的指。不過荀子的指爲動詞，義爲指稱；莊子的指爲名詞，義遂爲物之名❶」習慣於中國語文的人，都知道這是「指」與「所指」的不同，而「所指」往往亦只說一「指」字。將兩句話直譯出來便是：以某物說明某物之並非某物，不如以某物以外之物說明某物之並非某物。因爲他物初亦可以得此名稱。所以下文卽具體的說：「以馬喻馬之非馬，不若以非馬喻馬之非馬也。」意謂要說明馬之不必爲馬，與其就馬本身了解，不如由他物以了解，因爲馬名初不必繫之於馬，一切馬以外之物亦可以繫之馬名。所以下文接着又說：「天地一指也，萬物一馬也。」可見莊子此文主旨雖與「名無固宜」的語言理論無關；說這些話的用意，則正是要藉對立名稱之可以齊一，以說明一切對立的事物或觀念等皆可以齊一，從特例以說明一般。而文中「可乎可，不可乎不可」及「惡乎然？然於然。惡乎不然？不然於不然」等語，雖是齊物論的一般說法，名稱上的對立特例，亦正可依此了解。前者說明莊子確乎已有「名無固宜」的語言觀，後者更說明此一語言觀原不過爲齊物論之一端。唯其爲齊物論之一端，莊子自無須特別就此點大發議論，後人亦遂不易於此點予以特別注意。於是提到語言出於約定的說法，便只知有荀，而不知有莊。儒

❶ 知北遊篇云：「周、徧、咸三者，異名同實，其指一也。」此指字卽與荀子所用相同。

家的荀子，其學說本來曾多方受道家的莊子所影響，大者如以天爲自然，以命爲節遇；小者如天論篇言至人、大知、大巧，正論篇舉坎井之鼃不可與語東海之樂，在在可見荀子於莊子有獨好。以此關係言之，不必說莊子的「物謂之而然」，可以易改之爲荀子的「名無固宜」；卽莊子的齊物一般說法，亦足以發而爲荀子的語言約定論。然而，名無固宜的學說既與正名思想扞格不入，若非莊子曾經明言「物謂之而然」，荀子必不欲於其齊物的一般說法，創立「名無固宜」的語言學理論，這是很容易想見的。

由於學術漸興，學者間於事物引起了廣泛的興趣。人類切身使用的語言，其本質如何，亦遂受到了注意。春秋以後出現的聲訓，代表了一方面的看法，莊子的「物謂之而然」又代表了另一方面的看法。這兩種不同的看法，並非獨立的偶發議論，而是在一個風氣下對同一課題尋求出的不同答案。此外，今傳公孫龍子一書的指物篇，以指與物連舉，指卽前引荀子正名及莊子齊物論之指，而該篇開宗明義所說的「物莫非指而指非指」，亦卽代表名家公孫龍對此問題提供的見解。俞樾在俞樓雜纂卷二十二解釋此語說：

> 愚按指謂指目之也。見牛而指目之曰牛，見馬而指目之曰馬，此所謂物莫非指。然牛馬者人為之名耳，吾安知牛之非馬馬之非牛與？故指非指也。

俞氏又釋篇中「天下無指，物無可以謂物」說：

此承物莫非指而言。無牛之名，則無牛矣；無馬之名，則無馬矣，何也？無以謂之也。故曰天下無指，物無可以謂物。

依照俞氏所解，指物篇所言豈不正是同於莊子「物謂之而然」的說法。莊子云以指喻“指之非指”，公孫龍子亦云“指非指”，兩者指字意義應同，俞說顯然是可取的。不過指物篇到底說的是甚麼，學者間有不同的見解，雖然沒有予以檢討的必要，到底不能因爲一兩句話講通了便以爲是，至少得將全文講得通順，才有可能爲是。俞氏既沒有將全文通解一過，而此下所釋諸條，隨意改字，所說既不能與原文字面相對應，又多不知其主旨所在，都可見俞氏並沒有通讀全文。因此不能不耗費必要的筆墨，將全文交待清楚，以免有斷章取義之譏。先將俞氏其餘釋文抄錄於下，以利讀者覆案。

「非指者天下而物可謂指乎」　俞云：此承指非指而言，天下而物當作天下無物，字之誤也。言我所謂非指者，天下之初，有牛而無牛之名，則是無牛也；有馬而無馬之名，則是無馬也。俄而指之曰此牛也，俄而指之曰此馬也。天下本無此物，而我强為之名，是强物以從我之指也。其可謂乎，其不可謂乎。

「天下無指而物不可謂指者非有非指也」　俞云：有非卽有是，使有指之而非者，卽有指之而是者也。今天下之物，任人之指而不辭，牛則牛矣，馬則馬矣，是非有

非指也。非有非指，安有是指。（案此上兩條直是解莊子。）

「不為指而謂之指是兼不為指」　俞云：兼乃無字之誤。天下之物，本不為指，而人謂之指，是無不為指矣。下文云：「以有不為指，之無不為指，未可。」有不為指即承此不為指而言，無不為指即承此無不為指而言。謂以有不為指之物，變而之於無不為指，是不可言也。無與兼相似而誤。上文云：「指也者，天下之所無也。」下文云：「且指者，天下之所兼。」兼亦無字之誤。

「指非非指也指與物非指也」　俞云：指非非指者，名有定物也，牛則牛馬則馬也。指與物非指者，物無定名也，安知牛非馬馬非牛也。

以下，我將全文淺近譯出。必要時加少數字以足原意；或予以簡單說明，使原意更易顯露。前者用〔　〕號表示，可與譯文連讀。後者用（　）號表示。

原文	淺譯
物莫非指，而指非指。	物名莫非由指定，而所指者（名）非所指者（物）。

天下無指，物無可以謂物。	天下無指定之名稱，物無可以稱舉。
非指者，天下而物可謂指乎？	若非由指定，天下果有（而字用意如此）物可稱之某名乎？
指也者，天下之所無也。物也者，天下之所有也。以天下之所有，爲天下之所無，未可。	名本天下之所無，物則天下之所有。以天下之本有，為卽天下之本無，未可。
天下無指，而物不可謂指也。	天下無指定之名，卽物不可謂之某名。
不可謂指者，非指也。	所謂物不可謂之某名者，非所指定者也。
非指者，物莫非指也。	所謂非所指定者，物名莫非由指定。（此句承上文天下無指而物不可謂指而來，意謂未經約定俗成，雖指稱之無效。）

天下無指，而物不可謂指者，非有非指也。

天下無指定之名，則物不可謂之某名者，（物名）未有非指定者也。

非有非指者，物莫非指也。

所謂（物名）未有非指定者，即物名莫非由指定也。

物莫非指者，而指非指也。

所謂物名莫非由指定，即所指者（名）非所指者（物）。

（以上一節。開宗明義點出「物莫非指而指非指」，為一篇主題，展轉又以「物莫非指者而指非指也」作結。「天下無指」句天下二字有荀子書「俗成」之意。）

天下無指者，生於物之各有名，不爲指也。

天下無事乎指定物名者，在於物皆有約定之名，故不為（物）指定名稱也。

不爲指而謂之指，是兼，不爲指。

不為（物）指定名稱而即謂之某名，是因天下已共其約名，不為指定名稱。

以有不爲指，之無不爲指，未可。	若因為有"不為指"（之階段），即轉以看待"無不為指"（之階段）（即以爲根本無『無不爲指』之階段），未可。
且指者，天下之所兼。	且所謂指定名稱者，必取天下之所共。
天下無指者，物不可謂無指也。	故天下雖有無指（之階段），物不可謂之無指。（天下無指者，生於物之各有名，不爲指也，此承上文作結。）
不可謂無指者，非有非指也。	所謂物不可謂之無指者，（物名）未有非由指定者也。
非有非指者，物莫非指。	所謂（物名）未有非由指定者，即物名莫非由指定。

（此又一節。言天下雖有不為物指定名稱之階段，仍不得謂物名非由於指定。此節「天下無指」句與上節異義。）

指，非非指也。指與物，非指也。

一切物名出於指定，非不由指定。如名稱與事物本為一事（與字爲動詞，爲相伴相結合之意），乃為非指也。（然而此絕無之事，指本不與於物也。）

（此句總結上文，又啓下文。）

使天下無物指，誰徑謂非指？

倘使天下無加諸物之名稱，誰會說物名非指定者？（意謂物若無指定之名，即物無名，根本便不會發生物名不由指定的說法。）

天下無物，誰徑謂指？

倘使天下無物，誰又會說物名為出於指定者？（意謂如天下根本無物，則名稱無所

	加，根本也便不會發生名由約定的說法。）
天下有指，無物指，誰徑謂非指？徑謂無物非指？	雖天下有名稱（此謂聲音，參見下條），而無加諸物的名稱，誰會說物名非由指定？又誰會說沒有物名不由指定？（「此」謂天下有指、有物且有物指，於是乃發生物名不由指定的說法，也才會發生物名由於指定的說法。荀子正名篇云：「名無固實，約之以命實，約定俗成謂之實名。」”實名“即此文之”物指“。荀子實名之觀念，蓋即由此而來。）
且夫指固自爲非（？）指，奚待於物而乃與爲指？（案此一句型，前後兩謂語應相同，不然便無意義。故此句或當言：「且夫指固自爲非指，奚待於物而乃與爲非	何況名稱本身就是名稱（意謂指稱物之音本自存在，且任何一音可取以爲任何一物之名），何待於加諸物而後乃許為名稱乎？

指？」或則言：「且夫指固自為指，奚待於物而乃與為指？」今以為非字誤衍，或後人因前文屢云「指非指」而妄增。）

（此節先從問題之如何發生，說明物莫非指之主題。末句更進一層，言名稱之為絕對獨立，初不與於物，亦所以發明物莫非指之意。）

以上已將指物篇全文譯釋一過。我絕不敢說這便是公孫龍的原意。譯文與原文字面對應而文意曉暢；詞語意義雖或轉移不定，都合於我國語文的使用習慣；削去一個"非"字，理由也極充分。再說其他學者的解釋也頂多是將全文講通了，而改易原文之處並遠比本文為多。所以暫時我以為，指物篇亦正是戰國時探討語言本質風氣下的產物，其意與莊子「物謂之而然」相同。然而反復申論，非盡祛天下之妄說不已，是則與莊子大異其趣。

轉回來看荀子，在這種情勢下，他既大談名學，儘管語言約定論對其正名思想極為不利，亦不容他避而不提。現在我們所應注意的是，荀子在此進退維谷之際，有沒有辦法解決此一難題？睿智的荀子，他補充了「名有固善」的理論。這正是本文所要加以討論的第二點。「名有固善，徑易而不拂，謂之善名。」這幾句話似乎歷來不曾引起注意，說解荀子的

人都輕易將它放過了。楊注說：

> 徑疾平易而不違拂，謂易曉之名也。謂呼其名，遂曉其意，不待訓釋者。

只緣於後天約定的名稱，與事物並無先天關係，自無所謂易曉不易曉的分別，楊氏蓋不得要領，只好做其表面文章。前引王力中國語言學史說，名稱也有好壞之分，容易知道意義的就是好名稱，意義含糊妨碍了解的就是壞名稱，又順着楊注予以說明；更糟的是，還居然認「名無固宜」與「名有固善」爲一個語言學原理。不知名旣無所謂宜與不宜，便根本無所謂固善固不善。這原是兩個互不相容的命題；前者說明名稱與事物之間完全出於隨意的約定；後者則依循聲訓的觀點，以爲也有部分名稱是說得出道理來的。

拿現有的語言知識來說，「名無固宜」的語言約定論，適應範圍是有限制的。我們可以將語言區分爲兩大類：一爲原始語，一爲孳生語。所謂語言出於約定，沒有任何道理可講的理論，只適合於原始語。自原始語孳生的語言，不再是約定的。前者不可用聲訓之法去强求解釋，後者則正可以此法探討其孳生所自。譬如有人說：「人，仁也。」（見劉熙釋名釋形體及章炳麟國故論衡語言緣起說）雖是極端荒謬；如果反過來說：「仁，人也。」（見禮記中庸）則又絕對可信。而且卽使在原始語裏，也未必盡是無道理可講的任意約定。不分中外的狀聲說，以爲物名狀其物之聲。如牟爲牛鳴，牛與牟韻母相同（案古今音並同），聲母並

爲鼻音，只有喉脣之異，都極似牛鳴。孟子中鶂鶂狀鵝之鳴，鵝與鶂聲同疑母，古韻亦近。（案鵝在歌部，鶂在佳部，歌佳二部有所謂旁轉關係。）其餘如雞鴨之類，依其字古音讀之，也都與其鳴聲絕相似。並可見狀聲說非全無道理。所以荀子以「名有固善」與「名無固宜」相提並論，表面上彼此排斥，在不同的範疇裏却可以並存互補。我們自無法肯定荀子所謂善名是否卽指上述孳生語和部分原始語而言，但這些都正可以說是「徑易而不拂」。而且荀子曾使用聲訓之法闡釋過「君」的意義❷，這樣我們便可以知道荀子所指的至少是什麼。現在請看荀子如何解釋君字。君道篇說：

君者何也？曰能羣也。能羣者何也？善生養人者也，善班治人者也，善顯設人者也，善藩飾人者也。

王制篇說：

君者，羣也。君道當，則萬物皆得其宜，六畜皆得其長，羣生皆得其命。

在實際語言中，君便是國君之意，不作羣解。荀子一定要說「君者能羣也」或「君者羣也」，無非是循聲訓之法指出其原始命名意義所在，以要求爲人君者必須做到「能羣」的地步，不

然便不成其爲君，與孔子說「政者正也」以要求爲政者必先正己的用意完全相同。不過孔子說「政者正也」可，荀子說「君者羣也」未必可。因爲「政」必然屬於孳生語，且可以相信即由「正」而來；「君」則最可能爲一原始語，未必由「羣」語孳生，與「羣」語有何「徑易不拂」的關係。荀子這樣說，是否由於他沒有原始語與孳生語的觀念？或者分辨不清「君」究爲孳生語或原始語？這些都是無法答覆的問題。可能荀子便是如此，而「君」究爲孳生語爲原始語也確乎無從肯定。但就荀子而言，這些原都是極不重要的。據我的了解，荀子說「名無固宜」只是由於不得不言，因此一學說確乎無從否定。另一方面，他又不能忘情於聲訓之法對宣傳政治理想的妙用。於是在敍述「名無固宜」的理論之後，緊接着補充「名有固善」的學說，以挽救前者對於正名主義的不利影響。這樣，儘管他在「名無固宜」的理論下到處碰壁，却可以在「名有固善」的理論下而大有回旋馳騁的餘地。儘管「君」應該是屬於第一個語言理論範疇的名稱，仍可以納入第二個語言理論範疇，大說其「君者羣也」而振振有詞。

所以，「名有固善」的理論在荀子才是重要的。不重視「名有固善」的理論，便不能理解荀子何以既言「名無固宜」又言「君者羣也」；所謂正名主義也便失去了主要骨幹而作用

❷ 大略篇云：「易之咸，見夫婦。……咸，感也。」又云：「禮者，人之所履也。」亦用聲訓之法，以感、履二字分釋咸、禮之名。

大減。過去大家只注意到「名無固宜」的理論，以為荀子的輝煌創見，而忽略了他的「名有固善」說的積極意義。這無論對荀子的了解或學術的發展而言，都是極不合適的。

五十六年農曆十月三十日，四十歲生日後第四日，于香港薄扶林道寓廬

又記

本年一月廿八日，在中央研究院歷史語言研究所學術講論會上，曾以本文提出求教。幾位友好以為：名稱出於任意約定的說法，有時可以是有些道理可講的，即謂名有固善與名無固宜兩說並非絕對排斥。這意見是極可寶貴的。荀子原意如何，是否以名有固善為名無固宜中之部份，抑或兩者絕對獨立，則尚無由肯定。果如本文主張，荀子名無固宜之說來自莊周與公孫龍，兩家所說，則更不見有名有固善的看法。而且藉令荀子以為名有固善的命題可以涵攝於名無固宜的理論之中，他强調名有固善的原意，也無非要為聲訓之法尋求一理論上的依據，如此而已。故荀子所重仍然在此而不在彼。為了感謝友好熱切討論的盛意，謹記之於此，讀者也可以於名無固宜與名有固善兩說中得到一個可以調和的認識。

五十八年四月三十日于臺北南港中央研究院蔡元培紀念館

（本文原載民國五十八年五月國立臺灣大學文史哲學報第十八期）

荀子集解補正

勸學篇

若挈裘領，詘五指而頓之，順者不可勝數也

楊注：「挈，舉也。頓，挈也。」盧文弨曰：「頓猶頓挫，提舉高下之狀若頓首然。注挈也，疑誤。」王念孫曰：「楊訓頓為挈，於古無據。且上文已有挈字，此不得復訓挈。盧以頓為頓挫，於義尤迂。頓者，引也。言挈裘領者詘五指而引，則全裘之毛皆順之。廣雅曰：扽，引也。曹憲音頓。古無扽字，借頓為之。鹽鐵論聖詔賢篇曰：今之治民者若拙御，馬行則頓之，止則擊之。頓之，引之也。釋名曰：掣，制也，制頓之順己也。掣亦引也。鹽鐵論散不足篇曰：吏捕索掣頓，不以道理。褚少孫史記滑稽傳曰：當道掣頓人車馬。」

宇純案：盧說是也。挈，舉也。頓，挫也。挈頓二字，正爲呼應。或從王讀頓爲扽，惟其義不當爲引，當訓振動。王仁煦刊謬補缺切韻、孫愐唐韻、廣韻並云：「扽，撼扽。」讀與頓同。說文撼作揻，謂搖也。廣雅釋詁一：「撼，動也。」是

扽訓振動之證。此借頓爲扽，言持裘領而振動之，則全裘之毛皆順也。若但持而引之，不加振動，全裘之毛不必皆順，王說非是。不苟篇：「新浴者必振衣。」振亦動也。彼言振，此言頓，其義正同，是頓當訓動之證。

脩身篇

知慮漸深

郝懿行曰：「漸與潛古字通。」王氏念孫說同。

宇純案：郝王說是也。各家不釋深字，今以爲深與沈通。二字古韻同部，聲紐亦近（沈且讀審母，與深同）。知慮漸深，猶言知慮潛沈，潛沈卽洪範之沈潛。漸深二字義同平列。

卑溼重遲貪利，則抗之以高志

宇純案：自血氣剛強則柔之以調和，至愚款端愨則合之以禮樂（此句下今本有通之以思索五字，俞氏樾據韓詩外傳以為當無，其說是。）八句語句一律，七句並十字爲句，此獨多二字，疑此本作「重遲貪利，則抗之以高志。」韓詩外傳卑溼重遲貪利作卑攝貪利，卽以四字爲句，可爲其證。楊注云：「或曰：卑溼亦謂遲緩」，則

卑溼與重遲義同文複。蓋荀子一本作重遲貪利，一本作卑濕貪利，後誤合爲一，遂與上下文文句參差矣。外傳引作卑攝貪利，所據卽荀子作卑濕之本，溼攝二字音近（二字並審母三等，濕古韻在緝部，攝在葉部，緝葉二部音近）通作。

怒不過奪，喜不過予，是法勝私也

宇純案：法當作公。注云：「以公滅私，故賞罰得中。」私卽正文私字，則正文法本作公明矣。下文又曰：「無有作好，遵王之道，無有作惡，遵王之路，此言君子之能以公義勝私欲也。」公義勝私欲，正此文公勝私也。並法當作公之塙證。蓋去或作厺，與公形近，公遂誤爲厺，因爲去，後人以「去勝私」義不可通，附會以爲法字耳。

不苟篇

入乎耳，出乎口

楊注：「未詳所明之意。」

宇純案：下文曰：「是說之難持也。」此二句則文至通順，非說之難持者，當有譌

誤。疑本作入乎口，出乎耳；或作出乎耳，入乎口。蓋後人以入乎口，出乎耳義不可通，遂依勸學篇「入乎耳，出乎口」之文改之耳。不知此惠施鄧析之詭辯，本不可以常理度之。下文：「鉤有須，卵有毛。」皆此類，故曰是說之難持者也。

盜跖吟口，名聲若日月

楊注：「吟口，吟咏長在人口也。說苑作盜跖凶貪。」盧文弨曰：「見說苑說叢篇。案韓詩外傳亦作吟口，與此同。」郝懿行曰：「吟口，說苑作凶貪，此本作貪凶，轉寫形誤遂為吟口，楊氏據誤本作注，不知其不可通耳。韓詩外傳誤與此同，可知此本相傳已久，楊氏所以深信不疑。」俞樾曰：「吟蓋黔之借字，黔口即黔喙。周易說卦傳，為黔喙之屬，釋文引鄭注曰：謂虎豹之屬，貪冒之類，然則盜跖黔口，乃以虎豹擬之。正論篇所謂禽獸行，虎狼貪也。」集解曰：「後漢書梁冀傳：口吟舌言，章懷注：謂語吃不能明了。吟口當與口吟同義，盜跖吟口三句與揚雄解嘲孟軻雖連蹇猶為萬乘師，文意近似，諸說皆非。」

宇純案：本書與外傳合，則吟口二字不誤，不得反據說苑改此。且既云盜跖凶貪，則不得云名聲若日月也，郝說非。俞說誤與郝同。集解引解嘲文以爲與此文意近似。實則軻爲萬乘師，云其吟口，則有義，跖盜賊耳，謂其吟口，斯無義矣，兩文絕不相似。今以爲吟當是矜之借字，說文謂吟矜並從今聲，古文以聲爲主，故借吟

爲矜，吟口猶矜口，言誇口也。莊子胠篋篇：「跖之徒問於跖曰：盜亦有道乎？跖曰：何適而無有道邪？夫妄意室中之藏，聖也。入先，勇也。出後，義也。知可否，知也。分均，仁也。五者不備，而能成大盜者，天下未之有也。」所謂盜跖矜口，殆卽指此而言。蓋跖時以此自誇耀，其言雖近詼諧，抑亦有至理焉，故人皆傳說，以爲談助，而跖之名聲，遂若日月之煊赫也。然此類言語，究非禮義之中，爲君子所弗道，以此而得名，亦君子所不爲，故下文曰：「然而君子不貴者，非禮義之中。」又曰：「君子說不貴苟察，名不貴苟傳也。」

言辯而不辭

楊注：「辯足以明事，不至於騁辭。」郝懿行曰：「韓詩外傳二，辭作亂，其義較長，此形譌。」王念孫曰：「不辭當作不亂，楊注加騁字以釋之，其失也迂矣。」

宇純案：楊注增辭爲說，非；郝說王說亦非也。說文：「辭，訟也。」「訟，爭也。」然則辭之言爭，言君子言雖辯而不故爭也。下文：「君子……辯而不爭。」文義正與此同。榮辱篇亦曰：「辯而不說者，爭也。」謂善辯而不見悅於人者，以其好爭也。故君子言辯而不爭。無異此文注腳，並可證辭字不誤。韓詩外傳作言辯而不亂，既云辯矣，言自不亂。言辯而不亂，句實不辭，蓋亦不達辭字之意而妄改之。郝氏王氏乃欲據彼以改此，何邪？

以義應變，知當曲直故也

宇純案：義猶言類，謂統類也。荀書每以類法相對。下文：「知則明通而類，愚則端愨而法。」王制大略二篇又云：「有法者以法行，無法者以類舉。」皆其例。類爲法之統類也（王氏念孫有說）。又或以義與法對言。修身篇：「有法而無志其義（志，識也），則渠渠然。」是其例。言但守成法，而不識統類，遇法之無文者，而不能以類似之成法而舉之，則渠渠然也。其下文又曰：「依乎法而又深其類，然後溫溫然。」正兩文相對。義與類互文，是義有統類義之明證。此文以義應變者，猶言以類應變，言識其統類以應無窮也。下文：「詩曰，左之左之，君子宜之。右之右之，君子有之。此言君子能以義屈信變應故也。」亦同此。

唯利所在，無所不傾

楊注：「利之所在，皆傾意求之。」俞樾曰：「文選孫子荊詩：傾城遠追送。李善注：傾猶盡也。無所不傾，卽無所不盡，楊注非。」

宇純案：傾城遠追送，傾借爲罄也，故有盡義。楊注謂傾意求之，蓋亦以傾謂盡。惟以盡訓傾，亦非善詁。說文：「傾，仄也。」是傾有偏向之義。後漢書袁紹傳：「傾心折節。」傾心猶言心嚮往之也。陸機文：「衆聽所傾。」義亦同。今人言傾向，亦並仄義引申。此言惟利所在，無不嚮往之也。

榮辱篇

我欲屬之狂惑疾病邪，則不可，聖王又誅之

宇純案：注云：「屬，託也。」說至迂曲難通。說文：「屬，連也。」引申有合同之義。屬之猶言「以之屬於」，即以之合於也。下文：「我欲屬之鳥鼠禽獸邪。」義亦同此。

耳辨音聲清濁

宇純案：清濁義相反，音聲義亦當有別，故曰辨也。禮記樂記：「感於物而動，故形於聲，聲相應，故生變，變成方謂之音。」又曰：「情動於中，故形於聲，聲成文謂之音。」又曰：「知聲而不知音者，禽獸是也（又並見史記樂書）。」是音聲義別之證。說文：「音，聲也。」又曰：「聲，音也。」二字互訓。荀子二字取義當同樂記。

非相篇

鄉則不若，偝則謾之

楊注：「若，如也。」集解云：「若，順也。向則不順，背又謾之，此若字不得訓為如，楊注非。」

宇純案：則無又義，集解偝則謾之曰背又謾之，明其說亦非也。若當讀爲諾。說文：「諾，譍也。」爾雅釋言：「若，順也。」古書中若多訓順。說文：「若，擇菜也。」若有順義，皆諾字譍義之引申，借作諾耳。此亦借若爲諾。諾者，應辭也。禮記玉藻：「父命呼，唯而不諾。」注：「應辭：唯，速而恭；諾，緩而謾。」唯卽不諾也。故孟子公孫丑篇言「禮曰，父召無諾」。此言不若，猶孟子言無諾也（無猶不，說詳釋詞）。鄉則不若，偝則謾之，猶言鄉則唯，背則謾也。不若與謾，義正相對。鄉則不若，亟言其當面時之恭敬也。

文久而息，節族久而絕

楊注云：「文，禮文。節，制度也。言禮文久則制度滅息，節奏久則廢也。」

宇純案：注文曰：「文，禮文；節，制度也。」又曰：「言禮文久則制度滅息。」則「節，制度也」之節，必非下文「節族」之節字，然則正文「文久而息」，當作「文久而節滅」（王念孫曰：息當作滅）。息上若無節字，注不得云「禮文久則制度滅息」也。盧文弨曰：「注節奏，宋本作宗族。楊以節奏訓族字，與以制度訓節

字無涉，今從元刻。」盧意蓋讀文久而息節句，族久而絕句，則息上無脫字。然一族字不得謂之節奏，必節族而後可以謂之節奏也。郝懿行曰：「族者，聚也，凑也，凑與奏古今字……節族卽節奏。」其說是。然則節奏必以訓節族二字也，盧說非。且本書多以節奏連文。王制篇：「案平正敎，審節奏，砥礪百姓。」又富國篇：「其禮義節奏也，芒軔僈楛，是辱國已。」又：「其禮義節奏也，陵謹盡察。」又：「然後節奏齊於朝。」又致士篇：「凡節奏欲陵，而生民欲寬，節奏陵而文，生民寬而安。」又彊國篇：「彼國者亦有砥礪，禮義節奏是也。」是其例。禮義節奏對言，節奏，猶法度也，則不得讀文久而息節爲句已明，而息上當更有節字也。今本息上奪節字者，蓋後人以息上節字與息下節字誤疊而删之耳。下文「文久而滅，節族久而絕」，滅上亦當有節字。又盧云：「注節奏，宋本作宗族。」疑注文節奏本作節族，後人不達節族之義，因改節爲宗。如本作節奏，無由誤爲宗族也。

故君子之於言也，志好之，行安之、樂言之、故君子必辯

王引之曰：「故君子之於言，言當為善，善字本作善，脫其半而為言，又涉上下文言字而誤也。志好之，行安之，樂言之，三之字並指善而言。下文云：凡人莫不好言其所善，而君子為甚。此句凡兩見，是其明證矣。下文又云：故君子之行仁也無厭，志好之，行安之，樂言之，故君子必辯。仁卽所謂善也，今本善作言，則下文

三之字皆義不可通。」

宇純案：上文曰：「凡言不合先王、不順禮義謂之姦言，雖辯，君子不聽。法先王，順禮義，黨學者，然而不好言，不樂言，則必非誠士也。」故接云「故君子之於言也，志好之，行安之，樂言之，故君子必辯。」辯即承「君子之於言」之言字；而上文「不好言，不樂言」，二言字又爲此言字之所承。又下文曰：「故君子之於言無厭，」亦承此文。無厭，即此「志好之，行安之，樂言之」之意，三之字即指代言字。則此言字不誤明甚矣。如王氏之說，下文「故君子之於言無厭」，言亦當作善乎？然其下文曰：「鄙夫反是，好其實而不恤其文。」文謂言之文也。（左僖二十四年傳：「言者，身之文也。」又左襄二十五年傳：「言以足志，文以足言，不言誰知其志，言之無文，行而不遠。」）鄙夫好其實而不恤其文，與君子之於言無厭，義正相對。然則下文言字必無誤也。下文言字無誤，此文言字亦必無誤。王氏謂下文「凡人莫不好言其所善，而君子爲甚」，爲此文言當作善之明證。不知下文善爲動詞（楊訓善爲尚），此言字作善，則爲名詞，就其詞性，便足以見其誤。王氏又謂「下文君子之行仁也無厭……仁即所謂善也。」仁即所謂善之說，亦至牽強，彼仁自言仁，此言自言言，不得據彼強改此也。

故君子之行仁也無厭，志好之，行安之，樂言之

宇純案：君子之行仁也，行當爲於。下文「行安之」，始言行仁也。若此卽云行仁，下文志好之，樂言之二語，則義不可通，而「行安之」與此又文義重複矣。上文「君子之於言無厭」，又曰「君子之於言也，志好之，行安之，樂言之」，並與此句同一例，可爲其證。

非十二子篇

以梟亂天下

楊注云：「梟與澆同。」

宇純案：說文曰：「澆，沃也，」一切經音義三引說文：「一曰灌瀆也。」灌瀆卽沃義。淮南齊俗篇：「澆天下之淳。」注：薄也。沃也，薄也，並與亂義文義不類。今以爲梟亂與殽亂、撓亂，並一語之轉也。說文：「殽，相錯雜也。」廣雅釋詁三：「殽，亂也。」又說文：「撓，擾也。」廣雅釋詁三：「撓，亂也。」殽亂、撓亂並二字義同平列。古書中多以殽亂、撓亂二字並稱。莊子齊物論：「樊然殽亂。」楚辭九歎怨思：「世殽亂猶未察。」漢書藝文志：「諸子之言，紛然殽亂。」又賈誼傳：「天下殽亂。」左氏成公十三年傳：「撓亂我同盟。」國語吳語：「撓亂百度。」漢書息夫躬傳：「恐必撓亂國家。」並其例。殽，字又作淆，故殽亂亦作

淆亂。淮南泰族篇：「此使君子小人紛然淆亂。」法言吾子：「衆言淆亂。」後漢書光武紀上：「今上無天子，海內淆亂。」殽、撓、梟古韻並屬宵部，聲母亦皆見系。古文以聲爲主，故借梟爲之。梟借爲殽或爲撓，猶之殽亂又作肴亂以肴爲之也。淮南原道篇：「萬物之至，騰踴肴亂。」後漢書劉盆子傳：「立且一年，肴亂日甚。」是肴借爲殽之例。

多少無法而流湎，然雖辯小人也

楊注：「湎，沈也。流者不復返，沈者不復出。」王先謙曰：「流湎，猶沈湎，說見勸學篇。」

宇純案：勸學篇曰：「雖未明，法士也。」又曰：「雖察辯，散儒也。」兩句與此文相較，明此句然字不當與雖字連讀，當讀多少無法而流句，湎然雖辯句，小人也句。惟湎字義不可通。大略篇作：「多言無法而流，喆然雖辯，小人也。」自來亦讀喆下爲句。楊注且云：「喆當作湎。非十二子篇有此語，此當同。或曰當爲桰。」其說大誤。湎當作喆，喆卽哲字，喆然形容辯字，謂言無論多少，若不合於法而游移不定，翻空易奇，則雖哲然善辯，亦小人而已。哲讀詩哲婦傾城之哲。喆作湎，則義不可通。本篇喆誤爲湎者，蓋後人不知喆字當與然字連讀，以爲流喆義不可通，又以荀書多以流湎連文，遂改喆爲湎字。又盧文弨曰：「此數語又見大略篇，

彼作多言無法，此少字似訛。」案上文曰：「多言而類，聖人也，少言而法，君子也。」多少正分承上文多少二字，多少無法，猶言無論或多或少而無法也，非此文少字譌誤，大略篇言字當作少耳，盧說非。

古之所謂處士者，德盛者也，能靜者也

楊注：「處士，不仕者也。易曰：或出或處。能靜，謂安時處順也。」

宇純案：楊以能爲能可之能，以靜爲動靜之靜。下文曰：「今之所謂處士者，無能而云能者也。」與此文相對。彼能謂才能，此能字亦當爲才能之義。靜當讀爲竫，廣雅釋詁一：「竫，善也。」古書中多以靜爲之。詩既醉：「籩豆靜嘉。」靜嘉平列，靜亦嘉也。女曰雞鳴：「莫不靜好。」靜好平列，靜亦好也。柏舟：「靜女其姝。」靜女謂美女。書堯典：「靜言庸違。」靜言謂嘉言。凡此，皆一善義之引申，並其證。此言能靜，謂才能嘉好也。能靜也與上文德盛也文句一律，楊注非是。

仲尼篇

主安近之，則愼比而不邪

宇純案：上文云：「主尊貴之，則恭敬而僔。主信愛之，則謹愼而嗛。主專任之，

則拘守而詳。」下文云：「主疏遠之，則全一而不倍。主損絀之，則恐懼而不怨。」語句與此同例，尊貴、信愛、專任、疏遠、損絀，並二字平列，其義或同或近，此則安近二字，文義不類，當有譌誤。以此句與「主疏遠之，則全一而不倍」句相較，疑安當作尒。說文：「邇，近也。」本書多以尒爲之。禮論篇：「尒則翫。」哀公篇：「不可以身尒也。」注並云：「尒與邇同。」是其證。行書安、尒二字形近，故尒誤爲安。安字楊無注，或其時字猶不誤，爾與近連用，其義至顯，不煩加注耳。

儒效篇

彼大儒者……其通也……衆人媿之

楊注云：「衆人初皆非其所為，成功之後，故自媿也，媿或為貴。」

宇純案：大儒與衆人之相去，不知其幾千里也。大儒之通，彼衆人安得云媿。媿或作貴，是也。貴媿古同音（並微部見母字），媿爲貴之聲誤，楊據誤本作訓，故牽強不可通矣。

倚物怪變

楊注：「倚，奇也。韓詩外傳作奇。」

宇純案：物當作爲，字之誤也。詩采苓：「人之爲言。」爲借作譌。此亦同。方言三：「譌，化也。」譌或作訛。爾雅釋言：「訛，化也。」倚爲怪變，卽奇化怪變，奇化與怪變相對成文也。墨子非攻下篇：「焉磨爲山川，別物上下。」物亦爲字之誤，兩者可互爲印證（爲誤爲物。詳見拙著墨子閒詁補正）。

是非天性也，積靡使然也

楊注：「靡，順也，順其積習，故能然。」

宇純案：如注所說，則積靡使然，當作靡積使然矣，下文「大積靡則爲君子」，注亦云：「大積靡，謂以順積習爲也。」如其說，積靡亦當作靡積，楊說非也。榮辱篇曰：「靡之儇之。」王引之曰：「靡之儇之，卽賈子所云服習積貫也。儒效篇曰：居楚而楚，居越而越，居夏而夏，是非天性也，積靡使然也，故人知謹注錯，愼習俗，大積靡則爲君子矣。性惡篇曰：身日進於仁義而不自知者，靡使然也。方言：還，積也。還與儇聲近而義同，是靡之儇之皆積貫之意也。」王說是也。管子七法篇：「漸也、順也、靡也、久也、服也、習也，謂之化。」是靡爲習化義之明證，積靡二字義同平列，猶言積習也。又性惡篇：「靡而已矣。」靡卽習化之義。

王制篇

脩採清

楊注：「脩其採清之事，採謂採去其穢，清謂使之清潔，皆謂除道路穢惡也，周禮蜡氏掌除骴，凡國之大祭祀令州里除不蠲也。」俞樾曰：「採乃埰字之誤，方言曰：塚、秦晉之間謂之埰是也。清者，說文广部：廁，清也。急就篇：屏廁清溷糞土壤。字亦作圊，玉篇囗部：圊，圊圂也。蓋墟墓之間，清溷之處，皆穢惡所積聚，故必以時修治之也，楊注非。」

宇純案：採廁古韻同在之部，採為清母，廁為穿母二等，穿二與清古不分，採清即廁清也。荀書言脩採清，急就篇云屏廁清，即採通廁之證，不煩謂採為埰之誤也。說文採清為雙聲連語，雙聲疊韻之辭，義存乎聲，不可分訓，初亦不必求其本字。說文「廁，清也」，清本義為澂水之貌，此以為廁圊之圊。然則本文以採為廁，猶說文以清為圊也。俞說亦非。

殷之日，案以中立，無有所偏，而為縱横之事，偃然案兵不動，以觀夫暴國之相卒也

宇純案：下文：「權者重之，兵者勁之，名聲者美之。」集解曰：「兵勁名聲美，

皆承上言之，權者重之一語，上無所承，疑有奪文。」其說是也。此文自案以中立無有所偏以下，至以觀夫暴國之相卒也，與下文「案平政教，審節奏，砥礪百姓」，及「案然（俞樾謂然為衍文，其說是）修仁義，伉隆高，正法則，選賢良，養百姓」，三句平列，下兩句分別承以「爲是之日，而兵剸天下之勁矣。」與「爲是之日，而名聲剸天下之美矣」二句，則此「觀夫暴國之相卒也」下，亦當有「爲是之日，而權剸天下之重矣」一句，故下云「權者重之」。今本此句誤奪，下文權者重之之語，便無所承矣。

權者重之，兵者勁之，名聲者美之

宇純案：三者字並猶則也，此義經傳釋詞及經詞衍釋均未載。

其民之親我也，歡若父母；好我，芳若芝蘭

宇純案：議兵篇作「其民之親我，歡若父母；其好我，芬若椒蘭。」此或好我下脫一也字，或親我下也字誤衍。

富國篇

田肥以易

楊注：「易謂耕墾平易。」

宇純案：易當訓治。詩甫田：「禾易長畝。」傳：「易，治也。」孟子盡心篇上：「易其田疇。」易亦治也。文選潘安仁射雉賦：「農不易壠。」注：「易，脩也。」脩亦治也。呂覽辨土：「農夫知其田之易也。」注：「易，治也。」並易訓治之證。田肥以易者，以猶而（義見經傳釋詞），言田肥而治也。下文曰：「田瘠以穢。」與此文正相對。

故爲之雕琢刻鏤黼黻文章以藩飾之

楊注：「有德者宜藩衛文飾也。」

宇純案：說文曰：「藩，屏也。」注以本義訓之，不辭之甚。藩當讀爲蕃，說文曰：「蕃，茂艸也。」引申有繁茂之義。藩，蕃二字古通，左定四年傳：「選建明德，以藩屏周。」阮氏校勘記曰：「石經、宋本藩作蕃。」是其證。此以藩借爲蕃。藩飾又或作繁飾。墨子非命中篇：「繁飾有命，以教衆愚樸人久矣。」又非儒下篇：「繁飾邪術，以營世君。」楚辭離騷：「佩繽紛其繁飾兮，芳菲菲兮其彌章。」繁飾猶此言藩飾，以見楊注誤說。

直將巧繁拜請而畏事之

王引之曰：「繁讀為敏，巧敏謂便佞也。臣道篇云：巧敏佞說，善取寵乎上。是也。韓詩外傳作特以巧敏拜請畏事之，是其明證。」

宇純案：禮論篇：「皆有翣菨文章之等以敬飾之。」敬爲敏之誤。敏讀爲繁，與此文以繁讀爲敏，可相互印證。

王霸篇

彊固榮辱，在於取相矣

宇純案：固當作弱，彊與弱，榮與辱相對。君道篇：「爲人主者，莫不欲彊而惡弱，欲榮而惡辱。」以彊與弱、榮與辱相對，是其證。此言取相當，則彊則榮，取相不當，則弱則辱，若作彊固，則不辭矣。彊弱之作彊固者，蓋彊固一辭亦本書習用語，因遂誤耳。下文：「加治辯彊固之道。」君道篇：「彊固安樂。」是荀書習用彊固一語之例。

禮之所以正國也，譬之猶衡之於輕重也，猶繩墨之於曲直也，猶規矩之於方圓也

宇純案：衡上疑當有權字，而今本奪之。「猶權衡之於輕重也」，與下文「猶繩墨

之於曲直也，猶規矩之於方圓也」，文句一律。權衡二字古書多連用，其例不勝枚舉。大略篇云：「禮之於正國家也，如權衡之於輕重也，如繩墨之於曲直也。」正作權衡之與輕重，而與繩墨之於曲直文句一例，是此文衡上當有權字之明證。

出若入若，天下莫不平均，莫不治辨（文兩見）

楊注：「若，如此也。出若入若，謂內外皆如此也，謂如論德使能官施之事。或曰：若，順也。」

宇純案：楊說迂曲難通。若蓋只是句語尾詞。書洪範：「曰肅，時雨若。曰入，時暘若。曰哲，時燠若。曰謀，時寒若，曰聖，時風若。曰狂，恆雨若。曰僭，恆暘若。曰豫，恆燠若。曰急，恆寒若。曰蒙，恆風若。」易豐六二：「有孚發若。」又節六三：「不節若，則嗟若。」若竝爲語詞。出若入若，即猶言出入也。漢書薛宣傳：「君爲丞相，出入六年。」李尋傳：「即位，出入三年，災變數降。」孔光傳：「君前爲御史大夫，翼輔先帝，出入八年，卒無忠言嘉謀；今相朕，出入三年，憂國之風，復無聞焉。」王商傳：「今樂昌侯商爲丞相，出入五年。」傅喜傳：「君輔政，出入三年。」谷永傳：「臣永幸得給事中，出入三年。」元后傳：「輔政出入七年。」出入，皆言出入於政位也。此上文曰：「傳曰：農分田而耕，賈分貨而販，百工分事而勸，士大夫分職而聽，建國諸侯之君，分土而守，三公總方而議，

則天子共己而已。」則出若入若，天下莫不平均，莫不治辨者，言仕農工商皆各出入其本位，而天下莫不平治也（案：均亦平也，辨亦治也）。楊注非是。

君道篇

齫然而齒墮矣

盧文弨曰：「齫當作齫，與齳同，韓詩外傳作齳。」郝懿行曰：「齫當依韓詩外傳四作齳。說文：齳，無齒也，蓋篆文齳與齫形近而譌耳。」

宇純案：廣韻吻韻齫齳同，盧謂齫當作齫者，蓋卽本於廣韻。郝曰當作齳，則本說文。軍聲、困聲、困聲之字，古韻並屬文部。軍為見母，困困並溪母，三字聲母亦或同或近。凡諧聲之字，以聲為主，形體不拘，齳字可从軍聲，亦可从困聲、困聲。說文：「䫒，無髮也。」玉篇字作顐，或又從困作䫒，卽其例。二氏之說，雖皆各有據，惟說文收集之字，非經傳中所有之字悉載，然則依說文字從軍聲，便謂荀子字不當作齫，亦泥矣。盧據廣韻為說，誤同。且廣韻混韻齫，集韻作齫，篇海同，然則齫非誤字明矣。

議兵篇

案角鹿埵龍種東籠而退耳

楊注：「其義未詳，蓋皆摧敗披靡之貌。」劉台拱曰：「角涉上文誤衍，案語詞。」郝懿行曰：「此等皆古方俗之言，不必強解。」

宇純案：劉郝說是也。惟東籠兩字疑當作籠東。蓋鹿、龍、籠三字，並讀來母；埵、東讀端母，種爲照母三等，照三古與知母近，知端古不分，鹿埵、龍種、東籠三詞，蓋並一語之轉。鹿埵、龍種、並來母在前，端母在後，東籠亦當如是也。凡此類古語，皆義存乎聲，字形雖可不拘，二字次第則不可亂，爾雅之毗劉暴樂，不曰毗劉樂暴，亦不曰劉毗暴樂者，必並母在前，來母在後也。宋玉風賦之被麗披離，司馬相如子虛賦之罷池陂陁，上林賦之偪側泌瀄，皆此類也。其次第之井然不亂，並足證此東籠之當作籠東也。

械用兵革攻完便利者强

楊注：「攻當讀為功。功，精好加功者也。器械牢固便利於用則強也。」盧文弨曰：「攻與工功古多通用。攻，治也。卽依本字不改亦可。」

宇純案：攻當訓堅。廣雅釋詁一：「攻，鞏也。」詩車攻：「我車既攻。」傳：「攻，堅也。」是其證。王制篇：「尚完利。」注云：「完，堅也。」此文注云「器械牢固」，亦以堅訓完也。是攻完二字義同平列。攻完與下文械用兵革窳楛之窳楛文正相

對。盧訓攻爲治，非是。又王制篇：「辨功苦。」功攻字通，功亦堅也。國語齊語：「辨其功苦。」注：「功，牢也。」管子七法：「器械不功。」注：「謂堅利。」漢書董賢傳：「賢第新成功堅。」功堅平列，功亦堅也，並其證。王制篇注云：「功謂精好，苦謂濫惡。」又引韋昭國語注曰：「功堅苦脆。」可證楊卽以功爲堅。唯不知攻亦有堅義，乃必謂攻當讀爲功，斯不然矣。

制號政令

宇純案：號與令義同，此並爲名詞。政當訓正。彊國篇：「隆在脩政。」王念孫曰：「脩政卽脩正，」是其例。制政二字義亦同，並爲動詞；制號與政令，文同一例。

兼并易能，唯堅凝之難焉

楊注：「凝，定也。」

宇純案：楊說非，凝亦堅也。考工記：「凝土以爲器。」注：「凝，堅也。」是其例。堅凝二字義同，猶上句兼并二字平列。此言兼之爲易，固之是難也。楊注云「堅固定有地爲難」，說至迂曲。下文：「齊能并宋，而不能凝也，故魏奪之。」兼并省言兼，堅凝省言凝；言齊能并宋而不能固之，故魏奪之，是凝訓堅之明證。

彊國篇

堂上不糞，則郊草不瞻曠芸

楊注：「曠，空也。空謂無草也，芸謂有草可芸鋤也。堂上猶未糞除，則不暇瞻視郊野之草有無也。言近者未理，不暇及遠。魯連子謂田巴曰：堂上不糞者，郊草不芸也。」王念孫曰：「此言事當先其所急，後其所緩，故堂上不糞除，則不暇芸野草也。芸上不當有瞻曠二字，不知何處脫文，闌入此句中也。據楊注引魯連子堂上不糞者，郊草不芸也。無瞻曠二字，即其證。楊注又曰：堂上猶未糞除，則不暇瞻視郊野之草有無也。此則不得其解而曲為之說。」

宇純案：郊草不瞻曠芸，義不可通。王云瞻曠二字不當有，而無以知其所由來，說亦未足憑信。疑此文本作堂上不糞，則郊草曠芸。左昭十年傳：「棄德曠宗。」棄曠對文，曠，廢也。國策趙策：「曠日持久數歲。」曠日，廢缺時日也。禮記王制：「無曠土。」曠土猶云廢土。呂氏春秋無義：「則無曠事矣。」注：「曠，廢也。」此曠字亦廢缺之義，廢芸猶言不芸耳。楊注引魯連子「堂上不糞者，郊草不芸也」，兩句以糞芸爲韻，蓋古諺語。或言郊草曠芸，或言郊草不芸，其實一也。後人不達曠字之義，據郊草不芸句，於郊草曠芸句加不字，曠上又衍瞻字，遂不可讀矣。曠

上衍瞻字者，曠瞻形近，瞻卽曠之誤而重者耳。

正論篇

其至意至闇

楊注：「至意當為志意。」集解云：「荀書至志通借，說見儒效篇。」宇純案：儒效篇行法至堅下集解云：「荀書至志通借。正論篇：其至意至闇也。楊注：至當爲志，是其證。」今案：「至志古聲母同紐。韻部則至在脂部，志在之部，脂之兩部相差甚遠，二字應不得通借。本篇注云至意當爲志意者，謂至字義不可通，當作志，非謂至借作志也。儒效篇「行法至堅」，韓詩外傳作「行法而志堅」，正至爲志誤字之明證。本篇志意至闇，蓋亦以至志雙聲，又涉上下文誤爲至意至闇耳。王說非是。

智惠甚明

宇純案：惠慧古字通。君道篇：「其知惠足使規物。」惠亦慧也。盧文弨曰：宋本作慧。老子：「知慧出，有大僞。」一本作惠。是其證。

堯舜至天下之善教化者也

宇純案：至字無義，當依下文「堯舜者，天下之善教化者也」作者字。又下文：「羿蠭門者，天下之善射者也。王梁造父者，天下之善馭者也。」並與此句法同，可證至當作者。至者雙聲，因音而誤耳。

以欺愚者而潮陷之

盧文弨曰：「潮當作淖。古潮字作淖，故淖誤為淖，又誤為潮。」

宇純案：盧說是也。此文注云：「特姦人自誤，惑於亂說，因以欺愚者，猶於泥潮之中陷之。謂使陷於不仁不孝也。」說文潮作淖，云「水朝宗於海也」，淖下云「泥也」，若荀子正文原作潮，注文不得說爲泥，必正文作淖，注文乃得以泥字訓之也。脩身篇：「非漬淖也。」注云：「非謂漬於泥淖也。」彼以泥淖釋淖字，足徵此注文原亦以泥淖釋淖字，而其所見本淖字猶不誤也。蓋正文淖誤爲潮，又改注文淖爲潮，遂不可讀矣。

金舌弊口，猶將無益也

楊注：「金舌，以金為舌，金舌弊口，以喻不言也。」俞樾曰：「金舌弊口謂說人，非謂不言，楊注非也。此文當作金口弊舌。金讀為唫。說文口部：唫，急也。弊讀

為敝。言雖至於口唫舌敝，猶無益也。戰國策秦策：舌弊耳聾。此可證舌敝之義，今作金舌弊口，義不可通。」

宇純案：俞以弊讀敝是也。唯此句不誤，敝口金舌相對也。敝口謂說人至於口敝。金舌亦謂說人至於舌敝也。金當讀爲㸹。說文：「㸹，牛舌病也。」段注：「舌病則噤閉不成聲。」金、今古音同，故說文紟又作絵，而此文借金爲㸹。牛舌病謂之㸹，引申爲凡舌病之義。玉篇、廣韻㸹又作𦧲，從舌，不從牛，蓋㸹字用爲凡舌病通稱之證。語文中，每以言獸類之專詞移以言人。說文：駿，馬之良材者，以言人之英駿；篤，馬行頓遲也，以言人之篤厚；驚，馬駭也，詩言徒御不驚；狠，犬鬥聲，以言人之狠戾。獪，狡獪也；㹤，多畏也，亦本言犬，後以言人。然則金舌弊口，猶言㸹舌敝口，言說人雖至口舌皆病，猶皆無益也。注云以金爲舌，似未的。俞云當作金口弊舌，專輒改字，亦不足取。

禮論篇

孰知夫出死要節之所以養生也，孰知夫出費用之所以養財也，孰知夫恭敬謙讓之所以養安也，孰知夫禮義文理之所以養情也

郭嵩燾曰：「用上疑有奪文，或作出費制用，四句一例。」集解曰：「史記出作

輕，文義大異。」

宇純案：出字義不可通，當從史記作輕。輕作出者，涉上文出死要生而誤耳。「孰知夫出費用之所以養財也」，疑本作「孰知夫輕費用財之所以養財也。」輕費與用財文義相同，而句與上下文一例，今本用下脫財字。今證之曰：孰知夫出費用之所以養財也。注云：「費用財以成禮，謂問遺之屬，是乃所以求奉養其財，不相侵奪也。」費用財以成禮句，文欠通順，費上當脫輕字，然以用財二字連稱，財字顯非下文養財之財，是正文用下原有財字之證一。下文云：「故人苟生之爲見，若者必死。苟利之爲見，若者必害。苟怠惰偷懦之爲安，若者必危。苟情說之爲樂，若者必滅。」注云：「苟唯以生爲所見，不能出死要節，若者必死也。苟唯以利爲所見，不能用財以成禮，若者必遇害也。苟以怠惰爲安居，不能恭敬辭讓，若此者必危也。苟以情悅爲樂，不知禮義文理，恣其所欲，若此者必滅。」注文出死要節，恭敬辭讓，禮義文理，皆用此文，則其中用財二字，亦當是沿用此文。用財上無出費二字，是否誤脫，未敢遽定，其以用財連稱，是又用下當有財字之證也。今本用下無財字者，蓋後人以爲與養財之財字重出而誤删之。郭疑用上有奪文，或作出費制用，說皆非是。

宜大者巨，宜小者小

宇純案：大，疑當作巨，宜巨者巨，宜小者小，文句一例。史記禮書云：「宜鉅者鉅，宜小者小。」鉅巨古字通，是其證。

大饗尚玄尊，俎生魚

宇純案：俎生魚，三字語意不完，疑有奪文。下文曰：「故尊之尚玄酒也，俎之尚生魚也。」正承此文。此文俎下蓋脫一尚字。史記禮書云：「大饗上元尊，俎上腥魚。」上尚古字通，是此文奪尚字之證。

成事之俎不嘗也

宇純案：俎下當更有之字，上文：「尊之尚玄酒也，俎之尚生魚也，俎之先大羹也，利爵之不醮也。」下文：「三臭之不食也，大昏之發齊也，大廟之未入尸也，始卒之未小斂也，郊之麻絻也，喪服之先散麻也，三年之喪哭之不文也。」並與此文句一例（此類之字用法，馬氏文通謂之介詞，楊樹達詞詮謂之連詞——說詳其附錄「論之的二字之詞性」一文，許世瑛先生中國文法講話謂：此類之字用法，為使一文句轉成組合式詞結）。今本俎下奪之字者，蓋後人以為與俎上之字重出而刪之耳。下文「三年之喪哭之不文也」，兩用之字，與此同。

天者，高之極也。地者，下之極也。無窮者，廣之極也。聖人者，道之極也

宇純案：史記禮書「地者，下之極也」下有「日月者，明之極也」句，是也。正義曰：「道謂禮義也。言人有禮義則爲聖人，比於天地日月廣大之極也。」此下文曰：「厚者，禮之積也。大者，禮之廣也。高者，禮之隆也。明者，禮之盡也。」皆承此文而言，禮即此文道字；厚、大、高三者，與此下、廣、高三字相應，獨明字無所承，是此當據史記於「地者、下之極也」下補「日月者，明之極也」七字之證。

文理繁，情用省

宇純案：史記用作欲。用欲雙聲，古韻用屬東部，欲屬侯部，東侯對轉，此以用借爲欲也。情欲二字義同平列，與文理相對，下文「文理省，情用繁」；又「文理情用，相爲內外表裏，並行而雜」，史記用並作欲，是用通作欲字之證。

皆有翣菨文章之等以敬飾之

宇純案：敬字無義，當作敏，敏讀爲繁。富國篇：「直將巧繁拜請而事之。」王引之曰：「繁讀爲敏。說文，繁字本作緐，從系，每聲；而敏字亦從每聲。敏與繁聲相近，故字亦相通。楚辭天問：繁鳥萃棘，爾雅作鷘鳥，曹憲音敏，是其例也。」此以敏讀爲繁，猶彼以繁爲敏也。敏飾即繁飾。亦即富國、君道、榮辱之藩飾也。

君道篇曰：「黼黻文章琱琢刻鏤，皆有差等，是所以藩飾之也。」富國篇曰：「故爲之雕琢刻鏤黼黻文章，以藩飾之。」史記禮書云：「人體安駕乘，爲之金輿錯衡以繁其飾。」以與此文「皆有翣蒌文章之等以敬飾之」相較，明敬當爲敏之誤字。

樂論篇

聲音動靜性術之變盡是矣

宇純案：盡是矣三字，語氣不完，盡下當有於字。禮記樂記、史記樂書並作盡於是矣，是其證。

怒而暴亂畏之

宇純案：禮記樂記、史記樂書亂下並有者字，較長。

亂爭則兵弱城犯，敵國危之

宇純案：城犯謂城見犯，與兵弱文不同例，疑此文本作亂爭則兵弱城危，敵國犯之。上文：「民和齊則兵勁城固，敵國不敢嬰也。」兵弱城危正與兵勁城固對文，犯字亦與不敢嬰相應，是今本危犯二字互倒之證。

其感人深，其移風易俗

集解云：「史記作其風移俗易，語皆未了。此二語相儷，當是其感人深，其移風俗易，與富國篇其道易，其塞固，其政令一，其防表明，句法一例。上文聲樂之入人也深，其化人也速，卽是此意。讀者據下文妄改耳。」禮記樂記與此同。

宇純案：史記樂書、禮記樂記與本書樂論三者，大底荀書每與二者異，史記例與禮記同，蓋史記之文，轉抄禮記，非逕抄荀子也。此獨禮記與本書同，而史記與禮記異，足徵荀書本作移風易俗，非作移風俗易也。史記之異，則後世之譌誤耳。唯「其移風易俗」句，語義未了，疑本作其移風易，其移風易與上文其感人深，文正相對，風卽風俗之意，古者風俗可單言風。風詩之風，風俗也。呂氏春秋音初篇：「聞其聲而知其風。」注：「風，風俗也。」是其證。今本誤作其移風易俗者，蓋移風易俗爲一成語。讀者不知此易字爲容易之易，以爲與移同義，遂於易下妄加俗字，而成「其移風易俗」矣。禮記當亦作其移風易，而誤與此同；史記轉抄禮記，蓋亦本作其移風易，讀者不達易字之意，於移上妄加俗字，遂成「其俗移風易」，後又顚倒風俗二字。

故樂行而志清，禮脩而行成，耳目聰明，血氣和平，移風易俗，天下皆甯，美善相樂

集解云：「謝本從盧校作莫善於樂。盧文弨曰：『宋本作美善相樂。』王念孫曰：『元

刻以上文言移風易俗，又以孝經言移風易俗，莫善於樂，故改為莫善於樂也。不知美善相樂，正承上文五句言，唯其樂行志清，禮脩行成，是以天下皆移風易俗，而美善相樂，此樂字讀喜樂之樂。下文君子樂得其道，小人樂得其欲云云，皆承此樂字而言。若改為莫善於樂，則仍讀禮樂之樂，與上下文皆不相應矣。樂記亦云：故樂行而倫清，耳目聰明，血氣和平，移風易俗，天下皆甯，此下若繼之曰莫善於樂，尚成文理乎？仍當依宋本作美善相樂為是。』案：王說是，今改從宋本。」

宇純案：王說是則是矣。唯美善相樂句非荀子正文，王氏猶未省及耳。知者：自故樂行而志清，至天下皆甯六句，以天下皆甯總承前五句，言如此而天下皆甯，語意已盡，其下不當復有美善相樂之句，是其證一。此文以清、成、平、甯四字爲韻（耕部），禮記亦以清、平、甯三字爲韻（史記樂書同），樂字於韻不叶，是此下不當有美善皆樂句之證二。此文美善相樂下接「故曰：樂者，樂也」句，禮記、史記並無此四字，而以「天下皆甯」句直接「故曰：樂者，樂也」句，是美善相樂句非荀子正文之證三。

琴婦好

俞樾曰：「賦篇蠶賦曰：此夫身女好而頭馬首者與。注云：女好，柔婉也。婦好當與女好同。亦柔婉之意。」

宇純案：婦當作靜，蓋草書帚字與爭形近，爭遂譌爲帚，靑旁又涉下文好字偏旁誤爲女耳。詩鄭風女曰鷄鳴：「琴瑟在御，莫不靜好。」卽此文所本。使婦好果如女好，則蠶賦有注，此下亦當有注，不得蠶賦有注，而此反無也。況女好以狀蠶之體態則有義，婦好用以言琴則爲不辭乎？楊此無注，蓋所見本猶作靜好，言琴靜好，出之於詩，人人皆知，不煩爲之注也。俞說非是。

解蔽篇

九有

楊注：「九有、九牧皆九州也。撫有其地謂之九有，養其民則謂之九牧。」

宇純案：九有猶言九域也。有域古韻同部，聲同紐。故商頌玄鳥篇：「方命厥后，奄有九有。」文選册魏公九錫文李注：「韓詩曰方命厥后，奄有九域。」魯語：「共工氏之伯九有。」韋解：「有，域也。」漢書律曆志引卽作「共工氏之伯九域」。本書禮論篇：「人有士君子也。」史記禮書有作域。詩玄鳥：「正域彼四方。」傳：「域，有也。」說文或卽域字。小爾雅廣言：「或，有也。」淮南時則篇：「季春無有。」禮記月令作無或。書無逸：「亦罔或克壽。」漢書鄭崇傳或作有。洪範：「無有作好。」呂氏春秋貴公篇有作或。並九有猶言九域之證，九域則義同九州，楊注非是。

作之則將須道者之虛則人將事道者之壹則盡盡將思道者靜則察

楊注：「此義未詳，或恐脫誤耳。或曰此皆論虛壹而靜之功也。作，動也。須，待也。將，行也。當為須道者虛則將，事道者壹則盡，思道者靜則察，其餘字皆衍也。作之則行，言人心有動作則自行也。以虛心須道，則萬事無不成。以一心事道，則萬物無不盡。以靜心思道，則萬變無不察。此皆言執其本而末隨也。」王引之曰：「楊訓將為行，而以作之則將絕句，又增刪下文強為之解，皆非也。此當以作之二字絕句。下文當作則將須道者之虛，虛則入。將事道者之壹，壹則盡。將思道者之靜，靜則察。此承上文虛一而靜言之。將，語詞也。道者卽上所謂道人也。言心有動作，則將須道者之虛，虛則能入；將事道者之壹，壹則能盡；將思道者之靜，靜則能察也。虛則入者，入，納也，猶言虛則能受也。故上文云：不以所已臧害所將受，謂之虛也。壹則盡者，言壹心於道，則道無不盡也。靜則察者，言靜則事無不察也。今本入誤作人，其餘又有脫文衍文耳。」

宇純案：王以作之絕句，人當爲入，入，納也；盡字不當重，靜上脫之字，皆是也。唯虛，壹，靜三字，不當重疊，將須道者之虛則入，將事道者之壹則盡，將思道者之靜則察，並一句讀，將卽上文「不以所已臧害所將受」之將。將，且也。道者卽上「未得道而求道者謂之虛壹而靜」之道者。者爲複牒代名詞，道者卽言道，非上文所謂道人也。此言若求道（作之二字意如此），則將待道之虛能納道，將事道之

壹能盡道，將思道之靜能察道。虛、壹、靜三字，即句中主詞。若疊虛、壹、靜三字，則將須道者之虛，將事道者之壹與將思道者之靜，語皆未了，其下文不得便接虛則入、壹則盡與靜則察矣。此文本至通順，但誤一人字，衍一盡字，奪一之字耳。楊注非，王說亦未盡是也。

從山上望牛者若羊

宇純案：「望牛者若羊」，者字當衍，此言望牛若羊也。下文：「從山下望木，十仞之木若箸。」可證。

必以其感忽之間，疑玄之時正之

王念孫曰：「正當為定，聲之誤也。下文正事同。必以其感忽之間，疑玄之時定之者，必以感忽之間，疑眩之時而定其有鬼也。據楊注云：必以此時定其有鬼，則本是定字明矣。定字上文凡六見。」

宇純案：說文：「定，從宀從正。」韻會本作從正聲。說文通訓定聲謂「從宀從正會意，正亦聲。」字與正音近義通。周禮宰夫：「則令羣吏正歲會。」注：「正，猶定也。」爾雅釋天：「營室謂之定。」注：「定，正也。作宮室，皆以營室之中爲正。」是其證。楊注云：「必以此時定其有鬼。」是以定字訓正，非本是定字也。

下文；「而已以正事。」注亦謂：「已以正事，謂人以此定事也。」正楊以定訓正字之證，王亦以正爲定字之誤，並非是。

正名篇

後王之成名

楊注：「後之王者，有素定成就之名，謂舊名可法效者也。」

字純案：此言爲此段之標目。段末云：「此制名之樞要也。後王之成名，不可不察也。」注亦云：「後王可因其成名而名之，故不可不察也。」楊說並非。說文云：「成，就也。」成就猶言制定也。周禮小司徒「各登其鄉」鄭注：「成猶定也。」國語晉語「謀既成矣」、吳語「吳晉爭長未成」韋注，亦並云「成猶定也」。北堂書鈔九十四引穀梁傳徐邈注云：「成謂定其優劣。」而淮南天文「秋分蔈定」注：「定，成也。」呂氏春秋仲冬紀「以待陰陽之所定」注：「定猶成也。」易繫辭上傳「乾坤定矣」虞注：「定謂成列。」是成定二字互訓之證。此言後王之成名者，言後王之定名也，定謂制定。段末「此制名之樞要也。後王之成名，不可察也。」成名正承制名而言。成名者，成爲動詞，名卽成之受格。楊以成爲名字之修飾語，其說非是。

所以知之在人者謂之知，知有所合謂之智

楊注云：「知之在人者，謂在人之心有所知者。知有所合，謂所知能合於物也。」

宇純案：墨子經上篇云：「知，材也。」譚戒甫墨經易解云：「此知於文字部居屬名（Noun），因訓爲材。材者，能也，官也，亦性也。」此「謂之知」之知，即墨子「知，材也」之知，亦即本書性惡篇所云可以知之質也。所以知之在人者謂之知，即墨子經說上「知也者，所以知也」之語。楊注「知之在人者，謂在人之心有所知者」，當云在人之心有所以知者。又墨子經上篇：「知，接也。」墨經易解云：「此知字於文字部居屬謂（Verb），因訓爲接。」莊子庚桑楚亦云：「知者，接也。」此所謂智，即墨子、莊子之知字。合接二字義通，合即接也，知有所合謂之智，言所以知之質，與物有所接觸而構成知識，此一作用謂之智。墨子經說上篇云：「知也者，以其知過物而能貌之，若見。」即此意也。故注云：「知有所合謂所知能合於物。」其說亦非。「知有所合謂之智」，注當云：所以知之質，與物接觸，謂之智也。

智所以能之在人者謂之能

楊注云：「智有所能在人之心者謂之能。能，才能也。」盧文弨曰：「句首智字衍，注當云在人有所能謂之能，此似舛誤。」

宇純案：盧以句上智字衍，其說是也；謂注當云在人有所能謂之能則亦誤。「謂之能」之能，與上句「謂之知」之知，皆天所秉賦，知爲性惡篇「可以知之質」，能即性惡篇「可以能之具」。二者並爲名詞，「所以能之在人者」，即「在人有所以能之具」。

能有所合謂之能

楊注：「能當為耐，古字通也。耐謂堪任其事。」

宇純案：此說亦非。此「謂之能」之能，與上文「謂之智」之智，相對爲文。上言可以知之質與物接觸謂之智，此云可以能之具與物接觸謂之能。譬之若「走」，人皆有能走之本能，此是上句「所以能之在人者謂之能」之第二能字。走矣，則是本能已用，即此句「謂之能」之能也。

易使則公

顧千里曰：「公，疑當作功，荀子屢言功，可以為證。下文：則其迹長矣，迹長功成，治之極也。承此功言之，不作公明甚。宋本與今本同。蓋皆誤。」

宇純案：公功古音同通用。詩文王有聲：「王公伊濯。」六月：「以奏膚公。」公即功也。不必謂之誤字。

名無固實，約之以命實，約定俗成，謂之實名

王念孫曰：「約之以命實，實字涉上下文而衍。上文名無固宜，約之以命。楊注云：約之以命，謂立其約而命之。則此言約之以命，義亦與上同。若命下有實字，則義不可通，且楊必當有注矣。」

宇純案：實字不衍，此衍命字。上文曰：「名無固宜，約之以命，約定俗成謂之宜，異於約則謂之不宜。」今設以馬喻之，上文謂馬初不必謂之馬，謂之「牛」、謂之「人」皆可；然既約定謂之馬矣，則謂之馬爲宜，若此時更名之爲「牛」、爲「人」，則爲不宜矣。此文則云馬之名，初固不必以之名馬，以名牛、名人皆可，既已約定以馬之實謂之「馬」矣，則牛與人之實皆不得以「馬」爲名，以其實已固定，馬名乃馬實之專稱，故曰「謂之實名」。實名者，有專實之名也。上下兩文，其意相成，然一以名爲主而言，一以實爲主而言。以名爲主而言，故曰約之以命；以實爲主而言，故曰約之以實。下文曰：「此惑於用名以亂名者也。」又曰：「此惑於用實以亂名者也。」前者與上文相應，後者與此文相應。明王說非也。

非而謁楹有牛，馬非馬也，此惑於用名以亂實者也

楊注云：「非而謁楹有牛，未詳所出。」

宇純案：墨子大取篇有「意楹非意木也」之句。意謁雙聲（並影母），篆文牛木形

近。非而謁楹有牛，疑出墨子。蓋意字音誤爲謁，木與牛形近，更涉下文馬誤爲牛，句又有倒誤耳。荀書每非墨名二家之言，下文白馬非馬卽名家之語，且意楹非意木，與白馬非馬，說正相類。故下文總之曰：此惑於用名以亂實者也。又下文馬非馬也，注云：「馬非馬，是公孫龍白馬之說也。白馬論曰：言白所以命色也，馬所以命形也。色非形，形非色，故曰白馬非馬。」然則上馬字上當有白字，蓋白馬而曰非馬，以其有毛色之別，若謂馬非馬，則義不可通矣。又墨子經說上篇有「當牛非馬，若矢過楹」之句，矢與而字篆文形近，過與謁形近，因疑「非而謁楹有牛，馬非馬」或卽出此。二者未能定其孰是，後說較長。

人之所欲生甚矣，人之所惡死甚矣，然而人有從生成死者，非不欲生而欲死也

宇純案：旣曰從生，又曰成死，與下文「非不欲生而欲死也」文不相應。從當讀爲縱，從縱古字通。（縱者，說文曰舍也。）莊子胠篋篇：「掊擊聖人，縱舍盜賊。」漢書酷吏嚴延年傳：「敞治雖嚴，然尙頗有縱舍。」縱舍平列，縱亦舍也。廣雅釋詁四：「縱，置也。」置亦舍也。從生成死，猶言舍生成死也。故下文曰非不欲生而欲死也。

心平愉，則色不及傭而可以養目

楊注：「所視之物，不及傭作之人，亦可以養目。」

宇純案：楊注迂曲。傭當讀爲庸，傭、庸古字通。詩節南山：「昊天不傭。」韓詩傭作庸，即其證。庸者，常也，中也，凡也。心平愉，則色不及傭而可以養目者，言惟心能平愉，雖色之不及中等者，視之亦可養目，非必美色也。下文「蔬食菜羹，而可以養口，麤布之衣，麤紃之履，而可以養體。」皆言心能平愉，物雖不及中等，皆足以養樂也。故又曰：「故無萬物之美，而可以養樂，無埶列之位，而可以養名。」皆傭當訓中庸之證。下文聲不及傭而可以養耳，義同此。

性惡篇

凡人之性者，堯舜之與桀跖，其性一也。君子之與小人，其性一也。

宇純案：桀跖、君子、小人，下文均言桀跖、君子、小人，獨堯舜下兩言堯禹。榮辱篇：「可以爲堯禹，可以爲桀跖。」又曰：「爲堯禹則常安榮，爲桀跖則常危辱。」亦以堯禹與桀跖對偁。此文堯舜，疑本作堯禹。

君子篇

忠者，惇慎此者也

楊注云：「慎讀如順，人臣能厚順此五者，則為忠也。」俞樾云：「厚與順誼不倫，楊說非是。惇慎當作敦慕。儒效篇曰：敦慕焉，君子。王氏引之云：敦慕皆勉也。爾雅曰：敦，勉也。又曰：慔慔，勉也。釋文慔亦作慕，是敦慕竝為勉。此文疑作忠者，敦慔此者也。敦慔與敦慕，文異而義同，言人臣能勉此則為忠也。說文心部：慔，勉也。是慔其本字，慕其叚字。此用本字作慔，因譌為慎矣。」

宇純案：說文：「惇，厚也。」經傳多借敦爲之。此借惇爲敦，勉也。愼字則不誤。賈子道術云：「僶勉就善謂之愼。」周禮大司徒云：「則民愼德。」注云：「謂矜其善德，勸爲善也。」是愼字亦有勉義之證。故此以惇愼二字義同平列，愼非誤字也。羣書治要所錄與此同。漢書敍傳述匡張孔馬傳第五十一：「博山惇愼，受莽之疚。」亦言惇愼，文即本此。

成相篇

脩之者榮，離之者辱

宇純案：脩當爲循，二字隸書形近，古籍中多互譌之例。天論篇：「脩道而不貳。」王念孫曰：「脩當爲循，隸書循脩相似。」本篇：「臣謹脩。」王亦云：「脩爲循

字之誤。」卽其證。且天論篇曰：「循道而不貳（循舊作脩，貳舊作貣，此从王念孫校正），則天不能與之禍……倍道而妄行，則天不能使之吉。」此以循離相對，猶彼以循倍對文也。

下不欺上，皆以情言，明若日

宇純案：情，實也，猶誠也。大學：「無情不得盡其辭。」注：「情，猶實也。」易繫辭上：「設卦以盡情僞。」又：「情僞相感，而利害生。」大戴禮文王官人：「太師……察度情僞。」左僖二十八年傳：「民之情僞盡知之矣。」並以情僞對稱，情，實也。並其證。

賦篇

周流四海，曾不崇日

楊注云：「崇，充也。言智慮周流四海，曾不充滿一日而徧也。」

宇純案：詩鄘風蝃蝀：「崇朝其雨。」傳：「崇，終也。」衞風河廣：「曾不崇朝。」箋亦云：「崇，終也。」曾不崇朝與此曾不崇日句法同，此崇亦當訓終。曾不崇日者，曾猶乃也。言知慮之周流四海，乃不終日而已徧矣。楊用爾雅釋詁訓崇爲充，

迂矣。

行遠疾速而不可託訊者與

盧文弨曰：「訊不與前後韻協，疑是訊託誤倒耳。注曰：或作託訓，亦似誤。」王念孫曰：「訊下者與二字蓋因上下文而衍，訊字不入韻，上文充盈大宇而不窕，窕字亦不入韻也。盧云：訊不與前後韻協，疑是訊託誤倒，非是。託字於古音屬鐸部，塞偪等字於古音屬職部，改託訊為訊託，仍不入韻。」

宇純案：盧說非；王以者與二字涉上下文而衍，訊字不入韻，亦非也。此訊下疑奪息字。息與塞、偪、置同之部入聲。

以能合從，又能連衡

宇純案：以、已古一字，此以字猶已，既也。言既能合從，又能連衡。下文：「既以縫表，又以連裏。」既又連文，猶此以又連文也。

大略篇

不足於行者說過，不足於信者誠言

宇純案：不足於信者誠言，既云誠言，則不得曰不足於信；謂不足於信矣，則不得又曰誠言。誠字義不可通，原當作數。注云：「數欲誠實其言，故信不能副。」數卽正文數字；誠實二字，乃據正文信字而言也。今本作誠言，誠字卽涉注文誠實而誤。數者，頻數之謂也。下文「故春秋善胥命，而詩非屢盟」，卽承此文。屢數義同，盖誠當作數之明證。或曰誠當爲誠，字之誤也。廣雅釋詁四：「誠，調也。」調謂調戲欺誕，故此云「不足信者，誠言」也。

多言無法而流喆，然雖辯小人也

楊注云：「喆當作湎，非十二子篇有此語，此當同；或曰當為楷也。」

宇純案：楊說誤甚，喆字當屬下讀，上文讀流下爲逗。又多言當從非十二子作多少。說並詳非十二子篇。

（本文原載民國四十四年大陸雜誌第十一卷八、九、十三期）

讀荀卿子札記

民國四十四年，嘗為荀子集解補正一文，載大陸雜誌十一卷八至十期。此篇乃比歲為諸生講授荀子之淺見，亦大抵就集解有所商略。為別於前作，又間涉梁氏柬釋及于氏新證諸書，因顏其篇如此。

勸學篇

神莫大於化道，福莫長於無禍

俞樾曰：「上引詩云神之聽之，介爾景福。此文神字福字卽本詩文也。今本此二句提行為下節，非是。」

宇純案：荀子之意：人之有鬼者，於感忽玄疑之時定之；（見解蔽）君子以祭祀爲文飾，不因鬼神能爲人禍福；（本天論、禮論）神明可以自得，吉凶皆由自主。（前句見本篇、後句本天論）故於引詩下遂云「神莫大於化道，福莫長於無禍」，

見其藉詩文以申己意；不然，則是天地間果有鬼神爲人禍福矣。俞氏所見，亦徒能逐形迹之末，而未能闡發二語所關之重且大也。

强自取柱，柔自取束。邪穢在身，怨之所構

楊注云：「凡物强則以為柱。」王引之曰：「楊說强自取柱之義甚迂。柱與束相對為文，則柱非謂屋柱之柱也。柱當為祝。祝，斷也。此言物强則自取斷折，所謂太剛則折也。大戴記作强自取折，是其明證矣。」

宇純案：王以柱義爲折，其說是也；謂當爲祝，殆未必然。蓋自「物類之起」至此爲韻文，柱、束、構古韻同在侯部，柱字必當入韻。若易作祝，音屬幽部，於韻反遠，以知其說猶可商也。祝字本無斷義，作斷解者，說者以爲斸字之借。（案：說文斸，斫也）斸與柱同侯部，柱之訓斷，或亦當謂借爲斸字。唯以古語有雙聲轉移例觀之，斷義爲絕者廣韻有都管、徒管二切，分別與斸音陟玉及柱音直主古雙聲，當以斸柱與斷並爲轉語。柱義爲斷，固不得謂爲祝之借，即以爲斸之借，亦未允已。

伯牙鼓琴，而六馬仰秣

宇純案：六馬一詞，荀書屢見非一。議兵篇云：「六馬不和，則造父不能致遠。」

脩身篇云：「一進一退，一左一右，六驥不致。」又云：「彼人之才性之相縣也，豈若跛鼈之與六驥足哉。」又云：「然而跛鼈致之，六驥不致。」並其例。唯他書多言四馬，四或作駟，故楊注云：「此云六馬，天子路車之馬也。」荀卿何獨取天子路車爲諭乎？（案天子駕六馬之說，本王度記，而不必可信。詳見禮記檀弓集解。）說文古文四作𠃢，爲戰國時東方文字，與小篆六作[illegible]形近，時地皆與荀子合。疑荀書四原書作𠃢，後人誤以爲六字。淮南子說山篇云：伯牙鼓琴，駟馬仰秣。是此文原作四馬之證。

其數則始乎誦經，終乎讀禮。其義則始乎爲士，終乎爲聖人

楊注云：「數，術也。」楊樹達曰：「數，上文所謂博學也。義，上文所謂日參省乎己也。」梁啓雄曰：「下文學數有終，誦數以貫之，合此文觀之，數字指詩書禮樂春秋各種課程的數，指學的途徑。」

宇純案：數與義古多對稱。如本書君道篇云：「不知法之義而正法之數者，雖博臨事必亂。」榮辱篇云：「循法則度量刑辟圖籍，不知其義，謹守其數，愼不敢損益也。」禮記郊特牲云：「禮之所尊，尊其義也；失其義，陳其數，祝史之事也。故其數可陳也，其義難知也。」合此以觀，凡云數者，自其可見之外貌言；凡云義者，自其不可見之內蘊言。質實言之，君道篇數指法之條文，榮辱篇數指法律制度之章則，

郊特牲篇數指禮之儀式及器物之度數，此篇數指詩書禮樂春秋可見可讀之文字。則數卽定數之義，凡一成不變者謂之數而已。（案荀書數字多此義。如富國篇云：「萬物同宇而異體，無宜而有用為人，數也。」仲尼篇云：「桓公其霸也宜哉。非幸也，數也。」王制篇云：「宰爵知賓客祭祀饗食犧牲之牢數，司徒知百宗城郭立器之數，司馬知師旅甲兵乘白之數。」又云：「衣服有制，宮室有度，人徒有數。」正名篇云：「欲之多寡，異類也，情之數也。」並其例。）諸家所說俱未了。

禮者，法之大分，類之綱紀也

宇純案：類字荀書習見。或與法字對舉：如此篇及不苟篇云：「知則明通而類，愚則端愨而法。」非十二子篇云：「多言而類聖人也，少言而法君子也。」王制篇云：「有法者以法行，無法者以類舉。」脩身篇云：「人無法則倀倀然，有法而無志其義則渠渠然，依乎法而又深其類然後溫溫然。」或與統字倫字連用，如儒效篇云：「倚物怪變……卒然起一方，則舉統類以應之，無所疑怍，張法而度之，則晻然若合符節，是大儒之效也。」非十二子篇云：「壹統類。」本篇云：「倫類不通。」臣道篇云：「倫類以爲理。」亦或獨用，如王制篇云：「王者之人，飾動以禮義，聽斷以類，明振毫末，舉錯應變而不窮，夫是之謂有原。」非相篇云：「不先慮，不早謀，發之而當，成文而類，居錯遷徙，應變無窮，是聖人之辯也。」儒效篇云：「其

言有類，其行有禮，其舉事無悔，其持險應變曲當，與世偃仰，千舉萬變，其道一也。」凡此三者，義皆無殊，並謂統類，即義類、條貫之意。而類與法對稱者，正猶義與數之對舉，法與數言條文，類與義言法理。故前引脩身篇之文，義即類，類即義，二而一也。楊注於此云類謂統類，不苟篇注同，是也。而此下又引方言「類，法也」之訓，於儒效篇云「類，善也，謂比類於善」，是猶知二五而不知十，未得其義之統貫。集解亦於儒效、王制云「類，法也」。東釋於非相篇引方言，謂類指語法，非十二子及儒效篇同。不知方言卷十三云「類，法也」，與卷七云「肖、法，類也。齊曰類……西南梁益之間凡言相類者謂之肖」者同義，類謂仿效相似，義無關於法憲；況荀書每以類與法對稱，明不得與法同誼乎？戴震釋方言，亦於卷七引此文楊注爲證，俱見諸家於荀子類字義未曉。

順詩書

楊注於順字無訓。東釋引高亨云順借為訓，說文「訓，教也」，因云：「順詩書謂搬弄教條，或販賣式教導學生。」

宇純案：荀子以詩書故而不切，不知其義，但守其數，則不達倫類，不免爲陋儒。此文云順詩書爲陋儒，順者從也，義至顯白，故楊注不釋。而下文云「不道禮憲以詩書爲之」，即此文之意，道與順爲互文，（案王念孫云道，由也。）明順非訓之

借，東釋誤。（又案：儒效篇云不知隆禮義而殺詩書，其意亦可與此文互參。）

誦數以貫之

楊注云：「使習禮樂詩書之數以貫穿之。」俞樾曰：「誦數猶誦說也。」集解引正名篇「誦數之儒」以從俞說。于省吾新證云：「數應讀作述，述即論語述而不作之述，謂沿循也。」

宇純案：楊謂誦數爲習禮樂詩書之數是也。通以今語，誦數猶言讀書，數指詩書禮樂春秋可見可讀之文字。俞說不可從，于說尤誤。（案數術二字音不同。）詳前「其數則始乎誦經」，並參正名「誦數之儒」二條。

使目非是無欲見也，使耳非是無欲聞也，使口非是無欲言也，使心非是無欲慮也

楊注云：「是猶此也，謂學也。或曰是謂正道也。」

宇純案：此文是字前無所承，楊前說以是爲此，指學而言，不可取；後說是也。是即正，亦即禮。禮無不正，無不可行，故是即謂禮矣。數語即本論語「非禮勿視，非禮勿聽，非禮勿言，非禮勿動。」解蔽篇云：「嚮是而務士也，類是而幾君子也，知之聖人也。故有知非以慮是則謂之懼，有勇非以持是則謂之賊，察孰非以分是則謂之篡，多能非以脩蕩是則謂之知，辯利非以言是則謂之泄。」諸是字與此同誼，

故其下文云：「天下有二，非察是，是察非，謂合王制與不合王制也。」是與非對文，此是字義爲正之明徵，唯「是察非」句是謂不合王制一己之小正，非言天下之大正，有不同耳。而所謂王制，亦卽禮之異稱。故下文又云：「天下有不以是爲隆正也，然而猶有能分是非曲直者邪？」以是爲隆正，卽他篇隆禮之意，則以是指禮而言，可從知矣。而禮論篇云：「禮者，人道之極也。禮之中焉能思索謂之能慮，禮之中焉能勿易謂之能固。」不苟篇云：「君子行不貴苟難，說不貴苟察，名不貴苟傳，唯其當之爲貴。（案楊注云，當謂合禮義也）故懷負石而赴河，是行之難爲者也，申徒狄能之，然而君子不貴者，非禮義之中也。山淵平，天地比，是說之難持也，而惠施鄧析能之，然而君子不貴者，非禮義之中也。」尤可見解蔽篇是字指禮義而言。

修身篇

扁善之度

楊注云：「扁讀爲辨，韓詩外傳云君子有辨善之度，言君子有辨別善之法，卽謂禮也。」王念孫曰：「扁讀爲徧。韓詩外傳作辨，亦古徧字也。徧善者，無所往而不善也。下文以治氣養生六句，正所謂徧善之度也。」

宇純案：王說是。下文云：「詩曰禮儀卒度，笑語卒獲，此之謂也。」卒，盡也，與徧同誼，是扁讀徧之證。哀公篇云：「雖不能盡道術，必有率也。雖不能徧美善，必有處也。」言徧美善，亦此文云徧善之比。

不苟篇

君子易知而難狎，易懼而難脅

楊注云：「坦蕩蕩，故易知。不比黨，故難狎。」郝懿行曰：「韓詩外傳知作和，於義較長。」王念孫曰：「外傳是也。和與狎義相近，懼與脅義相近，故曰易和而難狎，易懼而難脅。」俞樾曰：「外傳作和，字之誤也。知者，接也。墨子經篇曰：知，接也。古謂相交接曰知，故後漢書宋宏傳貧賤之交不可忘，羣書治要引作貧賤之知。是知有交接之義。易知而難狎，謂易接而難狎也。詩芄蘭首章曰能不我知，次章曰能不我甲，毛傳訓甲為狎。蓋首章言不與我交接，次章言不與我狎習也。荀子以知狎對文，正本乎詩。韓嬰改知作和，失之。」東釋獨取俞說。

宇純案：楊注達雅可從；唯既有外傳異文，當以王說爲是。俞說甚辯，故東釋取之而不及楊、王。然墨子經上篇云：「知，材也。知，接也。」前者謂知識之本體，後者言此本體所以獲知之作用。故經說上篇云：「知，材也。知也者，所以知也，

若明。」（案明即本書性惡篇明不離目之明）又云：「知，接（案接字據閒詁補）也。知也者，以其知過物而能貌之，若見。」其上句知既不作材解，則下句知不作接解可知。本書正名篇云：「所以知之在人者謂之知，知有所合謂之智。」二語與墨經同意，合與接誼同。依本書，墨經下知字應讀爲智，非言朋友之交接又甚明。正名篇又云：「所以能之在人者謂之能，能有所合謂之能。」亦一言能之本體，一言能之實踐。依墨經語法，可易之爲：「能，材也。能，接也。」豈能字亦得言朋友之交接乎？治要引宋宏傳交作知，此以見後世知字之用義，無以知荀子時知字亦有此用義。若謂荀子用芄蘭之詩，則毛傳云「不自謂無知以驕慢人也」，鄭箋云「此幼稚之君雖佩觿與，其才能實不如我衆臣之所知爲也」，固未有以詩文知字解作交接者；藉曰如俞氏所訓，又何從見荀子必用此詩乎？俞說實無一當而已。而束釋獨取之，亦不善採擇者矣。

人汙而修之

楊注云：「人有汙穢之行，將修為善。」俞樾曰：「修當讀滌。周官司尊彝几酒修酌，鄭注曰修讀如滌濯之滌，是其證也。楊注失之。荀子書每以修與汙對文，竝當讀為滌。」

宇純案：俞讀修爲滌，然此文云：「人汙而修之者，非案汙而修之之謂也，去汙而易

之以修。」豈人有汙者非案汙而滌濯之乎？則何云乎「非案汙而修之」？況以「易之以修」說爲「易之以滌」，又甚不辭乎？明俞說非是。俞又云凡荀書修汙對文，並當讀修爲滌，此說亦誤。觀非十二子篇云「故君子恥不修，不恥見汙」，不修豈得爲不滌？君道篇以修士與汙邪之人相對，修士豈得爲滌士？是仍當從楊注。

濟而材盡，長遷而不反其初，則化矣

楊注云：「既濟則材性自盡。長遷不反其初，謂中道不廢也。」梁啓雄曰：「盡卽中庸能盡其性之盡。」

宇純案：楊釋盡字語義不明；以「長遷不反其初」謂中道不廢，非荀子原意。梁說則大誤。中庸云：「天命之謂性，率性之謂道。」又云：「自誠明謂之性。」是子思子主善出天性也。善出天性，故曰「惟天下至誠爲能盡其性」。亦猶孟子道性善，（案孟子性善論本源於子思子）而云「盡其心者，知其性也」，「求則得之，舍則失之，或相倍蓰而無算，不能盡其才者也」。中庸孟子盡字義並爲擴充。若荀子言化性然後濟於善，則「濟則材盡」盡字不得同於中庸甚明。盡當謂消盡，材盡謂原始之惡性消亡，故下文云「長遷而不反其初」，又云「則化矣」。榮辱篇云：「堯禹者，非生而具者也。夫起於變故，成乎修修之爲，待盡而後備者也。」解蔽篇云：「身盡其故則美。」二盡字義並同此。

榮辱篇

故與人善言，煖於布帛；傷人之言，深於矛戟

宇純案：與讀同譽。廣雅釋詁四：「與，譽也。」王念孫引射義鄭注譽或爲與爲證。善原當作之，或作以，（王念孫曰：「傷人之言，之本作以，謂以言傷人，較之以矛戟傷人者為更深也。今本以作之，則與下句不甚貫注矣。」）盖淺人不知與字正讀以意改之。「譽人之言，煖於布帛」，與「傷人之言，深於矛戟」文同一例。

人力爲此而寡爲彼

俞樾曰：「力乃多字之誤，與寡對文成義。」

宇純案：力與寡不必對，其實亦對，俞說非。

堯禹者，非生而具者也，夫起於變故，成乎修修之爲，待盡而後備者也

楊注云：「變故，患難事故也。言堯禹起於憂患，成於修飾，由於待盡物理，然後乃能備之。」梁啓雄曰：「變故，謂改變他故舊的本性。」

宇純案：梁說變故是也。解蔽篇云「身盡其故則美」，性惡篇云「習僞故」，並與

此故字誼同。孟子離婁篇云：「天下之言性也，則故而已矣。故者以利爲本。」亦以故字言性之本然。又楊以待盡爲待盡物理亦誤。盡字正承變故言之，待盡而後備，謂待其故性化盡而後備。參不苟篇「濟則材盡」條。

非十二子篇

不知壹天下建國之權稱

楊注云：「言不知輕重。」

宇純案：王霸篇云：「國無禮則不正，禮之所以正國也，譬之猶衡之於輕重也，猶繩墨之於曲直也。」富國篇云：「禮者，貴賤有等，長幼有差，貧富輕重皆有稱者也。」是權稱卽指禮而言。壹天下建國之權稱，與下文壹統類義同。統類亦謂禮也。禮所以定分，故下文曰「曾不足以容辨異，縣君臣。」

尚法而無法

楊注云：「尚，上也。言所著書雖以法為上而自無法。」

宇純案：莊子天下篇論愼到之學曰：「謑髁無任，而笑天下之尙賢也。縱脫無行，而非天下之大聖也。」韓非子難勢篇亦引愼到云：「賢知未足服衆，而勢位足以詘

賢者。」然荀子以「聖人積思慮習僞故，以生禮義而起法度」，（見性惡篇）又云「禮者法之大分，類之綱紀也」。（見勸學篇）則非聖輕賢是無法矣，故此議之云尙法而無法。解蔽篇云「愼子蔽於法而不知賢」，義正可與此互參，楊於無法二字似未了。

上則取聽於上，下則取從於俗

楊注云：「言苟順上下之意也。」王念孫曰：「取聽取從言能使上下皆聽從之耳。」

宇純案：性惡篇云：「先王有道，敢行其意。上不循於亂世之君，下不俗於亂世之民。」戰國之世，亂世也。其君多亂君，其民多亂民。儻使於此有人焉，上則取聽於上，下則取從於俗，斯荀卿所必不以爲然者矣。而柬釋引莊子述愼到田駢之學云：「椎拍輐斷，與物宛轉，不師知慮，不知前後，推而後行，曳而後往。」亦正見愼到之委曲順物。則楊謂「言苟順上下之意」是也，王說非。

幽隱而無說，閉約而無解

楊注云：「謂其言幽隱閉結而不能自解說。約，結也。」

宇純案：呂氏春秋君守篇云：「魯鄙夫遺宋元王閉。」注云：「閉，結不解者。」則閉亦結也，閉約與幽隱並以義同平列；解當訓釋。楊注殆有未達。

羣天下之英傑，而告之以太古

東釋云：「外傳四太古作大道。」

宇純案：儒家以大道行於太古，（案見禮運）太古與大道義實相通。

行僻而堅，飾非而好，玩姦而澤，言辯而逆，古之大禁也

宇純案：禮記王制篇云：「行僞而堅，言僞而辯，學非而博，順非而澤，以疑衆殺。」與此文當出一源，蓋並據孔子誅少正卯事言之。故宥坐篇言孔子爲魯攝相，朝七日誅少正卯，舉其五惡謂門人曰：「一曰心達而險，二曰行僻而堅，三曰言僞而辯，四曰記醜而博，五曰順非而澤。」辭句大抵相合。

言辯而逆

宇純案：以文例推之，此當作言逆而辯，蓋後人誤書倒之。上引宥坐篇及禮記王制篇云「言僞而辯」，是其明證。

弟佗其冠，神禫其辭

楊注云：「神禫當為沖澹，謂其言淡薄也。」

宇純案：此節上言士君子之容，下言學者之嵬容，無一語及言辭者；且神禫二字並

從衣，辭疑爲袖之聲誤。（二字聲同邪母；辭古韻屬之部，袖屬幽部，音亦近。）今據辭字強申之曰：表記云：「是故君子服其服，則文以君子之容；有其容，則文以君子之辭；遂其辭，則實以君子之德。是故君子恥服其服而無其容，恥有其容而無其辭，恥有其辭而無其德，恥有其德而無其行。」蓋子張氏之儒徒具儀容之盛，而其辭不足以副之，德行固無論矣，故荀子言之如此。（案論語子張篇云：「曾子曰：堂堂乎張也，難與並為仁矣。」亦言子張氏容儀之盛。）

仲尼篇

非幸也，數也

楊注云：「其數術可霸，非為幸遇也。」

宇純案：彊國篇亦有此二語。數者，必然之數也，楊以術字釋之，非是。詳勸學「其數則始乎誦經」條。

儒效篇

暮宿於百泉

于省吾曰：「百泉之地，於西周以前，舊均無考。殷虛書契前編卷二、十五葉六□才𣎚泉餗，𣎚貢古今字。貢彼義切，百博白切，並幫母字。𣎚泉卽百泉，在朝歌之西，相去甚近。」

宇純案：𣎚泉不得爲百泉，卜辭之𣎚泉實爲詩之肥泉，與此無涉。詳拙文「甲骨金文𣎚字及其相關問題」。

王制篇

夫是之謂天德

楊注云：「天德，天覆之德。」

宇純案：荀子以天爲自然。天德者，自然之德，亦卽必然之德。下文天數亦必然之數。

成侯嗣公，聚斂計數之君也，未及取民也。子產，取民者也，未及爲政也。管仲，爲政者也，未及修禮也

楊注云：「取民謂得民心。」俞樾曰：「楊注於義甚晦，殆非也。老子曰取天下者常以無事，河上公注曰『取，治也』。此取字亦當訓治。取民言治民也。」東釋獨

取俞說。

宇純案：河上公訓取爲治，於古無徵。老子取天下卽言得天下，其說本不足據。且以取民爲治民，義與爲政何別乎？左氏襄公三十年傳載輿人之誦云：「我有子弟，子產誨之。我有田疇，子產殖之。子產而死，誰其嗣之。」此言子產得民心之深。本書大略篇云：「子產，惠人也，不如管仲。」言子產治鄭，恩施及下，而不若管仲爲政之有成。孟子離婁下云：「子產聽鄭國之政，以其乘輿濟人於溱洧。孟子曰：惠而不知爲政。……爲政者每人而悅之，日亦不足矣。」並與此文若合符節。楊注不可奪。

諸侯莫不懷交接怨，而不忘其敵

楊注云：「交接，連結也。旣以力勝而不義，故諸侯皆欲相連接怨國，而不忘與之為敵。本多作壞交接，言壞其與己交接之道也。」郝懿行曰：「接者，續也。懷交謂私相締交，接怨謂連續修怨。注非是。」王念孫曰：「諸侯莫不懷交接句。壞懷古字通，楊後說是也。」俞樾曰：「楊注二說皆未安，疑怨字當在交接二字之上，本作諸侯莫不懷怨交接，而不忘其敵。懷怨交接猶云懸怨而友其人也，故不忘其敵。傳寫奪怨字，而誤補之接字下耳。」王先謙曰：「郝說是。」

宇純案：郝讀懷交與接怨爲二是也，然未得其義。懷當讀詩「懷柔百神」、「懷遠

能邇」之懷。懷交者，懷來其敵之與國。接怨者，交接其敵之怨國。皆就下文不忘其敵言之。

慮以王命

楊注云：「慮，計也。其計慮常用王命。」王念孫曰：「慮猶大氐也。」

宇純案：下文有云「非其道而慮之以王也」，慮之以王與此文慮以王命句法相同，仍當從楊注爲是。

案謹募選閱材伎之士

楊注云：「募，招也。謹募猶重募也。選閱，揀擇也。」俞樾曰：「募乃纂字之譌。毛詩猗嗟篇舞則選兮，韓詩作舞則纂兮，是纂與選聲近義同，故此以連文。纂選皆具也。閱亦具也。是纂選閱三字同義，古書往往有之。襄三十一年左氏傳繕完葺墻，繕完葺一義也。楚語蓄聚積實，蓄聚積一義也。竝其例也。纂誤為募，楊注曰募招也，非古義矣。管子心術篇『纂選者，所以等事也』。今本皆作慕選，誤與此同。」

宇純案：俞氏此依詩今古文異文立說。然韓詩之纂卽毛詩之選，以音近通作。此文募下既有選字，是不得募又爲纂之誤矣。管子各本作慕選，慕選當同募選，亦不得

慕爲纂之譌誤。本書議兵篇云招延募選，亦此文募字不誤之證。（兪舉楚策左傳為纂選閔三字同義之例亦誤。楚語云：「鬥且廷見令尹子常，子常與之語，問蓄貨聚馬。歸以語其弟曰：楚其亡乎。吾見令尹，問蓄聚積實，如餓豺狼焉，殆必亡者也。」云蓄聚積實者，蓄聚二字即承上文蓄貨聚馬，又加積實二字以足意而已。積為名詞，與實平列，即其下文「昔鬥子文三舍令尹無一日之積」之積，非以蓄聚積三字並讀也。若左傳之繕完葺墻，李涪刊誤以完為宇之誤。即不然，亦當為繕完其墻又葺之之意，不必繕完葺三字同義。）

仁眇天下，義眇天下，威眇天下

楊注云：「眇，盡也。盡天下皆懷其仁，感其義，畏其威也。」郝懿行曰：「眇，古妙字，注失之。」王念孫曰：「諸書無訓眇為盡者，且正文但言眇天下，而注言盡天下皆懷其仁，感其義，畏其威，加數語以釋之，其失也迂矣。余謂眇者高遠之稱。漢書王褒傳眇然絕俗離世，顏注眇然高遠意。文選文賦志眇眇而臨雲，李注眇眇高遠貌。此言仁高天下，義高天下，威高天下耳。」

宇純案：楊注之失，既如王氏之言矣。郝說無謂無義。王說差勝，然所引漢書文賦眇爲狀詞，不足與所說仁高天下義高天下相比附。余謂眇當是眄字之誤，眄讀爲丏。（眄丏二字並從丏聲，廣韻同莫甸切）說文：「丏，冥合也。」冥合也者，謂莽蒼

之色，牢籠天地。（段玉裁曰：「合之泯然無迹。」王筠曰：「日部昆，望遠合也，文法同。天與地未嘗合也，彼見為合，以其遠也；此見為合，以其冥也。風雨如晦，往往如此。」）此文仁眄天下，義眄天下，威眄天下，即謂仁彌合天下，義彌合天下，威彌合天下。

析愿禁悍

楊注云：「析，分異也。分其愿慤之民，使與凶悍者異也。」王念孫曰：「析愿二字義不可通，當從韓詩外傳作折暴，字之誤也。折暴與禁悍對文。下文曰如是而可以誅暴禁悍矣，富國篇曰不足以禁暴勝悍，皆以暴悍對文，則此亦當作折暴禁悍明矣。」又曰：「析當為折，折之言制也。愿讀為傆。說文傆，黠也。制禁黠之民使畏刑也。作愿者，借字耳。余前說改愿為暴，未塙。韓詩外傳作折暴，恐是以意改，未可援以為據。下文之誅暴禁悍，富國篇之禁暴勝悍，文各不同，皆未可據彼以改此。」

宇純案：荀書既以暴與悍並稱，又以愿與暴悍對言。暴與悍並稱者，已見王氏所引。愿與暴悍對言者，如王霸篇云：「無國而不有愿民，無國而不有悍民；無國而不有美俗，無國而不有惡俗。」富國篇云：「汙者皆化而脩，悍者皆化而愿，躁者皆化而慤。」議兵篇云：「暴悍勇力之屬爲之化而愿，旁僻曲私之屬爲之化而公，矜糾收

繚之屬爲之化而調。」據後者，荀書凡愿與暴悍對言，愿爲暴悍之反義，（案：荀書愿字並愿慤義，即如王霸篇其民愿其俗美，亦為此義，不必與暴悍相對者為然也）是此文必不以愿借爲傆而與悍義相類之證；（案古亦絕無借愿為傆之例。）據前者，荀書既多暴悍並稱，外傳又正作暴字，是此文愿必爲暴之誤甚明。王說但使文意可通，而不知不合全書通例，誤矣。暴與愿形雖不甚相近，說文古文暴作⿸𢉖日，疑此原書暴作⿸𢉖日，⿸𢉖日殘爲麃，因附會爲愿耳。（案：說文古文本戰國時東方文字，時地與荀子俱合。荀子書因此「古文」而譌亂者，即本文所見，凡三見。請參勸學之六馬、禮論之捲面。）

始則終，終則始，若環之無端也

楊注云：「始謂類與一也，終謂雜與萬也。言以此道為治，終始不窮，無休息，則天下得其秩序，舍此則亂也。」王念孫曰：「始終二字泛指治道而言。始非謂類與一，終亦非謂雜與萬。」

宇純案：此謂「以類行雜、以一行萬」之效，其應變無窮，若環之無端，反覆終始。始則終，終則始，若環之無端，三語俱用莊子。莊子此類語多矣。如齊物論篇云：「彼是莫得其偶，謂之道樞，樞始得其環中，以應無窮。」寓言篇云：「始卒若環，莫得其倫。」則陽篇云：「冉相氏得其環中以隨成，與物無終無始。」又云：「窮

則反，終則始。」田子方篇云：「生有所乎萌，死有所乎歸，始終相反乎無端，而莫知其所窮。」知北遊篇云：「魏魏乎其終則復始也。」大宗師篇云：「反覆終始不知端倪。」荀子思想本多受莊子影響，造語亦時本莊氏。

黿鼉魚鼈鰌鱣孕別之時

楊注云：「別謂生育與母分別也。國語韋昭曰：自別於雄而懷子。」

宇純案：楊第一解是。知者，分別義同，產子或言分娩，或言分身，是別言別於母體之證。說詳拙文「比較語義發凡」。

上察於天，下錯於地

楊注於察字無說。

宇純案：察，際也。此言上接於天，下交於地。故下文云塞備（案王引之云：備當為滿之誤）天地之間。中庸云：「詩云：鳶飛戾天，魚躍於淵，言其上下察也。君子之道，造端乎夫婦；及其至也，察乎天地。」是察訓際之證。

故曰一與一是爲人者，謂之聖人

楊注云：「一與一，動皆一也。是，此也。此為人者，則謂之聖人也。」王先謙曰：

「與讀為舉，上言以一行萬，是上之一也。喪祭朝聘師旅諸事，皆所以一民，是下之一也。以上之一舉下之一，故曰一舉一。楊注未晰。」

宇純案：楊說一字附會，王於「是爲人者」四字無說，知其亦不然。余謂一與一是爲人者，或當時有此字說，謂所以人字用二畫象之者，寓聖人能執一馭萬以淺持博之意，故荀子以申「神明博大以至約」之義。

抃急禁悍，防淫除邪

楊注云：「抃當為析，急當為愿。」王念孫曰：「抃急當是折暴之誤。」又曰：「抃當為折，急卽愿之譌。前改急為暴，未確。」

宇純案：王前說是。下文云：「使暴悍以變，姦邪不作。」姦邪卽此文之淫之邪，是此文急爲暴誤甚明。詳前析愿禁悍條。

具具而王，具具而霸，具具而存，具具而亡

宇純案：具具而亡上當有具具而殆句，殆或作危。下文云：「王霸安存危殆滅亡，制與在我，亡乎人。」又云：「安以其國爲是者王，安以其國爲是者霸，如是者則安存，如是者危殆，如是者滅亡。」又云：「王霸安存危殆滅亡之具也。」並承此文言之，是此有脫句之證。（案近見趙海金荀子校釋，已有此說。因版式排定，更

動為難，姑仍之，不辭剽竊。）

天下脅於暴國，而黨爲吾所不欲於是者，日與桀同事同行，無害爲堯，是非功名之所就也

宇純案：黨與儻同，說見柬釋。日上可加「以爲」二字讀之。正名篇云：「正利而爲謂之事，正義而爲謂之行。」此文之事之行，當指非正利正義之作爲而言。

王霸篇

如是，則舜禹還至，王業還起

楊注云：「還，復。」王念孫曰：「還至，即至也。還起，即起也。漢書董仲舒傳還至而立有效是也。楊注失之。」

宇純案：王說是，還讀若旋。還旋二字古通作。旋至旋起者，疾至疾起也。廣雅釋詁一：「儇，疾也。」說文：「䙴，疾也。」儇䙴並與旋還同。

君道篇

致臨而有辨

東釋云：「臨讀為隆，此隆字或指隆禮。」
宇純案：臨者，上臨下之意。言夫之於妻雖無不臨也，然而猶有夫妻之別。（郝懿行曰：辨韓詩外傳作別，謂夫婦有別也。）東釋誤。

天論篇

如是者，雖深其人不加慮焉，雖大不加能焉，雖精不加察焉
楊注云：「其人，至人也。言天道雖深遠，至人曾不措意測度焉，以其無益於理。」
宇純案：楊以深言天道，下文大精二字當並就天道言之。然謂天道雖大聖人不加能焉，不知所云矣。余謂深大精並就至人言。言至人之於天道，其慮雖深，曾不加慮；其能雖大，曾不加能；其察雖精，曾不加察。

皆知其所以成，不知其無形，夫是之謂天功
宇純案：以讀同已。天功之爲道，不爲而成，不見其事，而見其功。凡已成之物，莫不見而知之，然而未有知其『自無之有』之歷程者，故曰皆知其所已成，不知其無形。下文孰與有物之所以成，亦讀以爲已。已以二字說文本是一字，故通用不別。

耳目鼻口形能各有接，而不相能也

楊注云：「耳辨聲，目辨色，鼻辨臭，口辨味，形辨寒熱疾癢。」王念孫曰：「余謂形能當連讀，能讀為態，形態卽形也。言耳目鼻口形態各與物接，而不能互相為用也。」

宇純案：楊注此本榮辱、正名爲說。正論篇云：「亦以人之情爲目不欲綦色，耳不欲綦聲，口不欲綦味，鼻不欲綦臭，形不欲綦佚？」解蔽篇云：「目視備色，耳聽備聲，口食備味，形居備宮，名受備號。」並以形與目耳口鼻對舉，而不云形態，榮辱、正名二篇亦以「骨體膚理」或「形體」與目耳口鼻相對爲言，是楊注不誤之證。上能字卽下能字，第詞性有不同耳，王說誤。

繁啓蕃長於春夏，畜積收藏於秋冬

楊注云：「繁，多也。蕃，茂也。」

宇純案：繁蕃二字古音同義通，（說文蕃，茂艸也。又繁，馬髦飾也。段注云：蓋集絲條下垂為飾曰繁，引申為繁多。）通用不別。（如蕃殖亦作繁殖，蕃多亦作繁多，蕃昌亦作繁昌，蕃廡亦作繁廡。）楊強以多、茂分別之，非其原意也。且此文蕃長、畜積、收藏並以二字誼同平列，繁訓作多則與啓字異義，而失句法之均衡，楊注之誤明矣。繁當爲毓字之誤。說文繁字作緐，與毓形近，故毓誤爲繁。呂氏春

秋開春覽云：「開春則草木育矣」，張衡思玄賦云「卉既凋而已育」，周禮大司徒之職云「以毓草木」，漢書五行志云「孕毓根核」。（案核讀同荄。）說文育毓二字爲或體，並古人以毓字言春日草木萌動之例，是此文繁爲毓誤之明證。爾雅釋天云：「春爲發生，夏爲長贏。」發，啓也；生，育也。禮記樂記云：「春作夏長，仁也；秋斂冬藏，義也。」作與啓同義。陶潛自祭文云：「載耘載耔，迺育迺繁。」繁卽此文之蕃，迺育以春言，迺繁以夏言。並可見此文繁爲誤字。而周書時訓及禮記月令「草木萌動」，呂氏春秋孟春紀萌字作繁，爲毓字之誤，正與此文誤同。

日月食而救之，天旱而雩，卜筮然後決大事，非以爲得求也，以文之也。故君子以爲文，而百姓以爲神。以爲文則吉，以爲神則凶

宇純案：禮論篇云：「祭者，其在君子以爲人道也，其在百姓以爲鬼事也。」與此文可互參。馮著中國哲學史云：「喪祭禮之原始，皆起於人之迷信，荀子以其自然主義的哲學，與喪祭禮以新的意義。此荀子之一大貢獻也。」然墨子明鬼篇云：「今執無鬼者曰，鬼神者固無有，旦暮以爲教誨乎天下。」則此意先儒固已道之，荀子述而非作。以爲荀子之創說，豈其然哉。

願於物之所以生，孰與有物之所以成

宇純案：所以成者，以讀同已，說詳前「皆知其所以成」條。

錯人而思天，則失萬物之情

宇純案：前文云：「財非其類，以養其類，夫是之謂天養。」則萬物者，天之所以養人者也。人若錯其財非類以自養之道，是棄其天養，而失萬物之情矣。

外內異表，隱顯有常

楊注云：「外謂朝聘，內謂冠昏。」郝懿行曰：「外內皆謂禮也。禮有內心，有外心。竹箭有筠，禮之外心也；松柏有心，禮之內心也。」

宇純案：禮者爲異，（語用樂記）故曰外內異表。禮有常體，故曰隱顯有常。楊注失之褊狹，郝氏據禮器塗附，亦不得要領。

正論篇

凡爵列官職慶賞刑罰皆報也

楊注云：「報謂報其善惡。」

宇純案：楊注語焉不詳。說文：「報，當辠人也。」當辠又曰報辠。（參說文段注）故凡當亦曰報。皆報即皆當也。下文云：「一物失稱，亂之端也。」又云：「夫德不稱位，能不稱官，賞不當功，罰不當罪，不詳莫大焉。」曰稱曰當，是此文報訓當之證。

禮論篇

故人一之於禮義，則兩得之矣；一之於情性，則兩喪之矣

楊注云：「專一於禮義，則禮義情性兩得；一之於情性，則禮義情性兩喪也。」

宇純案：此語又見史記禮書，解者與楊說同。然既云一之於禮義、情性，又云得之於禮義、情性，不爲無謂乎？余謂上文云：「故人苟生之爲見，若者必死；苟利之爲見，若者必害；苟怠惰偷儒之爲安，若者必危；苟情說之爲樂，若者必滅。」兩得之者，當謂可以得生免死，可以得利免害，可以得安免危，可以得樂免滅。兩喪之者，謂既不能得生，終不免死；既不能得利，終不免害；既不能得安，終不免危；既不能得樂，終不免滅。解者並失之。

天地者，生之本也

宇純案：有天地而後有萬物，有萬物而後可以裁非其類以養其類。萬物由天地出，而人賴之以生，故曰天地者生之本也。

俎之先大羹也

王先謙曰：「俎字大戴禮、史記作豆。大羹盛於登，俎豆蓋通言之。」

宇純案：俎當作梪，梪與豆同，蓋涉上文俎之尚生魚句而誤。

大路之素未集也

楊注云：「未集，不集丹漆也。史記作大路之素幬。」俞樾曰：「楊注未集不集丹漆，則但言素其義已足，不必言未集；且未集二字義亦未足，楊注非也。未字當為末。素末一事，素集一事，蓋一本作末，一本作集，傳寫誤合之，而因改末為未，以曲成其義，非荀子原文也。末者，幦之叚字。大戴記禮三本篇作素幭，幭與幦同，荀子作末之本與大戴合。集者，幬之叚字。集音轉而為就，故得讀為幬。史記禮書正作素幬，荀子作集之本與史記合。」

宇純案：俞氏議楊注之失是也，然俞說無板本依據，無以見其必出後人誤合；而借集為幬之說，集幬韻既遠隔，聲亦不近，尤決其不然。余謂古借壽為幬，（見彔伯𢦏毀）而壽字金文有作[illegible]（毛公旅鼎）若[illegible]者，與篆書未集二字連書作[illegible]者近似，

史記又正作素幬，則末集二字當爲一壽字之誤，壽讀同幬。

凡禮始乎梲，成乎文，終乎悅校

楊注云：「史記作始乎脫，成乎文，終乎稅。言禮始於脫略，成於文飾，終於稅減。禮記曰禮主其減。校字未詳，大戴禮作終乎隆。隆，盛也。」郝懿行曰：「稅史記作脫，疑當作稅，稅者斂也。校當作恔，恔者快也。此言禮始乎收斂，成乎文飾，終乎悅快。」

宇純案：楊謂「言禮始於脫略，成於文飾，終於稅減」是也。大戴作終乎隆，隆當爲降，（禮記喪服小記「親親尊尊長長，男女之有別，人道之大也」鄭注「言服之所以隆殺」，阮氏校勘記云：「岳本隆作降，考文引古本足利本同。」左襄二十六年傳「自上以下，隆殺以兩，禮也」，釋文隆殺作降殺，阮氏校勘記云：「石經、宋殘本、纂圖本、監本、毛本隆作降。」又尚書大傳降谷本亦作隆谷）降亦減也；（廣雅釋詁二「⿸尸夅，減也」；釋詁四「⿸尸夅，差也」。⿸尸夅與降同。）非隆盛之義。當據史記改梲爲脫，改悅爲稅，校字蓋卽稅字之誤而重者。

死之爲道也，一而不可得再復也。臣之所以致重其君，子之所以致重其親，於是盡矣

楊注云：「以其一死不可再復，臣子於極重之道不可不盡也。」

宇純案：「於是盡矣」釋臣子所以致重君親之故，言過此不復能達其敬孝之心，是以臣致重其君，子致重其親。盡之義爲終既。若楊氏此注，以「於是盡矣」爲臣與子之述語，盡之義爲竭，誤矣。

絓纊聽息之時，則夫忠臣孝子亦知其閔已

楊注云：「言此時知其必至於憂閔也。」俞樾曰：「楊注文義迂曲，殊非也。爾雅釋詁：閔，病也。詩柏舟覯閔既多，鴟鴞鬻子之閔斯，毛傳並曰閔，病也。亦知其閔已猶言亦知其病已。病謂疾甚也。儀禮既夕禮注曰疾甚曰病。」

宇純案：說文云「閔，弔者在門也」，左宣十二年傳云「少遭閔凶」，此上文云「禮者，謹於吉凶不相厭者也」，則楊以憂閔釋閔字，自不誤。況既云絓纊聽息，是凶閔已至，豈得閔言疾甚乎？俞氏據病有疾甚義，及爾雅毛傳訓閔爲病，遂云閔義爲疾甚，殊不知爾雅毛傳閔祇是憂閔，與說文左傳閔凶義相成，則曲在俞氏而已。

相高以毀瘠

宇純案：楊注不釋此句，蓋讀相字爲平聲，謂以毀瘠相高耳。今案：高當是骨字之誤，二字篆書形近，遂誤骨爲高。相骨以毀瘠者，相讀若詩相鼠之相，相骨猶言露骨。曲禮云：「居喪之禮，毀瘠不形。」形謂露骨。故荀子言「相高以毀瘠，是姦

人之道，非禮義之文」矣。

兩情者，人生（久保愛荀子增注讀生為性。案勸學篇君子生非異也，王念孫曰生讀為性。）固有端焉。若夫斷之繼之，博之淺之，益之損之，類之盡之，盛之美之，使本末終始莫不順比，足以為萬世則，則是禮也……故曰性者本始材朴也，僞者文理隆盛也。無性則僞之無所加，無僞則性不能自美。性僞合，然後聖王之名一，天下之功於是就也

宇純案：不苟篇云：「國亂而治之者，非案亂而治之之謂也，去亂而被之以治。」若以此意仿之彼文，當云：「性惡而僞之者，案性而僞之之謂也，非去性而被之以僞。」（案此文云「無性則僞之無所加」，加與被同義）而不得云：「性惡而僞之者，非案性而僞之之謂也，去性而被之以僞。」則荀子性惡說，在重言禮義文理之不可少，非謂人性絕惡至不可治，殆明若觀火矣。嘗試論之，蓋荀子有鑑於先儒既貴聖王禮義，又言人之性善；然人性果善，則惡用聖王，惡用禮義！是以性善之說日倡，而聖王禮義之去人亦日遠，而孔子之道終不得行於世也。遂就情欲可致爭亂一端，發為性惡之說，所以矯先儒之弊，其意在此而已。以學者多不達斯旨，恆見有議性惡說之實與不實者，故據不苟篇文申之如此。況荀子不云乎，「塗之人也，皆有可以知仁義法正之質」；「凡生乎天地之間者，血氣之屬必有知，有知之屬莫不知愛其類」，豈有異於孟子知端仁內之說也哉！

天能生物，不能辨物也；地能載人，不能治人也；宇中萬物生人之屬，待聖人然後分之

宇純案：分辨與治理義相成，此文辨、治、分三字用義相同。下文治辨之主也，亦以二字同誼平列。參拙文比較語義發凡孟子「所以別野人」條。

設掩面儇目

宇純案：士喪禮「掩用練帛廣終幅長五尺」鄭注云：「掩，裹首也。」此文面當是首字之誤，下文儇目乃爲覆面之物。首所以誤爲面者，篆文面字與說文古文首字二者形近，故誤耳。

然則何以分之？曰至親以期斷。是何也

宇純案：此文自楊注讀之如此，故楊釋「分」字云「分，半也，半於三年矣」，語在「然則何以分之」之下。集解、柬釋並從楊氏句讀，柬釋則於「分之」下引陶鴻慶云，分爲親疏之別也。今案：此十五字當作一句讀，標點之爲：「然則何以分之曰『至親以期斷』，是何也？」分者，別也，異也，讀與非十二子篇「苟以分異人爲高」之分同。之字指代上文「三年之喪」。謂三年之喪既是稱情立文，先王聖人所以爲至痛者飾，「然則何以有別異於此而曰『至親以期斷』者，此何以故也？」下文自「曰天地則已易矣」以下，始是荀子之應辭。昔賢以未得分字之義，遂誤讀

如此。禮記三年問曰：「然則何以至期也？曰至親以期斷，是何也？」當爲楊注釋分爲半之張本。然三年問亦正由誤解荀子分字之義，而易爲至期二字。

君者，治辨之主也，文理之原也，情貌之盡也，相率而致隆之，不亦可乎

楊注云：「治辨謂能治人使有辨別也。文理，法理條貫也。情，忠誠也。貌，恭敬也。致，至也。言人所施忠敬無盡於君者，則臣下相率服喪至於三年，不亦可乎？」宇純案：治辨之主也，文理之原也，情貌之盡也，三語平行，當並就君言之，以釋人臣服喪三年之故。楊注以情貌之盡屬之人臣，殊非也。又情貌二字義不相屬。情言內裏，貌言外表，故古以文貌連言，義與文理同。（如本篇下文云「禮節文貌之盛」，大略篇云「文貌情用相為內外表裏」；而大略篇之文貌情用，本篇即云文理情用。）此上文已云文理之原，是不當復云貌之證。疑情貌原當作情頌。今本作情貌者，後人不解情頌之義，據頌與容通用不別，容與貌同義，遂易情頌爲情⿰豸頁，而終爲情貌（案⿰豸頁貌同字，本書多用⿰豸頁字）耳。情頌即上文之情用，亦即史記禮書之情欲，用、頌、欲三字並以音同通作。（前文情用史記禮書作情欲，是用欲通作之例。史記樂書：「人生而靜，天之性也，感於物而後動，性之頌也。」禮記樂記頌字作欲，是頌欲通作之證。）唯前文情用專指情言，此文情頌則專就欲言，有不同耳。（案正名篇云：「欲者情之應也。」故情之一詞可以欲字輔之言情欲，欲之一

詞亦可以情字輔之云情欲）情頌之盡，言君者人之情欲得賴之以盡也。下文云：「得之則治，失之則亂，文之至也；得之則安，失之則危，情之至也。」前句與此文「文理之原」同義，以有君而後有文理，有文理而後可以平治，故或曰文理之原，或曰文之至。後句與此文「情頌之盡」同意，則以有君然後有禮義，有禮義然後可以養人之欲，給人之求，故或曰情頌之盡，或曰情之至。然則情頌之盡當就君言之，此其確證矣。

悖詭唱優，而不能無時至焉

楊注云：「不能無時至，言有待而至也。」

宇純案：不能無時至，謂不能不時時而至，即時不得不悖詭唱優之意。

樂論篇

使其文足以辨而不諰

盧文弨曰：「禮記樂記作論而不息，史記樂書作綸而不息。此作諰，乃諰字之訛。」郝懿行曰：「諰乃別字，古止作息。樂記作論而不息是也。荀書多以諰為葸，此又以諰為息，皆假借也。」梁啓雄曰：「諰當作偲，廣雅釋言偲，佞也。佞有邪義，

偲亦有邪義。此謂使樂之文辭足以明瞭而不邪。」
宇純案：上文云使其聲足以樂而不流，流者樂過而淫之謂。此文云辨而不諰，辨字史記作綸，禮記作倫，綸與倫通，讀若書曰「八音克諧，無相奪倫」之倫；辨卽明辨義，亦謂不相奪理也；則諰字當是辨過而泥之意。辨而不諰，與樂而不流文正相儷。論語云「愼而無禮則葸」，言愼而不以禮節之則葸。葸義爲過愼，故鄭注云「慤質皃」，皇疏云「畏懼過甚之皃」。（廣雅釋言「葸，愼也。」亦謂過愼，與愼有淺深之別）愼而無禮則葸，與此文辨而不諰，義可互通。荀子既多用諰爲葸，則樂記樂書此文諰作息者，息當是思字之誤，（詩漢廣「南有喬木，不可休思」，思或作息，息卽思誤。）盧郝梁諸說並非。

解蔽篇

治則復經

楊注云：「言治世用禮義則自復經常之正道。」
宇純案：治則復經與下兩疑則惑（案當作兩則疑惑，詳下條）並就心言之，治謂治其心，兩謂兩其心。治謂治其心者，鍾應梅先生蘂園讀書記引下文主其心而愼治之爲證，其說是也。成相篇云：「治復一，脩之吉，君子執之心如結。」治復一義與

此文治則復經相通，彼治與脩對文，並見楊注以治字言治世，非荀子之意。

兩疑則惑

楊注云：「兩疑謂不知一於正道而疑。一本作兩則疑惑。」俞樾曰：「兩讀兩政之兩。疑讀疑妻疑適之疑，字亦作擬。天下之道一而已，有與之相敵者是謂兩，有與之相亂者是謂疑。兩馬疑馬，惑從此起。如楊注，則疑卽惑也，於義複矣。一本則不得其解而誤乙其文也。」

宇純案：下文云「天下無二道，聖人無二心」，言兩言二，正承此文兩字，是此文當以作兩則疑惑爲是。下文又云：「心枝則無知，傾則不精，貳則疑惑。」貳則疑惑卽此文之兩則疑惑，俞說迂矣。

宋子蔽於欲而不知得

楊注云：「宋子以人之情欲寡而不欲多，但任其所欲則自治也，蔽於此說而不知得欲之道也。」俞樾曰：「古得德字通用，蔽於欲而不知德，正與下句慎子蔽於法而不知賢一律，注失之。」

宇純案：宋子與愼子所蔽既異，其失亦自不同，無以比擬，俞說非也。以上下文例之，用與文、法與賢、埶與知、辭與實、天與人皆相對，此文欲與得亦當取相對之

義。蔽於欲者，猶云蔽於欲少，楊說是也；則不知得者，猶謂不知欲多，明顯可見。蓋荀子之意，人果欲少而不欲多，則安於不足；雖誘之使遷於美，賞之使化爲善，不可得。是以譏宋子蔽於欲少，而不知欲多之爲用也。下文云：「由俗謂之，道盡嗛矣。」與此文可相互發明。而天論篇云：「宋子有見於少，無見於多；有少而無多，則羣衆不化。」正名篇云：「凡語治而待寡欲者，無以節欲，而困於多欲者也。」皆不啻爲此文注釋。楊注以不知得言不知得欲之道，亦未允已。

由俗謂之，道盡嗛矣

楊注云：「俗當為欲。嗛與慊同，快也。言若從所欲，不為節限，則天下之道盡於快意也。」

宇純案：此當云由宋子之欲少而言，則所謂道者盡於不足而已。參前條。仲尼篇云「滿則慮嗛」，嗛亦取不足之義。

偷則自行

楊注云：「自行，放縱也。偷則必放縱。」梁啓雄曰：「偷卽淮南脩務偷慢懈惰之偷。偷，鬆弛也。自行，自動也。」

宇純案：偷讀與愉同，義取閑逸，與下文劇字對稱。謂心處閑逸狀態，常不使而自

行動。陶潛詩「採菊東籬下，悠然見南山」，即此境界也。

身盡其故則美

楊注云：「故，事也。盡不貳之事則身美矣。」梁啓雄曰：「正名民易一以道而不可與共故，辨則盡故，性惡聖人積思慮習僞故以生禮義，臣道因其憂也而辨其故，與此句故字都指事理。」

宇純案：盡讀若不苟篇「齊而材盡」及榮辱篇「待盡而後備」之盡，故讀若榮辱篇「起於變故」及性惡篇「習僞故」之故。身盡其故則美，亦以性惡說爲背景，言身能化盡其本性則爲美也。本性非朝夕間可化，禮義文理不可須臾離，言此以明人不可不壹於道。楊以故爲事故，梁又以正名臣道之故字相比附，並誤。

其榮滿側

楊注云：「側謂迫側，亦充滿之義。」

宇純案：古無獨用側爲充滿義者，亦不以滿字與側字連用言充滿。方言卷六：「偪，滿也，腹滿曰偪。（偪即說文之畐，說文畐，滿也）」司馬相如上林賦云「偪側泌瀄」，偪側疊韻連語，言水之充盈排盪。郭璞注方言云「偪言敕偪也」，敕偪亦疊韻連語，與言偪側者相同。又釋名釋姿容云：「側，偪也。」雖是聲訓，亦可見偪

側二字恆相關。此文云滿側者，滿當是偪字之誤。（案偪與滿雖同義，然語言有習慣。可以言偪側，不可以言滿側也，此所以斂與歙義同，而非十二子篇之「斂然」，王引之必主改斂作歙。）

善射以好思

楊注云：「好，喜也。清靜思其射之妙。」俞樾曰：「案凡射者必以心手相得，方可求中，非徒思之而已。且其文曰耳目之欲接則敗其思，蚊䖟之聲聞則挫其精，無一字及射，然則楊注非也。此射字乃射策射覆之射。」

宇純案：射讀與度同，故古書無度或作無射。度者，義取忖度，射策射覆之射亦同此，俞說猶未透徹。

瞽者仰視而不見星，人不以定有無，用精惑也

宇純案：用字無義，疑當爲目字之誤。上文云：「水動而景搖，人不定美惡，水埶玄也。」目精惑也與水埶玄也文同一例。（下文云：凡人之有鬼也，必以其感忽之間疑玄之時正之。正論篇云：上周密，則下疑玄也。疑玄二字同義，則此文玄亦惑也。）水埶玄也者，水埶玄之也。目精惑也者，目精惑之也。楊注云：精，目之明也。是楊氏所見本目字已誤。

其所以貫理焉，雖億萬已不足浹萬物之變，與愚者若一

宇純案：其字義不可通，當作無。此即天論篇「不知貫，不知應變」之意。蓋戰國時其字或作亓，與無作无（說文說為古文奇字）者形近，誤无為亓，遂易為其耳。

嚮是而務，士也。類是而幾，君子也

宇純案：自此以下諸是字，義並為正，指禮義而言，說見勸學篇。

傳曰天下有二，非察是，是察非，謂合王制與不合王制也

宇純案：非察是者，非中察是也；是察非者，是中察非也。以合王制與否為是非，不以一己之愛惡為是非，故云然。楊注云：「衆以為是者而非之，以為非者而察之。」于省吾曰：「非察是者，謂其雖非而察其有無是處也。是察非者，謂其雖是而察其有無非處也。」皆不當原意。

不慕往，不閔來，無邑憐之心

楊注云：「不慕往，謂不悅慕無益之事而往從之。不閔來，謂不憂閔無益之事而來正之也。或曰：不慕往古，不閔將來，言唯義所在，無所繫滯也。邑憐未詳。或曰邑與悒同；悒，怏也。憐讀為吝，惜也。言棄無益之事，更無悒怏吝惜之心。此皆

明不為異端所蔽也。」劉師培曰：「慕往卽中庸所謂居今反古，閔來卽玉藻所謂測未至也。」

宇純案：楊注不慕往古、不閔將來、邑與悒同，並是也；而謂唯義所在無所繫滯及棄無益之事更無悒怏吝惜之心，則非。此言不追懷往日之成就，亦不憂慮將來之事功。無悒憐之心卽承慕往閔來言之。葢君子理貫胸次，當時而動，物至而應，事起而辨，治亂臧否昭然於心，（案此本下文及儒效。）是以曾無悒憐之心。不若小人然，往日之小善小成，懷之終身以自矜喜，來日之事，又不知力能適應勝任否，是以動心悚懼，憂憫無既而已。

正名篇

散名之加於萬物者，則從諸夏之成俗曲期，遠方異俗之鄉，因之以爲通

楊注云：「曲期，謂委曲期會物之名。」郝懿行曰：「曲期謂曲折期會之地，猶言委巷也。此與遠方異俗相儷。楊注斷上屬，似未安。」王先謙曰：「郝云曲期二字屬下是也，而解委巷非也。曲期者，乃委曲以會之。萬物之名從諸夏成俗，以委曲期會於遠方異俗之鄉，而因之以為通。」

宇純案：曲期與成俗義相成。唯其成俗，方可曲期，明四字不當分讀，而郝以曲期

猶言委巷尤誤。下文共其約名以相期，可與此文「從諸夏之成俗曲期」互參。

性之和所生

宇純案：和者，下文云性傷謂之病，和即不傷不病之意。性之和所生，即天賦本性在於不傷不病之狀態所生。楊注云「和，陰陽冲和氣也」，稍涉玄幽。

情然而心爲之擇謂之慮

楊注云：「情雖無極，心擇可否而行謂之慮。」

宇純案：楊注釋情然爲情雖無極，未妥。情然而心爲之擇者，謂好惡喜怒哀樂之情已然（猶云已作）而心爲之擇也。

故王者之制名，名定而實辨，道行而志通，則慎率民而一焉

楊注云：「道謂制名之道。愼率民而一焉，言不敢以異端改作也。」

宇純案：楊說非。名定而實辨，猶論語之名正言順；道行而志通，猶彼文之事成禮樂興。此篇即本孔子正名之旨，以政治爲目的，非純學術之論名學也。故下文一則曰：「其民莫敢託爲奇辭以亂正名，故其民愨，愨則易使，易使則公。（案公與功同）其民莫敢託爲奇辭以亂正名，故壹於道法而謹於循令矣，如是則其迹長矣。迹

長功成，治之極也。」再則曰：「貴賤不明，同異不別，如是則志必有不喻之患，而事必有困廢之禍，此所爲有名也。」此文之志通，與下文「志無不喻之患」同意。志者，非一般性心意語意之謂，政治上之意志之謂也。愼率民而一焉，亦與下文「其民壹於道法，謹於循令」之意同。道謂治道，非制名之道。又下文云：「說行則天下正，說不行則白道而冥窮，是聖人之辨說也。」又云：「君子之言涉然而精，俛然而類，差差然而齊。彼正其名，當其辭，以務白其志義者也。」一云白道，一云白其志義，亦可與此文道行而志通參觀。

易使則公

顧千里曰：「公疑當作功。荀子屢言功，可以為證。下文云：則其迹長矣，迹長功成，治之極也。正承此功言之，不作公明甚。

宇純案：余曩爲集解補正，舉二字通用之例，以見公卽與功同。今案：正論篇云：「上端誠則下愿愨，愿愨則易使，易使則功。」正此文公與功同之證。

誦數之儒

王先謙曰：「誦數猶誦說。」

宇純案：誦數之儒謂儒之但知書之數而不知書之義者，與上文守法之吏相對，守法

之吏謂吏之能謹守法之數而不知法之類者。說詳勸學篇「誦數以貫之」條。

緣天官

楊注云：「天官，耳目鼻口心體也。」

宇純案：注當云天官，耳目鼻口體也。心爲天君，不在官之列。詳下「然而徵知，必將待天官之當簿其類然後可也」條。

聲音清濁調竽奇聲以耳異

楊注云：「調竽謂調和竽笙之聲。」盧文弨曰：「調竽二字上下必有脫誤，不必從為之辭。」俞樾曰：「調竽疑當作調笑，字之誤也。調笑與談笑文異而誼同。」王先謙曰：「調竽當作調節。竽節字皆從竹，故節誤為竽。聲音之道，調以和合之，節以制斷之，故曰調節。與清濁同為對文。」

宇純案：王說着眼於清濁之相對，（案樂記云聲成文謂之音，則聲音二字義亦相對。）以爲調竽必亦相對，所見是也。然調節義實相成，與聲音、清濁及下文之甘苦、鹹淡爲反義者不同。詩葛覃「薄汙我私」毛傳云「汙，煩也」。（案葛覃詩汙義為去汙，不訓煩，余已於比較語義發凡一文詳論之。毛蓋欲本此故訓，傅會為煩擱義，故其後鄭申之如此。）煩與調義正相反。疑竽原作汙，後人以不達汙字之義

而改之。

然而徵知，必將待天官之當簿其類然後可也

俞樾曰：「天官乃五官之誤。五官，耳目鼻口體也。所以不數心者，徵知卽心也。下文云五官簿之而不知，可知天官為五官之譌。」

宇純案：天論篇云：「耳目鼻口形能各有接，而不相能也，夫是之謂天官。心居中虛，以治五官，夫是之謂天君。」是荀子書天官卽五官，故亦上言天官而下言五官也。心爲天君，原不屬官列，俞說誤。

心也者，道之工宰也

宇純案：工宰者，治事者之稱。心以治道，故曰「心也者，道之工宰也。」故下文云「心合於道」，言心所治者合於道也；又云「離道而內自擇」，謂心不知治道，不合於道也。楊注云：「工能成物，宰能主物，心之於道亦然。」陳奐曰：「工宰者，工，官也。官宰猶言主宰。解蔽篇云：『心者形之君也，而神明之主也，出令無所受令。』是其義。舊注失之。」如此，則心之所慮成道，卽百家所言莫不爲道，斯不然矣。解蔽篇但云心爲形之君，爲神明之主，非謂爲道之君主也。

辨異而不過，推類而不悖

楊注云：「辨異而不過，謂足以別異物則已，不過說也。」

宇純案：不過猶不悖，二語謂審同辨異莫不皆當。楊釋不過爲不過說，非是。

有欲無欲異類也，生死也，非治亂也

楊注云：「二者異類，如生死之殊，非治亂所繫。」王念孫曰：「生死也三字與上下文義不相屬，楊曲為之說非也。生死也當作性之具也。下文性之具也即此句之衍文。有欲無欲是生而然者也，故曰性之具也。」梁啓雄曰：「生指有生命物，如動植；死指無生命物，如礦石。生物都有欲，死物都無欲。」

宇純案：凡人生皆有欲，唯死後乃可以無欲，故曰「有欲無欲異類也，生死也」。生死也者，謂關乎生死也。下文非治亂也，亦謂非關乎治亂。王梁說具不可從；楊謂如生死之殊，亦一間未達。（王以下「性之具也」為此文之衍文，亦曲為之說。）

所受乎天之一欲，制於所受乎心之多

東釋云：「元本多作計，宋本與今本同。荀子疑本作所受乎天之一欲，制於所受乎心之多計。」

宇純案：元本多作多計者，據楊注改之。楊注云：「或曰當爲所受乎天之一欲，制

於所受乎心之多計。」然楊說但爲臆測。

故可道而從之，奚以損之而亂。不可道而離之，奚以益之而治

楊注云：「可道，合道也，損，減也。言若合道則從之，奚以損亂而過此也。不合道則離之，奚以益治而過此。此明合道，雖為有欲之說，亦可從之。不合道，雖為去欲之說，亦可離之也。」東釋引劉念親荀子正名篇詁釋云：「損益二字疑互誤，當作奚以益之而亂，奚以損之而治。」

宇純案：荀子云損之而亂、益之而治，而楊云損亂而過此、益治而過此，明非原意也。余謂此承上文欲字言之，云欲合於道而從之，雖從之不爲亂；故卽欲損害之使亂不可得，故云奚以損之而亂。欲不合道而離之，離之卽爲治；則雖欲助益之使尤治亦不可得，故云奚以益之而治。楊注不合原文，劉說則大謬。

權不正，則禍託於欲而人以爲福，福託於惡而人以爲禍

宇純案：權不正者，謂不知是非也。此言不知是非，則所欲者爲非，不知禍端已啓，乃以爲福而趨之；所惡者爲是，不知福在其中，乃以爲禍而避之。下文云：「離道而內自擇，則不知禍福之所託。」卽此文之意。楊注云：「禍託於欲，謂無德而祿，因以爲福，不知禍不旋踵；福託於惡，謂若有才未遇，因以爲禍，不知先號後笑

也。」失之。

性惡篇

習僞故

宇純案：楊注不釋故字。東釋云：「故字指事理。」今案：故指天賦之本性。解蔽篇云：「無性則僞之無所加，無僞則性不能自美。」則僞故者，僞其故性，即於性加之以僞也。荀書此故字凡三見，詳榮辱篇「起於變故」條。

一九七一年兒童節于香港

（本文原載一九七一年七月香港中文大學崇基書院華國第六期）

讀荀卿子三記

勸學篇

雖有槁暴

楊注云：「暴，乾。」盧文弨曰：「㬥，舊本作暴，非。說文一作曓，晞也；一作㬥，疾有所趣也。顏氏家訓分之亦極明。今此字注雖訓乾，然因乾而㬥起，則下當从本。」集解云：「案考工記輪人槁作藃，鄭注云：藃，藃㬥，陰柔後必橈減，幬革㬥起。釋文：步角反，劉步莫反，一音蒲報反。」

宇純案：說文曓、㬥異字，盧說是也；廣韻㬥字薄報切，暴字蒲木切，音亦有別。然疾趣之㬥本書作曓，㬥實曓字假借爲用或引申義之轉注字，（六書以語言孳生或文字假借增改偏旁形成之專字謂之轉注，詳拙著中國文字學第二章。凡本文所稱轉注，義悉同此，不贅述。）；易其米爲本，遂爲㬥字耳。此類轉注字漢以後日益增多，秦以前猶少見。从本之㬥，荀子時有否不可知，後世則雖有而不見通行，故至今暴字兼蒲木、薄報二音，而㬥字不傳，暴即曓之省作。說文中字，若此類者甚夥，

不能悉舉。此文舊本既書作暴，大戴記同（集解所引考工記鄭注亦並是暴字），自無易改之理。且其字應否取暴起義，本屬可商。楊注訓乾，即取晞之引申義，亦自可通。余意「雖有槁暴」謂「雖又槁之暴之」，有讀爲又，槁同考工記輪人「揉輻必齊」鄭注「揉謂以火槁之」之槁，與暴並爲動詞，暴即用其本義；然則尤不得易爲㬥字矣。因盧說多爲後人所用，故辨之如此。

不復挺者

楊注云：「挺，直也。晏子春秋作不復贏矣。」集解云：「贏，緩也。」

宇純案：不復挺，謂不復直，對上文直字言之；晏子春秋作贏（案：所見晏子春秋是嬴字，二字音同通作）者，贏挺二字不僅古韻同部，喻四歸定，其聲亦近，故挺又爲贏矣。贏字仍當取直義。本書非相篇「緩急贏絀」，楊注謂贏絀猶言伸屈，是贏挺通用之比。說文：「縕，緩也。讀與聽同（案：縕从盈聲。盈贏音同）。」廣韻音他丁切，爲挺之平聲。詩大雅雲漢「昭假無贏」，箋訓贏爲緩，即用爲縕字，亦可爲贏挺音近通用之證。

神莫大於化道，福莫長於無禍

宇純案：禍字大戴記作咎，咎與道爲韻，古韻同幽部。此篇叶韻文字，若「物類之

起，必有所始」，始與起韻，大戴起、始作從、由；「强自取柱，柔自取束」，束與柱韻，大戴柱作折；「騏驥一躍，不能十步；駑馬十駕，功在不舍」，舍與步韻，大戴十步作千里；並不爲韻文。獨此二句大戴爲韻，荀子反爲不韻；當非大戴改荀子，而爲荀子之舊。蓋荀子於引詩之後，續以韻語作結，今本則誤咎爲禍。

質的張而弓矢至焉

楊注云：「質，射侯；的，正鵠也。」

宇純案：質的一物，且當爲語轉，楊以質爲侯布，非也。質的二字古雙聲；或謂之正，又謂之準，正、準、質亦並爲雙聲。大戴記質的作正鵠。鵠，的也；由以知質卽正也。詩齊風猗嗟云：「終日射侯，不出正兮。」是質不爲侯之證矣。今之注解荀書者，率本楊注爲說，獨梁啓雄荀子柬釋（以下簡稱柬釋）引淮南原道篇高注「質的，射者之準埶也」以釋之，謂是「射布上鵠的」爲不誤。唯高注準埶（注見「先者則後者之弓矢質的」句，說文通訓定聲引此亦作準執。）二字義不相屬，埶原當爲執，埶臬同音，說文「臬，射準的也」，故與準字連言（案：國語越語「用人無蓺」，韋昭注：「蓺，射的也」。漢書司馬相如傳上林賦「弦矢分，蓺殪仆」，文穎曰：「所射準的爲蓺」。蓺卽埶字），而爲梁氏所未察。梁氏又以質的爲箭靶，則誤與楊同，亦不碻知質字之義耳。詩大雅行葦「舍矢既均」毛傳「已均，中蓺」，鄭箋

云：「蓺，質也。」是漢世猶有用質爲準的義者。

故不積蹞步，無以至千里；不積小流，無以成江海。騏驥一躍，不能十步；駑馬十駕，功在不舍。鍥而舍之，朽木不折；鍥而不舍，金石可鏤

字純案：此文自「故不積蹞步」至「金石可鏤」，共十二句爲一小節。前四句里與海韻，之部上聲；中四句步與舍韻，魚部去聲。（案：舍字後世以上、去別棄止及屋宇二義，古無是分也。知者：離騷「固知謇謇之為患兮，忍而不能舍也。指九天以為正兮，夫惟靈修之故也。」舍與故韻而明取舍止義，是不必讀上聲之明證。）按先秦散文韻例（詳見拙著「先秦散文中的韻文」第二節「辨認韻文的尺度標準」，文載香港中文大學二卷二期崇基學報），疑折字原當作柱，後人不解其義而改之；柱與鏤古韻同侯部，且同去聲（案：柱字廣韻但有上聲一讀，其字實亦讀去聲，見集韻遇韻，並參下注）。上文：「强自取柱，柔自取束，邪穢在身，怨之所構。」柱與束、構爲韻（案束字入聲，構字去聲。古去入同調，以韻尾為異，故每相叶，此文柱字當取去聲之讀。又案：集韻束字亦見於遇韻，則柱束構三字並去聲。）其義爲斷，而大戴記作折字，不啻爲本文折當爲柱之證。（至柱字所以為折義，詳王念孫讀書雜志及拙著讀荀卿子札記「強自取柱」條）。復案：此文里海、步舍爲韻，盧文弨氏業已道及，並謂晉書虞溥傳「鍥而舍之，朽木不知；鍥而不舍，金石可虧」，

亦是韻語，惜其不見折字之非原作。

梧鼠五技而窮

楊注云：「梧鼠當為鼫鼠，蓋本誤為鼯字，傳寫又誤為梧耳。」盧文弨曰：「本草螻蛄一名鼫鼠。崔豹古今注亦同，蛄與梧音近，楊注似未參此。」王念孫曰：「本草螻蛄一名鼫鼠，不言一名梧鼠也。今以螻蛄之蛄、鼫鼠之鼠，合為一名而謂之蛄鼠，又以蛄梧音相近，而謂之梧鼠，可乎？且大戴記正作鼫鼠五技而窮，鼫與梧音不近，則梧為誤字明矣。當以楊注為是。」從此荀子梧為誤字，殆成定讞。集釋（李滌生荀子集釋之簡稱，下同）則云：「梧鼠當作鼯鼠。爾雅郭注：鼯鼠狀似蝙蝠，肉翅，亦曰飛生。正韻：五技鼠也。說文以鼫鼠為五技鼠，楊注從之，非是。鼫鼠是害稼的田鼠，不能飛。顏氏家訓省事篇云：鼫鼠五能，不成伎術。正作鼫鼠。西京賦：摕飛鼯。玉篇：鼯鼠能飛。皆鼯鼠能飛之證。」

宇純案：釋鳥之鼯鼠，郭注不云能五技；西京賦之飛鼯，亦不必爲五技鼠；顏氏家訓、正韻、玉篇不唯遠在荀子之後，亦在郭璞之後，鼯爲五技鼠既可能源出荀子誤本，釋鳥之鼯以郭注爲最早，不云能五技，是諸書無以證荀子至明。至釋獸之鼫鼠，郭注云：「形大如鼠，頭如兎，尾有毛，青黃色，好在田中食粟豆。」，鼫與碩字同音，鼫鼠蓋卽詩魏風之碩鼠，故其詩云「碩鼠碩鼠，無食我苗」。唯毛傳不釋碩字，鄭箋云「碩，大也」，「碩鼠」之稱本同「碩人」，乃後世漸生異解，既傅會

爲鼠屬之名，終至易改其字。此種現象於古慣見，如詩經涼風本謂北風之寒涼，爾雅則爲北風之專稱，見於說文且有飆字，即其一例。故釋獸鼫鼠雖爲害稼鼠，不妨說文鼫鼠身懷五技。詩之碩鼠及爾雅鼫鼠亦多有解爲五技鼠者，詳參爾雅義疏。此雖不必可據，大戴作鼫與說文既合，是仍當以從楊注爲宜。至鼫字所以作梧，疑亦如楊說，又因涉「五技」之五字，故鼫誤而爲鼯耳。

端而言，蝡而動，一可以爲法則

楊注云：「端讀為喘。或喘息微言，或蝡蠢蝡動，皆可以為法則。或曰端而言，謂端莊而言也。」集解云：「臣道篇云：喘而言，臑而動，而一皆可為法則。與此文同。則讀端為喘是也。」

宇純案：楊於臣道篇引此文說臑字，是楊注端讀爲喘，當卽本臣道篇爲說，初無待引臣道爲證也。但端而言與輭而動相對，當讀端爲喘，蓋不待言。唯楊注說此全句云：「或喘息微言，或蝡蠢蝡動，皆可以爲法則。」是以喘、蝡爲動詞，則由誤解而字爲連詞之故，故其下又云「或曰端而言，謂端莊而言也」，而不當原意。諸家亦並不釋而字。今案：而猶然也，義見釋詞卷七。喘而言，蝡而動，卽喘喘然言，蝡蝡然動。

方其人之習君子之說，則尊以徧矣，周於世矣

楊注云：「當其人習說之時，則尊高而徧周於世事矣。」

宇純案：玩楊注，其所見荀子疑本作「方其人習君子之說，則尊以徧於世矣。」以猶而，故楊以而字易以字。尊下高字、徧下周字及世下事字，並楊氏增之以顯文意，後遂誤爲「尊以徧矣」及「周於世矣」二句；使其所見如今本，應不得合上下句周徧二字爲一詞也。人下之字亦因楊注而增。蓋楊解方字爲「當某之時」，因古文慣於主述語間加之字爲表時句（此如禮記禮運「大道之行」，史記淮陰侯列傳「漢之敗却彭城」），人下遂衍之字。然楊釋方字不可從。郝懿行曰：「方古讀如旁，亦讀如傍，此方當讀爲依傍之傍。」上文云：「學莫便乎近其人」，此云「方其人習君子之說」，方其人卽近其人，郝說無可更易。集解乃云：「郝讀方爲傍，則習上之字不可通。」正坐不知之字本荀子所無之失。今人注解荀書，喜廢楊注。不知楊注藉有未安，可從窺唐時傳本，已爲無價矣。

脩身篇

以治氣養生，則後彭祖；以脩身自名，則配堯禹

楊注云：「言若用禮治氣養生，則壽不及彭祖；若以脩身自為名號，則配堯禹不朽矣。」王引之曰：「以修身自名，文義未安，當有脫誤。韓詩外傳作以治氣養性

（與生同），則身後彭祖；以修身自強，則名配堯禹，於義爲長，王霸篇云名配堯禹，又云名配禹舜。」東釋引久保愛，後彭祖謂壽於彭祖，餘從王氏依外傳增改原文。集釋說後彭祖爲身後彭祖而死，改名字爲強。新注說後彭祖爲壽命可追隨於彭祖之後，餘同東釋。

宇純案：后後音同古通，疑此讀後爲后。說文：「后，繼體君也。」后彭祖者，蓋謂其壽可繼彭祖而爲長也。又下文云配堯禹，匹配之配於說文當作妃（說文配，酒色也；妃，匹也。）其先本借用配字，後世轉注作妃；后字亦由君后之義變而爲后妃，此云后彭祖，或與配堯禹之意相同耳。又案：楊注以修身自名爲以修身自爲名號，殊爲無義，王主依外傳作以修身自強，諸家從之。然此節文字爲韻文，凡駢驪之句皆韻（詳見拙著先秦散文中的韻文），生與名韻同耕部，且同平聲，亦當入韻（外傳生字作性，與名字不同調，仍當讀爲生字），外傳疑不解名字之義而改作。名當讀同銘。說文無銘字，卽由名字而孳乳，故禮記祭統云：「銘者，自名也。」鑄銘者，本勒己名以示所有，後遂轉爲銘刻之義，其始當作名字，後乃轉注爲銘，故自名猶云自銘，謂自銘刻於心，以自惕厲也。

禮信是也

楊注云：「信，誠也。言所用修身及時通、處窮，禮誠是也。」集釋、新注則並以

禮信二字平列為義。

宇純案：荀書無以禮信連言者，此句直承首句，謂禮誠然爲扁善之度，故下文曰「由禮則治通（通當从王引之說改作達）不由禮則勃亂提僈；由禮則和節，不由禮則觸陷生疾；由禮則雅，不由禮則夷固僻違庸衆而野。」又曰：「故人無禮則不生，事無禮則不成，國無禮則不寧。」不一及信字，楊注不可易。

難進曰偍

楊注云：「偍與提媞皆同，謂弛緩也。」集釋云：「偍借為怠。」

宇純案：偍提（提見上文提僈）與惰一語之轉，與怠亦同。然偍不得借爲怠。

良賈不爲折閱不市

楊注云：「折，損也；閱，賣（宇純案音育）也；謂損所閱賣之物價也。」盧文弨曰：「說文云：閱，具數於門中也。史記積日曰閱，此當謂計數歲月之所得有折損耳。折，常列切。」集釋云：「閱，減也，閱減音近義通」。新注云：「折閱，虧損。」

宇純案：盧說閱字迂曲難通，讀折爲常列切則爲有見。楊注釋閱爲賣，於古無徵，且以折閱爲折賣，與上下文水旱、貧窮皆二字平列爲義不類。集釋以閱減音近，故閱義爲減，則閱減二字音固不近；新注但由臆測。今案：閱當讀與禮論篇「絻乎悅

校」之悅同。悅稅二字並從兌聲，其音近。史記禮書悅作稅，楊注以稅減釋悅字，大戴禮作隆校，隆爲降之誤，降亦減也，故此以閱與折字平列。

則有鈞無上

楊注云：「有鈞平之心，無上人之意。或曰有鈞無上四字衍耳。」俞樾曰：「謂但有與之齊等，更無在其上者也。」

宇純案：有鈞無上即論語見賢思齊之意，謂端愨順弟，加好學遜敏，則必能見賢思齊，不使不若人，而可以爲君子矣。楊說誤，俞說亦仍有隔。

天其不遂乎

宇純案：天疑當作夫，字之誤也。說詳「荀子眞僞問題」。

其行道理也勇

宇純案：理字疑衍。求利也略，遠害也早，遜辱也懼，行道也勇，文同一例，彼俱不用複詞。

不苟篇

是說之難持者也

楊注云：「皆異端曲說，故曰難持。」集釋云：「持，守也。難持猶言難守，卽不能成立之意。」

宇純案：如楊、李所說，下文不當云「能之」，而「君子不貴」之言，亦卽無義矣。持卽非十二子篇「持之有故」之持，上文云：「行不貴苟難，說不貴苟察」，「是說之難持者」，卽說之苟難者，許其說持之亦不易也。上文「是行之難爲者」，亦許其行爲之不易。君子所以不貴，以其不在禮義之中，非以其不能成立也。

君子絜其辯

盧文弨曰：「案韓詩外傳一辯作身。」王先謙曰：「外傳作身是也。絜其身、善其言對文，若作辯，則與言複；絜辯二字亦不詞。荀子原文自作絜其身，傳寫誤辯。下文故新浴云云，正申言絜身之義。」

宇純案：王說辯當作身，是也。說文古文反字與篆文身字之反書形近，反辯二字古音又近，此蓋誤以反書身字爲反字，又據其音推想爲辯字耳。

君子養心莫善於誠……則化矣

宇純案：此一節文字，乃自性惡說立場，對先儒所標養心、修身、愼獨、致誠諸節

目有所闡釋，故文字往往見於他書，內涵則迥然不同。

誠心守仁則形，形則神，神則能化矣；誠心行義則理，理則明，明則能變矣

楊注云：「誠心守於仁愛，則必形見於外，則下尊之如神，能化育之矣。化謂遷善也。義行則事有條理，明而易，人不敢欺，故能變改其惡也。」

宇純案：楊以化謂遷善，變謂改惡，其意是也。然此俱就君子養心言之，所變化者爲自家本性，楊以爲可使他人遷善改惡則非。

變化代興，謂之天德

楊注云：「既能變化則德同於天，馴致於善謂之化，改其舊質謂之變，言始於化，終於變也，猶天道陰陽運行則為化，春生冬落則為變也。」

宇純案：荀子以天爲自然，天德即自然之德，亦即修養所致之必然結果，天德非天所生之德也。天德一詞爲先儒所恆言，易、書、中庸皆有之，荀子對天、性之觀念不同於先儒，故特爲之詮釋如此。

夫此有常，以至其誠者也

楊注云：「至，極也。天地四時所以有常如此者，由極其誠所致。」

宇純案：至當爲致。下文云：「夫此順命，以慎其獨者也。」與此文句同一例，慎其獨與致其誠相對，以知至當爲致。又上文有「致誠則無它事」，亦其證。

輕則獨行，獨行而不舍，則濟矣

楊注云：「舉至誠而不難，則慎獨之事自行矣。」

宇純案：上文云：「不誠則不獨，不獨則不形。」疑此文兩行字並形字之誤。獨形二字正分承上文獨字形字。

分爭於中，不以私害之，若是則可謂公士矣

楊注云：「謂於事之中有分爭者，不以私害之，則可謂公士也。」

宇純案：楊說分字中字俱未允。王霸篇云：「君臣上下，貴賤長幼，至于庶人，莫不以是爲隆正。然後皆內自省，以謹於分。」中卽彼文之內，謂中心也；分與彼文分字同，謂事之當爲不當爲者。

夫貧賤者，則求柔之

楊注云：「見貧賤者，皆柔屈就之也。」

宇純案：正文但云柔之，而注云柔屈就之，就字非正文所有，明其說誤。柔當讀

書堯典「柔遠能邇」及詩時邁「懷柔百神」之柔，柔之，謂懷柔之也。

榮辱篇

在埶注錯習俗之所積耳

楊注云：「在所積習。」王先謙曰：「埶字無義，以上文言注錯習俗證之，則埶字為衍文。」東釋用于省吾說，謂「在於情勢注錯習俗之所積。」集釋、新注從王說刪埶字。

宇純案：如王說埶字衍文，附近無埶字，無由而衍；王以上文說之，上文云「是非知能材性然也，是注錯習俗之節異也。」彼文自不當有埶字，非其比矣。余謂埶原當在在字之上，楊不說埶字，蓋所見本不誤，埶與勢通，荀書恆見，不煩說之耳。

又以遇亂世得亂俗，是以小重小，以亂得亂也

宇純案：上得字猶值也，故與遇字對文，得值古音近。

安知廉恥隅積

楊注云：「隅，一隅，謂其分也。積，積習。」集解云：「楊釋隅積之義未晰，隅

積與禮義辭讓廉恥相配為文，皆人所不可不知者。隅，道之分見者也；積，道之貫通者也。解蔽篇云：「道者，體常而盡變，一隅不足以舉之，曲知之人觀於道之一隅，以為足而飾之。唯孔子不蔽於成積。此即隅積之義。」為東釋、新注所用。集釋云隅積未詳，後亦引王說。

宇純案：隅積與上文禮義、辭讓、廉恥平列，禮義、辭讓、廉恥並二字義同義近，若楊注及集解所言，隅積二字或義不相屬，或義適相反，且與禮義、辭讓、廉恥之屬德操者不倫。余謂隅積猶言廉隅，以其上文已用廉字，故變言廉隅爲隅積耳。積即後世襀字，襀，衣冠之廉隅也。儀禮士冠禮「皮弁素積」，注云：「積，辟也。以素爲裳，辟蹙其要中。」子虛賦云：「襞積褰縐。」是積即襀字之證。詩抑篇云：「維德之隅。」禮記儒行云：「砥厲廉隅。」故此以隅積與禮義、辭讓、廉恥並列爲義矣。

呥呥而噍，鄉鄉而飽

楊注云：「呥呥，噍貌，如鹽反。鄉鄉，趨飲食貌，許亮反。」集解云：「楊讀鄉為向，故訓為趨飲食貌。呥呥是噍貌，則鄉鄉當是飽貌。若解為趨飲食貌，文義不一律；且趨飲食反在噍嚼之後，未免倒置，楊說非也。鄉當為薌之省，薌亦香字也，重言則曰鄉鄉，猶美之為美美，苾芬之為苾苾芬芬，正飽食甘美意。」

宇純案：說文無呥字，或以爲與詾同，說文詾下云詾詾多語，與此無涉。自切三至集韻鹽韻呥下云噍皃，當卽出荀子，與楊注同。金文有□字，論者以爲卽說文□字，爲嗌字籀文。疑此呥字卽此字之隸定。嗌，咽也，用作動詞，故云呥呥而噍。鄉本作□，象人就食之形，卽後之饗字，通作享，此或卽用其本義，故曰鄉鄉而飽。

不知不足

楊注云：「不知不足，當為不知足，剩不字。或曰，不足猶不得也。」東釋、集解、新注並从其第一說。

宇純案：知爲和之誤。下文云「以群則和，以獨則足」，正承此文，是其明證。此云與人既不能和穆相處，其獨居亦終日嗛然不足也。參下「以群則和」條。

其功盛姚遠矣

楊注云：「姚與遙同，言功業之盛，其長遠也。」王引之曰：「楊讀盛為茂盛之盛，非也。盛讀為成，成亦功也。姚亦遠也。成與盛古同聲而通用。」

宇純案：楊以盛姚遠三字爲狀詞，非是。王讀盛爲成，成與功同義，其說可通。然正名篇云「迹長功成」，富國篇云「功名未成」，又云「事功成立」，天論篇云「天功既成」，堯問篇云「功安能成」，彊國篇云「百事成而功名大」，賦篇云「此夫

始生鉅其成功小者邪」，凡此成功二字義皆不同，此文既不作功成，而云功盛，則不當讀盛爲成明矣。余謂盛如字，姚讀同猷，以功盛、猷遠相對爲文。

以群則和，以獨則足，樂意者其是邪

楊注云：「知詩書禮樂，群居則和同，獨處則自足也。」又云：「樂意莫過於此。」王念孫曰：「此當讀以獨則足樂為句，言獨居而說禮樂，敦詩書，則致足樂也。以群則和，以獨則足樂，樂與和義正相承，則樂字上屬為句明矣。意者其是邪自為一句。意者，語詞也。其是邪，指詩書禮樂而言。呂氏春秋重言篇曰：日之役者，有執蹠𤸫而上視者，意者其是邪。句法正與此同。」集解云：「呂覽文義與此不同。此文若作意者其是邪，為懸疑之詞，則上下文理不相貫注。雖有呂覽句例，不得取以為此比。且上文以群則和，以獨則足，句法一律，語意亦完足。若於足下加樂字，反為贅設。仍當從楊注斷讀。」

宇純案：集解論之是也。上文云：「窮年累世，不知不足，是人之情也。」知是和之誤，此正承彼文而言，尤可斷王說之非。然使上文和字不誤，王氏必不至誤讀如此也。

非相篇

仁義功名善於後世

王引之曰：「善字文義不明，疑著字之譌。隸書著字形與善相似，史記五帝紀帝摯立不善，索隱古本作不著。」俞樾曰：「善乃蓋字之誤，隸書蓋字善字兩形相似。」東釋用俞，新注用王。集釋云：「仁義功名永為後世所稱譽。善，賞譽。」

宇純案：善與著、蓋並形近。然蓋字義重，葉公子高誅白公定楚，不得云仁義功名蓋於後世，仍當以王說爲是。若集釋所云，善字無稱譽義，自不可取。

徐偃王之狀，目可瞻馬

楊注云：「瞻馬，言不能俯視細物，遠望纔見馬。」盧文弨曰：「馬，元刻作馬，注同。楊注正謂不能見小物，而但見馬耳。今從宋本。」高亨用元刻，曰：「馬借為顏，顏，額也。」為東釋、集釋、新注所取。

宇純案：元刻正注文馬並作焉，然楊注云「遠望纔見馬」，既云遠望，是其本作馬字甚明，元刻顯係譌誤。且焉顏聲母不近，無可以假借之理，高注亦不可用。又案：此下云：「仲尼之狀，面如蒙倛。周公之狀，身如斷菑。皋陶之狀，色如削瓜。閎夭之狀，面無見膚。傅說之狀，身如植鰭。伊尹之狀，面無須麋。」並與此文句例相同。其中倛、菑二字韻同之部平聲，瓜膚二字韻同魚部平聲，鰭麋二字韻同脂部平聲，當爲韻文，獨此不韻，疑此馬下有奪句，原當與馬字韻。或此句原在身如斷

菑句下，而以馬與瓜、膚韻，馬亦魚韻字；但爲上聲，調與瓜膚不同耳。

苦傷其今，而後悔其始

楊注云：「苦傷今之刑戮，悔其始之所為。」

宇純案：既云悔其始，則悔上不當有後字，且後悔與苦傷文例不同，疑後是很之誤，很借爲恨，恨亦悔也。蓋很（很）譌作復（即退字），又易爲後字耳。

愚而無說

楊注云：「言其愚而不能辨說。」

宇純案：「說文：說，釋也。」詩氓「猶可說也」，箋：「說，解也。」無說猶云無解、不解。韓詩外傳無說作無知，以知無說義同無知也。下文云「陋而無度」，無度與無知義亦近；又云「可欺」，亦正以其愚而無知，陋而無度故可欺也。楊釋說爲辨說，未得其義。

聽人以言

楊注云：「使人聽其言。」集解云：「謝本從盧校作聽人之言。」王念孫曰：「呂、錢本並作聽人以言，元刻以作之，而盧本從之。案此與上二句文同一例。聽人以言

者，我言之而人聽之也。我言而人聽，則是我之以善及人也，故曰樂於鍾鼓琴瑟。聽人之言，則何樂之有，此後人不曉文義而妄改之耳。據楊注云使人聽其言，則本作聽人以言明矣。」王先謙曰：「案王說是，今改從宋本。」

宇純案：王不從以作之字之本，是也。然聽人以言，終與上文贈人以言及勸人以言（勸原作觀，王念孫曰觀本作勸），文例有隔。疑聽是德之誤，蓋上文勸誤爲觀，因改此文德爲聽耳。

非十二子篇

假今之世

楊注云：「假如今之世。或曰假借也。今之世，謂戰國昏亂之世。治世則姦言無所容，故十二子借亂世以惑衆也。」王念孫曰：「彊國篇云：假今之世，益地不如益信之務也。則前說為是。」

宇純案：凡利賴之有所爲曰假，與勸學篇云善假於物者義不異。楊後說是。若易爲藉，則尤明了。彊國篇假字義亦同，王說誤。

忍情性

宇純案：儒效篇云：「志忍私，然後能公；行忍情性，然後能脩；知而好問，然後能才。公脩而才，可謂小儒矣。」然則忍情性亦不爲惡。此因與縱情性相對爲文，二者皆言極端之縱忍，是以非之矣。

曾不足以容辨異，縣君臣

楊注曰：「上下同等，則其中不容分別。」

宇純案：此評墨子之學，面對差等之存在而無能爲力，因倡齊同之說。然「親親之殺，尊賢之等」，「貴賤有等，長幼有差」，乃事理之必然，亦人情所不免，固非齊同之說所能一之也。故上言其「不知壹天下建國之權稱」，謂其不知以禮爲治，而下譏其「曾不足以容辨異也。」容辨異，容卽涵容之容，禮論篇云：「須足以容事，事足以容成，成足以容文，文足以容備。」卽此容字之義。辨異卽別異、差異。楊注云：「上下同等，則其中不容分別。」以容之義爲容許，雖略有不合，大指未忤。特說而未暢，而不爲後人所曉耳。東釋云：「由於太儉約，故任何人對物質享用都一律平等，不容有差異存在。」集釋云：「人倫間旣無差等，便不容分別貴賤親疏。」皆未注意正文有「足以」二字，後者且以辨爲動詞，斯尤誤矣。

猶然而材劇志大

楊注云：「猶然，舒遲貌。禮記曰：君又蓋猶猶爾。」盧文弨曰：「宋本正文作然而猶材劇志大，無注。」郝懿行曰：「猶然而當依宋本作然而猶，此本誤也。」

宇純案：如宋本，猶字可以無有。楊注既云猶然，舒遲貌，是唐本同今本矣，安得據宋本以改唐本乎？唯楊注以猶然為舒遲貌，疑其義有未切。猶然當為笑貌，字或作逌。列子力命篇：「終身逌然。」釋文：「自得貌。」莊子逍遙遊：「宋榮子猶然笑之。」史記趙世家：「烈侯逌然。」文選班固答賓戲：「主人逌然而笑。」漢書顏注：「逌，古攸字。攸，咲貌也。」此亦當取笑貌或自得貌。

佛然平世之俗起焉

宇純案：平字各家無注。廣韻平字二音，一見庚韻符兵切，為其常讀。一見仙韻房連切，注云書傳云平平辨治也。見於洪範，釋文音婢緜反，又見詩小雅魚藻之什采菽，釋文音婢延反，為釆字形誤，與辨音義同，又通作便，故與便字同見於房連切。榮辱、王霸、議兵、正論、禮論諸篇並以治辨連言，辨即治也，此云平世，實即釆世，義猶言治世也。

勞知而不律先王

楊注云：「律，法。」各家無異說。

字純案：他篇並言法先王，又云法後王，不得此獨云律先王也。爾雅釋詁云：「柯、憲、刑、範、辟、律、矩、則，法也。」所與同列者並名詞；又云：「典、彝、法、則、刑、範、矩、庸、恆、律、戛、職、秩，常也。」亦除庸、恆二字，並爲名詞，無用爲動詞者；以見此律字非訓法之律，實爲聿字後增彳旁而成之轉注字。本讀當爲餘律切，義爲率循。爾雅釋言：「律，述也。」廣雅釋言：「律，率也。」中庸：「上律天時，下襲水土。」並卽此律字。詩大雅文王：「聿修厥德。」傳：「聿，述也。」卽此律字之初文。故正義引爾雅律卽作聿（案字又作遹，爾雅釋言同條又云：「遹，述也。」遹與聿實同，故詩文王有聲篇「遹追來孝」，禮記禮器引遹作聿。）此文云「勞知而不律先王，謂之姦心。」下文云「辯說譬諭，齊給便利而不順禮義，謂之姦說。」順禮義亦謂率循禮義，故與律先王相對爲文，亦可見律字義當爲率循也。

遇君則修臣下之義

字純案：修疑循字之誤。修或通作脩，與循形近，因誤耳。下文：「遇鄉則修長幼之義，遇長則修子弟之義，遇友則修禮節辭讓之義，遇賤而少者則修告導寬容之義。」諸修字並同，卽順禮義之意。

雖則子弟之中

楊注云：「雖在家人子弟之中。」集釋亦云：「雖則猶雖在。」

宇純案：楊於則字未了，集釋同。則當讀爲側，言雖側列子弟之中也。則側二字古韻同部，古聲亦同紐。

仲尼篇

文王載百里地而天下一

楊注云：「所載之地不過百里而天下一，以其有道也。」顧千里曰：「載下當有之字，載之舍之對文，二之字皆指道也。富國篇以國載之，是其證。楊注載下已脫之字。」

宇純案：顧以下文桀紂舍之與此文相對，彼之字指道（楊注云：桀紂舍道），疑此文奪之字，是也；其據富國篇文於載下補之字，則「百里地而天下一」之句無動詞，而無可取。此當是文王下脫「△之」二字，之上一字與舍字義相反。載百里地而天下一，載猶任也，或訓起亦通。

厚於有天下之埶

宇純案：於字無義，疑衍文。下文云：「人主不務得道而廣有其埶，是其所以危也。」廣有其埶即此厚有天下之埶，可以爲證。

立隆而勿貳也

宇純案：隆指禮言，貳當爲貣。參正論「立隆正然後可」及儒效「不二後王」二條。

儒效篇

變埶次序節然也

王引之曰：「節上有之字，而今本脱之，則文義不明。據楊注云：節，期也，權變次序之期如此。則正文原有之字明矣。」集解云：「王說非也。天論篇云：君子啜菽飲水，非愚也，是節然也。與此文一例，節然猶適然。」

宇純案：天論篇節然猶適然，適然爲偶然之意，此文則盛稱周公處置得宜，故云變埶次序之節然也，仍當从王引之說補之字。節則當謂行事之節；楊訓節爲期，誤。

則貴名白而天下治也

顧千里曰：「治疑當作願。榮辱篇：身死而名彌白，小人莫不延頸舉踵而願。王制

篇：若是名聲白天下願。致士篇：而貴名白天下願。此天下願同王制篇致士篇之天下願明甚。」

宇純案：顧於治字疑之是也。但願與治字形音俱不近，無由致誤。疑治爲待之音誤。天下待猶云天下願也。治待二字古韻同之部，古聲亦同。

行禮要節而安之，若生四枝

楊注云：「言安於禮節，若身之生四枝，不以造作爲也。」

宇純案：之字衍文，安爲狀詞；楊以安爲動詞，非是。下文云：「要時立功之巧，若詔四時。」正與此文相儷，是其明證。又韓詩外傳三「若生四枝」作「若運四支」，於義爲長。楊釋若生四枝爲「若身之生四枝，不以造作爲也」，則强爲之說。唯生運二字形音俱遠，疑此文生原作任，壞誤而爲生耳。任，使也（見廣雅釋詁一）。任四枝猶云運四枝，故外傳易爲運字。

言道德之求，不二後王

楊注云：「不二後王，師古而不以遠古也。舍後王而言遠古，是二也。」粟釋云：「二卽今語『兩樣』之意，不能和後王兩樣。」集釋云：「言有以禮樂教化來問的，就告訴他專一於文武。」

宇純案：二與貳同，故王制篇云：「道不過三代，法不貳後王。道過三代謂之蕩，法貳後王謂之不雅。」二即作貳。唯貳之意爲不壹，爲兩心，非謂棄絕。貳後王是不壹於後王，非棄絕於後王，而楊注云二後王爲「舍後王」，是其一不然。荀子以夏殷爲先王，以周爲後王，師孔子從周之意，主法後王；然後王所以可法，以其監於二代，郁郁其文，是先王之道非無可取，故又恆言法先王矣。以三代對三代以前，三代以前爲遠古；以周王對夏殷，則夏殷爲遠古。由此推荀子之意，其不以遠古爲皆不可法，應不待言。故下文云「道過三代謂之蕩」，不云「道過後王謂之蕩」也。然則楊注以二後王爲「言遠古」，是其二不然。東釋以「兩樣」釋二字，二字不作兩樣解。集釋說不二後王爲「專一於文武」，是以「不二」二字連讀，不知此文與「不下於安存」及「不下於士」相對，當以「二後王」三字連讀。今謂二當爲貣，既譌貣爲貳，又易作二耳；不二後王即不貣後王，貣與忒通。說文：「忒，更也。」詩瞻卬「鞫人忮忒」傳：「忒，變也」。不貣後王，即言不變周王之道也。天論篇：「脩道而不貳。」羣書治要貳字作忒。禮論篇：「萬物變而不亂，貳之則喪也。」大戴禮三本貳作貸；禮記緇衣：「長民者衣服不貳。」釋文云：「貳本作貸。」貸从代聲，代忒並从弋聲，作貸猶作貣若忒也。詩氓「女也不爽，士貳其行」，左氏昭公二十年傳「臣不敢貳」，國語周語「事成不貳」，貳亦並貣字之誤。並其例也。

道過三代謂之蕩，法二後王謂之不雅

楊注云：「道過三代已前，事已久遠，則為浩蕩難信也。」又云：「雅，正也。其治法不論當時之事，而腐說遠古，則為不正也。」

宇純案：荀子此亦本孔子之言。孔子曰：「夏禮吾能言之，杞不足徵也；殷禮吾能言之，宋不足徵也。」夏殷之禮，孔子能言，然已無徵於杞宋；夏以前禮孔子所不道，雖或能言之，必亦無從徵信矣。是故荀子云「道過三代謂之蕩」。孔子又曰：「周監於二代，郁郁乎文哉！吾從周。」荀子本此而言法後王；文與雅義通，故又曰「法貳後王謂之不雅」。

王制篇

罷不能不待須

楊注云：「須，須臾也。」盧文弨曰：「須，俗本誤作頃，宋本元刻本並作須。」東釋云：「俗本作頃，義較勝。正論：蹎跌碎折，不待頃矣。」集釋云：「須，須臾。正論篇及古逸叢書本皆作頃，言不待頃刻而廢斥。」

宇純案：一須字無少頃義。少頃之義，或雙聲言斯須，如孟子「斯須之敬在鄉人」；或疊韻言須臾，轉音為須搖，後者如漢書禮樂志「神奄留，臨須搖」。楊注誤。東

釋據正論篇取俗本，但正論篇文非此之比。集釋直謂須字正論篇作頊，尤誤。不待須而廢，與上下文「不待次而擧、不待敎而誅，不待政而化」相對，次、敎、政並動詞，須亦當爲動詞，則當讀同䇓，待也，謂留置以觀後效也。下文云：「遁逃反側之民，職而敎之，須而待之。」楊注云：「須而待之，謂須暇之而待其遷善也。」即以須爲動詞，此當同彼。

王者之人，飾動以禮義

楊注云：「所修飾及擧動，皆以禮義。」王念孫曰：「飾讀為飭，言動作必以禮義自飭也。楊分飭動為二義，失之。」

宇純案：此文疑原作動飾以禮，與下文「聽斷以類」文句一例。今本動字誤在飾下，禮下又衍義字。禮本以矯飾人之情性，故性惡篇云：「古者聖王以人之性惡……是以爲之起禮義，制法度，以矯飾人之情性而正之。」儒效篇云：「行法至堅，好脩正其所聞，以矯飾人之情性……」故此云動飾以禮。王說飾字誤。

聽斷以類

楊注云：「所聽斷之事，皆得其善類，謂輕重得中也。」集解云：「類，法也。」

宇純案：荀書每以類與法對擧，法指明文所定，類謂比類可推，故上文云：「其有

法者以法行，無法者以類舉，聽之盡也。」此節言「王者之人」，守法之吏不足爲王者佐，故不云「聽斷以法」，而云「聽斷以類」。集解訓類爲法，非荀子意矣。楊以善類說之，亦未審諦。

法不貳後王……法貳後王謂之不雅

宇純案：貳並當作貣，字之誤也。說詳儒效篇。

莫不趨使而安樂之

楊注云：「言無有深隔之國，不爲王者趨使而安樂政教也。」集釋云：「沒有不樂意供其趨使，而安樂其政教的。」

宇純案：集釋蓋據楊注譯述其義，而誤解趨使爲驅使。趨使一詞又見富國篇末，其意猶云趨令或赴命，謂趨赴之以聽使令也。史記商君傳云：「秦人皆趨令。」與此云趨使同。

西海則有皮革文旄焉，然而中國得而用之

宇純案：自「北海則有走馬吠犬焉」至此文，爲荀書散文中之賦。「然而中國得而畜使之」，及「然而中國得而財之」二句，使、財二字相叶，古韻同之部陰聲；疑此文用

字原作服，服亦用也，此以服字與「然而中國得而衣食之」之食字爲韻，服、食二字古韻並屬之部入聲。今本作「用之」，蓋涉下文諸用字而誤。楊注不釋服字，知其時已誤。畜使與衣食相對，財與服相對。

事行則蠲疑

郝懿行曰：「蠲者，明也。謂喜明察而好狐疑也。」東釋云：「高亨曰：蠲，惑也。」集釋同東釋。久保愛曰：「蠲當作嫌，音之誤也。」

宇純案：蠲訓明，義見爾雅釋言，但明謂明潔，詩天保篇「吉蠲爲饎」傳云：「蠲，絜也。」卽其例。郝以明爲明察，非其義矣；且以明爲明察，「喜明察」與「好狐疑」亦義不相屬，與此蠲疑連稱不合。高氏訓蠲爲惑，不詳何據。今謂蠲當讀挂若絓，義爲懸，蠲疑卽懸疑。挂絓並从圭聲，蠲與圭聲相轉，書多方、詩天保、周禮天官宮人、秋官蜡氏、左氏成公九年傳、襄公十一年傳及爾雅釋言釋文並云蠲又音圭；蜡氏注引天保詩蠲字作圭，尤爲蠲與圭聲通用之證。梁四公子蜀闖，蜀字音攜。說文云：「蠲，馬蠲。从蜀，益聲。」疑蜀卽蠲字，从蜀省，圭聲。亦可爲借蠲爲挂絓說之助。蠲本音當在佳部，轉音入元，與懸音亦近，蓋並一語之轉也。

富國篇

則民心奮而不可說

楊注云：「說讀為悅。民心奮起爭競，而不可悅服也。」集釋用注。東釋云：「民情便衡動而不可以用曲說來說服。」

宇純案：說當訓說釋，不可說即不可說解也。說釋與說（悅）懌義雖相因，讀說爲悅，其義終嫌迂曲。東釋則大誤。

離居不相待則窮

楊注云：「不相待，遺棄也。」

宇純案：待讀爲恃，不相待即不相依賴。下文云：「百姓之力，待之而後功；百姓之羣，待之而後和；百姓之財，待之而後聚；百姓之埶，待之而後安；百姓之壽，待之而後長。」待並讀同恃，謂皆有賴於君上也。

如是則有樹事之患，而有爭功之禍矣

楊注云：「樹，立也。若無分，則人人患於樹立己事，而爭人之功，以此為禍也。」

東釋疑樹事為樹私，音近而譌。集釋用楊注。

宇純案：此文承「事業所惡也，功利所好也」而言之。好功利，故爭功；惡事業，故樹事。樹當讀爲駐，樹、駐二字古韻同聲近。樹从尌聲，說文云「尌，讀若駐」，

是其音近之證。倉頡篇：「駐，止也。」駐事謂廢置事而不爲也。駐或通作注，如注措之言擱置也。楊說樹義爲立，適與荀文意反。東釋疑樹爲私之音誤，則事私二字音固相遠。兩說均不可用。

而或以無禮節用之

宇純案：此文疑本作「而或無禮以節用之」。或，又也。

康誥曰：弘覆乎天，若德，裕乃身

楊注云：「弘覆如天，又順於德，是乃所以寬裕汝身。言百姓足，君孰與不足也。」東釋、集釋並从楊說。

宇純案：楊未得荀子引書之義。此言天所覆蓋之物誠弘多矣，唯順於德者能裕其身，「順德」即上文「知節用裕民」之意；不知節用裕民，雖天覆蓋之物弘多，猶將無以裕身也。荀子以萬物爲天養，見天論篇，故此言天所生萬物而云「弘覆乎天」也。

故天子袾裷衣冕

楊注云：「袾，古朱字。」

宇純案：袾蓋即朱字涉袂字而衍衣旁，初猶展轉之書作輾轉耳。說文：「絑，純赤

也。」爲朱字之轉注，此或與絑同。又說文：「袾，好佳也。詩曰靜女其袾。」廣雅釋器：「袾，袧也。」則並與此異字。

必時臧餘

楊注云：「足用有餘，則以時臧之。」

宇純案：上文云：「節用裕民，善臧其餘。」則時猶云善也。時善雙聲相轉，廣雅釋詁一「時，善也」，詩頍弁篇「爾殽既時」，傳正訓時爲善。古書時字多此用法，詳見王氏廣雅疏證。

平關市之征

楊注云：「平猶除也，謂譏而不征也。」集釋用注。久保愛曰：「平，均齊之謂也。蓋荀卿別有制，以從時宜，不可以禮典之義强解此文也。」

宇純案：楊注此據孟子及本書王制、王霸兩篇爲說。然孟子言「關譏而不征」，爲儒之理想政治。本書王霸篇云：「儒者爲之則不然……關市譏而不征。」與孟子同。王制一篇，言王者之制，亦卽儒之政治理想。此文所說，則眼前富國之政，未可一概而論，久保所見是也。然楊注固誤，久保訓平爲均齊亦非。知者，下文云：「今之世而不然，厚刀布之斂以奪之財，重田野之稅以奪之食，苛關市之征以難其事。」

正對此文「輕田野之稅，平關市之征，省商賈之數」言之，則平字當訓爲易，謂減省也。

省商賈之數

楊注云：「省，減也，謂使農夫衆也。」柬釋、集釋、新注並同。

宇純案：數猶言費也，省商賈之數，猶王霸篇云「省刀布之斂」。唯以王霸篇與此文相照，猶疑數即斂字之誤。楊由不得數字之義，說省商賈之數謂使農夫衆，實不當原意。

將以明仁之文，通仁之順也

宇純案：將猶乃也。參性惡篇「將皆失喪其性故也」條。

是以臣或弒其君，下或殺其上

宇純案：弒原當作殺，下文殺字是其明證。初本無弒字，儒者重犯上而正名，書殺字而易其音，後乃易殺爲弒。詳拙著正名主義之語言與訓詁，文載中央研究院史語所集刊第四十五本第四分。

昭昭然爲天下憂不足

王念孫曰：「昭昭，小也。（中庸：今夫天斯昭昭之多。鄭注：昭昭猶耿耿，小明也。淮南繆稱篇：昭昭乎小哉。）言墨子之所見者小也。故下文曰：夫不足非天下之公患也，特墨子之私憂過計也。」柬釋、集釋、新注並採之。

宇純案：說文：「昭，日明也。」故昭昭一詞恆見爲顯明義。其又爲小明者，疑與的的之語相關。昭的二字聲近韻近，而有洪細舒促之殊，故昭爲大明，的爲小明。墨子周遊天下，持其說以說諸侯，百舍重繭，摩頂放踵，利天下爲之，蓋卽「昭昭然爲天下憂不足」之意，則昭昭不訓小明，義亦可通，是以楊氏無注矣。下文「不足非天下公患，特墨子之私憂過計」，亦不足爲昭昭訓小明之證。

皆知己之所願欲之舉在是于也

楊注云：「是于猶言于是。」

宇純案：于乎二字形音俱近，疑于通乎，或原卽作乎，爲語氣詞；也字後增。

僧然要時務民

楊注云：「要時，趨時也。」

宇純案：楊此本下文「趨時遂功」爲注，趨讀與促同，趨時謂迫期也。要時所以義

同趨時者，要之爲言約也，要約一聲之轉，要時猶言尅期也。

進事長功

楊注云：「益上之功也。」東釋、集釋並引陶鴻慶說，疑進爲遂字之誤。

宇純案：進謂推進，其字不誤，亦不如楊之訓益。

不足以藥傷補敗

楊注云：「藥猶醫也。」俞樾曰：「藥當讀爲𤻲。說文疒部：𤻲，治也。或作療。古書每以藥爲之。大雅板篇不可救藥，韓詩外傳作不可救療。毛用假字韓用正字耳。楊注雖得其義，未得其字。」

宇純案：俞謂楊注得藥之義，而未得其字，其說是也。然謂藥借爲𤻲，毛用假字，韓用正字，亦未得其實。治療字初無本字，借樂字爲之。詩衡門云「泌之洋洋，可以樂飢」，是其證。其後或於樂字加疒，而爲𤻲字，故說文云「𤻲，治也」，𤻲即樂字之轉注；或於樂字加艸，如本文之藥傷補敗，如板詩之不可救藥，即其字，亦樂字之轉注。所謂「正字」，往往即緣假借而生之專字也，此即六書轉注之一。藥物之藥，或與治療之「藥」字同形而異質，或二者本爲一語，原具複聲母，非借藥爲𤻲也。俞氏不達文字孳乳之途轍，故說之似是而實非也。

名聲足以暴炙之

楊注云：「名聲如日暴火炙，炙赫也。」

宇純案：韓詩外傳六暴字作薰，薰炙義近爲長，疑爲原作。

威强足以捶笞之

宇純案：韓詩外傳六捶笞作「一齊」，亦於義爲長。

拱揖指揮

集解云：「揮，宋台州本作麾。」

宇純案：韓詩外傳六與台州本同，成相篇亦作麾字。揮麾二字義同音異，此疑本作麾，後人或易爲揮。

王霸篇

擽然扶持心國

楊注云：「擽讀為落，石貌也。其所持心持國，不行不義，不殺無罪，落然如石之固也。」

宇純案：㮾字不詳，楊讀爲落，㮾當从樂聲，樂落古韻不同部。心字義不可通，楊强爲之說，疑當是其字之誤。說文古文其字作𠀠，與心字作廿形近，因誤耳。久保愛疑爲身字之誤，豬飼彥博則疑國當作志；心身、國志形音俱遠，自無相亂之理。

譬之猶衡之於輕重也，猶繩墨之於曲直也，猶規矩之於方圓也

宇純案：禮論篇云：「故繩墨誠陳矣，則不可欺以曲直。衡誠縣矣，則不可欺以輕重。規矩誠設矣，則不可欺以方圓。君子審於禮，則不可欺以詐僞，故繩者直之至，衡者平之至，規矩者方圓之至，禮者人道之極也。」以繩、衡對規矩，首句繩下衍墨字（下文繩者直之至可證）。以彼文與此文相照，疑此繩下亦衍墨字。余前爲集解補正，據大略篇之文，以此文衡上奪權字（案此說為集釋所用而不名，其前條說彊固為彊弱之誤，實亦余說），今知其不然。

心欲綦佚

豬飼彥博曰：「心當作身，下云形體好佚。」

宇純案：心爲誤字，其說是也；謂當作身，是則不然。天論篇以耳目鼻口形五者爲天官，心爲治五官之天君，五官不用身字，而心與耳目鼻口不同列。此文云：「夫人之情，目欲綦色，耳欲綦聲，口欲綦味，鼻欲綦臭，心欲綦佚，此五綦者，人情

之所必不免也。」正論篇云：「然則亦以人之情爲欲，目不欲綦色，耳不欲綦聲，口不欲綦味，鼻不欲綦臭，形不欲綦佚？此五綦者，亦以人之情爲不欲乎？」明此文心當是形字之誤。（解蔽篇云：「故目視備色，耳聽備聲，口視備味，形居備宮。」亦以形字配目耳口。）性惡篇云：「若夫目好色，耳好聲，口好味，心好利，骨體膚理好愉佚。」本篇云：「故人之情，口好味而臭味莫美焉，耳好聲而聲樂莫大焉，目好色而文章致繁婦女莫衆焉，形體好佚而安重閒靜莫愉焉，心好利而穀祿莫厚焉。」既知形之所好者佚，又知心之所好者利，此文心是形字之誤，益加顯白矣。

故人主欲得善射射遠中微

楊注云：「射及遠，中細微之物。」

宇純案：下射字疑本作及，參見君道篇。楊注云「射及遠」，所本原作何字不詳。

及速致遠

久保愛曰：「淮南子及作追，似是。」為集釋所用。

宇純案：及猶追也，其字本从人後一手，象從後追及之形。說文：「及，逮也。」國語晉語「往言不可及」，注：「及，追也。」其字不誤，君道篇亦是及字。

人苟不狂惑

宇純案：狂亦惑也。韓非子解老篇：「心不能審得失之地謂之狂。」下文云：「知者之知固以多矣，有以守少，能無察乎？愚者之知固以少矣，有以守多，能無狂乎？」以狂對察，亦狂言惑之證。

則舜禹還至，王業還起

楊注云：「還，復。」王念孫曰：「還至，卽至也；還起，卽起也。漢書董仲舒傳還至而立有效，是也。楊訓還為復，失之。」

宇純案：經典釋文還字多音旋，或云「還本亦作旋（如魏風十畝之間）」，則還至還起卽旋至旋起。

其佐賢

宇純案：佐當作士。蓋士誤爲仕，更誤爲佐耳。此文「其法治，其士賢，其民愿，其俗美」，並承上文「無國而不有治法，無國而不有賢士，無國而不有愿民，無國而不有美俗」而言之，不當士佐二字獨不相應。

莫不以是爲隆正

楊注云：「是謂親上也，皆以親上為隆正也。」集釋云：「是指上愛其下及下親其上而言。」

宇純案：是卽禮也。此承上文「上莫不致愛其下，而制之以禮」而言。是卽禮，說詳前讀荀卿子札記勸學篇「使目非是無欲見也」條。

辟之是猶立直木而求其景之枉也

宇純案：下文云：「辟之是猶立枉木而求其景之直也。」與此兩者分別爲喻。彼文喻其必不可得，此則喻其愚不可及。其意既立直木矣，其景自直，以喻其既能治近，其遠者自理；乃又務治遠，以害治近之效，故曰立直木而求景之枉也。

君道篇

敬愛而致文

郝懿行曰：「文，韓詩外傳四作恭，於義為長。」柬釋、集釋並從其說。

宇純案：禮論篇云：「禮者，達敬愛之文。」又云：「事生不忠厚不敬文謂之野，送死不忠厚不敬文謂之瘠。」此文對爲人子之問，曰「敬愛而致文」，文字自不得謂之誤字。

致功而不流

郝懿行曰：「此句未詳，疑有譌字。」柬釋、集釋並引劉師培説，謂功為和字之誤。

宇純案：和字篆文作咊，口在左，蓋壞誤而爲功。劉說是。

動無不當也

宇純案：韓詩外傳四此句上有「故德及天地」五字。外傳文字率簡略於本書，此則獨多五字，當是荀子原文所有。

貧窮而不約

宇純案：不苟篇云：「通則文而明，窮則約而詳。」約字與此文用異。周禮考工記匠人「凡任索約」，注云：「約，縮也。」是此文約字之義，意謂貧窮而不畏葸也。

故君子之於禮，敬而安之

宇純案：韓詩外傳四禮下有也字，當據補。此與下文「其於事也」、「其於人也」同例。

徑而不失

宇純案：外傳徑字作經。

其應變故也

宇純案：故亦變也，是以外傳但云「其應變也」。下文「則國終身無故」，無故即無變。

其於天地萬物也，不務說其所以然，而致善用其材

宇純案：外傳此文作「其於天地萬物也，不拂其所，而謹裁其盛」。此即天論篇不求知天，而裁用萬物之說。外傳蓋求其與上文「其於百官伎藝之人也，不與爭能，而致用其功」相對，以致原意不顯。其中「不拂其所」句或有誤字；「謹裁其盛」即此文「致善用其材」之意，盛讀爲成。

其居鄉里也，容而不亂

久保愛曰：「容上疑脱寬字。臣道篇曰：調而不流，柔而不屈，寬容而不亂。」

宇純案：寬容而不亂，與上文「緣義而有類」相對，補寬字是也。外傳亦作容而不亂，蓋其誤脱由來已久。（外傳此作：「其於交遊也，緣義而有類。其於鄉曲也，

容而不亂。」文字較本書整齊，是當補寬字之證。本書「其交遊也」，疑當據外傳補「於」字。）

明達用天地理萬變而不疑

盧文弨曰：「元刻作理萬物變而不凝。」王念孫曰：「用天地而不疑，義不可通。用當為周，字之誤也。言其智足以周天地理萬變而不疑。」柬釋、集釋並從王說。

宇純案：外傳達字作通，通下無用字，萬下無物字，疑字同本書。元刻物字當係衍文，凝亦當爲疑字之誤。用字既義不可通，外傳正無，當卽涉明字而衍。明達天地理萬變而不疑，「達天地」與「理萬變」並承「明」字言之，下以「不疑」二字作結，達天地三字文意已足，不須更有周字；加一周字，又與理萬變文句不儷，以知王說不可取。

欲彊固安樂，則莫若反之民

久保愛曰：「反而先親愛其民，則四者自得也。」集釋云：「反之民，猶言求諸民，謂愛民利民。」

宇純案：集釋說反義爲求，是也。然愛民利民不得云求諸民。外傳五民字作己（己上奪之字），當從之。此節申明君爲民原之義，謂欲得民莫若先求諸己，己字正承

上文諸己字而來。蓋唐人省筆避民字諱，與己字形近，後人誤以己爲民字之諱，因改爲民字耳。

小用之，則威行鄰敵

宇純案：外傳五作「小用之，則威行鄰國，莫之能御。」與上文「巨用之，則天下爲一，諸侯爲臣」文句一致。外傳文字皆略於本書，此多數字，當是荀子原文所有。疑此本作「小用之，則威行鄰國，莫之能敵」，中奪「國莫之能」四字。

善顯設人者也

俞樾曰：「設者，大也。易繫辭曰：益長裕而不設。鄭注曰：設，大也。是設有大誼。顯設猶顯大。」集解云：「設，用也。顯設人猶云顯用人。」

宇純案：外傳五顯設作設顯，蓋二字義同平列，倒言不異也，則俞說是。生養、班治、藩飾並平列二字爲詞。

善藩飾人者也

宇純案：外傳藩作粉，藩亦飾也，粉藩義近。

上以飾賢良而明貴賤

宇純案：此句與下「下以飾長幼而明親疏」相對，貴賤、長幼、親疏並二字義相反，獨賢良一詞不類。外傳云「則聖人所以分賢愚，明貴賤」，當據改良字爲愚。

隆禮至法則國有常

久保愛曰：「至讀為致。」集釋云：「大略篇：隆禮尊賢而王，重法愛民而霸。以隆禮、重法為對。此以隆禮、至法為對，至法應卽重法之義。」

宇純案：至字無重義，至法與隆禮對文，至字義不可通。彊國、天論並有「隆禮尊賢而王，重法愛民而霸」之語，俱不云至法。重字行書與至字相近，至當是重字之誤。久保讀至爲致，亦曲爲之說。

材伎官能

集解云：「材以驗伎，官以程能。」久保愛曰：「羣書治要材伎作拔材，是也。」柬釋、集釋並用久保愛說。

宇純案：材讀爲裁，謂裁度裁斷，故外傳六作「較其官能」，其爲伎字之音誤。治要材伎作拔材，疑不解材字義而臆改者。

臣下百吏至于庶人，莫不修己而後敢安正

正字東釋作止，云：「今本止作正字，據世德堂本及增注校改。」久保愛曰：「止，謂己所立之位也。」

宇純案：修己下云敢安正，無義。外傳六作「羣下百吏莫不修己然後敢安仕」，庶人下云安仕，亦不可通。疑荀子原作「臣下百吏至于庶人，莫不修己而後敢安任」，安任謂安其職事。外傳刪「至于庶人」四字，故下改安任云「安仕」。

譬之是猶立直木而恐其景之枉也

宇純案：此與下文「譬之是猶立枉木而求其景之直也」相對，恐字當作求，或枉字上奪不字。王霸篇正以「辟之是猶立直木而求其景之枉也」與「辟之是猶立枉木而求其景之直也」對文。此意謂既已使賢者爲之，使脩士行之，使知者慮之，其事之必成無可疑，如立直木而其景自直也；然又與不肖者規之，與愚者論之，與汙邪之人疑之，其事自不得而成矣，故曰是猶立直木而求其景之枉也。

行義動靜

宇純案：義字義不可通。疑此本作行僞動靜，行僞即行爲，後人不解僞字之意依音改之耳。僞義二字聲同韻同，但有開合之異。非十二子篇「行僞險穢」，儒效篇「其

衣冠行僞同於世俗」，行僞並卽行爲。

人主欲得善射射遠中微者

宇純案：下射字外傳四作及。說文古文及字作乁，疑此本書及字作乁，後人誤以爲射字重文而改之。

欲得善馭速致遠者，一日而千里

王念孫曰：「元刻世德堂本速上有及字，盧從宋本，云俗間本有及字。案有及字者是也，及速與致遠對文。行速則難及，道遠則難致，故唯善馭者乃能及速致遠，非謂其致遠之速也，則不得以速致遠連讀。善馭及速致遠，與善射射遠中微對文，若無及字，則與上文不對，一證也。王霸篇云：欲得善射射遠中微，則莫若羿蠭門矣；欲得善馭及速致遠，則莫若王良造父矣。與此文同一例，二證也。淮南主術篇云：夫載重而馬羸，雖造父不能以致遠；車輕而馬良，雖中工可使追速。追速致遠卽及速致遠，三證也。羣書治要有及字，四證也。」俞樾曰：「王謂有及字者是，不知此與彼文不同。彼文無一日而千里五字，故有及速二字，此云一日而千里，則及速不待言矣。荀子原文不獨無及字，並無速字。儒效篇曰：輿固馬選矣，而不能以致遠，一日而千里，則非造父也。亦言一日千里，而無及速之文，可證也。俗本

據王霸篇誤加及速二字，呂、錢本無及字而有速字，則删之未盡者耳。」東釋從俞，集釋用王。

宇純案：此節文字承上文「人主」二字，而與「欲得善射射遠中微者」以下相對，唯「一日而千里」五字無相儷之句，當是後人據儒效篇所增。儒效篇遠下無者字，故其下有一日而千里之句，本文遠下有者字，與上文微下有者字同，其下自不得更接以一日而千里之言，五字必由後人增之。王說理達證充，其席終不可奪。

古有萬國，今有數十焉

王念孫曰：「案富國篇數十作十數，是也。當荀子著書時，國之存者已無數十矣。」東釋、集釋並據王說乙改數十為十數。

宇純案：外傳四云「古之國千餘，今無數十」，語意爲長。此文「數十」二字應不誤，或今下奪無字，或數上有字本作無耳。富國篇之文疑未足據。

本不利於所私也

集解云：「本字無義，大之誤也。富國篇云：有分者，天下之本利也。楊注：本當作大，與此正同。」

宇純案：本字外傳同。富國篇云：「故美之者，是美天下之本也；安之者，是安天

下之本也；貴之者，是貴天下之本也。」此數本字並承「天下之本利也」言之，楊以本字爲大字之誤，其說原不足據。

然後隱其所憐所愛

集解云：「呂覽圜道篇高注：隱，私也。」柬釋、集釋、新注並取其說。

字純案：外傳四此句作「夫是之謂能愛其所愛矣」，愛其所愛卽此隱其所愛（于省吾新證云此文「所憐二字涉旁注而衍，錢氏考異謂諸本無所憐二字，是也。」），下文「故曰唯明主爲能愛其所愛」，亦作愛字，則隱亦愛也。隱愛二字雙聲對轉，愛其所愛或作隱其所愛，此猶「壹戎衣（衣愛音近，故哀从衣聲）」卽壹戎殷，「愛而不見」卽隱而不見也。集解訓隱爲私，不可從。

臣道篇

推類接譽

楊注云：「推其比類，接其聲譽，言見其本而知其末也。」俞樾曰：「楊注未得接譽之義，譽當讀為豫。昭二年左傳宣子譽之，孟子梁惠王篇引作豫；梁惠王篇一游一豫，昭二年注引作譽；是古字譽與豫通也。大略篇曰：先事慮事謂之接，先患慮

恚謂之豫，即此文接豫之義。」集解云：「楊俞說皆非，譽即與字，說見儒效篇。」柬釋、集釋並從集解。

宇純案：儒效篇「比周而譽愈少」，王念孫說「譽即與字，與亦類也」，是也。但王引此文爲證，則其說可商。蓋彼文訓與爲類，類謂黨類；乃與字恆見用義；此文訓與爲類，則欲說譽字義同推類之類，推類之類則義爲統類，與法字爲對文。王制篇云：「有法者以法行，無法者以類舉。」儒效篇云：「倚物怪變，所未嘗聞也，所未嘗見也，卒然起一方，則舉統類以應之。」此文云「推類接譽，以待無方」，即儒效篇「舉統類以應之」之意。訓譽爲類，不僅荀子書無此用法，接譽二字相連，亦文不成義。俞以大略篇接豫二字釋接譽，然大略之接豫謂先事慮事，先患慮患，正與此文「應卒遇變，以待無方」之意相反。余謂譽或原作舉，接讀同捷，比類接譽即比類捷舉。

故正義之臣設

楊注云：「設謂置於列位。」集解云：「設猶用也。」

宇純案：設疑當訓大，猶言顯也。說詳君道篇「善顯設人者也」條。下文云：「諫爭輔拂之人信。」楊於信字陳二說，一謂見信，一謂讀爲伸，當以後說爲長。諫爭輔拂之臣伸，與此文正義之臣顯正相對。

致士篇

殘賊加累之譖

楊注云：「殘賊，謂賊害人；加累，以罪惡加累誣人也。」

宇純案：殘賊二字平列，孟子梁惠王下篇云：「賊仁者謂之賊，賊義者謂之殘。」是此二字之義。加累亦二字平列。加，誣也。左氏莊公十年傳「犧牲玉帛弗敢加也」，言弗敢誣也；僖公十年傳「欲加之罪」，言欲誣之罪也；是其例。尚書大傳：「大罪勿累。」注云累謂延罪無辜，是此文累字之義。

然後士其刑賞而還與之

楊注云：「士當為事，行也。言定其當否，既當之後，乃行其刑賞反與之也。」郝懿行曰：「士者事也，古士仕事俱通用，此士謂事其事也。」王引之曰：「士字義不可通，當為出字之誤也。言定其善惡之實而當，然後出其刑賞而還與之也。楊讀士為事，又訓為行，展轉以求，其通鑿矣。」集解云：「王說是。」

宇純案：士字不誤，此讀爲在，察也（書堯典「在璿璣玉衡」，禮記文王世子「必在視寒暖」，在並訓察）。察其刑賞，猶言量其刑賞也。士在二字古同聲同韻，故

金文在字从士聲（小篆改士為土，說文說為「从土，才聲」，實於才字加士聲也。詳見拙著中國文字學一七二頁）；又有袁字，从衣士聲，即說文从糸才聲之紂；並此文士字讀同在字之證。

夸誕逐魂

楊注云：「逐魂，逐去其精魂，猶喪精也。」郝懿行曰：「按四句一韻，文為箴銘。」

宇純案：上文「得衆動天，美意延年，誠信如神」，天、年、神三字古韻並隸眞部，魂字則在文部，不與三字相叶。疑魂原作人字，後人臆改之耳。夸誕逐人，意謂夸誕者其民人必將他徙，猶己逐之也。孟子離婁上篇云：「爲湯武敺民者，桀與紂也。」逐人猶言敺民。

議兵篇

蘇刃者死

楊注云：「蘇讀為傃。傃，向也。謂相向格鬬者。」東釋、集釋並用楊說。

宇純案：說文無傃字。孫愐唐韻暮韻「傃，向也」，與素字同音，當即素昔之素轉

注人旁而成，其義本不謂向對，楊氏傅會爲說耳。蘇當讀爲禦，蘇刄者死，卽禦刄者死。蘇從穌聲，穌從魚聲，蘇、穌心母，魚疑母；禦從御聲，御從卸聲，卸从午聲，禦、御、午疑母，卸心母；並心疑二母之相互諧聲，其始當具 sŋ- 之複聲母。且諸字古韻並屬魚部，故蘇讀與禦同。詩女曰鷄鳴「琴瑟在御」，阜陽漢簡御字作蘇，尤不啻蘇禦二字通用之證。（又案：禦與逆迕迎諸字同為一語，此謂讀蘇為逆為迕為迎，與云讀蘇為禦不異。）

爲炮烙刑

楊注云：「列女傳曰：炮烙為膏銅柱，加之炭上，令有罪者行焉，輒墮火中，紂與妲己大笑。烙，古責反。」盧文弨曰：「炮烙之刑，古書亦作炮格之刑。格讀如庋格之格，古閣格一也。史記索隱鄒誕生音閣。此注云烙古責反，可證楊時本尚作格也。」

宇純案：格字習見，楊所見若本作炮格，不當有音；今音烙字古責反（楊音烙字古責反，猶切韻格字音古陌反，麥陌音近），是原作烙字甚明，盧說誤。炮烙字本作格，以其爲橫豎銅柱加炭火之上，故有炮格之名；後世涉炮字从火易木爲火，而爲烙字，形雖有異，音實相同，是以楊音古責反也。韻書字書中有與落字同音之烙，義爲燒烙，則別爲一字。盧因楊音古責反，斷其所見爲格字，卽由誤讀炮烙之烙爲

燒烙之烙也。

霍焉離耳

楊注云：「霍焉猶渙焉。」集解云：「上文云滑然有離德，又云渙焉離耳，渙、霍、滑三字一聲之轉。」

宇純案：渙、霍、滑三字韻母有異，滑與渙、霍復有聲母清濁之殊。余謂莊子養生主云「謋然已解」，釋文謋字音化百反，與霍字音虛郭切聲同韻近（古韻同魚部），霍焉當同莊書之謋然。

傭徒粥賣之道也

宇純案：粥亦賣也。然粥字取賣義，通常皆取余六切，即與賣字同音。此文與賣字連用，知荀子取義不取音，仍讀之六切不改也。

彊國篇

忽然耳

楊注云：「忽然言易也。」

宇純案：忽、霍、謋雙聲，疑並狀聲之詞。參前篇「霍然離耳」條。

人君者

久保愛曰：「天論作君人者，是也。」

宇純案：大略篇亦云：「君人者，隆禮尊賢而王，重法愛民而霸，好利多詐而危。」本篇下文云：「故君人者，愛民而安，好士而榮。」王霸篇云：「故用國者，義立而王，信立而霸，權謀立而亡。」並可證此文係君人之誤例。

其禁暴也察，其誅不服也審

宇純案：外傳六此作「其禁非也暴，其誅不服也繁審」，疑此原作「其禁非也暴察，其誅不服也繁審」。察亦暴也，上文云「有暴察之威者」，暴察與道德、狂妄皆二字平列，楊云暴察謂暴急嚴察；繁亦審也，繁讀同釆，釆與辨同。

羸則敖上

楊注云：「稍羸緩之則敖謾。」郝懿行曰：「羸猶盈也。此言百姓放縱寬舒，則氣盈而敖上。羸與贏同，贏，有餘也。有餘卽強緩，故注訓羸為緩。」

宇純案：郝既以羸為盈云「氣盈」，又云「百姓放縱寬舒」，據羸字中義，其說非

也。此讀羸爲緆，說文：「緆，緩也。」外傳六作「怠則敖上」，是羸訓緩之證，緩與怠義通。緆或又通作羸，詩雲漢「昭假無羸」，箋亦以羸說爲緩義。無緩即無怠。

敵中則奪

宇純案：外傳六無此四字，疑卽「得間則散」句之或本誤合爲一。儀禮喪大記「中月而禫」，鄭注「中猶間也」，間讀間隔之間。敵讀爲適，適中猶云得間也。奪讀同脫，逃也，猶散也。外傳「得間則散」句作「遠聞則散」，義與上句「執拘則最」不相對，遠聞二字蓋卽適間之誤，是得字作適之本矣。

百姓讙敖

楊注云：「敖，喧噪也；亦讀為嗷，謂叫呼之聲嗷嗷然也。」

宇純案：楊前說是，外傳六作「百姓讙譁」，是其證。敖囂音同通用。詩板篇「聽我囂囂」，潛夫論引作敖敖；十月之交篇「讒口囂囂」，韓詩作謷謷。

不和人心

宇純案：外傳六此下有「悖逆天理，是以水旱爲之不時，年穀以之不升，百姓上困

於暴亂之患，而下窮衣食之用，愁哀而無所告訴」諸句。以外傳校荀子，皆外傳略，而此爲多；悖逆天理句與不和人心對文，疑並是荀書所原有。天理卽自然之理也。

舍屬二三子而治其地

楊注云：「屬，請也，之欲反。子發不欲獨擅其功，故請諸臣理其地也。」王念孫曰：「古無訓屬為請者。屬，會也，言會諸臣以治之。」

宇純案：楊音屬字之欲反，是讀屬同囑也，故云屬請，請謂請託也。此屬字恆見用法，王說誤。

大事已博

楊氏無注，蓋以博為大義。東釋引于省吾曰：「博應作尃，卽今敷字，金文皆作尃。孟子滕文公：舉舜而敷治焉。注：敷，治也。」集釋云「博字於義難解」，而亦用于說。

宇純案：博當讀爲薄。廣雅釋言云：「薄，致也。」爾雅釋言云：「畛、底、致也。」廣雅薄下云致，卽承續爾雅而廣之。尙書堯典「乃言底可績」，馬注云「底，定也」，史記夏本紀作「汝言致可績」，禹貢亦云「震澤底定」。詩武篇「耆定爾功」，傳「耆，致也」，耆定卽底定。底轉爲陽聲卽爲畛。禮記曲禮「畛于鬼神」，謂以其

成功致告於鬼神，故注云「昣，致也」；注又云「昣或爲祗」，祗底並从氐聲，作祗猶作底也。薄字與底、昣同訓致，然則大事已薄猶云大事已定，與下文「大功已立」義正相因，故相連爲文。薄訓致，即薄訓至之引申義，亦猶「至」之轉而爲「致」也。

併己之私欲，必以道夫公道通義之可以相兼容者，是勝人之道也

楊注云：「併讀曰屏，棄也。屏棄私欲，遵達公義也。」久保愛曰：「以道之道訓由，本注遵達疑道達之誤。」

宇純案：久保訓以道之道爲由，疑注文遵達爲道達，並是。正名篇「以爲可而道之」，注即以道達釋道字。唯據注文之「道達公義」，正文公下道通二字原應無有。蓋正文原作「道夫公義」，故注文云「道達公義」；若公字義字之間有道通二字，注不得云道達公義也。公義與私欲對文，亦可見正文原不當有此二字。

天論篇

明於天人之分，則可謂至人矣

宇純案：荀子以天爲自然，學者莫不云此受莊子之影響；其言天人之分，則咸推荀

子所獨標。然莊子大宗師篇云：「知天之所爲，知人之所爲，至矣。」察荀子此言，殆無一字不見於莊文；而至人之名，原亦莊書所用，蓋亦不謂無所啓導於莊子也。然而由消極之因循，轉而爲積極之自主，出莊入儒，所造固偉矣。

官人守天

楊注云：「官人，任人。」

宇純案：荀書官人爲名詞，君道篇：「官人守數，君子養原。」榮辱篇：「是官人百吏之所以取祿秩也。」禮論篇、正論篇：「官人以爲守，百姓以成俗。」王霸篇：「是所使夫百吏官人爲也。」又：「人主者，以官人爲能者也；匹夫者，以自能爲能者也。」並其例。楊以官人爲任人，誤。

珠玉不睹乎外，則王公不以爲寶

宇純案：下文云：「故日月不高，則光暉不赫；水火不積，則暉潤不博。」下文云：「禮義不加於國家，則功名不白。」赫、博、白並魚部入聲，當爲韻文。此文寶字既不入韻，又多他句二字，疑此原作「則王公不著」，著字古韻亦屬魚部，恆見有去聲一讀，入聲二讀，並可與三字叶韻。史記貨殖列傳：「廢著鬻財。」廢著猶言廢居，則不著猶言不居，卽不以爲寶之意。蓋後人不解不著之義，而改如今文。

故道之所善

宇純案：此句下接「中則可從，畸則不可爲，匿則大惑」，既云善道，則下不得云畸云匿；善道必可從，又不當云「中則可從」也。善當爲著，字之誤耳。著謂明著，道之所著，猶謂所明著之道也，是以下云「中則可從，畸則不可爲，匿則大惑。」下文又云：「水行者表深，表不明則陷；治民者表道，表不明則亂。禮者，表也。」表與著義同，表道即此云道之所著也。隸書著善二字形近。哀公篇「雖不能徧美善」，韓詩外傳一善字作著；非相篇「仁義功名善於後世」，王引之云善爲著字之誤；史記五帝本紀「帝摯立不善」，索隱云古本善作著；是二字互譌之例。

正論篇

故主道莫惡乎難知

惡字今之注家或讀善惡之惡，如集釋；或音晤，見新注。

宇純案：此文「莫惡乎」與下文「莫危乎」相對，惡當爲狀詞，讀善惡之惡，是也。唯惡字去入之分，古時無有。離騷云：「理弱而媒拙兮，恐導言之不固。時溷濁而嫉賢兮，好蔽美而稱惡。」劉歆遂初賦云：「何叔子之好直兮，爲羣邪之所惡。賴祁子之一言兮，幾不免乎徂落。」前者義爲醜惡，而韻去聲之固；後者義爲厭惡，

而叶入聲之落，是其明證（詳見顧炎武音論卷下）。且下文云：「傳曰：惡之者衆則危。」惡字正承此文，依今讀當取去聲，尤以見惡字去入之限，卿無此分。

故先王明之，豈特玄之耳哉

楊注云：「特猶直也。」今之注家，多取陶鴻慶說，以玄為宣字之音誤。如東釋云：「上文：上宣明則下治辨矣。注：宣，露也。此卽承上而言先王務明其德，不獨宣露之而已也。」

宇純案：上文云：「上宣明，則下治辨；上端誠，則下愿慤；上公正，則下易直。」又云：「上周密，則下疑玄；上幽險，則下漸詐；上偏曲，則下比周。」宣明、治辨、端誠、愿慤、公正、易直、周密、疑玄、幽險、漸詐、偏曲、比周，凡十二詞皆義同平列。宣卽明，明卽宣，義無稍隔。下文云：「故主道利明不利幽，利宣不利周。」幽卽幽險，周卽比周，爲其與幽、周二字相對爲言，而析用明宣二字，以加强其說，故其下但承一明字言之云：「故主道明則下安，主道幽則下危。」不更有「主道宣」、「主道周」之句，尤足徵宣明二字義實無殊。則此文上言「故先王明之」，其下不得云「豈特宣之」，玄非宣字之誤，確然無可疑矣。且玄宣二字韻本不同（案古韻有眞元之異，切韻亦有先仙之別），聲尤相遠，無相亂之理。玄卽上文玄疑之玄，二語意謂故先王明以示之，豈直周密之令臣下有所玄疑乎？特與直

古音近通作，楊云特猶直也，是也；直取徑直義。唯之下「耳」字疑非原有，蓋後人不曉特字之意而增之。

不至於廢易遂亡

集解云：「遂讀為墜，說見王制篇。」柬釋引王懋竑云：「易，易位之易。」集釋亦以易位釋易字。

宇純案：王制篇云：「大事殆乎弛，小事殆乎遂。」王念孫曰：「遂讀爲墜。」並謂此文「遂亦讀爲墜，不至於廢易遂亡，謂不至於廢弛墜失也」。並爲此文集解所本。今案：王訓廢易爲廢弛，是；遂字則讀如字亦通。

桀紂非去天下也

楊注云：「非天下自去也。」

宇純案：楊注據下文云「天下去之也」，故於此下云「天下自去也」，以申桀紂非去天下之意，則注文非字不當有，當係誤衍。

譬之是猶傴巫跛匡大自以爲有知也

楊注云：「匡讀為尪，言世俗此說猶巫尪大自以為神異也。」俞樾曰：「大乃而之

譌，而大篆文相似，因而致誤。」集釋引鍾泰曰：「大自以為有知，猶云自以為大有知。」

宇純案：匡大二字疑一尪字之誤，此本作「辟之是猶傴巫跛尪自以爲有知也」。

故魯人以榶，衞人用柯，齊人用一革

楊注云：「未詳。或曰方言云：盌謂之榶，盂謂之柯。或曰：方言：榶，張也。郭云謂彀張也。」盧文弨曰：「案方言：盌謂之櫂。宋本荀子注正作櫂，但與正文似不合。……至榶張也之榶，方言作搪，从手，此注恐有傅會。」郝懿行曰：「注引方言盌謂之榶，盂謂之柯，蓋楊所見古本如是。今本榶作櫂，宋本荀子注已作櫂，或唐以後人據方言改耳。」柬釋、集釋、新注並據楊注，云盌謂之榶，盂謂之柯。康熙字典同。

宇純案：楊注「未詳」二字在「或曰方言云盌謂之榶」之上，其非特於「齊人用一革」一語言之，意至明顯；使方言本作「盌謂之榶，盂謂之柯」，此文榶、柯二字之義，楊不得云「未詳」也，是其所見方言原爲櫂字，與今本無異無可疑者，故宋本正作櫂字矣。正文無櫂字，注文所以並方言「盌謂之櫂」而引之者，因方言五云：「盂，宋楚魏之間或謂之盌；盌謂之盂，或謂之銚銳；盌謂之櫂，盂謂之柯，海岱東齊北燕之間或謂之盎。」語分四層，「盌謂之櫂，盂謂之柯」兩語一節，故連類

而及之耳。廣雅釋器云：「盩、檯、䀂盞、銚銳、柯、櫂、盎、梋、栓、柍、盦、椀，盂也。」（王念孫曰：「栓當在梋上或柍下。」謂梋柍二字當連讀也。）除盩即敦字之轉注，敦字見於諸禮書之外，餘並援據方言：銚銳、柯、櫂、盎諸字本卷五此條，其餘見卷十三。彼文云：「盂謂之檯，河濟之間謂之䀂盞，椀（宇純案：椀與盌同，故廣雅有椀無盌）謂之盦，盂謂之銚銳，木謂之梋柍。」亦正有櫂字，而無榶字，尤爲方言本是櫂字之證。以知楊前引方言，但釋正文之柯字，故其下更引方言說榶字。唯方言搪字从手，不从木，姑備一說耳，是故其文引之在釋柯字之後。然搪與柯義不同類，不當如楊氏所言。今案方言十三又云：「盌、械、盞、温、閜、𥂕、𥃈，桮也。」𥂕字廣韻與章切，昜聲、唐聲古音近，故說文唐字古文作啺，疑此文榶與𥂕同。

械用備飾不可不異也

楊氏無注，柬釋同，集釋引漢和辭典，謂備飾「似為精緻飾物」，新注謂「各種裝飾物」。

宇純案：備當讀爲服，二字古音同通用；下文「衣被則服五采」，服五采即備五采。此文械用備飾四字平列，械用猶言械器，集釋、新注誤。

學者受其殃

宇純案：「作者不祥，學者受殃，非者有慶。」文句一例，祥、殃、慶韻，疑衍其字。

故盜不竊，賊不刺

楊注云：「盜賊通名。分而言之，則私竊謂之盜，劫殺謂之賊。」俞樾曰：「楊蓋以刺為刺殺之刺，實非然也。漢書郊祀志：刺六經中作王制。師古注曰：刺，采取之也。又丙吉傳：至公車刺取。注曰：刺謂探候之也。然則刺者，探取之義。盜不竊，賊不刺，變文以成句耳，非有異義也。」東釋、集釋、新注並用俞說。

宇純案：俞蓋以此文承抇墓之文言之，故訓刺爲探取，而以盜賊變文無異，而皆不如其意。自此以下，本承「聖王之生民，使皆知足」而言，故所引漢書非此之比。荀子書如樂論篇之「貧則爲盜，富則爲賊」，脩身篇之「竊貨曰盜」，解蔽篇之「有勇非以持是謂之賊」，無論對擧，或爲散言，盜與賊義皆有別；（案：盜字从皿，賊字从戈，一言竊財，一言稱亂，義本不同。孟子云賊仁、賊義，不曰盜；禮記禮運云盜竊亂賊，正亦分別言之。）而此下文云：「於是焉桀紂羣居，而盜賊擊奪以危上。」擊字承賊，奪字承盜，擊卽刺也，明此文仍以楊注爲是。

是豈鉅知見侮之爲不辱哉

楊注云：「鉅與遽同，言此倡優豈速遽知宋子有見侮不辱之論哉？」王念孫曰：「豈鉅知者，豈知也，鉅亦豈也，古人自有複語耳。或言豈鉅，或言豈遽，或言庸鉅，或言何遽，其義一而已矣（說見漢書陸賈傳）。楊讀鉅為遽，而云豈速遽知，失之。」東釋、集釋、新注並用王說；今人言語法者亦莫不本此。

宇純案：古凡言豈鉅、寧鉅、庸鉅、何鉅，鉅並遽之借，或即作遽字。遽，遂也，猶今語之「便」，即遽字倉卒義之引申；或作詎作渠，並以音近通作。楊知鉅讀爲遽，而以速字訓之，特未達一間耳。王以豈鉅同豈，爲古人複語，非是。劉淇助字辨略云：「遽，遂也。」本已得其義，唯又以豈鉅爲重言，則自相牴牾耳。

金舌弊口

宇純案：金字義不可通，疑銷若鉛字壞誤。余前爲集解補正，以爲矜字之借，殆不然。

凡議者必將立隆正然後可也

楊注云：「崇高正直然後可也。」集解云：「隆正猶中正，下文大隆即大中，說見致士篇。」東釋云：「隆正謂偉大正確的原則。」集釋云：「中正的標準。」

宇純案：正，準也（詳勸學篇「質的張則弓矢至焉」），隆正猶言隆準，謂禮也。王霸篇云：「君臣上下貴賤長幼至于庶人，莫不以是爲隆正。」是即禮，即其證也。

諸家所說俱未的。

將恐得傷其體也

盧文弨曰：「得未詳。或云古與礙通，梵書以㝵為礙，亦有所本。」俞樾曰：「得字無義，疑復字之誤。復者，反也；猶曰將恐反傷其體也。」宇純案：得字金文或作貝下又（亞癸卣），或作貝旁又（觚文），且有易又爲攴者（余義鐘），與敗字形近，疑此是敗字之誤。

禮論篇

故繩墨誠陳矣

宇純案：史記禮書無墨字，當是荀子原本。「繩誠陳矣，則不可欺以曲直；衡誠縣矣，則不可欺以輕重。」二句一例。下文「故繩者直之至，衡者平之至」，不曰繩墨者直之至，是其證。

天子之喪動四海，屬諸侯

楊注云：「屬謂付託之使主喪也。」王念孫曰：「屬，合也（四屬字義並同）。下

文云：庶人之喪，合族黨，動州里是也，楊注失之。」東釋、集釋、新注並用王說。

宇純案：王訓屬爲合，合諸侯，亦謂之使主喪也。下文云：「刑餘罪人之喪，不得合族黨，獨屬妻子。」妻與子不當云合，是屬字不訓合，仍當從楊注之證。

然後作具之

楊注云：「作之具之。」

宇純案：楊以作爲製作之義，非也。下文云「備物者作矣」，是作不謂「作之」之證。作具之謂作而具之也。作當訓起訓始。備物者作亦謂備物者起。

備家

楊注云：「備，豐足也。」郝懿行曰：「備，具也，皆也，物皆饒多夙具，故謂富家為備家。」郭嵩燾曰：「備家不詞，當卽下備物，此時雖備物，不敢遽也，踰日而殯，三日而成服，而後所備之物畢作也。」東釋云：「備家猶富家。說文：富，備也。是備亦可解作富的旁證。」集釋同。

宇純案：古無稱富家爲備家者。說文云：「富，備也。」是以備足之義釋富字，非備訓富之證。知者，說文貧下云「財分少也」，貧下云財分少，富下云備，正相對爲言。此文備家當謂備於家，承上文具字而言，備卽具也。富貴之家，若其事先無

備，不能當日殯不待言，故以備家爲富家，則文云「雖富家必踰日然後能殯」，斯爲無義矣。唯備於家者，可以當日殯，然而不敢遽也，故云「雖備家必踰日然後能殯也」。

然後聖人之名一，天下之功於是就也

楊注云：「一謂不分散，言性僞合然後成聖人之名也。」久保愛據宋本於聖上補成字，讀一字下屬爲句。柬釋、集釋、新注並據久保愛改。

宇純案：楊所見本聖上無成字，故讀一下句，謂聖人之名一，意卽成就聖人之名；楊若所見有成字，則必不得於名字斷句也。由知唐以前本原無成字，宋本所以有成字者，當卽涉楊注「成聖人之名」而衍，不得反據以改楊所見本也。唯楊訓一字爲不分散，因轉聖人之名一爲成聖人之名，意至牽强。一疑謂一尊於天下，或是立字之殘餘。

待聖人然後分也

宇純案：分卽治辨之意，承上文治字辨字言之，辨亦治也。分辨本有治義，荀子以禮爲治之源，而禮之用主在分別，其用分字尤當有治義也。

說褻衣

盧文弨曰：「說字疑當作設。」王念孫曰：「錢本說作設，與盧說合。」集解云：「宋本、台州本作設。」

宇純案：楊注云：「褻衣，親身之衣也。士喪禮飯唅後乃襲三稱，明衣不在算，設韐帶搢笏。禮記曰：季康子母死，陳褻衣。鄭玄云：褻衣非上服，陳之將以斂也。」觀楊氏此注云設云陳，而不釋說字，是其所見本原作設字甚明，後始誤爲說字耳。

陶器不成物

楊注云：「瓦不成於器物，不可用也。……禮記曰：竹不成用，瓦不成味。鄭云：成，善也。」

宇純案：楊不解物字之義。禮記檀弓上云：「瓦不成味」鄭注云：「味當作沬。沬，靧也。」正義云：「瓦不成味者，味猶黑光也。今世亦呼黑爲沬（案：呼黑爲「沬」，疑是晦字，此孔氏傅會之詞）也。瓦不善味，謂瓦器無光澤也。」味沬並从未聲，味讀爲沬。沬字金文作釁，小篆變而爲釁，左氏僖公三十三年傳之「釁鼓」，孟子梁惠王篇之「釁鐘」，即此義。釁又或作衅，禮記樂記之「車甲衅而藏之府庫」，亦此義。用器之陶器於外塗釉，塗釉即「成味」，則色黑而光澤也。明器之陶器不釉，故曰瓦不成味。物與味古音互爲去入，而陰聲之去與入聲最近，物即味也。鬼

物卽鬼魅，是其比。

棺椁其須象版盖斯象拂也

楊注云：「版謂車上障蔽者。蓋，車蓋也，斯未詳，象字衍。拂卽茀也。」郝懿行曰：「版蓋者，棺椁所以象屋，旁為版，上為蓋，非車之版蓋也。斯疑縰之音譌，象非衍字，拂與茀同；斯象拂者，蓋如喪大記云：飾棺，君龍帷黼荒，大夫畫帷畫荒，士布帷布荒之類，皆所以蔽茀棺上，因以為飾也。」

宇純案：郝說棺椁象屋及旁版、上蓋是也。用楊注以拂爲茀，則與版蓋不類。且下文云「無帾絲歶縷翣，其須以象菲帷幬尉也」，非卽茀字之誤（詳下），始言飾棺之物，則此文拂字不得如楊說，與斯象之義並不詳耳。

其須以象菲帷幬尉也

楊注云：「菲謂編草為蔽蓋，古人用障蔽門戶者，今貧者猶然。或曰菲當為扉，隱也；謂隱奧之處也。或曰菲當為扉，戶扇也。」

宇純案：楊氏菲字三說，似並與帷幬尉不相類，非疑茀字之誤。詩碩人：「翟茀以朝。」傳：「茀，蔽也。」載馳：「簟茀朱鞹。」傳：「車之蔽曰茀。」

所以爲至痛極也

楊注云：「故重喪必待三年乃除，亦為至痛之極，不可朞月而已。」東釋引楊注。

集釋云：「這是為極度的哀痛而制定的。」

宇純案：諸家俱未解極字。所以爲至痛極，與「所以爲至痛飾」相稱爲文，飾爲動詞，極亦當爲動詞。極者，窮盡終已之詞。所以爲至痛極，即所以爲至痛者令盡其心而止之之意，猶云所以爲至痛者限也。蓋人之於其親喪，創巨痛甚，由夫脩飾之君子爲之，將至死無窮；然而送死不能無已時，故聖人爲之立中制節，取天地四時一周徧而加隆之，斷爲二十五月，不令更遲，故曰所以爲至痛極也。

君者治辨之主也，文理之原也；情貌之盡也，相率而致隆之，不亦可乎

楊注云：「言人所施忠敬無盡於君者，則臣下相率服喪而至於三年，不亦可乎？」

集釋云：「言人君是治道的主宰，是法度的本原，是臣下盡其忠誠恭敬的對象。」

集釋、新注亦並以前三句平列。

宇純案：治辨、文理二句平列，並爲「君」之述語，承上而言，主與原並名詞。情貌句則是啓下之辭，就臣民言之，盡爲動詞，義猶孟子「盡心」之盡，兩者語句結構不同。情貌以下，謂臣民欲盡致其情貌於君，而相率服喪三年，不亦可乎？楊注大體得之，集釋、新注均誤。余前爲讀荀卿子札記亦以治辨三句平行，疑情貌爲情

頌之誤，蓋亦不然。

如或去之

宇純案：此文與上文如或饗之、如或嘗之、如或觴之四句平列，饗、嘗、觴三字古韻並屬陽部，嘗觴同爲平聲，饗字亦多與平聲字叶韻，當爲韻文，（此下「哀夫敬夫，事死如事生，事亡如事存；狀乎無形影，然而成文。」亦爲韻文，存、文同文部。）疑去當是亡字之誤，亡亦去也。禮記少儀：「爲人臣下者，有諫而無訕，有亡而無疾。」鄭注：「亡，去也。」

樂論篇

其移風易俗

宇純案：樂記與此同，史記作其風移俗易，語皆未了。集解以爲此句與「其感人深」二語相儷，當是「其移風俗易」。柬釋據漢書禮樂志作「其移風易俗易」，於俗下補易字。集釋、新注同。今案：荀子爲文多駢儷，若其本作移風易俗易，則多「其感人深」句二字，不僅文字累贅，且易字重出。樂記、樂書既並無下易字，漢書易字自不可據。余曩爲集解補正，以此文原作「其移風易」，然觀樂書作其風移俗易，

疑本是「其移俗易」，後人誤據下文「移風易俗」而改之，樂書則移上衍風字。漢書恐原亦作移俗易。變易之易與難易之易切韻不同音，變易字音羊益反，難易字音以豉反，顏注於此但云「易音弋豉反」，而不分別作音，是其原無上易字之證。

帶甲嬰軸

柬釋云：「漢書陳湯傳集注：嬰，猶帶也。」集釋云：「嬰，加也。」新注云：「嬰，戴。」

宇純案：說文：「纓，冠系也。」引申爲繫冠之稱，故孟子離婁云「披髮纓冠」。此云帶甲嬰軸，嬰與纓通，嬰軸即纓冑。集釋訓加，新注訓戴，並望文生義。陳湯傳「則單于長嬰大罪」，即嬰字訓繞之義，謂長懷大罪也；師古云「嬰猶帶也」，是義隔而通之之辭，非云嬰之義爲帶也。

乃其德也

顧千里曰：「德字疑當作人，與上下韻。此篇楊注亡，宋本與今本同，蓋皆誤。」

俞樾曰：「荀子原文疑作乃斯聽也。斯與此文異義同，乃斯聽也與不此聽也反復相明，古人用韻，不避重複。後人疑兩句不得疊用聽字，因改上句為乃其德也。不特於韻不諧，而亦失其義矣。」

宇純案：德疑原是眞字。眞與誠義通，而爲僞之反義；禮樂之用，相爲表裏，故上文云「著誠去僞，禮之經也」，而此云「君子明樂，乃其眞也」。眞與德字偏旁悳形近，悳亦德字，或後人據形改眞爲悳，又易爲德耳。眞、身古韻同眞部，餘並耕部字，此文耕眞通叶。又案：顧千里云此篇楊注亡，盧文弨亦於卷首曰：「此卷各本皆無注。」余謂本篇文字多見樂記，五經正義乃當時學者所習，義不得異，或本無注耳。

解蔽篇

鳳皇秋秋

楊注云：「逸詩也。秋秋猶蹌蹌，謂舞也。」

宇純案：此詩之前章疑卽作鳳皇蹌蹌。蹌秋聲同淸母，因與簫字叶韻，而變蹌爲秋。參見拙著試說詩經的雙聲轉韻，文載六十三年十二月幼獅月刊紀念董同龢先生「中國語言學硏究特輯」。

故學亂術足以爲先王者也

楊注云：「亂，雜也。言其多才藝足以及先王也。」郝懿行曰：「亂者，治也；學

治天下之術。亂之一字包治亂二義，注非。」劉師培謂亂字涉上「自亂」而衍，並引類纂本為證。

宇純案：楊注訓亂爲雜，是唐本本有亂字。類纂本當是不解亂字者之所爲。孔子因仁知而不蔽，故學亂術，滙百川以成大海，下文云「一家得周道，不蔽於成積也，」即其學亂術有以致之。論語載孔子言，自謂多能鄙事，亦其學亂術之證。然亂術非盡可學，故此文云「學亂術足以爲先王者」，「足以爲先王者」，爲「學亂術」之條件句，謂所學亂術以足以成就先王者爲限；者下「也」字當係衍文。郝說誤，劉說亦不可從。

此人之所以無有而有無之時也

宇純案：所以二字疑衍。無有謂以有爲無，有無謂以無爲有，故不當有所以二字，疑不解無有、有無之意者所增。

周而成，泄而敗，明君無之有也；宣而成，隱而敗，闇君無之有也

楊注云：「以周密為成，以漏泄為敗，明君無此事也。明君日月之照臨，安用周密也。以宣露為成，以隱蔽為敗，闇君無此事也。闇君務在隱蔽，而不知昭明之功也。」集解云：「注中四為字皆當作而。」集釋用楊注，逕改四為字作而。

宇純案：注文四爲字不誤。蓋楊氏深明荀子之意，謂明君無有以周密能成事，亦無有以漏泄能敗事者，故曰「周而成，泄而敗，明君無之有也」。闇君無有以宣露能成事，亦無有以隱蔽能敗事者，故曰「宣而成，隱而敗，闇君無之有也」。兩者皆就觀念言之，不於事實立論。若於事實言，闇君無有不因隱蔽而敗者，豈得云「隱而敗，闇君無之有也」邪？故楊注用四爲字，而不用而字。其下文又云：「闇君務在隱蔽」，正申「以隱蔽爲敗，闇君無此事」之意，明是「爲」字不誤之證。

正名篇

生之所以然者謂之性

楊注云：「人生善惡，固有必然之理，是所受於天之性也。」柬釋云：「此性指天賦的本質，生理學上的性。」集釋云：「言生而自然的叫做性，此性指生理的本能，如食色。」

宇純案：生之所以然者謂之性，與孟子書中告子所言「生之謂性」意同。性本是生之轉注字，即於生字加心而成，原爲一語孳生。是故荀子告子同言天生者爲性；即孟子告子嘗於「生之謂性」之命題有所辯難，孟荀所主性善性惡不同，顧於天生爲性之基本認知初亦無有不同（詳見荀子思想研究）。此天生爲性之基本認知觀念，

生理、心理兩面皆涵攝其中，諸家所說，俱有所偏執。

心慮而能爲之動謂之僞

楊注云：「僞，矯也。心有選擇，能動而行之，則為矯拂其本性也。」郝懿行曰：「荀書多以偽為為，楊注訓偽為矯，不知古字通耳。」

宇純案：下文「慮積焉，能習焉而後成，謂之僞」，楊注云：「心雖能動，亦在積久習學，然後能矯其本性也。」亦以矯字訓僞，此本不誤，然學者莫不誤解。說詳性惡篇。

正利而爲謂之事，正義而爲謂之行

楊注云：「為正道之事利，則謂之事業，謂商農工賈者也。苟非正義，則謂之姦邪。」俞樾曰：「廣韻：正，正當也。正利而為，正義而為，猶文四（案十之誤）年左傳曰當官而行也。楊注以正道釋之，非是。」

宇純案：楊注正利正義並失。正，準也。正利而爲，正義而爲，即準利而爲，準義而行。俞說得其意，而引廣韻爲說，斯疏矣。

異形離心交喻，異物名實玄紐

宇純案：此十二字解者異辭，其意最難把握。楊讀四字一句，後人多讀六字一句，亦不相同。今以爲讀六字一句爲是。此文及下文「貴賤不明，同異不別」共四句，皆言知者所以須制名指實之理。下二句言若無分別之名，則貴賤同異不得而別，此二句亦當言無名之患。異形對異物而言，異物謂不同類之物，異形當謂物類同而形有別者。前者若犬與豕，後者若不同形種類之犬。物不同類，是宜有不同之名以指之；若物同一呼，則名與實深隱紛結難知（楊注玄紐二字之訓），故曰異物名實玄紐。察其形有別，而實同一物，自不必分別立名，亦須有共名以指稱，不然將以此「犬」喻彼「犬」，以彼「犬」喻此「犬」，紛紛然於心之外援據實物以相喻；據實物相喻，雖亦可會於心，終不若因有共名可直會於心之便，故曰異形離心交喻。於異形之上加「無名則」三字以觀之，二語之意自顯。

聲音清濁調竽奇聲以耳異

楊注云：「清濁，宮徵之屬。」

宇純案：樂記云：「聲成文謂之音。」是聲音可相對爲義，與清濁之相對同。然楊不釋聲音二字，疑所見本無此二字。參下香臭芬鬱條。

香臭分鬱腥臊洒酸奇臭以鼻異

楊注云：「芬，花草之香氣也。鬱，腐臭也。洒，未詳。酸，暑浥酸氣也。奇臭，衆臭之異者，氣之應鼻者為臭，故香亦謂之臭。或曰洒當為漏。禮記曰：馬黑脊而般臂漏。鄭音螻，螻蛄臭者也。」

宇純案：自芬字起，楊注除腥臊二字，逐字爲訓；其云「應鼻者爲臭，故香亦謂之臭」，亦不及起首之香臭二字，疑所見本原無此二字。臭本不與香爲對義，此蓋後人增之。

名有固善，徑易而不拂，謂之善名

楊注云：「徑疾平易而不違拂，謂易曉之名也，卽謂呼其名，遂曉其意，不待訓解者。」

宇純案：楊於此一命題，似不甚了了。此謂狀聲及後世孳乳之名，說詳「荀子正名篇重要語言理論闡述」。

章之以論

楊注云：「論謂先聖格言。」

宇純案：楊謂先聖格言謂之論，此望文生訓也。論與辨說之義無別，上文云「故明君知其分，而不與辨也」，下文云「辨說（說字今誤作埶，據盧文弨說改）惡用矣」，

是論字於此義無可取；疑當爲諭，字之誤也。諭謂告諭，「章之以諭」，卽承上文「命」字而言，謂以告諭章之也。下文「辭也者，兼異實之名以論一意」，王念孫說論爲諭之誤，並舉淮南子齊俗篇「不足以論之」今本諭作論爲證，是其比。

不利傳辟者之辭

東釋云：「傳當為便，形近而訛。」

宇純案：楊注云「利謂說愛之也，辟讀爲僻」，獨不釋傳字，蓋其時字猶未誤也。便辟字本以書僻者爲正，故其但云辟讀爲僻矣。

故窮藉而無極

楊注云：「藉，踐履也，謂踐履於無極之地。」東釋云：「小爾雅廣言：藉，借也。窮藉而無極，謂不能正其名當其辭，乃用盡假借的本事而無終止。」集釋云：「藉，布陳也（豬飼說）。窮藉而無極，言窮陳其辭而心中並無所見。」

宇純案：凡有所借助曰藉，東釋訓爲借是也。極謂終極終止。窮藉而無極，謂每說一事，紛挐牽引，借助不窮，對上文「彼名辭也者，志義之使也，足以相通則舍之矣」，及「名足以指實，辭足以見極，則舍之矣」而言；故下接云「其勞而無功，貪而無名」。

小家珍說

楊注云：「宋墨之家自珍貴其說。」東釋引劉念親云：「珍，異也。」新注同。集釋亦云：「珍說近人多釋為異說。」而以為可通。

宇純案：凡物之異者可珍，故異與珍義可相通，然此異爲珍義，非珍有異義也。珍字習見爲名詞，爲動詞，故楊以動詞釋之，不以「珍說」、「小家」爲平列也。

輕煖平簟而體不知其安

俞樾曰：「平乃席名，故與簟並言。說文艸部蒻蒲子可以為平席。釋名釋牀帳曰：蒲平，以蒲作之，其體平也。並可為證。」

宇純案：俞說是。楊不釋平字，蓋讀如字。周禮車僕「苹車之萃」，鄭注云：故書苹作平。苹車之苹（鄭注苹猶屏也）故書作平，猶苹席之苹或書作平也（案苹實是平字假借為用之轉注字）。

粥壽也

東釋云：「粥借為賣（宇純案：音育），即議兵『粥賣之道』之粥賣」。集釋、新注用之。久保愛曰：「粥育古音通，養也。」

宇純案：粥讀與賣同，或書作鬻，古書恆見，楊不釋粥字，意當同東釋（議兵篇粥

字楊亦無注）。唯議兵篇連用鬻賣二字，是荀子於粥字但取其爲賣字之義，而不變其讀音也。此文粥字當亦讀之六切，疑此假借爲祝字，祝粥二字古音同，祝爲折斷之意，粥壽謂折壽也。哀公十三年穀梁傳「祝髮文身」，十四年公羊傳「天祝予」，范何二傳並云：「祝，斷也。」東釋讀粥爲賣，賣壽連稱無義。久保愛訓養，則「賣壽也」與「養生也」無別，尤不然矣。

性惡篇

人之性惡，其善者僞也

楊注云：「偽，為也，矯也，矯其本性也。凡非天性而人作為之者，皆謂之偽。故偽字人旁為，亦會意字也。」郝懿行曰：「性，自然也；偽，作為也。偽與為古字通。楊氏不了而訓為矯，全書皆然，是其蔽也。」集解云：「郝説是。荀書偽皆讀為，下文器生於工人之偽，尤其明證。」東釋、集釋、新注亦並云偽與為通，不取楊注「矯也」之訓。

字純案：下文云：「古者聖王以人之性惡，以爲偏險而不正，悖亂而不治，是以爲之起禮義，制法度，以矯飾人之情性而正之，以擾化人之情性而導之也。始皆出於治，合於道也。」是楊以矯訓僞字，於荀子本書有確據，他篇亦有類似之言，參見

王制篇「王者之人飾動以禮義」條。後人所以認楊注爲非者，一則於荀子之言未盡省照，一則恐爲宋以來學者疵議荀子善由僞裝之說所影響。察荀子原意，雖謂善由僞裝，與其意非不相合。蓋僞者矯也，裝者飾也，僞裝卽矯飾，第荀子之僞裝義謂矯正，後人之僞裝則義爲假裝，而荀子之說，遂不能見容耳。然說文云：「假，非眞也。」若假之義但爲「非眞」，卽謂善由假裝，亦非不合荀子意，特後人之假裝又別爲一義，斯不免大加撻伐矣。注釋之家，亦於楊注斥不能容，而別以人爲之義說之，謂僞爲古通。殊不悟楊固云「僞，爲也」，又云「凡非天性而人作爲之者皆謂之僞，故僞字人旁爲，亦會意字也」，正亦僞爲人爲之說。唯人爲卽是矯飾，故又云矯耳。且依荀子之意，謂僞之意爲人爲則可，謂僞爲古通，或讀僞爲爲則不可。今試觀下文云：「生於聖人之僞，非故生於人之性」，「聖人化性而起僞」，「是性僞之分也」，並以僞與性相對，性是名詞，則僞亦爲名詞，而不得爲「人爲」明矣。至若以「器生於工人之僞」，以證僞不得爲矯，亦不悟矯固與人爲之義相通，荀子以僞爲矯，非不以僞爲爲也。

生而有疾惡焉

楊注云：「疾與嫉同。惡，烏路反。」東釋、集解惡字音同。

宇純案：疾惡與好利、好聲色對文，若依相傳去入兩讀之異義，此惡字不當取去聲

至明。

今人之性惡

宇純案：上文云「今人之性」，以「今人」二字連讀。此則於今字略逗，而以「人之性惡」四字連讀；若以「今人之性」四字連讀，斯誤矣。參下「今人之性善」條。

是不及知人之性，而不察乎人之性僞之分者也

宇純案：乎下「人之」二字不當有，蓋誤涉上文而衍。

孟子曰：今人之性善，將皆失喪其性故也

楊注云：「孟子言失喪本性故惡也。」柬釋云：「據楊注故惡也，正文故下似奪一惡字。」集釋云：「此句有訛誤。劉師培以將字為惡字之誤，梁啓雄謂故字下脫惡字，皆可通。」

宇純案：此句絕不可通。將、惡二字形音俱遠，是劉說不可從；故下若有惡字，則正文云「將皆失喪其性故惡也」，其意至明，楊必不得注云「失喪其本性故惡也」，注文惡字當是楊氏依意完足，是梁說亦不可用。余謂此文原當作：「孟子

曰：今人之性惡，將皆失喪其性故也。」淺人因孟子道性善，非道性惡，改惡字爲善字耳。今人之性惡，將皆失喪其性故也，卽今人之性惡，乃皆失喪其性故也；將猶乃也，義見釋詞。富國篇「將以明仁之文」，將亦乃也。必知此文善字原當爲惡者：言天性之善惡，不得因古今而異情，則言「人之性善」，人上不得有今字。故下文云「孟子曰：人之性善」，又云「今孟子曰：人之性善」，不云「今人之性善」；上文云「人之性惡，其善者僞也」，亦不云「今人之性惡」；（下文又有：「問者曰：人之性惡，則禮義惡生？」亦不云「今人之性惡。」）；而此文人上獨有今字，是善原爲惡字之證一。下文云：「孟子曰：人之性善。曰是不然。凡古今天下之所謂善者，正理平治也。……今誠以人之性固正理平治邪？則有惡用聖王，惡用禮義矣哉？雖有聖王禮義，將曷加於正理平治也哉！……用此觀之，然則人之性惡明矣。……」以其析論之命題爲「人之性善」，故皆環繞「性善」之意爲說辭。此下去：「曰若是則過矣。今人之性，生而離其朴離其資，必失而喪之。用此觀之，然則人之性惡明矣……」皆環繞「失喪本性故惡」之命題而闢之，是善原當爲惡字之證二。

今人之性，生而離其朴，離其資，必失而喪之，用此觀之，然則人之性惡明矣

楊注云：「言人若生而任其性，則離其質朴而偷薄，離其資材而愚惡，其失喪必

也。」王念孫曰：「此下亦當有其善者僞也句。人之性惡，其善者僞也二句，前後凡九見，則此亦當然。」

宇純案：自楊注以來，並讀「必失而喪之」爲句，而不當荀子原意。「必失而喪之」句當爲一逗，此延申「離其朴，離其資」之意，而直啓下文「用此觀之，然則人之性惡明矣」作結。全句意謂，誠如孟子之言人性本善，而人出生皆離其朴離其資，必使其章美之善性失而喪之，得不謂人之性本惡歟？故卽於「必失而喪之」下云「然則人之性惡明矣」。以此文但欲明人之性惡，與他處俱不相同，故此下獨無「其善者僞也」五字，王說亦誤。

今人飢見長而不敢先食者，將有所讓也

俞樾曰：「注不釋長字，蓋以為尊長也。然下文云勞而不敢求息者，將有所代也，無為尊長任勞之文，則此句長字亦非謂尊長也。長讀為粻。爾雅釋言：糧，粻也。詩崧高篇以峙其粻，鄭箋曰：粻，糧也。見粻而不敢先食，與勞而不敢求息意正相配。若作見長，則轉與下意不倫矣。」

宇純案：勞而不敢求息，正蒙此文「見長」二字而省之，勞與飢相對，非與「見長」相對，本謂勞而見長不敢求息也。下文父字兄字，正承此文長字而言，此則鍾泰既言之矣。且粻爲糧，非見而可食之物，俱見俞說不達文理。

聖人之所以同於衆其不異於衆者性也

俞樾曰：「同於衆即不異於衆也，於文複矣。據下文所以異而過衆者僞也，疑此亦當作所以同於衆而不過於衆者性也，而譌作其，過譌作異，而詞意俱不可通矣。」柬釋、集釋並用俞說。

宇純案：言「同於衆其不異於衆」者，同之外可以有異，故特加強之，言不獨相同，抑且無異也。若俞氏所改，「不過於衆」與「同於衆」亦可謂複文，其說斷無可取。

衆者暴寡而譁之

楊注云：「衆者陵暴於寡而諠譁之，不使得發言也。」俞樾曰：「如楊注，譁與奪義不倫。禮記曲禮篇為國君華之，鄭注曰：華，中裂之。此文譁字當讀為華，而從中裂之訓。陵暴於寡中裂之，與害弱而奪之者無異也。」柬釋、集釋並用俞說。

宇純案：此文強下云奪，衆下云譁，意並相衙，初無可疑之理。且暴寡而中裂之無義；曲禮云爲國君副瓜則中裂之，今亦云衆之暴寡皆如瓜而中裂之邪？是視強者害弱而遠甚，抑亦殘暴之極矣，以知其說妄。

凡所貴堯禹君子者，能化性，能起僞，僞起而生禮義

宇純案：能起僞，能當讀而，或原無此能字。能化性能起僞六字一句讀。上文云：「聖人化性而起僞，僞起而生禮義。」是其證。能而古音近通作，解蔽篇「焉能棄之矣」，即「焉而棄之矣」，即其例。

若佚之以繩

楊注云：「佚猶引也。佚以繩，言其直也。」俞樾曰：「楊注佚猶引也，然佚無引義，恐不可從。佚當讀為秩，秩之言次也，序也。字亦通作程，尚書堯典平秩東作，平秩南訛，平秩西成，史記五帝本紀秩皆作程。程與秩聲義俱近。秩之以繩，猶程之以繩也。致士篇：程者，物之準也。是其義。」其說為集釋所採。

宇純案：佚秩音近，與程音亦近，俞說無誤。唯佚讀爲秩，取其義爲次序；轉爲程，則取其義爲程準，兩說不同。準之以繩，其義甚協；次之以繩，則義無所取。若楊注云「佚猶引也」，佚字雖無引義，然佚引二字雙聲對轉，說爲假借，非不可通，故俞亦但云其「恐不可從」耳。

上不循於亂世之君，下不俗於亂世之民

楊注云：「俗謂從其俗也。」俞樾曰：「楊注以從其俗為俗，義不可通。俗乃鉛字之誤。鉛循同誼，上不循於亂世之君，下不鉛於亂世之民，兩句一律。」集解云：

「王念孫云：不俗，不習也。說見榮辱篇。王不改字，義較長，俞說亦通。」

宇純案：非十二子篇謂愼到田駢「上則取聽於上，下則取從於俗」，與此文云上勇者行事相反，可以互參。俗卽彼文俗字，特此用爲動詞耳。仍當以楊注爲是。

君子篇

刑罰不怒罪

郝懿行曰：「怒蓋盈溢之意，與踰義近。楊氏無注，或以恚怒為說，則非。」王念孫曰：「怒踰皆過也。方言曰：凡人語而過，東齊謂之䛩。又曰：䛩猶怒也。是怒卽過也。上言刑不過罪，此言刑罰不怒罪，其義一而已矣。」柬釋、集釋並用王說。

宇純案：王說可用。然怒謂遷怒，不怒罪謂不遷怒而罪之，亦通。上文云：「古者刑不過罪，爵不踰德，故殺其父而臣其子，殺其兄而臣其弟。」據其殺父臣子、殺兄臣弟之文，不過罪蓋亦謂不踰其本人而罪之，仍爲不遷怒之意。

後子孫必顯

王念孫曰：「元刻無後字，群書治要同。」集釋刪後字。

宇純案：荀子原文如作子孫必顯，無由衍後字。當是本作「後子必顯」，不解後子之意者增孫字耳。正論篇：「聖不在後子而在三公。」楊注：「後子，嗣子也。」墨子非儒下篇：「其禮曰：喪父母三年，妻、後子三年。」又節葬下篇：「君死，喪之三年；父母死，喪之三年；妻與後子死者，五皆喪之三年。」亦稱嗣子爲後子。後子必顯，與先祖當賢爲對文。

成相篇

國多私

宇純案：私字不韻，國多私當作國私多，二字誤倒。罷、多、施、移四字古韻並在歌部。江有誥先秦韻讀云：「私叶音娑。」此不得其韻姑用叶音說之也。

呂尚招麾殷民懷

楊注云：「招麾，指揮也。」

宇純案：招指二字篆文形近，疑招卽指之誤。

惡賢士

宇純案：士字失韻，當是佐字之誤，蓋佐誤爲仕，又易改爲士耳。禍、佐、徙、施古韻並在歌部。王霸篇「其佐賢」，佐爲士之誤，可與此互參。先秦韻讀謂「士當作智」，二字形音俱遠，此誤說也。

下以教誨子弟，上以事祖考

宇純案：此上六下五句，通篇無此結構；如讀誨下句，子弟二字下屬，其下句仍與四·三之結構不合，恐皆不便歌誦。疑此非原貌，下句或本作「教誨子弟事祖考」，其上句不詳所當作。

願陳辭，世亂惡善不此治

胡元儀郇卿別傳考異云：「願陳辭上脫請成相三字。」王引之曰：「願陳辭下脫一三字句」。東釋云：「本篇請成相三見，相字皆諧韻，今此處若加請成相三字，與下文不諧韻，胡說似非。」

宇純案：此篇自「請成相，世之殃」至「成相竭，辭不蹶……」爲一節，前曰「清成相」，後曰「清牧基」。又自「清成相，言治方」至篇末爲一節，亦前曰「請成相」，後曰「請牧祺」，俞樾云祺字與「明有基」之基字誤倒。殆即成相辭一章之定式歟？疑此文「願陳辭」上脫「請牧基」一句，此節與上節「請成相，道聖王」

以下爲一章。胡氏云脱請成相三字，相字與下文不諧韻，東釋既言之矣；若爲「請牧基」三字，則基、辭、治、災四字韻同之部，正可相叶。

爭寵嫉賢利惡忌

楊注云：「利在惡忌賢者。」王念孫曰：「利惡忌三字義不相屬，楊曲為之說，非也。利當為相，字之誤也。相惡忌，正承爭寵嫉賢言之。」東釋、集釋訓利為銳，謂銳於憎惡。

宇純案：利相形不近，疑是私字之誤。楊注及東釋、集釋並曲說。

刑稱陳

楊注云：「稱謂當罪。當罪之法施陳，則各守其分限。」王念孫曰：「楊說稱陳二字未安。余謂陳者，道也。古謂道為陳。言刑之輕重皆稱乎道，而各守其限也。」

宇純案：刑稱陳，謂刑如稱而陳，稱言其平也。楊說未安，王說亦不可取。

各以宜舍巧拙

楊注云：「各以所宜，不苟求也。如此則以道事君，巧拙之事亦皆止。」盧文弨曰：「句中脱一字，或當作各以所宜舍巧拙。」久保愛曰：「朱熹曰：以下疑脱所字。」

宇純案：據楊注云：「各以所宜，不苟求也。」是正文原有所字之證。

賦篇

頭銛達而尾趙繚

楊注云：「重說長其尾而銳其剽。趙讀為掉，掉繚長貌，言箴尾掉而繚也。掉，徒弔反。」郝懿行曰：「趙之為言超也。穆天子傳：天子北征趙行。郭注云趙猶超騰，是也。趙繚搖掉疊韻之字，今時俗語猶以搖掉為趙繚也。」東釋云：「銛借為[illegible]，今尖字。」集釋云：「銛音忝，利也。銛達，尖銳。」新注云：「銛（音先）達，銳利。」

宇純案：楊不注銛字之音。廣韻銛字有三讀：息廉切云銛利，他玷切云取，古活切云斷。新注音先，是息廉切之今音，故說其義為銳利；東釋假借之說，當亦據息廉切之音而立意。集釋音忝，是他玷切之音，與其訓利之義不合，最無可取。然三者於達字並無可說。余謂銛當取古活切之音，其字本作銽，與讀息廉、他玷之銛不同字，後乃混而為一。銽今作銛，猶浯刮之字今作活刮也。銛達疊韻連語，二字古韻並屬祭部入聲，切韻且同為一等音。頭銛達與尾趙繚相對為文，趙繚亦適為疊韻連語。雙聲疊韻之詞，義存乎聲，疑此狀箴頭光滑貌。趙繚楊訓長貌，蓋是。郝既云

二字叠韻，又引穆天子傳説趙爲超騰，是其蔽也。

大略篇

諸侯御荼，大夫服笏

楊注云：「御服皆器用之名，尊者謂之御，卑者謂之服。」久保愛曰：「本注器用之器可疑。」

宇純案：器用二字當係誤倒。

宥坐篇

義刑義殺，勿庸以卽，予維曰

楊注云：「書康誥言，周公命康叔，使以義刑義殺，勿用以就汝之心，不使任其喜怒也。……」久保愛曰：「家語予作汝心二字，似是。」

宇純案：致士篇引此文作「勿庸以卽女，惟曰」，與尚書「勿庸以次女封」合；此文楊注亦云「使以義刑義殺，勿用以就汝之心」，則予字原亦當作女或汝字。

桑落之下

楊注云：「桑落，九月時也。夫子當時蓋暴露居此樹之下。」郝懿行曰：「桑落，索郎反語也。索言蕭索，郎言郎當，皆謂困窮之貌。」東釋引劉師培曰：「桑落，蓋地名，其地多桑，故曰桑落。」集釋引楊劉二說，以為後說似長。

宇純案：正文云「桑落之下」，楊說桑落為九月時，不合文意。郝傳會為說，亦與「之下」二字義不合。劉則臆測之辭。說文云：「艸木凡皮葉落陊地為蘀。」詩七月「十月隕蘀」、鶴鳴「其下維蘀」，傳並云「蘀，落也。」蘀兮詩傳云「蘀，槁也。」則桑落即桑蘀；桑落之下，猶云桑樹之下。

子道篇

志以禮安，言以類使

楊注云：「志安於禮，不妄動也；言發以類，不怪說也。」盧文弨曰：「言以類使，元刻作言以類接。」

宇純案：楊以發字為釋，其正文原當是使字。

衣與繆與不女聊

楊注云：「繆，紕繆也。與讀為歟。聊，賴也。言雖與之衣，而紕繆不精，則不聊賴於汝也。或曰：繆，綢繆也。言雖衣服我，綢繆我，而不敬不順，則不賴汝也。韓詩外傳作衣予教予。家語云：人與己不順欺也。王肅云：人與己事實相通，不相欺也。皆與此不同。」盧文弨曰：「案今外傳九作衣歟食歟曾不爾卽。卽疑聊之譌。此云教予，疑是飲予之譌。今家語困誓篇作人與己與不汝欺，與此所引亦不同。」劉師培謂繆為醪之譌，醪義為濁酒。

宇純案：外傳、家語與此文雖各不同，三者相較，一、三兩字義當平列相類，楊氏繆字二說俱不可用，事至明顯；綢繆二字以疊韻連用爲義，楊以一繆字說爲綢繆，尤知其不然。劉謂繆爲醪之譌，據家語食字其意可取，繆醪並从翏聲，或是假借爲用。且外傳食與卽同之部入聲，家語己與欺同之部陰聲，此文第三字與末字當叶韻。醪字廣韻魯刀切，與聊字同屬平聲，古韻同屬幽部，以見劉說確然可信也（余前為「先秦散文中的韻文」，此條未及收錄。盧云外傳卽疑聊字之譌，又云楊引外傳教為飲字之譌，並誤。教疑原當作飤，飤與卽韻）。

夫子徒有所不知

集解云：「案華嚴經音義下引劉熙云，徒猶獨也。」柬釋云：「釋詞六：徒，乃也。」集釋、新注亦云「徒，乃」。

宇純案：釋詞「徒猶乃也」共舉二例，其一爲莊子天地篇之「吾聞之夫子，事求可，功求成，用力少見功多者，聖人之道。今徒不然。」其一卽此文及下文「夫子徒無所不知」。今案徒並卽特也，爲徒字習見用義（衍釋增列韓非子外儲說一例，文云：「田子方望翟黃乘軒騎駕，方以為文侯也；移車而避之，則徒翟黃也。」徒亦仍是特義）。王說不可用，亦無待據華嚴經音義爲說也。

由是裾裾何也

楊注云：「裾裾，衣服盛貌。說苑作襜襜也。」盧文弨曰：「韓詩外傳三作疏疏，家語三恕篇作倨倨。」郝懿行曰：「裾裾說苑作襜襜，裾與襜皆衣服之名，因其盛服，卽以其名呼之。外傳作疏疏，家語又作倨倨，則其義別。」

宇純案：詩唐風羔裘篇云：「羔裘豹袪，自我人居居。」居居，衣服盛貌（案此用馬瑞辰說），此卽居字加衣旁耳；家語作倨同，並居居之轉注字。隸書詹字與居字形近，襜當爲裾字形誤。居或作凥，與疏字偏旁形似，疏亦當爲裾字之譌。郝說誤。

盖猶若也

宇純案：猶若，家語作自若，說苑作自如，外傳作揖如。如若通用，猶揖形近，自字亦與揖字右旁略近，未審原所當作。

奮於言者華，奮於行者伐

楊注云：「奮，振矜也。」俞樾曰：「韓詩外傳作慎於言者不譁，慎於行者不伐，當從之。華卽譁之省文。兩奮字皆昚字之誤，乃古文慎字也。昚誤為奮，則奮於言行不能謂之不華不伐矣，於是又删去兩不字耳。」劉師培曰：「今考說苑雜言篇、家語三恕篇並與此同，說苑上奮作賁，音義亦略相符，不必改從外傳也。」

宇純案：荀子原文如本作「奮於言者華，奮於行者伐」，以其二語文意至顯，外傳無由改奮爲愼，又增兩不字，仍當以俞說爲是。說苑、家語在外傳之後，自難爲憑。說文古文本春秋戰國時東方文字，荀子書因「古文」而致誤者多見（略見讀荀卿子札記王制篇「析愿禁悍」條），此又一例也。唯俞說華爲譁省，則不如所言。盖譁非言，不得云愼於言者不譁也。莊子齊物論篇云「言隱於榮華」，是此文華字不誤之證。

法行篇

有兄不能敬，有弟而求其聽令

宇純案：據此節文例，聽下不當有令字。「有兄不能敬，有弟而求其聽」，正與「有君不能事，有臣而求其使」，「有親不能報，有子而求其孝」爲對文。敬與聽叶韻。

哀公篇

卑賤不足以損也

宇純案：大戴禮哀公問、家語五儀解卑賤並作貧賤，與上文富貴對文，當從之。

君號然也

楊注云：「號讀為胡，聲相近，字遂誤耳。家語作君胡然也。」

宇純案：號胡韻不同，此或係方言音異耳。說文吺从投聲，而詩賓之初筵云「載號載吺」，以吺韻號字。奴字與胡字韻同，是此文之比。

上車執轡，銜體正矣；步驟馳騁，朝禮畢矣

楊注云：「銜體，銜與馬體也。步驟馳騁，朝禮畢矣，謂調習其馬，或步驟馳騁，盡朝廷之禮也。」郝懿行曰：「楊注非，此讀宜斷體正、禮畢相屬。上句言馭之習，下句言馬之習也。朝與調古字通，此言馬之馳驟調習也。」東釋、集釋並從郝說，讀上車執轡銜句，其下文則仍讀兩四字句。

宇純案：郝讀朝爲調，是也。唯此下有「歷險致遠，馬力盡矣」二句，與此文例相

同，足見郝讀體正、禮畢相屬之誤。家語顏回篇作「御體正矣」，銜當是御字之誤。因銜或作啣，與御形近，故誤御爲銜耳。御體正，謂御馬之體正，郝說非。

七十六年元宵夜 宇純 志